一书一世界。
愿你在这里舒展心怀，
畅快遨游古今未来！

辰东

网络文学
名作典藏丛书

神墓

精修典藏版

08

—— 恶道当诛 ——

辰东 ◎作品

作家出版社

《网络文学名作典藏》丛书

总策划

何　弘　张亚丽

主编

肖惊鸿

统筹

袁艺方

主编的话

　　《网络文学名作典藏》丛书聚焦网络文学，遴选名家名作，工于精修校订，集于精品丛书，力图成为记载中国网络文学成长的历史见证，和致敬中国网络文学发展的一座里程碑。

　　网络文学名作的实体出版极为重要。这是扩大网络文学影响力、推动网络文学经典化的重要途径，也是展现网络文学成果、引领大众阅读和传播以及拉动文化产业发展的有力手段。

　　在中国作协的支持下，网络文学中心领导和作家出版社领导担纲总策划，落实主编责任制，确定经过时间验证和社会公认的名家名作，组织精修团队，在作家本人参与下，与责编共同负责精修工作。

　　回顾网络文学发展历程，这样的一套丛书是前所未有的。精修，意味着与作家的高度共识，意味着对作品的深度把握，完成去粗取精、去伪存真的过程，以实体出版的"固化"形式，朝着网络文学经典化、精品化的目标迈进。精修团队本着为作家负责、为读者负责的态度，重视作品的文学性、思想性，尊重读者的阅读体验，为新时代网络文学高质量发展贡献出集体智慧。

　　愿更多的读者阅读它、检验它。愿中国网络文学真正成为新时代文学的一座高峰。

肖惊鸿

2021 年 5 月 18 日

《神墓》精修成员

总负责人

肖惊鸿　袁艺方

修订

安迪斯·晨风　安　易　王　烨

校订

田偲堂　王　颖　贾国梁

目 录

第一章

六界破灭

第六界实在太过浩瀚了，辰南以极限速度不断破碎虚空前进，也足足飞行了三天才摆脱身后的黑色死海，进入一片湛蓝色的海洋中，而后又一直飞行了五天，才终于看到一片广阔的大地出现在海洋的尽头。苍茫大地充斥着一股磅礴的沧桑气息，虽然还没有真正接近，但辰南已经感觉到这片大地非同寻常，应该是一片孕育了无数英灵的神土！他感受到了这片古大陆特有的神韵！

高耸入云的宏伟巨山，大如汪洋般的巨大湖泊，奔腾咆哮十几万里的神河，这当真是一片无比壮阔的山河，是一片让人心生仰望之情的古大陆！在辰南进入第六界大陆的同时，澹台璇也在无尽汪洋中飞行，她在咬牙切齿地追寻着辰南的踪迹，对于她来说"奇耻大辱"不能就这样算了！

辰南已经飞行近十几万里了，但是似乎依然处在这片苍茫古大陆的边缘，让人实在难以想象这片苍茫大地到底有多么辽阔，似乎其他五界加在一起也远比不上这片古地！几日来辰南还没有发现一条人影，葱绿的植被与种类繁多的动物倒是看到了不少，这说明这是一片生机勃勃的古大陆，绝不是一片死域。

又飞行了两日，辰南终于发现了人类，而且是几个天阶高手！他们追着一片绿叶，喊道："当初残破的世界崩碎前，天地间曾经飘落下四片青叶，如今青叶再现，预示着某一界近日内将毁灭！古老的青叶传言之说再起！"

辰南运足目力，看见绿叶上有一个古字"道"。他暗暗吃惊，想起了当初穿越时空，在被隔断的太古前看到的那四片青叶，材质似乎一模一样啊！只不过这片青叶之上，蕴含着一股极其可怕的力量。又一个世界将毁灭了吗？辰南的心剧烈跳动。材质一样，但此青叶非彼青叶！他穿越时空回到过去时，看见了自那隔断的太古时空中打出的四片青叶，一片崩碎，另三片被他们取得，是很普通的叶子，后来交给了魔师。如今青叶再现，是同一个人打出的吗？

这个时候，又有强大的气息自远方向绿色青叶追去。看着那五位强者迅捷的身影，辰南略作犹豫跟随而去。辽阔的大地在脚下飞快倒退，辰南追赶着前方的人影。他不想将自己推到风口浪尖，只想在最后面观望。苍茫大地之上开始出现一座座巨大的城市，终于冲进了有人烟的地区。

地面之上传来阵阵波动，显然有不少修行者发觉到了天空中的异象，看到了如流星般的青叶，以及紧紧追赶的几位天阶高手。不少人冲天而起飞了上来，但是相对天阶高手来说，那些人的速度实在太慢了，根本无法与之相提并论。就这样，璀璨的青叶在前，天阶高手居中，后方是众多自地面汇聚上来的仙神级高手，人群越聚越多。辰南在其中还发现了第五界的君王马斯。

辰南对这个第五界的君王马斯实在没有好感，如果不是眼下没有时间，他真想立刻将之灭杀。时空本源的力量爆发，辰南突兀地出现在马斯的背后，一拳轰击而下，在刹那间轰碎了马斯的脊背。马斯惨叫一声坠落而下，怒吼道："辰南我与你不死不休！"辰南没有停留，向前继续追去，回应道："等你来！"

天空中聚集而来的修者越来越多了，一路上许多能够飞行的高手都冲上了天际，沿着青叶留下的轨迹追踪而来，远远望去一条长河出现在空中，声势浩大至极。此时此刻，不仅辰南他们这个方向，还有三方也发生了类似的事件，另有三片青叶飘摇在天地间，引得众多高手追逐。

其中最东方无限接近一片青叶的人，是一个足有一丈多高的黑发强者，整个人似钢铁浇铸而成的一般，手中持着一把绝望魔刀，口中大喝："黑起在此，谁与争锋？！"冷酷的眼神似刀锋一般犀利，整个人如高不可攀的魔山一般，气势威压天下，随后他快速追逐着那片青叶而去。他身后的几名天阶高手，虽然感觉到了莫大的威压，但最后还是追了下去，同时更后方是众多的仙神级高手。

最北方，长啸震天，无数高手也在追逐一片青叶，正南方也是如此。群雄逐叶！四片青叶从四个方向冲向了古大陆的最中央，显然它们将要汇合在一起！事实果然如此！最终，四片神秘的青叶汇聚到了古大陆的中央地域，在高天之上它们排列在了一起，闪烁着璀璨夺目的光芒。

"辰南是你……"盖世君王黑起乱发狂舞，他一眼就认出了辰南，隔空千丈一刀劈来，他与辰南之间真可谓有三江四海之仇。辰南也毫不手软，经过一次孤岛蜕变，他正想找一个强大的对手，就要冲过去。不料正在这个时候，一股磅礴的威压铺天盖地而下，浩瀚莫测的力量爆发开来，阻止了他们的冲动。四片青叶神光璀璨，波动正是源于它们！这个时候，四面八方都是人影，来自第六界的众多高手，全部赶到了这里，将这片高天团团包围了。

四个光芒灿灿的大字，自四片青叶透发而出，浮现在高天之上：六——道——崩——碎！这四个字是如此触目惊心，让沸腾的现场在刹那间就安静了下来，在这一刻所有人心中涌起一股惶恐的感觉。第六界那位老古董早已将当年的秘闻透露了出去，第四界毁灭崩碎前，就曾出现过四片青叶预警，而现在青叶再现，居然警示着六道全部要崩碎！这岂不是意味着所有人都将毁灭吗？末日将要来临了！即便是仙神级高手，也难以承受这震惊的消息，有些人几乎要崩溃了，六道将要毁灭了！

"天啊，天将灭世啊！""为什么会这样？为什么会这样！""到底怎么了，难道六界真的要全毁吗？""六道彻底毁灭，无可躲避，生路在何方？！""难道一切都将走到尽头了吗？"……高天之上一片大乱，所有人都惶恐了。

"轰"的一声巨响，四片青叶崩碎。众多仙神都如惊弓之鸟一般，许多人都以为毁灭从现在就已经开始了，有数十名仙神精神崩溃，直直坠下高天。众神失控，朝着四面八方冲去，很快蔓延了整片古大陆，第六界众生为之凄惶，整片古大陆为之绝望了！此时此刻，不光第六界彻底大乱，人间界、天界、第五界……全部惊现四片青叶，"六道崩碎"闪耀在每一界的上空，各界在这一日人心惶惶。世界末日来临了，在这一刻六界大乱！当然，其他几界相对第六界要好一些，毕竟残破的世界毁灭前显现青叶一事，其他各界知者甚少。第六界是乱中之乱！此时此刻，人生百态尽现在六界之中。

"即便六界毁去，我也不灭！"盖世君王黑起仰天咆哮，大喝道，"为了将来的生存，对不起，我黑起要大开杀戒了，我要积蓄足够的灵力！"盖世魔威，气吞山河！黑起疯狂杀向第六界各地，开始追逐仙神！像是与黑起想法一样，第六界的老古董们更是早已提前一步行动了起来，有些人在疯狂地杀向仙神，同时许多人划分地盘，似乎在争抢人口，拼命地用自己的内天地将其吞没。

辰南已经看到几位可怕的天阶高手与黑起一般开始了类似的行动，他知道这些老古董定然在准备渡过灭世之劫。虽然不知道这样有何作用，但是他也快速行动了起来。而他的目标是一条大鱼，乃是早已被他锁定的马斯，到了现在没有什么可保留的了，辰南疯狂展开攻击，将功力提升到了极限，甚至动用了他所不允许的超极限力量。在看到黑起冲向他时，他将惨叫的马斯用困天索束缚，收进了内天地，而后消失在了黑起的视线中。

天阶高手，一个就足以顶得上众多的仙神与无尽的普通百姓。看到辰南捕捉到一条大鱼，以前还深有忌讳、不想拼杀的天阶高手们，双眼也都渐渐红了起来。以天阶高手为猎物的征战似乎即将开始！"轰！"终于，两名天阶高手冲到了一起，惨烈搏杀起来！同时，另一边，黑起也追着一名天阶高手远去。不过，天阶高手毕竟很少，出手的对象实在不多，剩余的人还不想过早地拼命，这些人戒备着后退，而后疯狂冲向各地，开始追逐仙神、抢夺百姓。

第六界彻底大乱！

这一切，辰南都不知道为什么，但是他没有选择，老古董们这样做肯定有道理，定然是为了躲过灭世这一大劫。辰南也在第六界中纵横，寻觅着仙神的踪影！

"吼！"大地崩碎，一条沉睡的远古巨兽冲出了地表，它似乎也感到了阵阵不安，正巧被辰南遇到，绝世法力罩落而下，直接将之击倒，摄入内天地中。

乱世！大破灭前的疯狂！龙儿在哪里？玄奘、潜龙、大魔、龙舞等人在何方？辰南在浩瀚无垠的古大陆上空有些焦急了，这荒乱的末世，这些朋友亲人都在哪里？怎样才能把他们聚集起来？时间一长，他们定然会成为别人的猎物！同时，他在万分焦急地想办法，如何才能够将这消息送回人间界、送到第三界呢？曾经的朋友、亲人们，不知道有几人能够活下来。

混乱的世界中，一切的地位荣誉都是虚的，唯有实力才是硬道理。整片大地都是烽烟战火，弱肉强食的末世，所有人都撕下了伪装，各自为了生存而战。人间界与天界相对平静一些，尽管人心惶惶，但是许多人都不相信世界真的会崩碎。不过有实力的人依然已经早早行动了起来。寻常修者半信半疑，但是修为到了天阶境界的人，他们是有着本能的吉凶感应的，他们不愿相信末世将临，但是却不得不做好最坏的打算。

西方法祖召集众神拼命地将灵泉、神树等能够滋生灵气的神物收集起来，众神一片惶恐。四祖与五祖也将辰家众人召集起来，做好了最坏的打算，同时与其他两个月亮联系，准备必要时刻共渡难关。

第五界中，不得不说绝代君王楚相玉具有难以想象的大神通，他似乎确切知道将要发生什么，早已经提前做好了准备。没有人能够与他相抗衡，他疯狂采集灵脉，以绝世大神通截断数条大地灵根。不过，他并不是为自己准备，而是交给了太古七君王中的最后一人以及他早先请出世的一位好友，告诉他们拥有这一切、拥有人口，他们将依然永生下去。而后，楚相玉便消失了！绝代君王消失后，剩余的两名君王高手，便按照他的部署，疯狂收集灵根、神脉、仙泉，聚拢人口。

各界高手都在准备，在众人惶恐之际，风暴再起，可谓乱上加乱！传说中的第三界，封困了各界众多的天阶高手，有的巨凶、恶神甚至是天阶高手眼中的老古董，这些人竟然在各界显现了！牢不可破的第三界出现了巨大的变化，有些很久以前的强者重返了各自的世界！虽然仅仅是少部分，但这足以引起一场大风暴，比如人间界与天界，回返的翼人、远古巨人、天龙，开始与法祖争夺神脉、灵泉、仙神与人口！第三界有数百位天阶高手，虽然仅仅返回各界数十人，但是足以引起一股飓风，一个混乱不堪的时代即将来临！这是大破灭前最后的疯狂，还是一个全新的开始？

辰南很焦急，在第六界的天地间纵横，几天来飞遍了大半个世界，但就是无法发现龙儿、梦可儿、潜龙、大魔等人的身影，整片世界大乱，不知道这些人都去了哪里。大破灭后，他不知道还能否看到嬉笑怒骂的痞子龙及调皮可爱的龙宝宝。

众强疯狂，天阶高手割据地域，疯狂抢夺人口，仙神们在努力选择靠山，不投靠有实力的天阶强者，等待他们的就是灭亡。现在，所有人都已经看出来了，天阶高手最主要的目的是收集灵根神脉，那些能够滋生灵气的东西！仙神不投靠，就会被轰杀，化成灵气，被天阶高手吞入自己的内天地，至于百姓的作用，就不得而知了，这也是天阶高手要争抢的。

辰南还没有采取极端手段与他们一般争抢，但是也已经看出来了那些人似乎不光是为了对抗大劫，更主要是为了将来新生后的处境考虑！看着那些疯狂的众生，辰南感觉如在梦境中一般，一切都是那样不真实，一切都是那样虚幻，生存的六界竟然要崩溃了。但是，沮丧与恐慌是没有办法的，那也不是他的性格，现在唯有积极面对了。蓦然间，他想到了在第三界时，黄天化身所说的话，太古诸神回归之日，就是六界崩碎之时！

所有的一切，彻底地毁灭！上天一直在等待这一日！虽然黄天化身被血棺中的怪物吞噬了，但是他的这些话语一直深藏在辰南心中。想到这一切，他惊出了一身冷汗，难道说太古诸神将要回归？一定是这样！大毁灭竟然源于此！细心感应，一股可怕的威压，已经充斥在天地间，这似乎是大毁灭前的征兆！辰南想要逃回人间界，他有预感，太古诸神将回归，人间界可能会产生无法想象的大事件。

辰南极速飞行，纵横天地间，终于抓到一个年老的神灵，从他口中得知第六界与人间的时空之门究竟在何方。时空本源的力量发挥到了极致境界，号称六界最为广阔的大地，被飞行了一整遍，数天过去后，他终于来到了一片混沌光芒闪耀的所在。一座贯通云雾的巨山矗立在前方，这是第六界有名的神圣古山，历经千万载依然没有崩塌，自太古至今依然存在！一方混沌门高高矗立在山巅。辰南远远地便看到了熟悉的影迹，盖世君王黑起正在绝巅之上大战天阶高手。这是一场毫无悬念的战斗，黑起魔刀威压天地间，六道少有抗手。

与黑起交战的人辰南也认识。初入第三界时他遇到的双头魔狼与九头蛇，眼下竟然进入了第六界，与他们在一起的还有一头大如山岳的蛤蟆，三头魔兽之王远非黑起之敌，眼看就要被黑起灭杀了。黑起来到此地，显然是想回返人间界，三大天阶高手被他毫不犹豫地劈杀了，另外数十万被他掠夺而来的生灵，也被其毫不留情地崩碎在天空中，无尽的生之气息在游荡，最后崩开了空间之门，黑起大步迈入，冲向了人间。辰南来得正是时候，同样冲入了空间之门。门内的封印力量已经弱了许多。六道将破灭，空间通道已经出现了大裂缝！这是最强力的证明，六界崩碎不远矣。

"是你？！纳命来！"空间之门内，绝望魔刀死光闪耀，力劈而下。辰南将逆乱八式第一式在这一刻完整打出，空间通道近乎崩碎！"独孤败天的功夫？！"黑起惊怒。辰南道："黑起你不想这空间通道崩碎，就等我们出去再决斗，不然你我都将湮灭在未知虚空中！""好！"黑起虽然震怒无比，但是依然答应了下来。

璀璨的光芒在闪耀，周围竟然有无尽星空在飞快倒退！也不知道过了多久，"轰隆"一声巨响，眼前一片黑暗，辰南与黑起冲出了空间之门，进入了丰都山上空，这片死气沉沉的地域。虽然回到了人间界，但辰南心中有着莫大的遗憾，龙儿、梦可儿、大魔、玄奘等人都失散在了第六界，不知道天地崩碎后，能否有人活下来。

"形神俱灭吧！"盖世君王黑起持魔刀杀来。辰南虽然心中沉重，但看到盖世君王杀来，战意不由自主激发而出，他一直渴望着再与黑起一战！"轰"的一声巨响，天翻地覆，许多山脉都被震碎了，生生让黑起止住了身形，他惊道："大破灭开始了吗？"在这一刻，遥远的西方大地，传来阵阵可怕的波动，仿佛将要崩碎一般！"十八层地狱，是十八层地狱！"辰南吃惊无比。这个时候，响彻人间的吼啸传来："吼……暗黑大魔神出世！""吼……我冥神苏醒了！"……

辰南愕然，暗黑大魔神、冥神……这当然不可能是神皇级波动，不然这种吼啸也不可能传遍人间界，这是天阶高手！天阶的强者，只有一种可能，他们是第一代的暗黑大魔神与冥神！十八层地狱果真神秘，第十七层是残破的世界，第十八层是传说中的太古牢笼——第三界。眼下十八层地狱崩溃，第一代西方神祖出世也不足为奇了！各个封印的圣地都重见天日了。

西方光明教会之下的十八层地狱，黑云直冲霄汉，魔气遮天蔽日，所有的光明教会神职人员都撤走了。妖族圣地昆仑玄界被移到这里的百花谷，一具残破的骷髅在无奈地组装着自己的身体，不断叹气。永恒的森林，小六道内鬼哭神嚎，亘古以来的宁静被打破了，动荡不安。人间界东西方交界处的十万大山中，消失已久的死亡绝地重现于世，它再一次贯通了天上与人间！守护死亡绝地的无名神魔，于万丈高空中咆哮震天！

东方神魔陵园内，神圣气息与死亡气息同时激荡，金色与黑色的光芒彻底将那里淹没了，没有人可以靠近，没有人敢靠近！从第三界回返的几位天阶高手，曾经尝试冲向这里，想要截断这片地下的祖脉，但是最终都不甘地退走了。乱了，彻底乱了，所有被封印的人都将出世了，预示着毁灭恐怕不远了。

"轰隆！"昏暗的天空出现一声巨响，一道混沌大裂缝出现在虚空中，天空像是将要碎裂的瓷器，出现一道道裂纹。这一切都是六道崩碎的征兆啊！

有时候无知无觉也是一种幸福。神通广大、本领卓绝的，此刻都已经感知到六界破碎不远了，众强忧心忡忡。天空中那道巨大的裂缝，化归混沌，永远无法闭合了！征兆已经出现，最坏的时刻还远吗？人间界各地纷纷出现异象，死灵咆哮，神灵怒吼，天阶恐惧，众生战栗，人生百态，在这大破灭前一一呈现。盛极而衰，无尽漫长的岁月过去后，六道攀上了极点，但似乎也走到了终点！

黑起狂啸，荡起无尽魔气，手持绝望魔刀，向着辰南劈来！盖世魔威，令山河都要战栗。一刀劈出，空间割裂，人为地再次创出一条混沌大裂缝，出现在丰都山上空，向那龟裂的天际蔓延！"黑起你疯了？"辰南惊怒，眼前的盖世狂人，似乎根本不在乎人间界的处境，依然想肆无忌惮地狂杀，一点也不收敛的盖世威压成为毁灭世界的导火索。

　　被逼无奈，辰南也是狂吼着，所有的黑色发丝都逆飞向脑后，速度快到极点，持着绝世凶兵方天画戟，迎向绝望魔刀！"咔嚓！"又是一道混沌大裂缝出现在空中，蜿蜒向天际，永远无法闭合了！"当！"雪亮的戟刃与妖异的魔刀狠狠碰撞在了一起，发出一声巨响，远处的山峦不断崩碎，无尽的光芒直冲霄汉，出现裂纹的天际缝隙又多了不少！

　　凶戟与魔刀并未分开，死死黏在了一起，辰南与黑起两人近距离对抗，用凶兵死死压着对方的兵器。这是一场纯粹的功力对抗，没有一点花样与技巧可言，黑起魔威盖世，想要一击崩碎辰南，而辰南近来几次蜕变，也想检验一番自己的修为。无形的一股"势"如苍穹坠落一般，压得大地不断地沉陷，附近尸气弥漫的丰都残迹，下沉下沉再下沉！

　　两人满头的乌发全部向后倒卷而去，根根绷直，四目更是凶狠地凝视在一起，恨不得立刻将对方粉碎。"铿锵！"四目中绽放出比剑芒还要璀璨的锋芒，碰撞在一起，发出阵阵可怕的金属颤音，迸出一串串火星。

　　"啊——""啊——"两人都大吼了起来，可怕的音波回荡于天地间，下方早已崩碎的丰都残迹猛烈波动起来，就像那汹涌澎湃的大海一般，剧烈动荡！残山、巨石、白骨混合在一起，起伏不断，浮浮沉沉，这是一片死亡的海洋！这是一幅无比可怕的场面，大地化成了起伏的泥沙波涛！

　　"当当当……"辰南与黑起终于分开了，凶戟与魔刀却连续不断碰撞，一阵阵可怕的交击魔音不断传出，辰南与黑起的身影几乎消失了，在空中唯有两件凶兵在激烈交锋。邪异而又可怕的战斗，能量已经被他们控制得全部内敛了，如不能作用到对方身上，绝不会狂乱爆发而出。最后，辰南一口血喷出，身子倒飞出去千丈远，手持凶戟凝视着盖世君王黑起，黑起的嘴角也有丝丝血迹溢出，他也被崩飞出去上千丈远，双目魔光闪动。

辰南并没有相应的欣喜，并未因能够与黑起抗衡而高兴，因为他知道黑起的元气还远未恢复到巅峰状态！他心中很平静。总体来说，他的实力提升了一大截，毕竟以前即便是大战元气未复的黑起，他也远远不是对手的。

"悠悠千古，大浪淘沙，时至今日，能与我比肩者，少之又少，你能够接下我几招不死，也算是个人物了。现在，让我送你上路吧！"黑起狂啸着，似乎要展开绝杀了。辰南道："黑起，凭现在的你，没有能力杀我，如果拼到最后，被我杀死也不是没有可能。从今以后，你难以恢复至当年的巅峰之境，将不再是我追逐与超越的目标，你将是我历练的磨刀石！斩你头颅，祭我前进之路！"

弱者败亡，强者永生，唯有实力才是硬道理！黑起发出一声厉啸，魔气激荡九天！盖世君王，威满人间！然而就在这个时候，一声清啸传入了黑起的耳中，"老二，快回第五界！""大哥？"太古君王黑起大吃一惊，他听到了楚相玉的声音。辰南也是勃然变色，一个黑起他还能够对抗，再来一个楚相玉他必死无疑。

楚相玉道："我在第五界，你快回来，护佑第五界的平安，我将有重要的事情去做！"闻听此话，辰南震惊无比，楚相玉竟然在跨界传音！这太不可思议了！其盖世大神通超乎想象！黑起也是吃惊不已，失声道："大哥你完全恢复到巅峰之境了？"楚相玉道："是的，说来复杂，你快回来！没有时间了。"黑起微微有些失神，道："太古诸神不会是回归了吧？你难道要去……"对方打断道："不要多说了！""好，我马上回去！"黑起涌动起滔天的魔气，狂吼一声，对着辰南咆哮道："六界尽毁，大破灭后，如果再相逢，定然取你性命！"说罢，他怒啸着朝着东方疾飞而去，将速度提升到了极致境界，他想尽快赶回第五界！

看着黑起消失的身影，辰南有些发呆，绝代君王楚相玉果然了得！

恢复至巅峰之境后，竟然能够跨界传音，这到底需要怎样的大神通啊！想必黑起恢复至巅峰之境，也会如此了得吧！果然，这几位六界有数的高手，都有着让人难以想象的绝世神通！他原本也不愿这个时间与黑起争锋，毕竟现在时间太宝贵了，他想第一时间赶回月亮之上。

丰都山残迹一阵摇颤，无尽的尸气冲天而起，一座白骨山冲出地表，天鬼那庞大无比的躯体自白骨山中挣脱了出来，低沉嘶吼着。师从于他的古思站在他的肩膀之上，大声冲着辰南喊叫道："辰南……""古思，人间怎样了？"在这里见到天鬼与古思，辰南并不惊讶。古思道："乱，第三界的天阶高手回归了，一片混乱！"辰南点了点头，道："你们小心，没有什么事情的话，就躲在丰都山地下吧！"说罢，他冲天而起，很快进入了天界，而后向着天空中的一轮明月飞去。

在路上他看到无数的神灵在逃亡，自第三界逃回的东方天阶高手似乎不过两三人，他们虽然在聚拢众神，但是却不如西方。暗黑大魔神、冥神等第一代祖神的回归，让法祖一方人的实力强横到了极点，西方天界的神灵几乎被彻底地凝聚到了一起，形成了一股庞大的势力！月亮在望，临近这里时，辰南感觉心神不宁，前方似乎有一个能够吞噬天地的洪荒古兽俯卧在那里，正在等待吞噬他！

两道人影在月亮之外的虚空中感应到了辰南的气息，飞快接近。"停住！"他们将声音压得很低，似乎有些惶恐不安。辰南将身形定在虚空中，静静看着两人，竟然是四祖与五祖。多日不见，他们竟然憔悴了许多，望向辰南的双眼充满了复杂的神色。

辰南疑惑道："两位老祖，怎么了？"四祖道："你快走吧！永远不要靠近这里，即便幸运地在大破灭后活下来，也永远不要回归辰家了。""两位老祖，到底发生了什么？"辰南有些惊异地望着他们，同时感应到了丝丝恐惧的气息自月亮之上弥漫开来。四祖与五祖久久未语，他们的心中似乎很矛盾。"我明白了！"在刹那间，辰南恍然大悟，声音有些颤抖地道："大祖与二祖他们回来了？自第三界迎回了远祖的部分残魂？"

"吼——"一声魔啸，声震三界！天界、人间、残破的世界，三界似乎都颤动了起来，已经发生龟裂的三界，又出现了几道巨大的混沌裂缝！一条万丈高的黑影缓缓立起，矗立在月亮之上，那巨大的魔躯已经耸入了星空中，庞大而又可怕的躯体与月亮比起来都要大上许多，这实在是一幅无比可怕的画面！让人担心月亮都会被压碎沉落！

"老四、老五你们让我很失望！"一个黑发青年，身材修长，相貌英俊，眼神似冰雪一般冷冽，自那月亮之上飞起。破空而来，身体像是一把犀利的长剑一般，透发出一股迫人的气势，身形没有丝毫晃动，唯有长发随风飘舞，强大而又可怕的气息在涌动。虽然从未见过，但辰南在第一时间就已经推测出，这便是辰老大！无声无息，辰南身后的虚空被划开了，两个黑发青年大步走出，像是两座太古圣山一般，威压荡彻天地间，而后生生禁锢了月亮周围的这片空间。辰南没有回头就已经知道，那是辰家的二祖与三祖！一切都已经很明显，远处月亮之上那条巨大的魔影在咆哮着，辰家远祖将要回归了！

"不错，可惜了！"二祖看着辰南，点了点头，又摇了摇头。"没什么可惜的，本就应死！"三祖冷如冰峰。辰老大面色平静，寒声道："为了辰家，请你上路吧！"辰南也曾经想过，有朝一日，或许将己身奉献给辰家远祖，但是三人的态度，激起了他强烈的反感，他心中愤怒无比。难道自己真的连一件货物都不如吗？祖先居然这样冷血，难道最后的时刻，不能流露出一丝丝的家族亲情吗？一切都是那样冰冷！

"哈哈哈……"辰南大笑，道，"看来我真的很廉价啊，连一声家族的勉励与赞颂都未曾听到！""你父亲已经是罪人，你是罪人之子！你已经有后代传承，为了不使你们这一支蒙羞，你自己最好代你父亲将功补过吧！"三祖的话语非常冰冷。"我们这一支是罪人？！"辰南睁大了双眼，自己从第六界赶回，本想为家族做些什么的，但是这一刻他感觉身体冷寒无比。

辰老大依然很平静，不过声音却很冷冽，道："你是辰家第十人，本就是要死的！没有什么可说的！你父亲这第九人逃避了，需要从你的后代中选取一人，虽然到他们已经没有那么浓的远祖真血了，但是他们都是曾经的至尊转世，应该可以抵上一个名额了！"辰南冷笑道："什么，还要我的后代死去一人？！"辰老大道："不错，你有三子，奉献出一人，有什么不妥吗？"辰南暴怒，大喝道："狗屁远祖！你们所有人都去死吧！我一个孩子也不会献出，我也绝不会傻傻等死的！"

想一想空空与依依调皮可爱的黏人样子，辰南怎么忍心呢！龙儿是他第一个孩子，小时候虽然相聚短暂，但总是像个小尾巴般缀在他的身后，长大后又曾经代他大战法祖，护佑月亮，辰家怎能让他去死？！辰南怒火汹涌，近乎疯狂，绝世凶兵方天画戟握在手中，点指着辰老大几人，用传遍三界的声音怒吼道："我——反——出——辰——家！"

反出辰家！这怒吼声在高天之上久久激荡，辰老大几人有些错愕，而后面色更加寒冷了，眼中透发的光芒，似乎已经不再是看着一个活人，辰南在他们眼中早已是一具冰冷的尸体。"好，好，有其父必有其子啊！"三祖目光阴鸷，看着辰南道，"你父亲已经是辰家的千古罪人，令你们这一支辰家子弟蒙羞，到头来你又是如此，这是辰家的耻辱！"

"去他妈的耻辱吧！"辰南似乎非常激动，面对的虽然是辰家的老祖，但是言语毫不客气，怒道，"我们这一脉为辰家奉献了多少？我爷爷、我父亲的爷爷、我爷爷的爷爷，丢下孤儿寡母，走上祭台，为远祖奉献自己的生命，在他们魂飞魄散之时，你们这帮混蛋在哪里？你们凭什么指责我们这一脉？都去死吧！我们这一脉奉献的比你们这些光动嘴皮子的人多得多！"

辰老大、二祖、三祖是名副其实的老古董，修为早已达到通天之境。对于他们这些活了无尽岁月的强者来说，亲情早已淡化，从某种意义上来说，他们已经不是普通意义上的"人"。人性淡漠，情感泯灭！他们从来不履凡尘，不去体悟红尘之情，一直苦修辰家魔功，虽然还没有彻底绝情绝性，但却也不远矣，对于他们这样永生不死的人来说，后代早已是可有可无，在他们眼中有价值的后代或许就是一件有价值的物品，并没有普通人类那种血浓于水的感情。

大祖那双眼睛冰冷无比，毫无感情地盯着辰南，无比冷漠地道："或许你们这一脉已经没有存在下去的必要了。将你们这一脉所有人都敬献给远祖吧！""对于连出罪人的一脉，理当彻底灭杀！"三祖的话语很平静，但是声音却非常森寒。"如果我们这一脉灭绝，整个辰家都应该来陪葬！"辰南已经彻底疯狂了，手中方天画戟放大到千丈长，再没有多余的话语，向着前方的辰老大力劈而下。

"孽障竟敢弑祖？！"辰老大第一次露出无比愤怒的神色。辰南大吼道："弑祖？你们都不把我当作辰家后代，还有什么不可以的，连远祖我都要弑杀！"滔天的魔焰涌动在辰南的周围，在这一刻他近乎魔化。"欺师灭祖的孽障，你们这一脉该当彻底湮灭，留你们不得了！"二祖与三祖声音寒冷到了极点。"哈哈哈……"辰南疯狂大笑着，笑声中充满了无尽的悲凉与孤寂，"今日我就欺师灭祖，当一个十恶不赦的千古罪人吧！"欺师灭祖啊！竟然到了这种境地，十恶不赦之罪，将遗臭万年！

"当诛！"大祖冷漠的声音传出，似一口巨钟轰鸣一般，震耳欲聋，一道幽冥死寂之光，被他挥手打出，席卷向辰南手中的方天画戟。漫天火花迸溅，在无尽的金属交击声中，绝世凶兵方天画戟被幽冥死光崩飞了起来，辰南的身体也一直摇颤不已。"我来杀他！"三祖一步千丈远，出现在了最前方，毫无感情地看着辰南。

到了现在，辰南还有什么可怕的，最坏的事情已经发生了，虽千万人吾往矣，他们彻底对立！戟动舞天风！辰南手中方天画戟，锋芒冲霄汉，气芒射斗牛！寒光四射的戟刃幻化成千万道光芒，在高天之上像是一重重惊涛大浪一般，无尽的戟刃劈向同一个地点，目标直指三祖。

"孽障！"三祖双手连连拍击，一道道罡风打出，周围的空间都塌陷了，空中发出一声声"当当"巨响，像是一口巨钟在不断被敲打一般。千丈长的方天画戟的戟刃上，被击打出上千道清晰的掌印，无坚不摧的戟刃竟然都有些变形了。辰南猛力抖动了几下，方天画戟爆发出绚烂的光芒，早已有灵的凶戟快速恢复成原来的样子。三祖道："孽障，你的一身所学都是出自我辰家，你以为仰仗这些就可以反出去吗？"在说这些话语时，两人快速交手，周围的空间不断地塌陷与崩碎，两人已经化成了两道光芒，在广阔无垠的虚空中，激烈搏杀。

"我不用辰家的玄功，我一样反出辰家！""欺师灭祖的孽畜！"

"是你们逼我弑祖的！""我要留你一缕魂魄，永镇极刑炼狱之中，让你这孽障万世挣扎！"

辰南大怒："看来你们真的没有一点血脉亲情，既然如此我就先灭你！"辰南入鬓的双眉已经倒竖了起来，双目中透发出阵阵可怕的死光，长发也是随着狂乱舞动。方天画戟直指三祖心海，时空本源的力量更是同时祭出！三祖还未出手，旁边观战的辰老大，双手成爪猛力劈出，一道巨爪撕裂了空间，超越光速开出一条时空隧道，出现在辰南面前，崩碎了涌动而出的时空本源力量；而另一只巨爪则生猛地砸开了方天画戟，让辰南身前一片空虚。在这个过程中辰老大冷漠地哼道："竟然暗藏时空神的力量，果然早已包藏祸心，该诛！"

三祖前方无阻挡，双掌已经化成了两把神刀，猛力斩向辰南的胸腹。辰南惊怒交加，大祖突然插手，让他感觉到了辰老大那磅礴不可揣测的恐怖力量，在这一瞬间他陷入了被动。不过在刹那间，他双目中射出两道无情的冷芒，不再试图躲避那已经触到他身体的两把璀璨凶刀，他双手成爪，用时空的力量将速度提升至极限境界，劈了出去。两把凶刀插入了辰南的胸腹，但是辰南的双爪也洞穿了三祖的身体，他疯狂大叫着："祖先的血液，与我同流吧！"

辰南的胸腹近乎被斩断了！但是他的双爪更是凌厉无比，一爪直接撕裂开了三祖的胸腔，另一只凶爪则将三祖的头盖骨抓碎了，半边头颅生生破掉！这是两败俱伤的死亡拼杀！远处辰老大双目中再次出现怒火，一只巨大的手爪铺天盖地而下，向着辰南笼罩而去。辰南浑身是血，大笑着："祖先又如何？我这欺师灭祖的恶棍，还真的快要屠掉你们了！怎么？现在已经急着围攻我了吗？""大祖不要出手，我自己灭杀他！"三祖愤怒地吼叫着。他与辰南的身体都破碎得异常厉害，两人浑身血肉模糊，缠斗在一起。空中那只巨大的手爪无声地退走了。

"吼——"辰南的身体终于崩碎了，而三祖的肉身也彻底地化成了血雾。不过，辰南并没有立刻重组身体，而是带动着漫天的血肉扑向了三祖，疯狂地与那三祖的灵魂纠缠在一起。这可真是一场残酷到极点的战斗！辰家今天才显现的三位老祖果然都可怕无比。"我要弑祖！"疯狂的厉吼声让三祖感觉一阵阵战栗，这个后辈狂乱的样子，让他感觉到了丝丝的危险在逼近。

"轰！"辰南不惜损耗元气，灵魂缠绕上三祖，与之同时崩碎，直到这时他们才分了开来。唯有惨烈才能形容这一战！辰南脸色苍白地立身于虚空中，三祖则脸色铁青无比，再次相对，杀气已经变成了有形之质！刺目的冷芒在两人之间不断击撞，发出刺耳的声音，整片高天森寒无比。不知何时，无尽的雪花飘舞而下，天地间白茫茫一片，大祖与二祖已经一步步走了过来，漫天风云齐动，雪花随着他们的情绪起伏而狂暴舞动。冰雪的世界，高天之上白茫茫一片。

辰南知道大祖的实力深不可测，现在三人同时向他走来，他一人根本无法与之对抗。感应身体中的神魔图，想要将之召唤出来，如果能够吞噬掉几位老祖，他宁愿当这个千古罪人！只是，神魔图在他的体内缓慢旋转着，对于他的召唤一点感应也没有。仔细凝视可以发觉，神魔图的一对阴阳眼，始终对着月亮之上的可怕魔影，似乎在戒备着。远祖！辰南心中震撼无比，远祖已经复苏了吗？神魔图居然如此小心防范着！

"当！"悠扬的钟声传遍三界，一口黄金巨钟浮现而出，将辰南笼罩在了里面，方圆十里内似乎另成一片世界，与外界隔离了，但风雪并未止住。"看你如何逃走！"竟然是辰老大施展出的大神通，他与二祖、三祖从容地步入了黄金钟内。"时空本源！"辰南大喝。"当！"他开拓出的时空隧道，竟然在接近黄金钟时被截断了，他生生撞在了钟体之上，钟体发出一声震耳欲聋的钟鸣。

"世间无法不可破！"辰老大冷漠无比，森然道，"时空本源同样可破！今日禁锢你于这片空间中，慢慢抽你魂魄！""封魂冻魄！"二祖一声大喝，无尽的风雪化成绚烂的光芒，朝着辰南席卷而去。这可不是普通的风雪，光是点点雪花，就能够让天阶高手都感觉森寒彻骨。辰南连续拍动双手，脱胎于逆乱八式的第一式完整地打出，凝聚而来的风雪虽然短暂地将他冰封在了里面，但是瞬间坚冰就崩碎了！他虽然浑身寒冷彻骨，但是依然无所畏惧地看着前方，点指着三人，道："杀不死我，我就弑杀你们！"

三祖转头面向大祖道："再让我试一次吧！"大祖冷冷地看着他，道："有必要吗？""有！我真的想单独灭杀他！"三祖似乎对方才的平手之战耿耿于怀。辰老大冷漠地闪过了脸，三祖一声咆哮，再次冲向辰南。神魔图不能用，黄金钟又已将他深锁，眼下彻底陷入了绝境，辰南在这一刻怀了必死之心，既然无生路可退，那么就彻底朝前杀吧。他要玉石俱焚！

看着三祖冲来，辰南笑了起来，非常平静地道："嘿，当初我为月亮而战，大战松赞德布，抗击黑起，灭杀太古君王，迎战法祖……想不到到头来，竟然会是这样一个结果！好，既然你们无情无义，也不要怪我心狠手辣！"三祖的双手无情地插入了辰南的胸膛，在刹那间将他的心脏捏碎了，凌厉狠辣无比，没有半点亲情可言。但是，这一切如此顺利，三祖立时头皮发麻，他知道这个疯狂的后辈又是两败俱伤的打法。

"和我一起去死吧！"辰南一半的魂魄已经抽离出了肉体，完全凝结在了方天画戟之上，自己肉体半毁的刹那，他用凶戟将三祖挑了起来！搅动搅动再搅动！三祖肉体崩溃，灵魂却被牢牢定在方天画戟之上，与辰南的半魂纠缠在一起。时空本源的力量、逆乱八式第一式、全身的精魂之力……所有的一切，狂暴地冲向三祖的灵魂！

"该死！""当诛！"辰老大与二祖同时怒吼，巨大的手爪幻化而出，猛力向前撕裂而去。"砰！"辰南的双腿被击碎了！"噗！"辰南的双臂与腰腹被撕裂了！但是，他的半魂依然擎着方天画戟，在黄金钟内纵横冲击，誓要将三祖碾碎！这是一种不屈不服的气概，就是死也要与敌人同灭！辰老大与二祖已经冲了过去，辰南的半魂快被他们击溃了，方天画戟也已经龟裂，即将崩碎。

一道秀丽的身影，自月亮之上冲来，凄然地喊道："请你们放过我的孙儿吧！"女子满面泪痕，无限悲伤地看着黄金钟内的辰南，跪倒在虚空中，向着辰老大与二祖，哀求道："放过我的孙儿吧，我已经失去了丈夫，唯一的儿子也生死不明，求求你们放过我的孙儿吧！""奶奶！"在黄金钟内纵横冲杀，半魂依然不肯放开三祖，辰南心中如刀绞一般苦痛，大声地喊道，"奶奶，我不要你如此！我要让他们付出代价！"

血光冲天，辰南残碎的骨肉在虚空中飘洒，但是不屈的战意支撑着半魂，依然在天地间冲杀，手中龟裂的方天画戟，死死钉着三祖的魂魄。无尽肃杀悲意弥漫于空中！眼看辰南气息越来越衰弱了，在大祖与二祖的无情辣手下，他的半魂即将崩溃！巨大的黄金钟，遮笼天地间，通体金光璀璨、晶莹剔透，将这片区域牢牢封锁，这里是一片绝域！

"为什么会这样，为什么无法打破这种宿命？！"那跪伏的女子，双目流着血水，凄然的声音在天地间飘荡着。失去了丈夫，丢失了儿子，孙儿也将被灭杀，她的心早已碎裂成无数瓣。"我的丈夫，我的儿子，如今又轮到了我的孙子……"辰南就像一只折翅的大鹏鸟，挥动着残翼在天地间挣扎！虽然早已无力，但总是不肯放弃。"祖母你快起来，我真的不要你如此呀！"他满腔的悲愤，面对着出手无情的大祖与二祖，死死地挑着三祖，吼道，"我这千古恶人，死前也要拉上你们当中的一个，不然怎么配得上欺师灭祖之名呢？"

大祖的目光冷漠无比，没有一丝感情波动，道："你还有机会吗？"说到这里，他以绝世大神通打出一道神光，神光冲入了三祖的魂魄中，将他护佑了里面。辰南用方天画戟挑着三祖的灵魂，大步退后，冷笑道："都是你们逼我的，现在一点缓冲的余地都没有了！"说到这里，他仰天大吼，声音划破长空，令金色巨钟都嗡嗡颤动了起来，黄金钟内煞气弥漫！

"与其将魔魂留给远祖，不如我自己吞噬！吼——"随着辰南近乎疯狂的长啸，他的灵识海中光芒闪烁，一条魂影破开重重迷雾自辰南的神识海深处冲了出来，来到了现实世界中，与辰南一般无二！一条天阶战魂！不过，他却没有灵识波动，完全是一条由无尽战力凝聚而成的魂魄！这乃是当年的魔性辰南，太上被击溃了，魔性辰南被本体辰南抹去灵识，留下强大的魂力保存了下来，本想以这种折中的方式将之敬献给远祖的，但是今日发生的事情，让辰南彻底地寒心了！

魔啸震天！战魂崩碎，无尽的灵力爆发出绚烂的光芒，全部冲进了辰南的半魂内，同时将黄金钟内所有的灵气都抽空了，吞进辰南的体内，粉碎的血肉在一刹那间重新凝聚，而附在方天画戟上的半魂也回归了本体。这一切都发生在一瞬间，一个超越原本巅峰境界的辰南如浴火重生一般复归！天阶战魂崩碎，化为灵力，回归本体，让他元气尽复，同时又攀上了一个全新的台阶！虽然没有半魂纠缠住三祖了，但是此刻辰南的本体却在刹那间一把抓住了三祖灵魂的颈项，将之牢牢掌控在手中。辰老大打入三祖体内的神光被辰南生生逼了出来，而后被碾碎在空中，化成点点残光，永久地消散于虚空。

"吼——"在这一刻，他狂态毕露，三祖的颈项即将被他捏爆，时空本源的力量牢牢将之锁定，逆乱八式第一式即将吞吐而出。"不要轻举妄动！"二祖终于变色，忍不住大叫起来，他感觉到了辰南的杀意，他怕狂怒的辰南真的弑祖。"你说的？！"辰南语音森寒。"噗！"脱胎于逆乱八式的第一式轻轻打出，三祖的一条灵魂手臂被打碎！古井无波的大祖，双眸中射出两道冷电，凝视着辰南，冷漠无比地道："放开他！""我如果不放呢？！"辰南的声音也不含感情，冷漠相对。"噗！"三祖的另一条手臂，被辰南打碎，化成点点灵气，消散在空中。

辰家三祖早已面目狰狞扭曲无比，这是来自灵魂的创伤，他痛苦到了极点。但是本体辰南吸纳魔性辰南的灵力后，实力攀上了一个新境界，此刻用时空本源的力量彻底压制住了他，使他根本难以动弹分毫，且他不愿意在这个小辈面前惨叫出声。二祖大喝道："你真的不顾及你们这一脉的人了吗？你这样做，可知道要有多少人为你陪葬？！""结局早已注定，我不这样做，还他妈的能改吗？！"辰南厉吼。

"噗！"能量崩溃，辰南震碎了三祖的左腿！灵气消散于虚空中，氤氲光雾让浑身是血的辰南看起来格外可怕，重组的躯体透发着源于灵魂的愤怒力量。大祖又恢复了冷漠无情的神色，非常平静地道："好，你尽管杀死他，最后我来收集他的残魂，将之与你一起敬献给远祖！"二祖心中一颤，没有人比他更了解大祖是多么残酷与无情，他惊惧地看着那英俊而又冷漠的身影。

"你说的？！"辰南毫不在意地问道，而后将脱胎于逆乱八式的第一式没有任何犹豫地打出，震碎了三祖的另一条大腿。"孩子，不要做傻事！"黄金钟外，辰南的祖母站起身来，来到神钟的边缘，透过晶莹剔透的钟体对着辰南传音道，"你千万不能弑祖啊！不然，你这一生都毁了！不要图一时痛快，而做出悔恨莫及的事情！"

"祖母你回去吧！"辰南不为所动，只是对着祖母拜了拜，而后对着大祖喊道："打开黄金钟！""我说过，不要威胁我，你尽可以杀他！"大祖冷漠无比，平静得有些可怕。"杀！"辰南大吼，在刹那间崩裂三祖的灵魂！"孩子你给我住手！"辰南的祖母虽然看起来年轻秀丽，但是此刻却透发着毋庸置疑的威严，对他传音道，"任何事情都不要做绝，他们可以绝情，但你却不能！做任何事情，都要留下一点余地！你大可彻底地废掉他的一身修为，但决不能灭他灵识！"

"祖母我……"辰南已经将三祖撕碎了，点点灵识飘荡在他的身前，他抓在手中有些痛苦地犹豫着。"孩子，听我的，快住手！"辰南的祖母似乎急了，传音喝道，"我是为你好呀！如果你真的要灭他灵识，我现在就先自绝！"说到这里，辰南的祖母清丽的面容上满是决绝之色，玉手已经抵在了心口！"祖母，我听你的！"辰南何尝不知祖母的苦心，但是现在他即便不灭三祖，对方能放过他吗？他这个十恶不赦的弑祖凶人，还能洗脱罪名吗？早已不能！那一点余地还有用吗？

辰南虽然没有彻底灭杀三祖，但却将他的战魂彻底打散了，最后用力抓住灵识捻动了一下，将之扬手散了出去。辰家三祖的战魂被他废了，要想恢复功力也不知道需要多少年月了！辰老大的确是一个无比可怕的人物，静静地看着这一切，没有任何情绪波动，二祖则明显露出了狂暴的怒意！

"等我出手，还是你自己自绝？！"辰老大一步上前，不想再耽搁下去了。"懦弱地自绝？！那不是我辰南，我只能战死！"辰南擎着龟裂的方天画戟，吼道，"这么多年来，你们奈何不了我父亲，如今我也要与你们死战到底！"瓦罐不离井口破，大将难免阵前亡，这也许是一种宿命，强者的归途就是战死！辰南毫无惧意地与辰老大对峙。

"我奈何不了你父亲？"说到这个问题，辰老大似乎非常激动，他终于露出了久违的怒意，喝道，"他已经被我们斩杀数次，不过是因为生命力强大，以及逃跑的功夫比较过人罢了！"辰南知道，辰老大说的或许是实情，他父亲神魔两分，永恒不灭，或许真的是这个原因，才躲避过辰家几位老祖的诛杀。很快地，辰老大又恢复了平静，不再多说什么，挥动出一只巨大的魔爪，向着辰南凶狠地撕去。

方天画戟千丈戟身，光芒万丈，绚烂夺目，劈向巨爪！"当！"震耳欲聋的金属颤音缭绕天际，震得外面的黄金钟也跟着不断轰鸣。辰老大纹丝未动，辰南倒飞了出去，手中龟裂的方天画戟自戟刃开始一点一点地崩碎，最后一直蔓延到尾端，方天画戟彻底毁去了！可怕的辰老大！

辰南从来没有低估过这位辰家大祖，在他心中这个人也许不弱于魔主，应该比辰家死去的八魂还要厉害一些！虽然他的资质也许不如八魂，但是他修炼的岁月足够久远，且未参加过太古那惨烈无比的大战，他是天地间少有的一个始终处在巅峰境界的超级强者，这样一个人的实力实在不好揣测！

"你这一生可以结束了！"辰老大平静地说完这句话，缓慢抬起了手掌。"生死我早已不惧，我就是死也要震散漫天魂力，不给你们留下点滴！"辰南明知不敌，依然战意高昂。"当！"黄金钟响，辰南的祖母以头撞钟，凄然喊道："老祖，求求你了，我不想失去第三个至亲之人了。""哼！"大祖一声冷哼，黄金钟猛烈摇动，辰南祖母的身体被撞击得瞬间飞出去千丈远，口吐鲜血不止。但是，她依然摇摇晃晃地站了起来，步履蹒跚地从虚空中走来，重复着方才的话语，神情凄然无比。

辰南心如刀绞，没有过多的言语，眼下只能攻击！"我让你见识一下，真正的辰家绝学！"大祖一声冷哼，探出的那只巨爪化成了一头巨大的凶魔，向着辰南吞噬而去。辰南战意冲天，苍凉吼啸："燃我不死躯，散我不灭魂，一腔战血尽流去……"虽然长啸震天，语声激昂，战意冲霄汉，但是远处不知何时聚集而来的辰家子弟，却感觉到了阵阵悲凉之意，所有人都在注视着黄金钟内那躯体与战魂已经熊熊燃烧起来的辰南。

辰南喝道："辰家的血与骨，我今日都还给你们！"继方天画戟崩碎后，辰南的躯体与战魂也熊熊燃烧了起来，同时正如他说的那般，一腔战血也已经自他的皮肤流出了体外，漫天血红。"死，我也不会给你们留下点滴魂力！用我的生命与你们一战！"辰南在血与火中怒吼着，生命之光被点燃，带动着漫天的灵力向着大祖扑去。大祖的神色第一次剧变！

"轰！"辰南那燃烧的生命与大祖碰撞在了一起，黄金钟都在摇动，仿佛随时会崩碎一般！大祖倒飞了出去。漫天的血光，漫天的战魂之火，辰南破碎的躯体被生命之光包裹着，竟然带动起整座黄金钟，向着月亮之上撞去。辰南喝道："弑祖，弑杀你们有何用？今日，燃尽我的灵魂与血，让我与远祖共同走向毁灭吧！"漫天的血光，漫天的战魂之火！灵魂与躯体熊熊燃烧，战血也早已沸腾燃烧，化成绚烂的生命之光，让天际一片通明刺眼！

辰南带动着巨大的黄金钟，以气吞山河般的气概一往无前，向着月亮之上那巨大的魔影冲撞而去。生命之花，璀璨绽放，当灵魂之火燃烧到极盛之点，也是那最悲壮的时刻，辰南一声吼啸，声传三界。贯通的天界、人间、残破的世界，都响彻着他的厉吼："燃尽我的灵魂与血，与远祖共毁！"

"杀！"辰老大疯狂地攻击那绚烂璀璨的生命之光，想要阻止这一切，他感觉到了无尽的愤怒。可怕的辰老大！凶焰滔天，无尽魔光，向着生命之光淹没而去，照亮了整片天空的光芒正在湮灭！但是，在光芒暗淡的刹那，辰南一声怒吼，璀璨光芒再次爆发开来，竟然在刹那间逼退了死亡魔光，宛如精致的瓷器破碎了一般，巨大的黄金钟竟然出现了一道道可怕的裂纹，而后"轰"的一声碎掉了！

黄金钟内原本能量狂涌、浩瀚激荡，现在像是决堤的东海之波一般，能量大浪席卷天地间，辰南如那浴火的凤凰一般，带着后方所有狂暴的风暴，扑向了前方那高达万丈的巨大魔影。"咔嚓！"本已经出现混沌大裂缝的天际，此刻在这股能量狂暴的剧烈冲击下，再次开始龟裂，天地间一阵猛烈摇动，世界崩碎的时刻似乎随时会降临，欲与远祖同毁！

时空本源的力量发挥到了极致境界，任辰老大修为惊世，震古烁今，也难以阻挡发狂的辰南，在这一刻他只有一个信念，让这万魔之源彻底地毁灭！"啊——"辰南威荡三界，势压九天，卷动着无尽璀璨之光，冲撞进那巨大的魔影！"吼——"祖魔的咆哮声，在这一刻激荡六界！辰祖的残魂，似乎已经有了丝丝意识，激荡起无尽的魔气，在刹那间从月亮之上传到了天界，天地间黑茫茫一片，整个世界都处在了黑暗中。

月亮之上，一双巨大的青色眼眸似两个巨大的、深不可测的森然湖泊一般，远祖的双眸缓缓睁开了！魔光扫遍天际，无尽的虚空在崩碎，一道道混沌大裂缝飞快地向着天界各地蔓延而去。同时，远祖痛苦地摇动起盖世魔躯，"哗啦啦"，虚空崩碎，天地动荡，月亮周围的空间凹陷、崩碎、毁灭，化为混沌。在他胸膛间，那璀璨燃烧的生命之光，似乎真的在破坏他的魂体！"杀！"辰老大也已经冲进了远祖的胸膛，对着外面大喊道："远祖还没有彻底苏醒，快快保护远祖！"

二祖早已跟着他冲了进来，而四祖与五祖听到命令后，也不得不飞快跟进。但是，似乎一切都已经晚了一步，远祖的胸膛被生命之光撕裂了！辰南的血与灵魂，像是无坚不摧的锋利天刀一般，毁灭一切阻碍！远祖的魂魄竟然被生生撕裂开一个巨洞！辰老大终于追了上来，将生命之光渐渐暗淡下来的辰南用无尽的毁灭之光包裹住了。

"我看你还往哪里走！你这该死的小辈，宁愿烧尽自己的灵力，也不愿奉献给远祖，吼……"辰老大仰天怒吼，而后森然无比地道，"你毁灭了，就让你的儿子与女儿来顶替吧，想必这个时候你的父亲也快来了吧！我等他多时了，但是没有想到他却不急着来救你！"辰南生命之光即将熄灭，虚弱无比地道："你太自大自负了，不是每个人都将辰家之事当成大事，在这六道即将崩溃的时刻，太古诸神将回归，他们有更重要的事情要做！我，只靠自己，死就死，没有什么大不了的！"

在辰南那点点灵光即将熄灭之际，远祖似乎苏醒了一般，狂啸震天，一股莫大的威压爆发而出，辰南、辰老大等都被狂暴的煞气生生逼了出来。而就在这个时候，一直在戒备着远祖的神魔图也自辰南的体内冲了出来，隔断在远祖与辰南之间。辰老大双目射出两道冷光，自远祖的身前扑向了辰南。神魔图像是一面巨大的盾牌一般撞了上去，"轰"的一声将辰老大撞飞。辰祖不知道是真有意识了，还是本能在驱使，巨大的魔爪铺天盖地笼罩而下，将太极神魔图与辰南抓了起来。

神魔图疯狂旋转，辰南的生命之光似乎也被激起了凶性，竟然在即将熄灭的刹那再次跳动起火焰。"啊，这怎么可能？！"辰老大第一次发出有些惊惧的大叫声。不知道为何，辰南的灵魂之光，光芒越来越盛，远祖没有吞噬掉他残余的灵力，他反而在吞噬远祖的魔爪，在吞噬远祖的魂力！"发生了什么，为什么会这样？！"二祖也是惊恐大叫。不知道何时，神魔图中伸出几条青碧翠绿的藤蔓，绽放着璀璨的绿色神光，包裹着一个与辰南一模一样的男子，自太极神魔图中缓缓坠落。就像那成熟的果实即将脱落一般！奇异的藤蔓结着一个辰南，场面说不出地诡异！

"轰！"外面，本体辰南熊熊燃烧的生命之光在刹那间焚毁了青色藤蔓，自神魔图中出来的辰南也被粉碎了，化成点点光芒冲进燃烧的灵魂之火，战魂之光更加旺盛与炽烈！但这并不是走向毁灭的神火了，不再燃烧自己的生命之能，而是在吞噬远祖的魂力！辰南自己也迷茫不知！他只知道那藤蔓包裹的辰南出自生命源泉，这是他早就知道的存在，只不过以前一直弄不清什么来历，不想今日在他自毁之时救下了他的性命，而且在反向吞噬远祖。对方似乎不是有意吞噬远祖，而是本能地吞噬八方灵气，只不过远祖的魂力相对浓厚且在眼前而已，理所当然地成为吞噬的对象。

生命之火，越燃越烈！在这一刻，辰南经历着真正意义上的浴火重生！早已毁灭的肌体重新再造起来，而且就是在远祖的巨大魔爪中再生！所需的一切，都是取自远祖！疯狂吞噬！辰老大与辰老二快要疯了。万丈战魂之火在熊熊燃烧，辰南竟然冲进了远祖的躯体内，崩碎的一切都已经再生，同时在这一刻他知道了那藤蔓中的辰南到底是何来历。那个"辰南"崩碎后，融入了他的本体，没有任何的思感，但却有着一小段的记忆，那竟然是他的另一半灵根！

万年前，他被人葬在神魔陵园，这一半灵根，乃是神秘人生生自他体内抽离出去的，怕他复活的过程中被未知力量毁灭，留下了这一半复活的火种。万年前凝聚天地星辰之力，万年来汇聚生命源泉之精华，这个灵魂的种子一直沉睡在生命源泉中。在这一刻，辰南久久不能语，失去了一万年吗？不，没有，另一半灵根一万年来在升华！如今双灵合一，真正意义上的浴火重生！再造的肌体，新生的战魂，他感觉到了前所未有的强大，用远祖的魂力补充着自己的所需，锤炼这全新的不灭之体！涅槃重生！

"吼！"辰南仰天咆哮，在远祖的躯体内重生！太极神魔图围绕着辰南疯狂旋转，阻挡着辰老大与二祖等人。辰老大双眼早已血红，乱发都快燃烧起来了，早已失去了一贯的冷漠，在这一刻他快疯了！远祖的战魂之力怎么能够成全这个后辈呢？"杀！"他怒吼着，"给我杀了他！""远祖啊，你快快觉醒吧！"二祖也在疯狂大吼着，"远祖快从沉睡中醒来吧！"远祖的双眼虽然睁开了，但是似乎缺少点灵识，远没有达到觉醒的条件！

在绝望中蜕变，在死境中重生！辰南的战魂之光照耀天地间，在远祖体内熊熊燃烧着，他像新生的躯体，而远祖则像将要破碎的蚕茧一般。远处，所有观战的辰家子弟都呆住了，这是怎样的一种重生啊?！难道说，远祖的复活，不过是一种谣传？一个后人在借远祖之体重生！

"啊——"辰老大魔啸震天，以通天大法力招魂聚魄！天地间鬼哭狼嚎，他竟然以逆天之法聚集来无数的战魂，可怕的辰老大，他崩碎了辰家所有先贤的墓穴，所有死去族人的残魂都被他凝聚起来！在这一刻他如盖世魔王一般，极端的禁忌手段打出，所有的残碎战魂全部冲向了辰家远祖。"远祖觉醒吧！"他乱发狂舞，仰天大吼着。所有的残碎魂魄全部打入了远祖的体内，远祖的双眸竟然真的渐渐有了光彩！"还不够！"辰老大疯狂咆哮，无尽的死光弥漫于整片天空，禁忌大神通逆天施展，他竟然将三祖崩碎的灵魂凝聚起来了，同时那巨大而又可怕的魔爪生生将三祖的灵识抓了过来。

"大祖……"三祖的灵识在战栗，惊恐万分地看着狰狞的大祖。"为了远祖的归来，你还是为家族牺牲吧！"说罢，辰老大一记绝灭手，将三祖的残灵与碎魂打入了远祖的体内。"吼！"远祖仰天咆哮，巨大森然的双目爆发出了生动的光彩，似乎真的要复活了。已经涅槃重生的辰南再也汲取不到远祖的力量，连带着神魔图也被困在了远祖的体内！

"好！"看到一切都发生了逆转，辰老大疯狂大笑了起来。他身旁的二祖忍不住一阵战栗！"但是，还不够！"辰老大吼啸着，此话一出，所有辰家人都面色惨变。辰老大森然的目光定在四祖身上，他冷漠无比地说："远祖需要你！回归远祖的怀抱吧！"容不得四祖多说什么，浩瀚无匹的死亡之光就罩落而下了，四祖被淹没在了里面。恍惚间，看到四祖想要挣扎，但是最后却放弃了。"啊——"远祖的体内，辰南看到这一切，愤怒吼啸，准备从远祖的躯体中破体而出。五祖悲伤欲绝，眼看着四祖被粉碎，打入了远祖的战魂中！

"吼——"一声巨大的咆哮传遍六界！辰家远祖在缓慢觉醒！天地间最强的一批人都听到了这声吼啸，全部皱起了眉头。"哈哈——"辰老大像是一个疯子般狂笑着。太极神魔图疯狂旋转着，对抗着来自远祖的吞噬之力。与此同时，远空激射而来一道冷电，在刹那间竟然破入了远祖的身体！

独孤！竟然是那把弑天凶器！辰南非常自然地将其抓到了手中，涅槃重生的他似乎有着无限悲意！他怒吼着，挥动着"独孤"，竟然破开了远祖的躯体，从里面冲了出来！自远祖体内复活，或许这才是一种真正意义上的涅槃重生吧！远祖撕裂开的身体快速愈合了，他发出一声凄厉的吼啸，向着辰南抓去，无尽的毁灭之光爆发于天地间，整个世界又多了数道混沌大裂缝！

神魔图挡住了远祖。辰南挥动着独孤杀向辰老大。"你纳命来！"辰南此刻比辰老大还要疯狂！"当！"悠扬的钟声再次响起，一口巨大的黄金钟罩落而下，再一次将辰南笼罩在了里面。"吼——"辰南愤怒咆哮，怒发乱舞，涅槃重生后的躯体透发着万丈魔光，手持独孤生猛地冲向黄金钟体。"噗！"独孤竟然像切割泥土一般，生生将黄金钟切开一扇巨门！辰老大怒啸，带着二祖冲了过来，与此同时远祖压制着神魔图，巨大的手掌拍落而下！辰南逆天冲起，躲避开渐渐觉醒的远祖，涌动着滔天的杀意，冲向辰老大与二祖。

"杀！"天地大动荡！月亮外围的这场惨战，像是一条可怕的导火索一般，在天界与人间蔓延，天地竟然开始崩碎了，空间不断破碎，大毁灭开始了！但就在末世来临时，辰南却与辰老大不死不休！远祖毕竟还没有彻底觉醒，太极神魔图冲破巨爪阻挠，飞旋了过来将辰老大撞飞，辰南将手中的"独孤"甩手扔了出去，在刹那间插入了辰老大的躯体！弑天的凶器撕裂了辰老大的魔体，而后在空中划过一道优美的轨迹，竟然脱离了辰南的掌控，如光般飞去，离开了这里，冲向了崩碎的天地间。

与此同时，太极神魔图竟然也飞走了！"回归到你们主人的手中去了吗？"辰南短暂地失神，而后自语道，"一切的一切，都不是我的，我只能依靠我自己啊……""祖母……"辰南冲向了自己的祖母，但是却被喝止住了："你快走，永远不要回来了！"辰南道："祖母，我带你一起走！"祖母喊道："不，我不能走！我只能成为你的拖累！你快走吧，不要再耽搁了，去有天阶高手的地方，六道崩碎，唯有天阶高手聚在一起，才有一丝活命的机会，你快去逃命吧，如果你再磨蹭，我立刻就死在你面前！"

辰南飞天而起，充满无尽的怒意，冲向了刚刚撕裂的大祖，展开最为狂暴的攻击，在刹那间将大祖再次撕裂成无数瓣，在二祖与远祖魔爪来临之际，辰南冲天而起飞向了崩碎的天地间。"太古诸神回归了吗？我将去向何方？"涅槃重生的辰南，没入了滚滚冲击而来的混沌中。大祖愤怒的吼啸传遍天地间："六道崩碎，天地皆毁，谁若助那弑祖孽障渡过毁灭大劫，辰家与之不死不休！"

高耸入云的巨山，绵延万里的大河，浩瀚无垠的大草原……曾经的壮丽山河，现在都开始崩碎了！美丽的花谷，多彩的丘陵，迷人的山林风光，所有这一切，都将烟消云散！苍茫大地之上，一切美好的事物，都将彻底地毁灭！那一条条混沌大裂缝在天地间不断爆裂开来，无穷无尽的混沌光芒在翻涌，曾经的人类家园，那富饶的大地开始崩碎了，一条条上千里的大裂缝已经将完整的大陆分割成了十几个残块。可怕的灾难，无情的大劫！

一切都将走向终点，众生都将毁灭！

沉闷的窒息感充斥在天地间，仿佛一双无情的巨大黑手正在用力地将天地碾碎。曾经的锦绣家园，风情无限的大好山河，都将成为过眼云烟。"轰"的一声巨响，天地间山摇地动，千万生灵遭劫！大陆的一部分彻底地粉碎了，所有的一切都毁灭了。"轰隆隆！"天界、人间、残破的世界，原本有无数空间通道相连，并未真正彻底连接在一起，但是在末世来临之际，所有的空间通道都崩碎了，三界交界地带不断地爆发出混沌神光，那里成了死亡之源，附近的一切生灵都毁灭了！

末日浩劫！天地恸哭！众生同哭！所有的寻常百姓都惊恐地哭喊着，人间大地一片恐慌，人们近乎崩溃了，这从来没有过的大灾难，让所有人都惊恐得不知道如何躲避。辰南自那月亮之上冲入天界，而后直接进入人间，看到了这幅悲惨的末世景象。看着那昏暗的天空，他感觉到了一股强大的窒息感，他知道真正的大破灭还没有开始呢，这不过是前奏而已。"为什么会这样，难道所有人都将灭亡吗？"他仰天大吼。然而回答他的是一道久违的天罚！巨大的闪电，自无尽的混沌中劈落而下。

"吼——"辰南仰天怒吼，逆天而上，击溃了天罚，冲进了那片混沌中，想要撕裂一切阻挡，寻出那灭世元凶。混沌中什么也没有，只有被他崩碎出的一条空间通道而已。辰南看着苍茫大地之上众生悲惨挣扎，他心中涌起一股悲凉的无力感，天要灭世，谁人能阻？"太古诸神要回归了吗？他们在哪里，他们能够改变这一切吗？"眼下，似乎唯有那最为强大的太古诸神可以让这毁灭的世界发生改变。

"去哪里？去哪里？！"辰南大吼，刚刚反出辰家，他心中本就积郁难受无比。六道将崩碎，曾经的亲人成了仇人，而往昔的朋友，如今又不知道在哪里。前路茫茫，不知在何方，就是他自己，也不一定能够活下去，就更不要说那些人了。也许，大破灭后，所有熟悉的人都将死去，这样一个残破孤寂的世界，还有什么意义？！辰南毫不犹豫地飞向了神魔陵园，自他复活后，神魔陵园在他心里始终有着重要的地位，每到无法抉择时，就想回归那里。

崩碎的天地万物不断在他脚下飞过，可是当他来到神魔陵园后，他整个人都呆住了，曾经的陵园已经彻底地消失了！唯有高大的雪枫树郁郁葱葱，所有的墓碑皆不见踪影。"轰！"天地崩碎蔓延到了这里，一条大裂缝出现在大地之上，成片的雪枫树在崩碎，无尽的落花纷纷扬扬，淡淡哀伤，无尽悲意！

辰南大吼了一声，身体化成一道神光，向着大地之下冲去，他想深入地下，进入祖脉之中，说不定神秘人就在那里，还有那曾经恍惚间看到的残缺尸体！但是，他再次失望了，大地之下什么也没有留下，曾经的祖脉早已不见了，更不要说神秘青年与那半截尸体。"为什么会这样？"辰南仰天大吼。没有时间了，他飞向了天元大陆中部地带的群山，很快看到了再现的死亡绝地，但是这里除了不断崩碎以及漫天的混沌光芒之外，什么也没有了。

魔主不在这里，无名神魔也早已消失，这里成为了真正的死域，混沌光芒令一切破碎，很快这里就将彻底地消失不见了。辰南心中有一股悲凉感，大地之上曾经的一切，似乎都要从历史当中抹去了，到了最后似乎一切都不复存在了！永恒的孤寂最为可怕。辰南极速飞行，下方崩裂的大地在飞快倒退，众生的凄厉嘶吼响彻天地间，末日来临，所有人都恐惧到了极点，但却只能挣扎哀号。辰南来到了永恒的森林之外，无尽的原始老林依然存在，但是这里曾经存在的小六道消失了！仿佛这里就只是一片原始森林，那可怕的血海、那无尽的荒漠等等似乎从来没有出现过一般。

"这里也消失了，难道小六道的主人全都复归，将他们的小世界带走了？"天地茫茫，辰南有些茫然，不知何去何从。祖母的话语还萦绕在耳边，让他尽快寻到天阶高手，共同对抗毁灭大劫，单凭他自己是无法生存下去的。辰南虽然想寻觅曾经的朋友，但是眼下众生荒乱，分隔在各界，苍茫天地间，他如何去寻找？

"活下去，我要努力活下去！"一声吼啸，辰南飞入青冥，出现在西方天界。曾经繁盛的西方神域内，此刻一片破碎，众神聚集在一起，各自的内天地都已经装满了一切。暗黑大魔神、冥神、阴影魔神、法祖等天阶高手，立身于高空之上，维持着一个相对平和的空间。

"辰南你在寻找联合渡劫之人吗？"法祖最先看到了辰南，大声传音道，"可惜呀，我们这里的人已经够了，不可再加入外人了。而且，方才月亮之上，传来惊天动地的魔啸，说你是欺师灭祖之徒呀……这样的人六道难容！"法祖淡淡地笑着，眼中带着一丝阴冷。现实就是如此啊，最后的关头一切虚伪的面纱都不复存在，法祖与他本来就有隔阂，现在正是落井下石的时机，不留情面地拒绝他的到来。

"请你离开这里，这是我西方众神的地带，不允许外人随意闯入！"暗黑大魔神更是直接冷言相斥。"请你离开！"冥神的声音很森然。"哈哈哈……"辰南仰天冷声大笑，这个世界果真现实啊！他大喝道："我不是寻你们对抗大劫的，请你们放心，就是天地间没有天阶高手让我加入，我一个人也会好好地活下去！今天，老子是来挑战的！六道崩碎又如何？今天，我先与你们大战一场，来检验我的修为进境。"

辰南确实气不过这些人的言行，他这番话语顿时令西方几位天阶高手颜色骤变，现在在对抗即将暴风骤雨般降临的天地大劫啊，而眼下这个疯狂之人竟然要挑战他们，这是赤裸裸的报复啊！辰南的眼神犀利如刀锋，似乎在明白无误地告诉他们，这就是赤裸裸的报复！"杀！"没有多余的话语，辰南化成一道神光冲向了法祖，一拳轰碎空间，天地震荡，像导火索一般，让本就在崩裂的空间不断碎裂！

法祖的咒语都未来得及发出，就让辰南一拳轰飞了！这是绝对的强势！惊人的修为让法祖面色惨变。"你这欺师灭祖之徒，天地间无你容身之地，这里岂能容你耍横！"暗黑大魔神吼啸着，联合冥神打出一片死光，向着辰南笼罩而去。辰南双灵合一，为神为魔一念间，看到漫天的死光扑来，他周身上下神光尽敛，无尽的死亡气息浩荡而出，比之冥神还更像一个死神，毫不犹豫地冲了过去。

"轰！"能够撼动山河的掌力与暗黑大魔神和冥神不断交击，他们维持的这片稳定空间出现一道道巨大的混沌裂缝，让西方几位天阶高手惊怒无比。"你们是西方祖神，修为怎么这样糟糕？"辰南无情奚落着。又有两道人影自众神间飞起，火系祖神与雷系祖神冲上了天空，霎时间无尽的业火弥漫于空中，还有堪比天罚的雷光照亮了整片世界。

"原来，你们西方老不死的还真不少啊！"辰南毫无惧意地冲入了人群中，在法祖等五大天阶高手的包围下，竟然没有丝毫的恐慌。他胜似闲庭信步，在五大高手的围攻下纵横冲杀！辰南自远祖体内涅槃重生后，重生的肌体内蕴含了难以想象的力量，一次再生等于一次无法想象的蜕变！加之双灵合一，辰南再也不是从前的辰南，修为攀上了一座新的高峰！西方几位天阶高手震怒无比，辰南肆无忌惮的攻击将会毁掉他们苦心经营的一切，这个疯子，别人都在为大破灭到来时的生存而努力，他却发动了大战，来这里挑战！

辰南敏锐地觉察到，下方众神中似乎依然有两三名天阶高手没有出手，似乎在守护着什么，而且他感应到了最为精纯的元气波动，就在那众神正中央的地下！"吼！"辰南一声大吼，打碎漫天的雷光，与暗黑大魔神对了一掌，冲过无尽的业火，打破冥神的死亡阻隔，运用时空宝藏的力量，化成一道魔光冲入了下方的大地。众神大乱，几位天阶高手更是变色，怒吼道："拦住他！"

地下竟然有着灵泉、神脉、灵根，是几位天阶高手以大法力从各地拘来的！辰南毫不客气地将几条大地灵根收入自己的内天地，而后冲天而起，头也不回地远去！"该死，西方最强盛的几条灵根被他抢走了！"法祖愤怒地咆哮着。几位天阶高手已经出离了愤怒！

"杀死他！一定要杀死他！"火神叹了一口气道，"我们是有能力灭杀他的，但前提是他不逃，现在还能追得上他吗？"西方神域传来数声震天的咆哮，所有人都怒火汹涌，道："大破灭后，如果他侥幸未死，定然让他灰飞烟灭！"

"你们放心，我会好好地活下去的，到时候我会主动来拜会你们的！"辰南从容远退。

西方不成，进入东方天界。东方众仙也已归拢，分成了两大阵营，一方竟然是回归的太古六邪，而另一方是几位太古东方强者。南宫仙儿为六邪之一，看到辰南出现，想要拉他加入，但是却遭到了绝情道祖与破灭道祖的极力反对。"我们不会收留欺师灭祖之徒！"绝情道祖冷声嘲讽。破灭道祖更是寒声挖苦道："请你走开，我们这里不需要其他天阶高手加入，没看到我们六邪聚齐了吗？"

辰南没有想到南宫仙儿多少还念着一些旧情，也不想让她为难。他没有多余的话语，只是冷喝道："绝情道祖，还有破灭道祖，我现在向你们挑战！"也不管两人同意否，直接杀了过去，现在六道将崩碎，实力就是最强硬的真理，面对冷言嘲讽，有时候拳头比道理要管用得多！三道光芒缠绕在一起，未过半刻钟辰南竟然一掌震碎了破灭道祖的右臂，令之如冰雪遇热般飞快消融！"有什么可狂妄的，不过如此而已!"这蔑视的言语,比之最猛的攻杀还要让破灭道祖难受。

"砰"一拳轰飞绝情道祖,辰南昂然而立,摇了摇手,道:"不过如此而已!"六邪惊怒,除却南宫仙儿外,所有人都冲了过来,辰南如飞退走。东方天界,另一方天阶高手虽然没有出言羞辱,但态度也很冷漠,辰南大战之后退走。虽然功力大进,挫败了羞辱他的人,但是此刻的辰南,却难以露出笑颜,天地茫茫,何处容我身?他有一股难言的孤寂!再次进入人间界,大地崩裂的速度又加剧了,恐怕彻底的毁灭已经不远矣,众生在哀号。

正在这个时候,辰南感觉到了一股莫大的威压,一片空间崩碎,绝代君王楚相玉竟然不是自空间之门出现,而是直接崩碎两界间的空间出现!无尽的威压激荡于天地间,混沌大裂缝一道道崩现,他所出现的地域很快便彻底地崩碎毁灭了,化成了翻涌的混沌之光。"太古诸神终于回归了!"绝代君王楚相玉仰天咆哮,盖世魔威让整片人间界都战栗,而后他搅动起漫天的魔云,头也不回地冲进了天界,最后又冲向了那无尽的星空。

与此同时,在丰都山残迹处,第六界与人间相连的空间之门光芒大作,两道伟岸身影跨界而来,他们都流露着气吞山河的强势气息,打破人间与天界不断崩碎的混沌光芒,也冲入了天界之上的无限星空中。辰南终于知道小六道等各界之主级别的最强者去了哪里——太古诸神将在星空中出现,最终战场可能在那里!

"轰!"人间界又一声巨响,空间再次崩碎,一个黑发青年现身,魔气滔天!"父亲!"辰南将速度提升到了极致,最后看到魔性辰战的身影也冲入了天界,飞向了那浩瀚星空。又是一股强大的气息,让整片人间界战栗起来,辰南仰头观望,只见一个巨大的太极神魔图载着神魔陵园中的神秘青年冲天而起!太极神魔图竟然被神秘青年收去了!"吼!"魔啸震天,拜将台惊现于天际,千古魔主立身于高台之上,冲向天界星空……

六道即将破灭,太古诸神回归之日,所有最强者都去迎接,将要大战了!天地在崩碎,六道在毁灭!曾经的最强者都出世了!他们来自各界,但却早有默契。有些人是辰南所认识的,如当之无愧的千古魔主，还有神魔陵园内逆天复活辰南的神秘青年，以及那第五界的绝代君王楚相玉。有些人他虽然不知道来历，但看其绝代霸气，就可知是盖世高手，所有人都冲向了天界星空。

神秘青年与神魔即将消失时，神魔图突然光芒绚烂无比，几条人影坠落而下，掉进崩碎的空间大裂缝消失不见了。"空空、雨馨、晨曦！"辰南大吼，匆忙追了上去，但是却发现已经晚了，空间大裂缝已经化成了混沌，这些人进入了未明的空间，有可能进入了其他世界。到了现在，六界间再也不是牢不可破的状态了，天阶高手已经能够轰开世界隔离层，甚至有些地方存在着天然的大裂缝。

天威震六界，诸强皆出世！

千古魔主驾驭拜将台消失后，一具骷髅骨架慢吞吞地飞上了高天，一边飞行一边叹气："折磨人啊，折磨人，我这都快死透了的人，也得出手啊！""鬼主——"辰南大叫，这个骷髅鬼主，正好从他不远处飞过，这一次他抓住机会冲了上去，喊道，"我也随你一起去！""不要去了，这次去的人，凶多吉少啊！"鬼主依然慢吞吞道，"老天这次玩大的，洗牌洗个彻底，六道都将彻底毁灭了，我们这样的人不会剩下几个的。"说罢，也不理辰南的反应，他在刹那间提速，瞬间消失了。

大人物们都去天外星空决战了！人间凄惨的景象惨不忍睹，在这世界毁灭之日，众生如蝼蚁般弱小，辰南不愿在这悲惨的世界待下去了，他也向着天界星空冲去。飞过月亮之时，辰南感觉到了莫大的威压，远祖的魂魄波动非常剧烈！不是真正意义上的复活，但是已经渐渐觉醒。

飞上太空，眺望无尽星空，漫天星斗都在颤动，且不断有星辰坠落崩碎！传说，无尽的星空早已是一片死域，在当年的太古大战时，星空便是古战场，逆天大战摧毁了一切生机！"轰！"一颗璀璨星辰在前方爆裂开来，耀眼的光芒让人难以睁开双眼，无匹的能量波动阻挡住了辰南的去路，这果真是一片可怕的战场。

"轰！"又是一股猛烈的能量爆发开来，辰南以为又有星辰毁灭了，本能地举掌向上打去，但是突然间他骇然发觉，一个巨大的面孔在向他接近，简直无边无际！分不清是男人还是女人，看不出喜怒哀乐，巨大的手掌直接粉碎了一切阻挡，轰落而下！飘浮在虚空中的一片巨大的陨石群落，在刹那间化成了飞灰。可怕的力量！辰南在第一时间退避了出去。

白光一闪，一具骷髅骨架出现在星空中，责备地看着辰南，透发出精神波动，道："不要你来，你非要来！这不过是天之化身而已，真正厉害的东西还在后面呢！""吼！"鬼主一声咆哮，雪白的骷髅骨架在刹那间暴涨起来，逆空而上，在震天的吼啸声中，鬼主的躯体光芒闪烁，竟然生出了血肉，长出了须发！白骨生肉，他竟然在星空中让身体再现当年强势之态。一个魁伟的巨人冲向了天之化身，下方的辰南看到一片片血浪翻涌而下，无尽的能量波动浩荡而来，鬼主与那天之化身缠斗在了一起。

与此同时，浩瀚星海中，四面八方都是嘶吼声，辰南听到了魔主的咆哮，看到了神秘青年与太极神魔图，甚至看到了魔性辰战在战斗，星海一片大乱！辰南毫不犹豫地向着魔性辰战冲去，想帮助他的父亲解决战斗，但是就在这个时候，他看到了一个熟人——黑手广元！没有任何言语，广元向着辰南扑击而来，辰南双手划动，星空都颤动了起来，辰南修为大进后，脱胎于逆乱八式的第一式，已经威力大胜从前。

"轰"的一声巨响，周围的星辰都仿佛摇颤了起来，一块巨大的陨石崩裂成千万瓣，辰南的身影被震得倒飞了出去，接着他一个旋身，时空本源的力量浩荡而出，再次杀向惊愕的广元。但是，就在这个时候，高天震动，无尽星辰闪耀，远方一条龙脉冲了过来，撞向了广元！不错，那是一条龙脉，或许可以称之为大地祖脉！恍惚间，辰南看到里面有半截躯体！

"啊，是你！"广元大叫，既惊恐又愤怒！辰南认出来了，是神魔陵园下的祖脉，里面果真沉睡着半截躯体，当初并不是错觉。祖脉包裹着那似人似尸的存在杀向了广元。"杀！"广元似乎感觉到了莫大危险，急声大吼着。浩瀚的能量在涌动，漫天的星斗在颤动，祖脉透发着让人窒息的强大气势，搅动得这片星空仿佛都战栗了起来。

"广元当诛！"神秘冷漠的声音自祖脉中透发而出，这像是个信号一般，远处魔主、神秘青年等皆长啸不断，各自都在施展杀手，灭杀自己的仇敌。沉闷的气息波动，广元竟然被祖脉吞了进去，与那半截躯体纠缠在一起。无限星空，四方混战！但辰南知道，这并不是真正的决战，这不过是小小的插曲而已，毕竟太古诸神还没回归呢！现在已经如此激烈，可想而知，真正的主宰者现身，那将是怎样的一幅景象呢？

"灭尽混沌遗民，迎接太古诸神回归！"也不知道是谁一声大吼，引得八方星云颤动，所有太古诸强都在星空中狂啸起来。不知不觉间，竟然有十几道透发着混沌光芒的人影在星空中闪烁。辰南已经与一人大战在了一起，没有方天画戟，没有太极神魔图，也没有毁灭性的法则，辰南赤手相搏。在璀璨星光中，辰南感到体内涌起一股力量，让他感觉不得不发，双手划出一道道玄秘的轨迹，恐怖的波动浩荡而出，在这星空诸强混战之际，他竟然接连打出了逆乱八式的第二式与第三式！无尽的毁灭之力将前方的混沌遗民崩裂成数十段，而后化成飞灰！可怕的功法，可怕的力量！

"噗！"另一方，鬼主撕裂了那天之化身，漫天的血雨在星空中飘洒，生出血肉的他昂然立在星空中吼啸。"吼……亿万生灵为兵，百万神魔为将！"魔主咆哮震天，立身于拜将台上，无尽的神魂魔魄浩浩荡荡自拜将台内汹涌而出，瞬间将他前方的一片混沌遗民淹没了。而在另一边，神秘人掌控太极神魔图，横扫一切阻碍，所有混沌遗民全部被腰斩，魂飞魄散！鲜血弥漫于星空之上。

最后，魔主、神秘青年、鬼主同时扑向祖脉，杀向与半截躯体纠缠的广元，无尽的光芒将那里淹没了。也不知道过了多长时间，广元凄厉的怒吼才传出："就算我魂魄散尽了，我的灵识也将回归天道的怀抱，我依然永生！"点点灵识，消失在无尽星空中。

"诸神回归吧！"魔主大喝，声震整片星海。战斗暂时停住了，诸强聚集在了一起。六界之中最强的十几道人影，像是一面面古老的墓碑一般，矗立在茫茫星海中，在魔主的大喝声中，一个巨大的星空之门出现在太空中！那竟然是在第三界修复的轮回门，由魔主的神魔图支撑！传说果然是真的，魔主修复轮回门，是为了接引太古诸神回归！

"轰"的一声巨响，远方的星空竟然崩碎了，陷入一片黑暗。星空竟然也要开始毁灭了！世间一切尽毁！祖脉中的半截躯体来到了最前方，激荡出无尽的力量，最后狂吼一声，残躯复原，整片祖脉尽毁。他的双手不断划动，不断崩碎的诸天星辰之力快速凝聚而来，而后打入了轮回门内。神秘人也同时出手，太极神魔图狂乱舞动，九道混沌门在太极神魔图中隐现，透发出九道璀璨光芒射进轮回门。这个时候，所有人都出手了，轮回门开始明亮起来，而后爆发出一阵狂暴的波动，十几道人影飞快退后。

　　一股苍凉的气息弥漫开来，轮回门内光芒耀眼无匹，而后若隐若现的古老战歌响起，声音越来越大，直至响遍星空。"轰！"星空中终于开始大崩碎了，冥冥中的主宰者似乎知道太古诸神回归了！太古诸神古老沧桑的歌声响遍星海，星空不断地崩碎。"修我战剑，杀上九天，洒我热血，一往无前……"在这世界灭亡之日，诸神终于踏上了归途，苍凉古老的战歌透发着不屈不挠的战意！辰南不知道为何，突然有一股想哭的感觉，一群古老的战神，自太古至今，战魂不灭，他们从迷失的星空中回归，依然如此战意高昂。

　　"轰——"星空不再明亮，马上要彻底毁灭了，大片的地域永远地陷入了黑暗，回归了混沌！冥冥中的主宰者在逼他们做出选择！数十条战魂自轮回门内走出，神秘青年、魔主这等强势人物也是热泪盈眶，上前与那些人抱在了一起。无尽苍凉之意在星空中弥漫。"战友们，让我们踏上通天之路吧！"自祖脉中恢复过来的青年大吼道。轮回门光芒万丈，闭合了原来的星空之门，再次打开一条无尽深邃的通道！"六道再见了！"诸神齐吼，似乎有着无限的眷恋。他们陆续走入那深邃无比的通道中，辰南也想冲上前去跟着他们踏上通天之路，但是魔性辰战飞了过来，拦住了他的去路。

　　"回去！"

　　"不，我要与你们一起去战斗！"

　　"回去！"魔性辰战没有任何感情波动，只重复着这两个字。

　　"六道毁灭了，我去哪里？与其如此，我还不如与你们一起去战斗！"

　　"孩子，回去吧！"就在这个时候，远方星空中光芒闪现，一个仿佛需要人仰望的青年出现了，一步便来到了辰南的眼前。"父亲!"辰南大呼。神性辰战，居然是神性辰战! 万年分离，他这个时候出现了! 在这一刻，辰南双眼湿润了，口中除了"父亲"两个字，他什么也说不出了。神性辰战风采一如往昔，他的双眼也有些湿润，用力抱了抱辰南，道:"孩子，回去吧!""父亲，我才见到你啊! 母亲呢，母亲在哪里? 一万年了，一万年啊!"辰南激动得热泪盈眶。

光芒一闪，辰南的母亲自神性辰战的内天地中走出，面容依然那样秀丽与慈祥，看清辰南的那一刻，辰母立时哭着抱住了他:"小南! 孩子……"在这一刻，辰南像个孩子一般抱着自己的母亲和父亲，放声痛哭。一万年了，多少个魂牵梦绕的日子，多少次在睡梦中惊醒，多少次期盼重逢。一场痛哭，一场大哭。没有话语，紧紧相抱痛哭，所有的一切都在不言中。

辰南泣道:"父亲，母亲，我要与你们在一起!"神性辰战无声地摇了摇头。辰母轻轻拍打着辰南的脊背，柔声道:"孩子回去吧，六道崩碎，也有活下来的一丝希望，但是通天之路，是一条不归路! 只要踏上，便无法回头!"辰南急道:"那我更要与你们在一起! 而且，母亲，你的修为并不比我强啊!"辰母道:"因为你父亲必须要去，而我与他不离不弃，我们是一定要踏上通天之路的。你要在六道活下去! 你是希望，你是火种，不能让所有的强者都踏上通天之路!"

神性辰战开口说话了:"你真的不能去! 方才的战斗连插曲都算不上，走上通天之路，真正的战斗才开始。你修炼的时间太短暂了，不要浪费了你的潜力! 用心去修炼，我在通天之路上等你!"说到这里，神性辰战微叹道:"我也要以最巅峰的状态才能进入!"旁边的魔性辰战像是有感应一般，转身面向神性辰战，分开无尽岁月的神魔两身将要开始融合!

绚烂的神光与无尽的死亡魔气同时激荡于星空中，两道伟岸的身影慢慢走向一起，在刹那间爆发出一股威荡九天的可怕气息，摄人心魄的威压让整片星空都在剧烈颤动，神、魔竟然合一了! 随后所有的气息都收敛了，辰战的双眸似海水一般深邃，他深深看了一眼辰南，擦干自己眼角的泪光，又帮辰南擦去脸上的泪水，道:"以后只能流血了！我与你母亲走了！"说罢，他头也不回，进入了轮回门！辰母轻轻挥手："孩子再见，再相见！"

"再见，再相见……"这句话不断地回荡在辰南的耳边，父母就这样走了，一万年的分别，仅仅相聚了短暂的瞬间，就又分开了，这一次的分别也许就是永别了！六道将毁灭，父母就这样走了。几道人影自远方冲来，赫然有天魔在列，他们进入了轮回门。辰南擦净脸上的泪水，自语道："再相见，会相见的！"他的脸上渐渐露出坚毅之色。

轮回门渐渐虚淡了，苍凉古老的战歌，在崩碎的星空中回响："修我战剑，杀上九天，洒我热血，一往无前……"太古诸神踏上了通天之路，一条无法回头的绝路。古老的战歌，曾经的战神们，他们是天地间真正的斗战圣者，是六道最强大的勇士，弑天之路是他们的最终战场！一个征天的神话，一个灭天道的传说。

星空在崩碎，黑暗在降临，所有的光芒，所有的希望，都将永远地葬送在无尽黑暗中。轮回门不知道是崩碎了，还是彻底消失了，从辰南的眼前彻底地失去了踪影。辰南感觉心中酸涩无比，古老的战神们，留给他的是悲壮、是激励，让他心潮澎湃！

"修我战剑……"他仰天大吼，"有一天我也会踏上征天之路的！"曾经的一切，都将成为过眼烟云，这个世界上所有的一切都开始毁灭了。于万丈虚空中，辰南不断逃退，他飞向了天界，背后的星空已经不复存在！路过天界高空时，辰家所在的月亮依然有光芒闪烁，魔气波动越来越可怕，无尽恐怖的力量包裹了月亮，抵抗六道崩碎的大劫，辰家果然有大神通，竟然保住了月亮。辰南心情复杂，愿这里平安吧，毕竟他的祖母还在这里。不过，他不可避免地想到他的父母，就这样地走了，才短短相聚了那么一会儿啊！

"在这个世界上，重要的不是你站在哪里，而是你朝什么方向移动！""小南，天气冷了，该加衣服了……"父母曾经关爱的话语，仿佛依然萦绕于耳，可是一切转瞬成空！看了月亮最后一眼，辰南俯冲进崩碎的天界。浩瀚的天界竟然已经毁灭了大半，曾经的壮丽山河已经不复存在，到处都是惨烈的煞气，无尽的混沌大裂缝在虚空中崩裂，末日就是如此！毁灭曾经存在的一切！

"轰!"天罚轰下,狂猛地朝着辰南劈来,惨烈的雷光照耀在残破的世界间,让这个世界显得凄惨无比。久违的天罚啊,辰南感觉到了莫大的威压,这毁灭之光竟然对天阶高手都造成了威胁,普通生灵如何能够扛过?!"杀!"辰南逆天冲起,打碎无尽雷光,冲向天罚的尽头,大吼着,"不能踏上通天之路,就让我在这里大战一场吧,俯视众生的主宰者,让我揭开你神秘的面纱,看一看你的真容!"

　　在那天际尽头,辰南崩碎虚空,破开混沌,竟然真的发现了一个生命体,一只无比巨大的手掌,灭世之手!无边无际,遮笼天地,巨掌拍下时,像是苍穹坠落了一般,下方天空崩碎,大地沉陷,无尽的毁灭气息激荡于天界,这就是毁灭的罪恶之手啊!不过,辰南知道这不是唯一,天之化身存于六道,这似乎还不是重量级的呢!八方神灵都感应到了这灭世之手,许多神祇都战栗了起来,万年前的毁灭气息就是如此啊,而这次天之化身再现,比上一次猛烈多了,誓要毁灭六道!

　　"啊——"辰南大吼着,疯狂与那巨掌拼杀在一起,在这一刻他已经化成了一个巨人,用最为强大的力量抗衡毁灭之手,逆乱八式第一式与第二式连着轰出,无尽血浪飘洒在天地间,弑杀天之化身!没有战斗胜利的欢喜,有的只是末世来临的悲哀,辰南全身染遍天之化身的鲜血,迷惘地在天地间飞行。果然,方才的天之化身不是唯一,四面八方皆有可怕的雷光在闪耀,天界生灵大半都已经被天阶高手聚拢而去了。

　　辰南没有再与天之化身鏖战,他飞向了六道之源——人间界!人间界,大地在沉陷,天空在崩碎,曾经的繁华盛世彻底成为了过去。在这一刻,可以用国家的毁灭来计量现在的惨烈。"轰"的一声天崩地裂的巨响,东土大陆之上,两个小国彻底灰飞烟灭。"轰!"又是一声巨响,东土大陆上最大的国家拜月国,毁去一半的领土,半个国家永远地自人间大地消失了。生命的脆弱,在这一刻已经难以言表,在主宰者眼中,众生比蝼蚁还要轻贱,他们被肆无忌惮地毁灭,没有任何人可以幸免。

　　在这一瞬间,上至王公贵族,下至贩夫走卒,所有的人在毁灭降临时，都只能在恐惧中等待灭亡，没有人能够例外！众生在惊恐地祈祷着，期盼神迹的降临，来助他们脱离苦难。只是，众神也只比寻常百姓强上一点而已，没有归附天阶强者的神灵，他们的下场也是毁灭！突然间，邪异的黄雨从天骤降而下，天地间黄蒙蒙、凄惨惨一片，六道都在哭泣，仿佛在为这末日的来临感到悲凄，黄色的大雨在不断崩毁的世界中，贯通了天上人间！

六界同恸！六道在哭泣！在这大破灭之日，一切的力量都显得那么苍白与无力。六界间的屏障崩碎了，六个世界崩溃了，贯通的六界更加狂暴了，眼看即将彻底毁灭。这个时候，实力强大的天阶高手们终于出手了，天界的势力早已划分好，西方诸神与东方众仙的庇护者，他们将手伸向了人间界！

不是拯救，而是索取！索取众生的生命之能！他们早已收集到足够的人口，更有数量众多的仙神投靠了他们，他们已经不需要追随者，现在所缺少的只是灵气！生命之能是最好的灵气之源！辰南怒火直欲燃上九重天！他看到了暗黑大魔神、冥神、破灭祖神、绝情祖神的法相，看到了他们的化身肆虐人间大地，收割的生命并不比天之化身粉碎的灵魂少！

末世的悲哀，末世的狂乱！

辰南有心相阻，但是他能阻得了谁？！即便他阻止得了这些天阶高手，他阻止得了天吗？！这个时候，被封困在第三界的天阶高手，在六道贯通的刹那，终于全部冲了出来。如今才脱困而出，不是他们实力不够强大，而是因为当初他们不敢通过轮回门回归，因此直至现在才回返。对于各界生灵来说，这是一场灾难！久困于第三界的高手，他们太缺乏元气了，冲向各界的刹那就是杀戮，获取生命元气！

人间界成了一块大蛋糕，生灵涂炭！亿万人死于非命！众生被毁去十之八九后，众强开始争夺资源，将幸存者收入内天地。自第三界不断回归的天阶高手，在划分地域开始显现神迹，开始聚拢活着的众生。不可避免的，他们之间也发生了争斗！

混乱的世界！太古巨凶在吼啸杀戮，天之化身在灭世！辰南木然矗立在天地间，看着那一幕幕的悲剧……繁华落尽，竟然是如此凄惨！

最后，他竟然也成了被猎杀的对象，有天阶高手向他袭杀而来，冷眼查看，竟然是暗黑大魔神等招引而来的第三界强者。无须多说什么，不需要浪费任何口舌，杀戮才能解决一切，辰南愤然出手。在绝望中屠杀，在绝望中大战！

当辰南撕裂一名天阶高手时，吼道："为什么？"对方惨笑道："为什么？天要灭世，即便躲过，没有灵气支撑，也是死！""那你就化为我的灵气吧！"辰南大吼，而后疯狂地杀向了无尽雷光的尽头，冲着混乱的天阶高手大吼道，"想要灵气活命，杀天之化身补充！"

血雨纷飞，生死激战，辰南竟然真的撕裂了一具天之化身，漫天都是惨烈的气息，无尽的灵气被收拢。大地之上众多天阶高手，一阵惊愕，而后全部吼啸着，冲上了天空，但却不是杀向天罚尽头的天之化身，而是向着辰南杀来！"你们……"辰南气得怒吼，众强的目标竟然是他撕裂的天之化身。

一片凄惨的末世！就在这个时候，最后的大毁灭真正来临了！无尽的威压笼罩而下，即便是天阶高手也都快窒息了，仿佛有万万钧的巨山，压落在每一个人的心间！而后，六声恐怖巨响爆裂了开来，六道大崩碎了！广阔无垠的大地彻底沉陷了，汹涌澎湃的大海彻底干涸了！六界的天空化成了混沌，在崩碎与翻涌！所有天阶高手在崩溃的六道中挣扎！

恍惚间，辰南听到众多的天阶高手喊着什么，似乎想要逃向某一地域，但是他无从分辨了，因为他在这一刻竟然看到暗黑大魔神与法祖，将一个女子抛落出他们的阵营。那竟然是圣战天使纳兰若水！"轰！"毁灭六道的力量，在刹那间粉碎了那条姣美的身影。在那一瞬间，辰南看到了那张流着泪微笑的绝美容颜，在慢慢虚淡而去，似乎有满足，似乎又有着无限的遗憾。

恍惚间，他听到了纳兰若水最后飘来的话语："或许我太懦弱了，从相逢时我就不懂得争取，一直在退缩妥协……直至现在，我从来没有努力去争取过我想要的东西！如果能够转世成功，我不会再做原来的自己！""纳兰若水！"辰南大叫，一切如梦似幻，就此消失。

"暗黑大魔神！法祖！为了打击我，你们也不用如此下作卑鄙吧！"

辰南仰天怒吼，在毁灭的最后一刻，他冲向了高天，杀向暗黑大魔神等人。但是，落井下石者太多，到了现在，众多天阶高手还在为了攫取灵气争斗，不少人向他出手。更有太古六邪等频出黑手，想要袭杀他，暗黑大魔神等更是引动狂暴，向他轰杀！那最高的天空，月亮之上更是降下一道毁灭死光，将他劈落而下。

辰南愤怒大吼，向天冲击，诸强也都在向着那个方向退走，但是暗黑大魔神等人似乎不想给他逃生的机会，不断轰杀他。辰南纵横于天地间，百战于天阶高手中，大吼道："你们给我记着，我是不会毁灭的，有朝一日我会再现天地间的！"

"永远地去死吧！""不会给你任何机会！"……一张张阴冷的脸在辰南上空冷笑，辰南冲杀突击，但每一次都被轰落而下，最后他在无尽虚空中坠落而下，下方毁灭性的力量让他的躯体开始龟裂。"吼！"盖世君王黑起自崩碎的第五界冲来，涌动着滔天的魔气，有几人跟在他的身后，正好遇到无力坠落而下的辰南。盖世君王双目煞气爆射，横刀向天，而后手中绝望魔刀劈落而下。辰南无力地打出逆乱第一式，双臂险些粉碎，向着那毁灭的根源之地坠落而去。

"轰！"六道爆发出一片极其绚烂的光芒，最后彻底地崩碎毁灭！六个世界同时毁灭了，崩碎的巨响消失了，无尽的黑暗中是死一般的沉寂！

六界崩溃了，曾经的光明世界，永远地消失了！无尽的黑暗笼罩着毁灭的六界，没有一丝光明，没有一丝温暖，一切都成为了历史，生灵全部毁灭！曾经生机勃勃、充满无限希望的美好世界，永远地烟消云散了。此刻，无尽的混沌向那里翻涌，崩碎的六道不断消失，最后当混沌定住时，残破的六道比原来缩小了一半，成为了一片相连在一起的巨大废墟！

一个没有一丝光亮、无比死寂的废墟！无尽的黑暗笼罩大地，阴冷的气息弥漫在这片死域。过往的一切都成为了历史，那青碧翠绿的神山，那花香阵阵的仙谷，那金光灿灿的成熟麦田，那碧波汹涌的大海……一切都消失毁灭了，这里只是一片死域！没有一丝的生命波动，没有任何生灵存在，只有无尽的黑暗与冰冷的大地。

岁月在流淌，死寂的黑暗大地，没有任何起色，没有任何改变。也不知道过去了多么久远的岁月，残破的大地上才刮起阵阵可怕的风暴，能够吹毁残破巨山的风暴！也许过去了十年，也许过去了百年，也许是千年，没有人知道到底有多久，因为已经没有生灵存在，已经无法感知岁月流逝的快慢。

日复一日，年复一年，当一座曾经的残碎圣山被可怕的阴冷罡风吹得灰飞烟灭时，一点点微弱的生命气息终于出现在这片死亡的世界。那是一具残碎的骷髅，不要说血肉早已不复存在，就是骨骼也近乎粉碎了，点点灵识在裂开的头骨中闪烁。他似乎充满了无尽的迷茫，一双骷髅眼中满是不解。在毁灭性的罡风中，他坐了起来，阴风没有将他绞碎，他的骸骨虽然破损得厉害，但似乎依然坚硬无比。

看着这无尽黑暗的冰冷大地，骷髅眼窝中跳动的光芒终于明亮一些，他似乎记起了许多事情。"六道毁灭了……六道毁灭了！"他突然痛苦地大叫起来，强烈的精神波动在无尽的黑暗中激荡，在死亡的世界中回响。残碎的骨架站立了起来，抬头仰望那昏暗的天空，熟悉的星空早已不复存在，星辰全部坠落毁灭，曾经的蓝天永远无法再现了。

苍凉的大地，悲意的天空！骷髅骨架颤抖着，在黑暗的大地上行走着，如行尸走肉一般，木然无比。不，已经不是行尸走肉，他的血肉早已不复存在。"为什么，为什么啊？！"骷髅骨架仰天吼啸，强大的精神波动震动十方，凄厉的啸声久久激荡不止，"天道无情，天道无情啊！为什么连普通的生灵都不放过，为什么毁灭一切？！"没有人能够回答他，现在的天地间一片死寂，连天罚都早已不复存在了，所有的生命都消失了。

骷髅人正是辰南。他被暗黑大魔神、冥神、太古六邪、黑起等众多天阶高手击下虚空，淹没在崩溃的六道中，直至今日才恢复灵识，从沉眠中醒来。破灭的世界，没有希望的世界，让他悲意无限。全世界都已经毁灭了，只剩下他一个人，在这苍凉的大地之上，他茫然与痛苦。人世间最大的苦痛不过于此，这种感受是完全能够想象的，一个人在毁灭后的世界中独自悲恸。

阴冷的罡风涌动，又一座破碎的圣山化成了飞灰！辰南蹒跚而回，将散落在地下的残骨，一根接一根地还原到了身上，在一声撼天动地的吼啸声中，一片刺目的光芒爆发而出，碎裂的骸骨被接续上了，而粉碎的骨粉也全部飘起，向着他的身体汇聚而来。他痛苦大叫着，这是被天击溃的身体啊！他在失去知觉前，曾经亲眼看到一张无喜无忧的巨脸在毁灭的六道中出现过，而后他便有了崩溃的感觉，身体被击散在大地之上。

　　天的力量被完全排挤出去了，在灿灿光芒中，一具完整的骷髅骨架出现在阴冷的大地之上，没有急着重生血肉，辰南在黑暗中独自行走。寻觅寻觅再寻觅！寻找曾经的一切，哪怕是一点点残迹！但是，曾经的一切都已经彻底地从大地之上被抹去了，再也没有留下点滴痕迹。

　　天道无情，岁月如刀！一切都已经被斩灭！在这茫茫大地之上，辰南举目四顾，可谓绝望！"时空！时空！"辰南想穿越时空，想回归到大破灭的最后时刻！但是，失望到了极点，曾经的过去被彻底地斩断了，时空根本无法逆转，他无法回到过去！大破灭前的世界被隔断！这里已经成了零点，这里是暗黑世界的起点，时间从这里重新开始！辰南徒步走遍茫茫世界，也不知道用了多少时间，在这暗黑的世界，已经没有时间的概念，辰南看到的是无尽的死寂，没有任何发现。

　　"暗黑大魔神、冥神、黑起，你们在哪里？"辰南仰天咆哮。他知道这些人应该没有毁灭，但是现在却不复存在，不知道他们身在何方。他飞向无尽的虚空，但是在无尽深远的终端，混沌阻挡住了他的去路，星空不见了，这里便是尽头。他像一个被独自关在盒子里的孤兽，渴望光明，渴望与人交流，但是却没有实现的任何希望。

　　天地间只有微弱到可以忽略的一点点灵气。辰南飞落而下，降落在一片残碎的古山上，而后盘腿打坐，慢慢平复自己的情绪，开始修炼。他知道暗黑大魔神等众多天阶高手不可能死去，与他们早晚有一战，现在必须努力提高自己的修为！六道毁灭之际，辰南近乎粉身碎骨，内天地也近乎半毁，曾经连绵成片的宫殿只剩下几座；而生机无限的仙果园，也只剩下了十几株；几条大地灵根还好没有毁去，而困天索还绑缚着一个俘虏——天阶高手马斯。不过，这个俘虏已经近乎毁灭了，跟着半毁的内天地，失去了半截身体。

辰南修复着受创的身体，还原着自己的内天地，这是一颗完美的种子，他失去了神魔图，失去了"独孤"，失去了方天画戟，这也许是他以后战斗仰仗的最强大的武器了，这是他未来的希望所在！岁月在无情地流逝着，暗黑大地依然没有任何转变，也不知道过去了多久的岁月，盘坐在残破古山上的辰南仿佛已经成为了一尊化石。生命的气息全部内敛，唯有点点灵识波动依然在继续，骨架一动不动地盘坐着，仿佛要永远这样沉静下去。

在孤独中修炼，在死寂中升华！辰南不会忘记曾经的一切，尽管世界毁灭了，但他坚强的意志不会溃灭，在无尽的黑暗中苦修，实现自我的蜕变。在不断流淌的岁月中，辰南一次次从深层次的入定中惊醒，几次看到凄惨的画面在他眼前掠过，都是熟悉的亲人与朋友惨死的画面。而最近，他更是几乎每天都要梦到龙宝宝，每次都看到小龙被可怕的力量撕裂，而后天龙血水漫天纷洒。可爱的龙宝宝沉入无尽的黑暗中。

辰南几次惊醒后，感觉似乎有什么事情要发生，不然他为何总是心神不宁呢？他相信自己玄而又玄的直觉，似乎与龙宝宝有关。停止了修炼，辰南闭上眼睛，在无尽的黑暗大陆中飞行，一直向西飞跃十几万里，他自高天之上降下，依据直觉走向一片死亡山谷。

入目，都是人类的骸骨，几乎都已经变成了骨粉。"骨碌碌……"滚动的声响自山谷深处传来，辰南急忙大步冲了过去，一个圆球在万千枯骨中艰难地滚动着。辰南吃惊得险些大叫出来，竟然是无比凄惨的龙宝宝！此刻身为骷髅人，本无泪水可流，但是辰南依然感觉眼窝中滚热无比，分明已经有液体滑落而下。

可怜的龙宝宝太惨了！曾经金黄色的小皮球，此刻黑乎乎；曾经明亮的一双大眼，此刻黯淡无神；曾经的天龙爪、天龙翼、天龙尾，都早已崩碎不见。眼下的小家伙，唯有头颅与腔体还在，没有一点神力波动，它失去了一切，金光灿灿的龙鳞早已不复存在，就连身上的肉也是死肉，脏腑等都已经震碎成了一团，唯有头颅中的那点灵魂之火，显示着它还没有寂灭。

"龙宝宝！"辰南感觉心酸无比，一把将它抱了起来。"你是谁呀？"虚弱稚嫩的声音响起，几乎微不可闻，让辰南感觉热泪盈眶。它接着道："我好饿呀，你到底是谁呀？""贪吃的小东西！"辰南微笑着流下属于骷髅的特殊泪水，近乎哽咽道："我一定让你恢复原样！"能够见到龙宝宝他实在太高兴了，小龙虽然凄惨得让他忍不住落泪，但经历一场大破灭后，它依然活着，这就比什么都重要了。辰南真的害怕，六道毁灭之后，曾经的朋友与亲人一个都剩不下。

"吼——"辰南愤怒地仰天大吼，无尽灵气环绕着他的躯体，让他的骷髅骨架迅速地生出血肉。他要恢复到巅峰状态，来帮助龙宝宝改变现在的境况。无尽的灵气重组着辰南的血肉，很快他重现了不灭之躯！古铜色的皮肤闪烁着淡淡的光辉，黑亮的长发随风飘扬，深邃的眸子如刀锋般犀利。

"好熟悉，你到底是谁呀？"稚嫩的声音在辰南怀抱中响起，小龙似乎失忆了。看着凄惨的小可怜，辰南用力抱了抱，道："小东西，我现在让你复原！"他抱着它走进内天地中，以无上大法力将滚滚灵气注入龙宝宝的体内，让它的肌体恢复生机，不惜耗费大地灵根的元气。死肉褪尽，金色光芒闪现，小龙残破的身体被辰南恢复了过来，当年的金黄色小皮球再次出现在了辰南的肩头。只是，原本那双明亮慧黠的大眼此刻充满了迷茫，它奶声奶气地嘟囔道："好熟悉呀，但是我怎么想不起来你是谁了？"蓦然间，它看到了内天地中十几株仙果树，"嗖"的一声化成了一道金光，下一刻已经是话语不清："好饿呀，好好吃呀！"本性难移呀！即便失忆了，小东西依然是个贪吃鬼。

"偶米头发，好吃！"嘟囔着说完这些话，小家伙自己愣住了，不好意思地用金黄色的小爪子挠着自己的头，小声道，"偶米头发是什么意思呀，我刚才在说什么呀？"辰南微笑着走了过来，伸出双手按在龙宝宝头上，一片光芒闪烁过后，小龙大叫了一声："偶米头发，辰南！"一人一龙目蕴泪水，大呼小叫起来。

辰南道："都想起来了吗？""偶米头发，我都想起来了！"随后龙宝宝又不好意思地摸了摸自己圆滚滚的小肚皮，有些迷迷糊糊地道，"我又有些糊涂了，我记得我在第六界快活呢呀，我跑到一个天阶老古董的酒窖里去了，喝得好痛快呀，后来、后来发生了什么，我似乎感觉自己死去了！"

辰南真是彻底对它无语了，六道毁灭的时候这个小东西居然、居然还在醉醺醺呢！到现在似乎还不知道六道毁灭了呢，这真是一个超级的乐天派呀，世界都毁灭了，它还快乐迷糊着呢！"你呀！"辰南狠狠地点了点它的额头。小东西丝毫不脸红地搓了搓金黄色的小爪子，小声嘟囔道："我饿坏了，有什么事情等我吃饱了再说吧！"而后"嗖"的一声，化成一道金光，在果园内开始扫荡。总算在这毁灭的世界中找到了一个最为亲密的伙伴，这对于辰南来说是不幸中的万幸。

一晃百年匆匆而过，他们在绝望的世界中不断地修炼，辰南有时候是小龙的严师，督促它刻苦修行，而小东西则是辰南的开心果，让孤独的世界多了许多的笑意。这一天，辰南忽然感觉到百里之外，有一股强大的生命波动传来，与此同时贪玩的龙宝宝从外面飞了回来，大叫着："辰南，我看到了一个人！"龙宝宝兴奋地大叫着，化成一道金光在辰南的头顶上空不断地盘旋，小家伙实在被闷坏了。内天地的仙果早就被它吃得干干净净，但它每天都要在果树旁眼巴巴地望上一会儿，希望再次开花结果。"走，我们去看看！"辰南站起身来，将内天地中有些破碎的玄武甲穿在了身上。

确实是一条人影，而且似乎是一个实力强大的天阶高手，辰南与龙宝宝远远地观望着。辰南一阵咬牙切齿，这名天阶高手虽然叫不上名来，但他清楚地记得当初六道毁灭时，这个人曾经与暗黑大魔神他们一起出手攻击过他，让他坠落下万丈高空。辰南与龙宝宝跟在这名天阶高手的背后，发现他似乎在搜索着什么。一人一龙没有急着动手，他们有的是时间，重要的是要发觉他从何处来！这名天阶高手整整在这片暗黑的大地上寻觅了几天才冲天而起。

辰南冷笑，带着龙宝宝潜行匿踪，遥遥跟随着。飞上无尽虚空中，那人竟然在混沌中开拓出一条通道深入了进去，辰南停住了，等待了一段时间，而后跟进。半个时辰之后，一片光明的世界出现在辰南的眼前，他闻到沁人心脾的花香，听到了阵阵婉转的鸟鸣。龙宝宝更是险些大叫出来，实在太兴奋了。

光明的世界充满了勃勃的生机，前方更是有一座大城！曾以为全世界都已经毁灭，天地之间只剩下他自己一人，现在看到一个光明的世界，一个人类的城市出现在眼前，辰南的激动心情可想而知。最为可怕的折磨便是孤独，纵是修为通天，如果全世界都已经灭亡，只有自己在破碎的世界活下去，还有什么意思呢？

　　"偶米头发！我好兴奋呀。"小龙已经开始咕噜噜咽口水，高兴地嘟囔着，"终于进入光明的世界了，我要吃烤鸡翅膀，我要吃冰糖葫芦，我要喝顶级红酒！"它高兴地在空中摇摇晃晃，而后在辰南肩头滚上滚下。周围花香鸟语，一片祥和，山川绿林并不是幻境，这是一个实实在在的世界。辰南带着小龙从容地向着前方地面之上的大城飞去。不过，在路上他停了下来，降落在一条清澈的山涧旁，用力捧起一大捧水，洒落在脸上，洒落在身上，久违的清凉让他恍若隔世。

　　在那暗黑世界，一切都是奢望，眼下一个生动的世界再次出现，一切都是那样美好。带着小龙终于进入大城中，也不知道究竟过去了多久的岁月，时间似乎可以冲淡一切，这里的人们似乎早已忘记六道崩碎的噩梦。大街小巷人来人往，称得上一座繁华城市，两旁店铺叫卖声此起彼伏。小龙一双明亮的大眼顿时眯了起来，各个美食小店都已经进入了它的脑海中，它计划着晚间行动的路线。

　　恍惚间，辰南感觉不大对劲，抬头望天，惊愕地发觉所谓的太阳不是真正的太阳！那不过是一个发光的球体而已，距离地面不过数十里之遥。看来这不是一个全新的世界啊！这是有人以大法力凝聚而成的一片空间，这里的一切都是从曾经的六道中移来的。这里更像是一个无主的内天地。辰南多少有些失落，不过这是必然的事实，毕竟六道已经毁灭了，不可能有第七界出现。

　　一人一龙走进了一家酒楼，辰南自内天地坍塌的雷神殿中，取出一粒明珠，叫上一桌酒席，时隔漫长岁月后，再次品尝世间饮食。修为到了他这般天地，当然不需要吃食，这不过是一种怀念而已，想感受一下曾经的快乐。为了避免意外发生，辰南让龙宝宝化成了一个孩童，粉雕玉琢的瓷娃娃现在正在狼吞虎咽。辰南道："你在这里享受，我去四处转转，记得千万不要惹祸！"龙宝宝眨巴着眼睛道："放心吧，我会把夜明珠全部吃回来的，我不会离开这里的。"

辰南的心神一直在牢牢地锁定着那名天阶高手，不想耽搁太多时间，一个大腾挪便出现在城外。没有急着找那名天阶高手去算账，他想详细了解这片空间，看看暗黑大魔神、黑起等旧识是否也隐伏在这里。速度达到了极限，辰南在这片空间中纵横，很快就飞到了天际尽头，这片世界说大不大说小不小，能有数百万平方公里，如果将之看成一个规则的正方形，边长不过千里而已。不过，这里人口确实不少，足有一千多万，十几座人类大城市聚集了大半的人口，除却没有星辰以及面积有限之外，这里与当初的人间界是那么相像。

现在，辰南终于确定这里就是一片无主玄界，是被几位天阶高手制造出来的。辰南已经感觉到了三位天阶高手的气息，其中一人就是他牢牢锁定的那人。从这片世界普通百姓的口中，辰南得知了那三名天阶高手所在的地域名为圣域，他们三人是这个世界的主宰者，是众生每天都要祭拜的圣人，而他们手下的神灵，则被称为圣使。

同时，辰南从这片世界众生的口中得到一个惊人的消息，要不了多久所有人都将重归那传说中的母地——祖先的故土。所有人都有这样一种信念！他们一定会回去的。如果猜想没有错误的话，这个世界的人似乎要重临残破的六道世界！这让辰南颇为不解。浓郁的灵气让辰南如沐春风，他已经来到了这片世界众生眼中的圣域，这里明显埋藏着大地灵根，辰南很想将之抽走，但考虑到这个世界的众生需要，他打消了这个念头，仔细探视发觉，只有一名天阶高手攻击过他，其余两人从未见过，他不想滥杀无辜，同时不愿这个世界因三位天阶高手的全部灭亡而发生意外。

掩去自己的真容，辰南展开魔性的一面，透发着滔天的魔气，大步走入圣域内，宛如君临大地的帝王一般，圣域内巡守的神灵在这滔天的魔焰下全部被冲击倒飞而去。"轰！"直接轰开那巨大的神殿之门，辰南大步走入，似归来的上古复仇君王一般，无物可挡，一切有形之质在他的无匹死亡魔气浩荡下都化成了飞灰。

"什么人敢闯创世神殿？"神殿内传出了无比威严的声音。辰南冷笑，创世神殿？还真将自己当成了创世神不成？他大喝道："我乃灭世神！"所过之处，神殿崩碎，仙神避退。"天阶强者？！"身影闪动，三条人影出现在辰南的近前，拦住了他的去路。"如今，我们还没有再次君临大地呢，难道现在就要发动战争了吗？"显然，曾经攻击过辰南的人，没有感应出辰南的气息，他才如此质问。"我方从破碎的世界回来，还没有生命源泉产生，我等回归暗黑大地，还需要等待很长一段岁月，难道你现在就想发动太古诸神之战吗？"质问声很寒冷。

辰南从他的话语中得到重要的信息，心中涌起阵阵波澜。"诸神君临大地？嘿嘿嘿……恐怕你已经等不到那时了！"他冷冷喝道，死亡魔气在圣域内浩荡不息。对方道："你违反了诸神间的约定，在众神没有重新君临大地前，是不能开战的，你到底是谁？"辰南道："我？哈哈，一个被你们杀死的怨魂，从那暗黑的世界冲来，将向你们索回曾经的一切！""你胡说！"三位天阶高手显然被震住了，那广袤无垠的暗黑大地乃是崩碎的六道啊，谁能够在大毁灭中活下来？！如果真的活下来，一定是恶魔中的恶魔！

对方道："暗黑世界怎么可能有生命活下来？！这是不可能的！那是一片绝望的死域，没有人可以幸免！""是你们当初杀人太多，健忘了吧？"辰南森然看着那名曾经对他出过手的天阶高手，道："你当日为了攫取灵气，屠杀生灵过多，我是他们的混合体，来自绝望暗黑大地的复仇者！"

对方道："少故弄玄虚！明明是感觉暗黑的绝望大地即将复苏了，你不过是想提前发动战争而已，你到底是哪个阵营的？君王黑起的人？还是太古巨凶哈赤的人？抑或是混沌遗民李元的人？""说过了，我是行走于暗黑大地的不死君王！现在，没什么可说的了，取你性命！"辰南这么多年不是白白浪费过来的，逆乱八式第一、二、三式连在一起，拍击而出！

三位天阶强者被震得分开了，而后辰南第四式打出，在刹那间将另外两名天阶高手震飞了，内天地大敞而开，将目标人物收进其中，辰南化成一道魔光退走。仅仅数息间，辰南就出现在了最开始的那座城市，将醉眼蒙眬的龙宝宝带起，快速破开混沌离开了这片空间。

当两名天阶高手追到那座城市时，辰南已经返回了暗黑大陆，在这片大地之上将那名天阶高手放出来，尽情搏杀！这是一场没有悬念的战斗，天阶高手最终化成点点灵气，被收拢进辰南的内天地。辰南仰望着无尽黑暗的天空，冷声道："诸神将回归这片大地吗？很好，暗黑大魔神、冥神……你们君临大地之际，也是我与你们战斗之时！"

　　一晃又是百余年匆匆而过，龙宝宝不再寂寞，经常背着辰南去那片熟悉的光明世界混吃混喝。一人一龙也经常发现强大的天阶神念自那高天之上扫射而下，似乎在这茫茫大地探寻着什么。每到这时，他们就会躲开那些强大的神识，在这茫茫无尽的死亡世界修炼不辍。辰南现在在尝试忘却一切"法"，想破除固有的一切"法"，创出真正意义上的全新"法"。随着时间的推移，死亡的世界不再是永恒的孤寂，天外诸神开始陆续在死亡世界中投下影迹，预示着诸神回归的日子不远了。

　　辰南想起了曾经的朋友与亲人，不知道能有几人活下来，他实在不愿多想，因为曾经有过不好的预感。看着死亡世界无尽的骸骨，他不可避免地回想起天鬼与古思，心念一动，完全是抱着试试看的想法，念起天鬼大召唤术。根本没有抱什么希望，但是让辰南无比吃惊的是，他竟然感应到了一丝可以忽略的微弱波动！

　　"天鬼未死！"辰南睁开了双眼，在无尽的暗黑大陆中立时打出两道闪电，大喝道，"龙宝宝我们去救人！"龙宝宝道："啊，偶米头发，是去救泥鳅吗？一个人喝酒太没意思了，真是想念与他喝酒的日子呀！"辰南不断召唤天鬼，沿着那微弱的波动，在死亡的世界中飞行，二十万里苍茫大地被甩在身后，终于找到了波动之源。曾经的丰都山残迹早已粉碎，此刻这里是一片冰冷的大地。

　　天阶力量狂猛轰击，无数的残碎骨粉在黑暗中纷飞，一直将大地撕裂开一个千余米深的大峡谷，辰南才终于发现了天鬼的波动残身。曾经那个如巨山般高大的天鬼，此刻不过是半个破碎的骷髅头而已，仅仅有点点微弱的光芒在里面闪动，恐怕要不了多久就彻底地灰飞烟灭了。

　　"主上……"天鬼孱弱地叫着。"我们是不死之王，我们在绝望的黑暗大地上重生。"辰南感叹着，以自己魔性的力量帮助天鬼恢复本源，用不着太多的帮助，只要让天鬼走出毁灭的阴影，一切凭他自己就可以恢复了，毕竟这暗黑的死亡世界乃是他的乐土。天鬼给了辰南一个惊喜，因为他用自己的天阶鬼魂，还保留下了一个人的灵识，那就是他的徒弟古思。

天鬼经过十几年休养，令古思在他的灵魂深处苏醒，分离而出。看着两名旧识复归，辰南心中充满了喜悦，非常希望曾经所有熟悉的朋友都能复归，但是他知道这是不可能的，有些人注定将永远地消逝了！龙舞、玄奘、大魔、潜龙、梦可儿、空空、紫金神龙、依依、南宫吟、小公主、澹台璇……谁能够活下来？

又是五十年过去了，暗黑大地之上的灵气渐渐多了一些，死气渐渐下沉。而在这一日，辰南与龙宝宝忽然听到了天地间响起一声惊雷。他们同时跃上高空，没有惊动正在修炼的两个骷髅王。他们快速向着南方暗黑大地飞去。

"天啊！偶米头发！灵气，滔天的灵气！"龙宝宝惊得大叫道，"难道大地将重新焕发生机了？"辰南与龙宝宝快速俯冲了下去，无尽的骸骨连绵成海洋，将这里堆砌成一片死亡之海，但是在骨海的正中央，一股强大的生命波动正在激荡，无尽的灵气直冲霄汉。竟然是一口生命源泉！死之极尽便是生，生之极尽便是死，生死相依，生死交替！当年，无尽的生灵被灭，汪洋般的生命之能也淹没在这暗黑大地中，如今无尽的骸骨中冒出生命源泉，与当初的神魔陵园冒出生命源泉的本质是一样的！

"这苍茫大地之上，不可能只产生一处生命源泉，诸神将要开始他们所谓的'君临大地了'！"辰南仰望着苍穹冷笑。龙宝宝道："偶米头发，怪不得那帮混蛋这些年来在暗黑大地活动得越来越频繁，肯定在打生命源泉的主意，我们决不可能留给他们！"不用龙宝宝说，天地间的第一眼生命源泉，辰南也不会留给诸神，这有着太重要的意义了。

暗黑大地的第一眼生命源泉被辰南植入自己的内天地当中，这股生命源泉比之当初神魔图中的源泉还要纯得多！毕竟，这是无尽的生灵灭亡后，由无法想象的庞大生命之能形成的第一泉！圣泉的功能超乎想象地强大，辰南内天地当中那些死去的仙果树都重新焕发生机，所有的仙根都复活了。仙果树由原来遗留的十几株又变成了满园葱碧翠绿，神光闪烁。就是寻常植被被生命源泉滋润，也要变成神树，更不要说这些以前的仙根神树了。龙宝宝的小肚子每天都被撑得溜圆，仙果几乎每天都会开花结果成熟，内天地成了龙宝宝的乐土。辰南知道，生命源泉对于他来说意义太大了，这是不死神药！以后必将有大用场！

"轰隆隆！"暗黑大地传来巨响。"快看，那是什么？"龙宝宝伸出一只金黄色的小爪子。辰南闪脸观看，只见一片无比璀璨的神光从天而降，向着无尽黑暗的大地降落而来。辰南惊道："是一片无主玄界！诸神开始回归了！"

"轰隆隆！"又是一声巨响，强大的气息铺天盖地而下，又一片光明世界从天而降！暗黑大陆在这一日开始发生剧变，曾经远去的诸神，将要开始君临大地！光明的世界将要降临到暗黑大陆，说明太古诸神已经感应到了生命源泉的气息。辰南已经将大破灭后的第一泉收进内天地，而后带着龙宝宝刹那间破碎虚空，消失在无尽的黑暗中。那两片从天而降的光明世界，如天外降落而来的两座岛屿般，笼罩着无尽的璀璨神光，激荡着莫大的威压，能够让人清晰地感觉到有人正在施展大神通，探寻下方的大陆，目标就是生命源泉的涌出之地。

"轰隆隆！"随着一声巨响，暗黑大陆一阵剧烈颤动，朦胧的光辉照亮了一片广阔的大地，光明世界降临在了大陆上，占地能有数百万平方公里，两个光明玄界连接到了一起，将原来所在地的骨海盖在了下方。如果世界未曾毁灭过，如果过去的人知道如今发生的事情，定然会震惊无比，曾经的古老传说，在一一实现！只是，消逝的人永远无法见证了！传说中，黑暗笼罩大地，世界永远毁灭，点点光明从天而降。

辰南并未靠近，他在数千里之外的无尽虚空中，隐去了自己与龙宝宝的气息，凝视着那片光明世界，他感应到了上千万人口存在于光明世界中，而天阶高手他只感应到两人！两人就掌控这么多的人口，掌控两片光明玄界，而且最先回归暗黑大地，如果猜想没有错误的话，定然是太古巨凶般的存在！曾经见识过太古巨凶玄黄，辰南料想这两人定然也是曾经封印在第三界的凶人，不然不可能以一己之力掌控一个光明玄界，并第一个回归。没有主动去挑战这两人，辰南在等待其他诸神的回归，与他有过节儿的人还没有真正走上归途。

"吼——"辰南听到了愤怒的吼声，那降临在大地之上的巨凶，似乎在光明世界下方的无尽骨海中寻觅，一无所获的情况下，咆哮震天，惊得光明世界众生战战兢兢。过了好久，黑暗世界才又平静了下来，辰南远退而去。

如此匆匆过了几年，诸神在暗黑世界中显现神迹越来越频繁了。这一日，三声巨响响彻绝望世界时，三个方向冲起无尽光芒，汹涌澎湃的灵气暴动震荡四方，三股生命源泉再现。这一次，高天之上显现出近十个光明世界，向着三处生命源泉压落而去。"偶米头发，又该出手了！"龙宝宝金黄色的小拳头使劲地攥着。辰南与它划开虚空急冲而去，不光是他们在行动，最先出现在暗黑大陆上的那两个太古巨凶，也已经向着一处生命源泉飞去，这等于在抢未来的气运！

无尽骨海中，生命源泉汩汩而流，冲天的灵气照亮了附近百万里土地，光芒四射，灵气逼人。龙宝宝像是跳水一般，一个猛子就扎了进去，兴奋地叫道："这口神泉是我们的了！"无尽的灵光直冲霄汉，辰南不敢有片刻耽搁，用最短的时间将灵泉收入了内天地，此刻他的小世界简直是圣土当中的圣土，两股生命源泉将这里化成了修炼者梦寐以求的瑰丽世界，在这里修炼一年足以顶得上在外修炼百年！各种奇葩仙果遍地皆是，绿色神树青碧欲滴。

当辰南与龙宝宝冲向无尽黑暗的大陆之时，高天之上接连降下三座光明玄界，镇压了方才的地方。其他两个方向也是如此，每一道生命源泉附近，都降下三四个光明玄界。只是，新出现的三处生命源泉，有两处被辰南与那太古巨凶抢先取走了，惹得几片光明世界中的天阶高手愤怒咆哮，声音在无尽的暗黑大陆上不断激荡："是谁在偷取生命源泉？当初不是已经划分好各自的地域了吗？是谁在不守规矩？！该死的……"

龙宝宝道："偶米头发，好吃呀！天天有吃不完的仙果，真是幸福的龙生呀。辰南，要不我们用这些仙果酿些酒水吧。"辰南的内天地中光明一片，鲜花盛开，瑶草铺地，神树摇曳生光，与外面的暗黑世界比起来，这里如梦似幻。如今的小龙实在太幸福了，成天用生命源泉泡澡，圆滚滚的金色小皮球在仙果园内滚来滚去，每天陶醉得恨不得做梦都要笑。

辰南也是一阵感慨，内天地在生命源泉的滋润下，竟然已经扩展到数百万平方公里了，也就是说要直线飞出去数千里，才能够到达尽头。比之原先，简直不可同日而语。曾经毁坏的神殿已经被修复，毫不客气地说，这里绝对是六道毁灭后的第一净土！第一生命源泉蕴含的灵气实在太过丰沛了，远远超乎他的想象。听到暗黑世界中几个君临大地的天阶高手咆哮，辰南笑了起来，这样也好，让诸神相互猜忌，日后若发生征战，那么将不会出现太过庞大的联合阵营。这无疑是一个非常好的分化策略。

盖世君王黑起还没有出现，诸多可怕的太古巨凶也未见显出几条身影。同时，还有强大的辰家高手，一想到可怕的辰老大以及将复活的远祖，辰南就觉得有些麻烦。另外，辰南颇为"挂念"的古六邪以及暗黑大魔神等人也是迟迟不见踪影，这让他感觉有些诧异。辰南有些怀疑，暗黑大魔神等人，不会迷失在无尽的混沌中了吧，是不是已经找不到归路了呢？如果不是现在正是不断产生生命源泉的关键时刻，他还真想去那无限混沌虚空中找他们算账。

不过数月之久，天地间再次神光冲天，激荡起无尽的灵气波动，这一次五股生命源泉显现在暗黑世界中。辰南几乎在刹那间就飞了出去，速度超越了光速，那股透发着无限神圣光辉的生命源泉几乎刚刚涌出地表，就让辰南挖走了灵根！而这一次，高天之上竟然连续降下十几个光明玄界，同样是几个世界共同分享一眼生命源泉。阵阵怒吼声响彻天际，显然原先没有得到生命源泉的势力这一次也参与了偷盗，暗黑大陆一片大乱。

随着生命源泉的涌现，无尽死亡气息逐渐沉入暗黑大地，天地间灵气越来越多，而这个时候辰南发觉天地变了，曾经的法则、神通等似乎也在随之慢慢变化，唯有速度与力量没有改变。这让辰南越来越意识到，打破曾经的一切，创出全新的"法"，才是正途！

现在，没有"天"的束缚，没有"天"的干涉，现在的一切才最接近本源！在这最接近本源力量的时代，现今能够参悟出多少，决定着将来的潜力。要知道混沌遗民一族似乎就是占了这个先机，所以每一个人都无比强大。辰南不再参悟逆乱八式，把时空本源的力量分解于体内，努力开创真正属于自己的东西。远远注视着前方的光明世界，辰南在无尽黑暗中独自修炼，恍惚间他感觉有强者接近！

一道暗黑影迹自无尽高天之上降落而下，阴森森的冷笑在黑暗中回响："绝望的暗黑大地，不正是我冥神一直在期待的吗？这是真正属于我的世界！我冥神真身将君临大地，一切都是为我而准备的啊！"辰南大吃一惊，在黑暗中看清了那枯瘦的影迹，竟然真的是法祖一方的冥神，不，或许应该说是冥神的化身！他竟然独自降临！身随意动，辰南在无尽黑暗中，身体化成了一把魔刀，划出一道幽冥之光，在黑暗的天空中无声无息划过。

"啊——"冥神惨叫，虽然是化身，但也足有天阶初级修为，但是在魔刀面前却如柔软的豆腐一般，被辰南截断！快速重组了自己的身体，冥神冷喝道："你是谁？"同时，地面上无尽的骸骨密密麻麻飞上高天，骷髅白骨大军漫天皆是。"杀你的人！"辰南化身为魔刀，幽冥魔光可谓无坚不摧，凡有形质者都难以阻挡！且他在第一时间斩断了这具化身与那无尽混沌中本体的点点联系。

黑暗中，雪白的骷髅如纸片般，根本难以阻挡辰南，魔刀所过之处，白骨齐齐断落，冥神化身再次被截断。辰南不再给他重组身体的机会，冷喝道："暗黑大魔神还有你的真身何时回归？""我凭什么告诉你！"冥神化身被截断，但是依然非常硬气。没有多余的话语，辰南就是魔刀，魔刀就是辰南，在刹那间绞碎了他的下半身。这是初步尝试的几个新法之一，虽然已经被淘汰了，但辰南还是想尝试一下威力。

"不用你多说什么了，现在我就杀你！"辰南魔刀挥舞，刀芒阴森，在瞬间就将冥神化身斩碎，痛苦的嘶吼声响彻高空，粉碎的灵魂被辰南包裹住。而后，他施展天阶大召唤术，将天鬼与古思唤来，冥神化身成了两个骷髅的养料。冥神将要君临大地，在辰南看来这就是找死！如果有可能，他倒愿意将天鬼与古思扶持成黑暗世界的君王。

"轰隆隆！"又有光明世界降临在大地之上了，而这一次辰南惊异地发觉，竟然是他所期待的人，暗黑大魔神、法祖……还有太古六邪，两方竟然毗邻着，降落在一处新出现的生命源泉旁！仔细观看发觉，没有冥神的影迹，其他人倒都是到齐了。这对于辰南来说，不是一个好消息，天阶高手间似乎在联合，形成了一个个大阵营，他虽然实力提升得很迅速，但是绝对无法一人杀死十几名天阶高手。此外，过早地出手恐怕还会引起魔王黑起以及辰家的注意。

在这一日，他化成一把魔刀，贯入暗黑大魔神一方的光明世界，以迅雷不及掩耳之势，贯穿了法祖的胸膛，从容而去。明知道无法得手，只能一击重创，但是辰南就是要制造一种紧张气氛，让对方去猜忌。如今，他已经褪去了原本的气息，想必对方已经不能察觉到是他。有必要给暗黑大魔神他们寻找到一个强大的敌对阵营，这样辰南才好从容出手。

辰南来到一片光明玄界中，敛去了自己的天阶气息，化身成一个普通人融入了茫茫人海，这个世界足够开阔，似乎有非常强大的人物坐镇，这将是他为暗黑大魔神树立的强敌人选之一。然而，在熙熙攘攘的街道上，川流不息的人群中，一个弱小的身影深深让辰南的心脏剧烈了跳动了几下，他简直不敢相信自己的眼睛。一个小女孩满脸的污渍，唯有一双大眼还算明亮，不过四五岁的样子，身子非常单薄，显得楚楚可怜，在一个包子铺前盯着新出锅的包子，而后突然冲了过去，抓起一个包子就跑，小手都被烫得通红。

店主追去，道："站住！"很快小女孩就像小鸡般被抓了起来。"叔叔我饿……"一双大眼，泪眼婆娑，她怯怯地看着店主，低着头小声道："我只拿了一个，三天没吃东西了。"看到这里，辰南眼泪已经流了出来，快速冲了过去，抱起小女孩冲天而起，心中酸苦到了极点，因为他在小女孩的身上，竟然感觉到了晨曦的气息！

"怎么会这样？怎么会这样！"辰南心中不断自问。"叔叔，我错了，但我真的很饿。"小女孩已经害怕得闭上了眼睛，还以为被店主抓着呢，怯怯地道，"叔叔，我会洗衣服，我帮你洗衣服，你饶了我吧。"

脏兮兮的小脸可怜无比。

辰南感觉心如刀绞，将小女孩带入自己的内天地，直接让她昏睡了过去，而后辰南将双手抵在她的头部，感受着她的灵魂脉动，他想知道为什么会这样！小女孩灵魂深处的记忆被辰南唤醒，曾经发生的一切浮现于辰南心间。这竟然真的是晨曦！转世的晨曦！

当日，六道将毁灭之际，晨曦在即将崩碎的人间界，混沌遗民李元自第三界冲来，为了恢复元气虐杀生灵无数，晨曦也在这个过程中遇害。随后，李元又将无数的生灵掳走，飞向天外混沌世界。晨曦乃是天地灵气所化，虽然遇害，但是不灭的灵识经过漫长的岁月依然缓慢在天地间重生了，在李元控制的世界中再次由灵气重聚。重生的小晨曦遭遇坎坷，服食了人间五谷，仙灵气散失了不少，这样流浪到了街头。

得知此中种种，辰南又是心酸，又是高兴，不管怎样说，心中最为牵挂的一人，终于又回到了身边。"晨曦啊，晨曦……"辰南将小晨曦放入生命源泉中，以绝世大法力帮她疏通曾经的记忆，让她恢复往昔的灵识。当明亮的大眼再次睁开时，她先是一阵迷茫，而后露出了无比欣喜的神色，含着泪高兴地叫道："哥哥……"辰南含泪道："好了，晨曦不哭，曾经发生过的一切都过去了，今后哥哥会好好照顾你的。"

"晨曦……"龙宝宝与晨曦有着特殊的感情，它曾经借助过晨曦的身体恢复过重伤之躯，在毁灭的世界看到晨曦，心中充满了喜悦。晨曦欣喜道："小龙龙……"世界已经毁灭了，能够再次重逢，便是最为幸运的事情。

"轰隆隆！"外界，巨响声不断，一个又一个光明玄界降临到暗黑大地，最后当辰南领着晨曦与小龙走出内天地时，发现天空中竟然多了三轮月亮！似乎未死的诸神都回归了，所有光明世界都降落在暗黑大陆。在"隆隆"巨响声中，三轮明月回归暗黑世界，明月当空悬挂，在黑暗中洒下皎洁的月光，让这片死亡的世界多了丝丝声息。不光是明月回归了，所有的太古诸神都回归了，大地之上已经再次降下十几座光明世界，最后这一次君临大地的高手最多！抬头不见星辰，只见明月灿灿，曾经的星空再也看不见。

辰南隐约间感应到，这个绝望的暗黑世界中似乎多了些什么，某种元素似乎在慢慢发生改变，已经不是原来的破灭世界。冥冥中辰南感觉似乎有种阴谋的味道！他似乎感觉到了天之气息，来自月亮之上，来自下方的光明世界，来自不同的地方。偷天！不知道为何，他脑中闪现出这两个字，有了这个念头！曾经被封印在第三界的太古巨凶，定然有着类似玄黄般的人物，还有辰家的老祖，这些都不是善类啊，多半有大布置！

天地间"叮叮咚咚"响起了欢快的琴声。辰南循音而去，在天空飞行，俯瞰着下方的大地，有数十片没有相连的光明的世界，说明有数十股大势力。俯瞰着诸强的领域，感受着天地间的丝丝变化，琴音接近尾声的时候，辰南寻到了发音的所在，只见一片光明的世界，在琴声中不断地扩展，如一片光明的海波一般，在黑暗大地之上翻涌，从百余万平方公里，扩展到了千余万平方公里。完全都是在琴音停息间的片刻间完成的，速度之快令人咂舌，这绝对是一种大神通，辰南从琴音中再次感觉到了方才那种天之气息。

没有进入那片音声领域，辰南却在旁边的光明世界上空感觉到了一丝熟悉的气息。罪恶之城！辰南从来没有想到过神风学院所在的罪恶之城能够保存下来！完整地保存！这座熟悉的城市没有任何毁损，而且它的周围连带着无尽大山，保持着原来的格局不变，竟然将十万大山也保存了下来！人口或许不多，面积也不算很大，还不足百万平方公里，但是相对于人口来说，已经足够大了，毕竟只有一座城市而已，周围都是连绵不绝的大山。

罪恶之城果然不简单，辰南如此感叹。飞入这片光明的世界，辰南留下一道残影，直接进入了神风学院，看着曾经熟悉的修者学院，他神情一阵恍惚。明显在这里感应到了天阶强者的气息。光芒一闪，两道人影出现在他的面前，皆是二十几岁的样子。一个人身形高挑，整个人却透发着莫大的威压，隐约间有一股龙气！另一人浑身金光灿灿，但却透发着一股无比强大的妖气。

辰南定定地盯着那龙气缭绕的黑发青年，感觉到了一股熟悉的气息，似乎曾经在哪里相遇过。"是你，辰南！"黑发青年看到是辰南，似乎非常吃惊，显然早就认识他。辰南道："你是谁？"对方道："曾经有过一面之缘，不过我当时并不是这种状态，你可曾想起？"辰南惊疑不定，最后灵光一现，惊声道："你是……骨龙，不，回归本源的骨龙？"妖祖骨龙，曾经被困小六道中的血海，辰南等去寻找时空宝藏时，曾经与他照过面，不过也是在那一次，骨龙悟透真我，回归了真正的天龙本源。

"你究竟是何等身份？"

"听说过天龙皇吗？"骨龙淡淡笑着。

"你是天龙皇？不可能。"辰南险些喊出：天龙皇是我儿子。"我是天龙皇的胞弟！"吓人的来头让人感觉有些匪夷所思，似乎看出了辰南震惊的神色，骨龙叹道，"曾经的一切，都已经随风而逝了，我也只记得这个名字而已，重生后除了记得这个身份，所有的一切都已经忘记。"即便是这样，辰南也是高度重视呀，这可是一个最为久远的老古董般的人物，似乎是一个经历了两次大破灭般的人物，虽然已经算得上是一个全新的个体，但神通想来不会消散多少。

旁边金光灿灿的黄发青年，其来历也让辰南吃惊无比，本与龙王有旧交，后来转世修行时为妖，更是与骨龙齐名，成为了赫赫有名的另一位妖族大能——黄蚁。黄蚁道："不要提以前的往事了，从此我们就是骨龙与黄蚁！"辰南点了点头，看着这两个大妖怪，悟透真我的人可是绝对的妖圣人啊！"你先去转转吧，然后我们两人找你。"两个妖圣说完，消失在原地。

辰南走在神风学院中，看着这曾经的一切，忆往昔青年岁月，真是感慨无限，昔日种种一一浮现于眼前，年少轻狂的情景仿佛就在昨日。

"偶米头发！""神风学院！"龙宝宝与小晨曦自辰南的内天地中出来后，皆吃惊地张大了嘴巴，他们对这里有着非常深的感情，都曾经在这里住过很长的时间。龙宝宝载着小晨曦，"嗖"的一声不见了踪影，消失在学院深处。

"哇呀呀，是你这个臭小子！"辰南走在景色依旧的学院中，一个白发苍苍的老者从身旁走过，突然停了下来，大叫着给了他一个栗暴。不是辰南躲不过，而是一时愣住了，醒悟的刹那大叫道："东方死老头！"他还清晰地记得，当初调戏东方凤凰后，被东方老头子一顿胖揍。东方老头明显地更加衰老了。正在这个时候，不远处又走来几人，那几人皆失声惊呼。"那小子可是辰南？"奸诈的神风学院副院长，也更加衰老了，岁月不饶人啊。辰南道："死老头，是我！"而旁边一个四十多岁的中年人，则不敢相信地看着辰南，惊呼："真的是辰南！"辰南也认出了他，曾经在神风学院的朋友冷锋。

岁月如刀，在他们的身上留下了不可磨灭的痕迹，此时见到故人，辰南分外感慨，隐约间他有一种明悟，有着一丝失落的心境，或许在了结某种心愿吧，他早晚会踏上通天之路，这种重逢似乎意味着彻底地了结过去，一旦他踏上征程，将永不再相见！

几人修为并不是很高，似乎已经过去数百年了吧，他们的修为都堪堪仙人初级而已，勉强能够挡住岁月的侵蚀。熟悉的话语，令辰南心绪复杂。远处，众多神风学院的学生好奇地打量着他们。辞别了副院长、东方老头子、冷锋，辰南在学院中漫步，走进龙场，走到小湖边，走入园林内。

最后，辰南更是看到一个熟悉的丽人身影，东方凤凰牵着一个小女孩的手，在远处漫步。曾经的绝色美女嫁人了吗？那个孩子是她的后代？几百年过去了，一切都有可能。前方是一个拐角，一大一小两条身影消失了。淡淡的失落涌上心头，但是辰南却再次体会到了凡人种种的"真"。在这一刻，他的心境大幅度提升，修为竟然精进了不少。像是有所感应一般，拐角那边一股强大的气息爆发而出，一个小小的身影飞了回来，大叫道："辰南哥哥，真的是你吗？"

小凤凰，竟然是小不点！凤凰天女到底还是分离了，最终还是化成了两人。"是你？！"东方凤凰也已经转回，看到辰南后一阵吃惊。"嗖！"一道金光飞来，龙宝宝载着小晨曦出现。"小龙哥哥，晨曦！"小不点高兴地大叫着，目蕴泪光，又叫又跳。几人神情都是颇为激动。

晚间，辰南与一桌故人开怀畅饮，诉说往昔种种，所有人都感慨万千，全都酩酊大醉，到最后美女东方凤凰也喝醉了，用力踢了踢沉醉不醒的辰南，又哭又笑地离去。所有人都被搀扶走后，辰南睁开了双眼，他也是心绪复杂无比，甚至有着淡淡的伤感，隐约间他知道，他自己必然是要迈出无法阻挡的"一步"的，他不知道迈出那一步后，还能不能与这些人再相见！

光明的世界也有黑夜。两道身影在深夜中出现在辰南的房间中，是骨龙与黄蚁。他们看到辰南宝相庄严，似乎隐约间透发出一股让他们都看不懂的气息。

"咦，心境的修炼……""似乎比白天相见时要提升了很多呀！"

蓦然间，骨龙惊声道："真正的赢家之一，真正的偷天者！""偷天呀！"黄蚁也是惊叫。这个时候，辰南"唰"地睁开了双眼，透发出两道湛湛神光，道："我欲通天而去，但又恐斩不断凡尘七情六欲，只得先行杀戮铺路！"在刹那间，暗黑大魔神、冥神等人的身影，在辰南那死寂般的目光中一一闪现。

辰南的眼眸空洞无比，仿佛无尽死寂的虚空一般，这种奇异的变化皆在这半日间产生，不可谓不突然，隐约间仿似无情无欲，如那灭世天道一般。在他的身前，两把魔刀凝聚而成，魔刀黝黑森然，锋利无匹！轻轻晃动间，便可隔断虚空，化空为混沌，一幅可怕的画面！两刀竟然是自辰南双眼中化出的，随着他的目光而动，所过之处前方的桌椅如雪花融化了一般，在刹那间消失不见，阻挡视线的墙壁，随着目光划过，也是刹那间烟消云散。仿佛灭世屠刀一般，所过之处，一切有形之质都将化为飞灰，回归混沌！

"偷天，何来偷天之说？"辰南慢慢转头望向骨龙与黄蚁。两人快速转身，急忙躲避，道："收起你的无情刀！"辰南空洞无情的双眼，似乎在刹那间有了一丝生气，死寂的气息消失，淡淡生机显现于室，两把魔刀消散于空中。无情刀，斩灭之刀，断绝一切。此刻，三人皆有这样一种感觉。

"什么是无情刀？"辰南似乎有所明悟，想了一会儿道，"方才的两把魔刀……"黄蚁道："我还以为你以大法力偷天了呢，看来你还茫然无知。还不快醒，炼化你心中的无情刀！你还没有驾驭它，长时间下去会是它驾驭你！"辰南渐渐醒悟，默然无语，沉静下来，开始调息，两个时辰过去之后，他睁开了双目，一片清明，不复方才的死寂。

"何谓偷天？"他再次问道。"偷天者，盗天之能，窃天之力。"骨龙眯起的双目中射出两道精光，道，"六道繁荣至极盛，将威胁到天之存在，天便要灭众生，而故老相传，众生也能灭上天！"辰南真被骨龙的话语震动了，这条老龙乃是经过两次大破灭的人了，他说的故老相传，那真是吓死人！骨龙接着道："当然，'众生灭天'这种可能，从来没有发生过，最后总是发生'天灭众生'。"

"众生灭天"与"天灭众生"几字，激起了辰南的回忆。在这一刻，让他想到了"青叶留言"。第一次逆转时空时，在隔断的太古前，曾经有四片青叶击穿隔断的太古冲来，不过却只得到三字："生""灭""众"。现在，他心有所悟，多半四字传言便是"众生灭天"，或者是"天灭众生"！

骨龙的话语很低沉："天灭众生后，以众生之灵来养己身。如今六道崩毁，虽然陷入无尽死寂，但是却在死之极尽中，蕴含着莫大的生机。这是属于上天喂养己身的灵力。同时，有无尽的天之本源力量，分解于这片毁灭的世界中，将会招引那无尽的众生灵力，回归天道。"辰南若有所悟，道："你是说我盗取了天之力？"骨龙道："嘿，也不算盗取，这本来就是属于众生的力量。不过，说法是偷天者而已。方才，恍惚间我发觉你的体内似乎蕴含着莫大威压，好似隐藏着无尽的力量，你应该是'偷天'了吧？"

辰南道："本就是众生之力，何来偷天？我不过收取了一点生命源泉而已。"旁边的黄蚁点了点头，又摇了摇头，道："如此说来，你不是纯粹的偷天者，生命源泉乃是众生之灵力的精华，但远远不是全部。磅礴的力量蕴含在无尽死域的各个角落。天之本源力量在炼化与攫取，偷天者偷的是它们。每一个灭世后未死的太古巨凶都会充当偷天者的角色。"说到这里黄蚁渐渐兴奋起来，道："你方才的无情刀，应该是众生的不灭灵力凝聚而成，被你感悟修炼而出。"辰南诧异地望着他。

黄蚁道："现阶段的神通，将来皆不在天罚压制下，我观无情刀的威力似乎极大，说不定将来能割裂天道。"辰南被他说得有些惊异莫名。骨龙点头道："知道天道何时最虚弱吗？就是现在呀！死去众生遗留的元力，现在如果被修者感悟成神通，皆是针对天道而生的。最强者诞生在何时？强如魔主等人的许多神通，莫不是大破灭时创出的！"

黄蚁也道："天灭众生，众生也在灭天，天之屠刀无坚不摧，众生之刀无形无质，惠泽后人。听说过'量天尺'吗？那便是故老相传的禁忌大神通，众生寂灭后的无形之力，被人感悟凝聚成神通力，连天都可以打！"

辰南默默地听着他们讲述，很久后才道："那就让我检验下无情刀的威力吧。"说话间他的双眼再次透发出死寂之光，两把魔刀再现而出。不过，这时他不再像方才那般恍惚。神情虽然冷冽可怕，但却并非木然无觉。辰南空寂的眸子中，再次闪现出暗黑大魔神、冥神等人的身影，而后一步自神风学院消失，对着两人传音道："多谢提点，改日再来求教。"

第二章
上古天路

　　无情刀随心所控，目光所划过之处，虚空便会崩裂为混沌，威力奇大无匹！辰南收起无情刀，划空而过，快速出现在法祖等人的神域，这一次他是为杀而杀，为杀而来！直接进入几位祖神所在的地域，辰南双目空洞无比，无情刀祭出，两道幽冥之光威慑九幽，在刹那间斩破虚空，无声无息间划破前方一大片建筑物，割裂开的神殿轰然倒塌。这一次，辰南是为祭刀而来，不再躲藏，静静地站在月光下。

　　"哈哈！"暗黑大魔神第一个踏出神殿，哈哈大笑不断，道，"你这小子果然命大，看来还是你们辰家人最了解你啊，说你不可能那么容易死去，还真是未死。"接着，他森然道："自投罗网！愚不可及，这次你死定了！"法祖也走了出来，点指着辰南道："昨日贯穿我胸膛之人，显然就是你了！辰南你的命好硬呀，不过这次你不可能活下去了。"火系祖神、风系祖神等人也同时大步而出，唯独未见冥神。不过尽管这样，西方神域诸神的力量也实在太过强大了，竟然足有八名天阶高手，这些都是曾经被镇压在十八层地狱中的西方强者，如今聚集在了一起。

　　"神说要有光！"暗黑大魔神傲然而立，自负地笑着，整片世界一下子光亮了起来，这片空间似乎完全在他与几位天阶高手的控制之下。八名天阶高手将辰南团团围住，防止辰南逃跑，同时对他露出了一丝嘲弄之色，这些年他们的修为也是突飞猛进，只要辰南不逃走，他们自信有灭杀敌手的压倒性力量。

　　"神说要有光？我说你要断臂！"辰南的声音很寒冷。空洞的双目一片死寂，仿佛包含着两片毁灭的宇宙，无情刀祭出，目光所过之处，一切都被隔断，化为混沌。

暗黑大魔神感觉到了一股心悸的气息，"魔王吼"咆哮震天，他想要用声波撞碎无情刀，同时双手不断划过虚空，暗黑禁咒魔法狂暴轰响辰南。但是，让人吃惊的事情发生了，无情刀斩灭一切，无上音波全部被搅乱而停息，暗黑禁咒魔法在刹那间被斩得崩溃。两把无情刀斩落在暗黑大魔神的双臂之上。

"啊——"一声惨叫，鲜血狂喷，暗黑大魔神险些摔倒在尘埃中，惊恐地发觉断臂处很难生出新臂，费了很大的力气，才不过长出半截而已。无情刀顿时将在场几人镇住了，辰南居然在刹那间斩去了暗黑大魔神的双臂，未免太过恐怖了。在这一刻，八位天阶高手都将自己祭炼了多年的成名神器握在了手中，法杖、战矛、巨剑……与此同时，法祖仰天长啸，滚滚音波激荡长空。辰南皱了皱眉，这个家伙显然在号召高手。

"拿你先来祭刀！"辰南森然向着法祖逼去。法祖道："大家一起上，他的绝对力量根本无法与我们八人抗衡，不过是掌控了某种禁忌神通而已，大家用法器挡住魔刀，看他能祭起几回！"辰南双目如死亡之源，幽冥光芒闪动，无情刀斩破虚空，灭杀向法祖！众人齐动手，禁咒狂轰下来，法杖、战矛、巨剑同时阻挡魔刀。两把魔刀化虚空为混沌，破开一条空间通道，蒙蒙混沌之光，将狂暴的禁咒吞了进去，又破开混沌，斩向法祖。

"叮！"脆响在空中响起，法祖搜集而来的神圣法杖被两把魔刀绞断了！两刀从法祖胸膛直贯而入，穿透而出，鲜血狂喷不止！法祖也惊恐地大叫起来，发觉伤口竟然很难复原，竭尽所能才不过勉强堵住血洞而已。

"暗黑大魔神、法祖，我们来了！"真是仇人相见分外眼红。太古六邪来了三人，绝情祖神、破灭祖神、混天祖神齐到。绝情祖神道："小子你果真未死啊，今天受死吧！"辰南并没有多说什么，双目死寂无比，空洞的双眸扫向叫嚣的绝情祖神，无情魔刀划开两片混沌，在刹那间斩掉了绝情祖神拍出的双掌，同时击碎了他的法则力量，光芒一闪，一颗头颅被斩掉。

"啊，怎么会这样？"绝情祖神惊恐大叫，用双臂夹起头颅，向颈项之上按去，血水染红了土地。这绝对是威慑性的神通，无情刀太可怕了，无坚不摧，无物可挡，或许真的如骨龙所说的那般，能够割裂天道！现场的天阶高手虽多，但一时都被镇住了，竟然没有一人敢上前。

"哼！"一声冷哼自那无尽高天之上传来，冷声道："不过是一种神通而已，在绝对力量面前一切都是虚幻的，你们的战力不弱于他！"冷森的声音竟然是来自那距离暗黑大陆百余里的月亮！只见那月亮之上一个高大的魔影立起，向下挥出一掌。一道无比可怕的幽冥之光瞬间抵达地面，向着辰南罩落而去。辰南毫无情绪波动，双眸死寂而又空洞，目光扫向月亮之上，无情刀逆空而起，与那幽冥魔光不断碰撞，发出阵阵雷鸣之音，混沌光芒爆闪不停，虚空不断崩碎，被魔刀化出一大片的混沌！

"你这欺师灭祖的孽障，我就知道你不可能死去！"月亮之上传来冷森无比的声音。辰南依然古井无波双眸却更加空寂了，无情刀速度更快，最后竟然击溃魔光，逆空而起，斩向月亮！在这一刻，各个光明世界中不少天阶高手吃惊地关注着这一切，看到无情刀斩开一条混沌光道，竟然杀将而起，冲向月亮，似乎要劈开那轮明月！两把魔刀斩破虚空，震慑得强敌一片胆寒。无情刀飞行得越来越快，竟然划破长空，杀向月亮之上，生生开辟出一条混沌光道，在暗黑大陆显得是那么耀眼。当然，魔刀本身并不璀璨夺目，相反幽光流转，缭绕着森森冥魔之气，在灿灿光华中倒也显得格外突出。

"杀！""杀了他！"……暗黑大魔神、法祖、绝情祖神终于接续好了自己的残体，在几人的怒吼下，其余的天阶高手再次向前扑去。他们看到可怕的无情刀已经向着高空中那轮明月斩去，心中底气顿时倍增。光芒一闪，辰南在刹那间跃上了虚空，追随无情刀而去，如梦幻空花一般，留下一道残影在原地。几道天阶力量轰击在原地，恐怖的攻击让那残影所在处顿时出现一片能量漩涡，所有的力量纠结着，生生打出一个混沌漩涡，将能量风暴吞噬了进去。

暗黑大魔神、法祖、火系祖神、绝情道祖、破灭道祖等十一位天阶高手腾空而起，尾随辰南向着月亮之上追去。在这一刻，十几位天阶高手，激荡出的天阶气息，在一瞬间铺天盖地传荡开去，暗黑大地之上，所有光明的世界中众多的天阶高手，在这一刻都感应到了这场天阶之战，一道道强大的神识波动，快速自光明之中透发而出，直射黑暗天际，所有人都在探视。

"啊！"一声惨叫传来，一把无情魔刀竟然逆转而回，在刹那间插入火系祖神的头顶，贯顶而入，从双腿间斩出，血水染红了天空。与此同时，月亮之上，传来阵阵震耳欲聋的铿锵之音，另一把无情刀已经与一道魔影纠缠在一起，爆发出一片片可怕的幽冥之光，毁灭的气息在弥漫。

火系祖神凄厉的惨叫声被上百道探查到这里的天阶神念清晰地捕捉到了，让一个天阶高手如此痛苦，可想而知攻击具有多么强的毁灭之力。火系祖神已经彻底地被劈为了两半，无情刀的可怕攻杀力太强悍了，竟然将其魂魄也劈为了两半，这也是为何之前暗黑大魔神、法祖等人难以在刹那间修复肉体的原因。火系祖神挣扎着想要合拢身体，但是无情刀一个旋身，再次劈斩而回，两半的躯体被断为四截！"啊——"火系祖神惨叫，声音之凄厉，让人头皮发麻，血水在喷洒，灵魂在颤动！

"拦住他！""挡住他！""杀死他！""斩！"后方的天阶高手飞快冲了上来，皆竭尽全力发动攻击，各种禁忌魔法与天阶能量大劈斩，在高天之上横空肆虐，誓要阻挡无情刀，为火系祖神争取时间，助他恢复躯体。但是辰南显然不想给他们机会。月亮之上，那把魔刀生生击退那条魔影，而后突然掉头而下，刀仿若辰南的目光所化，在一刹那就回返了。魔刀划出一道优美但却无比森然的轨迹，在一刹那间冲进了火系祖神的灵魂碎片间，如死亡法轮在旋转一般，火系祖神的灵魂与肉体被绞得粉碎！

后方的天阶高手、暗黑大魔神、法祖等人，愤怒吼啸着，想要阻止，但是却被另一把无情刀阻住了，毁灭之刀化成了一片幽冥之光，在空中布下一片刀幕，生生拦住了众多天阶高手的去路。这是一片宏大的刀幕，方圆千万丈，仿佛将整片虚空隔断成两片，激荡着可怕的毁灭气息。暗黑大魔神等人忌讳不已,面对这种禁忌神通,心生惧意。就连探到这里的光明世界的高手,也全部惊疑不定,感觉无情刀之可怕。

"火祖!""火神!""珈蓝丝!""不!"……尽管西方几位天阶高手愤怒地呼喊,但是也没有能够阻止魔刀的杀戮,无情刀无坚不摧,火系祖神被绞得粉碎,灵魂都随之化成了点点光亮。最后,魔刀挥斩,更是彻底地让这些灵魂本源力量溃散,火系祖神被生生灭杀!当着暗黑大魔神的面,当着法祖的面,当着水系祖神的面……辰南让火系祖神彻底灰飞烟灭!点点的血花在天空中飘落,似乎在述说着火神的无尽悲愤,穿越了宇宙洪荒又如何,躲过了天地大劫又怎样,一样彻底地灵识寂灭。自始至终,辰南都没有任何话语,冷静沉寂如杀神!

隔断了天空的那片可怕刀幕终于消散。诸多天阶高手面面相觑,说到底他们产生了惧意,有些不敢上前了,被无情刀深深震慑住了。但是最终众人狂吼一声,还是扑了上来,退缩根本没用,既然已经开战,就不可能无果而散,定然要分出个结果来。两把魔刀无情地旋斩着,随着辰南的目光而动,空洞的双眼似乎泯灭了一切的感情,所过之处空间崩塌,斩灭一切阻挡,连虚空都不能例外!两把魔刀在辰南的周围化成了攻不破的刀幕,将辰南护在里面,众多天阶高手竟然无法撼动分毫,他们手中的法杖、天剑等都被刀幕轰得出现了细小的裂纹。

寂静无声的月亮之上再次激射而来一道幽冥之光,这是一道人影!整条人影快速化成了一把神剑,直接轰撞上漫天的刀幕。"轰!"绚烂的光芒漫天飞洒,无尽恐怖的波动震荡十方,各个光明世界的天阶高手再次震动,他们感应到了强横的毁灭气息。辰南的刀幕终于消散了,两把无情刀悬浮在身前,注视着身前的巨大神剑,空洞的双眼中一片死寂,无比漠然地开口道:"辰家、辰家……你们到底想怎样?"

"取你性命,完善远祖之魂!"巨大的神剑,力劈而下。"当!"两把魔刀冲天而起,无尽毁灭气息更浓烈了,森然的幽冥之光竟然掩去了空中那三轮明月!漫天魔云笼罩,无尽的黑暗吞噬了天空,辰南像是君临大地的暗黑魔王一般,涌动着无尽的魔气,席卷了整片暗黑世界,下方一片片光明世界似乎都渐渐暗淡了。无尽的黑暗中法祖等人皆退后，聚在一起看着黑暗中的大战。排山倒海般的死亡气息在波动，震耳欲聋的轰击之响绵绵不绝，两把无情刀斩尽一切阻挡，那巨大的神剑在千百次的轰击之下，竟然不断龟裂，最后竟然崩碎了！

"弑祖！"

在这一刻，所有人都感觉一阵寒冷。崩碎的神剑，幻化出辰老大的身影，慢慢重聚在一起，他森然道："我出关之日，就是你魂飞魄散之时！""可是，我不想给你这个机会！"辰南依然漠然无情道，"我又不是第一次弑祖了！你这具化身就彻底烟消云散吧！杀！"杀字出口，无情刀毁灭一切阻挡，前方的魂影，在刹那间被割裂、粉碎、毁灭！

辰老大满脸不相信的神色，残影渐渐淡化而去，一阵阴风吹过，毁灭的躯体与灵魂消逝而去。观战的十位天阶高手哗然，感觉到了深深的恐惧，无情刀这种禁忌大神通太可怕了！各个光明世界探来的神念也透发出阵阵强大的波动，辰南的杀气震动了所有天阶高手，笼罩十方的魔云，慢慢收拢而归，进入辰南的体内。

"我不会真的灭杀祖先，但是我可以彻底废掉你们！"辰南仰望着月亮，低低自语。隐约间，他有一种感觉，自己死去的祖父等人，可能落进了一个巨大的陷阱，他强烈地感应到了一种阴谋的味道，辰家强大的八魂似乎白白逝去了！"杀！用血来打通我的通天之路吧！"辰南似乎在用杀戮斩断与这个世界的联系，似乎要斩灭心中的某种情绪！

无情刀旋转，化出一道优美的轨迹，插入法祖的咽喉，断喉之噩！大好头颅飞滚而去，一大串血花，在空中洒下点点阴森之光，煞气弥漫四野！辰南一把将那头颅抢到了手中，提着法祖的发髻，一脚踢开了那想抢夺头颅与残魂的躯体。"斩！"伴随着辰南的低低魔啸，又是一颗头颅飞去。水系祖神的冰蓝神杖断裂的刹那，头颅也飞向了高天，属于天阶高手的刺目血光冲天而起，照耀得天际一片通明。

"汪洋浩荡，绝望水域！"水系祖神怕辰南也禁锢他的头颅，残魂在头颅内快速吟唱终极水系咒语，同时崩碎虚空不断后退。漫天的海水，突兀地出现在高天之上，化成了无边无际的绝望水泽，将辰南淹没在里面。

"爆！"一声大吼，辰南黑发倒竖，漫天的毁灭之海横空冲击而去，向着无尽的黑暗大地落去。他一步上前，在原地留下一道残影，将水系祖神的头颅也抓到了手中，用死亡的力量深深禁锢。在这一刻，辰南沾染着点点血迹，手提两大天阶高手的头颅，无情的双眸内空洞无比，一步向前迈去，主动进入暗黑大魔神、绝情祖神等的包围圈中。

在这一刻，参战的几位天阶高手都早已产生深深的惧意，不怕辰南战力高强，即便一个人的战力再高，还能比得上十几个天阶高手合在一起的力量吗？只怕那无坚不摧、无物不破的无情刀，魔刀连魂魄都能够斩灭，连灵识都能够绞碎，这种由可怕的灭绝之力凝聚成的凶器最为恐怖。同时，无情刀也已经深深震撼了各个光明世界，让众多的天阶高手皆心惊不已。

魔刀再起！随着辰南的目光而动！两道无情之刀，斩灭一切。空中喊杀震天，剩下的几位天阶高手无不竭尽全力，灵魂都已经熊熊燃烧了起来，他们知道今日不可能善了，想要活命就要拿出终极本领。风系祖神发出的巨大风刃，涌动着滔天的元素波动，像是无尽的流星雨一般，向着辰南轰杀而去。强大的波动与耀眼的光芒不仅早已惊动了光明世界的所有修者，就连寻常百姓都看到了，看着空中的奇景，千万人惊呼。

辰南不动如松，任你光华绚烂，璀璨夺目，迎接的唯有两道幽冥之光，两把无情刀斩灭无尽光雨，最后更是直接将风系祖神腰斩于高天之上。天阶圣血纷纷扬扬飘洒，一颗头颅被辰南抓在手中，此刻他浑身都是血迹，如闯出地狱的修罗一般。他在空中留下一道道残影，躲避过其他高手的攻击，无情魔刀对准了绝情祖神！一道灿灿光芒自暗黑大陆中冲起，刹那间冲上高天，不断与无情刀对撞，发出刺耳的铿锵之音。

在魔刀之下，竟然无粉碎的迹象！三个光灿灿的大字，在那道光芒中若隐若现而出：量天尺！辰南空寂的双眼，终于有了一丝光彩，这不是骨龙所说的禁忌神通吗？绝灭的众生之力，被强者感悟凝聚成的禁忌之尺，这是被谁祭炼出的呢？才刚刚听说不久，没有想到这么快就出世了。辰南乱发飞扬，浑身上下都是血迹，灭杀了火系祖神，手中提着法祖与水系祖神的头颅，像是浴血的修罗一般，控制无情刀与量天尺激烈碰撞。

高天之上传来阵阵可怕的能量波动，同时有一道道流光溢彩闪耀而出。量天尺，号称可以打碎天道的禁忌之尺，没有想到在这个时候出现了。它长有十丈，通体晶莹如玉，宛如最上好的羊脂美玉雕琢而成的一般。但它绝不是真实的材质打造出来的，它乃是由绝灭的众生的灵力凝聚而成的。晶莹雪白的禁忌之尺，绚烂如长虹，在暗黑的天际显得璀璨无比，非常耀眼。无情刀幽冥之光烁烁，与透发着神圣光芒的量天尺，气息似乎截然相反。

不过，两者威力却是同样的巨大，号称无坚不摧、无物不破的两把魔刀激烈地与量天尺交锋之后，竟然没有在晶莹的宝尺上留下点滴痕迹，上面根本没有一丝裂痕。究竟是何人凝聚出了量天尺？辰南空洞的双眸中，射出两道光束，撕裂了虚空。探向下方那数十片光明空间，但是不可能发现踪迹。交锋已经停止，量天尺定在空中，遥指辰南不再攻击。

"什么人藏头露尾，出来！"辰南虽然在喝问，但是却没有人应声。量天尺神光流转，悬浮在空中一动也不动，现在倒像是一个旁观者一般。不过，无形间却将暗黑大魔神、土系祖神等西方神灵护在了后方。而绝情祖神、破灭祖神、混天祖神这三人，却不在量天尺的护佑之内，很显然量天尺的主人似乎与西方神祇有着莫大的关联！

"哼！"辰南冷哼。这个人绝对大有来头，似乎是一个劲敌，他高高举起了手中的两颗头颅，双目中死寂无比，目光就是无情刀，无情刀就是他的目光！在刹那间粉碎了法祖与水系祖神头颅中的残魂，这是挑衅与示威！在向量天尺的主人叫板！

"啊——"远空，法祖躯体内的残魂痛苦吼啸，"辰南你……啊……"无情刀瞬间袭出，法祖这个与辰南纠缠了多年的宿敌，最后的残魂也告崩溃，与此同时水系祖神也是魂飞魄散。量天尺透发出一种非常可怕的气势，无尽磅礴的可怕气息在刹那间席卷了天地，暗黑世界中出现一股滔天的波动，像怒海决堤了一般浩荡！它的主人绝对是西方神灵中老祖级的存在，辰南想象着究竟是何人，但是却没有丝毫头绪，他想不到西方天界还有哪些人，可以强横到这种程度。不过，量天尺的主人并没有采取行动，慢慢平息了下来。

　　辰南在刹那间想到了某种可能，六道未毁灭时最强者不一定在天界！人间界同样有超绝高手，比如被人暗算过的西土图腾！那是一个实力强大的天阶高手，与守墓老人都能够攀得上关系，但同样让人给"活埋"了！西土图腾曾经遭人暗算，沉睡无尽岁月，内天地还被人炼制成了十八层地狱中的某一层。这些想法，都是在一瞬间出现在辰南脑海中的，量天尺的主人多半是能够算计西土图腾那一级别的西土老祖，说不定眼前这人就是算计西土图腾的那个黑手！

　　现在，辰南晋升入一种奇妙的杀戮之境，他隐约间觉得并不一定要通过轮回门才能走向通天之路。在这大破灭的初始时代，似乎有更为直接的方法。不知道为何，自从掌握禁忌神通后，他有种感觉，似乎能够直接杀向天道。难道这是众生寂灭的灵魂之力给他的提示吗？"用鲜血铺祭我的通天之路！"心意已决，任何人都不能阻挡，即便是量天尺的主人！不过，这也不代表辰南会鲁莽行事，他将目光瞄向了绝情祖神、破灭祖神、混天祖神。杀意无限，身为太古六邪中的强人，怎会感知不到那冷冽的杀气呢？

　　"叮叮咚咚！"正在这个时候，琴声突兀地响起，声音婉转悦耳，美妙动听至极。辰南冷笑起来，道："看来今日很多人都在关注这里啊，什么人都想插上一手！"事实确实如此，此刻光明的世界中，许多天阶高手都在密切地关注着高天之上的天阶大战，近百道神念已经锁定了这里。远空更是升腾起不少天阶高手，其中一名彩衣女子，身躯婀娜曼妙，姿容艳冠天下，有着颠倒众生般的魅惑之态，竟然是六邪中的南宫仙儿。不过，她并没有加入大战的打算，总的来说她与辰南还是有些交情的。

　　婉转动听的琴音忽然间杀气冲天，透发出阵阵铿锵之音。当辰南的两把魔刀向着绝情祖神斩去时，杀气袭人的琴音所在处竟然传来一声刺耳的鸣音，一道锋芒冲天而来，竟然是一道实质化的"音符"！音符搅动起一片刺目的能量漩涡，竟然改变了无情刀的运动轨迹。又是接连两声"铮铮"响音，两道千丈长的璀璨光芒向着辰南劈来，照亮了黑暗的天空。无尽昏黑的大地，似乎也在刹那间明亮了起来。两道铿锵琴音竟然化成了两道巨大的光刃，划空而过的雪亮巨刀生猛地劈了下来。

辰南双眸空寂，运转无情刀冲天而去，斩向两道千丈长的光刃，但是两道绚烂的光芒并不与魔刀接触，在空中荡开两道能量漩涡，引导着无情刀改变方向，它们则继续向着辰南劈来。"哼！"辰南一声冷哼，无情刀旋斩而归，后发先至，不再受光刃的牵引，狠狠地劈中它们，当场令之粉碎。而这个时候，琴声中包含的杀伐之音更加激烈了，在刹那间数十道千丈长的光芒冲天而起，向着辰南劈杀而来。

同时，音符带着的刺耳啸音竟然有夺人心魄的邪异能力，漫天都是巨大的光刃。不过，无情刀一破百破，所有光刃都被生生斩断击溃！远空，绚烂的光芒直冲霄汉，一张巨大的古琴升腾而起，缭绕着漫天的霞光。它像一条绵绵山岭一般巨大，长足有数千丈！它有六根粗而长的琴弦，每条琴弦都如一条奔腾咆哮的大河一般绵绵不绝！最让人感觉不可思议的是，琴弦竟然是天龙的躯体！天龙世所罕见，古琴竟以六条天龙为弦，实乃天大的手笔！

一条枯槁的人影，看不清容貌，整个人笼罩在淡淡黑雾中，显得有些阴森，他站在通天般的古琴之上，枯瘦的手指轻轻弹动间，便会射出一道道光束，打到天龙琴弦上，铮铮刀刃便会激射而出！最后，高天之上，出现一道道刀幕，每条光刃都足有千百丈长，无数的光刃汇合在一起，高天之上被刀光所笼罩，辰南被刀光淹没了！绝情祖神、破灭祖神、混天祖神惊疑地望着天际，而后神情渐渐激动起来，最后纷纷失声惊呼："难道是……师尊？！""这怎么可能，真的是老东西吗？""老不死居然还活着！"他们的声音虽然很小，但是依然被或在明处或在暗处的天阶高手清晰地听到了，众人都露出不可思议的神色，太古六邪中的三人，居然称呼那枯槁的琴主为师尊！六邪的师父！那真是超级老古董啊！

有些人是多少有所了解的，太古六邪之师，乃是极其邪异的狂人，号称要屠戮天下的邪尊！不过，据说其早已毁灭了无尽岁月了，但是没有想到大破灭后，他倒重现于世了！无尽的刀光，漫天的刀幕，寒气森森，笼罩十方。但是，一股毁灭性的波动冲腾而起，无情刀崩碎一切，绞灭所有光刃，让辰南冲了出来。

"嘿嘿！"邪尊冷森森地笑着，似乎不惧辰南的无情魔刀，踩在巨琴之上飞来。辰南冷喝："邪尊，你以为自己能够挽救你的弟子吗？今天我就在你面前开杀戒！"话语落毕，无情刀劈斩向破灭祖神，幽冥之光爆闪！"他们的命是属于我的！"邪尊一声冷哼，伴随着一声龙啸，如山岭般的古琴上一根琴弦迸发而出，似一条滔滔大河一般，向着无情刀撞去，超越光速！那可是一条罕见的天龙啊！伴随着一声巨响，天龙琴弦竟然崩开了无情刀，挡住了这记绝杀。不过，辰南的目光就是无情刀，无情刀就是辰南的目光，随着空寂的双眼再次望向破灭祖神，死亡刀芒再现！

如奔腾大河般的天龙琴弦再次袭来，辰南双目有冷芒爆闪，不过未等他采取行动，无尽黑暗的虚空中，突然探出一只方圆千百丈的巨大的手掌，抓住了那条天龙琴弦，牢牢将之锁定！无情刀没有任何阻挡，斩下破灭祖神的头颅，虽然他以大法力对抗，但是魔刀无坚不摧，他根本无法挡住。惨叫声在长空激荡，辰南控制无情刀彻底崩碎了破灭祖神的灵魂，更是绞碎了他的灵识，让他彻底地灰飞烟灭。

天龙在咆哮，那根琴弦猛烈挣动，崩开了那无边无际的巨掌，在空中疯狂舞动起来。邪尊愤怒大吼："谁在暗中出手？"他整个人透发出无尽的戾气，同时如凶残的野兽般看向辰南，道："你竟然真的敢在我面前动手？！"辰南道："哼，就是要在你面前灭杀你的弟子！"上百道强大的天阶高手的神识汇聚在这里，这片高空成了众人瞩目的焦点。

"找死！"邪尊出离愤怒。"的确有人要去死！"辰南针锋相对。"哈哈！"这个时候，巨掌消失的那片黑暗虚空中，传来一阵大笑。"滚出来！"邪尊冷喝。辰南却是听得眉头直跳，这个声音似乎很熟悉啊。一双大脚突兀出现，向着如山岭般的巨琴踩去，一根琴弦冲天而起，卷向那巨大的脚掌。与此同时，远空传来一阵咒骂，一条神光快速冲来。

"乌龟王八蛋，你终于露头了，我感觉到了你的气息，绝对是你这个混蛋'坑'了我。"远处，一个血发男子快速冲来，赤裸的上半身布满了魔纹，下半身没有双腿，而是一条巨蛇的尾巴，长足有两三丈。布满魔纹的额头正中央，居然多生出一只竖眼，虽然在紧闭着，但是却透发着无尽毁灭性的气息。居然是西土图腾瑞德拉奥，是早于天界神灵的存在。曾经被人暗害，昏昏沉沉，在地狱中沉睡无尽岁月，内天地更是差点永远失去。瑞德拉奥直接冲向那悬浮于空中的量天尺。现在看到他冲来，听到他如此咒骂，辰南顿时一呆，不用想也知道暗算西土图腾的人，似乎就是量天尺的所有者！

"轰！"那只巨脚被震开了，不过其身体的其他部位还未显化而出，巨脚竟然又向着量天尺踏去，似乎想要助西土图腾一臂之力。天龙琴弦追来之际，辰南的魔刀挡住了它，现在这种场面正好齐开杀戒。无情刀与奔袭而来的天龙琴弦激烈缠斗在一起，道道直冲天际的绚烂光芒，让暗黑大地生出缕缕流光溢彩，仿佛光明要降临这片毁灭的世界一般。

另一方，西土图腾已经与量天尺大战在了一起，如今的西土图腾额头那只毁灭之眼早已不可同日而语。以前，不过只能射出一道黄金光，勉强能够射出几道紫金光与血红煞光，但是现在已经连续提高了十三重，混合的彩光威力成倍增长，毁灭之光所过之处粉碎一切，竟然能够抵住量天尺！不愧为最为古老的神祇，恢复元气后，再现了当年的威势，力量提升数重！还有那显化出的一只巨脚也时不时破碎虚空，狂踩量天尺，与西土图腾共同攻杀量天尺。

原本参战的暗黑大魔神、土系祖神、混天祖神等已经成了观战者，曾几何时他们也是叱咤天地间的强者，但是如今形势逆转，如果不掌握禁忌神通，光有战力也难以匹敌，除非达到邪尊之境！

就在这个时候，九声龙啸冲天而起，整片暗黑大地都在战栗，仿佛一个洪荒大妖魔即将掀翻大地一般，一处光明世界中传出阵阵浩大的能量波动。无尽璀璨的神光在刹那间爆发了开来，大破灭后的黑暗世界，第一次在一瞬间整体亮如白昼，九声龙啸响彻天地间！那片光明空间的大地裂开一道道巨大的缝隙，绵绵延延能有数千公里，而后土块迸溅，乱石穿空，从崩碎的大地之下，飞出一个庞然大物，绵绵延延能有百里！这是什么概念，这是一座真正的巨大山脉般的活物啊！不可想象！

鼓荡起阵阵狂风，冲天而起，竟然是一个庞大到不可想象的九头天龙！巨大的银色龙翼，每次扇动间便会爆发出飓风，横扫一切，大地崩裂，飞石粉碎，无物可挡！九个龙首分别发着可怖的吼啸，它直冲而起，飞上了天际。这简直就是一轮太阳啊！它太大了！同时，由于神光璀璨，整片暗黑世界都被照亮了！"九头天龙，竟然是你这个混蛋！"西土图腾气得怒吼，眼睛都红了，额头那只竖眼，更是连连射出毁灭性的光束，恨不得立刻将九头天龙撕碎。"哈哈哈哈哈……"九头天龙九个脑袋同时发出狂笑，像是一个盖世大妖魔刚刚逃脱地狱出现在人世间一般，说不出地邪狂。

量天尺化作一道神光，快速放大，融入了九头天龙的体内，它的声音隆隆如天雷在天地间浩荡："西土图腾你的命可真大啊，在我沉睡时曾经算计了几个老朋友，别人都成为了我梦中的养料，唯有你活了下来。嘿嘿……"如此邪恶而又张狂的笑声，让它显得狂态毕露而又可怕无比。"你无耻！"西土图腾怒极，没想到九头天龙做出这等无情无义之事，还嚣张地大讲特讲。

"现在我的绝对力量天下第一，同时又掌控禁忌神通，谁人能挡我？"九头天龙狂啸，大喝道，"今日，我将收取你们所有人的灵魂，打开通天之路，去偷天！"一声咆哮，百里长的天龙身，化成了千丈长，浮现在虚空中，十八只龙眼冷冽地凝视着在场众人。高天之上的月亮，一条巨大的魔影隐现出来，不过最终又散去了。各个光明世界探来的神念，全部小心翼翼地退后了，在更远处观探着这里。空中那只显化出来的巨脚也消失了。唯有西土图腾、暗黑大魔神、土系祖神、绝情祖神等十几位天阶高手无法远退。而旁边的辰南正在与邪尊对峙。

"嘿，真是这样吗？看来我们想到一起去了，我也想收割些灵魂，用鲜血铺祭通天之路，然后去偷盗沉睡的天之本源力量！"邪尊站在魔琴之上，昂然而立，道，"要不你行行好，成全我吧，这样也好让我留下几个弟子的性命。还有，你这副躯体实在够坚韧，留给我做琴弦备用品非常不错！""我看你是活腻歪了！"九头天龙森寒地道。辰南负手而立，静静站在高空之上，冷笑地看着两大巨头。暗黑大魔神、绝情祖神等人则是脸色惨白，到了现在他们已经明白，两个老古董哪里是想救他们，居然是想收割他们的灵魂为己用！西土图腾也冷笑着，稍稍退开了一些，想观看事态的发展。

"嘿嘿！"邪尊阴冷地笑着道，"我这魔琴一旦全力发动，可以毫无差别地群体攻击，你们所有人一起上吧！让我省却一点麻烦，一次收走足够的灵魂！"绝对的嚣张与狂妄令辰南眼眉立了立，但是他没有说话，冷笑立于虚空中。远处，众多天阶高手探来的神念，则是一阵波动。不知道是在害怕，还是兴奋有好戏将要登场，月亮之上则笼罩上一层阴影。

"让我先干掉你吧！"九头龙说到这里，突然化成了人形，一分为九，九个金发男子，留下九道残影，向着邪尊杀去。铮铮琴音响彻天际，山岭般的魔琴横空而起，邪尊的躯体在变大，而后竟然在六根琴弦上腾来跃去，以脚踩踏长河般的天龙琴弦，发出阵阵可怕的魔音！六弦齐动，无尽音符化成光雨，向着九道身影劈斩而去，同时将辰南、西土图腾、暗黑大魔神、绝情祖神等笼罩在里面，当真是无差别攻击，高天之上顿时一片大乱！

最后，六根数千丈长的天龙琴弦猛烈地跳动着，仿佛已经合一，天地间的杀伐之音轰杀一切，所有探寻到这里的天阶高手的神念全部被迫远离观探。暗黑大魔神、土系祖神、绝情祖神等的身体，竟然已经开始慢慢龟裂，眼看将要支撑不住！无比可怕的魔音，天阶高手都无法抵挡！最后，六根琴弦更是迸发了出来，在天空中舞动起来，专攻九头天龙的九道身影，汇聚在一起的琴弦融合了，竟然化成了一道天河！

无尽璀璨的神光照耀天地间，一条奔腾咆哮、无法阻挡的璀璨神河，肆虐于整片高天，横扫一切阻挡。九头天龙被迫九身合一，来对抗这灭杀一切的神河。暗黑大魔神、绝情祖神等近十位天阶高手，近乎绝望了，他们只能联合在一起抵御，那自高天之上垂落下来的由天龙琴弦化成的滔滔银河，简直是他们的噩梦，触碰到一点就有粉身碎骨之噩！无情刀围绕辰南旋转，崩碎无尽银光，他冷冷地注视着前方的战斗。

"吼！"九头天龙厉啸，量天尺化成千万丈通天巨柱，力劈了下去，想要粉碎魔琴，琴弦化成的无尽银河让它感觉无比愤怒，居然剥下它一大片龙鳞。"轰！"量天尺与魔琴结结实实撞在一起，不过竟然没有损坏魔琴分毫，邪尊冰冷的声音在暗黑的世界回响："让你见识下真正的禁忌绝学吧！六欲一出，天下谁与争锋？！"他傲然立于魔琴之上，神态说不出地自负。暗黑大魔神、绝情祖神等人都忍不住战栗了起来，他们的躯体已经被割裂数次了，灵魂遭受了重创，如果还有更厉害的魔音，他们绝对无法支撑了。不远处辰南冷笑，无情刀抵在身前，准备应付突发事件。九头天龙不得不露出凝重的神色！

"众生皆有六欲，见欲、听欲、香欲、味欲、触欲、意欲。今日，我将剥夺你们的六欲，每一个欲望的消失，都会让你们的灵魂粉碎一部分！"邪尊立于魔琴之上，大有睥睨天下、唯我独尊之势！

"见欲！"随着一声低喝，魔琴一条琴弦冲天而起，数千丈长的天龙琴弦，独自在空中狂乱舞动起来，像是通天的巨大雷柱一般，向着四面八方绽放出一道道绚烂的光芒。就在那一刹那，辰南感觉双眼刺痛无比，双目险些崩裂，如果不是无情刀斩破了激射而来的奇异能量，他恐怕已经看不到什么了。惨叫声此起彼伏，在这一刻，暗黑大魔神、绝情祖神、土系祖神等人，双眼皆全部失明！绚烂的光芒闪耀过后，他们永远地失去了光明，见欲消失，灵魂也粉碎了部分！"师父你这个老不死的杂种……"混天祖神愤怒地吼啸。远方，所有天阶高手都倒吸了一口凉气。这实在太可怕了，就连在远空观战的某些高手，都险些失去见欲。

"听欲！"又是一条天龙琴弦，自魔琴之上冲空而起，在高天之上狂乱舞动，爆发出无比灿烂的光芒，照耀十方。

"我听不到了！""我没有听觉了！"……惊恐的喊叫声自天阶高手们的口中吼出，这是永久性的失去听觉，因为与之相应的部分灵魂也已经粉碎了。这是何等的禁忌功法，剥夺天阶高手的视觉与听觉！难怪邪尊睥睨天下！接下来是"香欲"与"味欲"，它们对应着嗅觉与味觉，失去这两欲虽然看似没什么，但后果也是极其严重的，因为天阶高手的部分灵魂要跟着粉碎！这是一种无比痛苦的折磨，堂堂天阶高手，被人生生剥夺各种感知能力！

"触欲！"邪尊的声音冰冷如寒流，让远空观战的天阶高手都忍不住战栗，这种功法可怕得有些恶毒。就在这个时候，暗黑大魔神拼着爆碎了自己一半的灵魂，而后冲出了这片空间的禁锢，逃向远空，他知道再这样下去，定然会形神俱灭！绝情祖神等其他天阶高手也想逃离，但是已经晚了，剥夺"触欲"的光芒笼罩而下，在这一刻，几位天阶高手永远地失去了触觉能力！他们像行尸走肉一般，茫然立于天空中。见欲对应视觉、听欲对应听觉、香欲对应嗅觉、味欲对应味觉、触欲对应身休触觉、意欲对应精神感觉！现在，六欲已经被剥夺了五欲，还剩下最后的"意欲"！

"铮！"随着琴音奏响，土系祖神、混天祖神、绝情祖神等人的精神感觉全部被剥夺，凄厉的惨叫，源自灵魂的痛苦战栗，他们即将彻底地毁灭！而这个时候，与邪尊对面而立的九头天龙更是首当其冲，身躯剧烈颤抖起来！远处，辰南与西土图腾两人的身躯也是摇颤不已。"轰"的一声巨响，无比璀璨的神光爆发于天空之上，土系祖神、绝情祖神等人彻底灰飞烟灭，庞大灵魂之能像怒海一般向着魔琴汇聚而去。与此同时，邪尊身前的虚空出现一条深邃的通道，蜿蜒向无尽的高天！

远处，诸多天阶高手颤抖着惊呼："通天……之路？！""天啊……""不可能！"……

"啊——"正在这个时候，辰南仰天吼啸，那奔涌向邪尊处的天阶灵魂向着他这里汇聚而来，一幅可怕的图案浮现于高空中。无尽骸骨铺成一条白骨大道，通向未知的空间！世界上总是有着许多人们无法理解的事情。一条由无尽骸骨铺成的大道，浮现在无尽的虚空中，通向了一片未知的空间，这就是所谓的通天之路吗？遥远而又深邃，仿佛没有尽头，没有终点，忽略这片空间的声音，无尽白骨大道铸就的深远骨路，寂静无声，仿佛一片亘古以来无音的死界，显得诡异而又可怕，让人心生寒意。

这超出了辰南的认知，在他的猜想中，通天之路远非这样，天之本源所在，怎么可能如此邪异呢？眼前无尽的死寂之路，似乎有些不对劲。他没有贸然踏上骨路，他不想置身于有些不对头的所在。在辰南顿住的时候，庞大的灵魂能量又被邪尊牵引而去了，向着魔琴汇聚而去，骨路渐渐模糊了，而魔琴那条神秘的空间隧道越来越清晰了。

"吼——"邪尊大吼，枯槁的身影显得阴森无比，能够剥夺人六欲的魔琴，此刻绽放着妖异的光芒，六条天龙琴弦逆天倒卷舞动。显然，邪尊方才也看到了辰南身前的骨路，再看看自己身前的神秘隧道，他也有些惊疑不定，通天之路怎么会出现两种情况呢？他也感觉到了危险。正在这个时候，九头天龙仿佛从沉睡中醒来，方才他与魔琴正面对抗，六欲琴音险些剥夺他的灵魂，醒转之后量天尺祭出，疯狂扫向邪尊身前的幽深隧道。在狂猛的力量轰击下，通向无尽天际的隧道被撕裂了，空间通道渐渐消失。

"该死的！"邪尊愤怒大叫。尽管有些怀疑那不是真正通天之路，但毕竟是他辛苦打开的，眼下却被人如此破坏了，让他焉能不愤怒。在魔琴前的隧道被阻之后，辰南身前的白骨通道又显现了，因为无尽的灵魂能量被截断在这里。蓦然间，邪尊渐渐冷静下来，恶狠狠地笑了。而九头天龙似乎也醒悟了过来，为什么要阻止邪尊呢，这明显不似真正的通天之路啊，如果这个大敌冲进去，说不定会永远困死在里面。

这个时候，两大巨头似乎都想明了其中的利害关系，在刹那间都收手后退，而且向着辰南逼去，他们有了同一个想法，要拿辰南做试验，看看打开的到底是不是通天之路。两大巨头暗中推波助澜，将空中弥散的所有天阶灵魂都打入了骨路中。辰南身前的骸骨铺就的大道完全显化而出。而后，两大巨头如多年的老友一般相互嘿嘿笑了起来，联手向着辰南逼去，想要将他逼入无尽幽远的骨道连通的空间中。

"两个老杂种！"看到他们前后夹击，禁锢了这片空间，根本不给他退路，辰南恨恨地低声咒骂。"果然不愧是鲜血铺祭的通天之路啊！"邪尊嘿嘿冷笑着，让远处关注这片战场的天阶高手都有些毛骨悚然，他森然地道，"后生可畏，嘿嘿，那老朽在旁静观，愿你在通天之路上走好！""吼……"九头天龙发出九声直破云霄的龙啸，声音传遍暗黑世界，道："上路吧，我们两人为你送行，一路走好！"

"我如果不上路呢？"辰南冷冷地看着两大巨魔。"哈哈，你还有选择吗，实在不行的话，那我们就送你一程！"邪尊森然冷笑。"小子你还是上路吧！暗中可是有不少洪荒巨魔眼红呢，许多人都想在最初的大破灭时代踏上通天之路呢，说不准就能够盗取天之本源的力量！"

九头天龙阴冷地笑着，神情有些幸灾乐祸。

"杂种！"辰南不再多说什么，与其听这两个巨凶奚落，还不如冷静出手。无情刀劈斩而出，斩碎虚空，在天地间划出一道道优美而又玄异的轨迹。无尽的空间化为混沌，所过之处虚空也要被割裂。"嘿！"九头天龙冷哼，量天尺打出，横扫无情刀。同时，魔琴之音再起，不过这一次不再是无差别攻击，能够剥夺人六欲的琴音，全部集中在了辰南的身上，六道天龙琴弦一道接着一道地崩起，倒竖在空中狂乱舞动，劈落出无尽可怕的邪异能量，想要剥夺辰南的六欲，粉碎他的灵魂。

这是天崩地裂的激烈大战，远方众人看到这片虚空，无尽的混沌巨浪在翻滚，几乎快要吞噬了这片世界，一把如山岳般巨大的量天尺与一张太古魔琴如天上的银河坠落下来了一般，横空肆虐，扫尽一切阻挡。双方的争斗场面浩大无比，荡起的威压浩荡于天地间，让观战者无不避退。看着那贯通了天地的无尽混沌光芒，众人神驰意动。

"轰隆隆！"无尽的闪电在劈舞，漫天的混沌大浪在涌动，量天尺与魔琴震动不止……激烈的大战延续了一个时辰，最终两大太古巨魔还是将辰南打入了无尽骸骨铺成的骨道上，阴森森的可怕幽冥之光不断闪烁，辰南被骨路承载着冲向了未知的空间。

"你们两个老杂种，今日如此逼我，以后我定当十倍相报！"辰南愤怒地大喝着，但是也没有办法，退路早已被封死，他被生生打入了邪异的空间。"哈哈，等你什么时候回来，再说这样的狠话吧！"九头天龙大笑，甚是畅快。远处，众多天阶高手哗然，皆吃惊无比。邪尊脸上的笑容却是渐渐敛去了，今日白白忙活了一场，他渐渐露出冰冷之色，而后突然向九头天龙出手。又一场大战开始了，不过辰南却没有机会看了，后方的骨道消失了，没有后退的路，只有前进的路！

一条无比幽深的白骨大道将他打入一方无比诡异而又可怕的空间。天地间昏暗无比，算不上太过黑暗，但更不能说有光亮，一道道阴森冥气飘浮在空中，向前望去白茫茫一片，大地之上到处都是骸骨，充满了无尽的死亡气息。没有声音，没有活气，一片死寂！辰南发现，神念最多只能探出去一里之遥，似乎有着难以对抗的力量，禁锢着这片空间，想尝试飞行，但是几次努力都告失败，每次都只能滑行出去百余米远而已。时空宝藏的力量似乎消失了！不，经过仔细探视，他发觉不是消失，而是无限弱化了。不仅如此，一切神通都无限弱化了，倒退至难以飞行的境地。

辰南感觉一阵惊恐！为什么会这样，难道他的修为被废掉了！仔细内视发觉，身体状况并没有发生意外，唯有各种神通不复往昔那般强盛了。怎么回事？辰南非常不安。毕竟这是一片陌生世界啊，唯有实力才是生存的保障。漫步于无尽骸骨之上，辰南在这片茫茫骨地中前进，想要寻找出一丝线索。

"这是十六翼天使的骸骨！"辰南吃惊无比，他竟然在白骨堆中发现一具金光灿灿的骸骨！十二翼天使就已经是天阶初级的强者了，十六翼这绝对是一个洪荒巨擘级的高手啊，竟然也在无尽骸骨中，似乎是一个很平常的死者。可怕的空间！古怪的地域！

轻轻向那十六翼天使的骸骨划去，金色的骨架无声无息间粉碎，辰南一阵发愣，他的神通不是已经倒退了吗？为何还能够有这等威势呢，要知道这是天阶高手的骸骨啊，可不是一个飞行不顺畅的修者能够撼动的！经过对这片世界的不断观察与试验，半个时辰之后辰南终于知道了问题的本质所在。并不是他出了问题，而是这片空间出了问题，压制一切！

辰南的天阶修为到了这里，也不过是勉强能飞行百米而已。十六翼天使的骸骨硬度则如寻常天使一般。曾经的强大存在，到了这里都被生生压制了！为什么会这样，这里到底是怎样的一个所在？辰南心中充满了无尽的疑问。不过，这里似乎是一个修炼的圣地啊！一切都被压制，如果在这里修炼有所突破，再回到现实世界，那将要突破到何等境界啊！必须要明白这是怎样的一片空间，辰南在茫茫骨海中前进、探索，不然他心中始终难安。终于看到了除却骸骨外的景物，前方有一面高达二十丈的巨大石碑，矗立在白骨地当中，显得森然而又醒目。

一步步走上前去，看着巨碑，辰南皱起了眉头。古老的巨大石碑上，雕刻着充满了岁月沧桑的几行大字，但是他却一个也不认识！不过，在双目深深注视下，古石碑上的刻字，刹那间绽放出一阵幽冥之光，化作一道精神烙印冲进他的脑海中。一个高大的身影，浑身都处在冥雾中，没有任何能量波动，静静地站在虚空中，透发着无限久远的气息，仿佛自亘古走来，缓缓开口道："古天路，退一步海阔天空，进一步万丈深渊！"

虚影淡去了，辰南却是一阵发呆，真是通天之路？不，是通天古路，似乎是一片被遗忘的世界，一条被遗忘的古老道路！风声呼啸而过，无尽的白骨地中，发出阵阵呜咽之音，许多骸骨被吹动得"嘎吱嘎吱"作响，苍凉死寂的骨地分外荒凉。辰南呆呆地注视着那面高达二十丈的巨大石碑，这竟然有一条沉寂了无尽岁月的古天路，似乎久远得已经让所有人忘记了！退一步海阔天空，进一步万丈深渊！触目惊心的警示语，让他不得不重视，巨碑的前方似乎并没有危险，依然是皑皑白骨地，但是辰南却不敢轻视，谨慎地迈着脚步，小心地前进了两里地，一道暗黑大峡谷拦截在前方，隔断了这片大地。

峡谷也不知道有多么宽广，竟然无法看到尽头，现在辰南神念只能探出去几里地，根本无法查明真实的宽度，而峡谷更不知道有多么幽深，真似万丈深渊一般不可测度，阵阵阴风与鬼啸之音，自暗黑大峡谷下方呜咽着传上来。在这片世界来说，这就等于一道不可逾越的天堑，根本无法横渡而过！天阶修为也不过飞出去百余米远，恐怕强行探险会发生天阶高手被摔死的笑话，更何况大峡谷神秘可怕无比，天知道其内是否充斥着可怕的邪异力量。

沿着暗黑大峡谷的边缘一路走下去，耳旁是呼呼声响的罡风，脚下是无尽的白骨，辰南也不知道走了多久，始终无法发现这片大地的尽头。修炼！唯有修炼才是正途。这片空间压制一切力量，只有修炼到可以自由飞行，到那时才能够翔飞于高天之上，去探索这里的一切。虽然是一片荒凉的地域，但是并不匮乏天地灵气，当然也远非灵气氤氲。辰南回到了那面石碑之下，将这里当成了一个栖身之所，他静静地打坐在地上，开始苦修。

当身心放松，默默参修，神念自然外放时，辰南的神念隐约间触碰到一个神秘领域，在这片天地间似乎有一层淡淡的能量屏障笼罩着十方。任辰南百般冲击，最后也不过撕裂开一道细小的缝隙而已，神念在刹那间探了出去，恍惚间他看到一片暗黑大地，数十片光亮的地域在闪耀。说也奇怪，当神念出离这片空间，外方的神识似乎在异域空间达到了天阶境界，似乎恢复了以往的神力。

那是暗黑大陆？！辰南心惊，但就在刹那间他猛地将自己的神念收了回来，因为撕裂开的细小空间一瞬间就闭合了，根本不给他多一丝的时间。这个时候，他抬起头来看着身前的巨大石碑，想象着那两句话：退一步海阔天空，进一步万丈深渊！看来并不是故作高深的警示语啊，似乎可以脱离这片空间，回归到暗黑大陆去。当然，前提是他的修为要有所跨越，直到能够撕裂开一条空间通道为止。

辰南静下心来，在这片白骨地中静静修炼，如果能够在这片被压制的空间，发挥出天阶的神通，那么无论是哪里他都可以纵横而去了！在苦修中，辰南几次努力，将神念探到暗黑大陆，强大的神念每次进入暗黑大陆时，都在那片空间恢复天阶之力，最后一次他终于寻到机会探入了神风学院所在的地域，看到了龙宝宝与小晨曦，观测到他们安然无恙，他的心才放下来，神念刹那回返。在寂静中修炼，在孤独中苦修，这是一种极其枯燥的过程，但是想成为强者中的强者，就是要学会忍受永恒的孤寂。

一晃几个月匆匆而过，辰南已经能够撕裂开手指粗细的空间，每天可以有几分钟的时间观察暗黑大陆。在这个过程中，辰南不光在修炼也在探索，这一天他在千万枯骨中，竟然发现一颗水晶头骨，晶莹剔透，近乎透明。与其他金色的骸骨以及玉质化的骸骨大相径庭。这引起了辰南的注意，将之把握在手，仔细凝视。水晶头骨入手之后，如温玉般光润，竟然有一丝如米粒般大小的光点在颅腔内旋转，似乎是一点不灭的灵识光芒。

这是一个巨大的发现，辰南当即探出自己的神念，想要接触它。但是，光点根本无法触碰，他的神识竟然无法逼近。这引起了辰南强烈的兴趣，这水晶头骨似乎真的还没有彻底寂灭，一点灵识不灭，总有恢复的一天。此后，每天除了修炼，他总会用自己的神识去探寻光点，虽然无比艰难，但却等于在锻炼他的神识能力。经过坚持不懈的努力，终于有一次辰南无限接近那粒光点，没有接收到任何情绪波动，但是却让他震惊无比。因为，在那一刹那，他仿佛看到了一片无比浩大的星空，那粒光点似乎是一片星空！

一花一世界，一草一天堂，一沙一极乐……难道当真如此吗？！辰南被深深震撼了，那似乎是一个具体而微的真实星空！一个人的残灵，化成了一片无比璀璨的星空了吗？这是什么概念？！这个死者生前到底是怎样的一个存在？恐怕有着天大的来头！简直让人无法想象！自此，辰南每日都要关注水晶头骨，每天都要竭尽全力去探查那粒光团，他似乎接触到了一个崭新的领域，似乎看到了星宇的形成过程。有一次，他甚至将神念短暂地探入到了那粒光点中，看到了群星闪耀的灿灿星空，正在缓慢地旋转着，慢慢形成天宇！

神秘莫测、无法揣度的水晶头骨！通过观察，辰南发现，这似乎是一个女子的头颅，他想以神念来还原女子的虚幻影像，在无尽的虚淡光影中，想要让她的肉身重现，但是任他耗尽全身精力，也只能看到一条模糊的影迹，根本无法再进一步，似乎冥冥中有一股无法想象的强大力量在阻止着这一切。死后都无法让人探视，这女子未免太过恐怖了！

初始辰南还在努力探视，但最后无能为力之下他忽然发狠，竟然开始尝试炼化水晶头骨！将之当成一件兵器去祭炼！不得不说，水晶头骨的坚硬程度超出辰南的想象，十六翼的天使骸骨他可以轻松轰碎，但是这个水晶头骨，他即便将力量提升到极致境界，也无法在上面留下一道划痕。不断努力尝试下，辰南竟然真的祭炼有所小成，水晶头骨随着他的意念而动，能够轰开一切阻挡，当真是无坚不摧！

经过三年的全力祭炼，辰南已经能够将水晶头骨最大放大到房屋那般大小，最小能够缩小到指甲盖那般大小，神念所至，水晶头骨如影随形，几乎真的快被他祭炼成一件兵器了。至于头骨里面的光团，辰南放弃了探寻，他无法真正深入进去。第四年，辰南按捺不住冲动，撕裂开一道拇指粗细的裂缝，短暂地贯通了暗黑大陆，而后将水晶头骨祭了出去，朝着他一直在留心关注的邪尊的修炼所在砸去。

到了暗黑大陆上空，不仅辰南神识复至天阶境界，就是水晶头骨的状态似乎也发生了变化，在刹那间化成小山般大小，就像天外星空中坠落而下的一颗星辰一般，狂轰在大地之上。"啊……"邪尊愤怒且带着无比痛苦的吼啸响彻天地间，琴声大作，六条天龙在天际狂舞。水晶头骨横劈竖砸，竟然几次轰撞在魔琴之上，散乱且巨大的琴音，似要撕裂天地，狂劈出一道道禁忌雷光，贯通在天地间。

　　这是跨越空间的大战啊，辰南只能支撑几分钟，便控制水晶头骨回返，现在他已经明了，退回暗黑大陆是可以的，但是现在他不想退，知道晨曦他们平安，他就可以安然地在这古天路修炼。当水晶头骨回转的刹那，辰南恍惚间产生了一种错觉，仿佛看到一个女子飞来，不过在刹那间又变回了水晶头骨。在这一刻，他心中多少有些发虚，水晶头骨的主人还有一点残灵没有灭呢，似乎有着一丝再现于世的可能啊，她生前一定强得难以想象，如果真的恢复了点滴灵识，发觉头骨被人祭炼成兵器，恐怕会发狂啊！

　　水晶头骨上流转着淡淡的光华，一双眼窝显得深邃无比，仿佛真的有灵一般。辰南几次都想将之扔掉，但最后还是咬了咬牙继续祭炼，将来的事情将来再说！而且，他更是开始在这片无尽的骨地中淘宝。能够对抗邪尊的魔琴，就等于禁忌宝物了，既然发现了水晶头骨这等神异的骨物，说不定还会有其他发现。在水晶头骨强大的轰击力之下，无尽的骸骨化成粉尘，完全是抱着试试态度的辰南，竟然真的又挖掘到了一件极其特殊的骸骨，甚至比水晶头骨还要邪异。这是一具完整的骸骨，它是昂然立于大地之上的，不过是被其他骸骨淹没了而已，早先没有显露出来。高大完整的骸骨，让人不难想象其生前的伟岸之姿，光是一副骨架就透发着一股狂放的姿态。

　　当然，最引人瞩目的是骸骨的颜色，竟然通体乌黑光亮，宛如黑金一般闪烁着特异的光泽，在白骨堆中太过醒目了，简直就是一副魔骨啊！而且，水晶头骨竟然不能将之砸碎。绝对是一具宝骨，如果真的能够祭炼成功的话，恐怕能够抵抗九头天龙的量天尺。这具乌光烁烁的高大骸骨，怕人不知道似的，似乎在强调着它就是"魔"！不过，看着这具骸骨，辰南不知道为何，怎么觉得和现实中某个见到过的人很像，只是一时间想不起来是谁。

魔骨强横到无匹之境，辰南探出一缕神识，入主骸骨内控制它的骨架，发挥出的战斗力强横无比，简直可以横扫一切阻挡。这绝对是一个超级巨擘！没有在乌光闪闪的骸骨中发现点滴残灵，寂灭得很彻底，这一点似乎比不上水晶头骨，不过辰南却在尝试恢复魔骨肉身虚影时，受阻后发现了一道精神烙印。

"无天无地，无我无他，大魔天王！"一道虚影渐渐淡去，似乎在揭示死者自己的身份。大魔天王，很嚣张的名字，辰南感觉有些熟悉，以前似乎听闻过，但是一时间竟然没有想起来，不过他知道这绝对是震古烁今的超级强者。管不了那么多了，既然要苦修，那么就想尽一切办法来提升自己的修为，辰南开始祭炼大魔天王的骸骨，将之变成自己的一件犀利武器。辰南分出一部分神识，入主大魔天王的骸骨内，而后自己的本体控制着水晶头骨，每天疯狂对练轰杀。他丝毫不知道自己在做着多么惊世骇俗的举动，如果某段湮灭的历史重见天日，辰南定然会目瞪口呆，直至抓狂！

水晶头骨晶莹剔透，宛如上好的艺术品，虽然是一个骷髅头，但是却并未给人任何阴森感，仿似上天最得意的杰作。有时辰南修炼闲暇之际，不禁会猜想，这样完美的一个头骨，她生前究竟会有怎样的事迹呢，如果能够还原，这定然是一个绝代无双的丽人。这几个月以来，辰南每次祭炼它，都会有新的发现，那头骨中的点滴灵识，没有任何壮大的迹象，但是辰南却感觉它越来越深邃了，有时看着那点点光芒，他仿佛觉得陷入了一片无比璀璨的星空中，冥冥之中似乎在牵引着他的心神。而这几个月来，在一种玄而又玄的感觉下，他竟然再次找到了一条水晶臂骨与几条水晶肋骨。这让辰南有些心惊，甚至有些惶恐！因为，每次之所以寻到水晶骨，都是他深深凝视头骨那点深邃灵识后不久，不知不觉间寻到的。

是巧合，还是受到了冥冥之中的某种力量的牵引？！当一条完整的脊椎骨、两条完整的臂骨，以及部分胸骨被寻到时，水晶骷髅几乎重组了半截身子，晶莹剔透的骨体，仿佛一尊完美的女神之像，恍惚间已经化成了一个绝代佳人。这让辰南感觉有些不安！他想就此停止，但是又忍不住那股重组水晶骷髅的冲动，很想看到一副完整的水晶骨被祭炼后，到底能够发挥怎样的威力。

"咔嚓咔嚓！"阵阵骨响传来，辰南从修炼的沉寂中醒转，此刻他正在暗黑大峡谷旁打坐，睁开眼睛的刹那，他看到了一幅让他无比震惊的画面。连带着臂骨的水晶头骨，正自那暗黑无光的大峡谷中爬上岩壁，方才它似乎进入了那万丈深渊中！辰南惊愕地望着它，这怎么可能？！它怎么自己行动起来了？

"咔嚓咔嚓！"阵阵骨响传来，是水晶骨自白骨地爬过来的声响，它慢慢爬到了辰南的身边，而后如以往那般寂静不动了。辰南本能的反应就是要轰杀这副水晶骨，这个家伙的灵识果真不灭啊！不过，当想采取行动时，仔细一番感应，并没有觉察到水晶骨给他丝毫威胁感。细想之下，有些奇怪，这个骷髅既然能够自主行动，为何还会待在他的身旁呢？随后，辰南惊异地发觉，水晶骨上竟然出现一道道细小的裂纹，仿佛经历过一场大战似的。要知道曾经用大魔天王的骸骨轰击它，都很难造成伤害呀，这是怎么产生的？

有了这些发现，辰南并没有立刻采取行动，他想暂时关注一段时间。不过，接下来发生的事情，又让辰南感觉惊奇无比，水晶骨上的裂纹经过几日之后，竟然慢慢愈合，而后渐渐消失了。辰南不再让自己陷入死寂般的修炼境界中，暗中分出了一分心思关注神秘的水晶骷髅，想看看它还有什么特异变化。他连续一个月一动未动，盘坐于骨地上修炼时，忽然感应到一丝极其特异的能量波动，弱小到可以忽略不计，不是来自水晶骷髅的，而是源于暗黑大峡谷。在这一刻，水晶骷髅动了，先是望向辰南，见他如石化了一般，它缓慢爬向大峡谷，而后竟然顺着岩壁攀了下去。

很久之后，辰南霍地站了起来，来到大峡谷峭壁之上，望着万丈深渊，他感觉到了森森阴气，这时已感应不到半点特殊的波动，下方仿佛是一个无底地狱。三天之后，水晶骷髅骨回来了，身上满是龟裂的缝隙，仿佛要碎裂了一般，不过它却找回了几根肋骨，上半截骨体几乎快完整了。到了现在，辰南不得不怀疑，是不是因为他祭炼水晶头骨，才让其慢慢觉醒了。不然，以前沉寂了无尽岁月，也未见它寻找残骨啊。辰南百思不得其解，水晶骨既然能够独立行动，为什么每次还要回来呢，难道真的是因为他的祭炼，而成了他专有的"武器"？如预料的那般，龟裂的水晶骨经过一个多月的时间，居然又慢慢愈合，恢复原样了。

辰南很想进入暗黑大峡谷中，看一看那里到底是怎样的一个所在，这是一条沉寂了无尽岁月的古天路啊，下方说不定有什么特异的存在，不然水晶骷髅骨不可能每次都伤残而归。苦修不辍，辰南不仅关注水晶骨的变化，同时也花了一半心思在大魔天王的骸骨上。利用这具骷髅骨架，他时常进入暗黑大陆，虽然无法打通空间通道，但是快速撕裂开一点空间裂缝就足够了，它在无尽的风暴撕扯下根本不会被摧毁，骨体之强横超乎想象。数年过去了，暗黑大陆之上依然没有太大的起色，天阶高手间暗战不断。

大魔天王可以说是辰南在暗黑大陆的化身，他虽然真身被困在古天路，但是利用这具魔骨，经常去找邪尊与九头天龙大战，让两大太古巨凶已经渐渐产生了惧意，交手无数次都无法摧毁这具骷髅。这是跨界的历练，辰南想尽一切办法，尽快提升自己的修为。同时，他想借助这具骸骨，走遍暗黑大陆的每一个角落，寻找曾经的朋友与家人，雨馨、空空、依依、龙舞……渐渐地，暗黑大陆上不少天阶高手，都知道了一具暗黑骷髅王的存在。大魔天王的骸骨通体漆黑如墨，就差额头上刻着"我是魔"了。

经过一场场激烈的大战，辰南的战力在稳步地增加。但是，却始终没有感应到过去那些朋友的点滴气息。有时他在想，是不是所有人都永远地消逝了呢？难道熟悉的人中，只有龙宝宝、小晨曦、小凤凰活了下来？他经常会以这副魔骨进入神风学院，远远地观望龙宝宝、小晨曦、小凤凰他们。看着小晨曦安静地坐在花园，独自闷闷不乐的样子，辰南有些心痛，但却不好过于接近，现在他真身不能回归，过早相见，他怕为他们惹去麻烦。

看到晨曦，他就会想起雨馨，花样的音容笑貌在心间是那样清晰，巧笑倩兮，美目盼兮，虽然过去了很久很久，但是曾经的感动，依然会让他这个心坚如铁的天阶强者，感觉到阵阵酸涩。到了现在，雨馨在哪里？为什么始终寻不到？

　　暗黑大陆无岁月，大破灭后到现在，也许过去了数百年，也许已经过去了上千年，曾经魂牵梦绕的女子，如今是否还存在于世呢，如果已经永远消逝……想到这里，辰南不禁涌起一股无言的苦涩。天阶强者如果足够强，可以永生于世间，甚至连大破灭都可以逃过，但是这样万古长存，又有什么意思呢？曾经的朋友、家人、红颜都漫漫远去、消逝，独自一人即便威压六界，又能如何？人生似乎失去了很多的意义，变得苍白了许多。

　　残破的古天路，水晶骷髅骨又一次从万丈深渊中回来了，这一次它彻底寻回了上半身的残骨。而且，这一次回归，辰南竟然发现，它的身上沾染着丝丝的血迹！这个发现，让辰南吃惊不已，暗黑大峡谷中竟然有生命！有能够撕裂水晶骨的可怕存在。这次水晶骨近乎崩溃，足足用了三个月才让龟裂的骨体彻底复原。

　　辰南觉得不能再这样下去了，他无法预知水晶骷髅彻底重组后会发生怎样的变故，他现在还不敢过分玩火。于是，将大魔天王的骸骨召唤了回来，他开始紧锣密鼓地准备，打算让完整的大魔天王去无底地域中探查一番。同时，他决定将水晶骷髅放入暗黑大陆，或者说是暂时放逐。如今，他已经能够让神识附着在骸骨上在暗黑大陆停留几个时辰了，大多时候即便时间到了，他也只是神识回返，而将骸骨寄存在暗黑大陆的无人区。

　　水晶骷髅在暗黑大陆也让辰南不得安心。每次神识退走时，都将它隐藏在了绝对黑暗的无人区，但是下一次去寻觅时，它早已在数万里之外，自主地移动、寻觅着什么。辰南真是有些头痛，还好它的残骨似乎都在古天路，并不担心它会重组躯体而发生什么变故，此后渐渐对它实行了宽松放逐。不过，就是因为这样，水晶骷髅给辰南带来了意想不到的惊喜。根本没有指望它能够寻觅到什么，但是在指挥大魔天王进入万丈深渊前，去暗黑大陆例行看看时，他吃惊地发现水晶骷髅寻到一股生命源泉。

　　这股生命源泉小得可怜，不过一个小水洼而已，但却透发着强烈的生命波动。辰南又是惊喜又是担忧，这个水晶骷髅如此古怪，如果长时间浸泡在生命源泉中，说不定会彻底恢复本源呢！不过，细看发觉，水晶骷髅并未在意生命源泉，而是在那如水洼的生命泉池中翻找着什么。与此同时，辰南感觉到了一股刻骨铭心的气息，他吃惊得险些大叫出来！而就在这个时候，他看到水晶骷髅从水洼中挖出一具残破的骷髅！虽然骸骨已经破败得不成样子了，但是头骨内的灵魂之火似乎依然在跳动，根本没有寂灭的迹象。

"雨馨！"辰南忍不住惊叫了出来。他简直不敢相信眼前的事实，居然、居然挖出了雨馨！这真如白日做梦一般，这简直不可想象！太过天方夜谭了！不是精灵圣女凯瑟琳，不是灵尸雨馨，不是无情仙子，她是真正的雨馨。在这一刻，辰南想大喊大叫，今日他太激动了。曾经以为雨馨永远地消失在了天地大劫中，再也不可能看到昔日的红颜了，但是居然被这水晶骷髅从地下给挖出来了。此刻，辰南仿佛觉得整片世界都明亮了起来。

"你在干什么？"辰南惊呼，神识剧烈波动。稍不注意，他看到水晶骷髅竟然将雨馨的灵魂之火从那残破的头骨中招引了出来，捧在了晶莹透亮的水晶手骨中。感应到了辰南的莅临，水晶骷髅有些发呆，似乎想倒在生命源泉中不动，但是似乎又有些放心不下手中的灵魂之火。辰南险些气笑了，被抓个现行居然还想装死，又不是第一次察觉它能自主行动了。

不过，辰南发觉水晶骷髅并不是想伤害雨馨的灵魂之火，反而似乎非常在意，小心地护在掌中。在刹那间，辰南的神识扑了上去，控制住了水晶骷髅。即便水晶骷髅没有恶意，他也不能冒险，不然万一有变故发生，他将遗憾终生。雨馨的灵魂似乎并未遭创，此刻处在沉睡中。辰南心绪激动无比，想仰天吼啸。有足够的生命源泉可以顺利地让雨馨彻底复原，这并不是一件难事。坎坎坷坷，一路走来，辰南辛酸苦辣一起涌上心头。辰南的本体在古天路，最好的生命源泉也都在那里，怎么才能带着雨馨的灵魂顺利穿过空间缝隙呢？最终，辰南用自己的神识力量包裹住雨馨的灵魂，进入了水晶骷髅的头骨中，而后开始回返。

这是一个时代的悲哀,众生几乎绝灭,无数的人死去。昔日的红颜,竟然被从尸骸中挖出来,这是一个天大的惊喜。但是想一想,还有那么多失散的朋友与亲人,无论如何辰南也难以轻松起来。今天,因天大的机缘挖出曾经的雨馨,难道还总会有这样的机会吗?再者说,雨馨恰逢沉入一小洼生命源泉才得以保存下来,而其他人能有这么幸运吗?太多的痕迹显示,许多人似乎永远地不能再现了。望着这片暗黑大地,以及数以亿万计的骸骨,辰南无奈地叹了一口气:"希望你们没有寂灭吧,我会努力寻救你们,且会永远搜索下去。"

神识附着在水晶骷髅骨中,顺着那撕裂开的一小道缝隙,辰南护佑着雨馨那沉睡的灵魂,顺利平安地进入了古天路,进入了这片同样白骨茫茫的世界。不过,这里的天色不再漆黑无光,只能说是昏暗而已。辰南将雨馨的灵魂之火小心地自水晶头骨中取出,而后安放进了自己内天地中那第一生命源泉内。辰南没有将她从沉睡中唤醒,这样可以让她更好地、更早地恢复元气,而后再想办法为她重组躯体。

水晶骷髅确实非常有个性,明明已经被辰南发现能够自主行动,在他眼前又一动不动了,仿佛成了一个木偶。可是,当辰南陷入死寂般的修炼后不久,它就又动了起来,直接奔向无底地狱,而后一闪而没。这一次它消失了足足有一个月,其间辰南几次从沉寂中醒转,都一直未发现它回返。辰南甚至怀疑,水晶骷髅可能在暗黑大峡谷中发生了意外。大魔天王的骸骨已经祭炼得差不多了,辰南准备控制它潜入那万丈深渊中。

只是,就在这个时候,水晶骷髅却适时回返了,看到它的样子,辰南终止了行动。这一次它几乎粉身碎骨,所有的骨骼彻底龟裂,似乎再稍稍用一点力量砸下去,它就会化成粉末。这一次,它寻回来一条大腿骨,已经接续在残体上,也是近乎粉碎。水晶骨上沾满了血迹,让它看起来有些凄惨。它缓慢地爬到了辰南的身边,就又一动也不动了。辰南吃惊无比,在这一瞬间想到了很多。以他的力量控制大魔天王,还无法打碎水晶骨,而深渊中却有这种力量,且是有鲜血的生命体,不得不让人有些惧意。

水晶骨这一次沉寂了足足有一年,那些裂开的骨缝才慢慢愈合,如辰南所猜想的那般，又过去两个月的时间后，水晶骷髅又开始行动了。它沿着大峡谷的绝壁，潜行了下去，又将投入到一场新的战斗中，夺回属于自己的东西。而这一次，辰南让自己的部分神识依附在大魔天王的骷骨上，紧随其后悄悄跟了下去，他倒要看看下方有着怎样的隐秘，到底有何等可怕的存在。其实，他早就想下来探究一番了，只是这是一片奇异的世界，天阶力量被压制的情况下，神识延伸出去的距离有限，也就意味着他附在大魔天王身上，不能潜下去过远。

这几年他苦修不辍，神识的力量强大了许多，已经能够横扫四里内的景物，这才开始真正第一次的探查。部分神识附着在魔骨之上，现在大魔天王的骷骨等于辰南自己，仿似他亲身探入了深渊中。

无尽的暗黑世界中，岩壁间挂满了枯骨，辰南尾随着水晶骷髅一路下行，下方的阴森气息越来越盛了，如同一把出鞘的利剑直指人心间一般，森然逼人。前方的水晶骷髅，在下行的过程中不小心碰掉一块万钧重的巨石，除了最开始碰到岩壁发出一声巨响外，那块巨石直直向着深渊落去，过了很久都没有听到回响，这实在让人难以相信，真不知道这暗黑大峡谷到底有多么幽深。

"吼——"一声令辰南头皮发麻的厉啸，在下方若隐若无地传来，虽然声音传到上方时，已经非常微弱了，但是那种恐怖的魔音还是令人毛骨悚然。这是源于对危险的预感，对可怕的力量的警醒。已经下行了一千米左右了，在此过程中辰南看到十几具十六翼天使的骷骨倒挂在峭壁上，他惊异地发觉，他们的骷骨上竟然有着许多齿痕，虽然过去了无尽的岁月，但是那些啃咬的印痕依然清晰可见！这让他感觉心中都在冒凉气，倒挂的十六翼天使骷骨，很像动物中某一类夜鸟享用完食物，将其残骨挂在树梢上的状况。

将天阶高手当中的顶级强者当作食物，这未免太可怕了！下行到一千五百米时，依然无法探到深渊的底部，而就在这个时候，辰南感觉到了莫大的危险似乎正在飞快接近。下方三百米远，水晶骷髅那里忽然传来一阵响动，十几块万钧巨石被它在崖壁间横扫了下去。在更下方，有一条浑身都处在黑雾中的影迹快速扑来！仅仅一瞬间，黑影就和水晶骷髅冲撞在了一起，崖壁一阵剧烈摇动，无数巨石翻滚下无底地狱。

即便用神识观探，辰南也无法发觉，那黑雾中到底是怎样一个生命体，神识无法突破黑雾，只能看到黑暗中的两道冷芒——如野兽般的目光！"砰！"最终，水晶骷髅狠狠地将那黑影撕裂了，而后拍落向万丈深渊。不过，点点光芒飘起，那似乎是黑影的灵魂之光。辰南惊异地发现，点点光芒竟然飘向了水晶骷髅的头骨中，融合进了那一点不灭的灵识中！

该死的！辰南有些震惊，水晶骷髅每次下来，不仅仅是寻找自己的残骨呀，似乎还在吞噬灵魂，壮大自己那不灭的一点灵识！如果不是今日亲自跟下来，发现了这种情况，还不知道以后会有什么变故发生呢，他决定这次回去后将水晶骷髅放逐！原本，因为它将雨馨找了回来，辰南对之防范之心放松了许多，但现在看来决不能掉以轻心，说不定什么时候它就会彻底恢复本源呢！

在下行到两千米时，辰南已经感觉有些吃力了，距离本体太过遥远，神识延伸的距离快到极限了。而就在这里，他在岩壁上看到了一个巨大的洞穴，里面金光灿灿，一堆无比庞大的黄金骸骨如一条山脉一般散落在岩洞中。这是一条天龙骸骨！辰南感觉到了熟悉的气息，心中一阵惊跳，与他长子龙儿的气息格外相似！在刹那间他恍然大悟，这散落的黄金骸骨，是天龙皇的骨架！就如同在那未知的空间中依依的那株古树本体一样，是他们曾经的躯体。

这是生生被人拆散在这里的！想必那大龙刀就是从它的身上截取了龙魂与部分骨之精华凝练而成的。本体居然死寂于这里，这可是天龙皇啊，龙族的最强者！辰南不可避免地想到了龙儿，不知道这个孩子如今在何方，在辰南的想象中，龙儿应该能够活下来，毕竟他乃是曾经的最强者之一，灵魂内藏着无尽潜能，关键时刻应该能够助他躲过一劫。

"轰隆隆！"下方已经开始大战了起来，辰南看到水晶骷髅在崖壁下，被一团浓雾包裹住了，它在激烈地冲击。已经无法下行，辰南决定回返，用本体亲自下来，将天龙皇的骸骨收走，以后也许龙儿会有大用处。他附身在大魔天王的骸骨上，刚想向崖壁上攀去，但是万丈深渊中一股奇异的力量忽然间将他禁锢了！辰南感觉魔骨重若万钧，居然无法挣动！一股巨大的危险感笼罩着他。辰南想放弃魔骨，神识独自逃离，但是最终忍住了，拼着损耗掉这部分神识之力，也要看看到底是什么可怕的存在。

一声森然无比的厉啸，像万年老鬼在哀号一般，让人感觉头皮发麻，亡魂皆冒。一道人影在无底深渊中，在无尽冥雾的包裹下，快如闪电一般冲了上来，震荡起无尽的恐怖能量波动！正主出现了吗？辰南心中一凛，感觉到了莫大的危险，竭尽全力抗衡后，他能够动了。一道死亡之光如巨大的镰刀一般从无尽冥雾中飞出，向着他劈来。

"当！"他举臂格挡，幽冥之光击在大魔天王的臂骨上，发出一声震耳欲聋的响声。而后无尽的冥雾铺天盖地而下，将大魔天王的骸骨包裹在了里面，或者说将辰南笼罩在了里面。辰南感觉四面八方出现一道道磅礴无比的可怕力量攻击，在刹那间他接连还击千百次，直震得这片岩壁都剧烈摇动起来，仿佛随时都会崩塌一般。狂风涌动，冥雾散去，辰南看到了敌人。古老的金属战甲，镌刻满了岁月的风霜，将一个身躯婀娜挺秀的女子包裹得严严实实，就连头颅也在古老战甲的防护内，唯有一双眸子似冰冷的刀锋一般，仿佛自亘古走来的女战神！

这怎么可能？辰南吃惊无比，居然有一个人形生命体，为何这几年都没有感应到她的气息呢？而且既然能够飞行，为何从来都没有飞上过大峡谷上的地面呢？

一声凄厉的尖啸自充满岁月沧桑感的战甲内透发而出，身躯婀娜的女子手中幽光爆闪，一把天刀力劈而下，直取魔骨的头颅！炽烈的刀芒撕裂了虚空，发出呜呜的响声，像是魔鬼在哭号一般，这种威势如果放在暗黑大陆也许算不得什么，但这是在被压制力量的古天路，只能用强横至极来形容，绝对强悍！

此刻辰南逆转身形腾跃而起，在岩壁留下一道残影，化身成飞天壁虎，几个闪纵，快速脱离了璀璨刀芒的笼罩范围，身子一直滑出去上百米。

"哧！"刀芒绚烂，无坚不摧，生生割裂了岩壁，其上出现一道大裂缝，不断蔓延，生生裂开出去百余米，一直延伸到辰南的身前。辰南倒吸了一口凉气，穿着古老战衣、透发着几丝沧桑气息的神秘女子，实力深不可测。这是对绝对力量的掌控，没有丝毫花式可言，可谓凌厉无匹！冥雾涌动，大峡谷又陷入了无尽的黑暗，无尽黑雾将如古战神般的女子淹没了。在阴森的大峡谷中，辰南只能看到两点青光，那是女子的眼眸，竟然如野兽一般野性十足，辰南感觉被毒蛇盯住了一般，同时感觉一股无形的力量慢慢向着他笼罩而来，想要禁锢他的身体，让他难以挣动。

"呼！"风声呼啸，冥雾狂烈奔涌，古战神般的女子腾跃而起，口中发出一声吓人的吼啸，与她那婀娜美好的娇躯丝毫不相配，宛如一头凶残的野兽发狂一般。一道如闪电般的刀芒力劈而下，仿佛勾动了天雷一般，伴随有隆隆巨响，冥雾翻滚，电光道道，杀气森然，让这片岩壁附近充满了难言的压抑感。在临近辰南的瞬间，一把天刀突然在刹那间化成了成百上千把，四面八方到处都是绚烂的刀芒，直指辰南各处要害，恨不得在刹那间将他绞碎。

辰南连续后退，岩壁之上传来阵阵清晰可闻的铿锵之音，大片大片的岩壁不断脱落而下，天刀所过之处，数以万计的崖壁巨石轰隆隆向着无底深渊坠落而去。但是，无尽的巨石却依然没有在下方传来点滴声音，下方仿似真是个无底的地狱一般。刀芒炽烈，辰南退无可退，双手连连划动，不断打出玄秘莫测的法印，双手间有无数光芒透发而出，一大片光芒像是不可摧破的神秘盾牌一般，挡在他的身前。

但是，面对天刀的狂猛劈砍，光盾渐渐龟裂，辰南不断后退，双脚甚至都已经插入了岩壁中，在陡峭的石壁上向后退去的过程中，划出两道深深的石沟。身穿古甲的女战神，双目中的青光越来越盛，整个人直欲发狂，一阵阵如野兽般的低吼自她口中不断发出，最后更是大吼了起来，音波如排山倒海般的巨浪一般，直震得这片崖壁剧烈颤动，碎石更是不断崩落而下。到了最后，陡峭的绝壁竟然如被重物击过一般，岩壁被声波震碎，大片大片的石沙不断坠落。

"轰！"光盾彻底崩碎，天刀爆发出灿灿神光，向着辰南的颈项斩去。退无可退，避无可避，辰南以双手相迎，在万分危险的境地，他的一双手骨，竟然险而又险地夹住了冰冷的刀锋。"砰！"天刀压落而下，辰南的双臂不断弯曲，不可揣测的力量自森然的刀锋之上一浪接着一浪向着辰南涌动而来，而且每重力量都要远远高过上一重力量，让辰南的臂骨都发出了"咯吱咯吱"的响声。

"砰！"辰南一手抵住天刀，另一只手顺着冰冷的刀锋迅如闪电一般滑落而下，在刹那间斩在了女子的手臂上。"当！"古老的战甲竟然被魔掌生生拍得凹陷了下去，仿佛无坚不摧的刀锋切入了泥土中一般。这让辰南有一股酣畅淋漓之感，打得极其痛快。但是在刹那间，古老的甲胄像是焕发出了生机一般，灿灿光芒爆发而出，最终还是化解了魔掌的力量，女子的手臂并未受到伤害。

"唰！"两人快速分了开来。辰南虽然感觉到了女子的强大，但是仰仗大魔天王的魔骨，他等于有了攻不破的不灭之躯，因此并不慌乱。经过短暂的交击，他倒是升腾起了高昂的战意。随后，两人快速在绝壁之上缠斗起来，化成两道光芒。辰南渐渐发觉了一件无比奇异的事情，他附身在如墨玉般的魔骨上，控制着身体的动作，连环攻杀做出种种高难动作之际，魔骨似乎有着某种惯性，极其完美地发挥着他想象的招式，甚至能够对那些动作进行修正！

这绝不是错觉与幻觉！辰南无比震惊。虽然魔骨寂灭无尽岁月了，但是有时候却给辰南以无上启迪，因为在给予它力量后它会打出一记记惊心动魄的妙式，仿佛已经复活了一般！这是无法理解的，骸骨早已无半丝灵识依附，更没有半丝生命迹象，但是它却似乎真的有一种本能，这让辰南感觉荒谬到了极点。一具死物能有什么本能呢？这是生命的禁区吗，是不能被了解的领域吗？水晶骷髅古怪至极，现在辰南又发现大魔天王的骸骨是如此的特异，焉能不让他震惊。

辰南的动作越来越流畅，简直如行云流水一般，在霍霍刀光中，高大的黑色魔骨时而大开大合，威霸十方；时而迅若蛟龙，灵若神猿，轻灵无比，如天生的斗战圣者一般！魔骨在不断修正着辰战的攻杀之势，让他觉得这已经不是一场生死之战，他似乎陷入了一种奇妙的武境中。身随心动，心随身动！随意挥洒武意，妙式宛若天成，高大伟岸的魔骨像是无法战胜的斗战之魔，攻杀的手段越来越娴熟，越来越自然。到了最后，已经说不出是辰南的神识主导着魔骨在动，还是魔骨在牵引着辰南的意识去攻杀。

一切是那样自然，一切又是那样深奥，狂猛时挥动出的掌力，似滔滔大河在奔腾，如浩瀚巨海在咆哮，飘逸时犹如柔风细雨在飘洒。霸气刚烈与飘逸灵动并存，当真是一种奇妙的武境，这一切都源于辰南现在的状态与大魔天王骸骨的某种本能！

"当！"大魔天王的手骨与璀璨的天刀碰在了一起，竟然没有丝毫损伤！"砰！"魔手挥动，一道死光，直袭而去，在刹那间击在了女战神的胸甲之上，将之撞飞了出去。辰南尽情地挥洒着武意，在这一刻他好似古井无波一般，非常稳重。他化作一道黑光，踏着崖壁快速向前冲去，对那女战神再出杀手。女子的战力绝对远远在辰南之上，但是辰南在这一刻晋升到了一种奇妙的武境中，利用大魔天王不朽的魔躯打出一记记惊天妙式，竟然稳稳地压制住了女战神。

玄妙的武境，自然的武意，身随心动，心随身动！在这一刻，他甚至没有了杀意，虽然出手依然无情，但是一切都似是在演武。就在这个时候，深渊下方传来阵阵厉啸，数百米下的水晶骸骨，似乎又施杀手解决了一个强敌。片刻后她竟然化作一道晶莹之光，飞快冲了上来，加入了战团，与辰南共同大战女战神。风雷轰鸣，刀光霍霍，杀气冲天！也不知道过了多久，一声凄厉的惨叫让辰南从奇妙的武境中醒转了过来，只见女战神的古老甲衣早已被轰碎，而此刻她竟然被水晶骸骨撕裂了。

一大片血浪洒落而下，水晶骸骨将尸体抛入了万丈深渊中，点点灵魂之光飘起，融进了水晶骸骨的那点不灭灵识中。同时辰南惊异地发现，它的一只水晶骨爪中，多了一小段晶莹剔透的大腿骨！这怎么可能？真是奇异无比，水晶骸骨自那女战神的体内挖出了一小段水晶腿骨。它默默地将属于自己的那段残骨接续在了身上。辰南真的看不透它了，越来越觉得它充满了神秘，难道是它的碎骨造就了方才的女战神？显然，这一次水晶骸骨负伤较轻，并未损坏骸骨一丝一毫。片刻后它与辰南控制的大魔天王骸骨，一起攀上两千多米高的崖壁，来到了充满白骨的地面之上。

无法看清，无法猜透，辰南决定暂时将它放逐。因为，他必须要为自己的安全考虑，以后能够离开这里时，可以将它还放在这里，彻底给它自由，但是现在必须小心行事。但是，在决定将水晶骷髅逐入人间界时，辰南决定让它与雨馨的灵魂见上一见，因为通过上次观察，他总觉得水晶骷髅似乎与雨馨有关系，不然怎么可能那样巧合地寻到雨馨呢？辰南打开内天地，将水晶骷髅领入，而后小心地将雨馨的灵魂自那生命源泉中引出。

　　沉睡的灵魂透发着淡淡的波动，如一团乳白色的光团在跳动，这就是昔日的红颜知己啊，是那曾经最爱的女子，但是却落到了这种状态。水晶骷髅在雨馨灵魂出现的刹那明显出现了异常，居然伸了伸水晶手骨，想要上前托起那团乳白色的光芒。

　　辰南真是吓了一大跳，他可是亲眼见到了水晶骷髅吞噬了女战神的灵魂之光，就要拦阻于它。但是，他又止住了，因为水晶骷髅没有半丝危险的气息透发而出，且联想到雨馨本来就是被它寻出的，那时它绝对有机会吞噬，但却没有付诸行动，眼前似乎没有什么危险。辰南谨慎地防备着，在一旁静静地注视着它。当初辰南无论怎样都无法探清水晶头骨内那点灵识，也无法将之逼出那颗头颅，但是此刻它竟然自动飞了出来，缓慢地飘浮到了头骨的上空。在这一刻，一点光粒灿若明珠。

　　仿佛受到了一种未明力量的牵引，雨馨沉睡的灵魂竟然缓缓飘浮而起，慢慢地自水晶头骨的双目中飞进了水晶头骨中！这个场景让辰南吃惊地张大了嘴巴，久久无言，呆呆地看着这一切！悬浮在水晶头骨上空的那点不灭灵识之光开始围绕着水晶骷髅缓慢地旋转起来，几次都飞到了颅骨前，似乎想要进入水晶头骨内，但几次又都停了下来，渐渐透发出绚烂的光芒，在周围缓慢旋绕起来。这是一种非常玄异的场景，辰南无法猜透到底是怎么回事，只能静静地看着这一切，觉得将要有事情发生。

　　水晶骸骨闪烁着盈盈光辉，通体晶莹剔透，柔和的光芒似水波一般流转，虽然是一具骸骨，但是却无半丝阴森恐怖的气息，相反，此刻它给人一股无比和谐与圣洁之感。雨馨的灵魂之光沉睡在水晶头骨中，点点光焰在跳动，仿似随时会醒来一般，给人一股极其灵动之感。而那点不灭的灵识之光就更让辰南无法看透了，本来不过米粒般大小的一点光芒，由于旋转速度越来越快，竟然在水晶骨前形成一片光幕，现在更是发出了特异的神光！在灿灿光芒中，辰南通过那重光幕仿佛看到了山川大地，看到了广袤草原，看到了汪洋大海，最后更是看到了璀璨星空。

宇宙洪荒，天地玄黄，星辰无限，在这一刻，辰南仿佛看到了一片天地洪荒，尽包含在那重光幕中。幻觉？错觉？辰南露出不敢相信的神色，那明明不过是一粒不灭的灵识之光，现在居然有此异象出现，实在令人吃惊。在这一刻，水晶骨立身之地仿佛自成一个世界，自成一片天宇！越是注目观看，越觉得不可思议，上方是璀璨星空，下方是苍茫大地，中间是氤氲灵气，一片未知的世界，一方神秘的天宇。水晶骸骨到底有什么来头？辰南心中充满了无尽的疑问，在片刻间，他仿佛已经看到了一片天地的演化与生成。

一股无比悠远苍茫的气息在这一刻透发而出，光幕刹那间挤满了辰南的内天地，而后又如潮水一般退却。光点依然还是光点，那不灭的灵识之光最后静止了下来，缓缓飘浮而起，印在了水晶头骨的额骨之上。一花一世界，一草一天堂。在这一刻，水晶头骨额骨上方的那粒光点，不仅像一颗明珠，像一只竖眼，更像是一个具体而微的小世界。辰南的小世界似乎有所感应，在这一刻竟然似乎发生了些许震颤，不远处三道生命源泉汩汩而流，滋润着这片仙花盛开、瑶草铺地、神树青碧璀璨的天地，阵阵氤氲灵气，缭绕在仙山灵谷间。

到了现在，辰南已经无从判断水晶骸骨的来历，不知道会对雨馨有何影响。不过，在一切都无从推断的情况下，他决定谨慎行事，将雨馨的灵魂与水晶骨分离，直至她在生命源泉中彻底觉醒。但是，辰南发现了意外，无论他如何努力，都不能如愿！一股神秘的力量牢牢地将雨馨的灵魂之光禁锢在了水晶骸骨中，不能将之分离出去。

不会这样吧？辰南一下子沉默了，瞬间联想到了很多，最后大胆冒险地将水晶骨整体放入了生命源泉中，让无尽的生命之能继续滋润雨馨的灵魂，不过现在连带水晶骨也享受了这样的待遇。非常冒险，甚至是在赌！辰南没的选择，不过为了平衡，他将大魔天王的骸骨也召唤到了内天地，让这具通体如墨玉般的魔骨也沉入到了生命源泉中，如果有意外发生，他希望借助这具魔骨制衡水晶骨。而他自己也沉入了生命源泉。

在这片内天地中，当辰南再次睁开眼睛时，无法准确计量时间过去了多么久远，也许不过两三年，也许已经匆匆过去了十几年。大魔天王的骸骨现在多了几分灵气，辰南感觉神识依附在其上，能够更好地打出一记记惊天妙式了。骸骨似乎更具有灵性，是的，一具死物体现出来的某种特殊"灵性"，它仿佛有着某种惯性，现在已经不是自主校正辰南打出的攻杀之势那么简单了，有时候甚至能够一口气自主连贯下去一套无比深奥的法印。

这给了辰南以无上启迪，简简单单的一式推出去，天地间天雷滚滚，虚空崩碎，在这片被压制力量的世界，有如此威力，可想而知有多么可怕。不过，到了如今辰南已经不可能修炼别人的功法了，一切都将作为他的参考，来印证自己的想法。水晶骷髅承载着雨馨沉睡的灵魂，并不像辰南想象的那么安静，它很少在生命源泉中浸泡，经常在内天地中走来走去，似乎在搜索着什么。辰南知道它在干什么，它想彻底重组水晶骸骨！也不管它能否听懂，辰南平静地道："你想要去大峡谷寻找自己的残骨，完全可以，但是前提是，你先将头骨中的灵魂放出来，不要让她与你共同去冒险。"

尽管每当辰南醒转时，水晶骷髅都要装死，但是这次它竟然在犹豫片刻后，将雨馨沉睡的灵魂牵引了出来。事已至此，辰南没有什么可阻拦的。隐约间，他猜想到了某种可能，从那种可能推测出，水晶骸骨不可能伤害雨馨。水晶骸骨果然义无反顾地冲向了无底地狱，而这一次辰南本体也亲自跟了下去，不是去相助水晶骸骨，而是将岩壁巨洞中那天龙皇的骸骨收进内天地，以便将来交给龙儿。大魔天王也跟在他的身边，不过这一次他们没有遇到任何麻烦，水晶骸骨也不知深入到了多么幽远的地方。

无底地狱中，魔云滚滚，感觉不到水晶骨的丝毫气息。这一次，它竟然消失了半年之久，超出了以往任何一次。而当它回归之时，剩余的腿部残骨已经全部寻回，组成了完整的水晶骨身。不过，刚刚爬回到辰南的身边，它就彻底地崩裂了，几乎是粉碎。不知道它在山谷中遭遇了何等的强敌。直至又过去了两年，完整的水晶骨才被再次重组。辰南将它引进内天地，这次不是水晶骨去主动牵引雨馨的灵魂，而是那沉睡的灵魂竟然自主飞进了水晶头骨！而且在刹那间光华大盛，神光笼罩在骨体之上，灵魂仿佛与那晶莹的骸骨完美地结合在了一起。那点不灭灵光依然附在额骨之上，显化出一个悠远沧桑的小世界来！

　　粗看，不过是一团朦胧的光辉笼罩在水晶骨上，似乎保护着它，但是细看就可以发觉里面是一片无比悠远的星空与大地，是一方天宇！那悠远的小世界中，缓缓流淌出一股温和的能量，不断滋润着水晶骸骨与沉睡的灵魂，看到这一切，辰南知道，雨馨似乎不需要生命源泉了。在这一刻，辰南看着有些呆呆的水晶骷髅，觉得它不再是威胁了，甚至感觉它有些可爱。辰南带着大魔天王的骸骨以及水晶骷髅走出了内天地。

第三章

洪荒磨天

这古天路真的能够通天吗？前路被暗黑大峡谷隔断了，辰南现在显然还无法跨越过去。就是能够飞渡而过，他暂时也不会冒险，觉得还没有那种实力，不想白白去送死。经过一番努力，他依然无法打开空间通道返回暗黑大陆，但是他觉得应该去暗黑大陆走上一遭了。他撕裂开一小片空间缝隙，将大魔天王与水晶骷髅祭入暗黑大陆。

辰南化身成了大魔天王，与水晶骷髅共同前进。走在冰冷与黑暗的大地之上，辰南觉得仿佛正在跟雨馨漫步，虽然她依然还在沉睡，但是她就在身边。"太古诸神回归了，太古诸神将要回归了！"这是辰南与水晶骷髅游走在一个光明世界外围听到的呼喊声。这是怎么回事？两件黑衣大氅将辰南与水晶骷髅包裹得严严实实，他们走进了光明的世界。

各个光明世界都在谣传，大破灭前踏上通天之路的那批人不过是回归的第一批太古诸神而已。当年迷失在时空隧道中的太古诸神共有两批人，现在第二批人不用轮回牵引，将要寻到出口冲出来了。不知道是谁先散布的消息，到了现在几乎所有天阶高手都在关注这件事。辰南皱了皱眉，当初返回太古大战广元时，确实先后遇到了两批太古诸神，难道说他们真的分两次回归？

"七绝天女与黑起去天外混沌决战去了！"又是一个天大的消息，辰南不知道那所谓的七绝天女是谁，是澹台璇、梦可儿、小公主、龙舞，还是其他人？于他来说，这是一件无比重要的事情啊，又一个故人出现了！同时，黑起也是与他纠缠颇多的人，他们早晚会有一场宿命之战，但是七绝天女竟然先与之决战了。

"去天外混沌！""太古诸神可能在天外混沌中回归，七绝天女与黑起也将在混沌中决战。"众多天阶高手自各个光明世界中冲天而起，一起向着天外飞去。

辰南看到了邪尊、九头天龙、西土图腾等熟悉的人，更是第一次看到不少传说中的洪荒巨凶，看他们流露的气势就知道他们的强大与可怕，绝对是当初那些曾经被封印在第三界的凶狂，恐怕当中有不次于玄黄的高手。

那是谁？辰南感到不可思议，众多冲天而起的天阶高手中，一条人影一闪而没，刹那间消失了。"是他？！"辰南捕捉到了残影，居然是守墓老人！这个死老头居然还在这片世界，还以为他踏上了通天之路呢，没有想到大破灭后再次出现，这下子真是热闹了！辰南看着太古诸强全部冲向了天外，才与水晶骷髅不紧不慢地飞起。

高天之上，其他两轮月亮光芒灿灿，定在空中一动也不动。唯有辰家的月亮一片黑暗，滚滚魔气在翻滚，仿佛有一条无比可怕的魔魂在沉睡。这个时候，辰南再次看到了守墓老人。这个老头子正在远远地窥视着辰家的月亮，而后用力抢动起手掌，一个巨大的掌印在刹那间于高空之上显现而出，铺天盖地而下，向着辰家的月亮之上印去，而后他向着天外冲去。这让远远跟在后面的辰南有些无语，这个老头还真是让人不知道说什么好，说他想毁灭月亮吧，不是，这似乎完全是在挑衅，或者说是在恶作剧。

"吼——"一声巨魔咆哮响彻天宇。一条高大的魔影在刹那间矗立了起来，如万丈高山一般，居然一口吞噬了那个能量光掌。远祖之魂唯有用恐怖来形容！与此同时，巨大的魔影冷冷地转头望向了辰南与水晶骷髅。辰南在这一刻真有一股想骂人的冲动，守墓老人这个死老头子定然是发现了有人跟踪，居然用了这样一招来对付跟踪之人，实在太坏了。他隐去自己的全部气息，神识附在大魔天王的骸骨上，想要与水晶骷髅绕行。但是月亮之上那巨大的魔影爆发出一股无与伦比的战力，向着辰南挥出一只巨大的魔爪！

辰南让水晶骷髅退后，无奈之下尽全力接下了这一爪。虚空崩碎，辰南的大氅化为飞灰，高大伟岸的魔骨显露了出来。

"你是大魔天王？！"巨大的咆哮声充满了无尽的惊讶，直震得天宇动摇。"大魔天王，好久远的存在啊！"那如山岳般巨大的魔影声音无比粗重，如狂猛的山风在呼啸，他似在自语，似在追忆。他站在月亮之上投下大片阴影，显得可怖无比。黑云涌动，魔气浩荡，月亮之上那巨大的影迹，像是在刹那间迷糊了起来，吼道："大魔天王是谁，我又是谁？""轰！"一道死亡魔光撕裂了虚空，向着辰南激射而来。魔影有些狂乱，有些神志不清。

他是远祖吗？怎么会这样呢，修为似乎没有恢复，精神也错乱不正常，似乎有些过于久远的记忆，但是完全是残碎不连贯的。尽管这样，力量依然强大无匹，竟然将辰南震飞了出去，大魔天王的骸骨发出一阵咯吱咯吱的响声，绝大的冲击力在魔骨中流转了很长时间才消散。如果是一般的天阶高手，可能已经被打得形神俱灭了。让人不得不惊叹，如果远祖真的复活，到底会强到何种程度很难想象，毕竟这还不是完全体！

"吼！"辰家远祖似乎真的精神错乱一般，吼啸着飞出了月亮，朝着大魔天王的骸骨扑去，这完全是为战而战，没有任何的理由，他已经陷入疯狂之境。辰南不得不竭尽全力抗衡，毕竟那魔影每一击都有排山倒海之力，有天崩地裂之势，方圆千百丈都在那巨大的魔爪笼罩范围内。魔魂虽然凶狂无比，但却远未达到巅峰之境，且精神混乱，贻误战机。在这种情况下，辰南并没有落下风，尽管绝对力量无法和对方相比，但是胜在灵活多变。声声魔啸划破长空，月亮都仿佛颤动了起来。魔影越来越暴躁，恨不得立时将辰南抓住撕裂。只是，他显然不能如意。而就在这个时候，悠扬的钟声响起，灿灿金光爆发于高天之上，一口黄金大钟将辰南与魔影罩在里面。

辰老大！辰南又惊又怒，这乃是他熟悉的手段！果然，月亮之上出现了辰老大那高大的躯体，他面色无比冰冷，声音非常漠然："祖先将力量暂时借我吧！"冰冷的声音让人感觉森寒无比，刹那间月亮之上，辰老大周围魔气滔天，无尽的元气疯狂涌动，似乎有一股庞大的战魂之力注入了他的体内。同时，与辰南交战的魔影，也渐渐虚淡化了。最后，月亮之上出现两个如山岳般的巨大魔影，一个是辰家远祖的朦胧影迹，一个竟然是辰老大。

"当！"大魔天王的骸骨仿佛化成了一把无坚不摧的利剑，在连续轰撞黄金巨钟后，竟然将之打碎冲了出来。"辰老大，你到底是复活你们的远祖，还是怀着不可告人的目的？我看你是想成全你自己吧，连属于你们远祖的力量都敢吞噬！"辰南完全掩盖了自己的气息，附在大魔天王的骸骨之上，仿佛大魔天王复活了一般。他心绪万分激动，以前就曾经有过不好的猜想，今日看到辰老大竟然并不是多么恭敬地借用远祖之力，他就更加担心了。难道，一切都是辰老大的阴谋？

"哼！"辰老大冷哼了一声，道，"小子不要装神弄鬼了，我知道你是辰南。不知道你从哪里寻到了这具骸骨，但是你竟敢再次出现在月亮附近，这次定然留下你。"说到这里，辰老大吼啸一声，扑了下来，比之往昔不可同日而语，力量磅礴浩大无匹。"你还没有回答我的问题，你是不是假借远祖之名，吞噬辰家后代人杰的力量？"辰南厉声问道，这个问题对他来说实在太重要了。如果真是这样，他将不惜死战，灭杀辰老大，如果是真的，实在太残酷了，他的爷爷、曾爷爷，那么多的人都为之白死了。

"当然是为了远祖复活而聚无尽魂力！"辰老大冲了过来，声音非常冰冷。他的话语，已经不能让辰南完全信服，他觉得辰老大不是那么可靠。就在刹那间，辰南忽然感觉到了一股莫大的危险，在这一刻他觉得仿佛已经置身在死地！这完全是一种超绝的敏锐灵觉！难道辰老大真的可怕到了这等境界，与他相差了几个等级了吗？辰南在瞬间有了这样的想法。但是，很快他知道了问题的根源所在。

辰老大高高举起的右手中，出现了一把透发着无限恐怖气息的奇异兵器，一把人形兵器！辰南是如此熟悉，当初他在修炼辰家玄功时，背后曾经显现出一条魔魂，而那魔魂的手中就是握着这样一把兵器！最为神秘的一件兵器，辰南从来都不知道它威力如何！当辰老大握着人形兵器劈落而下时，辰南竭尽所能飞出去了千百丈远，快速逃离了原来的立身之所，一股巨大的能量波动爆发开来，他身后的虚空不断地崩碎，追逐着他逃逸的身影。

"啊——"一声惨叫传来，大片的血雾爆现于空中，一名路过这里、在暗中窥视的天阶高手，在刹那间被人形兵器震荡出的恐怖力量笼罩，形神俱灭了。辰老大森然冷笑着："敢在月亮附近窥视，杀无赦！"而后，他又转过头来，面向辰南道："今日，你应该回归远祖的怀抱了！知道这件兵器的来历吗？这是我辰家的镇族之宝，乃是当年远祖击杀的'天之精元'炼化而成的！"如果说辰南心中平静那是不可能的，居然是一个灭掉的天！他想仔细凝目观看，但是魔雾涌动，人形兵器朦朦胧胧，强大的神识也无法穿透黑雾。

"知道辰家八魂是怎样为远祖而牺牲的吗？每一个人都是被这件魔兵击碎，庞大的生命之能敬献给远祖！"说到这里，辰老大疯狂地大笑了起来，道，"这件兵器，被封印无尽岁月了，现在终于解封，你难逃宿命轮回！"

无声无息间，人形兵器就砸了过来，整片天宇都崩碎了，辰南感觉到身体仿佛被禁锢了一般，眼看着那巨大的人形兵器就要撞击过来，再想逃离已经有些晚了。辰南大恨，虽然大魔天王的骸骨无比坚硬，但这毕竟不是他的躯体，有些神通无法施展，现在竟然有神识粉碎毙命之险！可恨，他的本体被困在古天路！就在这万分危急的时刻，一直在远空观战的水晶骷髅突然自主行动了起来，超越光速。它的身体之外笼罩着一重无比奇异的光芒，粗看似乎是守护光幕，细看那竟然是一个有星辰大地的奇异世界！

它在刹那间冲到了辰南的近前，额头那点不灭之光绽放出让整片暗黑大陆都为之明亮起来的光芒，一片奇异的世界浮现在它的周围。那人形兵器在刹那间攻入了这片世界，辰老大大叫了一声，不知道为何手中一松，人形兵器竟然脱手而出了！这让他感觉莫名其妙，同时有些惊恐！"怎么会这样，你是谁？"辰老大怒吼。

水晶骷髅似乎有些发木，疑惑地看着飘浮在不远处的人形兵器，而辰南则快速冲了过去，将恐怖的人形兵器握在了手中。他没有多余的话语，立刻向着辰老大冲去。"轰！"他没有用力，只轻轻一挥，一股浩大的力量便如海啸一般崩裂了虚空。辰老大吓得亡魂皆冒，似乎忘记了自己借助了远祖部分力量，在这恐怖的兵器面前，他似乎生不出半点战意，转身就逃。

"哪里走！"辰南大喝，巨大的人形兵器劈头盖脸而下，不过最后他又收住了力量，轻轻在辰老大的屁股上点了一下，即便这样辰老大也是一声惨叫，翻飞出去数千丈远，人形兵器太恐怖了！辰老大体内的远祖力量快速涌动而出，暗黑的月亮之上，远祖那原本迷茫的双眼，竟然渐渐露出两点可怖的光芒，但他没有任何行动，静静地看着这一切，无人知晓他此刻的状态。辰老大的修为绝对是恐怖的，但他知道这人形兵器更加可怕，是辰家战魂天生的克星，他只能亡命飞逃，再不复往昔的漠然与沉着之态。

"这一切是不是你的阴谋，你真的在复活远祖吗？"辰南提着人形兵器紧追不舍，不时将之拍落而下，辰老大一路狼狈逃窜，这对于他来说简直有些不可想象。他已经被连续拍了数记，如果不是辰南留情，他已经肉体崩溃了！在没有任何真凭实据的情况下，辰南不可能下杀手，就算辰老大恶毒地导演了一切，他也只能将之交给辰家处理，由众人决议如何处置。但是现在，他却可以尽情出手，不断轰击，将辰老大轰得四处逃窜。

最后，辰老大向着另外两个月亮逃去，辰南急忙拦住了他，同时命令在一旁迷糊发呆的水晶骷髅快速跟进围堵。毕竟，另外两个月亮也是来头甚大，且与辰家联系紧密，不能让辰老大逃到那里。辰老大被砸得早已是屁股开花，又恨又气，这个小辈看来是不打算要他性命，但是如此折磨真比杀了他还要难受。最后，他冲向了天外混沌，辰南一路追杀了下去。他正要去天外看一看，到底是哪个七绝天女与黑起决战呢。

天外混沌处，天阶高手影影绰绰，可是就在这个时候，众人感觉有人快速飞来。不，应该说是被人抽过来，一个高大的黑骷髅举着人形兵器，抽在那条人影的屁股上，将之打飞了过来。"啊，小辈，该死的！"辰老大嘴上虽然怒吼，但是却不敢停身，继续逃亡。

诸多天阶高手中，不少人都在第一时间看出，人形兵器乃是圣物！不少人皆蠢蠢欲动，想要将这贸然闯过来的骷髅的兵器夺下。真的有人付诸行动，但是辰南一路杀了进去，上前的天阶高手像是稻草人一般，被辰南生生给抽飞了。那些高手无比郁闷，辰南真是酣畅淋漓，痛快到了极点！看到有人蠢蠢欲动，他便毫不犹豫地给上一记，两旁的天阶高手皆抓狂。众人愤愤不已，这个小子太狂妄了吧，如入无人之境，短短片刻间已经抽飞了十几人。

前方混沌处，一个绝代丽人正在与盖世君王黑起大战。辰南看到后，立时一惊，所谓的七绝天女竟然是澹台璇。当辰南醒悟过来之际，他已经追着狼狈的辰老大进入了战场。他毫不犹豫地对着黑起就是一记人形兵器！"当！"黑起险些郁闷死，莫名其妙闯来个骷髅，可怕的一击险些将他的魔刀砸碎！

"太狂妄了！居然如入无人之境，敢来这里搅局。大家一起上，拿下他！"也不知道是谁大喊了一声，远处的天阶高手顿时围上来一大片。辰老大狡诈地混入那些人中，辰南却丝毫不在意，人多又怎么了？现在魔兵在手，来再多的人也照砸不误。辰南控制着力量没有下杀手，在天阶高手中痛快地狂砸，人影一道接着一道被轰飞，在这一刻他真是酣畅淋漓到了极点，砸得一干天阶高手鬼哭狼嚎。

然而就在这个时候，他手中的魔兵忽然间剧烈狂震起来，生猛地震开了他的手掌，破空而去！辰家月亮之上，远祖再也不似从前那般无神迷茫，在这一刻双目透发出两道可怕的光芒，将飞回来的巨大人形兵器抱在了怀中，而后沉入月亮下，陷入沉睡。天外混沌中，辰南傻眼，周围的天阶高手一阵发呆，而后狂吼着一起向着他冲来。

"我×！"在这一刻，辰南忍不住咒骂了出来。"是你，辰南，我感觉到了你的气息！"黑起在远处手提绝望魔刀喝道。"什么，你是辰南？"澹台璇尖叫了起来，快速冲杀了过来。辰南顿时傻眼，现在可是在狼窝里啊！一大帮天阶高手被他正狂虐呢，现在居然出现了这种事情，那真是不可想象。没有任何犹豫，他转身就逃，速度达到了极限。辰老大见人形兵器飞走，顿时扭转了狼狈之态，虽然远祖的力量已经在他的体内散去了，但是他依然是一个强势的天阶高手，一马当先杀向辰南。另一边，多年未见，盖世君王黑起似乎更加强势了，毫无疑问元气快彻底恢复了。往往仇敌之间的感应最为敏锐，黑起始一见面就立刻认出了辰南，经过黑起的一声吼啸，远处观望的太古巨凶中有两人立时面色骤变。邪尊与九头天龙感觉不可思议，当年是他们亲手逼辰南进入了白骨大道铺就的"通天之路"的，没有想到今日对方竟然重现于世，也追了下去。

水晶骷髅茫然不知所措地跟着辰南，一起冲杀了出去，它身外那重"世界光幕"，逼退了不少冲上来的强者。后方，电闪雷鸣，烈火滔天，魔气滚滚，神焰跳腾，简直像开了锅一般，狂暴的能量兜着辰南的屁股席卷了下来，恐怖至极。三十几个天阶高手羞愤出手，威力不可想象，空间不断崩碎，大裂缝一道接着一道地崩开，蜿蜒向远方。其中不乏辰老大与黑起这样的高手，天阶神通挨上一记都是毁灭性的，如果让他们围上，那真是立刻要化成飞灰。这真是大破灭后的一次狂乱，众多天阶高手难得一致行动起来，从天外混沌一直追杀到了暗黑大陆。

突然间，辰南发现身边多了个人，顿时吓了一大跳，来人太过迅捷了。不过刹那间，他的惊色又变成了愕然，居然是守墓老人。"是你，死老头子。"辰南惊呼，同时仔细一想，这一切的起因似乎是因为守墓老人攻击月亮而起的，顿时有些语气不善。"鬼啊！"没有想到，快速冲到近前的守墓老人细细打量过大魔天王的骸骨后，如遭电击一般大叫出声，快速与辰南拉开距离。

"死老头你鬼叫什么？"辰南有些郁闷地道。守墓老人惊疑不定，好长时间才稳定下来，道："真的是你这个混账小子，你居然将这个骨灰级的魔骨寻了出来，真是让人难以相信！""喂，你说明白一些，怎么回事？你好像知道它的来历。"辰南问道。"当然，也不看看我是谁！"守墓老人笑眯眯地道，不过怎么看都有些风骚淫贱。他道："小子，不陪你了，我上一边看戏去。"

辰南气道："死老头，守墓的老大爷，你不会这样吧？怎么说，我们也是故交啊，难得大破灭后第一次重逢，你给我惹来一身麻烦也就罢了，现在怎么能见死不救呢，你去哪儿看戏？""当然是在旁边，看你的戏了，看看你的修为进境如何。"守墓老人依然是那副笑眯眯的样子，说完这些话"嗖"的一声没影了。"死老头子！"辰南恨得牙根都痒痒。关键时刻，还是水晶骷髅忠诚，始终跟在辰南身边。

暗黑大陆，无边无际，没有一丝光明，辰南领跑，后方一大票天阶高手紧追不舍。其实辰南也不用担心生命危险，毕竟关键时刻他可以逃回古天路。天阶的恐怖力量划破了无尽黑暗的大地，这是众多天阶高手第一次在这广袤无垠的黑暗中穿行这么远，随后他们飞过大半个破碎的世界。

最后辰南吃惊地发现，在黑暗与冰冷的边缘地带竟然有许多骷髅骸骨在走动！显然高天之上的天阶高手也注意到了下方的情景。无尽黑暗中有亡骨在活动，这是怎么回事，难道有些天阶高手在控制它们？或者说是大破灭后，因环境剧变，而产生了适应现在环境的不死生物？

在暗黑大陆上飞行了一大圈，最后辰南与水晶骷骨冲到了天外混沌处。这是辰南有意为之，直至今日才看到守墓老人、黑起、澹台璇等人出现，他猜想有些人多半一直都隐藏在混沌内部开辟出的空间中。今日正好与这些天阶高手一起冲击，探查一番。混沌崩碎，无尽神光闪耀，辰南与水晶骷髅当先冲了进去，众多天阶高手紧随其后。果然，在前进的路上，他们陆续发现了几片空间，里面有人居住，还有天阶高手未曾返回暗黑大陆。最不可思议的是，他在混沌中发现了残破的星辰，陨落的星辰并没有完全崩毁。

随后，他更是接连冲进几个奇异之所，其中一地周围全部被混沌笼罩，而里面却是一片无比广阔的空间，居然有五六颗破碎的星辰在缓缓转动，挂在这片虚空中。最让他吃惊的是，当他飞到一颗残破的小星上时，居然看到了熟人，一个高大的白发青年，竟然是与他一般曾经沉睡万载的东方长明。

辰南并没有耽搁，很快又向其他星辰飞去。一颗星辰温度炽热无比，高悬在那里，其他几个残破的星辰，或太过阴冷，或太过炎热，仅仅有两颗星辰上有人类活动的影迹。当然，这是天阶高手过去以大法力移送来的生灵。辰南的心情很激动，居然看到了东方长明。这是不是意味着，在这茫茫混沌中也许还会有其他未陨落的星辰或开阔的空间呢？也许有些熟人与朋友被困在这些地方！

"小子，我在混沌中发现一个太古巨凶的老巢，趁他现在不在，我去抄他的老窝。以后，我们有时间好好聚聚。"守墓老人的话语在辰南耳畔响起。辰南彻底无语，这死老头真是够混账，看了这么长时间的戏，最后跑路抄人老巢去了。

也不知道飞行了多远，辰南早已冲入混沌深处，再回头观望时，追兵减少了不少。许多人都停止了追击，毕竟这是在茫茫混沌海中，万一迷失在这里，恐怕永远都找不到回路了。辰南根本不怕迷失，大不了最后返回古天路，从那里重新回暗黑大陆。又穿行过无尽的混沌后，后方的天阶高手几乎全都止步了，最后只剩下一个绝代佳人——澹台璇！辰南一阵头痛，他跟澹台璇的关系实在太复杂了！特别是大破灭前夕，两人在七绝天女试炼的岛屿上度过的荒唐几天，至今让他记忆深刻。那可是让澹台璇绝对抓狂的事情啊，如今她追来，定是因为此中原因。

澹台璇，清丽无双，丰姿绝世，一袭白衣胜雪，在这茫茫混沌中，像是一朵盛开的雪莲花一般，清新圣洁无比。不过，她的容颜之上却充满了怒色，此刻她的银牙正咬得"咯吱咯吱"作响。看着辰南的魔骨背影，她那原本如水的眸子此刻快喷出火来了。辰南已经完成了对无尽混沌的探索任务，但是现在却暗暗叫苦不迭，一直躲避澹台璇也不是个办法，他们之间必然要有个了断。最后，他将水晶骷髅送回了古天路，独自留下来，在这茫茫混沌海中，想要与澹台璇了结过去的仇怨。不过，他感觉头大无比，这种事情似乎不能善了啊！

"辰南你这无耻的淫徒，终于现身了，受死吧！"澹台璇浑身上下，神圣光辉剧烈涌动，像是璀璨的火焰在熊熊燃烧一般，加上她羞愤的神情，此刻她像愤怒的灭世仙子一般，无穷无尽的狂暴能量横扫一切阻挡。混沌之光不断幻灭，能量风暴汹涌澎湃，空间更是不断崩碎！辰南一阵头大，对方这种状态如何能够谈判呢，除了死战就只能暂退了。没有办法，他继续飞逃，还不想与澹台璇拼命。

曾经发生的事情，对于无上天女来说，那是无法忍受的耻辱。"辰南你给我站住，我要与你决战！"绝代天女，虽然风华绝代，艳冠天下，且修为通天，如今已少有敌手，但终究是一个女人，有些事情让她无法释怀，每每想起就要抓狂。终于再次见到"元凶"，怎么能够保持情绪稳定呢？

　　就在这个时候，他们再次冲进了一片残破的星空。这片空间内，一轮炽热的恒星当空悬挂，除此之外还有几颗残破的小行星在围绕着它旋转。辰南在一颗残破的小星上再次感应到了生命的波动，不禁向那里飞逃而去。当接近这个残破的小星地表时，辰南有些目瞪口呆，因为他听到了熟悉的声音！

　　"龙大爷一回头，飞沙走石鬼见愁；龙大爷二回头，天崩地裂水倒流；龙大爷三回头，美女如云任我游……"残破小星的地表，是大片大片的绿色丛林，其间一个巨大的湖泊中，一条长达数百丈的紫金色神龙，正在懒洋洋地搅动着湖水。居然是痞子龙！没有想到在这里遇到了它，它竟然还优哉游哉地好好活着！紫金神龙显然也发现了空中的两人，有些狐疑，而后又摇了摇头，道："幻觉，不是真的，一定是幻觉！六道都彻底崩碎了，除了龙大爷我，还有谁能够活下来呢？看到的都是幻觉，不是真的。"

　　辰南喊道："泥鳅！"紫金神龙奇道："俺靠，幻觉跟真的似的，你个又黑又丑的死骷髅，居然出现在我的梦中，死开！"辰南彻底无语，真想过去狠狠地捶他一顿。紫金神龙道："哎，那不是澹台小妞吗，梦到个丑骷髅就够奇怪的了，我怎么会梦到她呢。嗷呜，澹台小娘皮，一百遍啊一百遍，括号：辰南！"虽然此刻身为骷髅，但是辰南感觉自己的脸已经绿了，不知道澹台璇此刻感觉如何。

　　"啊，我要杀了你们！"澹台璇肺都要气炸了！紫金神龙道："嗷呜，不会吧，这个梦境怎么如此真实，我怎么感觉到杀气了？！喂，澹台小姐你不会是化梦大法吧，难道死于大破灭中非常不甘心，现在托梦于我？还有，那丑骷髅你笑什么，你是哪个死鬼呀？"这头死龙！辰南快速俯冲了下来，喝道："还不快逃，别白日做梦了，小心真被人抽了龙筋！"

　　紫金神龙硕大的龙躯在湖水中猛然一震，不可思议地惊呼道："辰南，是你这混账小子，完了，你都化成骷髅了，果然是怨念不散呀！""怨你个头，还不快退走！"辰南以大法力将紫金神龙拘禁了起来，而后抛出去足有十几里。"轰！"与此同时，高天之上一道炽烈的光芒轰在了湖水中。澹台璇风华绝代，降临而下，以大法力将湖水轰得巨浪滔天，几乎所有的湖水都冲腾到了高空，地面上出现一个干涸的盆地。空中无尽的水浪被她以绝世大法力生生禁锢，而后被聚合，最后被大神通压缩炼制成一个晶莹剔透、闪烁着灿灿神光的水球。澹台璇纤手轻扬，透发着绚烂光芒的水球如璀璨的宝石一般划破长空，向着紫金神龙飞撞而去。

"嗷呜，他龙奶奶的！居然不是在做梦！俺靠，真是澹台小妞！"不过，紫金神龙并没有惧怕，相反舞动着庞大的龙躯冲天而起，嗷嗷大叫道，"有挑战的龙生才精彩，这么多年过去了，老龙我的身体都快生锈了，今日与你大战一番，让你知道天外有天，龙外有龙！天——龙——吼！"当它喊完最后一句话时，突然大声咆哮起来，滚滚音波像是闷雷在回荡一般，眼看着虚空都在音波的震动下碎裂了。

辰南不禁大吃了一惊，多年不见，这个老痞子竟然实力大增，晋升入了天阶领域！不过细想一下也并不稀奇，毕竟紫金神龙的前世乃是太古诸神中的强者紫风。经历这次的大破灭而未亡，想必是潜藏在身体中的力量觉醒了，才躲过天地大劫。天龙吼啸像是一把把天刀在破碎虚空一般，直震得青天崩碎，大地龟裂，山峦摇动，声势浩大至极。那被炼化的水球在空中居然膨胀了起来，而后轰然一声爆碎，残破的小星上降下一片大雨。"嘿嘿嘿嘿……"老痞子在傻笑，他是第一次用天阶大神通与人大战。不过紧接着他感觉到了危险，同时辰南的声音传来："小心！"

澹台璇似浮光掠影一般在刹那间就冲到了近前，一双纤纤玉手直接幻化出两团光雾将痞子龙的双角包裹，而后竟然将庞大的紫金龙躯提了起来，像是挥舞长硕的神鞭一般挥舞着紫金神龙的天龙之躯，在空中留下一道道残影，"轰隆隆"响声不断，与下方的群山接连碰撞，将一座座山峰轰得粉碎，毕竟这是天龙躯啊！

痞子龙虽然晋升入了天阶之境，但毕竟还不稳固，且这么多年来疏懒无比，几乎没怎么修炼，所以根本难以抵挡一直苦修的七绝天女。辰南知道不能看下去了，老痞子虽然嘴巴厉害，但是修为还欠火候，再这样下去非被狂怒的澹台璇虐残不可。魔骨在空中不断幻灭，留下一道道残影，刹那间攻到澹台璇近前。

对于澹台璇来说，紫金神龙虽然可恶，但只是嘴巴极其讨厌而已，真正的"元凶"乃是辰南，见到大仇人冲了过来，她立刻展开了狂风暴雨般的攻击。残破的小星上空到处都是两大高手的影迹，他们的速度实在太快了。紫金神龙无比郁闷，好不容易修为大进，没有想到澹台璇竟然也早已晋升入天阶领域，稳稳地压制着他，如今更是将他当作兵器挥动。方才他逞口舌之利，计对方抓狂，现在人家直接虐他的身体。

紫金神龙依仗着天龙体魄，不然早已被连续不断的轰击轰成渣了。在辰南连续狂攻之下，紫金神龙终于寻到机会，逃出了澹台璇的掌心。现在，和解是不可能的！辰南也不再废话，在高空之中与澹台璇激烈大战。不得不说，澹台璇几次吸收七绝天女遗留的力量，修为突飞猛进，与辰南大战多半日竟然不分胜负。到了现在，辰南没什么好说的了，两人间的恩怨，就目前来说，光靠嘴巴是不行的，武力才是硬道理。

超乎想象的大战竟然持续了足足七天，最终两人身形都迟缓了下来。辰南感觉自己快达到极限了，恐怕再有几天，神识就会被自主召回古天路。而澹台璇则羞气怒愤无比，可恶的敌人就在眼前，居然无法奈何对方，且身体渐渐不受控制了，力量流逝严重，连灵魂之力都渐渐不足了。难道真的要这样退走不成？好不容易才发现这个大敌，怎么能就这样无功而退呢？但是她无法保持在巅峰状态，实在怕再发生某些"意外"。当大战持续到第十天的时候，即便是天阶高手也难以支撑了，他们耗费的元气是难以想象的！两人间的动作几乎快停滞了下来，虽然依然恶狠狠地盯着对方，但是已经难以打出有效的攻杀之势了。

而这个时候，十日来一直保持沉默的紫金神龙突然像吃了兴奋剂一般嗷嗷大叫了起来："天阶禁锢术！""天阶束缚术！""天龙睡魔吟！""天龙石化咒！""灵魂沉眠咒！"……紫金神龙以天阶神通连续施展术法，不管有用与否，凡是能够施展的神通，统统用了个遍！老痞子兴奋得嗷嗷乱叫不已。对于全盛时期的澹台璇与辰南来说这些根本无用，但是现在可就不同了。澹台璇感觉浑浑噩噩，眼皮越来越沉重，身体动作越来越迟缓，随时可能会昏倒。

"哇哈哈，龙大爷才是最后的大赢家啊，澹台小姐你跟我斗还嫩着呢！"随后，它看到辰南的魔骨也摇摇晃晃起来，连声叫道，"坏了，坏了，无差别攻击，这个小子也遭殃了！辰南小子，不要着急，等我帮你解除束缚。"

在接下来短暂的时间里，澹台璇险些气晕过去，紫金神龙拎着紫金大棒子，不怀好意地走了过来，毫不手软地对着她的后脑接连敲了几记闷棍。"真是让龙头疼呀！"紫金神龙装模作样地道，"怎么才能够让她晕过去呢？"这无耻的老痞子！澹台璇银牙都快咬碎了，在这一刻她对痞子龙的恶感已经直线上升，超越了辰南。

辰南有些感慨，今天的战斗很让人惭愧，实在有些儿戏，居然会是这样一个结果。紫金神龙将辰南所中的咒术解除，将他拉到了一边，小声嘀咕道："龙大爷我算是彻底得罪她了，小子你要是敢重色轻友我跟你急，现在你打算怎么处置她，你要是想放了她，先告诉我一声，龙大爷我先跑路，以后就当不认识你！"

辰南啼笑皆非，道："你放心，即便不为你，就是为我自己，也要好好困住她。看我的！"辰南知道时间不多了，可能很快就要被召回古天路了，赶紧恢复元气。而后他以大法力遮笼在澹台璇的身上，竟然将她的灵魂拘出身体，对澹台璇的灵魂施加了十八道禁制，而后将之牵引进大魔天王的骸骨内。

紫金神龙道："小子你这是做什么？！"辰南道："将她带入另一片空间，不过肉体无法通过，所以只能将她的灵魂拘走。我时间不多了，泥鳅不要伤害她的肉身，好好看管起来，我回头向你详细述说。"这个时候，空中出现一道神秘缝隙，辰南化作一道光芒冲了进去。

古天路中，辰南的本体睁开了双眼。居然将澹台璇的灵魂抓到了这里，这实在是一件出乎意料的事情。他向四外打量，没有发现水晶骸骨的踪迹，它多半又进入了暗黑大峡谷，只是它的躯体已经重组了，下方还有什么值得它去寻觅呢？这个时候，澹台璇悠悠醒转了过来，但是灵魂被禁锢着，根本难以挣脱束缚，她现在又惊又怕，同时羞愤无比，居然被辰南给活捉了！对于她来说，这不可想象！

澹台璇灵魂之力被封困，心中惊怒羞愤无比，真不知道等待她的将会是怎样的命运。她与辰南发生了那么多的事情，如今被活捉到未明的空间，实在难以预料结果。辰南的神识沉入自己的本体后，心绪立时大定，现在他可以应付一切突发事件。他将部分神识附在大魔天王的骸骨上，进入暗黑大陆，许多神通都无法施展。大魔天王的骸骨虽然坚硬无比，无法毁灭，防御力极其强悍，但是若论攻击力，还是本休强大。毕竟无情刀等大神通都只有本体才能够施展。

　　见到辰南的灵魂自大魔天王的骸骨飘起，而后进入他自己的躯体中，澹台璇真是吃了一惊。"嘿嘿！"辰南活动了一番身体，站起身来，走到被封困的澹台璇近前，道，"先不急解决我们的事情，很久未见了，我们慢慢谈。"说到这里，辰南自内天地中取出两个酒杯，注满生命源泉，道："以灵泉代酒，我们喝几杯。"

　　"谁与你喝酒，走开！"澹台璇冷言相斥。辰南笑了笑，道："这是生命源泉，完全可以被你的灵魂吸收，想要破除我的禁制，这可是一个好机会啊。"澹台璇道："哼，你会这么好心？如果要放我，根本无须如此费周章！"辰南自顾自地喝了几大杯，十日大战所耗费的元气渐渐恢复了过来。

　　"真的不喝？"辰南边说边撕裂了空间，神识穿越空间，精确寻觅到了紫金神龙的所在。不得不说随着近年来的苦修，他的神识之力越来越强大。残破的小行星上，紫金神龙正躺在一片秀丽的果园中，一边啃着各种果实，一边喝着美酒，懒洋洋地悠哉无比。

　　辰南传音道："泥鳅！"紫金神龙醉醺醺地睁开了眼睛，感应到了辰南的神识之力，道："小子你在哪儿啊，这么多年你跑哪儿去了？"辰南道："先不说这些，有机会向你详细解释。现在，我请你喝酒，找一个空酒坛子，准备接美酒。先说好，酒水非常珍贵，这可是跨越空间传送，你要小心接好，不然可喝不到。""美酒？！"听闻此话，紫金神龙的双眼顿时亮了起来，"嘿嘿哈哈，老龙我太喜欢了！"

　　辰南跨越空间，将生命源泉自撕裂的缝隙打了过去，可怕的空间力量无法撕碎大魔天王的骸骨，但对于其他事物却可轻易绞碎。生命源泉眨眼间便被绞成了点点滴滴，纷纷扬扬地在紫金神龙的上空洒落而下。痞子龙化成人形，大手一挥，一股旋风腾起，在刹那间将漫天水滴席卷到一起，而后汇聚进手中的酒坛中。

痛快地喝了一大口，它立刻大叫："这是什么酒啊，没滋没味！等一等……"但紧接着，他就品尝出了"味道"，的确没有酒味，但是却蕴含着充沛的生命之能，这也是他的最爱啊。"好酒，再来一坛！小子你等着，我去换个酒坛！""嗖"的一声，紫金神龙消失不见，不过眨眼间又返了回来。辰南彻底无语，这个家伙手中的是酒坛吗？是酒桶，错，应该说是酒缸！把它自己都能装进去！不过，辰南绝不会吝啬，生命源泉于他来说已经算不得稀有之物，一道灵泉自那空间缝隙激射而出，漫天飞洒。

紫金神龙畅快地痛饮，身体闪烁出阵阵宝光，显而易见，他得到的好处是非常明显的，当场就体现了出来，虽不能立刻提升修为，但生命元气充沛了许多。"好酒！"紫金神龙畅快地打了个酒嗝，道，"小子你虽然够意思，但是我还是忍不住告诉你一个不好的消息。"

"什么消息？"辰南心中一惊，难道有故人逝去了？紫金神龙道："唉，你要想开一些呀。你喜欢的某女，已经是准妈妈了。"辰南有些发愣，道："你在说什么，谁嫁人了？"紫金神龙道："你傻呀，头顶绿油油还不知道，我是在说澹台璇！澹台璇有孕在身，这下你明白了吧！"紫金神龙嘿嘿笑道："不要想不开呀，你是天阶高手，想跳井、上吊也死不了！"辰南气道："去你的！不要胡说八道。"紫金神龙道："老龙我说的绝对是真的！"澹台璇通过空间缝隙清晰地听到了两人的谈话，顿时羞怒到了极点，斥道："你们两个混蛋，都去死吧！"

紫金神龙继续向辰南揭发，道："说也奇怪，澹台小妞也够可以的，不知道从哪里寻来两颗蕴含着无尽力量的眼球，居然压制着两个孩子的成长。"辰南闻听此言，立刻站了起来，大声喊道："泥鳅，以你的力量能否将两颗眼眸移开？"紫金神龙道："小子你要干什么？又不是你的孩子你着急什么。"这家伙绝对是故意的，辰南真想敲他一顿，以他老油条的身份，肯定早就猜出来了什么。

"该死的流氓龙，你们这两个混蛋！"澹台璇气得灵魂都在颤抖。"泥鳅，接生命源泉，用源泉滋润澹台璇的肉身！"说到这里，辰南引导一道灵泉自空间缝隙激射而去。紫金神龙笑道："哇哈哈，这么紧张，真的是你的，小子没看出来啊，你们两个要死要活的，居然连孩子都有了！"听着紫金神龙的荤话，辰南也感觉尴尬无比，就更不要说澹台璇了，现在如果能够动，她真想找个地缝钻下去。

"你、你们……"澹台璇羞愤到了极点，最后强迫自己晕了过去，这属于主动型逃避。"哇哈哈……"残破的小星上，紫金神龙大笑。当紫金神龙牵移开澹台璇体内的苍天之眼时，辰南感觉自己身上的玄武甲发出了龟裂的声响，而后"轰"的一声爆碎了，随后内天地中的困天索也飞了出来，爆发出一片绚烂的光芒，化成点点星光，自主撕裂开两道空间缝隙，穿越而去。与此同时，暗黑大陆上，几个地方都冲起点点光芒，那是困天索的残余部分，化成灵光冲向了混沌深处的小行星。

澹台璇很快就醒转了过来，通过空间缝隙立刻得知了这一切，到了现在她有一股抓狂的感觉。从他们的谈话中，她明显感知到大事不妙了！她气道："你们！辰南我要杀了你！"辰南道："啊，你醒了！不要激动，女人生气容易衰老。""去死！"澹台璇羞怒，到了现在这种关头，眼前这个家伙居然与她嬉皮笑脸地搪塞了起来。但是另一片空间中，于她来说正在发生着可怕的事情！

紫金神龙从残破小星中的人类聚居地请来几名有经验的接生婆，已经全天候在由生命源泉汇聚的小池旁。"不！绝不能！"澹台璇感觉有些惊恐，她这样一个风华绝代的女子怎么能够为仇人产子呢！如果真的发生，对于她来说，实在是一件无比可怕的事情。"嗷呜，哇哈哈……"透过空间裂缝，清晰地传来了紫金神龙的声音，"据产婆说，没有意外的话，三天内孩子将降生。""太好了！"辰南高兴地搓了搓手。澹台璇则险些又昏过去，尖叫道："辰南，你真敢！我与你没完！"

辰南道："不要激动，气大伤身，要心绪平静。""平静你个头！"澹台璇真的快气疯了，但是却不会骂人骂脏话，翻来覆去就那么几句咒骂之词，她道："辰南你快放开我！不然这辈子我和你没完。"空间的另一边，紫金神龙嘿嘿笑道："嘿嘿，确实完不了，你们老夫老妻肯定要相互扶持一辈子呀。"澹台璇怒道："流氓龙你闭嘴！辰南你快放开我！"辰南道："滄台璇，看来只能让你一辈子和我没完没了了。我现在不能放开你。"

"快放开我，我答应与你之间的恩怨可以一笔勾销，真的，我发誓！"到了现在，滄台璇真的怕了，而且是非常害怕。如果连孩子都有了，那么以后她将怎样与辰南相处？关系如果复杂到那种程度，光想想就让她心惊与害怕。

"看来妈妈不喜欢我们呀。"正在这个时候，一个怯怯嫩嫩、微不可闻的声音自空间缝隙传来。残破的小星上，紫金神龙惊得一下子跳了起来。而古天路中辰南也吃惊地睁大了眼睛。滄台璇的灵魂更是一阵发抖。"是呀，妈妈不喜欢我们，好可怜呀，我决定不出世了。"又是一个柔柔嫩嫩的声音，不过这个小家伙似乎有些调皮，并不是在说真心话。

紫金神龙道："哎，小宝贝们，龙伯伯喜欢你们，快出世吧！"

"切，流氓龙！""哼，痞子龙！"

"……"紫金神龙无语。辰南感觉有些头晕，怎么自己的孩子一个比一个厉害，一个比一个顽皮呀，还没出生就能够与人对话了，不知道是不是比空空和依依还要调皮捣蛋。"宝贝儿子，宝贝女儿，父亲喜欢你们，快快出世吧。"辰南热切地叫着。

"父亲是大坏蛋，欺负漂亮妈妈。""漂亮妈妈最善良。"

辰南有些无语，这两个孩子，还真是……不过他很快醒悟过来，聪明的孩子呀！果然，两个孩子接下来又柔柔嫩嫩地娇声叫道："漂亮妈妈你喜欢我们吗？""善良妈妈你希望我们出世吗？"这两句话顿时让滄台璇无言了，同时心绪剧烈波动起来，心中矛盾到了极点。辰南不说话了，这两个小鬼表现太好了！

总会有许多事情出人意料，滄台璇无论如何也没有想到过会有这样一天。她知道两个孩子早晚会来到这个世上，但是不曾想到会是这番情景，她的神识在异空间，而肉体却在另一片空间，两个小生命居然在与她对话，这让她如何回答。蕴含着无尽能量的苍天之眼都无法压制两个小生命的出世，只能说两个小家伙太强大了、太顽强了。

一个问妈妈是否喜欢他们，另一个问是否希望他们出世，声音嫩嫩的，柔柔软软，实在触动人的心灵。如果说澹台璇没有母性光辉的一面，那是不可能的。但是异空间中这个家伙实在太可恶了，让她怎么都不甘心。这一切让她头痛得要命。辰南似乎看出了原因所在，自动自澹台璇身边暂时消失了。三个时辰之后，紫金神龙所在的残破小星，澹台璇肉体所在的泉池中，光芒绚烂，无尽的生命之能在荡漾，同时两股无比强大的气势爆发而出。紫金神龙感觉光芒一闪，一道极其璀璨的光芒在高天之上出现，强大的能量波动在刹那间让痞子龙都感觉有些心悸。随后光芒趋于柔和，恐怖的波动消失了。

一个小不点直接幻化在空中，欢快地在空中跳着、叫着，是一个粉嫩粉嫩的小童，柔顺的长发垂在肩头，粉雕玉琢般的精致面孔，以及扑闪扑闪的大眼，充满了灵气。光芒再次闪烁，又是一个小不点冲跃到高天之上，绚烂光芒四外飞洒，好长时间才慢慢平淡下来，这依然是一个粉嫩可爱的小不点，长长的睫毛，漂亮的五官，如精致的瓷器般细腻白嫩，可谓钟天地之灵秀。紫金神龙张大了嘴巴，这两个小家伙不是被生出来的，而是直接自己显化而出的，是自己幻化出来的！方才也不知道他们与澹台璇单独秘密谈了些什么，两个小家伙就自己出世了。看得出是他们让澹台璇改变了主意，或者说是打动了澹台璇。

"嘻嘻……""呵呵……"清脆的童笑，在高天之上回荡，两个小家伙，调皮地你推我、我推你，相互嬉戏着。

"妹妹你太调皮了，我才是哥哥，你却先跑出来了。"

"不对，我是姐姐，你是弟弟，我先出生的。"

"你耍赖，明明是我先有意识的，我要先出世的，结果你先跑出去了。"

"弟弟乖，听姐姐话，嘻嘻……"

紫金神龙瞪着一双大眼，饶有兴趣地看着两个小家伙。"坏龙，打打打……"紫金神龙正看着呢，两个小家伙一起向它冲来，而后缠在它的身上，又是揪鼻子，又是拽耳朵，似乎是在为澹台璇出气，弄得痞子龙一阵手忙脚乱。"轰！"正在这个时候，远空传来一阵剧烈的波动，茫茫混沌深处，爆发出一股无比强大的能量波动，快速向着这颗小行星笼罩而来。一个强大的敌人正在接近！

　　古天路中，原本正在微笑的辰南神情顿时凝滞，而澹台璇的灵魂也感觉到了丝丝不妥。残破的小星上，紫金神龙急忙将两个小不点护在了身后，道："你们两个不要调皮，有危险人物在靠近！"那铺天盖地般的恐怖波动在笼罩这片区域后又突然消失了，不过紫金神龙却知道危险正在慢慢接近，来人隐去了强大的气息，似乎要实施雷霆一击！

　　"坏龙你保护我们！"两个小不点虽然话语柔柔嫩嫩，但是却没有丝毫害怕的神色，反而好奇地眨动着明亮的大眼，四处打量，最后更是满不在乎地冲着空中的缝隙喊道，"父亲，我们还没有名字呢。"

　　"姐姐叫索索，弟弟叫玄玄。"辰南似乎早就想好了，困天索转世的女儿直接取了最后一个字，而玄武转世的小儿子则取了第一个字。玄玄似乎很不高兴，本来他确实是哥哥，但结果被麻溜的索索抢先出世了，他反倒成了弟弟。索索则美滋滋的，似乎丝毫没有意识到危险。

　　"出来，我知道你就在附近！快点滚出来！"紫金神龙爆发出了天阶强者的气势，一双紫睛冷冷地扫视着四方。"嘿嘿哈哈……"阴冷的笑声在四周回荡，让人无法猜测他藏身在哪里，即便神识也难以准确捕捉。"想不到啊，居然有如此大的收获，玄武与困天索再世身出现了。今天我真是有大收获啊，将收得两件天宝级兵器。哈哈，你们重生了，岂不是意味着聚集起了足够的灵魂能量，可以慢慢成长为顶级瑰宝！"该死的！古天路中，辰南大恨，这个人竟然想要炼化索索与玄玄为兵器，实在可恶！澹台璇显然也听到了这一切，立时担忧起来。

　　"轰！"残破的小星上，突然涌动出一股滔天的力量，八方风云都随着动荡了起来，高天之上所有云朵都被轰散了。紫金神龙如遭雷击，在刹那间与人对轰一掌，虽然看不到对方，但是却能够感觉到强大的力量来源，它明显落了下风，远不如来人。说到底，它远未完全觉醒，所以功力还不算很强。紫金神龙咆哮不断，将两个小不点紧紧护在身边，龙睛扫视八方，想要寻出隐在暗中的人。古天路中澹台璇焦急，而辰南同样焦急，他刚刚自那片空间回来不久，虽然喝了不少生命源泉，但是神识的力量还没有完全恢复，不易立刻重返那片空间，但眼下痞子龙显然有些顶不住。

"轰!"小行星上空出现一个巨大的手掌印,向着痞子龙与两个小不点印去。"玄武变!"正在这个时候,小玄玄突然奶声奶气地喝道,一片灿灿光芒爆发而出,笼罩在他们的头顶上空,竟然生生挡住了拍落下来的巨大手掌。与此同时,索索也发出了稚嫩的声音:"索裂天地!"一道似闪电般的光束,直冲而起,劈向高天之上的巨掌。

　　两个小家伙的表现让人不得不刮目相看,要知道他们才刚刚出生呀,居然就有了如此神通,比之当年的龙儿、空空、依依还要强悍。不过,这也和他们被孕育了成百上千年有关,聚集到了足够的魂力。"轰隆隆……"高天之上,传来一阵剧烈的声响,巨手渐渐暗淡了下去,但紫金神龙与两个小不点却非常不好受。尤其是紫金神龙,他不可能让两个小家伙犯险,承载了九成的力量,此刻身体如瓷器般龟裂出一道道缝隙,好长时间才开始慢慢复原。

　　"鼠辈敢尔!"辰南无比焦急,在古天路中大喝,同时已经敞开内天地,整个人浸泡在了生命源泉中,他必须要在最短的时间内彻底复原,而后进入那片空间保护两个孩子。澹台璇的心也提到了嗓子眼,短暂地忘记了大仇人在身边不远处。"哦,有意思,异空间。"神秘的侵袭者,觉察到了辰南通过空间缝隙透出的波动,冷笑道,"嘿嘿,你即便着急又如何,看样子你是无法过来的!"辰南道:"少要得意,我辰南过去之后,定然会让你形神俱灭!"

　　"哦,原来你是辰南,哈哈,早就听说过你的名字,但是你能奈我何?这两个孩子是你的幼子吧,哈哈,拿来炼制兵器最好不过呀。他们可是曾经的至尊在世啊!"这个神秘的侵袭者嚣张无比,放声狂笑。但就在这个时候,一股无比剧烈的能量波动自混沌深处浩荡而来,同时一声大喝传来:"我空空来了!谁敢欺负我小弟与小妹,你丫活腻歪了吧!"

　　一道惊天长虹,直接划破虚空而来,超越了光速出现在残破的小星上空。那是一把刺目的天剑,在刹那劈碎了某一片虚空,直接将一条人影给崩碎了出来。空空竟然将隐藏的侵袭者给轰了出来。不过这也不奇怪,他最擅长的就是破解各种禁制与封印,天剑之躯无坚不摧,侵袭者躲在暗中怎么会逃得过空空的感知呢。

"空空！"辰南惊叫，万万没有想到见到了这个儿子，分开时小家伙才一岁多呀，特别黏人，最喜欢调皮捣蛋了。没有想到再次重逢之际，他已经是一个翩翩美少年。成百上千年过去了，他现在看起来十二三岁的样子，虽然表面看起来依然有些稚嫩，但无形中隐隐有一股凌厉之势！辰南感觉眼睛有些发热，最黏他的小家伙长大了，而他却没有尽好一个父亲的责任，大破灭降临时未能守护在小家伙的身边。

"老爹……"空空的声音中饱含着感情。不过，他本性活泼调皮，很快就调整了过来，嘿嘿笑道："最最无敌的空空来了！痞子龙叔叔好！嘿嘿……""哇哦，这是传说中的哥哥？老爹好花心呀！"如小精灵般的索索调皮地眨动着大眼，小声地道，却让所有人都听到了她的声音。"唉，又多了个哥哥，我注定是老幺呀！"小玄玄唉声叹气，柔嫩地喊道，"老哥，初次见面，给小弟准备啥米礼物了？"空空立时笑了起来，这俩小东西还真有他与依依当年的风范，一看就不是省油的灯，定然是调皮捣蛋的小家伙。

"嘿嘿，你们两个小东西，等老哥我给你们出完气，再送你们礼物，给老哥我观战，看我如何收拾这个家伙！敢欺负我无敌空空的小弟与小妹，真是活得不耐烦了！"空空本性难移，那股活泼劲依然如往昔那般。"老哥你行不行呀？"两个小家伙坏坏地喊道。"切，等着看无敌老哥我表演吧！"空空快速冲了上去，而被空空逼出的那名天阶高手，更是早已等得不耐烦了，激荡出莫大的威压，与空空大战在了一起。

紫金神龙眯起了一双紫金龙睛，感叹着："龙真是有些老了，看来需要赶紧将身体内潜藏的力量唤醒，不然都被小辈比下去了。"辰南心中充满了喜悦，调皮的空空成长起来了。如今龙宝宝、小晨曦、小凤凰、紫金神龙……一个个熟悉的人，都再次聚集到了身边，他希望其他人也都安然无恙。

"咔嚓！"古天路中，碎骨被踩动的声音响起，辰南回头观望，只见水晶骷髅自那暗黑大峡谷中攀了上来，正在一步步走来。消失了十天，它这一次回来之后，身上竟然……多了一件残破的莲甲，虽然只护住了胸部，其他部分皆残缺，但可以看出，那绝对是一件瑰宝。毫无疑问，这是属于它自己的东西，它在慢慢地将之一件件寻回。

"哇哦，老哥你好厉害呀，居然跟他打平了！"

"你老哥我是谁？老哥空空我可是号称无敌的美少年呀，这样的人来一打都没问题。"

"老哥……"

"什么事？"

索索与玄玄小声道："似乎真的来了一打呀！""啊？！"空空转头四望，只见十几道人影在飞快接近，同时恐怖的波动从四面八方浩荡而来。他惊道："怎么真的来了一打呀？！老爹救命呀，你快出来吧，你宝贝儿子我顶不住了。你再不出来，无敌的空空就准备跑路了！"

辰南已经恢复得差不多了，神识附在大魔天王的骸骨上，带着神秘莫测的水晶骸骨再一次跨界而来。高大的魔骨出现在小行星上的刹那，辰南立时感觉到不太对劲，他在一瞬间感应到了一股极其熟悉的气息，惊道："是……太上！"与此同时，水晶骸骨内，雨馨沉睡的灵魂似乎也有所感应，出现阵阵波动，仿佛要醒转过来一般。

"老爹你真有个性呀，减肥也不能减成这样呀！"空空飞了过来，打量着魔骨，嘿嘿笑道，"我们一家人大战这帮天阶高手！"辰南神情凝重，道："情况不对，你与紫金神龙护在两个小家伙的身边，不用你们动手。""老爹，不用这么紧张吧？不就是多来了几个人吗，无敌的空空我都不怕，老爹你怕什么！"空空嘿嘿笑着。

"不对劲，按我说的去做，保护好两个小鬼头。"辰南确实感觉到了太上的气息。那绝不会错，他曾经对付过天人，更在天人覆灭后，直接遥感到太上的恐怖威势，至今难以忘怀，毕竟这关系到了雨馨的命运。就在此刻，隐约间他再次遥感到了那若有若无的熟悉波动，似乎是在无限遥远的地方，又似乎就藏身于附近的混沌海中，又像是就在眼前不远处，一时间难以把握，而雨馨的灵魂明显波动了起来！

看到辰南如此郑重，空空不得不向着玄玄与索索飞去，道："你们两个小鬼头过来，让老哥我抱抱，嘿，你们两个小东西真是乌鸦嘴，刚说来一打就真的来了一打。""是你自己说的！"索索撇着小嘴。玄玄也嘟囔道："老哥，我们的礼物呢？"

"这不是没把那个家伙摆平吗，那个家伙是个仙鹤精怪，他不是说想要炼化你们吗，我本想反将它抓来驯服送给你们玩的。来，让老哥抱抱！哎哟，你们这两个小家伙。"空空笑嘻嘻地将小弟与小妹的头发揉乱，两个小家伙猛力扑了上来，一个揪耳朵，一个揪鼻子，两个小不点虽然粉嫩粉嫩的，但是此刻却如小老虎一般。"哇哦，你们小东西还真是厉害，一点亏也不吃。"转眼间，空空的头发被揉成了鸟窝。两个小家伙道："这是对老哥你的惩罚！以后不准欺负我们！"

辰南看着这一切，感觉很温馨，不过现在却不容他多想，前方十二个人正虎视眈眈地注视着他。他虽然叫不出他们的名字，但是对他们当中一些人还是有些印象的，因为这些人都曾经被他轰飞过。十天前，他手持辰祖的人形兵器一顿狂轰乱砸，将这些人打得抱头鼠窜，后来这些人联合追剿他。不过在进入茫茫混沌海深处后，大部分人都被甩掉了，更有一部分人怕迷失在无尽混沌中，自行退走了。

这十几人很不幸，在茫茫混沌海深处转了十天还未找到回路，结果感应到这个残破的小行星上有生命波动，便先后冲到了这里。"是你！"十几人看到辰南后，同时怒吼，将他们狂砸一通的人居然又出现了。十天前那荒唐的一战中，他们实在太狼狈了，简直就是沙包啊。此刻，元凶居然莫名其妙地再次出现了。

"他是辰南！"早先曾放话要将玄玄与索索炼化的那个天阶高手大声叫道。在这之前辰南曾在古天路自报名号，但直到辰南出现，这名天阶高手方知晓通体乌黑的可恶骷髅是辰南。这帮天阶高手像是吃了兴奋剂一般，曾经狂虐他们的人终于又出现了，管他是谁，现在十二名强者还有什么事情搞不定呢！本来他们迷失在茫茫混沌中已经非常郁闷了，现在正好寻到了罪魁祸首。

"上！""杀！"恐怖的波动，瞬间汹涌澎湃而来，高天之上能量如巨浪般在震荡。十二位天阶高手，即便修为不是顶级者，但是合在一起的力量也是非常恐怖的！残破的小星上，几乎所有生灵都感觉到了强大的恐怖波动，都难以忍受，发自灵魂地战栗。面对这些人没什么可说的，辰南当下就冲了上去，快速杀进人群中。禁忌大神通不能施展，的确让他等于少了一把攻击利刃，但是大魔天王的骷骨坚硬胜过天宝，有着无与伦比的强大防御力，无形中让他占据了小半不败境地。

"轰！""当！"辰南上来就横扫一切阻挡，一道绚烂的神光向他打来之际，直接被他轰散，如天雷般在震荡。一把天刀向他劈来之际，他直接用手臂格挡，发出刺耳的金属交击声响。黑色的魔骨透发着恐怖的波动，如同最强精金浇铸而成的一般，无法阻挡，无可阻挡！简直就是一件人形凶兵！魔骨本身就是最强有力的武器，将天刀、神剑等兵刃崩得不断龟裂，将狂涌的能量风暴直接轰击得溃灭。

与此同时，水晶骸骨也冲了过来，额头那点不灭灵光再一次幻化出道道光晕，一片朦胧的世界出现在虚空中，将水晶骸骨笼罩在里面。在它冲过来之际，所有攻击过来的可怕能量风暴全部被无声无息地纳入了那片朦胧的世界中，天阶强者的狂暴攻击似乎很难伤害到它。两个神异的骸骨发威，实在有些可怕！十二个天阶高手虽然有着压倒性的优势战力，但是这两具骸骨，一个无法轰碎，坚硬如天宝级神兵；另一个则有世界的影子笼罩，防御力无匹。

两具骸骨几乎不可攻破，还能够劈出恐怖的杀势，非常不好对付。不过相对而言，他们还是愿意进攻辰南，相信只要力量足够，是能够轰碎这具魔骨的。而那水晶骸骨就不行了，神秘莫测的世界影子根本攻不破。面对围攻，辰南丝毫不惧，反而疯狂了起来，突破众多高手布下的光网，竟然抓住一个天阶高手狂轰，根本不理会别人的攻杀之势。伤其十指不如断其一指！辰南抱着这样的想法。在绚烂的光芒与可怕的狂暴波动下，那名天阶高手惊恐了。尽管众人抗攻辰南，营救于他，但是他的身体还是没有避免崩碎的命运，灵魂更是被打散一半！

天阶高手个个变色，最后在狂猛的攻杀无效的情况下，有人将目光转向了空空与紫金神龙保护的两个小鬼头。生死相搏，还管他什么仁义道德，只要能够打击对手，一切办法皆可用。立时，有三人冲向小玄玄与小索索。

"鼠辈！"紫金神龙气得嗷嗷乱叫。空空气道："敢欺负我弟弟与妹妹，有无敌的空空在，你们将脖子洗净，等着挨刀吧。"紫金神龙与空空虽然叫得欢，但是对抗三名天阶强者还是吃不消的。尤其紫金神龙，毕竟潜藏在体内的力量还远远未被挖掘出来。

"玄武变！""索裂天地！"两个小不点也被迫参战，帮助老龙与空空抵挡。辰南大怒，就要冲过去，但是剩余的天阶高手似乎要拼命了，死死地缠住了他。辰南心思百转，瞬间情绪稳定了下来，对着小玄玄与小索索秘密传音，道："宝贝儿子，宝贝女儿，快回到你们母亲的身体中，由你们控制她的躯体，她有苍天之眼，左眼代表毁灭，右眼代表新生，足够你们自保。"

辰南的话音刚落，两个小不点便"嗖嗖"两声跑没影了，速度真是快到了极点。才不多时，远处的生命泉池中，澹台璇的肉体便坐了起来，而后冲天而起，飞到了空中。不过她身形似乎不是太稳定，总是摇摇晃晃，且发出两种童音："我来，我来！""不，我来！"

晕！辰南一阵头大，两个小家伙居然在澹台璇的肉体中争抢起来，完全没将眼前的生死战当回事啊，倒像是当成了一场游戏，还真是什么事都不急的小鬼头。"轰！"一股排山倒海的毁灭气息突然在刹那间爆发而出，一道幽冥之光贯穿一切阻挡！如黑色的太阳爆裂了一般，将周围的空间轰碎一大片，直接将前方那名天阶高手的半边身子轰没了！

"哇哦，好可怕呀！"某个小鬼头兴奋地乱叫。"我不害怕，让我来！"另一个小不点开始争抢了。辰南也是一惊，这么多年来，澹台璇似乎将苍天之眼祭炼得威力更加强大了，比先前强盛太多了。"该死的！"那名天阶高手大怒，快速向着两个小鬼扑去。但是两个小家伙是澹台璇的亲生骨肉，完全可以融合这具肉体，非常容易掌控苍天之眼的力量。就在刹那间，又一道毁灭之光轰出了！

"啊！"那名天阶高手惨叫，剩下的半截躯体也被轰碎。遭受重创的灵魂刚想逃逸，水晶骷髅已经冲了过来，"世界的影迹"笼罩而下，那重创的灵魂在刹那间化成点点光芒，消散在世界的影迹中。两个小不点已经不是累赘，现在战局彻底发生了扭转！辰南、水晶骷髅、空空、紫金神龙以及两个小不点控制的澹台璇肉身，面对剩余的十一名天阶高手，已经不再被动。"该我了，该我了！"两个小鬼头在争抢肉体控制权，听在众多天阶高手耳中，简直就像两个小魔头。

现在辰南已经没有后顾之忧，放开手脚迎战天阶高手，高大乌黑的魔骨无坚不摧，无物可挡，横扫一切！他直接将一个天阶高手给卸成了四瓣，转身近距离拼杀之际，更是将一个天阶高手撕碎了！这是一场酣畅淋漓、痛快至极的大战。形势逆转之快，让人咂舌！除了紫金神龙有些被动，不断地躲避外，辰南、水晶骷髅、空空还有两个小不点，都已经完全沉浸在战斗的乐趣中，不断狂轰对手，主动地追击剿杀。紫金神龙看得目瞪口呆，这一家子还真是猛啊！连两个豆丁大的小不点都如小老虎般厉害。

辰南一家子居然彻底扭转战局，打得这帮天阶高手狼狈不堪，身体崩碎的崩碎，灵魂遭创的遭创，没有人不挂彩，现在被追着暴打。"你不是想炼化我们的身体吗？打打打打……"两个小不点非常记仇，追着那个曾经对他们心怀恶意的天阶高手狂轰，毁灭之光兜着那人的屁股轰杀不断。"小屁孩，啊——"惨叫声让人跟着心惊胆战。

另一边，空空也是将对手打得漫天乱跑。对方道："毛头小子你……""别跑，敢叫我无敌空空毛头小子，看我如何收拾你！"空空更是顽劣，也不出杀招，只将对方打得抱头鼠窜，闹得如鸡飞狗跳一般，让那名天阶高手狼狈到了极点。至于辰南与水晶骷髅，更是将几名天阶高手轰杀得不断后退，让他们成了名副其实的天阶人肉沙包。他们杀伐之气甚浓，已经彻底轰杀了三名天阶强者。辰南相信，如果无情刀能够出手，他会更加从容。

到了现在，优势已经是压倒性的了，这些天阶高手也不知道是谁最先逃跑，剩下的人哪里还顾得上颜面，为了活下去皆逃离而去，现场一片混乱。

"真是热闹呀！"正在这个时候，远空传来守墓老人的声音，紧接着他的身影显现，快速冲了过来，不过样子异常狼狈！辰南在第一时间觉察出，这不是真正的守墓老人，而是他的一缕化身。见他如此狼狈，辰南惊疑地问道："这是发生了什么？"

"倒霉啊倒霉，我老人家倒了大霉了！我不是去抄那些洪荒老魔的家底去了吗？结果，他母亲个母亲的，抄到铁板上了，我他妈的抄到太上老窝去了！将那个家伙惊醒了，我这把老骨头差点交待在那里！如果不是分出几个化身，分几个方向逃，我恐怕早已被那家伙拆了！"

昏倒！十天前守墓老人临去之时，确实对辰南说要去抄某些洪荒巨擘的老巢，但是没有想到，他居然抄到太上那里去了！这也足以说明守墓老人之强大！毕竟，太上这个传说中的至强存在，似乎法力通天啊！守墓老人居然逃了出来。守墓老人道："小子快帮忙，江湖救急啊，那个变态还在追我本体呢！帮我想办法摆脱。"

　　辰南还未说话，空空双眼放光，先开口了，道："守墓的老爷爷你真是太拉风了，居然抄传说中太上的老窝去了，有气魄！我有办法帮你摆脱他，你告诉我太上的老巢在哪儿呀，我帮你再去抄一回，他心生感应后必然急着回返。"说到这里，他嘿嘿笑着对两个小不点控制的澹台璇肉身道："小弟，小妹，等老哥我去太上的老窝抄点宝贝，给你们当作礼物！要知道那个家伙可是洪荒巨擘中的强者呀，是一个传说中的存在，他所收集的宝贝定然都是天宝！""哇哦，老哥你太好了！"两个小不点欢叫。

　　辰南则"咚"的一声，狠狠地敲了空空一记，这个调皮的家伙，还跟小时候一样调皮捣蛋，这不明显给两个小不点树立坏榜样吗？太上这个恐怖的存在，别人躲还来不及呢，他居然想学守墓老人去抄家。"这个主意，还算可以！"守墓老人指了指混沌深处，道："一直向那个方向，飞进去九万里，就是太上的老巢。"

　　辰南真想过去掐住守墓老人的脖子，这老家伙怎么能让孩子出马呢！辰南一把抓住了空空，不让这个小子跑去，准备自己亲自出手解救守墓老人，但不能让空空他们涉险。但是就在这个时候，更小的两个小鬼头居然控制着澹台璇的肉身，"嗖"的一声没影了，而方向竟然是太上所在地！辰南目瞪口呆，而后紧接着回过神来，再次狠狠地敲了空空一记，道："都是你这个坏榜样！还不快追回来！"空空笑嘻嘻地道："遵命！老爹。"辰南感觉昏头了，怎么让他追下去了，这个小子巴不得如此呢。辰南赶紧亲自追了下去，水晶骷髅紧随其后，紫金神龙与守墓老人的化身也跟了下去。一拨人浩浩荡荡，目标太上老巢！

　　这是一个让人目瞪口呆的场面，辰南一家人浩浩荡荡、声势浩大地要去抄太上的老家！说出去定然会让人目瞪口呆，让所有人吃惊得张大嘴巴，太上那个超级恐怖的洪荒巨擘，谁人敢与之争锋？甚至有传言，他就是传说中"天"的另类真身！可能是传说中的一个天！就是天阶强者对其也是如避蛇蝎般，根本不愿招惹，而辰南他们这一家子却如守墓老人一般疯狂，自动找上门去了，这绝对是一个疯狂的消息。

紫金神龙向来唯恐天下不乱，兴奋得嗷嗷乱叫，速度那叫一个快啊，眨眼没影了，冲进了混沌中。空空更是先行一步，早已失去了踪影，他与小时候一般无二，依然活泼好动，不甘寂寞。至于两个小不点，那是先行者，要不是两个小鬼头先行跑路，这次抄底太上老巢之行还真不一定达成呢。两个小鬼头溜得太快了，控制着澹台璇的肉身，风驰电掣一般，不断破碎混沌前行，让后方的空空都有些望尘莫及，他们似乎担心被家里人抓回去，真是名副其实地将吃奶的劲都使出来了。

辰南这个气啊，两个小不点才刚刚出生就惹出这么大的祸事，比当年空空与依依离家出走的事恶劣太多了，这次弄不好就是灭顶之灾呀。当然，他更气守墓老人，这个老东西还真是个就知道惹祸的"老妖孽"，有他出现准没好事！辰南现在细想想，还真是如此，每当守墓老人出现，他都要倒霉，这都快成不变的真理了。尽管前方那道飞行的人影只是守墓老人的化身，但辰南还是非常想抓过来，狠狠地捶一顿，出口恶气。水晶骷髅则不紧不慢地跟在辰南的身边，与他一同前进。

守墓老人的化身兴奋得直搓手，在前方回头喊道："小子，快走啊。嘿嘿，这次不知道能够抄到什么宝贝，说不定会弄出个弑天凶器，也许还能救出几条被镇压的战魂呢。哎哟，你个混账小子，竟敢偷袭我。"

"你这老祸害，找我帮忙也就罢了，为什么让我的孩子都陷进来？！"

"现在说什么都晚了，快走吧，不然那几个小家伙说不定会乱来。"守墓老人"嗖"的一声没影了。"老妖孽哪里走！"辰南也开始加速飞行。

九万里之遥放在大陆上是非常遥远的，但是在这崩碎的星空中实在太短了。以辰南他们的速度来说，不用动用全力就可以飞快到达。但是毕竟星空崩碎了，如今乃是茫茫混沌海，前进的过程中需要不断崩碎混沌，自己开辟道路，速度明显放缓。在这种状况下，天阶高手想要在残破的古星空中前行，都要先精确定位好方向，而后奋力开辟混沌前进。

辰南第一个追上的是紫金神龙，费了很大的力气又追上了空空，当辰南他们看到两个小鬼头时，太上老巢已经近在眼前！这下已经到了这里，不可能打退堂鼓了。这里是一片残破的古星空，却没有明亮的恒星，十几颗残破的小行星，破损得不成样子，满目疮痍，定在虚空中，有些甚至可以称之为大陨石，已经算不得行星了。但是，就在它们之中，有一个非常小的行星没有任何毁损的样子，在十几颗行星中特别醒目，远远望去，上面除了湛蓝色的水域外，其他地域覆盖满了绿色，充满了勃勃生机。

没有恒星，但是那颗小星却依然明亮无比，自主透发着柔和的光芒。这绝非偶然！这是辰南的第一观感。别的小星都近乎毁灭，唯有透发着太上气息的小星完好，而它就在这些残破的小星中间，明显不是因为地域位置好的原因，这说明有人以大法力生生保下了一颗小星球。只能让人惊叹，太上法力无边！两个小鬼头已经率先冲向了完好的绿色小星，一边冲还一边用稚嫩的声音大喊着："打劫，太上在家吗？打劫！我们打劫来了！"

守墓老人哈哈大笑不已。紫金神龙在空中笑得一个劲地翻滚。空空也被自己的小弟小妹的表现惊得目瞪口呆。辰南恨得牙根都痒痒，脑门上直冒黑线，这俩小东西无师自通啊，刚刚出生不久，好的是一点都没学到！怕他们有失，辰南他们快速冲了过去。绿色的小星，大地之上生机盎然，与那毁灭的星空形成了鲜明的对比，其他各地到处都是黑暗与阴冷，而这里却生机勃勃，实乃世外仙境。

长河滚滚，巨湖清澈，青山碧翠，花谷芬芳，草原广袤，景物各不相同。一片气势恢宏的宫殿坐落在下方的大地之上，古老的神殿透发着古朴沧桑的气息，但是并没有因为岁月的流逝而显得衰败与残破，宏伟宫阙仿佛不朽的天宫。没错，就是这里透发着太上的气息。尽管他不在这里，去追守墓老人的本体了，但这里有着他不可磨灭的痕迹。

"哇哦，宝贝，里面有宝贝！"两个小鬼头已经降落在恢宏的古殿前，更是从澹台璇的体内跑了出来，撒开雪白的小脚丫就往里跑。这下，辰南可不能放任他们了，以大法力强行将两个小不点拘禁了回来，同时将澹台璇的肉身卷回。

"轰!"一股无比强大的气息，突然间自古殿中爆发了开来，隐约间大地都跟着颤动了一下，莫大的威压笼罩在这片小星上，仿佛有一个无所不能的主宰者觉醒了。众人都大吃一惊，难道太上回来了？守墓老人也是一阵狐疑，最后摇了摇头道："不是他，恐怕他如我一般，是一具化身。"即便这样，也让在场众人倒吸了一口凉气，这股威势似乎十分可怕啊，与寻常的天阶高手相比实在太强大了，有一股让人心悸的感觉。两个小鬼头似乎也感觉到了危险，麻溜地再次跑进了澹台璇的肉身中。

一个巨大的头像缓缓自宏伟的宫殿群中浮现而出，影迹在高天之上越来越清晰。这是一个男子的头像，脸如刀削，眸若星辰，透发着威严的气息，浩大的声音在高空之中回响："卑微的人类，屡屡冒犯我的尊严，擅闯太上宫阙者——死!"说到这里，他的双眼透发出两道可怕的光芒，仿佛能够毁灭世间万物，空间瞬间崩碎，恐怖的光束刹那间轰击到了辰南他们的近前。守墓老人的化身双手结出一个古怪的法印，而后猛力一震，一片绚烂的光芒绽放而出，形成一道光幕，一股磅礴的气势爆发了开来，震得高天都一阵摇动，光幕像是天罗地网一般，将两道恐怖光束笼罩了进去。

高天剧烈摇颤，太上的双眼射出的两道恐怖光束，将重重光幕轰击得不断崩碎，最后烟消云散。他暂时停止了攻击，发出一声冷笑道："哼，有些门道，不过还差得远。""我呸，你这种棒槌就是欠揍!咱都是化身，别摆出一副太上皇的样子。"守墓老人针锋相对。正在这个时候，一阵剧烈的灵魂波动自水晶骷髅的头骨中透发而出，雨馨的灵魂竟然有觉醒的迹象!她曾经修炼过《太上忘情录》，现在觉醒显然是因为太上化身出现的缘故。

辰南有些担心，但是水晶骷髅额骨上那点不灭灵光在这个时候突然绽放出一片绚烂光芒，将整个骨躯都包裹在了里面，一个小世界的影迹浮现而出。同时，不灭灵光流动出如水波般的能量，不断向着头骨中汇聚而去，慢慢将那躁动的灵魂安抚了下来，让她渐渐又恢复了平静。

"天人，哈哈，又一个天人!"高天之上，突然传来太上化身的洪大笑声，如滚滚闷雷在轰响一般。而且就在这个时候，一个黄色巨人清晰地显现而出，震荡出恐怖的波动。一只巨大的手掌向着水晶骸骨探来，似乎想要将它攫取在手中，太上化身的双眸中透发着贪婪的目光，如看到了最为美味的食物一般。

"杀！"辰南直接崩裂虚空，魔骨发出了最为凌厉的一击，霸绝天地的一拳打碎虚空，荡起滔天的魔气，轰向太上。空空更是化出天剑之体，猛力劈向太上。守墓老人也不甘落后，结出一道古怪的法印，荡起可怕的波动，撕裂虚空，一片光幕笼罩而去。

"轰隆隆……"高天之上，狂霸的能量流不断翻涌，剧烈的能量波动都传向了破碎的星空中，小行星上空一片昏暗，几大高手的碰撞可谓惊天动地，撕裂的异空间能量吞没了这片天空。过了很久才平静下来，天际渐渐清明。

"你们想阻止我？那只是我的食物，你们得到也无用！"冰冷而洪大的声音在高天之上激荡。"你在说什么？你不是由天人蜕化出的所谓完美体——太上吗？"辰南皱着眉头喝问，他不得不详问，毕竟其中涉及了雨馨。"太上是由天人蜕化出的？真是好笑！"巨大的音波在滚滚激荡，"所谓的《太上忘情录》乃是我传下去的，以期有人修成天人之境，最终为我奉献上他的生命。曾经有人接近成功了，但是最终却功亏一篑，他不过是个可怜人而已，一直活在我的梦境中，还以为《太上忘情录》是他独创呢，以为他蜕化出了太上呢。一切的一切都是我赋予他的，他始终活在我的梦境中！"

天人竟然活在太上设置下的梦境中！这则消息太骇人听闻了，可想而知太上有多么可怕！说得直白一些，天人就是太上圈养的食物！难怪他见到雨馨如此激动，毕竟雨馨也曾经修炼过那种功法。守墓老人冷笑道："我老人家就知道那狗屁《太上忘情录》是个陷阱，就如同那《唤魔经》一般是一个无底深坑，我从来都不正眼关注。"随后他对着辰南嘿嘿笑道，"看来你的骷髅美人有着莫大的危险啊，被一个死变态盯上了。想要保骷髅美人无恙，还是尽快灭杀这个化身吧。来的时候，我已经封闭了这片空间，真正的太上不会得知这里发生的一切。我现在没有多少力量了，接下来全靠你们了。"

"老爹，我来！"两个小鬼头控制着澹台璇的肉身冲了过来，而后发出嫩嫩的声音，大声冲着太上喊道："宝贝，交出宝贝，打劫！"说罢，苍天的毁灭之眼爆射出一道可怕的光束，直接轰击太上而去！毁灭的气息在刹那间笼罩了小星。太上的双眼也射出两道光芒迎击，但是令人惊异的事情发生了，太上化身的双眼也难以抵挡苍天之眼，竟然被那道毁灭性的光束轰击得倒飞了出去，虚空崩碎一大片！

"苍天之眼！"太上化身惊呼。守墓老人大喜，道："这等好东西对付他正好，就算太上真的是一个'天'，但眼前这个家伙也不过是一个天之化身而已。他的双眸怎么抵挡得过真正的苍天之眼呢！大家一起上灭掉他！"两个小鬼头虽然声音柔柔弱弱，但是行动起来一点也不手软，听到守墓老人如此说，使用苍天的毁灭之眼更加来劲了，一道道毁灭性的光束不断崩碎虚空，狂轰太上。

"你们以为我仅仅靠双眼战斗吗？我难道就不会其他禁忌神通了吗？"太上冷笑。"哼，你以为我们这些人，仅仅只有苍天之眼吗？"辰南冷笑。"嗷呜，杀太上喽！"唯恐天下不乱的紫金神龙兴奋得嗷嗷乱叫。"杀！"空空的小脸上也满是杀气。"杀！"守墓老人直接冲了上去。"杀！"辰南支配着大魔天王的骸骨，魔焰滔天，恐怖的魔云遮笼了整片天空，剧烈的能量波动席卷十方。

一场激烈的大混战爆发了！辰南、空空、紫金神龙、两个小不点、守墓老人的化身，一起大战太上的化身。直打得高天崩碎、大地崩裂，下方滚滚奔腾咆哮的大河都被打得逆冲向高天，几条绵绵无尽的山脉，更像是庞大无边的土龙一般，被他们当中的人以大法力拘禁到了空中，横扫太上。激烈的大战，可怕的攻击！只是水晶骸骨似乎出了什么问题，一直在远空呆呆发愣。任辰南大声呼喊，也没有多大的反应。

守墓老人双手划动间，山川崩碎，几次都险些将太上撕裂。辰南以魔吞天下之势，力压太上化身，最后将这片残破星空中一颗巨大的陨石生生牵引了过来，直轰太上以及下方的宏伟宫殿，声势浩大至极，整个小星都剧烈地摇动了起来。这是不死不休的大战，所有人都尽了全力，大战激烈无比。巨大的陨石险些将太上化身砸散，最后直接将下方那片无比宏伟的宫殿轰成了废墟。"老爹，你砸坏了我们的宝贝！"两个小鬼头不满地叫嚷着。到了现在，哪里还顾得上什么宝贝，灭杀太上化身才是正理。不过，似乎在回应两个小不点的话语，崩碎的宫殿中竟然真的爆发出阵阵宝光，冲起十几道可怕的能量波动。

太上化身一招手就将一个透发着滚滚魔气的轮盘抄到了手里。辰南也不慢，以大法力快速将其中一个弥漫着恐怖气息的"宝物"攫取了过来。不过抢到手中后，他却大叫晦气，竟然是半截破烂的棍子，似金非金，似木非木。他气得就想扔掉，想重新抢夺一件，但是守墓老人却惊呼出声："洪荒旗！""什么洪荒旗？"辰南有些不解，道，"玄黄大旗，我倒是听过，这破烂棍子有什么厉害之处吗？"

守墓老人激动无比，道："玄黄旗确实厉害，是了不得的凶物，但是和洪荒旗比起来，它屁也不是。在那遥远的过去，洪荒大旗一摇，整片星空都要动荡崩碎。知道传说中的太古一战吗？当年传说中的某位狂人，手持洪荒大旗一顿狂摇，整片星空都化成了死域。别看星空无限，但是你们肯定知道，是一片死域，所有的星球之上，几乎都没有生命。除了少数天阶高手在星空中开了某些洞府外，其他地域都是一片死寂。罪恶之源，就是洪荒大旗造成的。当然，由于某种原因，洪荒大旗也崩碎了。不过，这少半截旗杆，也是一等一的凶器，绝对是无价的禁忌天宝。今天这太上化身死定了！"

洪荒大旗竟然能够摇碎成片星空，这绝对是恐怖至极的凶旗，辰南看着手中的破烂棍子深感震惊，真是难以想象这是杆灭世凶旗啊。守墓老人另外的话语，更是让辰南心中一惊，因为他从老人的口中得知了某一消息，传说中那名差点曾经摇碎洪荒大旗的人物，竟然是"亘古匆匆"的开创者！这则消息对辰南的触动很大，要知道辰战不仅曾经打出过"万古皆空"，在第三界时更是打出过"亘古匆匆"，难道这其中有什么隐秘不成。不过，现在容不得多想，太上化身必须要先灭掉。如今下方的宫殿被天外陨石砸毁，所有被镇封的瑰宝都冲了出来，现场几人正在忙得不可开交，争抢着那些瑰宝。

太上化身将那件透发着恐怖气息的轮盘召唤到手后，就对别的瑰宝无动于衷了，冷冷地扫视着众人。守墓老人仔细看清太上化身手中持着的器物后，立时忍不住破口咒骂起来："没天理啊，那是磨世盘！

我现在明白了，这太上保准是一个真正的'天'，是一个比苍天与黄天更加强势的'天'！这种恐怖的东西都能掌控在手中，实在没天理！要知道这乃是和魔主修复的轮回盘同级别的凶物！磨世，磨碎世界也！传说中的禁忌之物，这玩意不是传说中的天用来毁灭六道的吗？"守墓老人破口大骂，大叹天道不公，有些无力地道，"希望这半截洪荒大旗的旗杆能够顶住！"

这还怎么打啊，如果那是磨世盘，这太上化身手掌一合，轻轻转动磨盘，现场所有人都要毁灭啊！辰南感觉头皮一阵发麻，这太上难道真的是所谓的"天"？那太古诸强走上通天之路，岂不就是寻他而来吗？不像，绝对不像，所谓的"天"似乎不仅仅是一个生命体那般简单。此刻，痞子龙、空空都抢到了适合的瑰宝，特别是俩小不点，怀中抱了一大把，都快拿不下了，美滋滋得又叫又跳，完全没有感觉到大祸将临头。到了现在，没有什么可怕的了，反正已经到了这种境地，辰南提着手中的破烂棍子就冲了上去，希望能够挡得住那磨世盘。

太上化身双手合在了一起，那磨世盘顿时爆发出无比恐怖的波动，到了这一刻，紫金神龙、空空以及两个小不点一下子安静了下来，他们都感觉到了巨大的凶险。磨世盘一动，狂风暴雨接连而来，狂风是能够吹散巨山的刚烈之风，暴雨乃是邪异的黄色暴雨，跟灭世那一天所降下的暴雨完全一样。在这一刻，毁灭的气息在空中缓缓而动，让人压抑想要就此自毁，可怕的气势让人有精神崩溃之感。"咔嚓！"一声天雷般的响声自磨世盘爆发而出，一道道无形的毁灭气息在刹那间爆发而出！

"轰隆隆！"高天之上，虚空崩碎，一片片混沌翻涌而出，在一刹那就再现了当日灭世般的情景。辰南将所有人都护在了身后，猛力挥动手中的烂棍子，使劲地向前劈去！令人惊异的事情发生了，看起来破破烂烂的半截棍子竟然在刹那间同样激荡出一股可怕的气息，它轻轻地震动起来，竟然眨眼间崩碎了混沌，再现出朗朗高天，甚至周围的狂风暴雨都因它的颤动而停止了下来，恍惚间，棍子的前半部出现一面光质化的古老圣旗！

"哗啦啦！"虚淡的洪荒大旗迎风招展，竟然将辰南他们完好地护住了！尽管磨世盘恐怖无比，但是这残破的旗杆却能够保他们周全。周围小星外那些巨大的陨石以及飘浮的几颗残破小星就没那么幸运了，随着磨世盘猛烈地转动，全部在慢慢龟裂，而后崩碎！巨大的轰爆声响，震耳欲聋，无尽的能量如滔天骇浪一般在狂猛涌动，这片残破的古星空到处都是能量狂暴，而后慢慢划归于混沌。

实在太过恐怖了。尽管这片地域不是很大，所有的小行星加起来也远比不上一颗真正的星球，但是也足以体现出磨世盘的恐怖了。不过，守墓老人却转忧为喜，高兴地大笑了起来："哈哈，这不是真正的磨世盘，我就说嘛，真正的磨世盘怎么可能掌控在太上的手中呢！真正的天道所掌控的东西，如果出现在太上手中，那真是彻底地乱套了！他这件器物，多半是一个仿制品！不过威力也实在太大了，我们必须要小心。"

到了现在，众人都已经明白了，这次抄太上的老巢的行动似乎失败了，一切都因为仿制的磨世盘的出现发生了逆转。现在，众人只要能够全身而退就是幸运的了。幸亏有半截洪荒大旗的旗杆，不然后果不堪设想。太上化身手持磨世盘，当真恐怖到了极点，仿佛随时都会将众人彻底粉碎，让他们形神俱灭。磨世盘直搅动得虚空崩碎，混沌翻滚，他如主宰者一般，冷漠地在高天之上俯视着众人。不过，一切都是难以预料的。

就在这一刻，久久未动的水晶骷髅忽然间从最后方缓慢飞到了众人的近前。开战以来它一直未动，似乎是思索着什么，似乎努力追忆着什么，但是仿佛没有任何收获，在这一刻它终于醒转了。额骨上那点不灭灵识透发出一道道如涟漪般的光晕，将它的骨身笼罩在里面，一片朦胧的世界显现而出。守墓老人大吃一惊，第一次真正关注水晶骷髅，沉声道："大有来头，大有来头！"

让所有人惊异的事情发生了，那点不灭灵光竟然从朦胧的世界中牵引出一宗事物，在刹那间让所有人震惊！半截无比古老而又残破的旗帜，上面密密麻麻，刻着无数难以明了的符号，在这一刻只要是正常思维，肯定都会第一时间想到洪荒大旗，这是基本的反应。毕竟方才他们反复听到守墓老人说起。

究竟是不是？为何水晶骷髅会展现出一面古旗呢？所有人都转头望向了守墓老人，守墓老人使劲地眨了眨眼，确定自己没有看错，失声惊叫道："是真的！这怎么可能？怎么突然就出现了呢！"是啊，方才一直在谈论，不想却一下子真的出现了。这个时候，磨世盘更加威猛，毁灭的气息在茫茫混沌海深处都剧烈动荡起来，除了辰南他们这里有半截旗杆护佑外，其他地域已经彻底地崩碎毁灭了，而他们这里也快要不保。

　　辰南吃惊无比，越来越看不透水晶骷髅了，那点不灭灵光实在太神奇了，果真是"一花一世界，一草一天堂"，米粒般的一点光芒内似乎真的隐藏着一个大世界。而半截洪荒大旗，竟然也在不灭灵光中！现在，可不是犹豫的时候，众人处境实在太危险了，随时有被磨世盘毁灭的可能。辰南快速将那半截洪荒大旗接续在残破的古旗杆之上。

　　"轰"的一声，毁灭性的气息，无远弗届，整片天宇都充满了这股磅礴不可揣测的气息，茫茫混沌海都沸腾了起来。辰南手持洪荒大旗，猛力摇动起来！"轰隆隆……"崩碎的声响不断，茫茫混沌海都在爆碎，笼罩在他们周围的混沌全部被化开了，周围又再次空旷起来，洪荒大旗无物不破，虽然是半杆残旗，但是威力浩大无匹！

　　"轰隆隆……"大旗猛烈摇动，竟然生生将磨世盘爆发出的毁灭气息逼退了回去。"好，将那仿制的磨世盘彻底压制下去，我们去灭杀他。"守墓老人大叫，现在众人的心态又调整了过来，现在根本不用逃了，而是要灭杀掉太上化身。"吼……"太上化身终于难以保持冷漠之色，一声恐怖至极的吼啸爆发而出，他万万没有想到收藏多年的残品今日在他眼前被重组，虽然依然是个残缺的凶器，但是威力已经不可同日而语了！

　　"啊——"辰南传出无比浩大的精神波动，发狂一般向前冲去，猛力摇动洪荒大旗，生生压制住了磨世盘！两股狂暴的毁灭性气息不断对轰，周围成了一片无法靠近的狂暴禁地。最终，辰南终于还是冲到了近前，洪荒大旗猛地搭在了磨世盘上，两件最可怕的凶器像是在相互吸引一般，死死地黏在了一起！太上化身无法再转动磨世盘，而辰南也无法再摇动洪荒大旗，守墓老人的化身与空空等人皆大吼着向前杀去，就是索索与玄玄这两个小不点，也是奶声奶气地叫嚷着，不甘落后。而这个时候，水晶骷髅也动了，它看似在缓慢移动脚步，但是每步迈出去，都是凭空出现在远空，第一个出现在太上近前。

未等其他人出手，水晶骷髅额骨上那点不灭灵光，便流淌出一股如水波般的光芒，团团将太上围困了。太上不甘于舍弃磨世盘，但是眼下又容不得他选择，只能单手控住磨世盘，单手轰向水晶骷髅。但是，震荡出的可怕威压与恐怖力量就像泥土进入了湖水中一般，泛起点点涟漪，并未冲出那水波般的光芒，无声无息地消失了。空空等人想要冲过去，但是守墓老人神情凝重地摆手制止了他们，静静观看水晶骷髅的表现。

无声无息间，那点不灭灵光缓缓地流淌着水波般的光华，彻底围困了太上化身，令他处在了朦胧的小世界中，将那磨世盘隔离在外。场面有些怪异，非常寂静，不再像方才那般激烈对抗。只是，所有人都有一股窒息般的可怕感觉，一切都源于水晶骷髅！辰南就在近旁，控制着洪荒大旗，压制磨世盘，将这一切看得清清楚楚，越来越不懂这神秘的骷髅了。太上在剧烈挣扎，水晶骷髅的不灭灵光竟然完全将之禁锢了，朦胧的世界浮现而出，太上化身已经身处在另一片世界中。"可怕，有些可怕！"守墓老人自语。

朦胧的世界中，太上在剧烈挣动着，似乎在狂吼着什么，但是朦胧的世界隔断了一切，人们只能若隐若现地看到他挣扎的身影，根本不知道他在喊叫着什么，神识波动竟然无法穿透而出。紫金神龙倒吸了一口凉气，空空也是暗暗惊骇，就连两个小不点也从澹台璇的肉身中跑了出来，凑到近前，眨动着大眼，不时惊呼："好可怕呀，好可怕哦。"守墓老人神情凝重，一句话也不再说。时间就这样无声无息地流淌而过，最后隐约间能够看到太上停止了挣动。一道道能量光波自太上化身中涌动而出，在那朦胧的小世界中，向着正中央的水晶骷骨涌动而去。如水波的光芒不断汇聚，很久很久之后太上化身似乎干涸了，这种状况才终止。

"砰"的一声，太上化身自那朦胧的小世界中飞了出来，不过这个时候他已经没有半丝灵识波动，而躯体也没有一点生命之能了，竟然彻底毁灭了！众人吃惊地望着水晶骷髅，只见那片朦胧的世界渐渐淡去，而太上化身体内流出的生命光波，却如水一般不断围绕着水晶骸骨旋转，最后竟然慢慢渗透进骸骨中，人们吃惊地发现，骸骨上似乎有血丝出现，似乎将要有血肉产生。

生死人肉白骨！难道是另类的复生？辰南时刻关注着水晶头骨中雨馨的灵魂，似乎没有任何波动，只有这具水晶骸骨，似乎有生出血肉的迹象。这是什么样的结果呢？太上一直想吞噬修炼《太上忘情录》的人，但是最终的结果却是他的化身反被吞噬了！水晶骷髅实在太可怕了！被吞噬的虽然是太上化身，但是众人有目共睹，都见识到了太上化身的强大与可怕，但是没有想到最终他竟然无声无息地被水晶骷髅灭杀了！水晶骷髅自大战开始，一直在远方寂静不动，没有想到最后一出手，竟然有这等可怕的威势，让人感觉有些不可思议！

"轰隆隆！"正在这个时候，磨世盘突然剧烈颤动起来，最后竟然摆脱了洪荒残旗，冲天而起，向着混沌海中冲去。"这是怎么回事？"辰南大惊。"似乎是真正的太上在召唤它。"守墓老人道。"太上召唤磨世盘？难道他遇到了危险？这怎么可能，你的正身不会那么厉害吧？"辰南不可思议地看着守墓老人的化身。守墓老人难得有些尴尬，道："当然不是我，但他多半遇上劲敌了吧！"辰南更是惊奇了，这个世间还有谁能够令太上畏惧呢？依照他这个化身的修为来推断，真正的太上恐怕非常恐怖，多半是属于那种"问天下英雄谁与争锋"的洪荒无敌巨擘。

辰南疑惑道："是谁会让他如此顾忌，需要掌控磨世盘出手呢？"守墓老人有些不自然地道："你们辰家不就有一个吗？"

"辰祖？"

"应该就是他吧。"

"什么应该就是他。我明白了！"辰南刹那间恍然大悟，恶狠狠地盯着守墓老人道，"你这个'老妖孽'，你的正身将太上引到了辰家月亮附近，一定是这样！你真是个老妖孽！"辰南现在有一种强烈的感觉，守墓老人简直就是一个老祸害，或者说是一个绝世老妖孽！惹谁不好，偏偏要来抄太上的老巢，他自己说是抄错了地方，但明显是借口，这一切都是他故意的！其本体将太上正身引出茫茫混沌海，冲向辰家月亮附近，绝对是有预谋的，这个老妖孽到底要干什么？难道想让两大无上高手决战不成，一定是如此！

辰南有些气愤，这个老妖孽也忒坏了！想让太上与辰祖对决也就罢了，居然将他与几个孩子也给弄进了漩涡中，实在可恶透顶。"哗啦啦！"他将半截残破的洪荒大旗猛力摇动起来，虚空顿时崩碎了，守墓老人顿时翻着跟头，狼狈地倒退，喊道："混账小子你疯了？"

"你这老妖孽，事事算计，居然把主意打到我头上来了，实在可恶！"

"啊哈哈，这件事情呀，这是我对你的考验与磨砺，所谓玉不琢不成器……"

"去你的玉不琢不成器！"辰南猛力摇动洪荒大旗，虚空片片崩碎，守墓老人差点被席卷进恐怖的暗黑漩涡中化成混沌。"混账小子快住手！"守墓老人吓了一大跳，道，"这可是你父亲的嘱托，让我好好地照顾你啊，这也是魔主的托付，让我磨砺磨砺你呀……""你就鬼扯吧！"辰南懒得理他了，这个老头子没个正形，天知道他说的话有几句是真的，又不能真的向他出手，只好就此作罢。

现在，如何处理眼前的事情呢？空空、紫金神龙还有两个小不点，各收取到几件瑰宝，收获颇丰。但是，这可都是太上的啊，就这样给抄了家，外带灭掉了其一缕化身，以后的麻烦肯定大了！反正已经做了，就没有必要顾忌什么了，辰南准备率人撤退，守墓老人却拦住了他，道："还有件好东西没收走呢？""还有什么呀？"粉嫩粉嫩的玄玄与索索蹦蹦跳跳地跑了过来，彻底变成小财迷了。守墓老人道："当然是这颗小星啊，要抄就抄个彻底，还给太上留着干吗？彻底将他的老巢洗白！"晕倒！辰南对守墓老人实在无话可说了，这也实在太狠了吧，蝗虫过境般寸草不生啊！

这是无人星球，但是却生机勃勃，到处都是绿色植被，守墓老人怀疑这里可能蕴藏着某些神秘的力量。最后，这些人实施了彻底抄光的方针，将太上彻底地洗白！辰南、守墓老人、紫金神龙、空空还有两个控制澹台璇肉身的小不点以及水晶骷髅，同时出手，一起炼化这颗小星,这真是一个疯狂的举动,如果让太上回来发现连老窝都让人给端走了,绝对会抓狂!

青翠碧绿的小星,在这些天阶高手的全力施为下,飞快缩小,最后竟然化成了一颗明珠般大小的绿色光球。辰南将之把玩在手中,感觉有些不真实,今天实在太疯狂了,太上老巢就这样给端了!现在跑路吧!不过,没等他说跑路呢,玄玄与索索先跑路了,这两个小不点怕辰南将他们关起来,撒开小脚丫逃之夭夭,跟两个麻溜的小贼一般。

"哪里跑!"辰南以大法力将他们与澹台璇的肉身用洪荒大旗一起席卷了回来。"可惜,我还不能自由开启古天路,只能撕开一道裂缝,不然直接将你们两个关进去。""什么,古天路?"守墓老人有些吃惊,道,"我明白了,大魔天王的骸骨一定是在古天路发现的吧?不然这骨灰级的存在怎么可能被翻出来呢,一定就是这样!哈哈,小子你打不开古天路的大门,我们合力可以打开呀,把两个小东西关进去,省得他们乱跑!哎呀,痛死我了。"

两个小不点动作贼快,攀在守墓老人的身上,一个使劲地扯胡子,一个用力地揪耳朵,但是两人却一副委委屈屈的样子,一双明亮的大眼使劲瞪着守墓老人。守墓老人苦着脸道:"没天理啊,你们抓我,还一副要哭的样子!""对啊,合力打开古天路的大门!"辰南欣喜无比,必须将两个小不点关进去,他们太顽皮了,放在外面指不定会惹出什么祸端呢。

辰南、守墓老人、紫金神龙、空空、水晶骷髅再次联合出手,一道无尽的白骨大道出现在众人眼前,通往幽深的所在。"古天路还真是神秘啊!"守墓老人叹道,他也不甚了解其中的隐秘。在两个小不点的叫嚷声中,他们被抛上了骨道,随后紫金神龙、空空、水晶骷髅也走了上去,刹那间白骨道消失。

"等等!"辰南对守墓老人大叫道,"把我的本体弄出来,再关闭不迟!"守墓老人道:"下次吧,我老人家先走了!""你这老妖孽!"辰南晃动洪荒大旗,想要包裹住他,但是发现那不过是一道虚影而已,守墓老人早已先跑路了。辰南恨得牙根都痒痒,这个老妖孽绝对是故意的,成心不放他的本体出来啊,不过没关系,现在里面有了数位天阶高手，特别是有水晶骷髅这个无法揣度的存在，应该可以顺利打开。

辰南手持洪荒大旗，崩碎混沌，向着茫茫混沌海外飞去，他想关注在月亮附近的那场旷世大战，毕竟那是太上与辰祖的对决啊！他不希望月亮受损，毕竟他的奶奶还有其他亲人居住在月亮之上，当然他不在意辰老大是否危险，他越来越觉得辰老大有些可怕，似乎酝酿了一个大阴谋。

在这个过程中，他将被炼化成明珠般的小行星打入了古天路，他相信空间的粉碎性力量毁灭不了这个球体。不过，还是有些意外发生了，明珠般的小行星在穿过空间裂缝时，球体上出现了几道裂纹。当进入古天路后，飘出几道魂影，是那种失去了灵识的强大战魂！这是辰南所不知道的、无法预测到的。古天路中，水晶骸骨将突然出现的几条战魂全部聚到一起，带着他们进入了暗黑大峡谷中。

辰南不断崩碎混沌，终于冲出了混沌海，出现在暗黑世界的上空，俯视着下方的大地，明显感觉到了毁灭性的气息，两个无上高手正在大战！毫无疑问，一个是太上！但是，另一个真的是辰家老祖吗？毁灭性的气息不在月亮附近，在那遥远的暗黑大陆深处，在无人出没的死亡地带。还好如此，不然三个月亮恐怕都难以保住。剧烈的能量波动在震荡。

辰南在瞬间就出现了那片暗黑大陆，遥遥望见一个高大的魔影与太上真身厮杀！高大的魔影给人很怪异的感觉，有辰祖的气息，竟然也有辰老大的气息！人形兵器与太上的磨世盘已经黏在了一起，定在了空中。而辰祖与太上杀得昏天暗地、惨烈无比！还好，两大凶器黏在了一起，如果被两大高手握在手中，这片暗黑大陆恐怕将动荡难安。

辰祖真的复活了吗？辰南有些狐疑，虽然辰祖的灵魂波动前所未有地强大，但是为何也感觉到了辰老大的气息呢？难道他们合在了一起？不管怎么说，辰南相信即便辰老大有阴谋，想获得辰祖的魂力，但是恐怕最终也难以图谋到什么，辰南有一种感觉，辰祖复活绝对无法阻挡，必然将来到这个世上！太上、辰祖都在这大破灭的时代觉醒，难道真的是巧合吗？辰南有一种感觉，也许这才是风云际会的开始！

太古诸神踏上通天之路不过是风云初动，真正的大事件可能才刚刚露出冰山一角！大破灭已经不止发生过一次，也许这一次会成为最后一次，汇聚历代最强战魂，在这个大时代可能真的彻底改变一切。

"轰！"太上真身，功参造化，法力通天，从那茫茫混沌海中，竟然召唤来一排残破的小星，向着辰祖轰撞而来。这绝对是骇人听闻的大神通，召唤天外陨石也就算了，居然从残破的古星空中招来小星！辰祖确实还没有完全回归，不然也不可能与辰老大合体大战太上，现在明显有些抵挡不住了。十几颗小星发着璀璨的光芒呼啸而来，狂轰而下，天崩地裂一般，整片暗黑大陆都在摇颤。

狂猛的恐怖气息浩荡四方，辰祖厉声吼啸，轰碎一颗又一颗，同时他还要对抗太上轰出的毁灭性力量，到了最后渐渐有些不支了。就在这个时候，另外两个月亮之上突然爆发出灿灿神光，一处飞出九道天剑，连续劈斩划破虚空而来的小星。最为神秘的第三颗月亮，也终于在世人面前显现出了它们的强大，圆月之上飞出一个女子，长袖舞动，搅动起漫天霞光，生生将几颗小星的速度减缓。

太上双目冷芒四射，沉声道："独孤败天的传人，还有他的女人……"另外两个月亮上的人参战，这应该出乎了所有人的预料。第二个月亮，居住着独孤败天的九大传人，这是辰南所知道的。在经历过六道破灭的大事件后，曾经被困于第三界的高手重获自由，不难推测出那传说中的九大传人可能已经有人重返了第二个月亮。最为神秘的当数第三个月亮，他们非常低调，今次算是第一次露面，他们到底有何来历，外人无从得知，在世人心间一直最神秘。今日太上一口叫破了那女子的身份，居然是独孤败天的妻子，这实在出乎人的意料。

那女子长袖飘飘，白衣拂动，曼妙多姿，貌若天仙，挥洒间竟然将那天外飞来的残破小星击打得改变方向，甚至直接再次抛向了天外，展现出了超强的大神通。另外，高天之上，九把天剑纵横劈杀，不断拦阻飞来的小星，九剑合在一起，不时将那些飞来的残破星辰劈碎，化成一道道灿烂的流星雨，再次冲向天外。"嘿嘿，真是热闹啊！你们想群战我吗？"太上冷笑着，高大的身躯矗立在天地间，无惧众多高手齐现。

第二个月亮之上，飞出三名老人，但却控制着九把天剑，他们一起向着高天之上那名女子飞去，在高天之上参拜道："拜见师娘！"三人虽然看起来很年轻，但是目光皆深邃无比，一看就知道是活了无尽岁月的老古董。"免礼！"女子的话语很简短，道："共战太上吧！"

"嘿，独孤败天的遗孀啊！你难道以为可以对付我吗？如果是独孤败天在世，还可与我争锋，但是凭你们，哼哼哼！"太上冷笑。月神清丽无双，绝美的容颜如梦似幻，她轻缓地自高天之上飞来，名副其实的月中仙子降临凡尘。"独孤败天他还没死！"月神平静说道。这真是一则重磅消息，直让太上一阵发呆，简直不敢相信自己的耳朵。这场大战早已经惊动了暗黑大陆上的强者们，远空有不少天阶高手在关注这里，所有人都哗然，曾经的第一禁忌魔神居然没死！这实在是一个逆天的消息，要知道独孤败天的陨落可是魔主亲口证实的。

"他在哪里，独孤败天在哪里？"太上大叫，双目中射出两道金光，在刹那间照亮了整片暗黑大陆，他扫视了每一个角落，两道灿灿金光所过之处，所有天阶高手都感觉阵阵心寒。"你似乎很紧张啊！"月神清冷如月，整个人如梦似幻，笼罩着淡淡的薄烟，看起来虚无缥缈，但却灵气逼人。太上道："笑话，我太上何许人也，打遍天下无敌手，就是独孤败天复活又如何？我不怕他！"虽然如此，但是他方才的举动，已经暴露出他非常在意独孤败天是否回归了。所谓人的名树的影，太古禁忌大神的威名是任何人都不敢小觑的，当年的无敌存在即便不能全盛归来，也没有人敢轻视！太上即便再自负，心中也犯嘀咕！

这个时候，自天外飞来的残破小星全部被辰祖轰碎了，此刻他的魔息越发浓烈，传出阵阵低沉的咆哮，似乎依然处在蜕变中。而且在一股滔天的魔气爆发中，他将辰老大轰出了身体，辰老大险些形神俱灭，在高天之上连续地翻滚着，差点被打到天外混沌去。辰祖发出一声震天的咆哮，巨大的魔魂上那双冰冷的眸子，似乎变得无比深邃，不过他却没有任何的言语，而是冷冷地盯着太上，他依然没有彻底回归复原，但是看得出明显比方才强盛了，魔魂中已经容不得辰老大这个外来的存在。

"哈哈，看来这老古董要觉醒了！"这个时候，敢于出声的人都是猛人，毕竟太上与辰祖在此。显然此人是在说辰祖，他不是别人，正是绝世老妖孽守墓老人。"你这老儿！"太上大怒，一切都是因他而起，太上挥动巨掌向着他拍去。但是，巨掌粉碎那道身影时，守墓老人的话语清晰地传出："哈哈，我老人家万古长存，世间无敌，不屑与你动手，那是我留下的一道传声影迹，老头子我在混沌中喝酒呢，你慢慢打吧。对了，忘了告诉你了，这酒是从你老巢抄来的。"

"吼——"太上大怒，厉声长啸。太上怒吼的同时，辰祖也发出了咆哮，高大的魔影给人以巨大的压迫感，就是天阶高手也不例外，这万古寂灭、渐渐回归的最为古老的祖魔，像是一面高不可攀的巨碑一般，耸立在天地间，摄人心魄。"吼——"太上与辰祖同时吼啸，再次冲向了一起。不过，现在太上已经不能全心全意对敌，他要警惕周围的环境。他虽然不惧月神与独孤败天的三个传人，但是却不得不防备万一出现的独孤败天，即便独孤败天不现，万一打出一记杀式，也够他受的。

月神与三个弟子快速杀了过来，不过他们并没有近身大战，而是远空不断劈出一道道绚烂长虹，轰杀太上。"叮叮咚咚！"魔琴之音响起，邪尊冲上了高天，也加入了战团，跟着一起对付太上。"吼——"龙啸震天，九头天龙冲上高天，在远空轰击太上。他们居然也跟着轰杀太上，这出乎了辰南的预料，不知何时守墓老人在他身旁显化而出，道："这是理所当然的事情，太上已经被打上了半个天的'标签'，凡有大神通者都恨不得与之过上几招的。"

"吼——"太上仰天咆哮，八方风云跟着摇动，涌动在暗黑大陆上的滚滚乌云，生生被他震散了。辰祖、月神、独孤败天的三个传人、邪尊、九头天龙这些人齐上，竟然也无法压制他，而且还不知道他是否尽了全力。守墓老人后悔得一个劲地摇头，道："操之过急呀，我以为辰家的老魔已经恢复得七七八八了呢，没有想到还没有彻底回归啊，他不真正觉醒是无法压制太上的。坏了，坏了，我以为能够看到魔吞太上呢，现在看来太上灭魔倒差不多！暗中应该还有些高手啊，这些王八蛋怎么没人出手呢！"

"轰！"就在这个时候，第三个月亮之上，突然爆发出一股强大的魔息，滚滚魔云翻滚着，涌动而下，两条人影冲出。辰南转脸观看，有些吃惊，没有想到竟然是魔主的弟弟魔师，还有一人居然是——大魔！消失已久的大魔，居然躲过了大破灭，与魔师在一起，就是不知道他们怎么会在月亮之上。"他们怎么会……"辰南不解。守墓老人道："魔主与独孤败天同气连枝，魔师乃是魔主的弟弟，大破灭时魔师来相助月神守护月亮，这算不得稀奇。"魔师可谓功参造化，在一瞬间就扫到了辰南的气息，带着大魔快速冲了过来，守墓老人实在太麻溜了，留下一道残影消失不见。

辰南正想与他们打招呼，魔师却面色不善地盯着他，先一步开口道："小子你活腻歪了吧？！"看得出他不像是开玩笑，而是真正地露出了杀意。"什么意思？"辰南不知如何得罪了他。魔师道："你是从哪里找到的这具魔骨，居然如此亵渎于它，哼！"原来是为这魔骨而来，辰南本来有些动怒了，但是听他的意思似乎此骨是与他有关，便问道："这魔骨有什么特别之处吗？""当然，没有人可以亵渎！"魔师似乎很气愤，道，"这乃是我兄长褪下的魔骨！""啊，魔主？！"辰南惊呼，这太出乎他的意料了。

"这乃是上一个神话时代，我兄长去战'天'时败亡后褪留下的魔骨，他的灵识逃了回来，魔骨永远地留在了那片战场，那个时候他名为大魔天王！"

这则消息对于辰南来说无比震撼，古天路到底是什么地方？居然是魔主前世战"天"的所在！太不可思议了！"小子你去了那片神秘的战场？"魔师盯着他道，"你该不会惹出来了一些不该出现的东西吧？"辰南有些无言，不该出现的东西，水晶骷髅是吗？暗黑大峡谷下那些神秘生物是吗？"将这万古不灭的魔骨交给我吧！"魔师说不出是高兴，还是激动，还是忧伤，道，"我要用兄长的不灭魔骨为我的侄儿重塑一副不死真身！"说到这里，他看向了大魔。

晕倒！一个接着一个的震惊消息，让辰南实在惊愕无比。难道大魔是魔主之子？这未免太过让人吃惊了！大魔还如从前那般寡言少语，看着有些酷酷的，不过他还是平静地向辰南解释了一番，他确实是魔主唯一的子嗣，不过沉沦人世间不自知而已。而梦中教他玄功的人，就是魔主自己，大魔一直不知道活在他梦中的人是谁，直到魔师对他说明一切，才晓得是他的亲生父亲在变幻容貌教导着他修行，引导着他灵识慢慢觉醒。

这太不可思议了！辰南被惊得半晌无语。不过细想想，有些事情其实早已露出了丝丝线索。比如，无天之日发生前，大魔的师父就曾对他说，天地间将有大事发生，让他独自时小心一些。还有，在小六道之时，魔师单独将大魔招走，对他另眼相看，这一切都说明，大魔似乎与他们有着不一般的关系。只是，到了揭晓之时，还是让辰南吃惊不已。

"小子，快点将魔骨还给我们，我们还要去战太上呢！"魔师不耐烦地催促道。这确实是人家兄长、人家父亲的魔骨，辰南不得不退了出来，将魔骨送给了他们。魔师道："大魔你先将你父亲的魔骨融入体内，等有时间我帮你炼化，让它与你融为一体。你自号大魔，与你父亲前生的名号很相似，非常好！"

晕倒！等到将魔骨送出，辰南才发现自己的困境，只剩下一团魂力包裹着不灭灵识，在空中沉沉浮浮。而且，正在这个时候，居然有人想打他的主意，似乎想灭他无躯体依附的灵识！找死！辰南大怒，虽然只剩下一团灵光，但是也不代表可以被压制，灵光围绕着洪荒大旗一阵旋转，依附在了残破的旗杆之上，大旗猎猎作响，"哗啦啦"一声撕裂天地，将那偷袭而来的天阶高手绞得粉碎。

其他蠢蠢欲动的高手立刻止住了脚步。就在这一刻，辰南的灵识仿佛沉入了洪荒大旗中，此时此刻他感觉天地玄黄、宇宙洪荒、古老星空逐一浮现在他的周围，他周围仿佛出现了一个残破的古世界。外人看到他那里仿佛出现了一个朦胧的世界。辰南惊异无比，周围似乎出现一道道玄秘的咒符，那应该都是绣在大旗之上的，不过现在都飘浮在空中。在这片朦胧的世界中，他可以清晰地看到外面的一切，太上越来越凶猛了，居然以一己之力压制诸强！"吼——"辰南一声大吼，在洪荒大旗的包裹下，他的不灭灵光冲向了太上。

第四章

葬天之地

太上神威盖世，力压诸强，现场这么多的人齐力共战，依然不是他的对手！不愧为传说中与天大有关联的人物！

空中的大战激烈无比。辰南感觉自己仿佛融入了洪荒大旗中，一片古老的星空笼罩在他的周围，他卷起漫天的星斗向着太上冲来，透发出一股沧桑霸气的强者气息。在外人看来，他的周围仿佛出现了一片朦胧的世界，那里混沌翻涌，星辰闪耀，是一片未开化的古老世界。恍惚间，那片古老的星界，又化成了一面大旗，迎风招展，"哗啦啦"作响，直摇得高天崩碎，大地动荡。似真似幻，洪荒大旗与朦胧世界不断转换，辰南身处其中，感觉不太明显，但是其他人却看得清清楚楚，非常吃惊。

"轰！"铺天盖地般的毁灭气息浩荡而出，似滚滚长河，如滔滔大江，奔腾咆哮而去，冲击得天地摇颤。这一刻，洪荒大旗就是辰南，辰南就是洪荒大旗，以横扫六合之势，直接割断了高天，向着太上横扫而去。一道混沌大裂缝绵延无尽远，将天空分为上下两半，翻滚的混沌隔开了两片空间。

翻卷的大旗"轰隆"一声劈在太上的身上，直接将他打得崩飞了出去，一条条缝隙出现在他的身体之上，太上的身体如瓷器一般发生了龟裂，令他愤怒地吼啸不断。一道道绚烂的光芒绽放而出，太上如一轮璀璨的太阳一般，照亮了暗黑大陆，崩碎了下方的混沌隔离带，龟裂的身体慢慢愈合了。他怒目凝视着不远处的辰南，那里浮现着一个朦胧的世界，一片古星空若隐若现，一杆摄人心魄的大旗迎风招展，猎猎作响。

太上怒极，一眼认出那残破的旗杆是他收藏的半截洪荒大旗旗杆，居然到了眼前那个古怪的小子手中，被一团没有身体的不灭灵光掌控了，不用说他的老巢真的被抄了！太上要抓狂了！守墓老人之前曾经说起，他还不相信呢，如今亲眼所见，顿时怒火直冲九重天，他是谁？堂堂的太上啊！世间谁敢轻易撄其锋？他妈的，这个混账小子，太上有想骂人的冲动！"吼——"一声狂吼，他舍弃众人，直扑辰南而去，恨不得立刻将之撕碎。

"轰隆隆！"洪荒大旗猛力摇动，天地都要随着震颤，太上虽然神威盖世，但是磨世盘并未在手中，以自己的不灭体狂轰辰南，根本不能如他想象的那般立刻轰杀灭之。那片朦胧的古星空竟然承载住了太上无尽浩瀚的力量，像是无底洞一般不断地吸收与容纳，虽然将辰南生生打飞了出去，但辰南却安然无恙。没有身体有没有身体的好处，神识沉浸在洪荒大旗中，这威震千古的绝世凶器就等于他的身体，比之其本体要牢不可破得太多了，毕竟这是能够摇碎整片星空的千古大杀器啊。

太上愤怒地召唤自己的化身，但是却没有丝毫反应，他确信化身被灭杀了！"吼——"他咆哮震天，这真是前所未有的耻辱，被人连老窝都给端了，化身都给彻底灭杀，这个亏吃得太大了。太上一怒，当真震动万里，滚滚混沌大浪在高天之上涌动，似乎想要填平下方的暗黑世界一般，这个无上高手在这一刻想要毁灭一切！

"杀！""一起上！"围攻太上的人同时大吼，都不再保留，冲杀上前。月神裙裾飞扬，挥洒间说不出地轻灵与飘逸，太上虽然功参造化，但是面对独孤败天的妻子也是不敢忽视的，甚至有些重视，生怕遭到那个传说未死的独孤败天暗中算计。他想得很多，既怕独孤败天操控自己妻子的身体，突然对他施杀手，又怕月神掌有独孤败天留下的大杀器。

旁边，独孤败天的三大弟子也不愧为杰出之辈，远比一般天阶高手强大得多，每人控制三把天剑，纵横捭阖，九剑简直有逆天之力，组成一片绚烂夺目的剑阵，仿佛能够逆转时空一般，虚空不断崩裂，滚滚混沌翻涌，出现一条条纵横交错的混乱空间通道，劈杀得太上也不得不小心应对，避免真的卷入那不时浮现而出的隧道中。邪尊魔琴之音震耳欲聋，六条琴弦化成六条天龙张牙舞爪，狂啸着欲撕裂太上，奈何太上法身万古不灭，天龙之力也难以裂开。最后，他终于开启剥夺人六欲的魔音！

"见欲！"一条琴弦冲天而起，数千丈长的天龙琴弦在空中狂乱舞动起来，爆发出无尽的雷电，像是通天的巨大雷柱贯通了天地一般，向着四面八方绽放出一道道绚烂的光芒。太上的双眼感觉阵阵刺痛，紧接着是听欲、触欲……直至，意欲出现，太上的六欲有些虚弱，精神与肉体似乎也有些难耐。不过，对于别人来说是粉身碎骨形神俱灭的绝杀，对于他来说也仅仅是刹那的恍惚而已，不过瞬间就能调整过来，不得不说他实在可怕得让人心寒。但是，仅仅刹那，也足够发生很多事情了。

辰祖咆哮着，巨大的魔躯仿佛要撑破天地，虽然灵魂并未彻底觉醒，完全是一种本能在攻击，但是浩瀚的魔元也不是寻常天阶高手可比拟的，他双眼却越来越深邃了，随着大战的进行，他似乎寻到了某些久远的记忆。在这一刹那，抓住那稍纵即逝的机会，他双爪突破时空的限制，突兀地崩碎空间，出现在太上的身前，在一瞬间撕裂了他的躯体，直接向着他的心脏抓去。

"吼——"太上剧痛难耐，在一刹那六欲复归，他狂啸嘶吼着，生生震裂辰祖的魔爪，而后飞快地倒退。他与一般修者不同，他的功法注重肉体的修炼，忽视法则的效用，因此肉体遭受严重创伤时，对于他来说最是痛苦不过。这个时候，在他的背后九头天龙操持着那把巨大的量天尺，像是一座顶天立地的巨峰一般轰然砸落了下来，"轰"的一声狠狠地劈在了太上的脊背上，将之抽飞了出去，让原本遭创的太上喷出一小口鲜血。与此同时，辰南抓住这千载难逢的机会，身化洪荒大旗，摇动天地，化成一道光影扑了过去。

"哗啦啦！"洪荒大旗猎猎作响，迎风一展，巨大的旗面足有上百里之遥，将被抽飞过来的太上卷入了其中，大旗即为辰南，辰南即为洪荒大旗。在无比刺眼的光芒中，洪荒大旗猛烈地抖动着，太上的身影在里面激烈地翻滚，将高天搅动得片片崩碎。

"轰隆隆！"太上嘶吼着，搅动得洪荒大旗猛烈摆动，那片朦胧浮现而出的古星空似乎要崩碎一般，太上浑身都龟裂了，满身鲜血地冲了出来。他惊怒焦急无比，吼啸声不断，快速地疗治伤体。但是，众人显然不想给他这个机会，难得抢占一次上风，都想竭尽全力灭他，就是辰祖也仿佛恢复了些许灵识，发狂一般向他扑去。众人中唯有辰祖与辰南的洪荒大旗对太上的威胁最大。

群战太上！

在这一刻，太上处境危险到了极点，狼狈无比，披头散发，满身血污，诸强轮流攻杀，不断冲击。"吼，我是不死的！"在险而又险地躲避过一轮攻击后，格外小心地防备着辰祖与辰南，太上狂吼着。他身体上的恐怖伤口在飞快地愈合着。然而就在这个时候，一道绚烂的刀芒突破了时空的限制，自无尽的暗黑大陆冲天而起，在一刹那贯冲进天外混沌。

惊世一刀，令风云变幻，天地失色！让所有天阶高手都为之惊叹的绝世一刀！"噗！"血浪翻涌，太上的胸口冲出无尽的血浪，他简直不敢相信自己的眼睛，居然有人贯穿了他的身体！可怕的魔刀！惊才绝艳的一刀！一条高大的魔影冲天而起。抢夺到一道生命源泉后，盖世君王黑起经过这么多年的休养，终于恢复了当年的绝世风采，恢复了当年的盖世大神通。绝望魔刀一出，瞬间破开太上胸膛，不愧是太古七君王中的第二强！

"黑起，啊！"太上一声惨呼，胸膛中的血水如泉涌一般，瞬间染红了高天。这突兀的变故让所有人都有些吃惊。"杀天系人马，我从不落后于人！"盖世君王黑起，整个人的气势凌厉无匹，现在整个人就像一把无坚不摧的魔刀一般，与以前大不相同了。这是属于真正顶峰境界的黑起，这是真正的太古君王的实力，即便是太上也被其洞穿了！盖世君王强势回归，以太上的鲜血向世人证明他曾经的辉煌！

太上的躯体一阵模糊，但是在刹那间突然光芒耀眼，璀璨无比。"想让我死，没那么容易！"绝世太上是不可能这么容易死去的。他如入魔了一般！满头长发狂乱舞动，双目中更是凶光逼人，整个人透发着冲天的煞气，滚滚乌云围绕在他周围不断翻涌，像沸腾的海水一般在剧烈震荡。"吼……"太上声声咆哮，震动八荒，他在疯狂地释放潜能，境界不断地提升，近乎崩碎的身体被生生地定住了，狂霸无匹的生命元力自他的身体中爆发而出，燃烧起来的生命之光修复了他的肉体。"太上不死！"他乱发飞扬，睥睨八方，冷冷地喝道，"俯视众生者，永生不灭！"

"轰隆隆！"虚空崩碎，与人形兵器黏在一起的磨世盘竟然生生被他召唤到了手中，磨世盘在手，毁灭性的气息瞬间弥漫十方！显然，太上想拼命了！磨世盘号称能够磨碎整片世界，虽然他手中的不过是仿制的，但是恐怖的威力有目共睹，虽然不能彻底让六道化归混沌，但是毁灭暗黑大陆是绰绰有余的。毁天灭地的大战，即将爆发！

观战的不少天阶强者似乎感觉到了莫大的危险，全都向着天外混沌飞去，他们有预感暗黑大陆可能会再次崩碎！而就在太上疯狂、气势不断攀升之际，辰祖却出现了问题，到底还不是一个完整的灵魂，原本深邃的眸子竟然渐渐失去了光彩，似乎将要重归浑浑噩噩。这可真不是时候，原本还想让他以人形兵器架住磨世盘呢！辰祖被远处的辰老大接引而去，不可能参战了！

"嘿，我老人家来了！"就在这个时候，守墓老人出现了，难得地没有露出玩世不恭的神色，而且从那年迈的衰老之态，变成了一个伟岸的青年，显得英姿勃发！守墓老人一阵低低吼啸，竟然一把将飘浮在空中的人形兵器擎到了手中，大喝道："其他人暂退，辰南、黑起你们一起攻杀他，我来护住天地不碎！"

"来吧！"太上疯狂地吼啸着，"你们一起来吧！"守墓老人持人形兵器，连续挥动，一道道神光铺天盖地而出，定住了这方天地，而后人形兵器遥对太上的磨世盘，要以此牵制那件大杀器！黑起一步跨入场中，盖世君王手中绝望魔刀惊艳天下！辰南化身洪荒大旗，猛力一展，古星空浮现而出，漫天古老的星辰，在刹那间实质化，不再是虚影，排列在高天之上！

守墓老人手持人形兵器，激荡起无尽威压，在这一刻与往昔玩世不恭的神态大不相同，英俊的面容冷峻无比，狂暴的波动像巨海在翻涌，给人以无比强大的压迫感。人形兵器透发着奇异的波动，绚烂的光芒仿佛真的定住了天地，化解了磨世盘透发出的可怕气息。绝望魔刀横贯天地间，盖世君王黑起以横扫六合之势狠狠地斜斩太上。混沌翻涌，魔刀在混沌中似一条魔龙在奔腾咆哮，化成千丈乌光，"轰"的一声劈在了磨世盘上。

天摇地动，太上狂吼："不要以为方才偷袭了我，还可以伤我第二次！"黑起魔刀第一击无功，第二刀再次劈出。与此同时，辰南化身的洪荒大旗已经演变成漫天星斗，罩落了下来。灿灿星光，璀璨星空，化成了杀人的光幕。千万道星辰之光，汇聚成一条条如滔滔大河般的光束，聚成汹涌澎湃的星辰之力，狂轰太上。"轰隆"一声巨响，太上那巨大的身影被轰飞了。磨世盘虽然在转动，但是黑起绝望魔刀第二刀已经劈至，生生压制住了它的转动速度，为辰南的狂霸一击争取到了绝佳的进攻角度，将之轰飞。

"你们……"太上嘴角溢血，在远空中森然吼啸道，"你们杀不死我！"随着他手中磨世盘的毁灭气息加重，守墓老人手中的人形兵器透发的波动也越来越剧烈，他在全力运转这件天宝，努力化解磨世盘的毁灭之力。看似辰南与黑起在战斗，其实还要加上深不可测的守墓老人，三大高手合力才压制住太上，可想而知其可怕的修为。

"太上，你不要嘴硬了，今天你死定了！"守墓老人大喝着，"你所在的小星就是被我蒙蔽了天机。你的化身已经被我们所灭，接下来就是你！"三大高手，加上各自掌控的天宝，的确有让重伤的太上彻底覆灭的本钱。"你们做梦吧！"太上仰天发出一声愤怒的咆哮，大吼道，"合道！"他的身影渐渐虚淡了，而磨世盘却飘浮而起，那虚淡的身影与磨世盘竟然要合在一起。

"杀！""杀！""杀！"辰南、黑起、守墓老人全都向前冲去。太上如此疯狂，居然要与磨世盘合一，本来近乎崩碎的身体，等于有了磨世盘的支撑，那样将很难灭杀！必须要阻止他。"嘿嘿，晚了！你们无法阻止我肉身合道！"太上的虚影终究还是与磨世盘合在了一起，任辰南他们如何轰击，都未能将两者分开。恍惚间，太上的身影再次化出，但是却笼罩着一个巨大的磨世盘，两者是重叠的，给人无比怪异的感觉，毁灭的气息震荡十方。

魔刀千万重，黑起狂劈磨世盘与那太上合道的光影，守墓老人手中的人形兵器也是狂轰磨世盘，辰南化身的洪荒大旗，更是将磨世盘笼罩，降下漫天的星光，一片古星空浮现而出。六道毁灭之后，也不知道有多少年未曾看到星空了，远处的天阶高手都有些失神。灿灿星空越来越明亮，最后无限星辰之力凝聚成一个阴阳鱼，向着磨世盘吞噬而去。不管太上多么强横，他已经负了重伤，现在已经完全在三大高手的压制之下，他与磨世盘合一，不过是为了保全性命而已，毕竟辰南他们一方还有洪荒大旗与人形兵器呢，一点也不逊色于磨世盘。

"炼化他！"守墓老人当先将人形兵器搭在了磨世盘上。太古君王黑起也将绝望魔刀抵住了磨世盘。辰南收敛了漫天古星辰，化成洪荒大旗，猎猎作响，卷住了磨世盘。远处众人终于长出了一口气，到底还是将太上压制了。众人就要一起冲上来，帮忙炼化他。但是，守墓老人却大声喝道："不要靠近，磨世盘乃是大凶之器，没有相应的体质是无法承受的。老魔王你还不快过来，还要等待何时呢？难道方才我一直没有提起你，你还不高兴了不成。"

魔师嘿嘿笑了起来，道："我当然知道，你这老儿起初想激我，但我可没有那么大的火气，既然你只让他们两个上，我大可在一旁看戏。"说到这里魔师一步迈出，直接出现在近前，幻化出一只巨大的魔爪，笼罩在磨世盘的周围，也开始帮助炼化。魔主的亲弟弟岂是寻常之辈，那曾经是冠盖一个时代的高手，漫天的魔光铺天盖地，魔师化成万丈魔躯，直接擎着磨世盘进入了天外混沌中。辰南、守墓老人、黑起一起跟进，他们知道磨世盘这等大凶之器，一个处理不当，就可能有毁灭暗黑大陆的可能。

"该死的，你们……"太上第一次感受到绝望，四大高手除却辰南外，其余三人哪个不是震慑千古的人物，都是大有来头的太古强者。冲进茫茫混沌海深处，太上终于做出了一个决定，现在为保不灭，只能有所牺牲了。

"轰！"无尽毁灭气息爆发开来，磨世盘仿佛要崩碎了一般，居然发出了恐怖的嘎吱嘎吱的响声。四大高手急忙飞退，一道朦胧光影冲了出来，化成千万点光芒，朝着四面八方冲去。四大高手齐动手，以毁灭之力不断绞碎光点，不过终于还是让点点灵光逃逸了出去。守墓老人哈哈大笑道："无妨，经此一战，太上魂力大半被毁，虽然未能灭其灵识，但是已经翻不起大浪，如果等不到天给予他力量的时刻，恐怕还会就此形神俱灭。嘿，等哪天我老人家自己推演上一番，将他的灵识搜出来彻底剿灭。"

灭杀太上的行动就这样结束了，守墓老人又化成了衰老的样子，他擎着磨世盘对魔师道："老魔王你不是缺少称手的兵器吗，将这个给你。"魔师毫不客气地接了过去。

正在这个时候，一道惊天刀光在混沌中爆发开来，黑起持魔刀劈向辰南，大喝道："小子，轮到你我解决恩怨了！""黑起你大爷的……"辰南突然遭受攻击，只来得及大骂一声，周围的空间就被毁灭了，他直接被劈回了古天路，留下黑起百思不得其解。

刚刚进入古天路中，辰南看到了一幅令人吃惊的画面，"自己"正在和"澹台璇"打架，旁边的紫金神龙与空空在加油起哄。古天路中的澹台璇将辰南按在了身下，用力揪着他的鼻子，而辰南也不甘示弱，使劲揪着她的耳朵。

晕倒！辰南的灵识气得大叫："索索！玄玄！"这两个小家伙太胡闹了，居然分别进入了他与澹台璇的肉身，正在控制着他们的身体打架，实在太可气了。辰南无语问苍天，怎么竟生出这些无法无天、让人头痛的孩子呢？这两个小不点实在适合关在笼子里养着。旁边的紫金神龙与空空同样可恨，居然在拍手看戏，简直不可饶恕！

"哎呀，老爹回来了，快跑啊！"两个让人头痛的小不点居然驾驭着他与澹台璇的身体跑路了，直直向着暗黑大峡谷中冲去。辰南有些抓狂，洪荒大旗席卷而去，就要将他们抓回来。不过就在这个时候，有人截住了小家伙，是从暗黑大峡谷中冲了上来的水晶骷髅。"哎呀呀，不要呀。"两个小家伙大叫。但依然被辰南赶出了他与澹台璇的肉身，辰南回归本体，一手一个将他们抓住，而后关进了自己的内天地，这个世界终于清静了。

水晶骷髅又发生了惊人的变化，它的左手中多了半面残破的水晶盾牌。同时，残破的莲甲有所复原，如今已经盖住了水晶骷髅的大部分身体，只剩下四臂与头颅没有防护，胸腹臀等部分被古老的甲胄紧密护住了。水晶般的骨骼上出现了一道道血纹，似乎将要生出血肉了，这可以说是未来最大的变数，不知道将来它会变成什么样子。让辰南更加感觉不可思议的是，随着水晶骷髅慢慢向前走来，在它的身后，暗黑大峡谷中再次爬上来五具骷髅，一个金色的，一个银色的，一个紫色的，一个白玉色的，还有一个和大魔天王那具骸骨差不多的黑色骷髅。

晕！这让辰南有些傻眼，水晶骷髅怎么找来了几个跟班呢？仔细观探后，他更是震惊，五具骷髅居然有着强大的灵识波动，在它们的头骨中皆有不灭灵光在闪烁。

水晶骷髅实在让人惊异，自己大变样也就罢了，现在居然弄出五个跟班，实在有些让人吃惊！金、银、紫、玉、黑五色骷髅绝非寻常的骷髅，从它们的颜色就可以看出，在这片千万骸骨中都是极其罕见的，有的甚至是独一无二的。且它们的头骨中有不灭灵光在闪动，那分明是灵魂不灭啊，而且它们不同于水晶骷髅，它们的不灭灵光是一大团，不似那水晶骷髅的一点点。为什么会这样呢，水晶骷髅如何将它们挖掘出来的呢？是在暗黑大峡谷吗？

"空空，臭小子你给我过来！"辰南很想好好地治治这个调皮的小子，刚才居然纵容那两个小不点操控他的身体与澹台璇的身体打架，还在一边起哄加油，实在可恶。先赏个栗暴再说。

"咚！"

空空道："哎哟！老爹你干吗打我？"辰南道："臭小子，教唆你弟弟妹妹犯错的事情，先不和你算账。快跟我说说，这五具骷髅怎么回事？"辰南指着那金、银、紫、玉、黑五色骷髅，道，"它们都有灵魂波动，它们被挖出来的时候，你没有感应到吗？""这个呀，老爹，这不是你放进来的吗？"空空揉着额头，嘀咕道，"想敲我就直说嘛，还找借口。"

辰南道："我什么时候放它们进来了？我只是将那颗被炼化成明珠

般的小行星打了进来。""就是打入那颗小星的时候，跟着进来了五条迷迷糊糊的战魂呀。你看，小星被我们当作太阳定在了空中。"空空指着高天之上的一个明亮的"圆盘"。那颗小星确实蕴含着奇异的能量，当初在残破的古星空中没有恒星的情况下，它自己依然能够发出柔和的光芒，让星球表面如同白昼一般，如今在小范围内当作太阳，还真再合适不过。

"居然是和小星共同进来的！"辰南飞到几个骷髅面前，尝试与它们交流，但是发现它们的记忆如同白纸一般，它们迷茫地看着水晶骷髅，而后又看了看他。紫金神龙也飞了过来，道："是几条傻魂，没有记忆，什么也不懂，简直就像白纸一样！"听到这些消息，辰南对这几条战魂无比重视，很显然这是被太上囚禁起来的强者，是被洗刷了一切记忆的战魂，能够被太上这样对待的人，岂会是无名之辈。

不过，如果没有特殊机缘，恐怕它们很难恢复了。说起来很奇怪，它们刚刚进入这片空间，而后就被水晶骷髅召唤过去了，带着它们天天进入暗黑大峡谷，或者在这地面上的万千骸骨中翻腾，给它们寻到了五具骨架。水晶骷髅在不断地变化着，自从辰南将它从万千骸骨堆中挖出来以后，它像是被激起了生命元能，每时每刻都在变化，像是一粒埋进土壤中的种子一般，渐渐在生根发芽，充满生机。

"辰南，放我出来！"正在这个时候，澹台璇的声音响起，她的灵魂还被封印在这片白骨世界中。"澹台璇，我可以放你出来，不过要等待一段时间。"辰南不得不拖延，现在放澹台璇出来，保准要大战一场，让时间磨一磨她的锐气比较好。

现在，古天路中比以前热闹多了，一下子多了好几个人，还有几具骷髅。水晶骷髅在地面没有待上几天，便又带着五具骷髅进入了暗黑大峡谷。而辰南这几日在努力炼化洪荒大旗，也准备进入大峡谷中去看一看，有这杆大旗在手，料想不会有危险。

在辰南紧锣密鼓准备再探暗黑大峡谷时，暗黑大陆上流言四起，传说太古诸神第二批人要出现了。这件事情，前阵子就闹得沸沸扬扬，结果太古诸神根本没有在天外混沌显现，倒是把个太上给逼出来了。这一次，不知道是谁先行传出，言称太古诸神近期必将显现！第二批人，也是最后一批人将彻底回归，他们也将踏上通天之路，与魔主等人前后呼应。传言称，第二批人中的领军人物是传说中已经死去的独孤败天，惹得暗黑大陆一片沸沸扬扬。

经过三个月的精心准备，辰南已经完全掌控了洪荒大旗，演化洪荒，显现古星空，化成朦胧世界。"老爹让我也去吧！"空空要求道。辰南道："不行，等你在这个世界修炼到能够御空自由飞行时再做考虑吧，不然不要有这个打算。""龙大爷我不去，看一眼就让龙晕。"紫金神龙比较干脆，成天以生命源泉兑酒当水喝，此刻已经醉醺醺。

终于等待水晶骷髅再次出发，辰南以强大的神识依附在洪荒大旗中，跟随着飘了下去。五具骷髅似乎灵魂波动壮大了许多，在跟随水晶骷髅的这段日子里，他们似乎在蜕变与进化，在追寻原有的自我。金骷髅给人以强大的力感，银骷髅有些飘忽的灵韵，紫骷髅庄重威严，玉骷髅略显阴柔，黑骷髅阴森恐怖。似乎它们的灵魂与五具骸骨特别契合，简直就像是它们本身的骸骨一般，真不知道水晶骷髅是如何给它们寻来的。

黑雾涌动，六具骷髅在前方，辰南飘飘荡荡，紧紧跟随。一千米，两千米，三千米，四千米……远远超出了上次探险的深度，一是如今他的神识似乎强大了不少，二是因为洪荒大旗的缘故，似乎抵消了这里的禁锢力量。魔雾翻滚，黑沉沉的，没有一丝光亮。一路上，并没有像上次那般遇到阻拦，很顺利地爬了下来。但是，当深入五千米时，水晶骷髅有些异常，带领五具骷髅避过了一片煞气逼人的石壁。

居然让水晶骷髅如此，辰南大感吃惊！化为洪荒大旗的辰南轻轻附在石壁上飘了过去，来到那片煞气格外浓烈的石壁，来到近前，辰南无比震惊，因为他在石壁上看到了一口悬棺！一口血红色的巨大悬棺！他感觉到了无比熟悉的气息！那是他曾经在神魔图中看到过的一口血色巨棺的气息！辰南不会忘记，他曾经亲眼看到，强大的黄天被那口血红色巨棺冷血地吞噬，虽然那个所谓的黄天不过只为六分之一的真魂，但是也足够骇人了。

辰南想不明白，为何会在这里看到血色巨棺，绝对一样的气息，里面透发着同样可怕的煞气，血棺的材质也是一模一样的。怎么可能？为什么会在这里？不是在神魔图中的混沌门中吗？难道是以前一直隐伏在神魔陵园中的那个神秘男子出了意外，神魔图崩碎了，而血色巨棺崩落了出来？辰南在一瞬间想到了很多，他必须要弄个明白，洪荒大旗向前飘去，直接来到了血色巨棺的不远处。庞大的血色巨棺中，似乎有一个洪荒古魔，有一个恐怖的恶鬼，一股异常可怕的气息通过棺材缝透发了出来。

仔细观看发觉，巨棺仿佛在这里悬挂无尽岁月了，并不是新近被人悬在这里的。岩壁上有着充满岁月沧桑的古老印痕，那是血棺压出来的，年限绝对非常久远，辰南甚至有一股感觉，血棺是亘古长存的！难道说，仅仅是材质相同的古老血棺？但是，明明感觉到了血棺中的气息也相同啊！既然已经来到如此近的距离，血棺还没有凶狂起来，辰南仰仗不灭的洪荒大旗护着灵识，做了一个无比大胆的举动，用洪荒大旗慢慢掀起了巨大血棺的一角！"轰"的一声，凶狂的煞气仿佛要颠倒乾坤一般，自万丈深渊中爆发而上，上面的紫金神龙与空空都被惊得一阵失色。

辰南匆匆一瞥，终于看到了血色巨棺中到底有什么，一堆碎肉与碎骨，仿佛刚刚被粉碎不久一般，血液都还没有干涸呢。但是很明显这是千古之前就放在血色巨棺中的。辰南快速松开了双手，巨大的血色棺盖落下了，无尽凶狂的气息消失。短暂的瞬间，辰南被镇住了，血色巨棺到底封印了何种惊天的秘密？为什么在神魔图中有一口，在这里还有一口呢？种种迹象表明，它们似乎同源！辰南隐约间推测，可能是被分尸分葬了！

只是神魔图中那口血色巨棺中的尸骸复活了，而这口血色巨棺中的血肉还无变化。辰南看到了里面的碎骨与碎肉后，感觉有些阴森森的气息环绕在了自己附近，急忙匆匆离开了这里。这口血色巨棺应该也有危险，不然水晶骷髅不会心存忌讳。

辰南再次向下飞去，追寻六具骷髅，他这一次想探明白这无底深渊下到底都有什么。下行到六千米远时，辰南再次追上了水晶骷髅它们，不过也就是在这个时候，他看到了一道混沌门定在崖壁上！这无底魔狱果然无比神秘与可怕！水晶骷髅带着五具骷髅又绕过去了，而辰南则毫不犹豫地冲了过去，一定要将所有秘密探个究竟。

一扇混沌门居然出现在崖壁上，那里光芒朦胧，在翻滚的魔云中如此醒目，透发出阵阵异常奇异的波动。不得不说，无底地狱是一个充满了无尽迷雾的所在，方才发现血色悬棺已经够让人吃惊的了，现在又出现混沌门。来到混沌门前，辰南向里望去，朦朦胧胧，没有尽头，不知道通向何方。不得不说，现在辰南真的很胆大，没有犹豫多久，就毅然大步迈了进去！曾经经历了那么多，到了现在任何凶险都不会让他感觉恐惧了。而人类往往都有探索未知的心理，辰南经历过不少大风大浪了，不怕遇到凶险，迫切想探明绝地中的一切秘密。

空旷的混沌通道非常寂静，没有一丝声响，洪荒大旗慢慢在里面飘动前行。走在死寂般的时空通道内，辰南忽然有一股独自走在毁灭的世界中的感觉，仿佛全世界都已经毁灭，无论是平民还是修为强大的天阶高手，没有一个人存活下来。只有他自己，永不知疲倦地在前行。这似乎真的是一个没有尽头的通道，辰南仿佛走在通往独孤彼岸的所在。最后，他提升速度，洪荒大旗飞快在混沌通道中前行，只能听到大旗猎猎作响的声音，除此之外能够看到无尽的光芒飞快倒退。

初始时，还未觉察出什么，但随着时间的推移，他感觉到了一丝负面的情绪，这似乎是一条绝望之路，永远没有尽头，让人看不到希望。既然已经前进很远，辰南不打算半途而废，继续提升速度，只是依然感觉不到尽头，不给人任何希望。蓦然间，辰南感觉身体神识一松，似乎被古天路禁锢的力量回归了！绝望之路，突然给人希望！难道他顺着这条空间通道飞出了古天路？继续飞行，力量回归，现在他的速度可以称得上瞬间万里！化成一道璀璨神光在移动。就这样飞行了半天，辰南简直震惊了，这条混沌通道到底通向何方，以这样的绝对速度飞行，都仿佛永远到不了尽头。

"轰隆隆！"终于出现了异常的声音，前方仿佛有万马奔腾一般，一片混沌大浪在翻涌，紧贴着混沌通道，一面巨大的石碑立于涌动的混沌浪涛中。巨碑上书写着几个古老的大字，但是辰南却不认识，不过通过神识探索，一道精神烙印浮现在他的脑海中：永恒之路！

晕倒！永恒之路，难道真的意味着永无尽头。凭着感觉，辰南觉得这里应该非常不简单，毕竟在这里，他失去的力量已经回来了，说明脱离了古天路，应该是通往极其重要的所在。三日过后，辰南真的快失去耐心了，但是就在这个时候，混沌通道分出去一条细小的岔道，他没有犹豫地向着那条小道飞去。在这条小路上，辰南并没有飞出去多远就到了尽头。有一面巨大的石壁浮现在混沌中，看起来分外怪异。依然看不懂刻着的字是什么意思，不过立碑之上信息很周全，留有精神烙印，这一次当辰南知道这里是什么所在时，一下子被镇住了。

　　他有些不敢前进了！那四个大字竟然是：通天之路！竟然是通天之路！辰南无论如何也没有想到，自己竟然能够进入魔主等人走上的道路，难道说他可以很快见到他父母了？辰南是非常激动的！略作犹豫，他迈入了那传说中的通天路，只是这道混沌门的背后，是无尽的苍凉气息，完全是一个崩碎的混乱能量狂暴地带，前路崩断！已经无路可走。唯有几面巨碑矗立不倒，似乎记载着一些事情。辰南神情凝重，认真读取了上面的精神烙印，得知了一段悲壮的往事。走上通天之路的一群强者，未抵达九天就全部战死于路上！

　　当辰南读到这里时，心中一阵剧痛，以为他父母就此永远消逝了，但是看到后来才发觉，根本不是魔主他们那批人，这应该是更加久远的岁月前所留下的。他在署名中看到了大魔天王、萱萱、东海老人、磨祖等人的落款！大魔天王不就是魔主的前身吗？就是送给魔师他们的那具骸骨！果真是更为久远的岁月，通天之路果然是一曲悲歌啊！强如魔主，也曾经在路上就黯然退场，丢下骸骨，逃得点点灵识，需要再经过无尽岁月的修炼，才能够修回曾经的一切。

　　既然是废弃的通天之路，辰南没有必要探究下去了，沿路回返，再次回到了那条主路——永恒之路！他不相信没有尽头，也许还会发现诸如通天之路一样的岔道。人们常说坚持就是胜利。有时候，坚持确实能偶获某些机遇。辰南在这条道路上，也不知道飞行了多久，竟然在沿途看到翻涌的混沌大浪间，真的再次发现一条岔道，按照精神烙印留下的印记，他得知那是：接引之门！当辰南冲进去后，看到了无数重叠的残破空间，几乎所有残破的空间都无比死寂。但是有一片残破的空间中不时有流光划过，那是生命的印记！

"接引之门……"辰南轻轻自语，他若有所思，站在接引门口，向着那片不断有生命之光划过的残破空间打入一道狂猛的能量流，洪荒大旗猎猎作响，这一击下去竟然直接出现一条混沌通道，通往那个残破的空间。就在刹那间，一股无与伦比的强大气息铺天盖地般顺着空间通道浩荡而出。

太可怕了！浩大的能量无法想象，强大的气息超出了辰南以前所遇到过的任何一名强者。不过，辰南却并没有感觉到恶意，那股铺天盖地而来的强大能量波动中，充满了复杂的情绪，但大多数都是感动、萧瑟、苍凉的气息在弥漫。

"轰隆隆！"空间通道竟然要崩碎，辰南急忙摇动洪荒大旗，混沌通道再次被开辟出，贯通了那片残破的空间。生命之光飞快接近，辰南终于知道为何能量波动如此强大了，竟然是几十名高手回归！

几十名天阶高手！每一个人的修为都强大到了让暗黑大陆那些强者惊心的地步！怎么会有这样一批人，如此多的强大高手，不会引发不好的后果吧，辰南还真的有些担心。但是，随着那批人越来越近，他听到了激动的吼啸，听到了那些人的呼喊，他放下心来。这批人竟然是当年逃进时空隧道的第二批太古诸神！这实在有些不敢想象，他们竟然从这里出现，被辰南接引而出！

"终于有人发现接引之门了！""我们终于可以脱困了！""重见天日啊！"……随着他们快速接近，辰南从他们的话语中，渐渐明白了魔主为何不救助他们，原来当年太古诸神之所以分两批逃走，就是为了以防万一，免得集中在一起全部发生意外。只不过这样一来，两批人的出现方式也会完全不同，第一批人只能从轮回门中走出，而第二批人只能从接引门走出！此刻，暗黑大陆上的天阶高手，还在推测第二批诸神何时回归呢，而辰南却亲身将他们放了出来。

"哈哈，我光明武圣回来了！""哈哈，我周伯冲回来了！"……显然众人都无比兴奋与高兴，而众多强者的前方是一个如精灵似仙子般的女子，整个人钟天地之灵秀，空灵缥缈无比，似乎是众人首领。在这一刻，她也激动地喊了一声："我萱萱回归了！"很快，众人通过了空间通道，来到了接引之门。一番欢呼过后，所有人的目光都集中在了眼前的洪荒大旗之上。

晕倒！辰南怎么看都觉得像是狼盯住了羊啊！辰南急忙透发出神识波动传音道："各位打住，我可不是无主法宝，我是一个人，神识沉浸在这古旗中救了你们。""哈哈！"众人爽朗地大笑。一人道："小兄弟你误会了，我们怎会不知呢，不过是看到宝物洪荒大旗，一时想起了许多往事而已。没有什么回报你的，我们这里有洪荒大旗的一角，就送给你吧，虽然还不能补全大旗，但是威力也定会大增。"

"哗啦啦！"一道神光飞了过来，洪荒大旗猎猎作响，旗面一下子放大了不少，能量更是浩大了不少。那名钟天地之灵秀的女子萱萱，盯着洪荒大旗，其实是盯着辰南，道："我为何在你的灵魂中感觉到了奇异而又熟悉的波动呢？奇怪！""走吧，我们回归六道！"其中一人大喊。还没等辰南说什么，这帮人就扭动接引门，所有人都化成一道绚烂的光芒消失了。

晕倒！这帮人太心急了吧，辰南一阵发呆。六道都已经崩碎了，这帮人会出现在哪里？不过还好，通过接引门，辰南可以观察到他们离去的踪影，他们竟然是进入了暗黑大陆！第二批太古神居然如此回归了！可以说非常突兀，非常不可思议，辰南亲身参与了这件事，因为他的原因才让太古诸神回归！

接引之门内，辰南望着那一道道残破的空间，而后将目光转向了暗黑大陆的缩影，那里的生命波动太多了，根本无法感应到太古诸神去往何方。不过，可以肯定的是，暗黑大陆必将无比热闹了！要知道近百位太古神强势回归，那绝对是一股无法想象的强大战力啊。从第三界逃回来的某些洪荒巨凶恐怕心中要惴惴不安了，说不定当初就有这些太古神参与了封印呢。

一场大风浪将在暗黑大陆涌动而起，这绝对是不用怀疑的，洪荒巨擘当中肯定也有非常恐怖的人物，例如当初就曾出现了个玄黄，能与魔主对决。这次的风波，多半有人要与太古神较量一番。再有，在那茫茫混沌海中，定然还有不少实力强大的混沌遗民，广元虽然早已被灭杀，但是他同族之人说不定还有高手，第二批太古诸神的回归，多半会与他们一战吧。辰南越来越觉得，第二批太古神的回归是必然的、也是必要的！他们解决掉暗黑大陆的一切隐患后，将是第一批太古神的后援。

接引门内混沌光芒闪耀，辰南退了出来，在外面关注着这扇混沌门，他尝试用洪荒大旗去席卷，想要将它从茫茫混沌中给"挖"出来，将之炼化收为己有。这绝对是一宗重宝！最起码能够穿越各重空间，有它在手，天地六合哪里不能去？！但是，他发现根本难以撼动分毫，接引之门像是万重巨山一般难以撼动。辰南没有再做无用功，接引门像是世界之门一般，与各个残破的空间有联系，不能撼动。

看来不能如魔主那样掌控一个轮回之门了。辰南退出了这里，不过以后肯定还要经过这里的，这简直是一个方便之门啊！他的肉身可以离开古天路了！或者可以将太古诸神引导向这里，去探索那暗黑大峡谷，凭借这样一股强大的战力，还怕无底地狱中的凶险吗？近百位超绝的太古神，即便是面对"天"之真身，恐怕也要灭掉半条命！

再次回到蒙蒙混沌的通道中，踏着通往"永恒"的道路，辰南依然没有回转的意思，想要一探到底，看个究竟。第一个岔道是通天之路，第二个岔道是接引之路，两个岔道，就已经是如此震撼了，下面还会有什么？越是神秘，越让人迫切地想探明。感受不到时间的流逝，无法看到新奇的景象，辰南仿佛飞出去了千万里，仿佛飞行了千万年，永恒之路上是孤独的，是死寂的。到了最后，辰南也难以忍受了，怀疑自己在做一件错事，这条没有尽头的路恐怕没有结果，他很想就此放弃。但最后他还是坚持了下来，到了最后，按照心算，他觉得已经在这混沌通道中飞行了最起码三年！

确实有了气馁的感觉，就在辰南以为自己在做无用功的时候，前方传来阵阵可怕的锁链声响。辰南顿时一振，洪荒大旗化成一道光芒冲了过去。满是锈迹的铁锁没有任何光泽，但是却透发着恐怖的波动，让辰南都为之有些心惊，巨大的锁链能有人体那般粗细，在这混沌通道中拦住了去路。这巨大的铁索密密麻麻地盘错在这里，显得非常怪异，封锁了混沌通道。如此怪异的场景让辰南精神起来，在这混沌通道中最怕的是单调、没有任何变化，现在似乎将要有结果了。

辰南小心地穿越巨大的、充满锈迹的铁索，前方温度越来越高，虽然融入洪荒大旗等于不灭之体，但还是感觉到了灼热到难以想象的高温。这片铁索盘错的区域竟然有熊熊燃烧的大火，是无比璀璨的混沌之火，仿佛已经燃烧了亿万年！而让辰南更加吃惊的是，他竟然感觉到了生命的波动！空间通道到了这里，变得非常广阔，如一间巨大的殿宇一般，人体粗细的巨索在空旷的大殿内盘绕成与蛛网一般无二的大网！而在铁网的中央，竟然牢牢地锁着一条"魂"！无尽的混沌大火就在巨网的下方烤着那条魂影！

那条魂影没有任何声息，寂静不动，能够烧死天阶高手的混沌神火仿佛并没给他带来任何痛苦一般。但是辰南却知道这是不可能的！这璀璨的混沌神火已经燃烧了无尽岁月，也就意味着魂影一直被这样火烧！魂影虽然一动不动，没有痛苦的挣扎，多半是已经麻木了。这人实在太可怕了，被混沌火如此炙烤无尽岁月也只是魂影虚淡了而已，并没有真的灭亡，实在让人震惊。

不知道为何，辰南来到这里之后，忽然感觉浑身剧痛无比，仿佛被混沌火炙烤一般，好似铁索上的人是他，绝非幻觉！要知道他现在是洪荒大旗，本应不会被混沌火所伤的，而且现在还没有接触到混沌火呢，这实在有些不可思议。铁索之上传来阵阵生命波动。辰南喝道："你是谁，快快醒来！"没有任何反应，但是生命波动却更加强烈了，而辰南也感觉身体更加疼痛了，就如没有洪荒大旗护着灵魂一般，仿佛直接身处于混沌火中。辰南大吃一惊，难道是那道魂影在施展通天手段——换魂大法，让自己替他受死？大旗哗啦啦作响，猛力抖动起来，附近的混沌火都明灭不定，但是辰南的痛感更剧烈了。魂影依然寂静不动，但是强大的灵魂波动却如浩瀚的巨海般在颤动着。

恍惚间，辰南感觉自己仿佛被捆缚在了蛛网般的铁索正中央，已经代替了魂影，错，应该说是与魂影重合了。太奇怪的感觉了，这种奇怪的感觉让辰南有些惊恐。"啊——"强大的神识波动传出，辰南狂啸！洪荒大旗爆发出一团璀璨的光芒，轰杀向魂影，但是在刹那间，辰南感觉自己遭创了，身体仿佛要碎裂了一般。为什么会这样？辰南惊心无比。洪荒大旗不可能攻击自己啊，再次尝试，大旗猛烈地抖动，古星空出现，一道道星辰之光浮现在这片空间，激射向网中央寂静不动的魂影。

剧痛！被星辰之光轰击的剧痛感发生在了辰南的身上。辰南感觉邪异无比，心中真的有些发毛了，怎么会这样？难道这道魂影真的那么可怕吗？难道对方真的在使用换魂大法，想让他替死？洪荒大旗慢慢向后飘动，辰南在慢慢退后，他觉得这里透发着让人说不清的邪异。辰南远远地退离了那片区域，然而让人惊异的是，那道魂影根本没有阻止他，而远离那里之后，他便没有那种被炙烤的灼痛感了。

事情非同寻常，辰南不想就这样退走，再次尝试向前。完全没有感觉到杀气，魂影没有任何邪恶气息透出，似乎没有伤害他之意，只是当他一接近，他发觉魂影的灵魂就会剧烈波动，而这个时候他就浑身剧痛无比，仿佛与魂影合一了。实在太怪异了，这似乎不像换魂大法，倒似是他与魂影之间能够共鸣，仿佛被一根无形的绳索串联了起来，能够感受对方的一切。辰南出道以来，从来没有害怕过，从来没有过恐惧之感，但是就在今日，他发觉自己的内心似乎在战栗惊恐，灵魂中有一股说不清道不明的情绪，仿佛他与那魂影重合了！

辰南大叫了一声，洪荒大旗逃遁而出，他一刻也不想在这里待下去了，这里邪异得可怕。被深锁于这里的魂影隔断了永恒之路，辰南的探索被打断了，魂影与他之间的奇异联系让他心中惶惶不已，头也不回，洪荒大旗化成一道光芒沿着来路冲去。速度达到了极限，混沌通道都仿佛扭曲了，似乎要崩碎一般。在这寂静无声的混沌通道内，辰南也不知道飞行了多么久的时间，终于出离了混沌通道，出现在黑云翻滚的暗黑大峡谷中。

在漫长的回归过程中，他渐渐冷静了下来。那道神秘的魂影强大得超乎想象，被能够烧死天阶高手的混沌火炙烤了无尽的岁月，居然依然没有毁灭，应该是一个可怕到极点的人物。然而，辰南却似乎与之能够共鸣，有些不可思议。现在已经没有心情继续下探无底地狱了，辰南沿着谷壁上行，在古天路所在的区域，力量早已又失去了绝大部分，或者说是被压制了绝大部分。洪荒大旗沿壁而上，当路过那口血色巨棺旁边时，辰南心思一动，咬了咬牙，大旗猛烈招展，"轰隆"一声将血色巨棺卷了起来，裹带着它向上攀飞。不能没有一点收获，他要好好研究研究血色巨棺内的碎骨与碎肉，反正它似乎没有任何重组与觉醒的迹象，辰南想看看它到底是何种生命体。

血红色的巨棺虽然有棺盖封闭，但还是让人感觉到了一股惊心的感觉。那是一股无形的"势"，仿佛这是一个罪恶之源，打开它就会放出滔天的灾难，辰南虽然曾经掀开棺盖一角，匆匆看了下里面的碎骨与碎肉，但是此刻依然有很大的压迫感，他知道自己可能鲁莽了。恐怖的气息在弥漫，无尽的黑云在翻滚，随着洪荒大旗卷着血色巨棺冲天而起，暗黑大峡谷的上方涌动起一股无可比拟的煞气，仿佛深埋地下的绝世恶源出世了。

空空与紫金神龙都大惊失色，不知道山谷下方出了什么问题。一股可怕的波动自下方浩荡而上。"这是怎么了，父亲不会在下方发生危险了吧？"空空有些担忧。紫金神龙也是一脸凝重之色，趴在悬崖峭壁之上向下俯望，但是魔云翻滚，什么也没有看到。

"轰隆隆！"黑云像是火山喷发一般，冲了上来，将紫金神龙与空空全部冲击了出去，在后方的白骨地上连续翻滚。一口血色巨棺冲上了悬崖，洪荒大旗紧随其后！"啊，怎么会是它？"小空空感觉头皮有些发麻，他曾经与辰南一起进过神魔图，那一次同辰南一道看到了血色巨棺吞噬黄天的经过。不过，看到洪荒大旗在旁边，没有发生什么意外，他才放下心来，道："父亲你怎么这么快就回来了？而且怎么将这口巨棺弄到了这里，发生了什么？"

"快？！"辰南惊愕，道："不是已经过去五六年了吗？"他在那混沌通道中飞行，感觉时间太漫长了，心中推算最少也过去了六年之久。空空道："老爹你怎么了，明明才没有多久，怎么会五六年呢？你该不会在下方受到什么刺激，乱了心智吧？""讨打！"辰南敲了嬉皮笑脸的空空一记，怀疑地看着旁边的紫金神龙道："真的才一会儿？"

紫金神龙道："当然，龙大爷这坛酒还没喝完呢。"听到紫金神龙如此回答，辰南心中一阵吃惊，那条永恒之路真的神秘无比，时间在那里似乎停滞了，"永恒"二字似乎道出了其中真意。"老爹你怎么把这口血棺弄出来了，你就不怕它吞了我们？"虽然过去了很多年，但是空空依然心有余悸，那个时候他才一岁，血棺吞噬黄天的景象给他留下了深刻的印象。

"不是那一口，这是另外一口，我要好好研究一下。"说到这里，辰南就要启开棺盖。"嗖嗖"两声，紫金神龙与空空飞快后退，虽然不能飞行，但是速度却快到了极点。紫金神龙在远处嚎道："我晕，小子你有没有搞错啊？你难道感觉不到吗，这口血棺始一出现，这片白骨地都充满了阴森恐怖的气息，强大的压迫感让人窒息。这种太古级的恐怖血棺是随便开的吗？你就不怕惹出什么麻烦？"

空空道："是啊是啊，老爹你快看呀，这片白骨地中，所有白骨似乎都动起来了，这口恐怖的血棺顶得上地狱召唤了！"空空说得没错，这片无尽的白骨地上所有的白骨似乎受到了一股未明力量的牵引，竟然都在颤动，仿佛死去的亡灵要回归觉醒一般。神秘而又可怕的血棺真的像是罪恶之源，关闭了千万的恶魂。既然已经将血棺席卷了上来，辰南不可能再将之送回去，定然要查探个明白。不过紫金神龙与空空说得也很有道理，打开血棺似乎真的存在着很大的凶险，他决定等水晶骷髅率领五色骷髅回来，到那时人多一起压制血棺再来开启。

"好吧，那就再等等。"说完，辰南神识离开洪荒大旗，回归了自己的肉体，而后短暂地休息了一段时间，便再次以大法力撕裂了空间，强大的神识向着暗黑大陆探索而去，他想观看太古诸神的踪迹，看看他们回归后都做了些什么。然而，让他无比惊异的是，他确实感觉到了一股无比磅礴的力量在暗黑世界涌动，在混沌海中涌动，但是却难以捕捉到第二批回归的太古神，似乎他们将要降临，但却还没有降临！真是让人吃惊的信息啊！看来那永恒之路以及接引之门都充满了神秘的力量，那里的时间与空间不能够以常理对之，时间在那里是停滞的，这样看来太古神还在回归的路上，正在向着暗黑大陆冲去，没有真的出现呢。辰南将神识收了回来，又打开了自己的内天地。

"哎呀呀，老爹终于肯放我们出去了。"两个小不点叫嚷着冲了出来，一个眨动着明亮的大眼，可怜兮兮地抱着他的大腿，一个使劲地搂着他的脖子不肯松手。两个粉雕玉琢的瓷娃娃本来是挺可爱的，但是辰南现在却满脑门子的黑线，才片刻间这两个小不点将内天地已经折腾得不像样子了，一大片的神圣果树都被摧残得枝叶凋零，幸好有生命源泉浇灌，不然损失惨重。"你们两个……"辰南指着他们，道，"以后我要将你们锁起来，关在笼子里面养大！"

两个小家伙道："老爹你好凶啊！""老爹你虐待我们！"辰南不想与他们纠缠不清，直接道："给你们个戴罪立功的机会，现在进入你们母亲的身体，给我去压制那个血色巨棺。""遵命，老爹！"两个小家伙痛痛快快地答应，逃一般跑出了辰南的内天地。辰南感觉自己还真是有些失败，居然要用这种办法来压榨童工。

等了大概一个月的时间，辰南几次将神识探入暗黑大陆，都发现太古神竟然还没有出现呢！隐然间，他觉得不对，太古神应该是回归了，在破碎的六道的其他残碎空间中，可能与暗黑大陆有一些空间屏障，他们多半正在悼念过去，毕竟大破灭对于他们来说也是一个打击，曾经的一切都不复存在了。

水晶骷髅与五色骷髅回归了，水晶骷髅这次近乎粉身碎骨，虽然将那件古老莲衣战甲又集全了一些，古盾也近乎完整了，但是显然遭受了重创。这绝对是有些让人吃惊的事情，要知道那点不灭灵光之强横，就是太上化身也吃了大亏啊。暗黑大峡谷下方，居然有神秘力量将它击碎，实在够惊人的。金、银、紫、玉、黑五大骷髅王，也是近乎粉碎，不过头骨中的灵魂却无损，那些碎裂的骨骼在缓慢地愈合着。

辰南给了它们足够的时间，水晶骷髅彻底地复原了，发生了巨大的变化，骨骼上有血色光芒在涌动，那是血水，而且血肉真的开始产生了！辰南本想用生命源泉帮助它的，但怕外在干预会使它发生意外，就打住了，也许只有它自己不断蜕变才会最完美。

五具骷髅灵魂波动更加强盛了，看得出它们强大了许多。

一切都已经准备好，辰南让索索与玄玄控制澹台璇的肉身，在最外围，紫金神龙与空空次之，他与这些骷髅在最里面，而后他手持洪荒大旗，挑开了血色巨棺。"轰"的一声，古天路中像是发生了大地震一般，比之上次掀开巨棺一角造成的动荡强烈得太多了，无尽恐怖煞气弥漫八方，所有的骸骨都剧烈地抖动了起来，不知道是这股恐怖波动震动的，还是真的受到了某种召唤，所有亡灵将要回归。

血光冲天！巨棺内，碎骨与碎肉，透发着妖异的红光，不知道是不是由于辰南开启了的原因，碎肉与碎骨仿佛焕发出了生命活力，竟然蠕蠕而动。"晕倒！"紫金神龙吃惊地叫了出来。这的确是让人心惊的画面，毕竟光这股恐怖的波动，就已经让人感觉阵阵心悸了，再看到这样的画面，让人胆寒。"定住它们！"辰南大喝。所有人都竭尽全力，几道光束射向巨大血棺中，笼罩向蠕蠕而动的血肉。

"呀呀呀，好可怕呀！"两个小不点惊得大叫，苍天之眼连续射出毁灭之光，一道道光束射进血棺中，不少碎骨与碎肉都消融，化成了血水。然而让人吃惊的是，血水经过短暂的时间后又变回了碎骨与碎肉，就是说玄玄与索索掌控的苍天之眼无法消灭这堆血肉。肯定与玄玄和索索功力太低有关，难以完全驾驭苍天之眼，但是也足以说明碎骨与碎肉的可怕了，毕竟它不是完整的，是被动、无法防御的！辰南观看了大半天，也没有弄明白这些碎骨与碎肉究竟是人的还是兽的，或者是其他生命体的，便合上了巨棺。

辰南望向不远处，发现千万骸骨在颤动，不少都已经直立了起来。然而就在这个时候，血色巨棺竟然无声无息地张开了，没有透发出任何波动，而后"轰"的一声，将辰南吞了进去。这一变故太突然了，根本没有给人任何心理准备。"哗啦啦！"洪荒大旗猛烈抖动，在棺盖落下的刹那也冲了进去。

"父亲！"空空脸色骤变，万万没有想到会这样，要知道当初他可是亲眼目睹血色巨棺吞噬了黄天，再次看到类似的事情怎会不心惊？怎会不害怕？怎会不惶恐？在刹那间，空空手中出现一把天剑，借助洪荒大旗阻挡的刹那，将璀璨的剑锋插入了棺缝中，想要将棺盖撬起。不过，此时棺盖与以往大不相同了，血红色的光芒在狂乱流转，恐怖的气息在剧烈波动，棺盖像是万钧巨山一般，再也难以撼动分毫。

"吼——"紫金神龙狂啸震天，人形身体在刹那变形，庞大的龙躯瞬间显化出来，紫金神光狂涌向棺盖。

"啊，还我老爹！""放开老爹！"两个小不点也是大叫，苍天之眼射出一道毁灭之光，轰响巨棺。

辰南的几个孩子有个特点，平时嬉皮笑脸，但真的到了关键时刻，一个个都赛过小老虎，猛得"一塌糊涂"。这本是古天路，他们的力量都受到了压制，但是在这一刻，灵魂中那不可揣测的潜力或者沉睡的庞大能量仿佛瞬间觉醒了一般，爆发出了无与伦比的强大力量。浩瀚波动席卷而出，爆发出一道道璀璨的神光，似漫天星辰全部坠落，化成了划空而过的流星一般，声势惊天动地。空空手中那把天剑无坚不摧，竟然生生将巨棺的棺盖挑开一道缝隙。

"哎呀呀……"玄玄竟然冲出了澹台璇的肉体，他身穿完整的、有魂的玄武甲，透发着璀璨夺目的光芒，如金娃娃一般撞向血棺。"轰！"巨大的冲击力撞击得血棺狂猛摇动。索索也冲出了澹台璇的肉身，整个人银色神光闪动，舞动着一道金索冲击向血棺，金索绷得笔直，一段直接冲击进了棺缝。两个小不点在这一刻如魔神觉醒一般，竟然透发着恐怖的波动，让真正的成年高手都要汗颜。这个时候，紫金神龙受到旁边三个孩子强大战魂的冲击，体内半觉醒的力量也狂暴了起来，强大的战魂之火被点燃了，无尽紫色神光直冲而起，他无意识地喊道："吼，他妈的老子是紫凤！"

四人同时出手，力量浩瀚不可揣测，将血色巨棺轰击得猛烈颤动，但是棺盖只是蹦跳了几下，就再也难以撼动分毫。血色光芒像是水波一般，自巨棺透发而出，无尽凄艳的红将巨棺包裹在了里面。"父亲你要坚持住啊！"空空与两个小不点同时大叫。

但是，巨棺中透发出的血色光芒越来越盛了，最后竟然如一轮血色的太阳一般，爆发出无与伦比的刺眼光芒，让人难以正视它。"轰"一声巨响，血光冲天，强大的能量爆发了开来，将空空、紫金神龙他们冲击得全部倒飞了出去。巨棺冲上了高空，仿佛真的化成了"血日"，邪异的光芒刺人双目。空空与两个小不点大叫，就要冲上去，紫金神龙拦住了他们，道："我们无法撼动血棺，现在冲上去可能反受其害。"

"那也不能不作为啊！"空空焦急地道。紫金神龙指着旁边的水晶骷髅，道："要让这几具骷髅一起加入才行，只是水晶骷髅怎么这么奇怪，没有反应呢？！"他们想驱动水晶骷髅，让它率领五色骷髅加入战斗，但是它们都如泥塑木雕一般，根本不予理会。"轰隆隆！"高天之上，传来剧烈的声响，血色巨棺在猛烈摇动，仿佛要震碎开来一般，同时传来了辰南的声音："孩子们，不要着急，我没事！"

孩子们将信将疑地道："老爹你真的没事？""暂时没事！"辰南显得有些虚弱，而后高天之上又传来阵阵棺木摇颤的声响，血色巨棺竟然被掀开一角，半截洪荒大旗露出。同时，由于巨棺被打开了一点点，如鲜血一般的液体像是决堤的河水一般，不断向外涌动，很快高天就被染红了，天上像是发生了洪灾一般！血水在天空流动，巨棺中涌出的真的是血液，像是永无止境一般奔涌不息。到了最后，一片血海笼罩在高天，巨棺像是血海中的一叶扁舟一般，实在太邪异了，血棺确实很大，但是也不可能流出这么多的鲜血啊！

"老爹你怎么了？"

"没事，这些碎骨与碎肉似乎真的想吃我，但是，我现在倒是将它们消灭了一半！"

"老爹你不会在吃它们吧？"

血棺中没了声音，棺木又开始摇动了起来，发出阵阵撞击的声响。血棺类似芥子纳须弥，洪荒大旗化成了一片古星空，辰南就定在虚空中。外面，无尽的血海在翻涌奔腾，血色大浪不时冲进古星空。辰南轰退了一重又一重血浪，但是凡是冲到他身旁的血浪，竟然都无可避免地直接进入了他的身体。这让他感觉有些不可思议，同时有些恐惧，鲜血只要沾身，保准点滴不剩，全部消失在他的肌肤，防不胜防。

"轰！"四面八方无尽血浪，劈头盖脸压下，浩瀚如海般的浪涛，但却在刹那间自辰南周围开始消失，进入他的身体。其间更是有不少碎骨与碎肉，随着血水冲击过来，融入了他的体内。辰南吃惊得彻底无言，这也是索索开玩笑似的问他，是不是反将血肉吞食了时，他说不出话来的原因。恐怖的巨棺内的血肉与碎骨，在慢慢融进他的身体，让人难以想象！巨棺中的碎骨与碎肉已经被尘封了无尽岁月，然而就在今日，就在此刻，竟然向着辰南的肉体中"涌动"而去，是的，就是"涌动"！如液体一般，在缓缓流淌，慢慢进入一个"容器"！这简直超出了常理，超出了人们的认知！

与此同时，冲天的血浪在古天路中冲击而起，巨棺像是火山爆发了一般，震荡出的强猛气息震慑这片空间，天地间入目是凄艳的红，到处血茫茫，再没有其他色彩。就连空空、紫金神龙以及两个小不点，他们的双眼仿佛都化成了血红色，一切的一切都被血芒所笼罩。

"嗷吼，吼——"巨大的吼啸声震耳欲聋，摄人心魄，万丈深渊之下，竟然传来阵阵奇特而又恐怖的吼啸声，寂静无尽岁月的古天路，今日喧嚣不堪，无尽的可怖气息弥漫在无底地狱之下，而后又浩荡而起。乌云在翻滚，魔气在激荡！吼啸声划破了云霄，黑色的死亡魔气与高天之上的无尽血光完全交融，触目惊心的黑与红分不出彼此，唯有"恐怖"才能形容。

巨棺血光冲天，魔气威荡十方，无底地狱中，是震耳欲聋的吼啸，声音越来越巨大，竟然将地面上所有骸骨都震得颤动了起来，茫茫白骨世界仿佛将要像海浪一般翻涌起来。恐怖的气息越来越强烈，就连空空与紫金神龙他们，都感觉有些不安了。而就在这个时候，那可怕的啸声却越来越近了，仿佛已经出离了深渊，来到了地表。在这个时刻，一直静静不动的水晶骷髅蓦然抬腿迈出了第一步。

"咔嚓！"骨掌与枯骨接触的声音，其他五具骷髅也一同向前走去。吼啸声停止了，但是空空与紫金神龙他们都感觉到一股巨大的压力！像是一座巨山，像是一颗行星，像是一方宇宙，重重压在了他们的心间！翻涌的暗黑魔气中，三点青色光芒透发着无尽的阴森，让人望之有一股毛骨悚然的感觉！正如那冰冷的毒蛇目光一般，在悬崖峭壁的旁边冷冷地凝视着他们！玄玄与索索这两个小不点似乎感觉到了莫大的凶险，无尽的潜能全部爆发了开来。巨大的压力，让他们全身的汗毛都竖立了起来，原本粉嫩的肌肤起了一层细小的疙瘩！浑身爆发出无比璀璨的光芒。

"轰！"水晶骷髅竟然凌空飞了起来，扑向了悬崖，打出一片灿灿神光，无尽的光芒形成了一片朦胧的世界，将那三眼无名之人包裹了起来。但是，非常邪异，在那灿灿神光中，一大片区域依然是黑暗无比，看不清那恐怖人物的真容。他们快速向着绝域中降落而去，爆发出了最为强烈的波动，开始了最为激烈的战斗！神光与魔气，共同冲向高天，刺激得巨棺附近的血液更加鲜红夺目。

毫无疑问，这一切都是因为血棺而起，是无尽的血光让无底地狱中的生物都感觉到了强烈不安，他们当中有些人冲上了一直不敢进入的地面，但是现在却上来了。此刻的辰南真的感觉有些害怕了，他很少有这种情绪，确切地说是罕有这种情绪！洪荒大旗演化成的古星空，如须弥藏于芥子中一般，茫茫星空掩藏于血棺内，朦胧的星空完全地被血水渗透了。洪荒大旗竟然也无法阻挡血棺内的碎肉与碎骨，滔天的血浪像是决堤了一般，冲进星空，淹没了明亮的星辰，淹没了所有的星球，将辰南笼盖！

　　"啊——"他仰天狂啸，爆发出刺目的光芒，但是血水依然毫不停息地奔涌而来，冲破光芒阻挡，血水涌进了他的口中。辰南在呕吐，但是却没有任何办法。皮肤在龟裂，碎肉与碎骨无可阻挡地冲进他的身体，融入全身各个部位！这太让人惊恐了！即便过去修为不济时，面对盖世君王黑起，面对绝代君王楚相玉，面对六道破灭的场景，他都从来没有像现在这般感觉害怕！辰南确实感觉到恐惧了，无力阻挡这一切，眼睁睁地看着那粉碎的血肉与碎骨进入自己的身体，融入自己的体内，被动地等待着将要发生的可怕事情。

　　绝对后悔！太大意了，他感觉自己实在太冒失了，他太高估自己与洪荒大旗了，干吗要去招惹血棺？曾经连黄天都给吞噬了，这明显是同源一体的巨棺啊！时间仿佛停止了，在这无比恐怖的空间中，辰南能听到可怕的血浪涌动的声音，能感觉到碎肉与碎骨进入身体的那种悸动。也不知道过了多久，洪荒大旗中血光渐渐敛去，寂静的星空中他静静站立。像是什么也没有发生过一般，辰南没有任何不适，进入他体内的碎骨与碎肉仿佛都消失不见了。

　　真的什么也没有发生过吗？水滴降落的声响，划破了死寂的虚空，一滴晶莹剔透的血珠从他的发丝间坠落而下，滴在了他的额头上，辰南轻轻擦落在手中。鲜艳的红，妖异无比，恐怖无比！在提示着他，一切都已经真实地发生了！点点血红一闪，最后的一滴血珠，也从他指尖的肌肤，渗入了他的身体中。

　　"啊——"辰南仰天大吼，满头黑发狂乱舞动，状若疯狂，这实在太可怕了！血棺中封印无尽岁月的罪恶之源泉，竟然完全地融入了他的身体，现在的他成了恶源之体！将洪荒大旗收起来，无尽朦胧的星光全部消失了，大旗出现在他的怀抱中，辰南发现自己正仰躺在阴森而又可怕的古老巨棺中。碎肉碎骨早已无影无踪，再也没有其他任何东西，只有他静静地躺在这里。他真的希望这是南柯一梦，希望刚刚梦醒，但是这是不可能的，一切都已经发生了。

"轰！"辰南用洪荒大旗轰开了棺盖，愤怒而又不甘地咆哮着，自棺材中站了起来，巨大而又邪异的棺盖飞出去的刹那，外界漫天的血光突然间明亮到了极点，如十日耀空一般刺眼。冲天的血光在极盛之后，突然间又暗淡了下来，无尽的血光全部向着巨棺冲去。在所有人的目瞪口呆中，漫天的血光与血浪全部冲进了立身在血棺之上的辰南身体中。他仿似是一个无底深渊一般，笼罩在天空中的无尽血水，竟然在刹那间消失了，无影无踪！与此同时，与水晶骷髅大战的三眼神秘人，发出一声恐怖的啸音，直震得山崖之上的千万骸骨猛烈抖动，而后他飞入了无底地狱中。水晶骷髅与五具骷髅，满身裂纹，回到绝壁之上。

辰南嘶吼声不断，整个人近乎癫狂，发泄着心中的烦闷。"谢天谢地，老爹你没事！"空空拍着胸脯。"有古怪！"紫金神龙自言自语地嘀咕道。两个小不点则是好奇而又有趣地打量着此刻的辰南，对于他们来说，大吼大叫的老爹比总想着将他们关起来的老爹还可爱一些呢。辰南直接从高天之上向着地面冲去。"轰"的一声，身体重得如巨山一般，将地面砸开一个巨大的深坑。"哎呀呀，老爹你不要自杀呀！"两个小不点大呼小叫，纯粹是在起哄。辰南冲上了巨坑，神色异常严肃地道："我要离开这里，泥鳅，拜托你照顾好这几个孩子，短时间内我多半回不来。"

"你要去哪里？"紫金神龙狐疑地看着他。"老爹你要去哪里？"三个孩子同时追问。辰南道："去暗黑大陆，等待太古神回归。""为什么这么突然，是不是因为血棺，刚才是不是发生了什么？"紫金神龙郑重地问道。"是呀，老爹，刚才发生了什么，那些碎骨与碎肉呢，为何现在棺盖大敞大开？"空空深知血棺的恐怖，曾经发生的一切他永远不会忘记。

"不用担心，我没有什么事情，血棺让我炼化了，以后没有什么危害了。这深渊中，有一条通往外界的道路，我要从那里出去。你们不要跟来，现在的暗黑大陆暗流涌动，非常危险。你们等我回来，千万不要擅自行动。"辰南不想将血棺的真实情况告诉他们，怕他们惶恐与担心。看得出辰南非常严肃与郑重，紫金神龙他们都点了点头。尤其两个小不点，那真是像小鸡啄米一般，用力使劲地点着头。想将他们关在笼子里养着的老爹走了，以后这里就是他们的天下了。

　　辰南大步向着悬崖峭壁走去，而后展开洪荒大旗，护佑着自己向下攀爬而去，而天上血色巨棺竟然光芒一闪，跟着他冲下了绝域。没有遇到任何阻挡，并没有出现任何可怕的未明生物，辰南顺利进入了那条混沌隧道，只是血色巨棺跟来出乎他的意料，血棺像是完全与他息息相关一般，成了他身体不可分割的一部分。辰南没有出手尝试轰击，将血色巨棺也带离这里，或许这样对于空空等人来说更加安全。

　　洪荒大旗猎猎作响，辰南在无尽的空间通道中穿行，经过漫长与孤寂的飞行，终于顺利来到了接引之门，感受到暗黑大陆的气息，辰南毫不犹豫地向着那片残破的空间冲去。血色巨棺紧随其后，跟着一起进入了那片空间。同样是一个漫长的过程，其间遭遇了无数的空间支道，不过辰南并没有停留，笔直向前而行。似乎过了五六年那么漫长的时间，辰南面前出现六大空间通道，不再有主次之分，完全是六条分开的主道，现在必须要有所选择。

　　没有任何犹豫，辰南冲进了最为黑暗的那片区域，在近乎孤寂与永恒的时间中，他穿越了一股无比黑暗的空间通道，而后出现在一片混沌海中，打破重重阻挡，生生开辟出一条通路，辰南感觉到了暗黑大陆的气息，毫不犹豫地向前冲去。无尽黑暗，终于出现在眼前，自天外进入了暗黑大陆！血棺毫无意外地跟随到了这里。直到这时，辰南才稍稍心安，盘腿于虚空中，开始检查自己的身体。而这个时候，辰南不知道，在他的来路上，一个三眼的未明生物沿着他的足迹来到了混沌海中，也正向着暗黑大陆冲来。

　　辰南内视之后，感觉到了一股奇异的力量充斥在自己的身体中，那些血肉与碎骨似乎完全融化了，变成了一股血色的能量，不过却不能运转，仿佛那只是储存在他的身体中的。辰南竭尽全力，想要将之逼出。结果，完全出乎他预料！他认为定然非常艰难，或者根本不可能逼出那股血色的能量，毕竟碎肉与碎骨进入他身体时他根本无法阻挡。结果让人有些不敢相信，血色的能量被顺利逼出了体外，朦胧的血光浮现于高空之上，快速化形成血肉与骨骼，不过不再是残碎的，而是渐渐重组成一具人体，除了脸是平的，没有五官之外，其他各处相当完美，与辰南的体形近乎一致！

黑色的长发光亮，古铜色的皮肤闪烁着光辉，强健的体魄像是铁打的一般。辰南凝视着他，而后双目中射出两道冷光，猛力劈出一掌，璀璨的光芒狠狠地击在了无面人身上，发出一阵金属般的铿锵之音，闪烁出点点残辉，掌力带动的光芒消失了，而那具身体却毫发无损。这绝对是一个让人目瞪口呆的场景，以辰南现在的掌力来说，任何天阶高手也不能生猛地接下而安然无损啊！这具体魄强健得近乎变态！无面的身躯没有反击辰南，静静地站在他的身前，仿佛没有思感的行尸走肉一般，血色巨棺停驻在无面人的身后。

这是一幅奇异的画面！辰南快速向着远空冲去，想要摆脱无面人与血棺。但是发现，他与无面人之间，仿佛有一道无形的绳索，将他们紧紧捆绑在了一起，无论他的速度多么快，他们之间的距离都是恒定的，最多不会超过十米远。而血色巨棺与无面人间的距离也是恒定，最多也不超过十米远。迫不得已，辰南停了下来，喝道："你到底是谁，想怎么样？想做什么就来吧！"任他如何呵斥，无面人就像是木雕泥塑一般，没有任何感情波动，宛如根本没有灵魂一般。最后没有办法，辰南摇动洪荒大旗，想将之崩碎。

莫大的力量波动似乎令无面人难以静止不动了，似乎是出于本能的自我保护反应，他的双手下意识地划转了几下，竟然将洪荒大旗轰过来的无尽能量掉转了个方向，全部轰向天外混沌而去。眼熟！非常眼熟！看着那双手的动作，似乎是逆乱八式，但绝对不是，只是像而已！经过几次试探，辰南发现无面人似乎对他没有恶意，竟然完全没有进攻的行为。最后，他一脚将无面人踢到了血棺中，背着血棺进入暗黑大陆。这样虽然很怪异，但是总比背后跟着两个尾巴好。

第一个被他找到的人是九头天龙，无情魔刀祭了出去，洪荒大旗也摇动了起来，九头天龙当时就没脾气了，这还怎么打？洪荒大旗的威力他是曾经亲眼看到过的，根本无法阻挡。光那无情魔刀就已经能够抵挡得住量天尺了。辰南道："九头天龙，我也不为难你，想要活命的话，给我轰开这个血棺，将里面的人给打碎！""小子你会这样好心？"九头天龙似乎不怎么相信。辰南道："废话少说！""好，我就来试试看。不过，我可不是怕你，我是怕你手中的洪荒大旗！"九头天龙给自己找脸面。说话间，量天尺像是一把插天巨峰一般显化了出来，透发着万丈光芒，轰向血色巨棺。

"轰隆"一声巨响，棺盖当时就被轰飞了，无面人背对着九头天龙出现在了空中。"怎么有两个你？"九头天龙惊叫。只是，当那一样的躯体回过头来的刹那，九头天龙立刻闭住了嘴巴，好半天才惊声道："他是谁，为什么没有面孔？"辰南道："少说废话，轰不碎他，你就自杀吧！"

"轰隆隆！"量天尺洁白如玉，透发出漫天神圣的光辉，轰向无面人。"当"的一声巨响，像是天神打铁一般，金属撞击之音响彻云霄。九头天龙惊得倒退，狠狠地击中了对方，竟然没有粉碎那具身体！"轰隆隆！"又是一击狂猛的轰杀。无面人似乎感觉到了身体的巨大疼痛，再次下意识地挥手，竟然一把将量天尺抢夺了手中，反手将九头天龙轰出去。半个时辰之后，九头天龙皮开肉绽，瘫软在虚空中。他近乎疯狂的攻击竟然没有毁灭那个无面人，而他自己却累得虚弱无力。九头天龙成了俘虏，辰南带着他前往下一个目标——邪尊！

辰南非常顺利地找到了自大的邪尊，他有自己的一片光明世界。"叮叮咚咚"的琴声响遍那片光明世界，最后"六欲"琴音齐出，但是无面人像是没有任何反应一般，像极了传说中的行尸走肉。邪尊施展了所有琴技，不过却真的像是在对一个木头人弹琴一般，无面人纹丝未动！这让邪尊险些吐血，直接认为辰南在耍他，找了一个没有灵魂的人来试验他的魔琴。他一脚向着无面人脸部踹去，反被抓住了脚踝，被砸进了下方的大地中。邪尊非常没有面子，大吼着舞动着魔琴，六根天龙琴弦都快弹断了。

"他绝对没有灵魂！"邪尊大叫，"我简直是对牛弹琴！""辰南这是不是你走火入魔分出的魔身？"旁边的九头天龙也是厉声质问。辰南道："将你们认识的洪荒巨擘给我找出来，没有人能够轰碎他，或者看出他的来历的话，你们就得死！""哈哈，好啊，既然想死，别怪我们，不要以为你有洪荒大旗就真的无敌了！有些人绝对可以不费力地踩死你！"邪尊恶毒地道。

他们极速飞行，前往他们所知道的洪荒巨擘的居所，只是到了那处天外混沌，却扑了个空。那个洪荒巨擘的门人弟子解释道，这名太古凶人去应战第二批回归的太古神了。"什么，第二批太古神回归了？他们在哪里？"辰南与邪尊他们同时惊呼。对方道："在一片残碎的空间中！"没有任何犹豫，辰南挟持着两个老魔，背负着血色巨棺，向着那里冲去，有太古神就足够了！他们当中说不定有人识得血棺的来历！

横扫六合，转踏八荒，天上地下，谁与争锋？世间有几人敢如此狂妄夸口？真的很难找出来！有些人或许真的可以的，但是他们已经走上了通天之路。在这大破灭的世界中，谁还敢如此嚣张呢？广元、太上如果没有崩碎肉身，也许敢如此放言，但是他们只剩下真灵未灭而已，而且多半已经回归了所谓的"天道"。不过，真正的高手独自寂寞，不为外人所知。

洪荒巨擘中就有如此人物！通天，就是这样一个人物，功力几近通天之境，名号因此也就为通天，虽然有夸大之嫌，但是足以说明此人修为之高深，让诸多太古强者在他面前都会涌起无力感。辰南要找的人就是他，扑空之后，他立刻又与九头天龙、邪尊冲向那片残碎的空间。混沌海中，光芒涌动，穿越过重重混沌大浪，还远未到达那片残破的空间。但是就在这个时候，辰南感觉到了一股强大的压力自前方铺天盖地而来，他挟持着九头天龙与邪尊，快速向前冲去，想要看看到底是何人有如此强盛的气势。

混沌大浪翻涌，在无尽朦胧的光辉中，辰南双目透视混沌，看到遥远的前方似乎有一个庞然大物在混沌中打量着他，模糊间他感觉那是一个三眼洪荒古兽，三点阴森的光芒像是孤寂寒冷的星辰一般。他们相互对峙，遥遥相望，谁也没有再进一步，而后混沌中的那头巨大的无名生物便渐渐虚淡消失。"奇怪，为何我感觉到了古天路中那特有的气息？"辰南自语。此后，路上没有任何耽搁，他们飞快冲进了那片残破的空间。这里星光闪耀，恒星能有数十颗，行星能有上百颗，算是一片保留还算完好的星空。

辰南并没有在这片空间发现通天，也没有感觉到太古神的气息，显然他们不曾出现在这里，但是辰南却感觉这里无比熟悉，有当年未曾破灭的第六界的气息！寻找！努力寻找！辰南在这片星空中飞天遁地，神念横扫八方，想要寻找到一丝有用的线索。最后，他在一片小行星群附近看到了一个巨大的混沌通道，那里似乎通向一片破碎的空间。他毫不犹豫地冲了进去，这里是一处数十万平方公里的暗黑空间，辰南在这里感觉到了第六界的气息，没错，这应该是破碎的第六界被挤压出的一道空间缝隙。

六道破碎后，六界合一，但是原本的六道还有不少破碎的空间缝隙保留了下来，像是一片片细小的空间。而就在这里，辰南感觉到了灵气的波动，在残破的空间中感觉到了依依的气息！在那无比幽暗的空间深处，一株参天古树巍然耸立，透发着灿灿的光辉。

"依依！"辰南大叫，快速冲了过去。数万里眨眼即至，一株神树通体青翠碧绿，高耸入天，扎根于这片空间的最深处，所有根茎全部深入朦胧的混沌海中。快速飞至后，辰南又定住了身形，因为在那高达万丈的巨树之下，七八人在盘膝而坐，似乎已经守护在这里多年，仿佛已经石化了一般。

太古神！辰南从他们身上感觉到了熟悉的气息，隐约间记得有几人在接引之门曾经看到过。那七八人的对面还站立着两三人，从旁边九头天龙与邪尊的反应来看，为首那个高大魁伟的青年人必定是通天无疑，居然在这里见到了他们！"老爹！"万丈高的神树轻轻摇曳起来，青碧翠绿的枝叶发出哗啦啦的响声，透发着无尽的神光，在刹那间绿色光芒似乎照亮了整片黑暗空间。

"依依！"辰南激动无比，这毕竟是他的女儿啊，分开时小家伙才不过一岁，独自留在了那片神秘的空间，与其本体融合。之后，大破灭便开始了，他常常自责当初不该留下小依依一个人在那片空间，没有想到今日竟然相见，她平安无恙。"老爹你终于来接我了，我好孤独。"依依的声音还很稚嫩，虽然过去了这么多年，但是她似乎依然没有长大。树下盘腿而坐的几位修者同时向辰南看来，强大的神念像是有形之质，无比逼人。"是你？"几人显然认出了辰南。

"老爹，这几人穿行空间时……"通过依依的述说，辰南知道发生了什么事情。太古神是分开回归六道的，这几人不小心进入了依依修身的那片空间，将之与外界联系了起来。他们认出了上古神话时代的至尊人物，知道依依乃是神木转世之体，便留在这里守护，想保护她蜕变完成时再离去。而也正是因为他们激荡出强大的波动，惊动了天外混沌中的洪荒巨擘，通天率领两人第一时间赶到。通天与这几名太古神并无多大恩怨，但是却想炼化依依的本体，将之炼成天宝。太古神不可能容他得手，便在这里与通天对峙，保护依依。

"通天你找死！"辰南知道了其中的经过，顿时大怒。到了现在他还有什么可怕的，曾经与太上那等人物交战过了，还会惧怕通天吗？"老爹，我马上快功成了，你要帮我挡住那个坏蛋啊，然后我就不怕他了！"依依喊道。神树光芒更盛，绿光刺目，像是熊熊燃烧起来了一般。"依依别怕，我不会让你受到伤害的！"辰南立刻与那几名太古神站到了一起，手中洪荒大旗哗啦啦作响，迅速放大千万倍，这里顿时被一片古星空笼罩了。同时，他将邪尊与九头天龙定住，扔进了古星空深处。

"洪荒大旗！"通天一惊，他旁边的两人也是有些变色。"轰！"血光冲天！就在这个时候，辰南又将背着的血色巨棺打开了，将那无面人与血棺掷向通天！其实，所有人都早已注意到了他背负的巨棺，每个人都觉得很怪异，直到无面人出现，他们除了惊异之外，并没有特别吃惊的表情。这让辰南很失望，原以为他们会看出血棺的来历呢，但是不承想他们却根本不知。但是，这个时候依依却惊疑不定地道："老爹你怎么背负着这样一口血棺呢？这血棺的材质与我本体一样，应该是我曾经舍去的枝干。唔，我想起来了，好像在很久很久以前，有几个人似乎叫大魔天王、独孤小败……还有谁，我忘记了，向我讨要了一截枝干。"

　　晕倒！依依是上个大破灭时代的人物，她提到的大魔天王也是上个大破灭时代以前的人物，情况变得复杂了。看来真是如预言那般，曾经的一切都将在这个时代终结！而这个时候，无面人已经立身在虚空中，通天冷冷扫视，而后毫不犹豫出手轰击。光芒一闪，无面人留下一道残影，闪了出去。通天一击，瞬间冲击了混沌深处，造成一股滔天混沌巨浪。"哗啦啦！"洪荒大旗摇动，辰南也出手了，虽然想摆脱无面人，但是也更想除掉通天。古星空像是一面巨大的光幕一般，向着通天罩落而去。

　　"轰隆隆！"巨响声不断，璀璨的神光与通天扫出的刺目光芒接连交锋。旁边几名太古神也直接冲了上去，不过通天旁边的两名洪荒巨擘也出手了，迎了上来。无面人太被动了，没人攻击他，他就像个木头人一般，一动也不动。没有办法，辰南只能亲自出手，将洪荒大旗炼入了身体中，单以强横的肉体向通天轰撞了一记！通天也不敢小觑他，挥动手臂猛力扫出一记神光，同时探巨爪向着无面人抓去。这等于给他自己树立了一个大敌，如若不攻击无面人什么事也没有，而他主动出手，立刻遭遇了强烈的反击。

　　古老而又神秘的法印被无面人挥动而出，竟然完全将通天笼罩在了里面，险些让通天吃一个大亏！"哗啦啦！"就在这个时候，背后万丈神树光芒耀眼，而后飞快缩小，在刹那间化成了一个十岁左右的小女孩，像个快乐的小精灵一般，大叫着："嘻嘻，老爹我来了！""唰"的一声，绿色神光横扫，依依在刹那间变成宝树，将跟随通天而来的一名洪荒巨擘扫了出去，而后又化回了小女孩模样。"杀！"一声娇喝，依依竟然化成了后羿弓，向着通天射出一道绿芒，璀璨的光芒像是天刀一般，撕裂了这片空间，隔断成了两片。通天连连拍动双掌，打出一道道绚烂的光芒，才将绿色神箭化掉。

　　"我是至尊！"依依娇喝的声音虽然略显稚嫩，但是威压却是迫人无比。她似乎激起了曾经的大部分潜能。辰南大笑，依依的表现出乎他的意料，他真心地高兴。

"轰隆隆！"远处，忽然传来阵阵剧烈的能量波动，七名强大的天阶高手飞快冲来。为首之人，是一个丰姿绝世的女子，白衣胜雪，肤若凝脂，竟然是第二批太古神的领军人物之一萱萱，她身后的几人也都是太古神，他们将一个庞然大物逼进了这片空间。那头庞然大物，浑身笼罩着重重黑雾，唯有三道冷森幽碧的目光自黑暗中射出。辰南一惊，这不就是他在半路上曾经感应到的那头古兽吗？有着古天路的气息！没有想到，竟然被这些太古神遇到了，逼到了这里。

通天面色骤变，看到又来了这么多的高手，想就此退走，但是退路早已被众人阻断。"嗷吼！"三眼古兽一声咆哮，整片空间都在战栗，可怕的啸声让人有一股头皮发麻的感觉！

遥远的混沌深处，守墓老人正在敲着一个和尚的光头，道："快走，快走！收你这个徒弟，真是累死我了。""我并没有想拜你为师，是你非要收我为徒。"青年和尚被守墓老人敲得异常恼火。奈何，他的速度确实还跟不上守墓老人，小声嘀咕道："要不是六道突然崩碎，被你救了，上了你的贼船，我何至于此啊！"蓦然间，守墓老人听到那可怕的兽吼，惊道："天兽，是天兽！快去看看发生了什么！"说到这里，守墓老人不忘又狠狠地敲了青年和尚的光头一记。青年和尚欲哭无泪，万分懊恼地跟着守墓老人飞行。很快，他们就冲到了辰南他们所在的空间，青年和尚瞬间看到辰南，惊叫道："辰南！"

辰南显然也已发现了他们，惊呼道："玄奘，你还活着！""哎呀呀！"玄奘闻听此话，像是被刺激到了一般，大吼道，"我与变态恒久远的老……师父在一起，当然活着！"很显然他想大喊"老不死"，但临时改口了。守墓老人嘴巴太严了，明明相遇过几次了，居然都未曾向辰南吐露这个消息。直至今日他亲眼见到玄奘。"活着就好！"他只能这样感叹了。是的，历经大破灭后，能够活下来就好。

虚空中的恐怖波动，似小行星撞入了大海一般，涌动起剧烈的海啸，高天之上重重无形的能量巨浪向着四面八方汹涌而去。天兽在咆哮，庞大的躯体隐伏在黑雾中，显得异常阴森恐怖。现在，它被诸多天阶太古神逼到了这里，显然非常愤怒，但是诸多强者联手，却也让它有些无可奈何之感。这个时候，远方的虚空中，守墓老人如木雕泥塑一般，呆呆发愣，看着不远处那个风华绝代的女子，似乎不敢相信自己的眼睛。

"萱萱，你没有死？"守墓老人声音有些颤抖。"师父？！"那白衣飘飘、气质出尘的女子也惊愕地望着守墓老人，而后在原地留下一道残影，出现在守墓老人的身前，哽咽着倒身便拜了下去，道："师父……""当初看到你粉身碎骨，而后卷入时空隧道中，以为你……"守墓老人大笑了起来，不过眼睛却有些湿润，道，"你平安无恙就好，不要哭了！"

"师父你也平安无恙，我真是太高兴了。"被称作萱萱的白衣女子，轻盈地站了起来。"哈哈！"守墓老人大笑不断，不过语音却也有些哽咽，道，"当年那个调皮捣蛋的小姑娘长大了，不要哭，我还是喜欢嬉笑活泼的你！"萱萱也笑了起来，当真是一笑倾城，丰姿绝世。让辰南与玄奘无言的还是守墓老人的身份，他竟然是萱萱的师父，果然是人不可貌相啊。

能量波动狂涌，天兽冲了过来，想要突破重围，逃离这里。"萱萱，先要干掉这头天兽，我们再来叙旧！"守墓老人道。"师父，让我来吧。"萱萱就要冲上前去。守墓老人笑了起来，道："不要以为你师父无用，当年你确实是青出于蓝而胜于蓝。不过，你师父是谁啊？最为天才的强者呀，这些年来我一直在参悟修炼之法，早已超脱了原来的自我。"

"师父就是喜欢吹牛！"萱萱笑了起来。"这一次师父没有吹牛，我确实有不少感悟啊。其实，我们每一个人都能成为'天'，每一个人都能成为一片宇宙，任何人的潜力都是无穷无尽的，关键是怎样挖掘出来……"守墓老人的这番话语，让现场的几位强者都神色一变，所有人都不动声色地静听。但是，守墓老人非常可恶地就此打住了，一句话结束，道："以后，师父慢慢告诉你，现在先灭那天兽。"说到这里，守墓老人骤然返老还童，化成了年轻人的体貌，却没有冲上去，而是极具煽动性地大喊道："大家一起上啊！"

远处，玄奘与辰南同时泄气，这个老家伙真是让人无语，以为他要雄起呢，很想看看他的真正修为如何，但又这样！原本与通天对峙的几位修者已经与萱萱他们汇聚到了一起，通天与另外两名洪荒巨擘纷纷后退，想要离开这片战场。"慢着！"萱萱拦住了他们的去路，道："通天，你向来是个摇摆不定的人物，今天我想问一句，你到底是站在混沌遗民一方，还是站在我们这一方。我可以告诉你，近日内，我们将与混沌遗民开战。你最好尽快做出一个选择。你太强大了，当初正是因为你的不确定，而遭遇两方共同封印。这一次，希望你不要只想着保全自身。"

通天，绝对的无敌强者，一个重要的不确定因素，无论是天之一系，还是太古神一方，都对他心怀戒备。"我知道！"通天带着两人快速离去。

"杀！"五位太古神向着天兽冲去。"嗷吼！"巨大的咆哮声直接震裂了虚空，这片暗黑的空间不断地崩碎。天兽可怕得让人吃惊！凶眼射出三道阴森的光芒，横扫冲上前去的几位太古神。

"当！""铿！"几位太古神出手相抗，与那些光束相击后发出阵阵铿锵之音。守墓老人冲着辰南大叫道："小子，你手里的洪荒大旗可是好东西呀，还不快拿出来轰杀那天兽。""什么是天兽？还有，你为何又不动手？"辰南发现守墓老人这个老滑头居然就在萱萱的旁边，根本没有动手的意思，原来说的那些话等于白说了。

守墓老人道："天道之下的护法凶兽！"辰南闻听此言一惊，古天路到底是怎样一个所在，这天兽似乎是从那里逃出来的，天不会就在那里吧？！辰南冲了过去，手中洪荒大旗猛烈摇动，荡起阵阵星光，璀璨的星空笼罩了他。更有一道道星辰之光射向那黑雾中的天兽，震荡起莫大的威压。与此同时，他将血色巨棺掷向了天兽，无面人跟着飞了过去。

"嗷吼！"天兽似乎对血棺深有忌讳，发出一声震天的吼啸。远处，萱萱疑惑地看着辰南，道："我怎么觉得他很特殊呢，为何、为何有一丝熟悉的感觉。"守墓老人点了点头，小声道："你也感觉到了吧，我关注这个小子很长时间了。我怀疑有高人对他做了手脚，我觉得有人在以他为棋子，不是做成'车马炮'，而是像一个'小卒子'那般，让他一步一步向前冲。虽然是一个小兵，但是关键时刻，可能会爆发出无与伦比的杀伤力！"

萱萱若有所思道："你觉得他是我们熟悉的人吗？"守墓老人道："这个可不好说，既然有人想掩盖这一切，绝不可能留下破绽，除非彻底分解他的灵魂来观探。我敢说，他被人改命了，原有的一切命格都早已大变样。""会是谁为他改命了呢？"萱萱有些狐疑。"似乎不是魔主做的，我心中非常怀疑几个人。"守墓老人神色郑重，道："我怀疑不是独孤败天就是你的小儿子独孤小败。"

"败天他……"萱萱眼睛红了。"没死，那个家伙绝对没死！"守墓老人气得叫道，"这个混账家伙，他想瞒过所有人，但是他绝对瞒不过我。当然，我也是近来才想通的，他不可能死！一种直觉告诉我，他在背后导演着一部大戏！"守墓老人的口吻非常肯定。

萱萱道："那小败……"守墓老人道："小败也不会死，不要忘记我们当初一致得出的结论，他继承了你与败天的最优血脉，他的成就不会在独孤败天与大魔天王之下的！这个小家伙不知道藏在什么地方了，所以我严重怀疑是他们父子导演了一场大戏！我推演了无数次，发觉那混账父子二人绝对都好好地活着！"

"嗷吼！"远处，天兽咆哮震天，让天阶高手都有股战栗般的感觉，那是一种极其恐怖的"势"！守墓老人大叫道："不好，这似乎是一头古天兽啊！上一次大破灭时代前的古兽啊，怎么现在还有？！我们也过去。"守墓老人与萱萱也冲了过去，旁边那些没有出手的太古神也跟着冲上前去，一起围攻不断咆哮的天兽。十几名太古高手同时出手，天兽即便再强大，也根本无法匹敌。最后"哐当"一声巨响，庞大的天兽，竟然被打向了巨棺！血棺冲起阵阵红光，而后突然间暴涨，将天兽吞了进去，原本敞开的棺盖"轰隆"一声自动闭合。所有人都大吃一惊，这个变故出乎众人意料。

辰南也是一惊，方才主要是他以洪荒大旗猛扫，将天兽推向了血棺，想让那无面人出手，不承想血棺封住了天兽。"小子，据说这血棺是你背来的？"平静下来后，守墓老人来到辰南近前，向他追问。辰南道："是的，你难道看出了什么吗？我就是不明白它的来历，想让你们品鉴一番。""你是从哪里寻来的？"守墓老人继续追问。辰南道：

"古天路中，就是我曾经被困的那片空间。"这个时候，所有的太古神都聚了过来，包括萱萱。他们认真地听着辰南介绍古天路中的情况，好久都无言。

"那无底深渊中貌似有古怪啊，我们必须去那里探究一番！"守墓老人对着众人道。萱萱点了点头，道："好吧，正好第二批太古神还没有全部回归，还不适宜向混沌遗民全面开战。我们就去那古天路中探究一番，看看无底地狱中到底有什么隐秘！"

血棺牢牢封闭着，不过却缩小了不少，众人准备进入古天路中再处理里面的天兽。无面人如影子一般，跟随在辰南的背后。而小依依则拉着辰南的手，在他身旁蹦蹦跳跳。当然，两个俘虏九头天龙与邪尊也被带着。十几位太古神在一片茫茫混沌海中共同发力打碎虚空，刹那间白骨铺就成的大道出现了，一直通向无尽的虚空深处。众人同时迈步上前，光芒飞快流转，刹那间他们进入一片陌生的所在，茫茫白骨地出现在他们的眼前，众人进入了古天路中！

十几位天阶高手共同进入古天路，激荡起的能量磅礴无比，始一出现，下方的无尽骸骨便被强烈的能量波动震荡得颤动了起来，仿佛要复活一般。

"哎呀呀，外敌入侵！毁灭之眼！"澹台璇的肉身被两个小毛头控制着，"轰隆隆"射出几道毁灭之光，刹那间轰了过来。守墓老人的胡须应声而落，依仗他闪头快，躲避了过去。"呀，是这个坏老头，打打打！"两个小不点见不是敌人，张牙舞爪地扑了上来，黏在了守墓老人的身上。守墓老人顿时龇牙咧嘴，这两个小不点也太不认生了，不过是对付太上的时候认识的而已，这次居然见面就黏了上来，状若亲热，实则揪耳朵抓头发。

"撒手！"守墓老人比较郁闷，难道长得真比较像坏人，这两个小毛头怎么上来就对他张牙舞爪啊。"不嘛，你是坏蛋，总是骗人，你是老骗子！"两个小不点连拉带拽，同时大叫着，"老爹，我们帮你报仇了！"众人莞尔，守墓老人则郁闷不已。

远处，空空惊喜地大叫道："依依……"这可是一次难得的团圆，依依也高兴地跑了过来，得知这两个有她风范的小不点是她的小弟与小妹，顿时眉开眼笑起来。两个小不点叫道："啥啥啥，你是我们的姐姐，有啥米礼物呢？"依依笑嘻嘻地给了他们一人一片晶莹剔透的绿玉叶，道："保命神叶，究竟有什么好处，自己慢慢体会去。"两个小不点齐声道："谢谢姐姐！"大小四个孩子，嬉笑不断，活泼无比。

"就是这里！"辰南带着太古神来到暗黑大峡谷旁边，手指着下方无尽的黑暗地狱，道，"这里似乎是一个无底深渊，仿佛难以探寻到尽头。"众人早已感觉到了此地的不同，他们的修为大受限制，力量被压制得下降了很多。"嗷呜！"这个时候，喝得醉醺醺的紫金神龙走了过来。如今它体内的力量已经渐渐觉醒了过来，这几日又进行了一次蜕变，透发出的强大气息，与以往大不相同了。

守墓老人眯着眼睛看着它，道："这个家伙，以前我还真是看走眼了，难道是他？""紫风！"旁边，有太古神惊声道，"似乎是紫风！""是在说龙大爷吗？"紫金神龙醉眼蒙眬，点指着他们道，"你怎么四个眼睛，六条腿呀，来干杯……"

"嗖嗖！"几声破空之响，四名太古神冲了过去，牢牢地将痞子龙给按住了，强大无匹的神力全部向着它的身体涌动而去，磅礴的力量似乎想激发紫金神龙沉睡的潜能。

"是它，是紫风那个混蛋！""是那个混账家伙！""我们帮它一把吧！"……从这些人的话语中可以听出，紫金神龙过去绝对不是一个正经的君子。现在，这帮人认出了它的身份，共同催动太古神力，激发老痞子体内的潜能，想要唤醒它沉睡的力量。

"你们大爷的，欺负老龙我喝醉了怎么地？"很显然，它确实醉得一塌糊涂。不过体内的强大力量确实被激发了出来，浑身上下紫光缭绕，像是熊熊烈焰在燃烧一般，让这片昏暗的白骨地到处都是刺目的紫光。最后一团紫色的雾气渐渐实质化，将它深深包裹在了里面，竟然形成了一个紫色光团，痞子龙开始了真正的大蜕变！这可能是一个极其漫长的过程，也许几十年、上百年才能完成，也可能很短暂，在几个月内完成，一切都要看它觉醒的力量是否足够活跃。当然，这是源于力量上的觉醒，它以往的关于紫风的记忆可能将永远地消失，或者说紫风永远地消逝了，一个无比强大的紫金天龙将要出现在这个世界之上！

水晶骷髅与另外几具骷髅都不在白骨地，很显然又进入了暗黑大峡谷中。没有急于进入无底地狱，辰南他们首先将血棺围在了当中，而后开棺共同发力，准备炼化被封印在里面的天兽。十几道璀璨的神光共同笼罩在打开的血棺上，那里顿时被光芒淹没了，阵阵痛苦的兽吼声不断发出，一头凶横的恶兽在黑雾中剧烈挣扎，想要化成庞然大物。但是几次都被压制了下去，凭一己之力，怎么可能对付得了这么多太古神的力量呢！

"吼——"一声无比痛苦的嘶吼声过后，黑雾渐渐散去了，天兽露出了真容，它的力量已经被太古神击散了，它被生生地封印了。这是一个三头狮子，不过每个头颅上都仅仅有一只眼睛，额头上竖立独眼。面目狰狞无比，异常凶恶，即便力量被打散，庞大的躯体被封印成小猫般大小，但它也在张牙舞爪，想要扑击太古神。众人展开搜魂大法，想要攫取它的记忆，但却发觉它虽然强大无匹，但是竟然真的只是一头野兽，是一头空有力量、但绝对被人操控的战斗凶兽！它的记忆早已被人抹除，有的只是战斗的本能。不过，众人还是从它的记忆中得知，无底地狱下有着让它绝对恐惧的力量，它的所作所为都源于下方的指令。这一次它是为了追寻血棺而出动的。

"孩子们，送你们一头小宠物！"获悉一切后，辰南将三头小狮子送给了玄玄与索索他们，惹得几个孩子一阵欢呼。现场的太古神面面相觑，这真是太奢侈了！那是天兽啊，解除封印以后，将是一头力量无比强大、让太古神都要为之头痛的恐怖凶兽，是传说中天道的护法凶兽！现在，居然成了几个孩子的宠物！"嗷吼！"天兽开始时还咆哮不断，但最后被几个小家伙蹂躏得只能呜咽了。

守墓老人、萱萱等太古神跟着辰南一起来到了悬崖峭壁之上，而后众人没有任何犹豫，全部向下攀爬而去。现在，这样一股强大无匹的力量应该可以应付一切危险了。众人决定探明下方的一切。除非遇到"天"，不然没有人可以阻挡他们。这一次，在半路上没有遇到任何阻挡，一路向下。

四千米！六千米！……一万米！真的如无底地狱一般，深不见底！他们从来没有见到过如此深的大峡谷！直至下行到两万米时，他们在这里感觉到了一股奇异的能量波动！但是，依然没有见底的迹象！实在邪异而又可怕无比。守墓老人与萱萱等太古神也渐渐感觉有些不安了。对于上方的那片战场，他们是知道的，但是对于这个大峡谷，他们却是如此陌生，在记忆中根本不存在！

"咔嚓咔嚓！"无尽的黑暗中传来阵阵让人毛骨悚然的声响，辰南他们都有些吃惊，到了下方，力量被压制得更加严重了，他们不得不谨慎防备。不过，却是虚惊一场，水晶骷髅带领金、银、紫、玉、黑五色骷髅，顺着崖壁正在向上攀爬，它们的身体这一次又是彻底龟裂，勉强能够维持人形不碎。"是它！"守墓老人认得水晶骷髅，与辰南一道制止了想要出手的太古神。朦胧的光辉笼罩着水晶骷髅，它的周围是一片虚淡模糊的世界，这让几位太古神皆吃惊不已。

"它是谁？生前恐怕是一个有资格化身为天的存在！""它以前似乎已经开创了一方宇宙！""该不会是青天或苍天的骸骨吧？"……点点星光自水晶骷髅那片朦胧的世界透发而出。这让几位太古神皆吃惊地望着它。

这些话语，让辰南心中一阵嘀咕，难道水晶骷髅生前是一个"天"？但是，他心中隐约间已经将之当成了雨馨的前世啊！这样说来，雨馨前世的身份，岂不是太让人震惊了，一个"天"！他们不会走向对立面吧？辰南心中一阵胡思乱想。太古神没有阻拦水晶骷髅它们，让它们无阻地向上攀爬而去。而后众人继续下行，很显然万丈深渊之下，隐藏着天大的秘密，必须要探个究竟。

两万三千米！两万五千米！两万八千米！……可怕的深度，犹如永无止境！下方黑云翻滚，即便诸神都早已开了天眼，但是也难以看个通彻！直至下行到大约三万米时，众人感觉到了周围有可怕的凶光在注视着他们，在无比黑暗的深渊中，透发着邪异的光芒。众人感觉到了强烈的危险，这些黑暗中的生物绝对不比天兽差！凶残的煞气在弥漫，黑云翻滚得更加剧烈了！辰南猛力摇动洪荒大旗，一股毁灭性的气息爆发而出，将那些未知的生物逼得飞快退走了。

"大家小心！"守墓老人露出凝重之色，道，"我们可能接近目的地了。"就在这个时候，深渊下传来一股极其猛烈的波动，震得众人险些自崖壁之上坠落下去，一个洪大的声音，在无尽的黑暗中响起，震耳欲聋，像是天雷在激荡一般："为何扰乱这里的清净？"

"你是谁？"萱萱喝问。对方道："不知道我是谁，你们也敢强闯这里吗？""少要装神弄鬼，你到底是谁？"守墓老人大喝。"世间一切，一草一木，天地万物，都随着我的意志而兴衰存亡，我是万物的主宰者，我是众生顶礼膜拜的'天'！"浩大的声音，直震得乌云翻滚，云浪滔天，整座无底地狱都在颤动！"我是天！"巨大的声音，振聋发聩，像是巨锤敲打在了众人的心间，让这些太古神心神剧震，在崖壁之上连连摇晃。

"轰隆隆！"巨大的石块不断向下滚落，完全是被那宏大的声音震落的！坠石不断，像是灰尘在簌簌落下一般。太古神们不得不透发出神光，护住自己的身体，抵挡着雷霆万钧的奔石。这实在太突然了，怎么可能是"天"呢？为什么是"天"？！诸神都不太相信，但是种种蛛丝马迹显示，这似乎是真实的，不然为何会有古天兽呢？古天兽那是天道的护法凶兽，别人的命令它是不会听从的。只是魔主等人不是踏上通天之路了吗？他们去的地方难道不是天之所在地吗？还是说他们根本就没有进军天道？

这让众人想不明白。如果魔主等人真的没有与"天"相遇的话，那么他们走上通天之路还有什么意义呢！"你要是'天'，我就是天王老子！"辰南大喝，不相信这真的是"天"！"大胆！"一声洪大喝吼，伴随着隆隆巨响，无尽的乌云翻滚着，如海啸一般，冲撞向攀附在崖壁之上的众人。

"轰隆隆！"能量波动如惊涛拍岸一般，剧烈而又浩大无比。不过，也仅仅是剧烈而又浩大，并没有真正毁灭在场的太古神。众人成功抵挡住了这次轰击，又有无尽的巨石滚落下崖壁。"哈哈！"守墓老人大笑，道，"装神弄鬼，就你这样也敢自称为天，真是笑话。你要是天，我是天他祖爷爷！"辰南无言，这个老东西不是占他便宜吗，真是个为老不尊的家伙。无底深渊中，再无任何声响了，"天"不再发音，像是被众人的实力震住了。

黑暗的大峡谷恢复了平静，但是众人知道这是表面现象。无论那发话的人是不是天，都不会就此被惊走的，一定在暗中窥视着众人，说不定突然间就会施加杀手。"继续前进！"守墓老人率先向下跳跃，在崖壁上灵活得像个神猿一般。"大家小心！"萱萱在黑暗中整个人笼罩着朦胧的光辉，显得圣洁无比。

　　三万一千米！三万三千米！……一直到三万五千米，那浩大的声音再次出现了："打扰我的平静，你们就全部殒身于此吧！"这个时候，危险的气息像是剧烈涌动的海浪一般突然出现在周围，而后向着众人铺天盖地般笼罩而来。周围是一片吓人的凶光，其中有六头凶残的庞然大物，眸子透发出的凶光在黑暗中是如此醒目。如小山般的庞大体魄在天眼通的注视下若隐若现，皆高大无比，异常狰狞。

　　"嗷吼——"兽吼震天，六头巨兽咆哮着向着太古神冲来。炽烈光芒爆发而出，一只巨爪在刹那间狠狠地抓在了石壁之上，辰南急忙躲避，伴随着石壁崩裂的声响，巨爪像是抓在了豆腐上一般，生生挖出几道十几米长的巨沟！天兽的力量在这里同样被压制，但是它们的兽爪实在太过锐利了。太古神们遭遇了猛烈的攻击，一时间崖壁之上乱石迸溅，嘶吼不断，炽烈光芒不断爆发而出。可怕的能量波动，像是怒海在咆哮一般，崖壁剧烈颤动。几个太古神无法躲避，竭尽全力提升功力，飞临在空中开始与这些天兽大战。神光不断划破长空，像是一道道流星一般，留下璀璨的光芒，但是天兽实在太过强大了，一道道绚烂的光芒，竟然无法穿透他们的躯体，只将他们打得翻滚个不停，咆哮不断，并没有伤害到性命。

　　"啊——"一名太古神竟然被三头天兽围在当中，被它们联手撕裂了！守墓老人一声大喝，手中出现一道青蒙蒙的轮盘，轮盘爆发出一道毁灭性的气息，在刹那间击穿了一头天兽的头颅，将之打下了万丈深渊。守墓老人将那名被撕裂的天阶高手带了出来，而后手中青蒙蒙的轮盘笼罩在了他的身上，在刹那间帮他重组了身体。

　　"师父臭老头，生死盘居然落到了你的手里，这可是开天重宝之一啊！"萱萱惊喜地叫道。"嘿嘿，你师父我是谁啊，手里哪能没件好东西呢！"守墓老人依然是那副欠扁的样子。

"居然是生死盘！""不比轮回盘差多少啊！""你这个老不正经，居然得到了这件重宝！"……旁边的太古神皆惊呼。"嘿嘿，好东西有德者据之。"守墓老人这些话让众人齐齐嗤笑。萱萱道："师父你又在自吹了。关键的是要看个人的实力，不然纵是掌控磨世盘也难以无敌天下。师父，让你看看我的实力。"说到这里，萱萱轻喝："破天式！"

一道灿灿神光，像是照亮了大地的彗星一般，在刹那间迸发而出，瞬间袭中了一头天兽。一声惨叫过后，庞大的天兽四分五裂，向着深渊下坠落而去。"裂天式！"萱萱再次轻喝，透发着圣洁光辉的仙躯，当真是丰姿绝世，一道神光自她双手间激射而出，又是一头天兽被腰斩！向着无底地狱下坠落而去。第一魔女萱萱展露出的绝世玄功，深深将几位太古神镇住了，让天兽更是感觉到了阵阵恐惧。

守墓老人也是惊异无比地看着她，道："小丫头越来越厉害了，我就知道以你的天分来说，必将会不断突破的。"恐怕也只有他敢这样称呼这个号称第一魔女的女子。"大家一起上！"守墓老人大喊着，"就是天的老巢又如何，抄掉！"说话时他双手猛力转动生死盘，一股毁灭性的气息爆发而出，在刹那间轰碎了一头天兽的身体。这里是古天路，所有人的力量都被压制，天兽遭受如此毁灭性的攻击，也只能无奈地坠落向深渊，根本无法重组身体。再说，生死盘那是霸道无比的宝物，也不可能给它们机会重组。

守墓老人道："小子，你不要愣着啊，你手中的洪荒大旗，不比我的生死盘差，还不快出手！""好！"辰南应道，手中洪荒大旗猛烈摇动，荡起一股可怕的能量漩涡，一片星辰之光透发而出，将恶攻太古神的两头天兽在刹那间打飞了出去，眼看着它们的身体龟裂了。天兽也有强有弱啊！辰南瞬间明白了，这几头天兽明显远不如被血棺封住的那只三头狮子。

"嗷吼！"兽吼不断，黑暗中竟然再次出现十几道可怕的凶光，天兽杀之不绝，援军到了！"吼——"声声兽吼，直震得天摇地动，深渊中乌云剧烈翻滚。辰南他们被淹没在了天兽的包围中。这个时候，所有人都竭尽全力，让自己飞行了起来。但是面对如同海啸一般的攻击，众人都感觉到了莫大的压力。很明显再次出现的天兽与三头狮子相比丝毫不逊色，辰南、守墓老人、萱萱根本不可能做到一击必杀，甚至他们有了无力感。而太古神当中，有数人已经坠落向了万丈深渊中，境况非常危险！

在狂暴的大对决中，十几头强大的天兽近乎狂暴了，在被压制力量的情况下，依然能够撕裂虚空，将太古神逼得不断向下坠落。守墓老人用生死盘轰杀两头无比强大的天兽后，也被一条巨尾砸向了深渊中，萱萱也没能避免这种命运，也不得不退向深渊。因为，在他们的头顶，十几头天兽如乌云一般，将退路覆盖住了。辰南以洪荒大旗再次崩碎一头天兽后，也被打向了无底地狱。不过，众人明白了一件事情，天兽并非无穷无尽，真正实力强大的，仅仅这十几头而已。

耳畔风声呼呼作响，辰南任由身体自由下坠，因为现在已经没有力量飞行了，在下方力量被压制得更厉害了。最后，他用洪荒大旗包裹住了身体。就这样无止境地下坠，他凭着感觉距离地面足有五万米了！而后，"轰隆"一声，辰南狠狠地砸在了地面！地上出现一个可怖的大坑，裂开一道道大裂缝，大地一阵剧烈摇动。在己身力量几乎被封印的情况下，如果不是被洪荒大旗包裹着护住了身体，辰南定然粉身碎骨了。

无比黑暗的大峡谷中，没有一丝光亮，而且似乎广阔无比，在这里没有一丝声响，像是闯进了一片绝对的虚空中，一片死寂！也不知道过了多久，辰南从昏迷中醒来，身体并无大碍，洪荒大旗在透发着朦胧的光辉，包裹着他。天眼神通还在，不过只能看清几米内的景物，看着眼前的巨大坑穴，他可以想象撞击下来时的巨大力量，他有洪荒大旗护体才保无恙，不知道其他人是否能平安活下来。

爬出巨坑，他发现根本不能飞行了，全身大部分力量都被压制得似乎消失了一般。天兽也不敢飞降到这里，不然它们根本无力飞起！死寂的大峡谷，空旷得可怕，任辰南大声呼喊，都没有任何声音回应，不知道守墓老人与萱萱他们到底怎样了。大峡谷实在太过辽阔了，辰南手持洪荒大旗，行走了一个多时辰，也没有任何发现。黑暗的峡谷内，除却冰冷的大地与岩石之外，再也没有任何景物。这里寂静得有些可怕！

"嗒、嗒、嗒……"暗黑中唯有他的脚步声清晰地回响着。"天，你给我出来，天王老子来了！"辰南大声地吼啸着。直至两个时辰之后，他在大峡谷中看到一座若隐若现的小山模糊地浮现在前方。辰南大步向前走去，手中洪荒大旗猎猎作响，防备着不测，因为在这里他感觉到了阵阵能量波动。只是，到了近前看清之后，他倒吸了一口凉气，这竟然是一个巨大的坟头！

绝谷，古坟，这一切显得异常邪异！辰南转到了古坟的正面，一面十米高的墓碑矗立在坟前，上面划刻着非常古老的文字，他根本不认识，不过尝试用神识探索时，一道精神烙印冲进了他的脑海中，他瞬间明白了这是何人的墓穴。

竟然是——苍天之墓！一个天墓！辰南倒吸了一口凉气，怪不得大峡谷如此可怕，这里竟然有一个天墓！辰南很想扒开坟墓看一看，但是最终未敢轻举妄动，恐怖的峡谷内一切都有可能发生，他决定先在附近转一转，看看是否还会有其他发现，再做决定。前行了数里地，又一座巨大的坟墓出现在眼前！

让辰南无比吃惊的是，这座坟墓似乎建立得并不久远，最多不过千载光阴，远远无法和刚才的苍天之墓相比，苍天坟墓存在多少岁月，已经无法推测了。转到那十米高的墓碑前，辰南用神识感应到了一道精神烙印，这竟然是六分之五的黄天之墓！

黄天之墓，又一个天墓！辰南心中震惊到了极点！他再次向前走去，过了数里，隐约间又看到了一座巨大的坟墓！辰南深深被镇住了，他感觉到了事情的严重性！这里似乎是葬天的所在，这里是天的墓群！他由神墓中复活，发生在他身上的重大事件，几乎都与墓有关，现在看到几座天墓，让辰南心中异常不安。由墓而活，由墓而生，最终不会再次回到起点吧？！他心中难以平静！

无尽的黑暗！绝谷！天墓！这一切，无形中营造出一种极其邪异的气氛，无形的"势"带给人极其强大的压迫感。辰南向着前方一步步走去，那模糊的高大墓影让他很难平静。在前进的过程中，他猛力摇动洪荒大旗，将禁锢在里面的九头天龙与邪尊放了出来，在可怕的大峡谷中多一个人就多一份力量，尽管这两个人不是善类，但毕竟属于"非天"的范畴。

"这是什么地方？辰南你将我们带到了哪里？"邪尊怀抱魔琴，无比谨慎地戒备着。而另一边九头天龙已经惊呼了起来，发现在这里竟然不能祭出量天尺了，功力被压制得极其厉害，让他几乎怀疑被废去了一身修为。辰南明白他们此时的感受，不要说这里，就是那地面之上，施展无情刀都极其困难，到了这里几乎成了寻常高手了。

"哗啦啦！"洪荒大旗再次摇动，血棺飞了出来，无面人静静地立身在血棺旁边一动不动。虽然不知道他的底细，但是辰南却明白无面人暂时似乎不会对他不利，倒是可以借助其强大的力量。辰南转身看着九头天龙与邪尊，道："这里是葬天之地，想要活命的话，就老老实实地与我齐心协力吧。"说罢，不理他们，大步向前走去。

这座坟墓，依然是一座古坟，也不知道存在多少岁月了，辰南转到巨坟的正面，十米高的巨碑上清晰地刻着几个大字，辰南用神识去感应，得到了一组信息，这里竟然是幽冥天之墓！果然又是一个天墓！

辰南已经见识了苍天与黄天之墓，神色还算正常，但是邪尊与九头天龙却大惊失色，纷纷惊呼出声："葬天之所，这里真的埋葬着天？""辰南你为什么把我们带到这里来？"辰南冷哼道："哪有那么多的为什么，现在你们还是仔细想想如何保命吧。"九头天龙与邪尊也算是了不起的人物，但是在这葬天之所都不得不老实地闭住了嘴巴。

辰南现在还不想打开一个天墓来看看，以前曾经开过六分之一的黄天之墓，结果已经让他大感吃惊了，现在在这样一个地方，没有十足的把握，他觉得还是少动为妙。离开这里，前行了大概几里地，辰南闻到阵阵刺鼻的血腥味，快步向前冲去，只见一头天兽的尸体已经化成肉泥，像是一张肉饼一般稀薄地摊在地面之上。不远处，还有较小的一片血泥，是一个陨落的太古神！

这有些可怕！一个太古神在这里竟然摔死了！在其他地方，这或许算是个笑话，但是在这里却真实地发生了。所有人的力量严重被压制，就连神识也不例外，曾经能够飞天遁地的太古神在这里仅仅相当于普通人！一定是这些天墓造成的！辰南现在终于知道为何古天路大异于其他各地，这里埋葬着死去的"天"，是他们的骸骨扰乱并压制了这片空间的力量，让一切都显得不正常。

不远处，一阵虚弱的呻吟声传来，辰南快步走了过去，只见一个太古神倒在血泊中，下半身已经粉碎，难以移动半步。很明显他是划着崖壁跌落下来的，不然也难以逃脱粉身碎骨的噩运，这让九头天龙与邪尊阵阵惊惧。"没有想到竟然来到了这样一个鬼地方！"那名太古神无奈地冲着辰南苦笑。以他现在的力量来说，根本无力重组身体。

"不用担心，你会很快恢复过来的！"辰南用洪荒大旗将他卷了进去，在一片朦胧的星空中消失不见。随后，他有些艰难地打开了内天地，从里面取出大量的生命源泉，打入洪荒大旗中，让那名太古神恢复元气。生命源泉在这里等于无价瑰宝。

突然间，浩大的声音在辰南耳畔响起："卑微的人类，这是对你们的惩罚。让你们永远地安息于此已经是最大的恩赐，让你们与天墓同在。"是那个自称为"天"的家伙！很显然"天"的力量在这里也被大大压制了，声音竟然远远不如在高空时那般洪大。辰南并不惧怕他，如果这个"天"真的能够彻底毁灭他们，就不会这样"光说不练"了。

辰南喝道："你闭嘴！聒噪的家伙！"九头天龙与邪尊真是心惊肉跳，险些叫出声来，最后面面相觑，辰南实在太胆大包天了吧，连"天"都敢咒骂，要知道这可不是背后偷偷咒骂啊，这是当着面训斥！"天"似乎有些愤怒，但最终还是平静而又冷漠地道："天道之下，一切皆为蝼蚁。"辰南懒得理这个让人无比讨厌的"天"，与九头天龙还有邪尊继续前进，又发现了两具太古神的尸体以及三名重伤者。后来，被救助的四名太古神在生命源泉的帮助下都恢复了过来，自洪荒大旗中走出，与他们的力量合在了一起，形成了一股强大的战力。

对方道："卑微……"辰南道："卑你个头啊！你能不能换点花样，不要像个回声虫一样，总是不断重复着同样的话语！"不仅九头天龙与邪尊面面相觑，就是四位太古神也彻底无语了，这个辰南还真是不客气呀！对堂堂的老天呼来喝去，根本没当回事啊！不过，他们对这个一直威吓他们的"天"也是不胜其烦。但是，"天"的声音似乎无处不在，总是回响在他们的耳旁。最后，辰南用神念与几位太古神相商，共同搜寻"天"之所在，他们一致认为"天"似乎是残灵，化成了声音就缭绕在他们的附近。

"卑微的……""哗啦啦！"当那熟悉的"卑微"再次响起时，辰南在刹那间腾跃而起，在十几米高空中猛力摇动洪荒大旗，一片朦胧星光闪耀而出，天空中激荡起一股毁灭性的气息。"啊……"惨叫传来，"天"的"卑微"二字生生咽了回去，化成了愤怒的咆哮。但是，在洪荒大旗猛力的摇动之下，他快速地销声匿迹了。

"原来真是个纸老虎！"九头天龙与邪尊齐声惊叹。"哼，你们还真以为他是所谓的'天'！"辰南冷笑指着回路，道，"苍天之墓、黄天之墓、幽冥天之墓皆在这里，而这个'天'不过是残灵而已，定然是他们的残魂，是已经消逝了的'天'。"现在，事情已经渐渐清晰了，这里是葬天之所，有古天兽守护这里，也不足为奇，而这里所谓的"天"不过是天的残灵而已。当然，这一切足以震惊天下了，传出去绝对是撼天动地的消息。

"咔嚓咔嚓……"阵阵异响传入辰南他们的耳际，前方影影绰绰，有不少人影在晃动。几人顿时大吃一惊，窥探发觉，竟然是一群人在打扫战场！地面是破碎的骸骨与尸骸，打扫战场的人形生物中有骷髅，也有血肉之躯的人，其中不少人形生物都身穿战甲，不多时将满地的碎骨与残骸都带走了。辰南他们在后方紧紧跟随，不多时发现了一座高能有百米的巨大古坟！所有的人形生物都从古坟前的洞穴走了进去。

直至过了很久，这里恢复平静，辰南他们才悄悄走上前去。巨大的坟墓像是一座小山一般，比之苍天之墓以及黄天之墓还要高大许多，透发着迫人的气息。百余米高的巨大古碑之上清晰地刻着古老沧桑的字体，众人以强大的神念探视，感应到了一道精神烙印，得出的信息让他们大吃一惊，这里竟然是人王之墓！人王，绝对嚣张的名号，这岂不是说是所有修者的王吗？！巍然耸立的巨碑像是大山一般透发着无比强大的威压。辰南他们围绕着它不断转动，想要仔细看个明白，当转到墓碑的背面时，辰南一下子呆住了！

在墓碑的背面，竟然雕刻着一幅栩栩如生的人物图，图中是一位女子，可谓风华绝代，倾城倾国，她身披羽衣，头戴皇冠，虽然是石刻图，但是眸中仿佛流露着睥睨天下的神光！而女子的容貌，辰南实在太熟悉了，竟然是雨馨！这一切简直太不可思议了！实在超出了辰南的想象！

"你们知道人王的传说吗？"辰南感觉自己的声音有些颤抖。不仅是九头天龙与邪尊摇头，就是几位太古神也摇头不已，道："我们所处的神话时代，根本没有这样一个人物，从来没有听说过。"

人王，雨馨！要知道这里可是葬天之地啊，人王的坟墓居然被葬在这里，说明其身份不下于天！这对辰南的冲击非常巨大。不过，他却隐约间知道了雨馨的前世，水晶骷髅似乎是人王的骸骨！冥冥之中似乎有一股力量，让他不断去发觉秘密，关于雨馨的一切似乎马上就要水落石出了。

"人王不会是消逝了的神话时代的人物吧？"一位太古神说出了自己心中猜想。"应该不弱于天！"另一名太古神点头同意。辰南一阵思索之后，道："现在应该搞清楚，人王墓中为何会有那么多的人形生物，方才他们似乎刚刚与人战斗过，我们应该探明这一切。""该不会是方才我们看到的水晶骷髅吧？"一位太古神提出了心中的疑问。他们在攀爬下崖壁之际，确实遇到了水晶骷髅它们，这种猜想是非常有可能的。

"暂时离开这里，避免卷入不必要的漩涡。"又有人这样提议。万一是大峡谷内的死亡生物争斗，那就麻烦了，他们可能会卷入其中。众人皆同意，他们远离这里后，在黑暗中观察着这里的一切。不过连续几天都没有任何发现。随后，众人在无边无际的大峡谷内搜寻，想要找到其他太古神以及守墓老人与萱萱，但是却始终一无所获。

辰南对人王之墓格外上心，在他的建议下众人并没有远离这里，想探个究竟，毕竟这座古坟内有许多人形生物，让他们不得不关注。只是，一个月过去了，从来没有见到古墓中再有生物走出。在暗黑大峡谷中，寂静无声的等待是无比枯燥的，众人几次想尝试顺着崖壁攀爬，回到地面，但是都失败了。一股无形的力量禁锢着这里大部分区域，如果没有特殊办法的话，很难回返。现在唯有等待了，水晶骷髅或许是他们的希望，它也许知道特殊的路径。

直至三个月后，水晶骷髅再次出现了！"咔嚓咔嚓……"清晰的脚步声在前方响起，水晶骷髅带着金、银、玉、紫、黑五色骷髅，一步步向着人王墓走去。最终，它们竟然步入了墓穴中！很快，里面就传出了激烈无比的战斗声音。与天平坐的人王，她的骸骨为何要攻打自己的墓穴呢？辰南知道，雨馨对于他来说，也许将不再有秘密了，一切都将渐渐浮出水面。

辰南难以平静，就要冲上前去。不过他们这一队人马意见不一，半数人都不愿去犯险，认为根本没有必要，毕竟他们现在都已经被打落成了凡俗之体，失去了以往的神通。但是，辰南不同于他们，水晶骷髅可能是雨馨的前世骸骨，他不得不上前。最终，太古神留守在这里观望，辰南持洪荒大旗冲了过去。虽然邪异的大峡谷压制所有修者的力量，但洪荒大旗毕竟不是凡品，还是能够发挥出一些可怕的力量。

人王墓巍然耸立，透发着沉重的气息，在巨大的坟墓前，有一道裂开的墓穴，辰南快速冲了进去。这是被人开凿出来的墓穴道路，相对于巨大的古坟来说很细小，但是相对于个人来说已经非常开阔了。无尽的黑暗中，无数的白骨爪在舞动，透发着点点幽冥之光，即便被压制了力量，但仍然可以看出里面的不死生物非同一般。但是，洪荒大旗更加神异非凡，猛力摇动间，冲上前来的数十具骷髅眨眼间被震碎！

当然，这是墓穴的外围，相对来说凶险还不是很大。当辰南冲入墓穴深处时，他深深感觉到了人王墓非同一般，这里竟然自成一片空间！深处不再黑暗，惨绿色的光芒照亮了整片空间，无尽的虚空中竟然有小行星在旋转，有点点星光透发而出！骷髅大军与僵尸军团，正是自那些小行星上不断地通过奇特的传送阵向着墓穴中冲来。甚至，有个别骷髅王以及高阶不死生物是直接飞行过来的。在这里，个人被压制的力量明显不像大峡谷中那么严重了，像极了一片正在成形的小世界！

内天地与大世界最大的区别便是没有星辰，而这里却已经有了一些小行星。人王果然名不虚传，墓穴中竟然有一片未成形的世界！立身于一片惨绿色的虚空中，看着如潮水般冲上来的不死生物，辰南心中思绪千万，雨馨真的是人王吗？她自有一方世界，如果没有死去，恐怕已经开辟出第七道了吧。想到水晶骷髅周围环绕的朦胧世界，辰南就更加确信。

"哗啦啦！"数千具骸骨尽成灰土，洪荒大旗散发出毁灭性的气息，扫灭一切阻挡！这个时候，辰南终于看清了水晶骷髅的身影，它竟然在与七具水晶骷髅激战！它们除了额头闪烁着各色的彩光外，真的与水晶骷髅无半点差别！辰南大吃一惊，难道是曾经的化身骸骨，它们与水晶骷髅为什么要战斗呢？

"你已经寻回了自己的身体，为什么还如此相逼？"一个额头闪烁着青色光芒的骷髅透发出精神波动。水晶骷髅没有任何言语，额头上那点不灭灵光蓦然间化成一片朦胧的世界，将它包裹在了里面。激荡出无尽神圣光辉，向前汹涌澎湃而去。七具骷髅皆全力出手，轰杀水晶骷髅。七彩神光照耀天地间，茫茫虚空中到处都是彩霞神虹。

但是，水晶骷髅只攻其一，不理会其他，朦胧的世界竟然猛地将那额头透发着青色光辉的水晶骷髅吞没了。在无比绚烂的光辉中，水晶骷髅粉碎了那闪烁着青色光辉的骷髅。同时，它遭到了其余六具骷髅的轰杀，朦胧的世界也难以抵挡。它的身体出现一道道裂纹。似乎将要崩碎。

"今天不能再妥协了！"

"不能放它走，不然我们早晚都会被它一一消灭！"

"你是人王，我们也是人王，不要以为你是主体，死亡后分身与主体没什么区别！"

"我们承认，当初不该将你的骸骨分裂，打造成上百魔将，但是已经被你收回了，你不要逼人太甚！"

……

听到这些，辰南已经大致明白了，它们真是水晶骷髅的分身，之前似乎对水晶骷髅下过辣手。"轰！"六大分身竟然冲破了朦胧的世界，将水晶骷髅轰碎了，只剩下那个闪烁着不灭灵光的头骨在旋转。辰南摇动着洪荒大旗快速冲了过去，毁灭性的气息爆发而出，暂时阻挡住了它们的进攻。不过，似乎不用他出手，水晶骷髅的骨架在刹那间又重组了，当然上面依然布满裂纹。

朦胧的世界浮现而出，那早先被吞没的骷髅快速在神光中分解，化成点点水晶光辉冲向水晶骷髅，那具分身竟然成了它身体的一部分。与此同时，这片虚空似乎缩小了，许多飘浮着的小行星消失不见了，而笼罩着水晶骷髅的朦胧世界似乎清晰了一些，里面空间似乎广阔了许多。

远处传来阵阵惊呼，几位太古神竟然跟进来了。尽管九头天龙与邪尊不愿意进来，但是几位太古神还是比较担心辰南安危的，逼着两人一起冲了进来。几人看到水晶骷髅似乎在吞噬"世界"，都已经变色！

这个时候，浑身已经出现裂纹的水晶骷髅，额头中那点不灭灵光定格在了洪荒大旗之上，闪烁出明灭不定的光芒，最后它竟然无声地向辰南伸出了骨臂，似乎在向他索取。辰南有些惊愕，但最终将洪荒大旗递给了它。

"哗啦啦！"大旗猛烈摇动，整片虚空仿佛都将毁灭，远处的小行星竟然都跟着荡漾了起来，如狂风中的落叶一般。水晶骷髅周围的朦胧世界与洪荒大旗内浮现而出的无尽星光仿佛合在了一起，快速向着六大分身席卷而去。

"洪荒！""洪荒又现了！"……显然它们都非常惊慌，想要拼命逃避。但是无限的星光闪烁着，朦胧的世界仿佛扩展到这片虚空的边缘，彻底笼罩了这片奇异的空间。六大化身都被定住了！它们被逼无奈，全部尖叫着向水晶骷髅冲去，额骨上的各色彩光更是闪烁出刺目的光芒，全部激射向水晶骷髅。辰南快速后退，这是人王自己的战斗，现在不能插手。远处，同样处在朦胧世界中的太古神们也受到了波及，拼命抵抗，好在他们并没有处在激战的漩涡中。

"轰隆隆！"伴随着无尽的天雷鸣响，水晶骷髅被六大化身轰碎了，就连头骨也不例外！这让辰南吃惊得大叫了出来。好在沉睡在头骨中的雨馨灵魂并没有毁灭，原额骨上的那点不灭灵光如水波一般，化成一团朦胧的光辉，将之护在了里面。六大化身在这朦胧的世界中发出了惊恐的尖叫声。

"洪荒、洪荒怎么会再现呢？！"

"为什么会这样！"

"到头来，从哪里来，回哪里去，一切，一场空啊！"

……

六大化身在虚空中，如坚冰遇到烈火一般慢慢消融了，最后化成点点水晶光辉，向着粉碎的水晶骷髅冲去。在一刹那间，璀璨无比的绚烂光辉爆发而出，所有人不由自主地闭上了双目。当他们再次睁开眼睛时，只见七道绚烂的光辉围绕着水晶骷髅的不灭灵光旋转。而后，在千万条瑞彩中，水晶骷髅再现，晶莹剔透的骸骨慢慢生出了血肉！

在所有人目瞪口呆中，水晶骷髅那完美的血肉之躯再生了！光芒璀璨的神圣甲衣挡住了重要部位，但是其他裸露的各处，如凝脂美玉一般闪烁着惑人的光泽，新生的肌肤柔嫩无比，充满了生命的气息！新生！一具水晶骷髅骨，重新焕发出了生命的气息！人王再生！

太古神震惊无比，都有些发呆。而辰南更是早已如木雕泥塑一般，人王竟然与雨馨一般无二！绝代容颜，婀娜仙躯，完全一模一样。不过那双深邃的眸子，此刻闪烁着让人无法看透的神光。洪荒大旗猎猎作响，飘浮在不远处，而这奇异的空间则在飞快缩小，小行星、点点星光，全部冲进了笼罩着人王的朦胧世界中！她彻底地再生！光芒一闪，广阔的虚空彻底消失，全部被朦胧的世界吸收。辰南与几位太古神在刹那间离开了刚才的虚空，出现在古坟中，而人王手持洪荒大旗，也进入了古坟中。

原水晶骷髅手下的五色骷髅，现在已经停止了和那些不死生物征战，墓穴中的一切战斗都停止了。所有不死生物都仰望着那飘浮在虚空中的人王。人王额头上的不灭灵光，在这一刻光芒耀眼，自额头开始流转出绚烂的光芒，笼罩了全身，那点不灭灵光竟然融入全身各处。而整片朦胧的世界，也融入了她的身体中，现在她就是一方世界，一方世界就是她！不过，辰南敏锐地觉察到，头骨中那沉睡的灵魂并没有觉醒，雨馨依然在沉睡，一切都是不灭灵光所为。在这一刻，一股无比浩大磅礴的神圣气息浩荡而出，所有不死生物全部匍匐在地，对着空中的人王顶礼膜拜。就连辰南与几位太古神也险些跪倒在地，那如洪荒天宇般的威压，让他们产生一股发自灵魂的战栗。

人王那不灭灵光终于渐渐收敛了，这个时候，在那绚烂的光辉中，点点光华自她身体中飘了出来，在空中凝聚成一颗神珠，而后突然间崩碎，化成了飞灰！

"再生珠！"不知道何时，守墓老人进入了人王墓中。看到那崩碎的珠子，他惊叫了出来，道，"这乃是世间独一无二的神珠，能够重新凝聚人的灵识！一定是有人来过古天路，在很久以前出过手，令人王有了复活的可能，致使今日一切成真！"

不知道何时，第一魔女萱萱也进入了人王墓中，开口道："他们父子曾经得到过再生珠！"

"谁？"守墓老人惊问，似乎恍然大悟一般，道，"独孤败天与独孤小败，他们果然未死！他们定然来过这里，没有他们，人王不可能走上回归的道路！"

萱萱看着人王，道："她的灵魂还在沉睡，是那道不灭灵光在推动着这一切！"

人王似乎一切都出于本能，眸子深邃无比，将洪荒大旗置于一边，伸开双手，七道光芒顿时射向古坟地下，不多时古坟立刻猛力摇动起来，残破的木棍，破碎的旗面，自七个方向冲了出来，而后合在一起，形成了半个洪荒大旗，与她身旁的大旗相呼应，似乎想融合在一起。最终，人王将辰南的那半面大旗举起，亲手送给了辰南，她自己将重组的半面大旗留在了身边。辰南有些发呆，这……

"轰隆隆！"伴随着雷鸣般的巨响，所有人都被扫出了人王墓。人王擎着那半面洪荒大旗也走了出来。人王真的再生了！守墓老人疑惑地打量着大峡谷，道："那两个混蛋不会就躲在这里吧，该死的！"

暗黑大峡谷中，一片安静，所有人都静静地看着人王，不知道她究竟想怎样。片刻沉默，人王手中洪荒大旗猛力一抖，前方不远处的一处峭壁上，一条蜿蜒而上的古路显现而出，她在为众人指点一条出路。她还是水晶骷髅时，便是从那里攀爬下来的。此刻，洪荒大旗扫荡开阵阵魔雾，黑暗的大峡谷中，闪烁出点点光芒，能够让人清晰地看到不远处的一切。

众人大步向前走去，当来到悬崖下再回头时，人王消失了。不知道去了何方，连那巨大的人王墓也不见了。辰南觉得不能这样离去，守墓老人与萱萱也觉得应该观探一番，他们还没有在黑暗的大峡谷中看个仔细呢。

牢牢记住这条蜿蜒而上的古路，众人往回走去，远远地听到大峡谷深处传来隆隆巨响，太古神们快速冲了过去，只见人王挥动洪荒大旗，竟然将黄天之墓扫平了！一副巨大的残缺骸骨冲进了她手中的半面洪荒大旗中。这让辰南颇为惊异，黄天残骨竟然与人类一般无二，不过却大上了很多很多！这让他大开眼界。

五色骷髅跟在人王的后面，人王婀娜仙躯之上的战衣闪烁着圣洁的光芒，随着劲气的澎湃而猎猎作响，她扫平黄天之墓后大步向前走去，目标直指苍天之墓！巨大的古坟，巍然耸立，高大墓碑，压抑而又恐怖，但是在人王面前，一切都显得那样平常，她似乎根本没有看在眼中，毫不客气，没有任何犹豫地扫灭！

"轰隆隆！"苍天之墓崩碎了！巨大的墓碑断裂成无数瓣，古坟烟消云散，一副巨大的骸骨横在地面，但转眼间被卷入人王手中的洪荒大旗中，消失在星光内。两座天墓中没有任何不死生物，而两个曾经的"天"似乎也早已彻底陨落，没有半点灵识波动，骸骨也是死气沉沉，轻易地被人王收走了。太古神们跟在她的身后，默默地看着这一切。人王改变方向，向着幽冥天之墓走去，依然没有任何的言语，洪荒大旗猛扫，天墓崩碎，一具漆黑如墨的巨大骸骨冲了出来，双目中透发着让人心悸的阴森光芒。

"是谁打扰了我的宁静！"幽冥天竟然有点滴灵识波动，"轰隆"一声立身在冰冷的地面，庞大的骨架瞬间崩裂了大地，一道道巨大的裂缝向着远方蔓延而去。"你是谁，我又是谁？"幽冥天的骨架虽然看起来恐怖无比，但是他的精神波动显得非常迷茫，显然已经忘记了过去。

人王自始至终默默无言，那点不灭灵光控制着一切，直接以洪荒大旗向前卷去。半面残旗刹那间铺天盖地，掩盖了黑暗的天空，透发出一股毁灭性的气息。即便幽冥天的骸骨庞大如小山般，但还是瞬间就被笼罩在了里面。剧烈挣动，幽冥天传出的精神波动在黑暗中震荡不止，尽管这里被压制力量，但众人还是能够感觉到它的强大与可怕。不过，这一切在人王威压下都显得不是那么可怕了，洪荒大旗死死压制住了幽冥天!

"吼——"一声不甘的愤怒咆哮,幽冥天崩碎了开来,骨架险些将残旗崩裂,点滴灵识之光在黑暗中闪耀着邪异的光芒。"我想起来了,我是幽冥天,是姓辰的那个老魔打散了我的'天识'!你是人王!"但是,没容他有太多的话语,人王周围浮现出一片朦胧的世界,璀璨的神光透发而出,像是海啸一般在空中卷起漫天的光辉,刹那间粉碎了他的灵识。而洪荒大旗将他崩开的骸骨全部聚拢在一起,重新组合成一副完整的骨架收了进去。不到一刻钟,人王扫平了三座天墓!尽管那些天已经灭亡了,但是一般人还是无此胆量的,而她却显得如此从容不迫,尤其是对付灵识不灭的幽冥天,让人看到了她可怕的力量。

"我就知道,你会与那两个人同流合污!"高天之上突然再次传来"天"的洪大声音:"那两人来过这里之后,封困了这里的一切!助你复活,且布下了禁天领域,他们在尝试,寻找破天的力量!"

人王没有任何话语,只是持着半面洪荒大旗,仰望着黑暗的高天。辰南以及几位太古神皆吃惊无比,他们知道如果没有猜错的话,那两人多半是独孤败天与独孤小败,这对父子多半在这里精心布置或尝试过什么。"嘿,果真是这两个王八蛋!"守墓老人毫不在意地咕哝道。风华绝代的萱萱使劲白了一眼自己的师父。

"哗啦啦!"就在这个时候,人王突然间摇动洪荒大旗,竟然飞了起来!那片朦胧的世界托浮着她,出现在高天之上。洪荒大旗离手而去,在黑暗中闪烁着星光,崩碎片片虚空,在高天之上狂乱飞舞,似乎想要毁灭这里的一切。而人王周身神光耀眼,她双手慢慢划动,竟然划出一道道玄秘莫测的轨迹,神光闪烁,空中出现一幅神秘的天穹图,而后在刹那间扩展了开来。图影真像是天穹一般,笼罩了黑暗的大峡谷,可怕的力量在激烈震荡。每一寸空间都有能量在波动,似乎要粉碎这片天地。

"天"传出了痛苦的声音:"啊——"守墓老人动容道:"这应该是苍天、黄天、幽冥天残灵的混合体,居然要被灭杀了!"他说得不错,人王不愧为人中之王,竟然将天之残灵逼得显现了出来,那是一片发光的不规则云雾团,很快就被天穹笼罩了,而后被粉碎,被洪荒大旗卷住吸收！一切都清静了，像是什么也没有发生过一般，人王擎着洪荒大旗，静静立在黑暗的大峡谷中。

"走吧！"守墓老人道。一行人沿着原路回返，出现在那片崖壁之下，沿着人王曾经指点的古路，向着山壁上方攀爬而去。没有任何阻碍，穿过了一片迷蒙的雾区，他们顺利爬上了连"天"都要被禁制的所在，不过在这条古路上，他们还是感觉到了彻骨的森然之意，似乎有某种奇异的力量在震荡，那绝对是针对"天"而设下的禁制。直至攀上去一万多米，众人才感觉力量回归了不少，已经能够短暂飞行了。四名太古神永远地陨落在了葬天之地，众人心中有些沉重。

当距离地面六千米时，一个朦胧的混沌门在崖壁之上闪烁着点点光芒，那是永恒之路！下来之际，他们并没有从这片区域通过，回来正好路过这里。辰南心中一动，洪荒大旗一展，将无面人放了出来，他想起了里面被绑缚在锁链上受混沌火焚烧的魂影。这么多的太古神在这里，也许能够知晓那个人的来历。当下，辰南快速将里面的一切告诉守墓老人与萱萱等人，太古神们听得心神皆动，一致认为有必要去观探一番。

在永恒之路上，时间仿佛停止了，众人在快速前进着，但却仿佛永远走不到尽头一般，所有人都感觉已经前进了数年有余。"通天之路""接引之门"这两个支路，让众人都很吃惊，那条通天之路，是有些人曾经走过的，如今不知道被谁定在这里，接引之门更是太古神这次回归时路过的地方，这让他们感觉奇异无比。周围混沌光芒闪现，众人快速飞行，到了混沌通道深处，体内被压制的力量都已经彻底复苏了，速度快到了极致。最后，经过漫长而又枯燥的飞行，太古神来到了困锁魔魂的所在地，他们感觉到了强大的魂力在波动！

巨大的铁索有水桶粗细，拦住了道路，闪烁着幽冥之光，猛烈的混沌火焚烧着被禁锢的灵魂！那看起来伟岸而又孤寂的灵魂，静静地被最为可怕的混沌火焚烤着，一动也不动，仿佛早已麻木了，或者不屑挣扎。

"可怕啊，可怕！"守墓老人惊叹了起来，道，"这个人魂力实在太强大了，能够推测出他必然已经被焚烧了无尽的岁月，要知道这可是能够毁灭天阶高手的混沌火啊，换作我老人家的话都不一定能够坚持这么久！"蓦然间，他脸色骤变，道："这太可怕了！"萱萱似乎也看出了什么，惊声道："蜕魂大法！"闻听此言，所有太古神都吃惊无比。"不错！"守墓老人点头，道，"逆天了！真的逆天了！有人想改变自己的一切，从原有的灵魂中蜕变了出去，留下了这条'魂壳'。"

逆天改命，改变自己的灵魂！使灵魂彻底蜕变！众人都冲了上去，围住"魂壳"，想要发现到底是哪位大人物秘密改变了自己的灵魂。只是他们失望了，根本无从探知。而守墓老人与萱萱却更加吃惊了，同时惊道："二次蜕变！"守墓老人脸色连续变换，说不出是喜还是忧，沉声道："可怕呀，不比我老人家差呀。""师父，比你强太多了！"萱萱对守墓老人有些无语了。旁边的太古神有些不解，辰南也有些疑惑。

萱萱解释道："所谓的二次蜕变，就是说那个人已经进行过一次灵魂的蜕变了，这是进行第二次灵魂蜕变后留下的'魂壳'。他如此费力地蜕变，那可是冒着生命危险啊！为的是彻底掩盖过去的一切，现在的他已经等于彻底改变了灵魂，无人知道他到底是谁了！"守墓老人接着道："不错，灵魂蜕变，凶险太大了，一个失误就会形神俱灭，永远消逝！看来这个家伙够狠啊，图谋不小啊！不然绝不会冒这样大的凶险瞒天过海！"很显然，无法找到第一具魂壳，众人是无法查知那人到底是谁的！

就在这个时候，一直立身在辰南身后的无面人突然间颤动了起来，原因是那绑缚在巨索间的灵壳这个时候竟然动了！再不似风化的石像一般，他竟然睁开了双目，目光像利剑一般让所有人都不禁后退了一步。"呼"的一声，无面人竟然化成一道光影，冲天而起，向着那道魂壳飞去。光芒闪烁，在刹那间，他们竟然合在了一起！他们竟然融合了！一股无与伦比的强大力量爆发而出！整片混沌通道在一瞬间崩碎了！浩瀚莫测的力量，实在太恐怖了，完全是自融合的魂壳与无面人身上发出！

"嘎嘣！"巨索寸寸断裂！无面人竟然与魂壳融合在了一起，一股无与伦比的强大波动爆发而出，璀璨的光芒快速地将那里淹没了，寸寸断裂的巨索不断坠落在地，发出清晰的金属颤音，被捆缚无尽岁月的魂壳现在竟然脱困了。仿佛一头洪荒猛兽脱困了一般，这片空间到处都是可怖的波动，崩碎的空间通道内混沌光芒都被压制得暗淡了下去，太古神们一退再退。

辰南手中的洪荒大旗猎猎作响，抵挡着那排山倒海般的狂霸气息。很显然，即便是一尊魂壳，但是也来头甚大！其透发出的气势惊人无比，让人难以揣度！"轰隆隆！"铺天盖地般的能量波动浩荡而出，再一次引起大崩溃，混沌通道已经化成一片混沌海，汹涌澎湃的混沌大浪在翻涌，刺目的光芒在闪烁。这可真是一场惊天动地的大融合。璀璨的光芒以及毁灭性的气息持续了大半个时辰，才渐渐消退而去。原地留下一大堆断裂的巨索，无面人当空而立，长发无风自动，能量化的甲胄护住全身各个要害之处。

他没有五官，当然也无法让人看透其神色，不知道他现在是怎样一番心情。不过，众人却可以通过精神波动来观察出一二。此刻，无面人似古井无波一般，竟然没有任何的情绪波动，他非常平静，如果不是身体焕发着蓬勃的生机，真让人怀疑他不过是一具雕像而已。

"谁，哪里？"茫然的精神波动透发而出，与其强大无匹的能量波动根本不相符。众人面面相觑，更加确信他乃是一具魂壳，没有记忆，没有过去，他现在像是一张白纸一般。

守墓老人点头道："果真是二次蜕变遗留下的魂壳！"萱萱露出思索的神态，迫切想知道无面人到底是谁？她心中隐约有些不安，不由自主猜想到了那对父子。守墓老人像是明白她在想什么，轻声道："先不要妄下结论，怎么看都像个大反派人物，该不会是某个绝世大凶人吧。在事实没有浮出水面前，一切皆有可能！"说到这里，守墓老人冲着无面人喊道："喂，那小子，你是我徒弟，快过来叫声师父我听听。"

无面人疑惑地转过头来，看着守墓老人，而后真的一步步走了过来，带动起的莫大威压，让实力稍弱的一位太古神感觉阵阵心惊。众人腹诽，守墓老人实在是太坏了，居然想坑蒙拐骗这样一个强大的人物，无面人绝对实力超群，尽管不过是一具魂壳而已，但是恐怕依然少有敌手！

"呵呵。"守墓老人笑呵呵，神态有些得意起来。但是，蓦然间，他感觉到了强烈的危险，一股大力向他扫来，无面人一掌将他扇飞了，"轰隆"一声，他撞进了混沌深处。守墓老人毫无防备，被打得晕头转向，好半天才回过神冲出来，老脸通红，哇哇暴叫道："敢偷袭我老人家！"

强大的精神波动透发而出，无面人无形中透发出一股威压。虽然他没有任何言语，但无形中仿似已经说出，你这老骗子，我忘记了过去，不代表我缺乏判断力！萱萱笑得花枝乱颤，嘲笑着自己的师父。

这个时候，让所有人目瞪口呆的事情发生了，无面人竟然一步步向着辰南走去，而后竟然安静地立在了辰南的身边。让所有人都大吃一惊。就是辰南自己，心中也一阵剧烈跳动，一个逆天强者蜕下的魂壳，那个人该不会是他吧？这似乎有些不现实啊，如果真是那样，他怎会没有一点记忆呢？辰南渐渐平静了下来，他在心中自语：为什么去羡慕与幻想有一个强大的身世呢，自己就是自己，一样要做到最强！

守墓老人道："小子，你再给我们说说这无面人跟血棺的事情，真是在外面的悬崖峭壁之上发现的？""是的！"辰南再次详细述说了一遍。"看来，被铁索捆缚的是魂壳，而血棺中的碎肉一定是肉壳了，他们本来就是一体的。奇怪呀，无面人怎么与你的身材如此相近呢？"守墓老人围绕着辰南转了起来，结果被无面人一拳给轰飞了。当然，无面人显然没有用力。守墓老人灰头土脸地从混沌海中爬了出来。"没天理呀，你这小子是那蜕壳的人？我才不信！"守墓老人愤愤不已。

辰南渐渐平静了下来，洪荒大旗一展，血红色的巨棺飘了出来，无面人进入了血棺中，而后被辰南收入洪荒大旗内。现场众人有些发木，一个强大的人物竟然这样甘愿被人收去，好像绝对服从一般，这真是有些奇异啊！该不会，眼前的辰南真是不断蜕变的那个人吧，众人无不这样猜想，但是似乎很难相信这是真的。

这一次，众人沿着原路回返，很顺利地来到了地面之上。其实，他们完全可以从接引之门回到暗黑大陆，但是由于古天路中紫风等人还在那里，他们有必要将那些人一起带走。荒寂的古天路，今日不再孤寂，这么多强大的太古神在此，全都不断搜索着，希望发现一切重要的线索。毕竟大魔天王的骸骨就是从这里挖掘出来的。守墓老人咕哝着，很想挖到独孤败天与独孤小败的遗骨，结果招来萱萱一阵暴打。

　　澹台璇的灵魂已经被辰南封印在内天地中，而后从两个顽劣的小不点那里将澹台璇的肉身要过来封印好。随后将紫光闪烁的紫金神龙丢进了内天地。辰南亲自抱着惹祸精玄玄与索索，同时又监督着两个稍大的孩子空空与依依走在前方，准备离开古天路。有太古神在这里，几人联手足以轰开古天路，但是辰南想看看无面人到底强到了何种程度，将他放了出来，以精神波动传音，结果无面人竟然默默听从。

　　一拳！仅仅一拳便轰开了古天路！足以抵得上几位太古神的联手之力！巨大的白骨通道出现在虚空中，通向无尽的暗黑大陆。众人全部走了上去，离开了这神秘莫测的古天路。辰南回头看了最后一眼，他竟然看到了人王擎着洪荒大旗，立身在大峡谷旁的悬崖峭壁之上，注视着他们远去。

第五章

轰杀混沌

无尽的黑暗出现在前方，九头天龙与邪尊长出了一口气，总算活着回到了这片熟悉的大地。

"我们可否离去？"两人向太古神与辰南问道。"还离去干吗？"守墓老人道，"你们的修为也不弱，顶得上太古神了，难道还想单飞吗？实话告诉你们，大战来临没有人能够独善其身，现在加入我们是最明智的选择。"九头天龙与邪尊顿时张口结舌，他们当然知道守墓老人等要干什么，那是玩火啊，跳进去就别想出来了。但是眼下似乎没有别的选择了，他们只能默默点头同意。

"哼，算你们明智。"守墓老人道，"目前就将进行一场大战，这片世界该和谐归一了，是时候与混沌遗民决战了。所有天阶高手都不能置身事外！"

"师父，你想怎样开始呢？"

"小丫头想考你师父？当然首先要找个地方，聚集我们的人马。"说到这里，守墓老人对辰南道，"小子，看你的了，洪荒大旗使劲地摇，将力量穿透进混沌深处，告诉那些老不死的，我们在聚集人马。"

"好耶，好耶！"被辰南死死抓住的两个小不点已经欢快地又叫又跳。两个小家伙总想溜走，奈何被辰南以大法力困在了身边，想逃也逃不走。辰南心中凛然，看来一场大战不可避免了，与传说中的混沌遗民大决战，绝对是石破天惊的最大级别战斗，不知道还有没有广元这等级别的混沌遗民。

众人建议，去大地上的光明世界，寻找一片召集地。"抢一处地盘去！抢一处地盘去！"玄玄与索索这俩小不点又开始叫嚷，唯恐天下不乱。辰南赏给他们每人一个栗暴，而后对着众人，道："我建议去十万大山，那里有一处罪恶之城，那片光明世界中有我不少的朋友，他们不会介意我们在那里召集人马的。"

太古神的威压何等强大，众人有意透发而出，给罪恶之城的众人传递信息，顿时被下方的修者感应到了。骨龙与黄蚁两大太古妖圣，在地面上同样透发出无比强大的气势，滔天妖气弥漫而出，冲天而上。与此同时，一道金光在刹那间逆空而上冲了上来，龙宝宝浑身金光灿灿，高兴地向着辰南冲来，在它胖嘟嘟的身上坐着小晨曦。

"辰南……""哥哥……"小龙与晨曦同时叫道。而这个时候，一声凤凰鸣音响起，小凤凰涌动着天火也冲上了高天，看到辰南异常高兴，欢快地在他身边飞来飞去。

"空空？依依？"晨曦与小龙他们疑惑地看着两个已经长大的孩子。"哇，小龙哥哥，你还是这么可爱呀！"空空与依依的话语令小龙险些栽下云头去。当初，两个孩子不过一岁，是名副其实的小豆丁呀，现在居然说它可爱。

"小姑姑！"空空与依依又对晨曦叫道。"啥啥啥？"旁边的玄玄与索索有些郁闷，晨曦现在的样子比他们大不了多少，现在居然要跟着一起叫她姑姑，这让两个顽劣的小不点异常苦恼。

"小和尚你好呀！"

刚刚从守墓老人的内天地中走出的玄奘也被熟人围上了，不过听到那些称呼，玄奘真是哭笑不得。众人欢欢喜喜地降落到地面，骨龙与黄蚁已经同太古神通过精神波动交流过了，同意他们将要进行大决战！

"摇动洪荒大旗吧！"几位太古神商量之后，请辰南以重宝传递出信息。辰南猛力摇动起这宗重宝，小心地控制着力量，让那毁灭性的气息化成一百零八道光线，向着四面八方穿透而去，恐怖的光线直接贯穿进天外混沌中。

曾经洪荒大旗完好无缺时，被一个狂人猛力摇动，险些摇碎整片星空，威力之恐怖可想而知，现在已经残破了，但是辰南依然不得不谨慎小心地操控着，生怕一不小心毁掉附近的光明世界。借助洪荒大旗的力量，召集太古神的信息飞快传进了天外混沌中，无论是隐修的洪荒强者，还是回归的第二批太古神，绝大部分人都得到了这则消息。

同时，混沌遗民也知道了挑战的信息，知道一场大战在所难免了。"嘿"一声冷哼，高天之上震荡下无尽的威压，摄人心魄的精神波动笼罩而下："我黑起来了！"盖世君王黑起竟然第一个到达，雄伟的魔躯缭绕着可怕的魔气，手中绝望魔刀幽光森然，令人胆寒！他喝道："辰南，你我一战是否要在今日进行呢？"辰南手持洪荒大旗，道："混沌大战之后，如果你能活下来，再相商吧，这一次看谁斩灭的强敌多！"

"这么多年过去了，我如今已经达到巅峰状态，不知道你还是否配我出手！"黑起有着绝对自负的本钱，在场任何人都不觉得他狂妄，因为他的实力众人皆知，盖世君王绝非虚名！辰南还没有回话，高天之上传下阵阵"隆隆"之响，一颗璀璨的行星竟然被人以大法力从天外混沌打来，向着这片光明世界冲撞而来，似乎想要毁灭这里的一切！同时，一个声音震荡着莫大的威压，在众人耳畔回响："太古神，你们太狂妄了，妄想与我混沌一族决战，你们将彻底被灭族！"显然，这是混沌强者打来的行星！

不得不说，此人修为功参造化，这可不是一颗小行星，是一个巨大的星球，竟然被他生生打来！功力可想而知，如果撞入光明世界，绝对会毁灭一切。"哼！"辰南第一个动作起来，洪荒大旗猛力摇动，大旗中飞出一个无面人，双手轻轻划动间，飞撞而来的行星在刹那间掉转方向，重新被打回了天外混沌中。黑起点头道："好，你有实力与我一战！"

洪荒大旗猛烈抖动，毁灭性的气息爆发而出，当然不是波动十方，不是全方位攻击，如果那样的话，恐怕附近的光明世界都将被毁灭了。一道幽冥之光聚集成一道光束逆天而上，激射向天外混沌中，尾随着那被打回去的行星。这是远距离的一次对攻，这并非大决战，但是足以看出双方间的大法力，那位混沌强者能够轻而易举地操控一颗大行星，如泥丸般打来，法力无边。而辰南仰仗洪荒大旗做出的反击同样让人神驰意动。

"轰隆隆！"天外混沌中，无尽的光芒在闪耀，巨大的行星穿透阵阵混沌大浪，直逼光雾迷蒙的混沌海深处，速度越来越快，只是在最后的刹那间突然定住了。"轰隆"一声突然膨胀起来，在那无尽的混沌中爆裂了开来，直进溅得能量浪涛翻涌，混沌大动荡。

这一切都是源于一道朦胧的混沌人影，他在混沌海深处仅仅轻轻地划动了一下手臂，就彻底毁灭了那颗行星。与此同时，洪荒大旗摇动而来的毁灭之光冲到了，破碎重重能量光壁，轰散阵阵混沌浪涛，将那人淹没了。只是，这等强者绝不可能如此远距离就被轰杀，无尽光芒中传出一声冷哼，浩瀚莫测的毁灭幽光竟然围绕着他快速旋转起来，而后在他的身体前渐渐暗淡，化成点点幽光，逐渐消散了。显然他不想就此罢手，双手连连挥动，一道道混沌神光爆发而出，无尽的光芒将他包裹住，而后竟然在他面前被压制成一把混沌光剑。他抖手将混沌光剑甩向了暗黑大陆中。

这等同于开战了！太古神与洪荒强者还没有完全召集完毕，辰南已经和混沌遗民中的强者战斗了起来！璀璨无比的混沌神剑冲向暗黑大陆的刹那，照亮了整片天际，立时撕裂了虚空，激荡着无上的威压，让天上的三轮明月都黯然失色，同时颤动了起来。不过很快地，三轮明月皆爆发出璀璨的光芒，护住了月体，混沌剑擦着三轮月亮向着大地冲来。

一股能量狂暴铺天盖地般笼罩而下，各个光明世界的天阶高手皆震惊，赶紧各自展现出大法力护住了自己所在的光明玄界。而无人的暗黑大陆所在，像是被天外陨石击中了一般，大地竟然颤动了起来，暗黑大陆许多无人地带竟然在无尽威压下裂开一道道大缝隙！

辰南没有让无面人出手，将洪荒大旗猛力抖动，一片朦胧的古星空浮现在天际，璀璨无比的混沌神剑冲了进去，在无比耀眼的星光中，混沌剑慢慢暗淡了下来，最后竟然被分解于星空中，能量光剑完全被洪荒大旗吸收了，残破的旗面猎猎作响，透发着无尽毁灭性的气息！

"让我去杀了他！"盖世君王黑起刹那间腾空而起，飞向了天外混沌。"这个家伙脾气太急了！"守墓老人叫道，"那人恐怕是个了不得的大人物，多半很难收拾掉。"

索索道："干脆我们一起过去，先灭掉他们一个大人物来祭旗算了！"这个主意确实不错，先灭掉他们一个大人物，以此来传遍天宇，大战即将开幕！但是说话的人却令在场众人面面相觑，竟然是索索那个小不点。

"对哦，我们主动出击！"玄玄也兴奋得直跳。

"咚！""咚！"辰南在他们的额头一人赏了一个栗暴，顿时让俩小不点痛得哇哇大叫。辰南算是明白了，这俩小不点只能压制，不能放任不管，不然他们敢把天捅破了，比空空与依依当年还要过分，最适合圈在笼子里养大。"不错，我们一起过去！"守墓老人倒是嘿嘿笑了起来。"好吧。"辰南也同意了，当然在出发前，快速将两个小不点封印，丢进了内天地，免得他们趁乱溜走。

"杀！""杀杀……"众人齐声呐喊，向着天外混沌冲去，想要召集太古神与洪荒强者，先来一场血战最有效。十几道人影冲天而起，快速远离了暗黑大陆，进入了茫茫混沌中。隔着很远，就已经感觉到了前方浩瀚的能量波动，黑起的绝望魔刀透发着惊天的光芒，撕裂了无尽混沌海，割裂出一道道恐怖的大裂缝，幽冥魔光无比吓人。

冲到近前才发现，四大高手正在围攻黑起，而一个似乎是头领般的人物并没有动手，在远处静静观战。守墓老人有时候就像混世的老妖精，比如说现在，枯瘦的手掌一挥，大吼道："冲啊，一起上，灭了这几个混沌王八蛋！""呼啦"一声十几人一下子冲了过去，这可是天阶太古神啊，都是顶级的强者，十几股强大的能量波动瞬间惊动了大战的几人。黑起当然没什么，但是与他交战的四大强者，以及远处观战的那名高手立时心惊起来。

"你们想群战？我广成可不怕你们！"观战的那名似头领般的人物大喝着，大手一挥，十几道人影快速从混沌中冲出，看得出都是不弱的强者。足以说明他身份非同一般，不然也不可能有这么多对他唯命是从的强绝手下。

"广成？你是广元的胞弟？"守墓老人喝问。

"不错！"

"杀了这个王八蛋！这是条大鱼！"守墓老人招呼所有人齐上，自己更是不客气地将生死盘直接砸了出来，看得出他动了真格的，确实想灭杀眼前之人。

广元，那可是神魔陵园中的神秘青年以及第五界七君王中的老大楚相玉都迫切想除掉的黑手啊！直至第一批太古神走上通天之路之际，多人合力之下才将其肉身轰碎，让其灵识回归了天道，眼前此人是他的胞弟，当然算得上来头甚大的人物！

生死盘乃是大杀器，刚刚砸出去，顿时死亡气息弥漫，在刹那间粉碎了两名混沌高手，追逐着广成冲进了混沌深处。

"我老人家砸死你这个祸害！"守墓老人生起杀心，与往日笑眯眯的样子大相径庭。

混沌大浪翻涌，广成在连续兜了几个大圈子后，竟然单纯以肉体接下无数次轰杀之势，足以看出其强大无匹的修为。突然间他折了回来，手中持着一把巨锤，喝道："混沌锤祭出，今日为你老儿收尸！"巨大的混沌锤发出一记像开天辟地一般的轰杀，顿时击得巨浪翻涌，能量浩荡，无尽的混沌在刹那间被轰开，守墓老人虽然掌控有大杀器生死盘，但是依然被轰飞了出去。

远处，众人都已经找到对手，大战了起来。唯独萱萱一直在静静伫立，此刻看到守墓老人不敌，一声冷哼，化作一道神虹冲了过来，娇喝道："不要以为掌控有一件大杀器就天下无敌。任何高手真正的力量都源于本身，今日我要让你彻底败服！"萱萱风华绝代，在这一刻展现出传说中第一魔女的高绝功力，轻喝道："裂天式！"只听"唰"的一声，七彩神光闪烁，一道巨大的彩虹横贯于虚空中，在刹那间扫向广成，透发出无可揣测的恐怖波动。

"锤震天宇！"广成大喝，手中混沌锤在刹那间放大，如同一座太古圣山一般庞大无匹，激荡下狂猛的能量大浪，铺天盖地而下。但是七彩神虹并没有被击溃，与混沌锤轰撞在一起后，爆发出一声震耳欲聋的雷鸣之音，整片混沌海都汹涌翻腾起来，剧烈的能量波动激荡十方！萱萱不愧为第一魔女，竟然生生接下了广成的一击，要知道广成乃是广元的胞弟啊，广元令楚相玉都深深忌讳不已！

"嘿，小丫头又突破了，真是出乎我的意料啊！"守墓老人很吃惊，不过他却知道萱萱被称作太古洪荒第一魔女不是没有道理的，天赋与修为之强横让任何人都不得不惊叹。人王之后，萱萱绝对是女子中的顶峰人物。

"我老人家也来了！"守墓老人手持生死盘又砸了过来，顿时让广成压力大增。而就在这个时候，辰南用洪荒大旗连续扫灭了五位缠住他的混沌强者，也飞身冲了过来，他知道广成才是大鱼，只要灭杀他，今天的收获将无比巨大！无面人一直跟在他的身旁，也不怎么出手，似乎专门在保护他一般。

"哈哈，好！"守墓老人看到辰南冲了过来，哈哈大笑道，"今日召集人马，没有想到人还没召集来，就如此开战了，我们灭杀广成，用他的鲜血祭旗！嘿嘿，小子，快让那无面人出手，看看我们谁先卸掉广成半截身体！"辰南却并没有那么乐观，他几次命令无面人出手，但对方都没有回应，无面人总是警惕地扫视着四方，似乎在防备着什么。辰南小声对守墓老人道："我们尽快轰杀他，情况似乎有些不对劲！"洪荒大旗猛力摇动，一道道星辰之光凝聚成的神力不断向着广成轰杀而去，被轰开的混沌海中绚烂的光芒到处激射，这里成了一片禁区！除却大战的四位高手外，其他人难以靠近半步！

守墓老人哈哈大笑起来，道："没有什么可担心的，你看我们的人马来了，他们必然是接到了消息。"果然，开战后已经陆续飞来了十几条人影，都是洪荒高手。"好，那今日就痛痛快快地大战一番吧！"辰南似乎也杀出了兴致，不再理会身旁的无面人，持着洪荒大旗就向着广成扑去。

洪荒旗虽然是一杆残旗，但毕竟是曾经最为可怕的毁灭凶器，威力浩大无匹！大旗一抖动，一片朦胧的世界就会随之浮现而出，仿佛有一个虚幻的世界在被辰南操控着，直轰杀得混沌崩碎、巨浪翻涌。"轰！"大旗带动着朦胧的星光，狠狠地砸在广成的混沌锤上，旗面剧烈抖动着，险些将广成卷入其中。

"哗啦啦！"凶旗翻动，绚烂的光芒爆发而出，将广成包围了。守墓老人抓住机会，冲上前来，手中生死盘猛力砸向广成。萱萱则轻喝道："破天式！"璀璨的光芒也同时爆发而出，轰杀向广成。这里很快就被耀眼的光芒淹没了，不要说这里，就是暗黑大陆以及茫茫混沌海深处都感应到了毁灭性的气息，这是强绝无匹的大对撞，是一次可怕的对决。

广成嘶吼着，手中混沌锤爆发出千万条瑞彩，口中狂吐鲜血，披头散发冲了出去，速度简直提升到了极限，茫茫混沌海本就是他的家园，他这样亡命奔逃，没有人能够拦住他。"该死的，居然让我吐血了，好吧，现在收网，我不和你们玩了！"广成狂啸着，消失在了混沌海中，守墓老人等却同时大叫不好："快退，快远离这里！"不过为时已晚，四面八方仿佛有一张无形的巨网在快速收紧，向着众人包拢而来！一股无比压抑的气息，让众人都有一股窒息感！

"嘿，我本想引更多的人来，一网打尽，但是没有想到你们这么强。不过一战灭杀你们二十几位强者，足够了！"广成的声音在混沌海中传来，他根本不理会己方也有人被包抄在了里面，森冷地笑着，"这乃是混沌族的重宝——天罗地网，被网在其中你们就别想逃了！"

"我听说过这件重宝，必须杀出去！"黑起大喝，显然意识到了情况的危急。守墓老人与萱萱也感觉到了事情的严重，其他高手更是吼啸着向四面八方冲去。但是他们却被刺目的混沌光芒生生给打了回来，根本无法冲破阻挡。巨网在压缩，在慢慢收拢，眼看着就要将他们兜裹住了。

"吼——"就在这个时候，一声大吼在混沌海中爆发而出，辰南竟然将无面人召唤了过来，喝道："老兄现在同意出手了？那不如借身体一用吧。"就在刹那间，辰南竟然与无面人融合到了一起，爆发出一股无与伦比的强大气息，更是发出一声让人头皮发麻的魔啸，直震得混沌海怒浪滔天，无尽的混沌光芒闪烁。

辰南与无面人竟然顺利融合了，在这一刻仿佛一头洪荒猛兽冲破了牢笼，这片高天透发着一股让所有人都心悸的可怕威压！在这一刻，辰南感觉到了无与伦比的强大力量，他有一种感觉，天地万物，世间一切尽在掌控中！

"吼！"一声咆哮，辰南手中持着洪荒大旗，开始在天罗地网中冲杀，可怕的凶旗如今更加恐怖了。没有逃离的混沌高手，慌乱地奔逃着，慢一步就是粉身碎骨，辰南如杀神一般，没有人可以阻挡他的步伐！

辰南手中洪荒大旗扫灭一切阻挡。所有人都倒吸了一口凉气，辰南此刻透发出的绝对气势惊人无比，那腾腾跳动的魔焰席卷天地！最后他持着绝世凶旗冲向了正在收缩的天罗地网，想要轰破混沌一族的重宝！"杀！"像凶狂的猛兽，似盖世的魔王，辰南在刹那间冲到了天罗地网的边缘地带，洪荒大旗猛力摇动，仿佛要将眼前的一切都毁灭。

高天之上涌动着一股狂暴的气息，其他太古神见他如此疯狂，都行动起来，许多人都听说过混沌族天罗地网的厉害，竭尽全力冲击，想要离开这片危险的区域。"没用的，你们冲不出来！"广成在远处冷笑着。只是，他才说完这些话就变色了，天罗地网已经渐渐显化出形状了，而此刻辰南的生猛超出了他的意料。那乱舞的长发，那狂野的眼神以及那可怕的气势，有着一股似曾相识的可怕感觉！像魔主、像独孤败天、像传说中的人王……那种特有的恐怖气息，说明了此刻的辰南绝对是危险到极点的人物！

"轰隆隆！"洪荒大旗将天空都搅动得摇晃，无尽的混沌大浪剧烈翻涌着，而辰南就像一个要破天的狂人一般，吼啸声不断，不断激发出一道道如刀锋般的恐怖的煞气。他身后仿佛矗立着无尽的巨大魔剑，又像是排列着十万魔山，沉重的压迫感让人喘不过气来！

"轰！"天在摇，混沌在颤动！辰南猛烈摇动手中的洪荒大旗，狂猛的力量竟然将整片天罗地网都带动得剧烈摇动起来，似乎他真的能够冲破封锁。

"收紧！"广成大喝，甚至亲自参与了进去，控制混沌重宝天罗地网快速收拢。"隆隆……"闷雷般的声音在这片天宇不断轰响，光芒璀璨无比，仿佛千万道雷光在闪耀一般，刺眼的光芒将这里淹没了，让人睁不开双眼。千万条紫金雷电在空中交织成一片天罗地网，快速缩小，疯狂地向着网内众人包笼而去，传说只要被网在其中达到足够时间，即便是天阶高手也会被炼化得形神俱灭。

所有人都在奋力挣扎，但是广成的脸色却不怎么好看，他发现辰南实在太生猛了，竟然用洪荒大旗生生将其面前的紫色光网轰得将要破裂！即便是混沌一族的重宝似乎也难以抵抗辰南的轰杀之势，紫金色巨网竟然要被轰碎了！

辰南持着洪荒大旗，狂猛劈扫，最后竟然将他前方的网口不断撑大，而后大旗居然挑了出去，他浑身上下煞气弥漫，透发着难以想象的强大威压，大吼道："这里！"所有人都听到了他的呼喊，全部飞快冲来，守墓老人与萱萱相助于他，直接将出口撑得更大，其他人快速向外冲去。广成大怒，持着混沌锤就轰杀了过来，萱萱迎战广成，避免冲出去的太古神惨遭毒手，毕竟广成乃是混沌遗民中的顶级强者，手中有重宝，非常可怕。

"轰隆隆！"天罗地网之外再次展开了大战，不少的混沌遗民与诸多太古神惨烈搏杀起来。"死老头你先撑住，我出去！"说到这里，辰南擎着洪荒大旗，冲出了天罗地网，守墓老人用生死盘护住那个出口，等待还没有赶到出口的太古神。"哗啦啦！"劲气澎湃，混沌海咆哮，辰南一旗扫过，三名混沌强者被拦腰截断，他们不灭的灵魂刚刚飘出，在刹那间被巨旗席卷，融入洪荒古旗中！

"杀！灭掉他！"广成一边与萱萱大战，一边命令旁边的人去灭杀辰南，他感觉到了莫大的威胁，辰南强大得有些邪乎，让他感觉非常不安。混沌遗民中不乏强者，他想用人海战术，不惜一切代价除掉辰南。只是，广成到底还是高估了混沌遗民，谁愿意送死呢？仅有七八人冲向了辰南而已，剩下的人都在与太古神缠斗，都不愿意靠近辰南那里。那简直是个杀神啊，杀强大的混沌遗民就像杀普通人一般，居然连不灭的灵魂都能灭掉！

"哗啦啦！"洪荒大旗简直就是死亡魔旗，扫灭一切阻挡，又有两名冲上来的强者被生生给摇碎了，灵魂也被旗面打散，收入闪烁着星光的旗面中。同一时间，辰南的双眼变得空洞无比，无情刀化形而出，冲出了他的双眼，无坚不摧，无物不破！无情刀瞬间将与之缠斗的两大高手给绞断了，而后追逐着他们想逃走的灵魂不断劈杀，慢慢将他们的灵魂也剥夺了，彻底让两人形神俱灭！同时，辰南的拳脚也打出一道道璀璨的光芒，皆带着毁灭性的气息，一人生生被卷入漩涡中，被撕扯成了粉末，灵魂被封入洪荒大旗。在这一刻，辰南简直就像是一个人形凶器，已经化身成了毁灭之王！

杀戮，不断杀戮！虽然冲上来的混沌遗民不多，但都是绝对的强者，不过在他这里，下场只有一个，那就是死亡！无可阻挡，不可阻挡！没有人能够拦住他！

广成的脸都绿了，虽然不过被辰南灭杀了八九人而已，但那都是他手下的绝对强者啊，绝对心痛，如果那些人是与敌人同归于尽，或者重创敌人也就罢了，但是没有伤害到敌人分毫，等于白白送死！

"广成，我来了！"辰南像是一个杀神一般，舍弃旁人，直冲着广成冲去。当年他险些被广元灭杀，因种种因缘，使出各种手段才逃得一命，今日对上广元的弟弟、同样是仇敌的广成，自然要好好地"招待"一番。而这个时候，守墓老人也冲出了天罗地网，将所有被困的人放出来后，也直取广成。又是三大高手同时轰杀混沌强者，而且辰南与无面人融合后，比之前强大得太多了。

上来之后，三人立刻将广成给轰杀得飞退数千丈，浑身上下鲜血长流，萱萱与守墓老人就不用说了。现在辰南仿若杀神，大有神挡杀神、天挡灭天之势，强大的气势无可阻挡，正处在巅峰状态。

"杀！"大旗招展，直接将混沌锤压制了下去，旗面险些直接将广成粉碎，广成直接又翻滚了出去。当然，也不完全是辰南之功，毕竟旁边还有两大高手硬攻呢。广成知道不能战了！再战下去，非死在这里不可，虽然他的法力通天，但是独战辰南还可以，如果与三人死战，最后恐怕连灵识都被灭掉！"走！"广成大喝着，当先朝着混沌中冲去，其他混沌高手立刻跟着撤退。但就在这个时候，一道无比可怕的魔光冲天而起，惊才绝艳的一刀透发出浓重的死亡魔气，充满了毁灭性的气息，在刹那间划出一道毁灭性的大裂缝，直接将广成给腰斩了！

黑起！盖世君王黑起出手了！从天罗地网冲出来之后，他一直默默注视着广成，没有主动出击，直到看到广成要逃走，才选择最佳时机出手，不仅狠狠重创了广成的肉体，更是将灵魂都割裂了！"啊——"广成一声惨叫，身化混沌，两截断躯消失了，融入了茫茫混沌海中。其他混沌遗民也同样如此，大片的混沌在翻涌，看不清他们到底逃向了何方。这是混沌遗民最大的优点，在混沌中总有逃生的办法，如果不能将他们彻底毁灭，很难拦阻他们的逃路。

黑起快速冲进混沌海中，开始追击，手中绝望魔刀幽光森然，刀气冲天，纵横激荡，一顿狂扫，顿时迸溅出不少血浪。守墓老人将手中的生死盘也砸了过去，砸出大片的血花，萱萱加入了追杀中。辰南更是快速冲到了前方，用洪荒大旗破开重重大浪，直接粉碎数名混沌遗民。众人直接追杀出去数千里，在茫茫混沌海中灭杀了数十名广成手下的高手，这一战可以说完胜！太古神中仅有几人重伤而已，并没有人死亡！

众人士气高涨，乘胜追击，追杀到广成的老巢。他们冲破混沌，进入到了里面，这是一片广阔的空间，虽然没有星辰闪耀，但是却明亮无比，完全是周围的混沌提供的光芒，一片开阔的大陆浮现在混沌中。与人类居住的暗黑大陆一般，并非星球，是一片飘浮的陆地。当然，广成的居所远远没有暗黑大陆那般幅员辽阔，毕竟他只是混沌一族中的一方强者而已，不可能有那么大的领域。混沌一族人口稀少，但是每个人天生都具有大神通，只要苦修都能够成为强者。

这片还算广阔的大陆上，不过百余名混沌遗民而已，都是广成的手下，对他绝对服从。当太古神出现的一刹那，他们就立刻感应到了危险在接近。广成更是第一时间知道发生了什么，没有想到众神竟然摸到了他的老巢。"撤！"这是他的命令，因为他这里人数虽占着绝对的上风，但是其中的强者绝对无法和太古神一方相比。毕竟光辰南、萱萱、守墓老人、黑起四大高手就足以扫灭一切阻挡了，因为除了他自己之外，没有人能够独抗这四人中的任何一人。

"杀！"太古神在后掩杀，杀声不断。辰南手中洪荒大旗透发着毁灭性的气息，守墓老人手中生死盘更是死光缭绕，黑起手中绝望魔刀斩灭一切阻挡，萱萱虽然无重宝在身，但强大的实力让任何人都不敢与之争锋。混沌遗民似乎也早有准备，当初六道被毁灭之后他们就已经有了觉悟，知道太古神早晚会杀上门来，这一刻他们有条不紊地撤退着，向着邻近的混沌诸侯冲去，想获得援助。

在茫茫混沌中，众人直杀出去上千里，灭杀三十余名混沌强者。混沌海中有不少漂浮的陆地。混沌遗民中的强者不断以大法力将一座座漂浮的陆地打来，阻挡后方太古神的追击。辰南手中洪荒大旗毁灭一切阻挡，漂浮的陆地被他不断地崩碎。但就在这个时候，他突然间感觉到了有些不对劲，一座漂浮的岛屿被轰开时，一股无比熟悉的气息透发而出，一个巨大的光茧在空中显现。

"啊，是妈妈的气息！""是漂亮妈妈！"空空与依依同时惊叫。在追击的过程中，辰南见没有危险，将他们两个带在了身边，想让他们多些见识。当然，玄玄与索索那两个惹祸精是绝对不能放出来的。

辰南吃惊无比，真的感觉到了七绝天女的气息！这是混沌遗民的领域，怎么会有七绝天女的气息呢？巨大的光茧是从混沌海漂浮的岛屿中被轰出来的，说明光茧有意隐藏，是在这里独自修炼与蜕变。难道真是梦可儿？

"真的可能是妈妈！"空空与依依同时惊喜无比。"等一等！"辰南阻止了他们，道，"小心一些，我觉得有些古怪。"这里不是善地，是属于混沌强者的。这个时候，太古神都冲了过去，辰南他们停了下来。辰南以大法力控制着洪荒大旗，将那巨大的光茧挑了起来，而后带着空空与依依向着下面一座浮岛降落而去。

"真的是梦可儿？但是我为何感觉特别怪异呢？"辰南自语。空空与依依则显得很紧张。"咔嚓！"光茧触碰到浮岛的地面后，竟然龟裂出一道道细小的裂纹。就在刹那间，光茧爆发出滔天的波动，气息竟然是如此强大！这个人绝对是一个超级强者，令辰南也不得不谨慎起来。以他现在的功力来说，当然不怕，只是怕旁边的两个小家伙受到伤害。

"咔嚓！"龟裂的声响再次发出！辰南则拉着空空与依依向后退去，万事要小心，如果眼前的人是混沌一族的强者，那就麻烦大了。

一片氤氲彩雾透发而出，将这里衬托得如梦似幻，淡淡的云雾霞光缭绕在这里。空空与依依皆紧张地盯着不断蜕变的光茧。香气缭绕，如兰似麝，光茧即将彻底碎裂。"咔嚓！"一片绚烂光辉冲起后，光茧终于碎裂了，刺目的光芒让人暂时睁不开双眼，即便天眼通也无法透射过去。清香缭绕，馥郁芬芳，不过却也充斥着一股杀气，在神圣光辉中，让人觉得多少有些不适宜。

当所有的光辉都如水波般退去后，辰南与两个孩子终于看到了蚕茧中走出的人。一个身躯婀娜的女子，全身上下皆被古老的甲胄所覆盖，即便是头部也不例外，唯有一双眼睛闪烁着湛湛神光。

古老的甲胄也不知道历经了多少岁月，上面充满了刀剑之痕，不过却没有碎裂的迹象，只是有些地方稍稍被砍得凹陷下去了一些而已。她的身后背着一把古矛，左手持着一面古盾，右手握着一把锋利的匕首，无论是武器还是甲胄绝对都经过了无尽岁月的洗礼，绝对是古物！

"妈妈是你吗？"依依就要上前。辰南一把拉住了她，上前了一步，道："是你吗？"

一道惊天长虹自那把匕首冲天而起，在刹那间贯穿了高天之上的混沌，穿着古老战甲的女子展现出了非凡的强大战力。辰南拉着两个孩子后退了一步。浑身笼罩着古老战衣的女子并没有对他们出手，将匕首交到了左手，摘下了头盔，露出了一张倾城倾国的仙颜，正是梦可儿。不过辰南总觉得她与以往有些不同。强大是不必多说了，她足以位列天阶强者。主要是她的气质似乎发生了些许变化，与以往有些不尽相同。

空空与依依立刻扑了过去，这一次辰南没有拦阻他们。原本平静的梦可儿，收起了匕首与古盾，也向他们张开了手，三人抱在一起。也许已经过去了数百年，也许已经过去了上千年，到现在辰南还没有一个明确的时间概念，不知道大破灭至今到底过去了多么久的岁月。此刻，看到梦可儿脸色渐渐柔和下来，他放下心来。

梦可儿表现出了母性的一面，满脸的柔情，溺爱地将两个孩子抱在身前，仔细端详着他们的容貌，道："孩子，我的孩子，你们长大了！"

"娘亲！""漂亮妈妈！"空空与依依也是激动无比，心中似乎有千言万语，毕竟他们当年一岁时就离开了梦可儿，紧接着天地剧变，从此分离了数百上千年。化不开的亲情，分不开的血缘，现场一派温馨。

"妈妈你怎么在这里？"空空抬着头问道。依依更是拉着梦可儿的手，不断摇动道："娘亲我好想念你，还以为再也见不到你了呢。"梦可儿也充满了感慨，大破灭后她经历了很多，曾经绝望地想过可能再也见不到孩子了。她感觉得出两个孩子是发自真心想念她，曾经调皮的小家伙似乎真的懂事长大了。

看了一眼旁边的辰南，梦可儿没有说话。辰南走上前去，道："我曾经寻过你们很多年，但都没有找到。"辰南知道这是一个难得的机会，可以拉近他与梦可儿的距离，但是对于感情一道来说，他却像根木头，很难说出一些甜言蜜语。"我们去那边坐下来谈吧。"梦可儿领着两个孩子，率先向着前方的一片花木林走去。

这座混沌海中漂浮的岛屿，周围是无尽的混沌神光，让这里生机勃勃，同样充满了生命的气息。一条小溪叮叮咚咚从花木间穿行而过，辰南一家人坐在花草间开始谈起往事。梦可儿与辰南的关系，在大破灭前就已经缓和了不少，已经不似最开始那般对立，如今这么多年过去了，加上两个孩子的关系，梦可儿就更不能与辰南刀兵相向了。

其实细想想，梦可儿发觉与辰南间确实存在着说不清道不明的感情，感情这个东西真的很奇怪，也许最开始是因为恨而记忆深刻，但最后已经无法说清了，毕竟他们之间发生的事情太多了，差不多是对方记忆中最深刻的人了。她对辰南已经谈不上恨了，毕竟就真实情况来说，说不上谁对谁错，他们之间许多事情都是外力撮合而成的，不过要她接受辰南似乎也不太现实。

"大破灭时，我被强大的力量打入混沌中，虽然重伤，但侥幸未死，体内七绝天女的力量全部复活……"随着梦可儿的慢慢述说，辰南与两个孩子渐渐了解了真相，暗暗惊叹七绝天女果真了得，七大天女之一就能够造就出一个强绝的天阶高手，如果七身合一那真是不可想象。梦可儿道："后来，我竟然在天外混沌中，遇到另外一个七绝天女，她竟然想炼化我！"

辰南大吃一惊，清楚地记得当初在小六道中，七绝天女曾经放出了五大天女化身的残魂，有两条残魂分别与龙舞以及小公主融合成了完整的天女，还有三条残魂下落不明。"你可认识那个想炼化你的天女？"辰南问道。梦可儿道："不认识，不过肯定是融合后的完整天女。我与她纠缠数百年，在混沌中不断争斗，一直杀进混沌遗民的聚居地，才终于战胜她。不想，最终属于她的力量进入了我的身体，致使我一睡百年。现在，辰南，我需要你的帮助，帮我炼化体内的魂力！"

梦可儿身上的古老战甲也是那名七绝天女的，不过其中的细节她并没有细说。但是辰南已经完全可以想象得到发生了什么，另外一个天女的力量被梦可儿压制了。帮她炼化魂力，等于助她完成两个七绝天女魂力的融合。辰南也简单地说起了自己这么多年来的经历，而后没有犹豫，开始相助梦可儿炼化体内的力量，这必将打造出一个天阶超级强者，毕竟这是两具天女魂力啊。不过，辰南肯定要打散天女原本的意识，只留下梦可儿的神识，不然天知道一旦完整融合，产生的人物到底是谁！

馨香扑鼻的花木间，辰南与梦可儿飘浮在低空中，一道道绚烂的光芒将梦可儿包围了，辰南如今强大得可怕，做这些并不耗费心力。最后，他更是将洪荒大旗摇动起来，无尽星光笼罩而下，帮梦可儿炼化体内的天女之魂。"谁敢对我不敬？"冷哼响起，一道灵识冲出了梦可儿的身体，在空中愤怒地对着辰南。而此刻梦可儿已经陷入深层次的修炼境界中，如睡熟了一般。"是我！"辰南没有多余的话语，直接以洪荒大旗将之覆盖住了。

"你竟然如此冒犯我，你可知道我是谁？即便是人王复活也要让我五分！"这道灵识绝对是七绝天女最原本的意识，她应该有着古老的记忆。听到这些，辰南大吃一惊，看来七绝天女来头甚大，似乎能够与人王抗衡。不过，不管七绝天女多么厉害，那些古老的记忆注定将不复存在了，他可不希望梦可儿变成另外一个人！他以强绝无比的力量控制着洪荒大旗猛力摇动，再也没有任何言语，将这道灵识狠狠击碎在洪荒大旗内！

许久之后，梦可儿睁开了双眼，在一刹那间爆发出无与伦比的强大气息，耀眼的神光爆发而出，他们所立身的巨大浮岛立时开始崩碎。辰南快速拉起空空与依依冲向了天际，在远空的混沌中感受着梦可儿的强大。如今，梦可儿拥有两条天女的魂力，强大到了足以媲美太古神的地步。很难想象七身合一，那将是何等的境界！

不多时，梦可儿冲天而起，身着古战甲，背负古矛，左手古盾，右手古匕，一副英姿飒爽的姿态，加之绝世姿容，给人一股另类的惑人气质。"辰南，我们可以重新开始，就当我们现在才认识。"梦可儿平静地看着辰南。"第一次见到梦仙子很荣幸！"辰南也很平静。

"坏了，老爹和漂亮妈妈变傻了。"空空在远处嘀咕道。"你才傻了，不知道漂亮妈妈和老爹要重新开始吗？"依依数落着自己的哥哥。

"好肉麻呀，这就是传说中的先有我们后有情？老爹他们也很激进嘛！"空空一副受不了的样子道，"不行，我们还是赶紧躲躲吧，不然我感觉浑身起鸡皮疙瘩。""我也感觉如此！"依依与空空一溜烟跑了。不过，仅仅半刻钟后，他们就被辰南以洪荒大旗给拘禁了回来。

空空道："老爹，你们继续浪漫，不要理会我们！""你这皮小子！"辰南敲了他一记。梦可儿拉住了他们，道："我们现在要想办法去救人。""救谁？"两个孩子同时问道。

辰南叹了一口气，心中很悲痛，方才与梦可儿谈话中，他得到一些不好的消息。梦可儿这么多年来在混沌遗民的领地潜修，得到了一些消息。几名非常有潜力的人类青年，曾经被混沌遗民抓获。起因似乎是因为潜龙乃是魔主的徒弟或化身，被混沌遗民抓捕。而后似乎又抓到了天界雨馨、灵尸雨馨、精灵圣女凯瑟琳等人。其中似乎有些人直接被打得魂飞魄散了。不知道他们当中是否有人活了下来。

幽罗王，传说中的混沌最强者之一，黑手广元都要忌讳三分。幽罗王曾经与魔主在太古时代大战三天而不败，这一次大破灭之际不知道是从何处得到消息，获悉潜龙乃是魔主之徒或化身。六道崩碎的刹那，他只手遮天，混沌巨爪化成方圆千万丈，从正在毁灭的六界中将潜龙强行抓出，在此过程中，将灵尸雨馨等人联动带出。现在许多混沌强者都知道幽罗王囚禁魔主之徒或化身，以期能够从中发现魔主的弱点，好在将来灭杀魔主。

"幽罗王，赶紧召唤高手吧，将这些太古神全部灭杀！"广成已经逃到了幽罗王的地域，此刻正面带恭敬之色向幽罗王进言。"就怕他们不敢追进我的地域！"幽罗王充满了强大的自信。"这帮人狡诈无比，还请幽罗王主动出手吧。"广成非常希望幽罗王灭杀众神。

幽罗王坐在空旷的大殿宝座之上，如一尊雕像一般，闭着双目，浑身上下皆覆盖着甲胄，自始至终都没有睁开双目，冷笑道："混沌族最强的敌人还没有出现，我在等待！"

"在等待谁？"

"走上通天之路的魔主等人，可能会是我们最后的大敌！"

"他们已经走上了通天之路，怎么可能还会再现呢！"广成大惊。

"一切事情都很难说啊！"幽罗王闭着双目，端坐宝座不动，巍然的魔体，没有任何混沌光芒闪现，他平静地道，"有一对父子一直没有出现，我不相信他们死了！我怕他们在幕后导演了一场大戏，一个天大的骗局！"

辰南与梦可儿以及两个孩子，很快就赶上了冲在前方的太古神，简短地向守墓老人与萱萱等人述说了梦可儿听闻到的消息。太古神对于灵尸雨馨等人倒不太关注，不过当听到有人要研究魔主之徒或化身时，立时有些忍不住了，毕竟魔主乃是太古神一方的最强者之一，如果他的化身被人研究透了，那将是天大的危险。聚集而来的太古神浩浩荡荡前进，透发着莫大的威压，宛如汪洋在拍动一般，冲击得混沌不断崩碎。

不过在前进了数千里之后，守墓老人神色凝重地让众人停了下来，他感觉到了熟悉的气息，惊道："幽罗王！不行，不能再前进了！""怎么了？"后方的太古神不明真相，上前问道。"前方可能是幽罗王的地盘！"守墓老人神色非常严肃地道，"目前，我们似乎难以克制他，还需要召集人手，要知道这个家伙乃是魔主的大敌啊，当年打遍六界无敌手！"所有人都倒吸口凉气，他们当中大多数人都知道幽罗王的可怕，甚至许多人都曾经见到过那位混沌遗民中的王者。

"这个家伙还活着？当初不是有传言，他已经被魔主打废了吗？"

"是啊，我也听说了，魔主最后以吞天之力将那个家伙粉碎了，怎么还活在世上呢？"

……

很明显众多太古神都对幽罗王深深忌讳不已。

"那是谣传，不是真相！"守墓老人脸色非常严肃，道，"幽罗王功参造化，与魔主大战三天三夜未分胜负，最后不过是一具化身被废了而已。我觉得我们现在应该离开这里，虽然他不一定奈何得了我们这么多人，但肯定将是一场惨战，我们应该等待诸多洪荒高手出现再来征讨。"恐怕也只有守墓老人这等级数的高手，才敢征讨魔主级的人物。

"走，我们立刻离开这里！"守墓老人当先向后退去。只是，一阵浩大的声音环绕着他们响起，像是海啸一般震耳欲聋："来到这里，还想走吗？"紧接着，在隆隆巨响声中，混沌大浪翻涌，这片朦胧的混沌地带快速扩展开来，所有的混沌都如潮水般退却，留下一片无比广阔的空间，根本望不到尽头。

"出来！"黑起手持绝望魔刀，周身魔气涌动，仰天大吼。其他太古神也都做好了战斗的准备。无声无息间，一股巨大的压力笼罩而下，像是天崩了一般。一个巨大的混沌手掌，缓慢向着众人笼罩而来，方圆千百丈，目标竟然是所有太古神。众人都惊惧无比，其中有些人竟然仿佛被束缚住了一般，行动都困难了起来。

"哼，猖狂！"辰南第一个摇动洪荒大旗，无尽星光旋转着，化成一股毁灭性的光芒冲天而起。与此同时，守墓老人也砸出了生死盘，向着那巨手撞去。黑起更是祭起魔刀，劈出一道惊天刀芒，迎击了上去。

三大高手的力量，瞬间崩碎了那巨大无匹的手掌，高天之上的混沌中隐约浮现出一道虚影，冷冷地注视着众人道："不愧是太古神！"三大高手虽然轻易粉碎了幽罗王的手掌，但是众人都倒吸了一口凉气，他们都是太古强者，见识广博无比。那虚影明显不是幽罗王的本体，也不是他的化身，不过是他投下的一道虚影而已，他本人可能还在千里之外呢！不愧是与魔主难分高下的人物！在这之前，辰南充满了自信，感觉战力无匹，就是面对幽罗王也能大战一番，但是此刻他心中无底了。

无声无息间，莫大的威压再次临近，不过不再是幽罗王的手掌，而是一大片古老的建筑群落，像是乌云一般涌动而来。残破的古建筑群，巍然而又神秘，充满了岁月的痕迹，一看就知道是太古遗迹，充斥着一股邪异的力量。虽然在接近的过程中，没有任何声音，但是却给人以万马奔腾、千万条大河奔啸般的气势，深深震撼人的心灵。

"冲！"众多太古神不用多想也知道危险在临近，纷纷打出毁灭性的力量想要突围而去。但是，古建筑群显然非同一般，众神之力竟然难以摧毁。所有人的力量像是泥牛入海一般，竟然被成片的古建筑群给吸收了。

"这是炼狱城！"守墓老人吃惊无比，怒道，"坏了，这个王八蛋居然掌控有这个邪异的古城，即便是太古神走进其中也将迷失！这是曾经的天道之城，是从通天古路中打造出来的邪异天都！被混沌一族接手后，炼化成禁忌阵法，成为了名副其实的炼狱！"众神根本无法冲出包围，无尽的古建筑物像是一座座巍然耸立的巨山一般将他们包围在里面，根本难以望到外面的景象。随后古老而又神秘的天城完全遮笼而来，本来混沌光芒闪现的空间立刻暗淡下来，当然也谈不上黑暗。不过在被合围的古老城市间，是大片的阴影，仿佛黄昏来临了一般。

古城寂静无声，一片死寂，一种无言的压抑，让人喘不过气来。这片死气沉沉的炼狱中所有建筑物都巨大无比，仿佛是为巨人建造的，如十万大山拥挤在了一起。真不知道这个所谓的天都当年都居住了哪些人，难道所谓的天道真的是有形的生命体？而并非传说中的最高法则？一层蒙蒙灰气笼罩了古老的天都。

"完了！现在我们被困在炼狱城中了，在这原天道的居地，充满了莫大的凶险，所有人都不要散开！"守墓老人大喝着，有些焦急地聚拢诸多太古神。

萱萱非常冷静地注视着这一切，额头之上射出一道神光，如长虹一般划破空间，向着无尽的高空射去，似乎想要打破这片禁锢。但是，无尽的古老建筑物透发着无尽的阴森之光，将萱萱打出的神光粉碎了。

辰南摇动洪荒大旗，想要摇碎这片神秘的炼狱城，但是他发现这里实在太邪异了，洪荒大旗摇动出的毁灭性力量似乎被一股外力牵引着导出了古城，似乎向无尽的混沌宣泄，磅礴的力量根本没有触及古城分毫。他对着高天喊道："幽罗王你这狗熊出来，敢与我一战否？如果你怕了，我让你一手一足！"

"哼！"高天之上传来冷哼，幽罗王的声音穿透灰色雾气，直达地面，"我现在可不想在你们身上浪费力量，当年那一战之后我养伤至今，终于恢复到了巅峰状态，我要等的人是魔主！如果你们能够穿透出炼狱，说明你们不弱于我，不然你们不是我的对手。"

"这个鬼地方，我去空中看看！"黑起冲天而起。"停下！"可惜，守墓老人的话语晚了，黑起冲起的刹那凭空消失了，没有一点力量波动，就像是被蒸发了一般，又像是被熔炼了一般。守墓老人大叫道："大家不要轻举妄动，这里非常邪异，每走一步都有可能远离原地数十里，这里是一座恐怖的迷城！"

"我来试试看！"辰南摇动洪荒大旗，让它无限放大，像是一座通天支柱一般，巨大的旗面也随着猎猎作响。将神识附着在旗面之上，来到高空，向着四外望去。只见下方云雾涌动，玄秘莫测。他想继续放大洪荒大旗，让之更加高硕，但是突然发现有一股力量在高空中阻挡洪荒大旗继续向上。没有办法，辰南的神识只能在这个高度向着四面八方扫视，他发现众神似乎并不是在这座炼狱的中心地带，仅仅在边缘而已。

这个时候，他竟然在这里感觉到了熟悉的气息！远远地他望到了中央地带的一座最高建筑物，那是一座古塔！他竟然看到了潜龙！潜龙被巨大的锁链绑缚在古塔顶层，浑身皮开肉绽，有的地方都已经露出了白骨。同时，他竟然感应到了龙舞的气息！似乎也在那片区域！他们兄妹竟然被困在这里。这座炼狱城必须要破去，他必须要救出他们。灵识复归本体，辰南将看到的一切，告知了众人。

萱萱道："想要冲出这座天都，必须毁去中央的古塔才行，上一次这座天之居地就是如此被破掉的！""杀吧，我们杀向中央古塔！"有太古神高喝。只是刚刚有所动作就凭空消失了，所有人都倒吸口凉气。守墓老人说的话果真非虚，那名太古神真的仅仅迈出去一步而已，就消失了。守墓老人低喝道："双眼看到的不要去管，双耳听到的也不要去理。闭上你们的双眼，也闭上你们的双耳，凭着直觉前进，向着中央古塔前进。"所有人都以灵识扫视方向，向着中央古塔前进，但是不过数步而已，就有大半人都消失了。

辰南道："分开也好，我们众人从四面八方攻向中央古塔吧。"很快辰南也与众神分散了，他与梦可儿走在一起，将空空与依依收进了内天地。"吼……"一头天兽从一座古建筑物中冲出，凶猛地朝着辰南与梦可儿扑来。辰南举旗便扫，但是发现洪荒大旗仿佛扫进了另一片空间一般，旗面竟然消失了。根本没有阻挡住天兽，让其顺利扑上了身体。

"该死的，这是一片重叠的空间，像是有千万层一般！"辰南低声咒骂着。虽然洪荒大旗击空了，但是此刻的辰南修为高绝无比，身体中涌动出一股巨大的力量，瞬间就将扑上来的天兽禁锢住，而后一掌将之化成了肉泥，就连扑出的那道魂魄，都未能逃离粉碎的噩运。正在这个时候，清丽绝伦的梦可儿突然开口了，道："我似乎有些模糊的记忆，七绝天女四魂可破天都！"

"七绝天女四魂？"辰南一愣，哪里去找呢？眼下梦可儿融合有两条天女魂，中央古塔还有一个龙舞，加起来也不过三条魂而已。正在这个时候，无比熟悉的精神波动忽然传入辰南的脑海："呜呜，臭败类，你是来救我的吗？呜呜，好倒霉，好可怜……"辰南闻听此言，气得牙根都痒痒，他竟然听到了小恶魔公主楚钰的声音，在这之前竟然没有先一步感应到她。

"真的是你呀，臭败类！不要找了，你们找不到我，这片空间很奇异，被困上千年也不过能熟悉一小片区域而已，我告诉你们我在哪里。先向左走上千米，那里有一条开阔的通道，闭上眼睛什么也不要看，一直走下去，进入一道空间之门就能看到我了。"辰南与梦可儿依言而行，吃惊地发现这座古城中竟然有无数的空间之门，难怪错综复杂，走错一步就会凭空消失，果真有无数的空间重叠在此地。

空间之门内依然是炼狱城，多年未见的小公主似乎没有任何变化，依然是那样娇艳与狡黠，虽然被困住了，但此刻见到熟人，立刻又像个小恶魔般露出了笑容，她被巨索捆缚在一座古建筑之上。辰南道："小恶魔，除了你还有谁被困在这座城中？"小公主道："好多呀，到时候你就知道了，快放我下来。"辰南没有跟她算账，将之放了下来，心中一动，加上小公主与龙舞，今日似乎七绝天女四魂齐聚，真的可以破掉天都了。但是，四魂不会归一吧？他心中有了这样的联想。

正在这时候，被困在天都中的所有人清晰地听到了幽罗王的惊呼："魔主？魔主！你这个骗子，果真想瞒天过海，你竟然真的没有走上通天之路！好啊，今日与你不死不休！"幽罗王的喝喊清晰地传到了众人的耳中，魔主之名震古烁今，谁人不知，哪个不晓。幽罗王一声大喝，顿时让所有太古神震惊。魔主早已走上通天之路，这是尽人皆知的事情，怎么会突然出现在这里呢？这实在太不可思议了！不过紧接着高空之上又静寂无声了，像是什么也没有发生一般，甚至连幽罗王透发的那种无形的"势"都彻底地消失了。

太古神们不知道上面发生了什么，仅仅听到广成的一声惊呼，再也没有听到幽罗王的声音，料想有大变故发生。辰南与梦可儿还有小恶魔公主，听到这些声音后仅仅停了片刻，便继续快速向着中央古塔前进，他们知道求人不如求己，魔主似乎难以脱身啊。七绝天女四魂可破天都炼狱，这并非源于力量上的原因，这是因为七绝四魂合在一起便可通幽，这是一种玄而又玄的神通，难以言明其中奥妙。辰南知道四魂已经聚齐了，但是恐怕不会顺利令四魂通幽，因为其中一魂是被他亲自镇封的，一定会逆着他的意志来做。澹台璇，想到这个天女，辰南就一阵头痛，不知道最后如何化解他们之间的恩怨。

"臭败类快走呀！"小公主楚钰依然如过去那般活泼，一点也不惧怕辰南这个"大敌"，依然如从前那般毫无顾忌。辰南顿时满脑门子黑线，凭空幻化出一只光掌，在她粉嫩而又充满狡黠神色的脸上，像搓衣服一般狠狠地揉了揉。

"哎呀呀，你这臭败类讨厌死了，还跟从前那般可恶！我现在是天阶高手了！"小公主张牙舞爪，如一头小豹般就要扑上来。

"行了，小恶魔你不要太过分，不然我可不会像从前那般客气了。现在，你给我养精蓄锐，待会儿还需要你们四魂通幽呢！"辰南说完这些话，不忘记在她光滑柔顺的长发上揉了揉，瞬间让一头乌黑亮丽的长发变成了鸟窝。"可恶！我要……哼，等着瞧！"小公主气得只能瞪眼，没有丝毫办法。

辰南他们快速在重叠的空间中移动着，不断变换方位，已经杀死了四头强大的天兽。这些天兽并不是幽罗王放入的，天兽不会听从他的召唤，这乃是天都炼狱中本来就存在的古老凶兽。

在无尽重叠的空间中，幻象迷踪，天雷轰顶！一道道可怕的天雷，即便是天阶高手都难以应付，辰南以洪荒大旗支撑，都感觉阵阵心惊，一般的天阶高手在这样恶劣的环境下，根本难以抵挡。密集的雷电像是一条条无比巨大的天龙一般在这片空间纵横翻腾。蓦然间，辰南心中一动，将内天地中的空空与依依放了出来。

"啊，是那个小恶魔！我们小的时候，曾经抓过我们。"依依叫道。空空与依依显然还记得小公主。"老爹，你怎么把我忘了。破除虚幻，穿行封印空间，是我空空最大的本领呀。"说到这里，空空化成了一把长达十丈的巨剑，道："老爹，你们都跟在我的后面，看无敌的空空在天之禁地开辟出一条空间通道来！"

空空化成的裂空剑，的确可以破解一切封印与阻挡，当年他还是个小不点的时候，就将隔断的太古挖出一个大洞，现在功力今非昔比，就更加神通广大了。"好！"辰南以洪荒大旗搭在了空空的身上，磅礴无匹的力量向着空空涌动而去，给他强大的力量支撑，而后示意梦可儿等人跟着。天都炼狱内忽然间一阵颤动，空空的裂空剑像是一道神光一般，快速在各个空间之门穿行，破除一切阻挡。虽然不断变换方位，但大方向始终不变，快速接近中央地带，重重叠叠的空间也未能够让他迷失。

走了两个多时辰，就在他们将要冲出去的时候，辰南一把拉住了空空与依依，惊道："停！"梦可儿与小公主也被他挡在了身后。高天之上震荡下一股莫大的威压，熟悉的气息铺天盖地而下，那是一股毁灭性的力量！"出来，不要躲藏，给我痛痛快快地大战一场！"竟然是幽罗王的声音。幽罗王竟然进入了天都炼狱，这样说来他口中的"魔主"岂不是也就在附近？！辰南心中虽然没有一丝把握，但是还是非常想与幽罗王大战一场，只是眼下身畔有这么多人，他不敢去犯险，有后顾之忧，无法放开手脚。

幽罗王果然强大无比，怒吼中力量波动如潮水在汹涌一般，震荡得无尽的古老建筑物都在颤动，而后在刹那间他冲飞而去，瞬间消失在一道空间之门内。很显然，他忽略任何高手，在追寻着魔主的踪迹！情况越来越复杂了，幽罗王与魔主大战到了这里！

"走！"虽然已经渐渐明白了其中的相生相克之理，辰南依然让空空在前开路。几人快速在一道道空间之门穿行，每前进数里都要穿行数不清的空间之门，反复更替着，像是在走迷宫一般。三个时辰之后，辰南他们接近了中央古塔，已经能够遥遥望到被铁索绑缚的潜龙。但是到了这片区域，一切都显得恐怖无比，不仅有若隐若无的鬼啸，还能够看到几道朦胧的魂影在飘动。辰南他们是什么人？怎么可能会惧怕鬼魂呢！但是，那飘动的幽灵却给他们非常不舒服的感觉，令他们觉得有些毛骨悚然。

"这是天之残魂，还是曾经的前辈高手迷失的灵魂？"梦可儿自语。很显然，无论是哪一种，都非常不好对付。"避过去，一定要避过去！"辰南对空空道，他已经感觉到了，这几条飘荡的幽灵可能将是他们进入古城后遇到的最危险的阻挡力量！天之残魂吗？非常可能！还好，空空并不是自吹自擂，竟然不断转换空间之门，一一避开了他们，顺利来到了天都中央地带的那座石塔之下！他们已经仰望到了潜龙，更是感应到了龙舞的气息。

"躲起来！"辰南再次轻喝，众人一起躲在一处古建筑中。远处幽罗王高大森然的身影再次出现了，激荡着恐怖的威压。他依然在疯狂追寻着魔主！

"潜龙！"辰南对着奄奄一息、已经露出森森白骨的潜龙喊道。

"是你，辰南？快、快先将我妹妹救出来！"潜龙血肉模糊，身体之上有些地方都已经腐烂了，裸露出的白骨格外吓人。

"我先救你下来！"辰南冲天而起，但是一股奇异的力量扭曲了空间，让他难以靠近中央古塔。近距离观看潜龙的惨状，辰南都感觉有些心酸。也许数百年，也许上千年了，再次见到潜龙，没有想到他竟然落到了如此境地。此刻的他憔悴无比，竟然有了老态，鬓角的发丝现出片片雪白，额头之上也满是皱纹，更不要说惨不忍睹的身体了，许多地方白骨裸露，透发着恶臭。残破的裹尸布挂在巨大的铁索上，随风而猎猎作响，上面的残血证明了潜龙所遭受的种种苦难。

辰南还清晰地记得，当初他身残功废之际，潜龙为了给他续命，灭杀神皇与神王，抢夺神丹，为他做了很多很多的事情。如今再次见到故人，对方竟然落到如此境地，辰南心中酸涩无比。"潜龙……"纵然他心性坚韧冷硬，也不禁为眼前的故友而战栗了，话语都有些颤抖，道，"你曾经救过我的命，我一定会救你出来的！"

"快，先救我妹妹！"潜龙目光涣散，头发花白，无力地喊道。"我先去救龙舞！"辰南并没有再次鲁莽出手，毕竟这中央古塔事关重大，破掉它就能够破掉整座古城，他怕古塔崩碎，潜龙也随着魂飞魄散。"龙舞，她在哪里？"辰南虽然感应到了龙舞的气息，但是并没有发现她究竟在哪里，他的声音有些颤抖，龙舞于他情义重如泰山，当年废残之际如果不是龙舞，他也许活不到现在了。往事似乎还在眼前一般，在那个雪花纷飞的夜晚，他还记得龙舞青丝飞扬的神态，还记得她默默守候十年的深重情义。神采飞扬的龙舞，默默流泪的龙舞，恍惚间，仿佛又回到了那个雪夜。

"她在古塔之内！"潜龙的话语将辰南拉回了现实，辰南发觉自己的眼睛竟然有湿润的水汽，对于心志越来越坚硬如铁的他，触动很大。辰南没有任何犹豫，大步向着中央古塔走去，尽管前路险恶重重，但是他没有任何犹豫，为了龙舞死都可以，古塔有什么不敢闯呢？

"老爹！"空空与依依追了过来，想要与他一起进入古塔中。辰南回头看着他们，道："不行，你们都等在外面，接引那些太古神。"说罢，辰南大步走了进去。

这座中央古塔里面到处都是黑色的血迹，其内没有任何完整的骸骨，仅仅有些骨粉！中央古塔有七七四十九层，比之太古圣山还要高大，透发着磅礴的气势。巨大的血塔，仅仅有一个空间之门可以入内，其他各处都是封闭的。只是，当辰南迈入空间之门，回头观望时，他竟然已经找不到出口了，空间之门消失。辰南没有任何恐惧之情，在被前辈鲜血染红的古塔内，他一步步前进，与攀爬一座巨山一般无二。没有飞行而起，因为沿途的攻击实在太多了，他不得不更加小心。

他已经沿着巨大的阶梯向上攀爬了五层，在此过程中已经灭杀不下十几头天兽，更是穿过了雷电、火焰、飓风等形成的几道生死险恶之地。不断化解着身体被熔炼的危险。古塔神秘无比，可怕而又不可思议。第六层竟然是一片天火岩浆，而第七层竟然是一片花香鸟语的世界，各层都是一个独立的空间。第八与第九层有凶煞恶兽守护，都是少有的洪荒异种，如果换作一般天阶高手对上，真的难以抵挡，就空间来说远没有第六层与第七层那样与众不同。终于近了！辰南清晰地感应到了龙舞的气息，发觉她似乎就在不远处。与想象大不相同，还以为她在顶层呢，原来是第九层，这样营救起来省却了很多的力气。

"辰南，是你吗？"龙舞无比虚弱的声音传来，她竟然觉察到辰南的到来，声音有些颤抖。辰南道："是我，龙舞，我来救你了！"

"不要，不要过来！"龙舞虽然有着惊喜，但后来又似乎黯然了，而后又有些恐惧了。"龙舞你怎么了？"辰南明显感觉到了在龙舞身上似乎发生了什么，他手持洪荒大旗破碎一切阻挡，将第九层的无尽煞气扫灭而光后，向着中心地带冲去。

昏暗的血塔内，一个披头散发的女子蜷伏在地上，四肢被铁索穿透，被绑缚在冰冷的地面。那张曾经让明月都要黯然失色的容颜此刻憔悴无比，竟然有了些许皱纹，双目暗淡无光，就连那发丝间都染上了霜色。龙舞竟然沦落到了这等地步，曾经那个神采飞扬、风采自信的美丽女子，竟然被囚禁在这暗无天日的血塔中上千年，这实在是一件无比残忍的事情。龙舞双目中有清泪在滚落，努力将自己不再美丽的头颅扭向一旁，不想让辰南看到。

"龙舞……"辰南感觉心中酸涩无比，慢慢稳定下情绪道，"龙舞无论你变成什么样子，你都是龙舞，只要你是龙舞，一切都没有改变。"话虽如此，但是辰南心中还是有些发狂，恨不得立刻与幽罗王大战一场！龙舞慢慢将头颅转了过来，晶莹的泪滴滚落而下。辰南慢慢蹲了下来，轻声道："当年我身残功废，你不曾嫌弃，默默照料，我永远不会忘记的。如今，你不过是容貌憔悴了一些，怎么会如此不信任我呢，我难道是一个以貌取人的家伙吗？"

龙舞现在确实衰老了很多，生命元气仿佛被人强行剥夺了。但辰南可不想如实说出，只以"憔悴"来形容。"辰南，没有想到我们还能够再相见，我以为六道崩碎后一切都结束了呢。"龙舞轻轻转过头来，泪珠再次滚落而下。多年的囚徒生活令她真实地感受着自己在慢慢衰老，对于美丽无双的女子来说，这简直就是一场噩梦！

"是这铁索在缓慢地抽取你的生命元气！我来将它扭断！"铁索连通着血塔，龙舞的生命元气等于被血塔吸收了。"嘎嘣！"第九层并无太多霸道的力量禁锢，辰南顺利地扭断了铁索，将龙舞解救了出来。而后他打开内天地，生命源泉像是一条水龙一般激射而出。在生命源泉的包围中，龙舞逝去的生命元气在快速恢复着，她并没有被伤害到根本，也没有负重伤，因此恢复得非常顺利。

"辰南，谢谢你！"

"龙舞，你如果和我说'谢谢'这两个字，就真的太见外了，让我无地自容。"

"好，我不说了。快去救我哥哥。"

"我会去救他的，龙舞你没有受伤吧？"

"没有，我没有受到伤害，那个魔王只是针对我哥哥而已，他吃尽了苦头，求生不得求死不能。"

辰南也已经看出来了，幽罗王似乎根本没有关注龙舞这个"小角色"，不然不可能将她囚禁在第九层古塔内。辰南问道："龙舞你可知道这座塔内，是否还囚禁着其他人？"龙舞道："有，最顶层似乎囚禁着一个老人，详情我不知道。似乎幽罗王也不愿意靠近那里，他没去过几次。"当这股生命源泉化为凡水时，无尽的生命元气涌进了龙舞的身体中，苍老之态转瞬消失，她再次充满了青春活力。

"走，我们离开这里！"辰南一手持着洪荒大旗，一手拉着龙舞，沿着巨大的阶梯，向下层飞落而去。回路之上，虽然依然有阻挡的力量，但是在辰南的无情刀与洪荒大旗下都被粉碎，他们顺利来到第一层。但是，他们却找不到出口，没有办法，辰南只得控制洪荒大旗，摇动出生死两极元气，而后化成五行神力，再转混沌神光，不断更替，轰击血色巨塔的墙壁，想要强行突破。但是古塔纹丝不动，所有的力量似乎都成了它的有效补充，完全被它吸收了。

"这座巨塔是无法摧毁的，连幽罗王似乎都做不到！"龙舞回想着说，"幽罗王曾言，这是天道的力量锻造的。""这就麻烦了。"辰南暗皱眉头，如果无法轰碎墙壁，那么真的要被困死在这里了。就在这个时候，光芒闪现，空空与依依冲了进来。辰南皱眉道："你们怎么进来了，我不是告诉你们不要犯险吗？"

"老爹，不是我们要进来，是幽罗王与一道黑影大战过来了，外面无法立足了！"话音刚落，小公主楚钰以及梦可儿也都冲了进来，显然外面的大战激烈无比，不然她们绝不可能躲进牢笼中。

辰南清楚地看到他们从一片绝壁中进来，认定那里就是空间之门，结果走过去尝试百余次，发现空间之门根本不存在，仿佛只能从外面进，不能从里面出一般。"怎么会这样？"辰南不解。一直静静站立的梦可儿突然开口道："眼下，似乎只有尝试七绝四魂通幽之神通了，看看能否一破这天都炼狱。"

"四魂通幽？我们三个也才三魂啊！这样做充满了危险！"龙舞与小公主同时惊叫。梦可儿叹了一口气，道："我有两魂，眼下似乎只能这样做，才能让这片重叠的空间正常起来，天女四魂通幽，是天生的阵法，以魂为阵，能够破除这座古城之阵。"小公主道："好吧，我们试试看！"

三女双手拉在一起，而后在刹那间，绚烂的光芒爆发而出。正在外面追逐着一条黑影大战的幽罗王大惊，而后失声道："这似乎是与人王、辰祖同代的七绝天女啊！怎么可能出现在古塔中呢？该死的，我明白了，是天女的各条魂魄相遇！"就在幽罗王愣神之际，那道黑影快速冲了出来，将他轰杀得险些粉碎。中央古塔周围，空间之门锐减，他们虽然在快速移动，但是身影并未消失。

"你到底是谁，你似乎是魔主，又似乎不是，你有魔主的力量，但是……"幽罗王怒吼着，刚才险些吃了大亏。就在这个时候，古塔一层透发出一股剧烈的波动，第一层古塔中绚烂无比，通过石壁穿透而出无尽的光芒。而后，一股毁灭性的气息爆发而出，辰南竟然擎着洪荒大旗冲了上来，直接杀向幽罗王。与此同时，守墓老人与萱萱也从暗中冲天而起，杀向幽罗王。刀芒闪现，君王黑起持绝望魔刀也腾空而上，刀芒撕裂虚空！

四大高手同时出现，再加上先前与幽罗王大战的黑影，五大高手将这位混沌遗民中的王者困在了中央。那神秘的黑影始终笼罩着一层迷雾，让人难以看清其真容，不过透发出的气息，确实与魔主异常相似，或者说几乎一样！但是，辰南却知道这个人多半不是真正的魔主，毕竟还是有些细微差别的。这会是谁呢，为何同样如此强大，比当初见到过的魔主残魂可要强大不少！

幽罗王浑身上下都被古战甲所保护着，玄铁甲闪烁着阴森的冷芒，雄伟的体魄给人以强大的压迫感，仿似不可战胜一般！双目中没有眼瞳，只有两道幽冥青光透发而出，说不出地恐怖。他冷冷地扫视着守墓老人、萱萱、辰南、黑起，最后又将目光定在了笼罩着雾气的黑影，森然道："不要藏头露尾，你到底是不是魔主？有些不像，但是骨血却一模一样！"

"哼！"黑影冷哼，直接撕裂虚空，出现在幽罗王近前，整个人超越了光速，漫天都是他的影迹，在短短的一刹那也不知道打出了多少记杀招！残影形成了一片黑色的幕帘，笼罩了这片天空，透发出的波动更是可怕无比，如果这是一片普通的大陆，肯定早已天崩地裂、海啸连连了，如果这是一片星空，肯定会有星辰陨落，黑影所震荡出的威压可怕得让人震惊！

即便如此，一重重惊涛骇浪似的攻击依然让整片天都炼狱都摇动了起来，不过最终所有狂霸的能量都被如山岳般巨大的建筑群落吸收了。邪异的天都城不愧为原天道所在地！在这一刻，幽罗王没有能量波动，只有让人惊心动魄的强大的"势"在空中留下一道道残影，躲避开了所有的攻击！这个时候黑影再次隐在了远处的黑雾中，辰南直接冲了上去，无情刀自空洞的双眸中飞出，在死寂的空间中斩向幽罗王，化出两道邪异的轨迹，透发着无尽的毁灭气息！

"哼！"幽罗王冷哼，蓦地转过身来，正对着辰南，冷声道："是个不错的对手！"他伸开手掌，竟然直接拍向无情刀。绚烂光芒闪现，无尽光芒冲天而起，而辰南那里却一片死寂，他的双眼仿佛两片无尽虚空一般，所控制的无情刀力量就更加强盛了。

两声颤音响起，无情刀竟然崩碎了，辰南身体一震，空洞的双眼恢复了生气，那残碎的两把刀锋渐渐在空中淡去，而后回归了他的双眸。水滴滑落的声响在空中响起，幽罗王脸色阴沉到了极点，他虽然崩碎了无情刀，但是双手却被割裂出血槽，鲜红的血液正在流淌而下。这让辰南震惊不已，无情刀无坚不摧，斩灭一切阻挡，没有想到竟然仅仅划破幽罗王的双手而已，可想而知幽罗王有多么恐怖，不愧是混沌遗民中的王者！

　　幽罗王森冷的声音在空中激荡："你让我动了真怒，自从与魔主一战之后，还没有人让我受过伤呢！你竟然让我流出了鲜血，你要为此付出代价！"鲜红的血水在空中越聚越多，竟然汇聚成了一条血河！这实在邪异无比，要知道幽罗王即便身材高大，身高也不过一丈多而已，竟然流出这么多的血液！无尽的血液染红了天空，竟然汇聚成了一片血海，向着辰南奔腾咆哮而去。

　　"不好，当年他似乎用这招血吞天地对付过魔主，大家一起上！"守墓老人大叫。说罢，他将生死盘祭起，向着幽罗王轰杀而去，黑起手中绝望魔刀更是以横扫六合之势，扫开一片滔天血浪。萱萱超凡脱俗，在血海上空快速飞行，冲向幽罗王，辰南虽然被血海淹没了，但是却并不惊慌，双眉立起，持着洪荒大旗向前冲去，在血海中乘风破浪，生生开辟出一条血道！

　　四大高手在血海中搅动起重重血色大浪，围绕着幽罗王不断轰杀，但是血海是最好的防护盾牌，所有人的攻击都被冲天的血光淹没了，竟然无法伤害到幽罗王分毫。同时，血海绽放出血色光芒，照亮了整片古城，照亮了整片混沌，竟然汹涌出无尽的煞气，想要炼化四大高手。四人不得不竭尽全力冲击，不然真有可能被熔炼在无尽的血涛中。蓦然间，隐伏在高天之上的黑影动了，快速向着血海中的幽罗王冲去。隐约间看到他竟然展开一对神魔翼，像是两把天刀一般斩向幽罗王的腰腹。

　　"哼，等你多时了！"幽罗王连连挥动双手，在刹那间打出一片混沌神光，将黑影淹没了，而后无尽混沌倾盖而下，黑影也被他打入血海中。辰南等人皆在无尽的血浪中挣扎，深深感觉到了血海的可怕，如果不冲出去真的会被完全炼化。突然间，在隆隆巨响声中，血海居然在收缩，但是辰南他们吃惊地发现，自己的身体也在慢慢缩小！最后，让众人吃惊的场景出现了，当血海化成一摊血迹时，他们竟然出现在了幽罗王的手掌心！并非幽罗王变大，是他们真的随着血海变小了，融入点点血液间！

"嘿……"幽罗王森然冷笑，而后猛力攥起了手掌，巨大的压迫感向着五大高手袭去，险些让他们粉身碎骨。守墓老人的生死盘爆发出绚烂的光芒，想要轰碎幽罗王的手掌。最后，辰南更是将洪荒大旗完全展开，自幽罗王的掌心爆发出刺目的光芒，大旗浮现出一片朦胧的世界！幽罗王终未能将他们碾碎，他的手掌仿佛被刺透了一般，激射出一道血线，辰南第一个逃离出来，而后在空中恢复了身高。接着萱萱等人也冲了出来，最后一人是黑影，不过此刻他发生了惊人的变化，方才他打出了可怕的一击后，竟然在幽罗王的手掌中一分为三，化成了三条人影！

辰南大吃一惊，三个人竟然都是熟人，分别为大魔、魔师、无名神魔！怪不得有魔主的气息，大魔本为魔主之子，同时不久前将魔主的前世骸骨熔炼进了自己的身体，而魔师乃是魔主的亲弟弟，无名神魔本为十万大山中死亡绝地的守护者，乃是魔主的亲传弟子，三人都与千古魔主有着莫大的联系，黑影竟然是他们的融合之体！

"果真不是魔主！不对，你也有魔主的力量，难道他已经死了？"幽罗王盯着无名神魔，喝道，"你是他什么人，为何你的体内有着他的力量？"

"魔主是我师，他已经不需要这样的力量了！"无名神魔冷声回应道。

"嘿，我明白了，魔主在走上通天之路前，一定又蜕变了，他将原本的力量传承给了你！"幽罗王森然冷笑道，"魔主啊，果然了得，我期待不久与他再相见！"

"除非你也走上通天之路！"无名神魔冷声道。

"哼，无须我去找他，他会来找我的！"幽罗王扫视着七大高手，没有任何惧意。

辰南向着无名神魔传音道："无名兄好久不见，请你将你的师弟潜龙救下来，我去缠住幽罗王，与之大战一场！"不等无名神魔多说什么，辰南再次向着幽罗王冲去，想痛快地与这个混沌王者大战！但就在这个时候，中央古塔突然猛烈地摇动，绚烂的光芒自古塔中透壁而出。七绝天女四魂通幽，梦可儿等人将辰南送出后，终于完成了以魂为阵的交融，要崩碎古塔！

"七绝天女！"幽罗王冷笑着，一步踏到了石塔之上，想要镇住通幽的四魂破灭阵法！同时他大喝着："广成你们给我下来挡住那七人！"幽罗王想要出手对付七绝天女，他可不想天都炼狱被破掉！广成带领大批混沌高手，顺着幽罗王打出的混沌通道出现在这里，向着守墓老人等七大高手杀去。不过，辰南却杀出了重围，以洪荒大旗连续崩碎六名混沌强者，爆发出一片片血雾，直取幽罗王，如果不能够跟这等高手真正决战一场，他心中将充满遗憾。

"天罗地网！"广成撒出了混沌天宝，想要阻止辰南，但是被萱萱与守墓老人合力挡住了。"辰南快去阻止幽罗王，一定要助七绝天女破灭古塔！"守墓老人大喊着。

辰南持着洪荒大旗杀到了古塔之上，能够摇碎星辰的古旗猎猎作响，已经几次打在了幽罗王的身上，但是幽罗王都生生硬抗了下来，他的双手已经抓住了古塔，浩瀚如山岳般的巨塔竟然在快速变小，他竟然在以无上大神通炼化，要将通幽四魂熔炼在里面！"啊……"幽罗王不断咆哮，吼声直震得天都炼狱剧烈摇颤，远处混沌海更是猛烈地翻涌，他像是一个盖世霸王一般，竟然生生将巨塔炼化得不断缩小，如山岳般的古塔，最后竟然变成了七八米高！

在这个过程中，幽罗王生猛地硬接下辰南几记轰杀，虽然大口吐出了鲜血，但并无大碍，目中煞气竟然崩开了洪荒古旗。光芒闪现，梦可儿、龙舞、小公主竟然被逼出了古塔，她们手拉手，组成一个环形，四大魂魄正在她们的头顶上空飞快旋转。"嘿嘿……"幽罗王松开了古塔，与辰南在空中剧烈大战了十几招，而后猛地向着通幽四魂冲去。

辰南阻挡不及，大声喝喊示警。通幽四魂仿佛受到了惊吓，竟然快速缠绕到了一起，她们竟然融合了！在四道魂魄融合在一起的刹那，龙舞、梦可儿、小公主竟然也融合在了一起，而后迎上了头顶上方的魂魄！"轰！"仿佛天崩地裂了一般，一声巨大轰响爆发而出，同时一股磅礴到无可揣测的强势气息，浩荡而起。梦可儿等人被动融合了，向着真正的七绝天女迈出了关键的一步！

与此同时，幽罗王攻到了，他森然地冷笑着："我之前还在奇怪呢，古塔中的那个小女子果真有古怪，竟然是七绝之一！现在也不过四魂而已，虽然很强大，但是完全可以灭杀你们，真是天助我也，让我在今日除去这等人物！"盖世无双的力量向着四魂天女笼罩而去。

四魂天女风华绝代，美到极点，集合梦可儿、龙舞、小公主等人的全部优点。她双眸射出两道七彩神芒，口中发出天籁之音："幽罗王，你太过自大了！"在无限神光中，她与幽罗王对了一掌。

辰南也冲了过来，摇动着洪荒大旗，生生逼退幽罗王五步，而后毫不犹豫地打开了内天地，将封印的澹台璇的肉身与魂魄推向了四魂天女。他已经看出，四魂天女还不是幽罗王的对手，幽罗王誓要灭杀大敌七绝天女，辰南不想她们遭遇不幸，只好想办法让五魂融合！在这一刻风云变幻，天地失色，澹台璇的肉身与灵魂始一出现，就自动向着四魂天女融合而去，完全是一种本能的相互吸引，在璀璨的光芒中，无尽震耳欲聋的天雷声中，五魂天女在蜕变！

"该死！"幽罗王大怒，展开全力与辰南大战。虽然辰南与那无面人融合了，但确实依然不是混沌王者的对手，洪荒大旗也难以伤害幽罗王的永恒不灭之体！不过，他必须要挡住幽罗王，给五魂天女的诞生争取时间，因为五魂天女似乎不像四魂融合那么顺利，爆发出的璀璨光芒竟然在空中形成了一个巨大的光茧，一旦蜕变而出，绝对要远超四魂天女！

洪荒大旗摇动出一片古星空，辰南与幽罗王皆身陷洪荒星界中，大战连连。辰南虽然节节败退，但足以自傲了，毕竟他的敌手乃是混沌遗民中的王者啊！辰南浴血奋战，双眼空洞无比，无情刀旋斩！古星空中的星辰在两大旷世高手的交锋下，竟然猛烈地颤动了起来，一些小行星不断崩碎！突然间，外面发生了剧烈的大爆炸，连古星空都难以显化而出了，被动隐进了洪荒古旗中。辰南与幽罗王浮现在高空上。

　　五魂天女诞生了！她已经破茧而出，透发出的可怕威压震荡天地间，任谁也知道她此刻强大到了极点！她快速向着幽罗王杀去。"五魂天女我也不怕！"幽罗王近乎疯狂地轰开洪荒大旗，而后冲向天女。而就在这个时候，阵阵震耳欲聋的雷鸣自天地炼狱外的混沌深处响起，一条空间通道自远方贯穿而来，直接连通到了五魂天女的身上。

　　战女李若兰竟然从混沌通道中出现，她显然不知道自己为何出现在这里，充满了迷茫之色。但是，旁边的辰南却知道，李若兰定然也是七绝天女之一，现在五魂融合后强大到了极点，一定是因为七魂相互吸引的原因，将距离这里很近的李若兰召唤了过来！这实在太疯狂了，五魂天女刚刚诞生，紧接着便要进行六魂蜕变！

　　"轰隆隆！"恐怖的神光已透发出天都炼狱，照亮了无尽的混沌海！战女李若兰融进了五魂天女的体内！六魂天女将要诞生，可怕的气势摄人心魄！巨大的光茧悬浮于高天之上，透发着刺目的七彩光芒！要知道六魂融合，可不是简简单单的叠加那般简单啊，修为境界那将是成倍成倍地猛增！六魂天女如果顺利诞生，其强大简直不可想象！

　　无尽的神光照亮了昏暗的天都炼狱，化开了无尽的混沌海，一个巨大的光茧浮现在虚空中。幽罗王大吼着，冲击而来，他可不希望强大的天女重新来到这个世上，即便目前还不是七魂！因为六魂也足以震世了，毕竟当初七绝天女不是自己陨落的，当年她已经强横得无匹，一切都是为了百尺竿头更进一步，自己一身化七！如今蜕变融合归来，即便是六魂恐怕也顶得上当年的七绝天女了！

　　"吼——"幽罗王咆哮着，漫天的混沌神光铺天盖地而下。辰南不得不竭尽全力相阻，不希望在这关键时刻六魂天女功亏一篑。洪荒大旗近乎燃烧起来了，刺目的光芒完全是星光所化，毁灭性的力量阻挡着幽罗王。

　　幽罗王怒吼道："没有人能够阻我，今日七绝天女必须要死！"辰南道："做梦吧，幽罗王你先过我这一关！"辰南与幽罗王化成两道光束缠绕在一起，速度达到了极限，虚空都被他们割裂了，即便这里是天都炼狱！这个时候君王黑起突破广成等人的阻挡，杀了过来，绝望魔刀横斩幽罗王，刀芒惊天！

"你给我去死吧！"幽罗王愤怒了，现在时间对于他来说就是机会，七绝天女这等人物非常可怕，如果不是今天这样的时机，想要除去她实在太艰难了。他如墨的长发瞬间化为三千丈长，高空简直成了一片黑色的海洋，所有的发丝像是一条条黑色巨龙在翻腾一般，将辰南与黑起捆缚其中。

"死！"幽罗王大吼，双目射出两道骇人的青光。现在，可不是一般的拼杀了，此刻幽罗王已经近乎拼命。辰南简直快被勒断了身体，如果不是关键时刻化入洪荒大旗中，真的危险了，只余一杆残旗在黑色的海洋中猎猎作响，仿佛都要禁受不住而崩碎了。

黑起露出痛苦之色，他这样一个君王高手，何曾遭受过这样的痛苦，历来都是他掌控别人的命运。他厉啸连连，手中绝望魔刀斩断了一片粗大的黑色发丝，但是面对无尽翻腾的黑色巨龙，真的有心无力了。"啊——"黑起咆哮，被缠住的腰腹近乎断裂了！最后，周身的血液更是不断被黑色发丝吸走，他浑身是血，简直就是血人。在死境中，黑起双眼通红无比，竭尽全力想要融入魔刀中，但是魔刀也经受不住这样的狂霸力量，竟然被如千万条黑色巨龙般的发丝生生给震碎了！

黑起眼看不支，在最为危险的死境中近乎绝望！短暂的死寂后，黑起仰天咆哮，浑身上下透发出无尽的阴森气息，一团腾腾跳动的魔焰，像是最为可怕的禁忌天火一般，在他体外跳动着。

"啊——"万丈魔躯顶天立地，黑起挣脱了出来，崩碎无尽黑色的发丝，最后万丈魔躯耸立在天地间，更是一把抓住了幽罗王的长发！"吼！"黑起愤怒地厉吼着，竟然将幽罗王砸在了附近同样高耸如巨山般的建筑物上。"轰隆隆！"巨响不断。被逼得陷入绝望之境的黑起，生猛得让人震惊。幽罗王出离了愤怒，竟然被他认为构不成威胁的人这样抓住发丝狂砸，感觉大失颜面。他双手划动，无尽混沌海翻涌而来，向着黑起覆盖而去，他想要动用大法力，彻底让黑起形神俱灭。但就在这个时候，他的三千丈发丝忽然燃烧了起来，辰南手中洪荒大旗完全展开，里面的星辰之力汇聚成一道恐怖的光束，照在幽罗王如魔龙般的长发之上，使之燃烧起熊熊大火。

幽罗王真的被气得差点背过气去，发出一声怒到极点的咆哮，将盖向黑起的混沌海向着辰南倾盖而去，想要将之灭杀。他猛力甩了甩长发，让星辰之光溃灭。辰南与黑起也不甘示弱，在幽罗王发威的过程中毫无惧色地冲了上去，这一次三大高手如果碰撞在一起，恐怕真的会有人陨落。不过就在这个时候，飘浮在空中的巨茧忽然间崩碎了，七彩神光横扫六合，以无匹的威势汇聚成一道璀璨光柱，将幽罗王撞飞了出去。

六魂天女诞生了！绝代芳容，世间难寻，可谓风华绝代，艳冠天下，有着一股皇者特有的威压，举手投足间尽显无双天女风范。"幽罗王，你不是想杀我吗，来吧！"六魂天女周身上下缭绕着彩芒，冲向了幽罗王。

"该死，误我大事！"幽罗王愤怒地冲着黑起与辰南咆哮，而后乱发狂舞，冲向了六魂天女。这是一场龙争虎斗，是势均力敌的大战！风云变幻，天地失色。六魂天女，一身化六，而后又六魂合一，在空中将幽罗王淹没在了七彩神光中。举手投足间尽是杀势，她竟然突破了天都炼狱的禁制，召唤来一颗颗星辰，巨大的星辰在飞向她的过程中，全部被炼化成了泥丸般大小，而后一颗颗全部被打向幽罗王！

这种攻击可谓惊天动地！每一颗星辰爆发开来都具有毁灭性的力量，她出手不断。幽罗王猜得完全正确，如今经过蜕变后的六魂天女已经抵得上当年的七绝天女了！毫无疑问，她所走的突破之路完全正确，如果最终让她七魂归一，那真是不可想象！"吼——"幽罗王发狠了，决定就是拼去半条命也要废掉七绝天女，决不能让她七魂归一，现在六魂刚刚融合，虽然将之灭杀的机会渺茫，但总还是有些希望的。一颗颗星辰，被狂乱的幽罗王打碎在高天之上，所有璀璨星光湮灭的刹那，那些星辰也永远消失了。

六魂再次分开，辰南与黑起很明显地看到，六魂周围飘浮着无尽的神异咒符，那是实质化的咒符，六魂通幽！她们疯狂旋转着，很快将地面那被压制得缩小了的中央古塔席卷上了高天。幽罗王大惊失色，吼道："你不能崩碎那古塔！"他也在刹那分化出无数的分身，追逐着六魂笼罩的古塔。但是，已经晚了！

"轰隆"一声巨响，古塔崩碎，整座天都炼狱一阵摇颤。重叠的空间合一，迷雾消失了，一切都真实地呈现而出，被困在古城深处的众多太古神快速冲了过来。幽罗王大吼，抓住了塔尖，夺了过去，他有些惊魂不定地看着手中的残塔，长出了口气，第四十九层完好无损，他以大法力将之炼化，想封印进体内。但就在这个时候，六魂天女激荡起漫天的七彩虹芒将他淹没了，与此同时辰南、黑起以及刚刚赶到的太古神一起冲了上来。在隆隆巨响声中，这片区域像是沸腾了一般，被封印的第四十九层古塔飞出，辰南以洪荒大旗卷住，收进旗面。

"交出来！"幽罗王暴怒，震飞了众多高手。不得不说，他法力实在高深。而这个时候，另外一些太古神已经助守墓老人与萱萱摆脱了广成等人的纠缠。双方人马冲杀在了一起。在这一刻，太古神一方很明显占据绝对优势，六魂天女能够抵挡住幽罗王，而辰南、黑起、守墓老人、萱萱、魔师、无名神魔、大魔这七人无人能挡！广成虽然不弱于他们，但他率领的混沌遗民中没有那个级数的高手，无法抗衡这些强者。诸强很快将混沌一方人马击杀得溃散，七大高手一起冲杀向幽罗王！这么多人围攻幽罗王，且有不弱于他的六魂天女牵制，幽罗王纵是有三头六臂也难以抵挡。

"当！"黑起重组的魔刀狠狠劈在了幽罗王的头颅上，斩下大片乌黑的发丝。"轰！"守墓老人的生死盘狠狠砸在了幽罗王的脊背之上，打得他一个趔趄，口吐鲜血，险些翻倒。"哗啦啦！"辰南突兀地出现在幽罗王的身前，洪荒大旗笼罩而下，狠狠劈在幽罗王的面部，鼻梁险些崩碎，令他鲜血长流。幽罗王尽管愤怒无比，但却无可奈何，六魂天女的出现超出了他的预料，最终他只能退走，天都炼狱也随之被收走了。广成更是紧随其后败逃，混沌遗民溃散。

"撤！我们快撤退！"守墓老人大喊，这毕竟在混沌遗民的地盘，天知道是否有混沌强者正在向这里赶来呢。众人全部冲天而起，向着暗黑大陆的方向飞去，在这个过程中辰南感应着洪荒大旗内的残塔，想要探究里面到底封印了何人。

旁边的六魂天女不断地对他射出冷芒，这让辰南感觉异常不自在，该不会是澹台璇取得了主导权吧？他这样暗暗猜想。不过，他的担忧并未持续多长时间。七彩神光闪耀的六魂天女竟然"轰"的一声分离出五具肉身，融合的天女竟然分解了！龙舞、梦可儿、小公主、李若兰、澹台璇皆立身于混沌海中。

"辰南……"澹台璇喝道。辰南清晰地听到了咬牙切齿的声音。不过很快梦可儿、龙舞等人便拉住了澹台璇的手，轻声细语地说着些什么，阻止了她的发作。众多太古神惊异无比。

一路上，众人并没有遇到任何阻挡，顺利回到了神风学院。只是，当进入罪恶之城时，辰南大吃一惊，他竟然看到一个巨大的太极神魔图浮现在空中。他一阵发呆，这是被魔主炼化成轮回门的太极神魔图，还是曾经存在于他体内的太极神魔图呢？魔主与神秘人明明已经带着神魔图走上了通天之路，怎么再次出现了呢？！到了这里，辰南手中洪荒大旗突然剧烈摇颤起来，封印在里面的残塔不受控制地冲出，而后飞快地没入了不远处那个巨大的神魔图中！

"哈哈……"凄凉的大笑在这一瞬间传遍天地间！太古众神皆无比震惊，露出不可思议的神色。

"怎么可能？！"

"他不是形神俱灭了吗？"

"太不可思议了！"

……

显然，有些太古神已经猜测出到底是谁在大笑了。辰南也觉得有些耳熟，但是一时间想不起究竟是何人，直至他身体中某种被他封印的力量在快速流逝时，他才蓦然惊醒！他终于知道那人是谁了！辰南简直像见了鬼一般，觉得太不可思议了，这个人居然来到了世上！

"是他，哈哈……"守墓老人大笑了起来，激动地道，"有六魂天女在此，再加上他这样一个震古烁今的高手，哈哈，扫灭混沌的时机到了！"萱萱也是满脸不可思议的神色，自语道："怎么可能？怎么可能呢！"辰家月亮之上，走在回归路上的辰祖似乎也感应到了这股气息，发出震天的吼声。辰南知道，残酷的大决战开始了，六魂天女，还有眼前这人的出现，已经预示了一切！

巨大的神魔图在空中缓缓转动，像是一个宏大的世界在慢慢移动一般，太古洪荒的气息弥漫而出，生命能量与死亡能量的波动在天空中不断震荡。暗黑大陆，各个光明世界的天阶强者们都感应到了这股神秘而又奇异的波动，许多人都向这里飞来。

"轰隆隆！"随着巨大的轰鸣声，太极神魔图缓缓飞起，向着天外混沌冲去，辰南等人全部跟随在后。到了天外混沌中，巨大的太极神魔图爆发出一片刺目的光芒，金色与黑色同时闪耀，混沌海被冲击得汹涌澎湃。

被辰南自天都炼狱中带回来的残塔从太极神魔图中冲出，在混沌海中激荡起无尽的威压，幽罗王布下的封印力量全部被冲开，而天道力量凝练成的最为坚硬的最后一层古塔在飞快地龟裂，出现一道道巨大的缝隙。接着一些雪白的残骨从古塔中飞了出来，古塔中竟然封印着一些枯骨！而后太极神魔图中也飘浮出一些残骨，这些雪白的骨头快速冲到了一起，而后组成了一具完整的骨架，在空中形成一副近乎完美的骨体。它虽然还没有血肉，但是已经让人深深感觉到不凡，而后浮在混沌海中的残塔在一声震天巨响中彻底地崩碎了！

从残碎的塔石中浮现出一道道生命光束，向着那雪白的骨架冲去，而神魔图中也有一道道生命光束向着骨架冲去，那是一道道残魂，他们快速在骸骨中融合！强大的波动以骸骨为中心，像是火山爆发一般汹涌而出，将远处众人推拒得全部倒退。

魂力强大无匹！神魔图中流出一股生命源泉，浇灌在白骨架上，最后在无比刺眼的光芒中上演了一幅白骨生肉的画面，一具本已无生命波动的骸骨由死而生！随着血肉重生，那英伟的身影越来越清晰，最后当刺目的光芒渐渐暗淡下去时，一个白发老人出现在空中，令许多太古神皆激动无比。与此同时，辰南感觉体内流逝的力量此刻已经不再是急骤下降了，而是彻底地汹涌而出。"哈哈，多谢！"白发老人冲着辰南露出笑意，将那奔涌而来的一团光华全部融入自己的身体中。众神议论纷纷，其中有些与时空大神相识的故人更是早已激动得说不出话来。

辰南也同样震惊无比，这绝对是时空大神没错，当年在小六道中传承时空宝藏时，时空大神的虚影曾经跨越千万年显现而出，就是这副样子。同时，被辰南封在体内的时空宝藏也全部汹涌而出了！除却时空大神还能有谁呢？紧接着，辰南体内飞出另外两样被封印的东西，是时间之心与空间之心，那也是属于时空大神的，不过曾经被他那两个弟子挖去了而已，最终在第三界时被辰南收回。

"哈哈，我时空神又回来了！"白发老人仰天大笑，不过笑声却非常苍凉，眼中竟然有老泪滚落而下。看着那时间之心与空间之心，他怎能不伤感，这是他的力量之心，但当年却被最为心爱的两个弟子活生生挖了去。

"时空，果然是时空大神！"

……

众人沸腾。时空大神乃是一代风云人物，论实力不下于魔主与独孤败天，论功绩更是要让许多太古神感激，当年是他自毁百世修为，打穿天道封困，为众人贯通出一条通往未来的逃生之路。

"当年我为众神打开一条时空隧道，众神怎么可能会忘记我呢！"时空大神似乎看出了众人的疑虑道，"即便他们现在又走上了通天之路，也没有放弃复活我的想法，所以他们在通天之路上寻觅到我的诸多残骨以及散落的灵魂片段，让我有了复活的可能……"时空大神的话语终于让人们明白他为何能够复活了。

走上通天之路的众神意外将他散落在九天中的灵魂片段回收，利用神魔图打回了暗黑世界，想让这部分残魂慢慢休养，以待将来时空大神能够重新复归！而今日实在太巧了，辰南竟然将天都残塔寻了回来。当年，时空大神一半的残魂与骸骨被粉碎在天道宝塔中。天都炼狱坠入混沌中，宝塔中的残魂与碎骨就落到了幽罗王的手中，被他镇封于宝塔顶层。

幽罗王利用时空大神那一半的魂力，再结合天道留下的庞大灵力，以及混沌一族的强大神力，重新布置天道炼狱，让之成为了时空混乱的迷城，比之原来真正的天都也差不到哪儿去。一切都已经明了，太古神皆欣喜无比，这样一个堪称震世的高手回归，那可真是最强主力啊，要知道时空大神一直就是天地间的最强者之一！

"哼，竟敢来窥视我！"时空大神蓦然冷哼，随手挥出一道朦胧的光辉，无上大法力震荡而出，快速将混沌海深处的三道人影给抓了出来。他神色冷峻，道："幽罗王欺我残身，困我无尽岁月，我早晚会找他算账，你们居然还敢来窥探我，哼！"时空大神虽然看起来是个慈祥的老人，但是却一点也不手软，时间的力量弥漫而出，三名混沌强者惊叫出声，在刹那间被打回成童子，无尽岁月的苦修毁于一旦，而且身影在快速模糊，显然将彻底地从这个世界消失。

"等一等！"长期隐居在罪恶之城的骨龙与黄蚁大声喊道，"他们都是混沌强者啊，是难得的试验品，罪恶之城的一些人正在进行一些疯狂研究，普通神都被他们造就出来了。如果有混沌强者的身体可以研究，说不定会被他们造出更强的高手也说不定。"

"这很简单！"时空大神笑了，而后抬手间让那三名混沌强者灰飞烟灭，笑道，"我送给你们更好的试验品！"说到这里，时空大神仰天长啸，满头白发乱舞，双手缓慢划动着，而后空间竟然崩碎了，出现一条朦胧的时空隧道。随着一声狂吼，他竟然以无上大法力也不知道从哪里拘禁出三个人，像是拎小鸡一般，将三个人抓在了手中。所有人都倒吸了一口凉气，明显感觉到这三人绝对都是混沌族当中的强者！实力恐怕都非常了得，但是却被时空大神就这样给拘禁了过来！

"这三人乃是幽罗王的孙辈，他困困我这么多年，今日就让他先付些利息！"时空大神说这些话时，似乎根本未当回事。他以时空的力量封困了三大强者，随手扔给了骨龙与黄蚁。

众人一阵呆呆无语。强得太离谱了吧，这里距离幽罗王的居所千万里，隔着无尽的混沌海，时空大神竟然就这样把三大混沌强者给拘禁过来。再说，这可不是普通人啊，那是幽罗王的孙辈，这个试验品也实在太烫手了，简直要让人晕倒！

正在这个时候，恐怖的波动自混沌海深处震荡而来，巨大的幻象笼罩在众人头顶上空，竟然是幽罗王的虚影！"时空你欺人太甚！"幽罗王不得不发怒，时空大神太霸道了，居然如此干脆利落地直接将他的子孙拘禁来搞活体研究，他怒吼，"我与你没完！"

"哼，你倒是想完呢，我才和你没完呢！"时空大神冷笑道，"利用我残魂，封困我无尽岁月，这笔账必须要清算。不服的话，放马过来！"这让远处众多天阶强者真真切切感受到了时空大神的强硬。实力才是硬道理，他有那样说话的本钱！不服就打呗，一切如此简单！天阶强者顿时热血沸腾，他们憋屈太长时间了，难得出现一位如此强势的人物。

"啊啊啊——"幽罗王愤懑大叫，漫天乌光笼罩而来，这绝对不是混沌之力，这是他的禁忌绝学，想与时空大神决一生死。恐怖的黑暗能量笼罩了混沌海，幽罗王的虚影渐渐实体化，很显然他的真身要从千万里外直接显化过来。无比可怕的波动让数千里内的混沌海都崩溃了！"好，现在我们就清算，不是你死就是我亡！"时空大神白发乱舞，吼道，"时空决堤！"时间与空间的力量，真如汪洋决堤了一般，狂霸的时空力量向着那笼罩而下的乌光奔涌而去。高天之上，发生了剧烈的大碰撞，能量大浪翻涌，时空已经错乱了！时间与空间的力量，让这片时空崩溃了！

"幽罗王，我要将你化成虚无！"

"时空，你等着，再相见之日，定要与你分生死！"

毁灭性的大崩溃发生后，幽罗王的真身未能完全显化而出，他不得不退走了。时空大神直接打开时空隧道，向着里面轰了一记。也不知道打到了哪里，众人只听到幽罗王愤恨的咆哮以及另外一些人的惊呼。"这个老头也太好玩了！"空空与依依笑嘻嘻地在辰南旁边议论。辰南也大感意外，没有想到这样一个慈眉善目的老人行事如此凌厉，果真很有气魄。

"哈哈……"守墓老人大笑出来，喊道，"时空啊时空，你果真是妖孽呀，当初那样都不死，真是比蟑螂的命还要硬，恭喜你回归，哈哈……"

"你这号称'老不死'的人，居然还说我是蟑螂命，我看你才是个老蟑螂。"时空大神也笑了，抖手向着守墓老人打出一道神光。

"时空你大爷的！"守墓老人气得惊叫，在刹那间从一个老者的模样被打落成一个孩童，现在的样子粉嘟嘟，成了一个气哼哼但却有些天真烂漫的孩童，与那原先须发皆白的样子相去甚远，简直有些让人目瞪口呆。"时空你姥爷的！刚见面就偷袭我，玩笑不能这样开！"粉嘟嘟的守墓老人又叫又跳，这实在太滑稽了，他非常窘迫，毕竟爱徒还在旁边呢。

"哈哈……"众多太古神全都大笑。

"哈哈，这么多年过去了，我都快忘记你的样子了，所以打算从你小时候忆起，将你的模样深深烙印在我的脑海中。"看得出时空大神和守墓老人很熟悉，不然不可能开这样的玩笑。

"你二大爷的！"守墓老人气得跳脚咒骂。虽然是偷袭，但从中也可以看出，时空大神的强大与可怕，也唯有他这等盖世的人物才能够如此随意动用这等时间的力量。

众人浩浩荡荡回返罪恶之城，在路经月亮之时，萱萱略作犹豫，向前飞去，还未等她临近，风华绝代的月神飞出。

"妹妹……"

"姐姐……"

同时，又有一道人影快速自月亮之上飞起，容貌清丽无双，堪称闭月羞花，口中叫着："小娘……"萱萱惊喜道："小月……"她看着前方的两名女子，激动地道，"原来你们都平安，呵呵，太好了，害得我都有些不敢临近这里，生怕得知不好的消息。"远处，辰南一阵呆呆发愣，因为他看到独孤小月后，发现以前曾经见到过她！穿越时空之际，回归到神魔陵园万年前的时代，他曾经亲眼看到神魔陵园中的神秘青年救下这名女子，而那时这名女子对神秘青年显现出极度的依赖之情。她是独孤小月，竟然是独孤败天的女儿。以此推测的话，那神秘青年多半就是那传说中的独孤败天！

辰南真的呆住了，独孤败天将他救活了！为什么？他为什么这样做呢？与他有关系吗？！在这一刻，辰南心中非常混乱，隐约间似乎要抓到什么，但是那丝灵感稍纵即逝，总是无法清晰地浮现在他心中。"呵呵……"时空大神不知何时来到了他的身旁，道，"走吧，我想与你谈谈。"看着时空大神一副高深莫测的样子，辰南回过神来。

众多强者回归了罪恶之城，而随后不久，就有二十几位洪荒强者来到了这里，不仅是因为之前守墓老人与辰南摇动洪荒大旗发出召集信号，更因为时空大神回归的消息传了开去。众多强者纷纷来投！与混沌一战那是无法避免的！

　　辰南与时空大神走在罪恶之城外的山林中，看着青翠碧绿的远山，时空大神长叹道："悠悠千古，南柯一梦啊，没有想到我如今还能再次见到青山绿水，还能够出现在这片生动的世界中。"

　　"时空大神你万古难灭，没有人可以真正让你寂灭，回归是理所当然的事情。"辰南不知道时空大神找他有何事情，只能顺着他的话说。时空大神道："辰南，这次我首先要谢谢你，如果不是你将残塔夺回，我还不知道何时才能够复活呢。"

　　辰南道："大神，你太客气了。""呵呵……"时空大神笑了起来，道，"既然你有魄力封印我传承给你的时空宝藏，不动用它的力量，为何现在却与那无面人融合，而借用外在的力量呢？唔，我当初有些残魂身处太极神魔图中，对于你的事情还是知道一些的，我见你退却辰家魔功，废掉太上玄功，看得出你要走自己独特的道路，但现在实不该再借那被蜕变下的肉体与灵魂的力量，你应该挖掘出自己真正的潜能，激发出真正的超越以往的力量！"

　　"大神你……"辰南明显感觉到他话里有话。时空大神道："唔，我觉得那蜕变下的灵魂与肉体，不该再留在这个世上了。应该彻底毁去，不要让他阻挡你前进与蜕变的道路，当初他之所以被留下，我想可能是怕原主人迷失自我，永远不知道自己是谁吧。"辰南的心绪被触动了，道："大神，请你直言。"

　　"呵呵，没什么，要说的我都说过了。"时空大神笑呵呵道，"既然你已经准备走自己的道路，那么就应该彻底一些，何必与那无面人融合呢。""我知道不该如此，但是那个时候情况危急，我急需要力量。"辰南看着时空大神，总觉得有些事情他没有说完，道，"大神你应该知道无面人的来历吧，他究竟是谁蜕下的肉体与灵魂呢？"

　　"这个嘛，呵呵，总有真相大白的时候，既然有人不惜冒险进行蜕变，就是不愿意让别人知道其中的隐情，我贸然泄露天机不太好，可能会引发不好的变故，一切还是顺其自然吧。"辰南无奈，无论他如何请求，时空大神都不说出无面人到底有何来历。

　　"我来帮你蜕下无面人的肉体与灵魂吧。"时空大神为了避免再被辰南追问，故意转移话题，同时出手相助于他。强大无匹的魂力自辰南体内震荡而出，曾经封在血棺内的碎肉组成的肉体以及被捆缚在永恒之路上的灵魂自辰南的身体中慢慢浮现而出。无尽的恐怖威压像是海啸一般狂涌而出，附近的山林成片倒伏，周围的山峰都颤动了起来，随时有崩碎的可能。

　　这里可不是天外混沌，容不得这样破坏，不然以辰南以及无面人的强大魂力，接下来会波及罪恶之城。时空大神急忙打出一片朦胧的光辉，一片奇异的时空将辰南隔离在了里面，让他蜕魂的过程在另一片空间中进行。

　　"轰"的一声巨响，无面人冲出了辰南的身体，没有丝毫精神波动，静静伫立在虚空中。"要将他毁灭吗？"辰南看着无面人，总觉得有些不妥。如果无面人没有用处，当初的蜕变者为何将肉身封在悬棺中，将灵魂锁在永恒之路上呢？时空大神已经举起了手掌，就要逆转时间让其灰飞烟灭。但是无面人透发出的气息让他心中一颤，竟然有些不忍，他知道这个人是谁，虽然原主人已经蜕变走了，但这毕竟是那人的过去之身啊。让之灰飞烟灭，就等于他在抹杀那个人的过去。

　　时空大神的力量已经触碰到了无面人，但就在这个时候，无面人竟然爆发出一股无比强盛的气息，这是源于灵魂深处的力量，竟然生生轰开了时间的力量！他避免了被毁灭的噩运。

　　本能的自保？还是有些意识呢？时空大神一惊，随之出了一身冷汗，道："不能灭杀他，我险些犯下大错。"他转过身来对辰南道，"你既然已经决定走自己的道路，最好不要动用无面人的力量了，但是也没有必要彻底让他烟消云散，当年的蜕变者留下他是有道理的。幸好我没有铸成大错！"不灭杀无面人正符合辰南的心思，他将无面人封在了血棺中，而后卷入洪荒大旗内。

　　时空大神道："你应该挖掘出自己真正的潜能！""我知道，我一直在尝试，但是短时间内难有突破！其他天阶高手，都已经修炼万载以上了，而我实在缺少时间。"辰南多少有些感慨。

时空大神皱了皱眉头，道："这确实是个问题，不过我可以给你借来一千年！"

"什么？！"辰南惊讶，不过在刹那间，他又醒悟了过来，时空大神是谁，是时间力量与空间力量的掌控者。时间于他来说，当然不是问题！

"本来我可以为你借来更多的时间，不过因为我复活后为了弥补亏损的元气，已经耗掉了能够借来的所有时间，现在仅有千载光阴供你使用！"时空大神非常平静地说出这些石破天惊的话语。

"你究竟怎样'借'来呢？"辰南问道。时空大神道："我们都赶上了一个特殊的时代呀，现在六道崩碎，我所说的'借'乃是'偷天'！"话音刚落，辰南就知道怎么回事了。所谓的偷天，就是吸收死去的众生之力，这本是天道要收取的力量，灭六道的本质就是汲取众生之力。辰南也曾经偷天，修成无情刀，不过那完全是巧合，不是有意的行为。但时空大神就不同了，他功参造化，能够完全主动偷天，引动众生之力为己用。

时空大神道："我要偷天，并不是说直接将众生之力化给你，真正的高手都不会那样做。唯有自己突破方可。我利用死去的众生之力，创造一个特殊的空间，让时间为你流转千年！当然，与外界的时间是不同步的，当你度过千年时，也许外界才过去几年，甚至短短一瞬间。"这可是石破天惊的话语，辰南为之震惊，同时猜测时空大神复活之际，到底为自己流转了多少岁月呢？不管怎样说，千年苦修于辰南来说是一次莫大的机遇，他道："多谢时空大神！"

时空大神道："不用谢。唔，让我想想是否可以给你更长的时间，我以前曾经琢磨过一个时空阵法，如果完善的话多半会有意想不到的效果。走，我们先回罪恶之城，容我仔细想想。"不过三日，时空大神就找到了辰南，满面喜色，道："成了，有了这个时空阵法，我可以与一批太古神同时偷天，而后借你五千年！""什么？！"辰南大吃一惊，五千年太宝贵了！

时空大神道："嘿嘿，那些老家伙也很兴奋，决定放一些资质不错的后辈进去，未来要靠你们呀！不过，要等待几日，等隐修在天外的洪荒强者多回来一些人,那样把握才大些。"

时间过得很快,七日转瞬而过。在这期间,太玄上人来到,无为散人归来,妙谛魔神来投……洪荒强者已经来了一大批人!时空大神在神风学院内建了一座巨大的阵法,亲自坐在大阵中央,阵内还围坐着三十名太古洪荒强者,都是他们这一方目前最强的人物!"偷天!"唯有时空大神才能够以偷天之力借来五千年光阴,因为他是时空的掌控者。未曾被天道汲取的众生力量像是浩瀚的汪洋一般汹涌而来,神风学院中的阵法顿时璀璨无比,无尽灵力像是一条条奔腾的大河在咆哮。

最后,所有灵力汇聚在大阵内,而后涌向时空大神。只见他神色凝重,双手不断打出玄妙的法印,在隆隆巨响中生生开辟出一片全新的空间。几位后辈青年高手将要进入那片空间。其中包括被无名神魔救回来的潜龙,魔主的亲子大魔,守墓老人的小徒玄奘以及辰南。此外还有小凤凰与东方凤凰,这可是当年凤凰天女分化出来的个体,潜能无限。还有龙宝宝,它曾经让黑手广元都急于出手灭杀,因为传说大德大威天龙可能会达到天龙皇之境,成为至尊级高手。

辰南的几个孩子空空、依依、玄玄、索索同样在此之列,因为众人已经看出他们的身份,乃是上一个大破灭时代的至尊人物,这几个孩子的潜能简直无极限,如果他们中有一人恢复到巅峰状态,那就等于一个时空大神般的强者再现于世!梦可儿、澹台璇等人不在此列,因为她们乃是天女之身,目前天女魂已经完全属于她们,只要她们融合就是一个可怕无敌的六魂天女!她们目前最迫切的任务是寻出最后一名天女魂!

"轰隆隆!"天外混沌中传来巨响,浩瀚无匹的能量波动向着暗黑大陆冲击而来,幽罗王真身显现,他在高天之上大喝着:"时空神你在做什么?哼,我不会让你如意的!""哈哈,我等你多时了,想不到你自投罗网来了。"时空大神笑着飞上了高空。与此同时,梦可儿、小公主、澹台璇、李若兰、龙舞,快速融合成六魂天女,曾经成功融合过一次,这次再无任何阻力与困难,几乎在刹那间完成,而后强大无匹的六魂天女冲天而起。

"老不死的，你在故意设局？"幽罗王看着时空大神又惊又怒，而后愤声道，"下次再找你算账！"幽罗王生性多疑，他本就不知道时空大神设大阵要做什么，此刻见两大高手似乎在等他来呢，立刻逃遁而去。六魂天女守在空中，时空大神快速回到地面，喝道："进去吧，可以了！"

几位后辈青年高手鱼贯而入。辰南父子几人最是奇特，空空与依依倒没什么，玄玄与索索这两个小惹祸精年龄实在太小了，才出生没多久，被辰南抱着向里走去。两个小家伙一点也不老实，嬉皮笑脸地冲着高天之上的六魂天女挥手，道："澹台妈妈，再见，我们会和父亲一起想你的！"高天之上的六魂天女险些崩溃，毕竟里面有着澹台璇的思想。

"轰隆隆！"空间封闭，辰南等人进入了那片奇异的空间中，在广阔的地域内，他们开始觅地修炼。

"该死的，我幽罗王不是那么好骗的！"生性多疑的幽罗王又回来了。不过这个时候，时空大神可没什么顾忌了，已经顺利将辰南他们送入了那片空间。他冲天而起，上来就是一记"空间轮回"，幽罗王的肉身险些被打碎。"吼！"幽罗王大怒，自身修炼成的无疆世界笼罩而下，令时空大神打出的法则崩溃，而后两人生生硬撼了一记。就在这个时候，六魂天女杀到，"六魂戮天"大神通将幽罗王吞噬进一片七彩霞光中，幽罗王惊怒，费尽力气挣脱而出，面对两大震世强者，他不得不再次退走。

当时空大神回返到神风学院向那片奇异的空间观探时，气得简直要一佛出世二佛升天，那头号称能够达到天龙皇境界的小龙，正在大吃大喝，酩酊大醉，居然用内天地带了大量的美食与佳酿进去，正在优哉游哉地享受呢。

这头龙宝宝实在太可气了，有无限潜力却不去修炼，简直让人无语。还有两个小不点，也让时空大神彻底没脾气了，玄玄与索索，在龙宝宝那里吃得满嘴流油，而后居然优哉游哉地四处游逛了起来，还时不时跑到辰南、空空、依依等人那里去做鬼脸，这俩孩子也太顽皮了，真是一点也不珍惜宝贵时间啊。"这三个得特殊对待！"时空大神与其他太古神看完后，一致如此说。

"偶米头发！你们要干什么？"当醉眼蒙眬的龙宝宝被拘禁出来时，看到一群太古神正在望着它，激灵灵打了个冷战。"送你去一个好地方！"时空大神冷笑着。"去哪里？"龙宝宝感觉大事不妙，就要开溜。但是在时空大神面前，它岂能逃走，它首先看到自己内天地中所有的美味与佳酿被缴获一空，而后感觉天旋地转，耳畔传来时空大神的声音："去时空炼狱吧，永不停息地战斗，达不到天龙皇之境你就无法活着出来了，炼狱必将让你灰飞烟灭。"

龙宝宝急道："偶米头发！等一等，给我留下五千对烤鸡翅膀，五千条烤羊腿，五千坛美酒……五千……"时空大神满脑门子黑线，一巴掌将可怜的龙宝宝拍进了时空炼狱。接着，他又将两个小不点玄玄与索索拘禁了出来。

"白胡子老爷爷你怎么打扰我们修炼呀？"这两个小惹祸精一副天真无比的样子，居然倒打一耙。"嘿嘿，我送你们去一个很好玩的地方继续修炼。"时空大神一副无比慈祥的样子。

两个小家伙道："啊，真的？""哪里，哪里，快送我们去！""好，你们去吧！"时空再次开启时空炼狱，将两个小家伙丢了进去。

"鬼呀，好多魔鬼呀，救命呀！"里面立刻传出了叫骂声，"白胡子老头放我们出去！""白胡子老妖精快放我们出去！"

"轰"的一声，时空大神彻底封印了时空炼狱。旁边的太古神面面相觑，守墓老人有些顾虑，道："老东西你会不会太狠了，那可是当年你的修炼之地呀，你把那三个小家伙丢进去，就不怕他们真的灰飞烟灭？"

时空大神道："没事，他们都有问鼎至尊的潜力，关键时刻潜能会被激发的，只要吓不死，他们就绝对死不了。"众人再次面面相觑，时空大神还真是够狠，这是要用死境来逼迫那三个小家伙修炼保命。

"轰隆隆！"幽罗王的气息再次弥漫而来，时空大神大怒，吼道："你还没完没了了！"他冲天而起，后方众多太古神与天阶强者也跟着杀向天外混沌。不过，这一次众神发现错怪了幽罗王，号称混沌族一方王者的幽罗王，正在与一个青年打得天崩地裂，混沌大浪剧烈翻涌。所有太古神都大吃一惊，这个青年到底是谁，居然有如此大神通，与幽罗王已经大战了上百个回合没有败亡！不过青年明显还是不敌的，但也足以震世了！

"那个年轻人虽然不敌，但是潜能却无限！"时空大神非常惊讶。"他是谁？"太古众神惊声问道。时空大神看了很长时间，最后震惊地道："似乎是天龙皇！"

"龙儿，是我的龙儿！"这个时候六魂天女突然颤声道，显然此刻梦可儿的情绪占据了主导，她快速向着战场冲去，唤道，"龙儿……"

英姿勃发的青年快速退出战场，转过身来看到六魂天女，先是疑惑，而后失声道："娘亲！"现在所有人都知道了，这个龙儿是辰南的孩子，是天龙皇，而且已经恢复了当年大半的神通，毫无疑问天龙皇的辉煌状态早晚会重现！幽罗王震惊与恼怒无比，但也不得不退走了。

"娘亲，我从混沌海杀出，救出来两位姑姑。"说话间，他打开了内天地，从里面走出两位让梦可儿、澹台璇、龙舞等人无比熟悉的身影，竟然是天界雨馨与灵尸雨馨。

"天龙皇、穿天兽、玄武、神树、困天蛇……居然都是那个小子的孩子。不行，我要立刻去看看他，再仔细看个通透！"时空大神快速向着暗黑大陆冲去，飞快回到了神风学院。他以大法力打开那片封闭的空间，窥视辰南，只见辰南周身闪烁着朦胧的光辉，正在发生着惊人的蜕变！辰南的体表在慢慢龟裂，同时灵魂似乎也在不断地剧烈波动。很显然，辰南的身体发生着惊人的变化。

"怎么会这样？很诡异啊！"守墓老人这个时候也凑了过来，清晰地看到了眼前的景象。其他太古神闻讯，也全部凑了过来。

"不会吧，难道他想蜕魂？"

"该不会那无面人就是他的前身吧？"

"难道说他曾经经历过两次蜕魂了？"

"但是，如果那无面人是他的前身，他经历过两次蜕魂，修为怎么可能如此之弱呢？"

……

一干太古神议论纷纷，都难以猜测出个所以然来。时空大神露出了深深的思索之色，他什么也没有说，只是静静地看着辰南的变化。不过，里面的时间流逝速度与外界是不一样的，他们需要展开大神通才能够清晰地捕捉到每一时刻的变化情况。

　　辰南的肉体像是老化了一般，真的在慢慢龟裂，像是古老的石像脱离下一层石皮，而他体内的灵魂发生的变化更是可怕，居然将要碎裂！

　　"不好！"守墓老人非常担心，有一股冲上去阻止的冲动，但还是忍住了。时空大神道："不要冲动，我们静静观看就可以了。就是有危险发生，外人也救不了，毕竟一切都是从他身体内部开始的。"

　　远处，六魂天女分开了，梦可儿激动地拉着龙儿的手，看着长子。龙儿很稳重，同空空与依依两个顽皮的家伙相比，果然有大哥风范，两个小不点玄玄与索索就更没法和他比了。龙儿现在看起来二十几岁的样子，已经由原来的青涩少年进入了身体状态鼎盛的青年时代。他身材挺拔，相貌英武，周身流转着强大的能量波动，体内蕴藏着无与伦比的强大魂力！这么多年来，他的修为当真是突飞猛进，属于天龙皇的潜能已经被他激活了大半，当然这是源于神通的觉醒，而属于天龙皇的过往记忆早已不复存在，从某种意义上来说，他就是纯粹的龙儿。以现在的情况来说，辰南如果再不做突破的话，已经远不如龙儿实力强大！

　　"好孩子……"梦可儿温柔地抚摸着龙儿的长发，在几个孩子中龙儿是最乖的，当年小小的年纪就代父出战法祖，手持方天画戟血洒月亮之上，幼小时就看出这个孩子有一股天生的英雄气概。

　　"娘亲，这么多年来我一直在混沌深处战斗。"龙儿有些哽咽，这么多年了，一家人终于再次团聚了。他问道："我父亲呢？""他在修炼，你现在已经比你父亲强大了，你长大了。"梦可儿有些感慨。

　　龙儿道："不，父亲比我强大，从小时候开始我就感觉到了，父亲的身体有秘密，他的体内有着无尽力量，直到长大后回忆起那种感觉，我更加确信父亲的强大与可怕。"梦可儿知道龙儿乃是天龙皇，他的话语定然不会有错，她吃惊地陷入思索中。

"龙儿你说得是真的？"远处的太古神耳目何等聪敏，第一时间听到了龙儿的话语，有人忍不住开口问道。龙儿道："当然。"时空大神向龙儿招手，道："龙儿你可愿意进入这片奇异的空间修炼？里面可以延长你五千年的修炼时间。"

龙儿摇了摇头，道："不需要，其实我的弟弟与妹妹也不需要，我们需要的是战斗！我们体内的潜能不是静修可以觉醒的，只有不断经历生死的洗礼才能够不断攀上高峰，让沉睡的潜能完全爆发！"

闻听此言，太古众神对他更加刮目相看。时空大神略微思考，道："看来我忽略了你们的特殊体质，不错，你们不是常人。如果得法，也许一朝顿悟！"说话间，时空大神将空空与依依自那片奇异的空间放了出来。

"啊，大哥！""大哥！"空空与依依欢喜地冲了过来。

时空大神对龙儿他们道："龙儿，既然你们需要战斗来突破，那么我送你们去一个地方吧。"

"哪里？"空空好奇地问道。时空大神道："时空炼狱，你们最小的弟弟和妹妹已经进去了。""好，我们就去那里，希望有足够的凶险让我们历练！"龙儿答应道。

远处，梦可儿非常担心。"娘亲你不要担心，现在唯有提升实力最为紧要。"说到这里，龙儿向梦可儿打出一段精神烙印，道，"这是孩儿这么多年来的经历，现在没有时间向您述说，您自己慢慢看吧。"

与梦可儿告别后，时空大神将他们三人送进了时空炼狱。太古众神面面相觑，辰南这五个孩子的身份都非常不一般，简直就是五条龙啊！将来，如果他们全都恢复到巅峰状态，这父子几人谁人能敌？如果加上几个孩子的母亲七绝天女，这一家子实在太恐怖了！此外，守墓老人与少数太古神，更是想到了古天路中的人王，如果再加上这位人物，辰南一家堪称逆天级的家庭了！

众人的目光再次聚焦在奇异空间中的辰南身上，他身上有着太多的秘密，时空大神似乎知道什么，但是他却不肯说出来。"咔嚓！"众人清晰地听到了破碎的声响，惊愕地发现辰南的肉体竟然破碎了，这是非常危险的事情，让关心他的人感觉有些惊恐。

"不会吧？！"守墓老人张大了嘴巴，道，"这小子就这样挂了？"

"没有，你们看！"有太古神惊呼。

辰南那破败的身体土崩瓦解，但是在原地却出现一个新生的辰南！是的，完全是从原有的身体中蜕变出来的！与此同时，他的体内不断有残碎的灵魂飘出，原有的灵魂似乎也碎裂了，正在进行着一场新生的蜕变！

"这、这个小子在进行灵魂与肉体的蜕变？以他的修为怎么可能呢！"

"太不可思议了，他竟然在进行灵魂的蜕变！"

······

众人皆瞠目结舌。

"这怎么可能呢？才过去多长时间啊，这个小子竟然做出如此大的突破了！"

"里面的时间与外面的时间不同步，现在外界过去半个时辰了，里面也许过去十数年，甚至成百上千年了。"

所有人都倒吸口凉气，里面的时间竟然如此之快。

"这也不可能啊，即便是过去了一万年，这个小子的修为也达不到蜕变灵魂的境界吧？要是时空大神有此修为，不会让人意外，但是辰南的修为我们是知道的。"

久久未开口的时空大神终于说话了，道："他并不是在进行灵魂蜕变，他不过是蜕掉了一层灵魂废衣而已，当然肉体也经历了一番洗礼。"

有些太古神不解，守墓老人帮忙解释道："这个小子果真有古怪，他的潜能本应强大无匹的，但是一层灵魂废衣压制着他始终难以突破，等于封闭了他的潜力。现在，废衣被打破了，他沟通了灵魂中沉睡的庞大潜力！"并非蜕变，只是褪掉废衣！这等于让明珠自尘沙中浮出，让利剑从铁鞘中腾出，让困龙从浅滩冲入大海，一切都是为了沟通本应有的强大力量。

当一切归于平静后，新生的辰南肉体透发出阵阵绚烂的光辉，皮肤闪烁着宝光，至于原先的肌体已经灰飞烟灭了，点滴都未曾留下，而褪下的灵魂废衣则是一道道残碎的灵魂片段，被辰南集中到一起，打入了洪荒大旗中。而后，他站起身来，轻轻跨出一步，便自众人眼前消失了。

众人惊异道："咦，怎么回事？""怎么不见了？"时空大神微笑道："他已经自己出来了。"众人回头观望，只见辰南已经立身于他们的身后。这足以说明辰南修为大幅度跨越，比以前精进太多了。

时空大神静静地看着他，道："修为初成，鱼跃龙门，但你现在还是辰南吗？"

"是，现在是，将来也是！"辰南没有任何犹豫地回道。

"褪下灵魂废衣时，你没有发现你自己究竟是谁吗？你没有找到'真我'吗？"时空大神定定地望着他。

"我打碎了灵魂废衣，就证明无须过去的一切，我就是我，无论是现在还是将来，我永远是辰南！"辰南话语坚定，没有任何遗憾。接着，他一拳向着天外混沌轰去，无声无息，没有任何能量波动，但是众人吃惊地发现，笼罩在暗黑大陆上空的混沌竟然出现一个巨大的洞窟，辰南那一拳也不知道将混沌打穿了多远！

不过，紧接着众人就知道辰南的这一拳有多么恐怖了。幽罗王的虚影显化而出，森然地望着时空大神道："时空神你太过分了，为何总是搅扰我安宁。如果你想战斗，我可以痛痛快快地与你决一生死！"众人愕然，难道方才辰南一拳居然贯通进混沌深处，波及了幽罗王？！

时空大神大笑，对辰南称赞道："哈哈，好一个天涯咫尺！轰穿空间，让无限远的距离，变得如同咫尺般近在眼前。"幽罗王惊怒，转向辰南道："是你？不可能！"他才与辰南交战过不久，怎么可能相信辰南有如此修为呢，无比轻蔑地道："你再修炼一万年，也难以做到！"辰南没有多说什么，双手不断划动，一道道神光划出一条条神秘的轨迹，而后竟然生猛地将幽罗王的虚影定住了！

"怎么可能？！"幽罗王暴怒，但是没有丝毫办法。随着辰南轻轻拍出一掌，幽罗王的虚影缓慢龟裂，而后崩碎在高空中，附近的点点灵识慢慢碎裂，但是被辰南一把抓住，而后碾成粉末！"该死！"透过无尽混沌，一声可怕的咆哮声震荡传来，幽罗王恼怒到极点！虽然那不是他的本体，也不是他的化身，只不过是一道虚影，但毕竟附着他点滴灵识，让他多少受了些创伤！众多太古神痛快至极，没有想到辰南竟然强势到了如此地步，显然已经能够与幽罗王一战！

就在这个时候，辰家月亮之上突然激荡出无尽的魔气，滚滚乌云飞快将本来透发着朦胧光辉的月亮吞没了，一声魔啸爆发而出。

"辰家的老魔！"

"那个老怪物不会真的要彻底复活了吧？"

……

太古神皆吃惊无比。

"吼——"巨大的咆哮声传遍暗黑大陆，人们吃惊地望着那被魔云吞没的月亮。就在这个时候，魔气翻涌，浩浩荡荡向着罪恶之城涌动而来！

众人惊怒道："该死的，这辰老魔想向我们出手？"

"这个老怪物发什么疯！"

……

只有辰南知道，辰祖是冲着他来的！无尽的魔气中，一只能够抓起山岳的巨大魔爪向下抓来，骇人无比！不知道为何，辰南心中忽然间想到了他父亲曾经的豪言壮语："给我时间，无须复活远祖，我将超越远祖！"在这一刻，辰南心中热血澎湃，有一股强烈的愿望，欲与远祖试比高！

力量是自信的源泉，辰南热血澎湃，面对传说中的远祖并不惧怕，好战的血液在沸腾，战意冲天。面对那能够抓断山岳的巨大魔爪，辰南没有任何花哨的动作，直接撕裂虚空，一拳迎上。

当真是撼天动地的一击！初始时无声无息，而后巨大的能量波动瞬间在高空震荡开来，像是火山在怒海中喷发了一般，似海啸一般的波动席卷十方，临近高天的混沌快速崩碎！恐怖的气息破灭一切阻挡，粉碎一切有形之质！三个月亮皆笼罩上了绚烂的光芒，居住在上面的强者都不得不尽全力抵挡这可怕的余波。天外混沌被震碎后，恐怖的波动向着暗黑大陆狂暴地蔓延而去。

时空大神急忙打出一记空间法则，空间仿佛凝滞了一般，阻挡住了奔涌而下的狂猛力量，让下方的罪恶之城免于崩溃之噩。未等辰祖第二击打来，辰南冲天而起，向着天外混沌飞去，他可不想毁掉暗黑大陆上的各个光明世界，力量到了他们这一级数，那真是有毁天灭地之势。

辰家月亮之上，辰祖那如山岳般的巨大身影也是冲天而起，在月光的映衬下，显得格外恐怖吓人。万丈魔躯，随风而涨，顶天立地！"吼——"魔啸震荡九天！辰祖冲进了天外混沌，双目中幽光森然，冷冷地凝视着辰南。

"你真的是远祖吗？"辰南静静地看着这位让幽罗王都挂在嘴边的老祖。辰祖道："难道还会是别人吗？！"尽管已经不是第一次见面，但辰祖似乎还是第一次开口与他讲话。

"请问远祖，你是否想杀死我，来进行最后的蜕变？"辰南平静地问道。辰祖很冷漠，没有任何情绪波动，冷声道："是的，仅差最后一缕幽魂，便可进行完满的蜕变了！"

辰南道："如果我不想死呢？"

"那么我自己来取你的魂魄！"辰祖声音冰冷无比。辰南笑了，定定地看着辰祖，道："我父亲曾经说过，将要超越远祖，我想他是可以做到的。如今，我也想说这样一句话，我将超越远祖！"

"你们父子同样的狂妄！"辰祖冷漠无比地道。辰南道："试试就知道了！"

"哼！"辰祖似乎不想多说话，仅仅一声冷哼，而后无尽魔气刹那间爆发而出，直冲击得混沌海崩溃，浩瀚的能量波动笼罩十方。原本光芒闪烁的混沌立刻变得暗淡。而这个时候，时空大神、守墓老人、萱萱等太古神全都来到了天外混沌中观战，更有暗黑大陆的许多天阶强者赶到这里，都想目睹一场巅峰对决。

"吼——"随着辰祖一声咆哮，他身旁涌动起无尽的虚影，而后全部实质化，全部都是魔影，群魔乱舞，万魔嘶吼！"唤魔，唤我真魔……"远处守墓老人自语道，"这个老魔王果真够恐怖！"《唤魔经》在辰祖手中与在他人手中的威力，不可同日而语，真正的强者要开创出自己的法诀，必须要有独创性的东西，才能成为真正的人上人。

"横扫六合！"随着辰祖一声喝吼，万魔齐动，像是潮水一般，狂猛地朝着辰南扑去，混沌海中像是涌动起千重黑色大浪。但那绝不是黑色魔气，那是真真正正的群魔在冲锋！万魔齐动，声势惊天地，混沌海不断崩碎。

辰南静立虚空不动，眼看无边黑色魔影冲到近前来，双手才结出几道神秘的法印，划开了空间，口中喝道："天涯！"咆哮的万魔仿佛在刹那间陷入了真空中，竟然发不出声音了，一股奇异的波动压制了他们。紧接着，冲击而来的无尽魔影像是跌进了万丈深渊，全部被辰南身前那撕裂开的巨大空间裂缝吞噬了进去。天涯，咫尺天涯将如此近距离内的万魔全部传送到了无尽远的残破空间中，等于画地为牢，生生将他们打入了可怕的封闭空间，将他们封在了里面！

混沌海中瞬间平静了下来，万魔消失！这个结果太震撼了，让诸多太古神与天阶强者吃惊不已，强绝的力量，可怕的神通！辰祖怒吼，魔爪探出，向着辰南抓来，随着巨爪的临近，虚空不是在崩碎，而是在消融，空间仿佛在缩小，辰南在快速接近那巨大的魔爪。远处，观战的时空大神道："这似乎是困天封地，当年老魔王与幽冥天大战时，就曾经用过这招。"听闻时空大神如此说，远空所有天阶高手都吃惊不已，更加关注这场大战。

困天封地，果然邪异而又可怕，无论辰南如何躲避，空间都不断压缩，魔爪始终笼罩着他，似乎是他自己在向巨爪冲去。即便崩碎虚空也不行，依然被辰祖牢牢锁定。不过辰南并未动用"天涯"神通，冷哼一声硬是冲天而起，迎向了恐怖的巨爪。同时他的身体在快速变大，最后与辰祖不相上下，虽然被魔爪笼罩，但是已经不似方才那般被压制得难以反抗了。

"轰！"两大巨人硬撼了一记，各自倒飞了出去，撞碎重重混沌。"哼！"辰祖冷哼。辰南则很平静，道："一切都是为了超越！"远处，众人都感觉到了辰南蜕变后的强大，更加感受到了辰祖的可怕，毕竟他还没有完全归来呢！

"魔惊天下！"辰祖冷喝，再次向着辰南冲来，庞大的魔躯震碎无尽的混沌，滚滚魔气在震荡。辰南双手不断划动，无声无息间，竟然让虚空崩碎了，而后可怕的能量向着辰祖席卷而去。"那是逆乱八式！"守墓老人惊讶无比，道，"这是独孤败天的功夫啊！"这句话一出，顿时让后方的众多天阶高手吃惊地议论起来。

"轰隆隆！"混沌海中能量流剧烈翻滚。辰南双手不断动作，逆乱八式中的第一式到第三式一口气打出，简直要破灭天宇，威力实在太浩大了，竟然将辰祖连续轰出的几式绝杀全部化解于无形中。"独孤败天……"辰祖双目中射出两道可怕的实质化光芒，大吼道，"魔裂天地！"更加狂暴的攻击向着辰南打来。

"星斗伏魔！"辰南大喝了起来，双手快速挥动，远处的混沌崩碎了，一片残破的古星空在混沌海深处显现出来。一颗颗巨大的星辰划破天宇，闪烁着无比璀璨的光芒，像是一条条惊天长虹一般飞来，全部向辰祖席卷而去。

"这是太上的绝学！"黑起非常惊讶，忍不住开口道。这让后方的天阶高手同样吃惊无比。现在辰南施展出的太上玄功，可比当初强太多了，当初不过是借助星斗之力而已，现在已可以直接召唤星辰。四十九颗巨大的星辰，化成四十九道光束，刹那间冲到了近前，将辰祖包围在里面，星辰翻滚，透发出无尽的能量波动，以莫名的轨迹围绕辰祖旋转，伏魔大阵开始炼魔！星光直冲天宇，照亮了整片混沌海。

"你会的还真多啊！"辰祖冷哼道，"但是，这无用，太上都不是我的对手，更不要说由你使出的太上玄功了！""是吗？"辰南毫不在意，在无限远的虚空中，手中划动不断。"轰隆隆！"四十九颗巨大的星辰发出了奔雷般的响声，在混沌海中波荡出无尽的可怕能量，璀璨星光刺目无比，环绕着辰祖开始透发出一道道可怕的光束，不断轰击着他。

"这对我是无用的！"辰祖大喝道，"真魔一出，天地寂灭！"随着他的喝吼，四十九颗巨大的星辰全部狂乱舞动了起来，再也难以按照原先的轨迹运转了。辰祖那巨大的魔爪探出，将一颗璀璨而又浩大的星辰生生牵引了过来，而后将之炼化得不断缩小，最后一把抓在手中，"轰"的一声生生捏碎了！

"啊——"魔啸震天，辰祖发狂，混沌海中到处都是爪影，巨爪舞动间，四十九颗星辰全部被他炼化，而后被生生捏碎！这是一幅无比可怕的画面，让远处的众多天阶强者不断倒吸凉气。辰祖不愧为盖世魔王，抬手间就让星辰化成的炼魔阵灰飞烟灭！他冷冷地盯着辰南，而后狂啸一声冲了上来，他已经动了真怒，决定运用禁忌绝学，毁灭辰南。但是就在这个时候，辰南打出了让辰祖无比愤恨的招式。

"魔吞天宇！"辰南大喝，这正是辰祖想打出的绝学，居然被辰南先行打了出来。一条巨大的魔影浮现在辰南的身后，狂扑向辰祖，强大的能量波动将无尽混沌冲击得剧烈涌动。辰祖怒极，同样打出魔吞天宇，巨大的黑影浮现而出，向前冲去。虚空不断破灭，无尽威压笼罩十方，他怒道："你竟然用我的绝学攻杀我，这是班门弄斧！"

"哼，我会的绝学太多了。"辰南冷笑道，"但我并不是模仿你们，我不过是随手打出而已，运用你们的神通，激发我的灵感，我要创出自己的最强法诀！"说话间，两人的"魔吞天宇"进行着激烈的大碰撞，毁灭了一切阻挡。混沌深处的一小片星空逃过了六道崩碎的大劫，但是现在却被生生粉碎，数十颗星辰像是火花熄灭时那样一闪而灭。这等级数的强者战斗实在太可怕了，抬手间便天崩地裂，让一些天阶高手感到深深胆寒。辰南的魔吞天宇到底还是比不上辰祖，毕竟那是老魔王所创的，眼看就要魔吞辰南，辰南急忙后退，逆乱八式打出，初悟的神通咫尺天涯同时展开。辰祖那狂霸的攻击和气吞山河般的魔影被生生阻挡住了。

"吼——"辰祖怒极，冷漠无比地道，"毁灭吧！"他手中多了一把人形兵器，竟然是幽冥天的魂影炼制成的重宝！人形兵器生猛地向着辰南砸来，简直有灭世之威。辰南并不惧怕，洪荒大旗瞬间出现在了他的手中，迎风招展，猎猎作响。

"轰隆隆！"摇碎无尽混沌，辰南手中洪荒大旗生猛地与幽冥天魂撞在一起，巨大的冲击能量在刹那间荡向远空。众多太古神即便相隔无尽远，但还是受到了冲击，不得不后退。而就在这个时候，混沌海最深处，突然怒浪翻涌，神光刺眼，无尽的能量波动传荡而来。

幽罗王与广成率领众多混沌强者来袭。"嘿嘿，真是热闹啊，时空何在？你我也在今日了结吧！"幽罗王森然地冷笑着，显然是趁乱率众来犯。时空大神大笑道："好，原以为大战还要等待些时日呢，没有想到你却等不及了。"说话间，他冲进了混沌海，与幽罗王对面而立，两大顶峰人物就要决战了。不过，时空大神忽然皱了皱眉头，道："通天？何必躲躲藏藏，出来吧。"

远处，守墓老人与萱萱皆惊，守墓老人怒道："通天你这摇摆不定的家伙，到底还是决定与混沌一族站在一起了！"说话间守墓老人就要冲过去，但就在这个时候，六魂天女由暗黑大陆冲到混沌海中，道："我来对付他！"刹那间，六魂天女与通天对立！而守墓老人与萱萱等太古诸神也同时向前冲去，与广成等大批混沌强者对峙起来。时空大神冷笑道："幽罗王你们混沌一族分散在天宇中，顶峰人物还远没到齐，你现在就急于动手，不怕饮恨收场吗？""哼！"幽罗王冷哼。这一切发生得太快了，混沌海中局势瞬变，双方大混战即将开始。

这个时候，辰南与辰祖的大战激烈无比地进行着。"唯我魔尊！"辰祖大喝，魔气席卷混沌间。但是就在这个时候，辰南同样可怕无比，在千万重魔影中，在无尽毁灭气息中，生生突破辰祖的万重阻杀，生猛地将混沌大旗插入了辰祖的胸膛。

"吼——""啊——"竟然传出两声惨叫，一声是辰祖的咆哮，另一声惨叫竟然是源于辰祖被刺穿的体内。与此同时，太古神与混沌一族的大战已经展开了！老魔王发出一阵可怕的吼啸，震动得混沌都不断崩碎。让人惊异的是，在震耳欲聋的啸声中，还夹杂着一声凄厉的惨叫。

辰南瞬间分辨出了这无比熟悉的声音，竟然是辰老大，是大祖的声音！"是你！"辰南猛力挑起辰祖的身体，将之牢牢定在了空中，大喝道，"大祖你出来，你竟然控制远祖的身体，你口口声声说要复活远祖，但是你屡次亵渎于他，我很怀疑你的动机！"周围的太古神与混沌遗民已经激烈大战了起来，即便有人听到了这里的声音，也无暇顾及。

"小子你欺师灭祖，有什么资格质问我！"果真是辰老大，他阴森的声音自辰祖体内传出。其实，辰南早就怀疑了，辰祖战力虽强，但是真正的魂魄毕竟还没有彻底重组呢。前几次，辰祖出手时都发生了意外，只能清醒短暂时间，便会陷入懵懂状态。而这一次，明显有些异常，想不到竟然是辰老大在引导着那迷失的灵魂。

"我们两个到底是谁欺师灭祖，你自己心里比谁都清楚！"辰南轻轻摇动洪荒大旗，利用非常巧妙的力量，向着辰祖体内某一处逼去，大喝道，"大祖你给我出来吧！"无尽星光自洪荒大旗中透发而出，将辰祖的魔躯照射得近乎透明，惨叫再次传出，而后光芒一闪，一条人影像是燃烧起来了一般，大祖生生被辰南逼迫出来！

"炼魂天火！"辰南大喝，洪荒大旗已经自辰祖体内拔出，横扫大祖，让他身上的火焰燃烧得更加剧烈了。"啊——"大祖惨叫道，"辰南你如果敢杀了我，必将遗臭万年，你将是欺师灭祖之徒。"辰南冷笑道："我不会杀了你，我将把你敬献给远祖，让他来决定！"

大祖听闻此话，顿时惊恐地大叫："你不能这样！"在这一刻，深沉冷漠的大祖也难以如以往那般阴沉了，他知道辰南想将他作为养料，送给辰祖吸收，这样他等于走上了辰家八魂的道路。"为什么不能呢？！"辰南冷声问道，心中涌动着无尽的怒火，辰家八魂，他的八位直系亲人就是这样走上了不归路，一切可能都是源于大祖的阴谋，轮到大祖自己，他却如此惧怕与胆怯。

"我不是传说中的辰家十魂，你在犯罪，你在谋杀！"大祖恐惧大叫。不少人都是这样，当不好的事情发生在自己身上，才会恐惧，丝毫没有意识到他曾经做过什么而导致这样的事情发生。蓦然间，辰南以洪荒大旗将大祖向着辰祖扫去。

"不，停下，我有一个秘密可以告诉你！"大祖吼叫。辰南将他定在了空中道："你想说什么？"

"我想说远祖手中那把武器的秘密。"说到这里，辰老大自那呆呆发愣的辰祖手中，将幽冥天之魂炼化成的武器取到了手中。辰南冷笑，根本不怕辰老大用这件武器攻击他，有洪荒大旗在手，再加上本身的强大战力，可以稳稳地压制住大祖，他道："说吧！"

"其实，人形兵器有自己的灵魂！"说到这里，大祖猛地将人形兵器向着辰南砸来，而自己却想逃匿而去。"哼！"辰南冷哼，右手幻化而出，辰家玄功中的灭天手化成铺天盖地般的一个巨掌，将人形兵器生生盖了下来，一把抓在了光掌中。而后辰南将洪荒大旗猛力摇动，把大祖生生定在了那里，随后旗面招展，将之席卷而回。

辰南面色复杂地看着前方的辰祖，为了复活这个辰家的先祖，他们这一脉八位人杰走上了不归路，他心中悲伤、愤怒等各种复杂的情绪交织在了一起。最后，辰南叹了一口气，将洪荒大旗轻轻摇动起来，顿时令大祖脸色惨白。不过，辰南暂时没有动他，而是将保留在大旗中的魂衣召了出来，虽然是褪下的残碎灵魂，但是却包含了辰家传下来的魂力，当中更是包含着当初那个魔性辰南的魂魄。

"哗啦啦！"大旗摇动，辰南将魂衣打向了远祖，而后又以洪荒大旗中的星光照射向辰祖灵魂深处，将他从浑浑噩噩中唤醒过来。辰家老祖果然很邪异，还没有醒转之际，辰南的那道魂衣刚一接近他，就被疯狂地吸收吞噬了。这是最好的大补，在吸收掉那些灵魂碎片后，辰祖双目中渐渐露出了清醒的光芒，而后他发出了一声愤怒的咆哮，盯着被辰南掌控在手中的大祖。

"一切果然都是因为你而起！"辰南震怒地盯着大祖，在这一刻他近乎狂暴了。曾经的猜想几乎被证实了，他再也没有什么顾忌，将搜魂禁术毫不客气地用在大祖的身上。片刻间，辰南松开了辰老大，感觉疲惫无比，这是源于精神上的疲惫，因为他很悲恸！辰家八魂死得太冤了，一切竟然都源于大祖！因为他的阴谋，八魂不惜牺牲了自己。"啊——"辰南狂暴得想一拳轰碎大祖，真想生生将之撕裂！

远处，辰祖之魂也是咆哮震天，处在短暂的清醒中。"你打着复活远祖的名义，一切竟然是为了自己，想利用远祖来帮你炼化八位人杰的魂力，最终的受益者将是你！"辰南目光森然，已经快克制不住了，身体都已经颤抖了起来。这就是人性吗？本是同宗同源的直系亲人啊，为什么会这样呢，未免太残酷了！最终，辰南封闭了大祖的魂力，向着不远处的辰祖抛去！

"不，不能这样！"辰老大拼命地大叫着，现在轮到他自己了，却比谁都要恐惧，道，"不要这样，虽然我有错，我有野心，但这是有些原因的，我受到了那件人形兵器的诱惑，它乱了我的心智，那是一件魔兵！"无论说什么，一切都已经晚了，辰祖的巨爪已经抓住了他，而后生生撕为两段，最后更是扯得粉碎，残碎的灵魂化成点点幽光，融入了辰祖的体内。

"轰！"辰祖发生了惊人的变化，双目在刹那间明亮百倍，仿似刹那觉醒一般，他的灵识终于还归本源，前生今世，所有一切都出现在脑海中。在这一刻，整片混沌海沸腾了，辰祖彻底地踏上了回归的道路，需要无尽的能量来补充身体所需、重新造就肉体。正在激战的太古神与混沌遗民惊愕地止住了战斗，辰祖浩荡的波动太强大了。辰南面无表情，将手中的人形兵器向着辰祖扔了过去。

"吼——"辰祖像是忆起了所有事情，知道了他是怎样来到这个世上的，竟然露出了无比伤感的神色。他传出精神波动，"想不到我竟然有这样的后代，虽然一个十恶不赦，但是还有八人甘愿为我而死。可惜，可恨，可悲……我从来没有让你们复活过我啊！吼……不过既然我回归了，就不可能让你们真的烟消云散！"辰祖抓住人形兵器看了又看，冷笑道："幽冥天你果真还没有死透，竟敢诱惑我的后代，今日让你彻底地形神俱灭吧！"在辰祖的大吼声中，他竟然生猛地将人形兵器吞噬了下去！

无尽的阴森气息爆发而出，以辰祖为中心像是发生了大爆炸一般，混沌海似乎崩溃了！所有人都在倒退，包括辰南。太古神与混沌遗民的战斗暂时停止了。当混沌海平静下来时，辰祖浑身魔光缭绕，幽冥天的魂力成了他的大补药，他的身体不断分化出虚影。远处，辰南吃惊无比，因为他发现那些虚影竟然是辰家八魂，甚至还有四祖与五祖！现在辰祖不需要他们的魂力了，如今他完整的灵识已经复归，力量于他来说可以通过别的办法获取。

"老魔王！"时空大神大笑着，飞了过来。"原来是你这小辈。"辰祖高大的魔躯快速缩小成普通人类大小，准备重新凝练一具身体。众人听得目瞪口呆，时空大神在这老魔王眼中竟然是个小辈，真是要人晕倒。蓦然间，辰祖扫视到了幽罗王等人，先是一怔，而后森然道："幽罗小辈，你们还真是大胆啊，难道你们没有听说过那个传说吗？混沌一族不能大举进攻人类大陆，不然灭族的时候就到了。看来你们似乎忘记了过去啊！"

"老魔王你少要倚老卖老，时代不同了，你以为那些传说还能够束缚得住我们吗？"幽罗王针锋相对。

"幽罗小辈，胆子很大啊！当年我血屠混沌百万里的时候，你还在一旁战战兢兢吃奶呢，如今居然也敢如此与我说话了，真是长本事了！"辰祖这一番话，顿时让在场高手骇然，震惊到无语，不过很快又都笑出声来，这个老魔说话真够损的。

"你，该死的老魔！"幽罗王大怒，气得浑身都在颤抖，吼道，"你的时代已经过去了，如今我也达到了你的境界，你没有资格对我指指点点！"

"你也达到了我的境界？"辰祖冷哼道，"你可以来试试，到底达到了没有！"说到这里，他冲着混沌深处喝道："多目小辈，御风小辈，都出来吧，既然来到，何必躲躲藏藏呢！哼，看来你们混沌一族灭亡的时候真的到了，你们彻底忘记了传说。"远处，众多太古神吃惊无比，他们可不会认为多目与御风是小辈，那是混沌族大名鼎鼎的几位王侯啊，是多目王与御风王！果然，混沌深处神光闪现，多目王与御风王飞出，两人身材高大无比，浑身上下光芒璀璨。

幽罗王、多目王、御风王、通天四大高手并排站在一起，不远处是比他们稍弱一些的广成，后面是数十位混沌强者。太古众神倒吸了口凉气，如此强大的阵容让他们有些心惊。辰祖、时空大神、六魂天女、辰南上前，守墓老人、萱萱、黑起紧跟。

辰祖森然道："四个小辈你们真想要混沌灭族吗？"

"辰老魔你少要猖狂，如今已经不是你的时代了，你所说的那个传说永远不可能出现了。人间界那些曾经的图腾至尊怎么可能还会复活呢！"多目王冷声道。"哈哈！"辰祖大笑道，"最起码我已经推测出，天龙皇已经差不多觉醒了，其他传说将要灭你们混沌一族的图腾至尊也该要彻底地回归了！"辰祖的话让辰南大吃一惊，难道是在说他的那些孩子？！

幽罗王似乎像是想起了什么，脸色骤变，低声对那三人道："我曾经遇到过一个天龙小子，似乎、似乎真是那……"未等他说下去，辰祖已经咆哮了起来，冲着辰南大声喝道："小子，我记得你曾经说过，将要完全超越我，那么现在就证明给我看看。我虽然还没有完全复原，但是血屠十万里应该没有问题，看看你能屠进多远！那四人中你我各取一人，看谁先将他们灭杀。"辰祖的话语可谓狂妄到了极点，三大混沌王侯加上通天乃是最为顶峰的人物了，居然被如此评述，真不知道是他狂妄至极，还是真有些高绝的本领。

"幽罗王是我的！"时空大神已经当先向前杀去。"我选御风王！"辰南也向前冲去。六魂天女什么话也没有说，直接飞向通天。辰祖森然冷笑，对着多目王道："你的运气实在不够好，遇到了我！"杀声震天，随着四大高手杀向四王，守墓老人、萱萱、黑起等人率众向着混沌强者冲去。

大战激烈无比，混沌海不断地崩溃！喊杀声震天，血水不断迸溅，诸神与混沌遗民战死爆碎时，鲜血都会染红一大片空间。辰祖的意外复活，让这场大战偏离了混沌一族原本的预想，本来三大王侯加上通天，已经能够吃定时空大神他们这一方了，现在老魔王强势回归，张口就要灭混沌一族，从气势上来说就已经占据了压倒性的优势。

混沌一族都有无尽的生命，许多人在开天时就已经出世了，都是老古董级的存在，但是辰祖来历更甚，他是上一个神话时代的人物，已经经历过两三次大毁灭了。他当年的敌手乃是另一片天地的混沌族，而现在这些混沌元老当中许多人都是当年另一片天地的后起之秀。不少人都记得这个盖世老魔王，正如他自己所说的那般，一战血屠百万里！

"哈哈……"在辰祖的大笑声中，多目王感觉有些发毛，尽管他相信自己已经达到了当初辰祖那种境界，但是面对这个老祖级的刽子手，心里依然有些惧意。当年的辰祖杀得混沌浮尸万里、血流成河，给他造成了一定的心理障碍，看到老魔王时，他就已经心虚了。

"多目王你不行啊！"辰祖大开大合，激荡起无边魔气，压制得多目王越发不支。不是多目王实力不如刚复活的辰祖，而是缺乏信心的原因。"道高一尺，魔高一丈！"辰祖巨大的魔爪化成方圆千百丈，将多目王笼罩在了里面，就要将之抓起炼化。这个时候，多目王额头上的一排混沌眼同时睁开，七颗邪异的眼眸闪烁出七道死光，射向辰家老祖。在"哧哧"声中，死光竟然湮灭了虚空！这可不是撕裂空间，这是真正的湮灭，空间被毁去大半，一下子缩小了不少。辰祖一惊，急忙躲避，如果被七道死光射中，他也会不好受。

"魔吞天下！"显然，老魔王动用了禁忌绝学，不想被这个后辈伤到，想尽早利用气势上的优势灭掉对方。无量魔身显化而出，刹那间毁灭性的魔气将多目王淹没了，辰祖取得了极大的主动权，多目王在黑暗中就更加胆怯了。

另一方，时空大神与幽罗王大战得难解难分，尽管时空大神的时空法则让人防不胜防，但是幽罗王同样可怕无比，不然怎么与当年的魔主大战三天而不败呢，实乃混沌一族最强者之一。脱胎于混沌法门、自创的九天十地唯我独尊功，真是威压三万里，势震九重天！幽罗王不断突破时空陷阱，自一个个迷失的空间中冲出，穿破时间力量的封锁，与时空大神大战得激烈无比。

"九天十地唯我独尊！"幽罗王大喝，无尽阴森碧光刹那间笼罩十方，威压三万里！让时空大神都有窒息感。除却太古神在与混沌遗民大战，从暗黑大陆跑来观战的天阶强者中，也有不少人参战了，其中稍弱一些的天阶初级强者，在九天十地唯我独尊功激荡出的碧光下，连惨叫都未来得及发出就灰飞烟灭了，当真是恐怖霸道至极！

"快退开！"时空大神大喝，空间法则打出，将所有靠近这里的天阶强者都传送走了。无尽森然的碧光笼了这方天地，像是有万重魔刀在来回刮动一般，时空大神打出一道道大次元斩！这是源于时空的力量，来对抗九天十地唯我独尊功！另一边，六魂天女与通天的大战也是难解难分，不过很显然六魂天女越战越勇，七彩虹芒贯穿了混沌，像是无尽的流星雨在飞舞一般，所过之处无物可挡！通天虽然实力强悍，堪比混沌王侯，却有些束手束脚，因为虽然心向混沌，但毕竟是一个人类顶峰强者。在那遥远的过去，他是一个摇摆不定的人，即便和某一方对抗，也要自己的手下出手，从来不真正参与。今次，他算是彻底表态投向混沌一方，但终究有些心结。

七彩虹芒一闪，六魂天女竟然将通天的左手小指给削了下来。通天躲闪不及，一声闷哼，而后动了真怒，大喝道："通天动地！"他头上与脚下的混沌像是炸裂了一般，瞬间崩溃了！无尽的威压自上空与脚下贯通而来，通天神威盖世，让方圆百里混沌化为虚无，附近的几名混沌遗民与天阶强者都跟着彻底灰飞烟灭！通天一怒，天地变！杀机毕现！"杀！"他与六魂天女不死不休地大战起来。

而此刻辰南与御风王之战更是激烈无比，御风王像风一般无影无踪，围绕着辰南狂攻不断，一会儿化成一股狂暴，一会儿又像拂面杨柳，变幻莫测。御风王几乎化成了无尽混沌，将辰南困在混沌海中，他与混沌融合在一起，根本不显现出有形之体。

"借独孤败天绝学一用！"辰南大喝道，"逆乱八式！"双手幻化出千百道掌影，逆乱八式从第一式开始，一直打到第五式！威压震荡三万里！太古神一方的人，早已得到他的传音，远离了这片恐怖的区域。在这一刻，整片混沌海崩溃，许多混沌遗民在刹那间灰飞烟灭，隆隆响声传遍天宇，像是在开天辟地一般，声势浩大至极！御风王被生生逼迫了出来，化成人形，速度快到极点，围绕着辰南劈出一道道毁灭性的混沌神力！方才他被逆乱第五式震得不轻，险些崩碎一条手臂。"混沌天罡！"御风王大喝，天罡之风，能够轻易吹碎天阶强者的身体，此刻被他打来的恐怖能量堪称禁忌神通，直让重新汇聚而来的万里混沌灰飞烟灭，化为虚无，空间急骤缩小。

"逆乱之第六式！"其实，辰南当初并没有见识到第六式，这完全是打出第五式后，凭着感觉推出去的，奥义完全正确。无声无息间，一股让人灵魂战栗的强大的"势"瞬间充斥在天宇中。

"轰！"混沌天罡被击溃了！逆乱之第六式可怕得让人心惊！"啊——"御风王惊怒，大喝道，"三千地狱，为我而开！"他动用了最强绝学，是真正的禁忌大神通。无数的恐怖黑洞从四面八方贯通而来，这是从各层破碎的通道贯通而来的，御风王在召唤各个未知死域中的最强魔魂，想要将辰南吞噬得形神俱灭。混沌海中顿时黑暗了下来，真正的魔鬼正在降临这个世界，恐怖气息在震荡！

"逆乱之第七式！"辰南并不惧怕，在这一刻他竟然打出了传说中的第七式！要知道这乃是一门不完善的功法，独孤败天不过是草创，还没有精细地完善，究竟有没有第七式和第八式都不得而知。但是，在这一刻，辰南却心有感悟，打出了可怕的第七式！可怕的魔光横扫一切阻挡！逆乱之法，果然如其名一般，逆乱一切！

三千地狱之门全部崩碎，贯通而来的所有空间通道，被生生震散了，而已经进入这片空间的魔鬼妖物，在辰南这浩大无匹、威不可挡的禁忌大神通之下，也全部被震得崩碎了，化为了尘沙，飘散在空中。御风王当真被震碎了半边身子，灵魂都遭到了重创，他知道败了，彻底地败了！他头也不回地向前冲去，就要逃回混沌大陆！辰南不想放过他，逆乱第七式再次打出，御风王疯狂躲避，但是整片空间都被震碎了，更将冲过来的不少混沌遗民打得形神俱灭！

"咔嚓！"辰南突兀的一记掌刀切下了御风王的右臂，连带着部分灵魂失落在这里，御风王亡命逃去，化成混沌神光消融在茫茫混沌海中。辰南完胜，封印了连带着御风王部分灵魂的手臂，向着与六魂天女激战的通天冲去。与此同时，辰祖也已经解决了战斗。多目王打从心里惧怕他，最终差点被活生生给劈了，被打得只剩下半条命逃向无尽混沌海中。其实，多目王最是冤枉，以他的功力来说，不差于刚刚复活的辰祖，但是他心里先生了惧意，这场战斗注定已经没有悬念。辰祖立时冲向了与时空大神激战的幽罗王！

通天与幽罗王见同时多了一名大敌，顿时慌了手脚，再也无心恋战，率领众多混沌遗民败逃而去。"杀！"辰南一声大喝，率先追去。时空大神与六魂天女也紧追不舍。至于辰家老魔王更是凶狂，滔天魔气激荡而出，瞬间淹没了这片混沌海，他口中喝道："今日虽不能血屠百万里，但是血杀十万里我还是能够做到的！"

"轰隆"一声巨响，辰祖融入了滚滚魔气中，向着前方席卷而去。景象实在太可怕了，魔气所过之处，未能逃走的混沌强者瞬间崩碎，血染长空！有辰祖在前开道，后面的太古神几乎都不用动手，很少有漏网之鱼，所有人都不禁惊骇，老魔王强得有些可怕。辰南没有这么大的杀心，他冲在最前方，牢牢锁定了通天！他道："通天，你哪里逃！"通天道："小辈，我可不是怕你，现在你们人多势众而已，如果你我对决，你不是我的对手！"

辰南冷笑，道："御风王也说过这样的话，结果留下了他的右臂！"说到这里，辰南隔着很远，就拍出一掌，震碎重重混沌。通天冷笑道："居然是太上绝学，你用他人的法诀，终难成大器！"辰南再次冷哼道："我怎么会学走太上的道路呢，我不过在用它来触发我的灵感而已。况且，现在即便我用太上功法，也绝对是完全不同的。太上明明想忘我，结果却尊天，这完全着了痕迹。现在就让你看看我的太上玄功，太上忘情！无物！无法！无天！"通天也打出了通天动地魔功，粉碎混沌，毁灭一切，与这无天太上玄功激烈对抗，可怕的大对撞令天宇险些崩溃！

"噗！"通天大口吐血，头也不回地逃去。辰南抹了一把嘴角的鲜血，提升速度再次追了下去。通天彻底消失了，辰南也开始大开杀戒，在无尽混沌海中，与辰祖和众多太古神追杀混沌遗民。最后，辰南竟然看到了时空大神与幽罗王在大战，立时杀了过去。上来之后，他就将辰家的禁忌大神通"魔吞天下"打了出去，将正在与时空大神激战的幽罗王险些吞没。

受辰南的冲击，幽罗王险些被时空大神打出的时空大裂战劈成两半，虽然躲了开去，但可怕的时间法则生生削去其三千年的功力。幽罗王大怒，狠狠地瞪了一眼辰南，舍弃时空大神，再次逃走。辰南什么话也没说，对着他的背影就是一记逆乱之第七式。幽罗王随手一挥，但没有想到这一击是如此可怕，让他的那只手掌都粉碎了。混沌海中喊杀声震天，混沌遗民伤亡惨重。最后，辰祖等人停止了追击，正如辰祖所说的那般，他血杀了十万里，就没有继续追下去了。

"我才还魂，现在急需休养，你们也不要追进混沌大陆，我怀疑混沌王如果没有进入天道的话，可能还在。一切等我复原再说！"说完这些，辰祖向着暗黑大陆冲去。太古众神全都止住了脚步，最后时空大神与六魂天女也归来了，唯独少了辰南。众人面面相觑，辰南该不会是自己独闯混沌大陆去了吧？

第六章

棋布错峙

诸神与混沌一族的激烈大战落下了帷幕，这次大规模的征战太古神虽然取得大胜，但是也有伤亡，不过相比较混沌一族来说算不上什么。这一次，混沌一族可谓伤亡惨重，幽罗王、多目王、御风王、通天一逃走，其他混沌高手大半覆没。广成胸部都被洞穿了，留下了一条手臂才逃离。诸神浩浩荡荡回返了暗黑大陆，辰家老魔王自然要回返月亮之上，如今辰家可谓人才凋零，除却辰南与辰战外，老一辈的高手四祖五祖等人都已经遇害。在最后的阶段，辰老大近乎疯狂，连二祖他都没有放过，全部敬献给了"远祖"。

等待时机成熟，远祖完全融合那些魂力，辰老大就会将老魔王不全的灵识震碎，而后入主那具魂力无限的魔体。只是，到头来终究是一场空，他本想拿辰祖做幌子，不想竟然真的复活了辰祖，而自己却形神俱灭。

老魔王既是愤恨又是伤感，他的后代竟然为他做了这么多的事情，辰老大的可恨就不用说了，辰家八魂实在让他心碎，这是他后代中最为杰出的几人，八人如果活到现在，一直修炼下来，恐怕修为都已经达到了难以想象的境地。不过，如今他已经复活归来，现在灵识彻底复归，魂力于他来说可以想其他办法收集。吞噬了人形兵器幽冥天的魂力后，他的身体周围缭绕着十几条魂影，那都是他生生分化出来的，都是辰家的杰出之辈的魂影。

"老魔王也不要伤感，嘿，把你分化出的魂影交给我吧，保证到时候还你完整的辰家英杰。"时空大神笑道。"你能有什么办法？"辰祖不怎么相信。时空大神将太极神魔图召唤了出来，道："别人不敢说，但辰家八魂肯定会很快复原的，神魔图中有他们另一部分残魂。"

"这是……"辰祖注视着神魔图，双眼眯成了两道缝隙，透发出如刀锋般的犀利光芒。时空大神直接打出一道精神烙印，进入了老魔王的心海，随后辰祖没有半点犹豫，将分化出的魂影全部打入了神魔图中，而后头也不回地向着月亮冲去，远远道："时空，那些人就拜托给你了。"能让老魔王说出"拜托"二字是非常不容易的。不过，辰家八魂将因此而复归，一切都值了！八魂回归，一起出手的话，那可能完全超越辰祖！要知道八人都曾经创下无比可怕的法则，辰老大当年欺骗他们散去魂力，简直就是千古罪人。能够创出八大法则的八大人杰，最为恐怖的不是魂力，而是他们通晓的法则奥义！

太古诸神已经返回了神风学院，唯有辰南没有归来，尽管众人有些担心，但也没有办法，按照时空大神的说法，辰南应该不会有生命危险，他本应在生死战斗中蜕变。现在还不适宜大举进攻，还要等待时机，不然惊动混沌王，他们不会占到便宜。当有人问起，要等什么时机，时空大神只是笑着指了指浮现于空中的神魔图，言称时机随时会出现。守墓老人当时脸色就变了，指了指无尽的高天，而后又指了指神魔图，道："用它来沟通？！"

"哈哈……"时空大神大笑！

此刻，辰南早已冲进了混沌深处，当真称得上血屠十万里！他现在简直就是一把人形凶器！越战越勇，所过之处，混沌高手根本无法阻挡，他更是与幽罗王等四大高手纷纷交过手了，总的来说没有吃亏。不过，当他蓦然回首之际，发现己方人马都早已不知在何方了，只剩下他一人孤军深入，他立时感觉大事不妙。再想回头时，发现幽罗王、多目王、御风王、通天四大高手竟然已经会合在了一起，截断了他的后路。

四人当中的任何一人，都已经够他受的了，更不要说四人联手了，辰南当时脸色就变了，想要往回逃似乎不太可能，猛地一咬牙，直接杀向混沌深处。幽罗王暴怒，辰南竟然在他们的眼前大开杀戒，前方早先溃逃下来的混沌遗民被他杀得鬼哭狼嚎，亡命奔逃，这简直在抽幽罗王他们的嘴巴，坏他们的面皮。"辰南可敢一战？"幽罗王高喝，九天十地唯我独尊功已经祭出，无尽混沌海中激荡起莫大的威压，向着辰南笼罩而去。但是辰南根本不与他正面相抗，毕竟旁边还有三大高手虎视眈眈呢，他直接将速度提升到了极限，向着混沌海深处杀去。

他将逆乱八式从第一式一直打到第七式！茫茫混沌海几乎要被他轰爆了！这些逃下来的混沌强者没有人能够幸免，除却广成之外，其余众人几乎全都被辰南震碎，逆乱八式实在太可怕了！"幽罗王有本事与我独战，让那三个家伙走开！"辰南也冷喝，没有办法，继续向着混沌深处进发。

幽罗王早已怒极，那些混沌遗民在他眼前被辰南杀死，虽然仅仅二十几人，但是混沌族向来人口稀少，让他觉得丢了颜面，森然道："你现在已经没有谈判的条件了，今天我定要将你抽筋剥皮点天灯，还要将你的魂魄镇压于炼狱中，饱受折磨千万年，让你虽然还活着，但永世不得超生，永远在痛苦与绝望中挣扎！"

"你够狠！"辰南知道最后关头宁可自己形神俱灭，也绝不能落在对方的手中，不过他并不害怕，反而冷笑了起来，道："幽罗王你恐怕难以如愿！"光芒一闪，辰南瞬息万里，改变方向，向着混沌海的西方飞去。修为到了他们这等境界，速度已经不可以常理来推测，想去哪里几乎转瞬即至，幽罗王、多目王、御风王、通天，像是四道影子一般跟随在辰南的身后。辰南崩碎混沌，他们同样跟进，辰南穿越空间隧道，他们也跟着穿越，死死截断辰南返回暗黑大陆的退路，他们只有一个目的：彻底整死辰南，不想放走他。

正在这个时候，幽罗王忽然脸色大变，他发现辰南竟然在向着他所在的大陆前进！"该死，这个小子！"幽罗王脸色难看到了极点，辰南竟然以狠对狠，显然要对他的居地实施辣手！"截住他，一定要截住他！"幽罗王疯狂大叫。全力飞行的辰南瞬息万里，在这个过程中不断震碎混沌，终于发现了一些残留下来的星辰，莫大的法力施展而出，三十几颗星辰被他打出的神光所笼罩，快速被炼化成泥丸大小，被他收到了袖中。在临近幽罗王所在的大陆时，超脱于太上心法的

"太上诛天式"祭了出去，通天神力毫不留情汹涌澎湃而下！三十几颗星辰刹那间放大，撞向幽罗王所居住的大陆。简直像灭世一般！

"辰南你他妈的混蛋找死！"幽罗王眼睛都红了，忍不住爆出粗口。

"你想让我死，那么你先付出代价吧！"辰南冷漠地回答。下方隆隆之响不绝于耳，这片混沌大陆不断崩碎，虽然浩瀚无边，但也被三十颗星辰轰得支离破碎！"吼——"五道人影大吼着冲天而起。幽罗王急得大叫："躲开，你们全部退下！"大陆被毁去大半，他还不算担心，但是眼前几人，要是和辰南对上，那么他只有揪心的份了。

"父亲怎么了？"其中一人这样发问。幽罗王听到这句话，脑袋顿时大了起来，辰南如鬼魅般凭空出现在那里，将其中一人震碎，打得形神俱灭，将喊话的人抓在手中如飞而去。幽罗王的速度不可谓不快，几乎与辰南前后赶到，但是终究晚了一步，任他有神通也不管用了，气得他喷出一口鲜血。辰南抖手，再次招来十几颗星辰，向着后方的大陆打去，想要彻底崩碎幽罗王所居住的大陆，尽管这里的混沌强者并不一定能够被灭多少，但这绝对是在抽幽罗王的嘴巴，在坏他的面皮。

不过，这一次十几颗星辰显然不能奏功了，幽罗王与通天他们全部接了下来，炼化成泥丸大小，捏碎于虚空中。即便这样，也足以让幽罗王抓狂了，浩瀚的大陆近乎崩碎了一半！更为重要的是，他的孙儿被辰南打得形神俱灭，最小的儿子被辰南抓在了手中！辰南直到飞出去很远才知晓手中那群人的身份，暗暗后悔，刚才应该不惜付出些代价，将那几个幽罗王的亲子全部灭杀。

"告诉我多目王与御风王他们居住的大陆在哪里？"辰南直接威吓幽罗王最小的儿子。不得不说，此子继承了幽罗王的狂傲，但是实力却没有继承几分，最后辰南以大神通直接从他脑海中搜寻到了需要的信息，将之打爆在了混沌海中。这让后方的幽罗王彻底狂暴了，孙子死了没问题，因为他有着太多的后辈，但是儿子就那么几个，辰南居然让他眼睁睁地看着爱子崩碎！"你们不是要杀我吗，那咱们就看看到底谁更狠！"辰南回头冷哼，虽然手段很血腥，但是这大战就是如此惨烈，对敌人不能有半丝仁慈！尤其是这种境地下，唯有不断打击强敌，让他们不能平静，才有逃出生天的可能。

这个时候，幽罗王眼睛红了，而旁边的多目王脸却绿了！多目王发现辰南竟然冲着他所居住的大陆冲去。方才辰南的手段，他都已经见识过了，简直就是个该死的煞星，让辰南去那片大陆走上一遭，定然崩碎少半个大陆！多目王急得狂吼，穿越空间，进行跳跃式的飞行，辰南同样也有这样的神通，始终与他们保持着距离，让他们无法追上。多目王所居住的大陆虽然距离幽罗王的地盘很远，但是对于他们这等强者来说，以大神通穿越空间，简直就像闲庭信步一般！虽然都是转瞬即至，但是辰南依然始终保持领先。

"辰南你个王八蛋！"多目王还没有看到辰南出手呢，就已经大骂了起来，因为他有所预见。果然，数十颗星辰像是流星雨一般降落到他所居住的大陆，虽然他们在后方以大法力转移走了一半的星辰，但是十几颗星辰还是狠狠地撞击在了这片飘浮于混沌中的浩瀚大陆，少半个大陆被击碎了！这一次，多目王比幽罗王还要悲愤，他的长子与次子被辰南击成重伤，第三子则被打得形神俱灭，此外还有两个孙辈彻底殒命！

幽罗王、多目王、御风王、通天狂暴了，都快被气炸肺了，到底是谁在追杀谁啊，怎么辰南到头来反倒让他们抓狂了？辰南竟然化被动为主动，在他们老窝中杀来杀去，这简直让他们郁闷得想吐血！而这个时候，御风王直接跑路了，不参与追杀辰南的行动了，因为这里距离他所居住的大陆很近，如果等到辰南发现就已经晚了。但是，到底还是迟了一步，辰南方才已经感应到了一片大陆就在附近，直接穿越空间奔袭而去。辰南誓要在混沌海中闹个天翻地覆！

"我……"御风王毫无风度地大骂起来，同时亡命一般在后紧追不舍，心中实在焦急到了极点。不过，这个时候，辰南却猛然转变了方向，因为心中有了不好的预感，一个大敌似乎埋伏在前方，强大的气息有些恐怖，让他感觉非常不妙！

御风王长出了一口气，煞星没有威逼而去。同时，他也感觉到了自己的大陆有不世高手坐镇，这让他大感惊异。浩瀚的波动透发而出，像是天地在轮转一般，无尽混沌缓缓动荡开来，仿佛有一个庞然大物在转动身体。幽罗王、多目王、通天、御风王都吃惊地停了下来，关注着那片大陆，就连辰南也停了下来，他倒想看看到底是何人有如此的威势。

混沌波动得并不是很急，但是每一次波动都像海水倒卷天地一般，当真是惊涛震天。

"难道是……"幽罗王吃惊得说不出话来了。"似乎不太可能吧！"多目王显然也被镇住了。御风王紧张地注视着自己的那片大陆，道："也许我们的王，真的活了！"旁边的通天仅有一半的混沌血统，他没有什么发言权，因为他不像幽罗王等人那么了解混沌王，仅仅知道混沌王的可怕是超乎想象的！

"王他真的归来了？"幽罗王震惊地凝视着那片大陆，不要看他们也带一个王字，但意义相差甚远，他们不过是一方诸侯而已，混沌王才是真正的王者，是真正的混沌至尊！号称天道都要管三分！

辰南在远处冷笑，他可不管到底是谁，想的就是如何突破封锁，逃回暗黑大陆。只是，几个强大的混沌诸侯虽然不再追赶他，但是却截断了他的去路，密切地注意着他的动向，只要他有所动作，定然会再次雷霆出击。一个庞大的身影从混沌中显化了出来，浩大的声音激荡而来："幽罗王、多目王、御风王好久不见！"

"这是……"幽罗王疑惑地看着那道朦胧的混沌影迹，而后露出恍然大悟的神色道，"是混沌子！""混沌子，真的是你？"御风王与多目王也惊呼。对方道："不错，是我。"

混沌子，乃是混沌王的子嗣，虽然并非自混沌中孕育而生，是混沌族结合后产下的，但是依然法力通天，毕竟他的父亲乃是混沌王！混沌一族人口稀少，自混沌中自然孕育而生的强者，大多数都战死了，现在的混沌遗民大半都是混沌遗民间结合后产下的。他们向来是整个家族聚居在一起，混沌王一脉就是混沌族最强大的主脉。当然，他们所谓的家族，与人类是大不相同的，自混沌中孕育出的最早的一批人，如果是在一起孕育而出的，就算兄弟姐妹。直到后来，他们相互结合，产生了后代，其家族才与人类相近。

唯有每次大破灭来临、新的天地产生时，才会有天生的混沌遗民自混沌中孕育而出，现在又是一个大破灭的时代，眼看混沌族将有天生混沌遗民补充血液了，隐隐有混沌族中兴的迹象，这也是幽罗王等有强大自信的原因。混沌王一脉，绝对是最为久远的一个家族，历经了几个大破灭时代了，混沌子其实就是名副其实的混沌王子，尽管在当年的一战中，被太古第一大神独孤败天给打废了，但是现在复出，足以说明他恢复得差不多了。他与幽罗王等人交好，复出的第一时间就来寻找他们。因为各方诸侯没有混沌王的召见是不能进入混沌古地的，混沌王至今生死不明，但也没有人敢去冒犯。

"王他有消息了吗？"幽罗王有些激动地询问混沌子。混沌子那庞大的身影慢慢变小，浮现在幽罗王等人的近前，叹了一口气道："没有，至今不知生死如何。"御风王劝慰道："王法力无边，万古长存，不会有事的。"混沌子面色阴郁道："那对父子可怕而又可恶，当年竟然生生唤来早已不存在于世的人王魂魄，毁灭了我混沌族多少强者啊，我父王也因此而下落不明，真是可恼可恨！"提起当年的那一战，幽罗王等也是胆战心惊，混沌族陨落的高手实在太多了，随天道而出战，结果精英高手差点全部覆灭。

"人王，人王！"多目王自语着，似乎陷入了当年的回忆，喃喃道，"一杆洪荒大旗，摇碎大半星空，实在是让人胆战心惊！"远处，辰南吃惊不已，他早先就听到过传闻，说是有一个狂人猛烈摇动洪荒大旗，让整片星空化成死域，更是彻底崩碎了大半的星空。万万没有想到，这个人竟然是被召唤来的人王魂魄，而且极有可能就是雨馨的前世，这实在太不可思议了！怪不得只知传闻，无人知晓那人的身份，竟然是人王魂魄显化的！

混沌子从悲绪中回过神来，看向旁边的通天，道："想必这就是大名鼎鼎的通天兄吧？"

"是我。"通天回答得很简洁。

"通天兄有我混沌一族一半的血统，说起来恐怕还是我的族弟呢。"混沌子感叹道。幽罗王等人当然知道，不然他们怎么可能如此看重通天呢，通天的父亲乃是混沌王的胞弟，当然是那种在同一处出生而兄弟相称的关系，并不是血缘关系的兄弟。可惜，通天的父亲实在不幸，在上一个神话时代与辰家老魔以及另外一位人类强者对战，身负重伤。

结果，一直延续到下一个神话时代，他身体都还没有复原，最后被传说中的那对父子打得形神俱灭。

混沌子拍了拍通天的肩膀，道："放心，那对父子肯定没死，有我们报仇的机会。"

通天冷哼，摇头道："我对他的死，并不在意。"众人都知道他是在说他的父亲，也不好多说什么。"独孤……"混沌子咬牙，似乎不愿多说那对父子的名字。

远处，辰南却一下子明白了许多事情，看来独孤父子还真是强猛啊！真不知道他们现在躲在哪里，在谋划着什么，独孤父子不仅战力无双，似乎也是搞阴谋的主。辰南有一种感觉，神魔陵园中的神秘青年多半不是独孤败天的真身，他非常怀疑那是经过灵魂蜕变而留下的魂！神秘青年走上了通天之路，不代表真正的独孤败天走上了通天之路。太古一战时，人人都说独孤败天已死，就连魔主似乎都相信了，但是现在种种迹象表明，那不过是金蝉脱壳而已。

辰南穿越时空，返回被隔断的太古大战广元之际，独孤败天的尸身曾经莫名其妙从时空隧道中跌落而出，那时空空曾经向他发誓，绝不是自己挖出来的，这其中显然有猫腻。最终，混沌子他们停止了谈话，一起望向辰南，现在诸强汇聚在一起，想要灭杀辰南。几道目光阴森无比，在他们看来不可能让辰南返回暗黑大陆了。

辰南夷然不惧，调侃道："原来是一个王子啊，排行第几？别告诉我是老八。"在生死危亡之际，辰南什么都豁出去了。"你还想活命吗？"混沌子森然道。辰南道："我一直在好好地活着。而且，面对的是你们这么多高手的合围，如果单对单，我早就废掉你们其中的一人了。可惜，没人敢与我独战，一帮懦夫。"

幽罗王等人大怒，喝道："这里哪一个人不如你，我们不过是想尽快解决你罢了。"辰南嗤笑，冷哼道："有本事让他们退后十万里，你跟我单独大战一场，我会打得你做梦都要跪着哭泣。"幽罗王怒发飞扬，不过却被混沌子一把拉住了，道："你是说如果现场只留下一人，其他人退后十万里，你就同意决战。"

"当然，先前这帮懦夫不敢，你可敢吗？"辰南挑衅地看着混沌子。"好，我与你决战。"混沌子爽快地答应。

"不，让我来。""我来吧！"幽罗王与多目王都抢着上前，怕混沌子出现意外。御风王肯定是不用上前了，已经惨败于辰南之手。

"好了，你们不用为我担心，我意已决。"混沌子非常坚决。幽罗王等无奈，按照他的吩咐，远退而去。"嘿，混沌王的子嗣，曾经被独孤败天打残！"辰南冷笑着，将半面洪荒大旗握在了手中。混沌子一看到洪荒大旗，当时眼睛就红了，咬牙切齿道："那一战大旗崩碎，想不到竟然落到你手中半面，今日我非要彻底粉碎这半面古旗不可。"

"看看是你粉碎古旗，还是古旗粉碎你吧！"辰南上来便猛力摇动大旗，直震得混沌崩碎，天宇摇荡，仿佛混沌世界将要破灭一般。混沌子冷笑，无尽混沌汹涌澎湃，随着他的意志而动，汇聚成海，铺天盖地，向着辰南淹没而去。"哗啦啦……"在大旗摇动的时候，辰南打出了"太上诛天式"，强攻混沌子的不灭体，想要将之崩裂。

"你竟然会太上的绝学！"混沌子有些惊讶，与辰南全力大战起来。"我会的还多着呢！"辰南大喝道，"魔吞混沌！"巨大的魔影浮现而出，顶天立地般高大，向着混沌子吞噬而去。

"该死，竟然是辰祖的功夫！"混沌子动了真怒，老魔王辰祖当年血屠百万里，斩灭无数混沌高手，至今让他难忘，可谓是混沌族的大敌，见有人施展辰祖的功夫，他怎能不恼怒。混沌光芒照耀天宇，混沌子身化千千万万，围着辰南打出无尽毁灭性的力量，慢慢分解了那道巨大的魔影。

"咫尺天涯！"辰南大喝，在身前划开一道巨大的缝隙，让大半的狂暴能量全部消失在未知的空间中。混沌子万千化身合一，全力一击横扫而来，割裂了那道巨大的缝隙。辰南以洪荒大旗向外架挡，同时打出了独孤败天的神通，逆乱八式从第一式一直打到第七式，整片混沌海崩溃了！

混沌子震惊到了极点，艰难地躲过一重重毁灭性的力量，直至一切平静下来，他双眼中都布满了血丝，口中咬牙切齿道："独孤……"当年独孤败天将他打废了，他怎会忘记逆乱八式呢！看到辰南施展出如此神通，他的伤疤仿佛被揭开了。混沌子咆哮着冲向了辰南，展开了自己的最强绝学，誓要将辰南打个形神俱灭！

二人激烈交锋，在混沌海中生生开辟出一片无比广阔的空间，更是将几片破碎的古星空挖掘了出来，不过残留的星辰最终还是未能幸免，在二人的大战中崩碎，如烟火般发出最后的光芒，永远地消逝。大战已经到了白热化，两人竟然势均力敌，这让混沌子震惊，居然无法战败眼前这个后起高手，让他感觉有些羞愧。

就在这个时候，辰南忽然远遁而去，大喝道："混沌子、幽罗王你们输不起，竟然想围攻偷袭我。"幽罗王等人显化出身形，显然围堵失败。混沌子虽有不满，但也不好说什么，毕竟几人是担心他才如此做的，众人一起向着辰南追去。这一次，辰南一直向着混沌深处进发，他倒要看看混沌海到底有没有尽头，反正回路已经被截断了，那就一路向前吧。

"不好！"多目王惊道，"这个小子想要进入混沌古地！"幽罗王与御风王等一起看向混沌子，没有混沌王的命令，其他诸侯是不能随意进入混沌古地的。混沌子眼中寒芒闪动，道："你们随我一起进去，决不能让这个小子在那里胡来，尽管将他灭杀。""好！"有混沌子这样的话，他们没什么可担心的了。

一片苍茫大地，浮现在前方的混沌海中，辰南隔着很远就感觉到了它的沧桑与古老，感受到了无尽久远的气息。"这就是混沌王的居住地？"辰南已经猜测出来到了何地，这定然是混沌古地无疑。不知道为何，当进入这片古地后，他有一种直觉，幽罗王等人口中生死不明的混沌王，似乎就在这片古地，他应该没有死！

当降临在这片大陆后，辰南发觉这里与其他混沌诸侯的统治地明显不同，这里并非混沌凝练而成，这里与暗黑大陆一般，竟然是货真价实的黑土地！不过，这里不缺乏光线，四外的混沌海向这里照射着朦胧的光辉，这片古大陆生机勃勃，布满了绿色的植被。如果不是事先知道，辰南还真以为回到了当年未曾破碎的人间界呢。同时，辰南惊醒，在这片大陆上，他的修为竟然直线下降了一半，虽然远不如古天路中那般让人害怕到恐惧，但也足以让人心惊了。这果真是一片神秘而又可怕的大陆。

不过，辰南料想混沌子、幽罗王等人进入这片古地，定然也会如此，绝不可能唯独他是特例。对于其他，辰南都不在乎，仅仅担心混沌王，他现在如果对上混沌王，恐怕凶多吉少。只是，辰南有一种预感，他似乎将要见证混沌王的回归！

　　辰南进入大陆后，混沌子与幽罗王等人也赶到了，他们的修为仿佛散去了一半，那种通天彻地的大神通似乎消失了，但是依仗人多势众，依然对辰南紧追不舍。辰南纵然修为绝强，但是面对五大混沌高手，还是被逼得向着混沌古地中央飞去，这一次的大战实在太艰辛了，居然被五大高手不断围剿。

　　前方，青山绿水突然都消失了，是一片寂静无声的荒漠，这里静得有些可怕，无风无波，空气仿佛都已经凝滞。辰南没有多想就冲了进来，但是幽罗王等人追到这里后，全部止住了身形，再也不敢前进。这片地带方圆不过百余里，面积非常有限，但是却如此的沉闷与诡异！辰南慢慢感觉到了这里的不同，望着围在四方的几大高手，道："怎么，你们怕这里？"

　　幽罗王用怜悯的眼神看着他，道："原本你还有一线生存的希望，但是现在你恐怕连灵识都将彻底地溃散了！"多目王也冷笑道："本来我们有些担心，怕你的灵识逃出去一缕，但没有想到你自己寻死！"

　　"少要故弄玄虚，有什么就说出来，辰某人我接着，什么都不怕！"辰南冷喝。御风王森然道："你可知这是什么地方？这里乃是传说中的十方绝域！进入里面的人，除了混沌王外，还没有一个人活着出来过！"闻听此言，辰南大叫不好，冲天而起，就想脱离这里，但是一股无法想象的力量禁锢住了他，生生将他拉了回来，向着地表降落。

　　"怎么会这样？！"辰南真的有些惊心了。"哼，进入里面你还想出来，就不要做梦了。"幽罗王冷森森地道，"从此世间不再有辰南，你已经永远成为过去了。进入里面，只有一途，彻底地灰飞烟灭！"辰南听他说完这些话后，明显感觉到这片荒漠的不同了，在隆隆巨响声中他沉入了地下，一切光线都消失了，双目无法看清任何景物，想要挣扎却没有一丝力气，被牢牢地禁锢住了。一股压抑的气息笼罩了辰南，他感觉进入了一片莫名的空间，不，或者说是一间封闭的牢笼！

他什么也看不见，神通仿佛失效了。他感觉浑身的力量在飞快地流逝，速度简直快得吓人，照这样下去他恐怕用不了多长时间就变成一个普通人了。他想阻止，但是却根本无用，修为明显在狂降！在这种可怕状况下，辰南并没有惊恐，反而平静了下来，趁现在神通还在身，竭尽全力展开神识，探测这片封闭的空间。十方绝域，果真是十方绝域啊！竭尽所能，他探查出这里仅仅有十方，是一处封闭的绝地！

辰南终于有了一丝慌乱，因为他浑身的力量都流逝尽了！现在他已经成了一名凡人，名副其实的普通人，曾经一身傲世的修为点滴不剩，消失得干干净净了。一日过去之后，辰南感觉口干舌燥，饥饿无比。恐怖的十方绝域竟然真的将他打落成凡人。他很久没有饥渴感了，自从他步入天阶境界后，似乎没有了吃喝的欲望，但是现在他急需食物与水！他的内天地中有生命源泉，有仙芝灵果，但是自从进入十方绝域的那一刻，他就已经不能打开内天地了。十方绝域，果真如其名一般！仅仅十方，就成为绝域！进入十方绝域，只有死路一条。

在辰南的想象中，如果有一天他注定死去，那肯定是轰轰烈烈地战死，定然要与绝世大凶大战到底，流尽身体的每一滴鲜血，崩碎身体的每一片骨肉，燃烧尽灵魂圣火。但是，现在他完全变成了普通人，天阶修为彻底消散，不灭之体渐渐转化成了肉体凡胎，他再也不是一个强者，只是一个普通的男人。而且，更为可怕的是，他的皮肤起了褶皱，黑发在变白，他竟然在慢慢地老化！按照实际年龄来算，辰南早已不是一个青年，现在一身傲世神通褪尽时，曾经的岁月风霜向他狰狞冲来。

岁月如刀，刀刀刻在辰南身上，他竟然老化得无比厉害，不到三日，他已经由一个英姿勃发的青年变成了一个满脸皱纹堆积的老人。原本挺拔的身姿此刻佝偻着，他竟然已经难以站直身体，如星辰般明亮有神的双眼，现在浑浊不堪，早已没有了曾经的英气。颤抖着伸开双手，摸索着自己的脸部，辰南默然无语，想不到竟然会这样死去，生老病死本是再普通不过，但是发生在天阶高手身上，却是如此残酷。头上的白发用手一捋，就会大片大片地脱落，一切都是如此可怕，而皮肤更是开始干裂，褪下一层层老皮。辰南的血精在流逝，他感觉生命无多，本来英伟的不灭魔体此刻竟然渐渐干瘪了下来，一副皮包骨的样子。

"哗啦！"辰南苍老的手掌，触碰到了跌落在旁边的洪荒大旗，但是大旗也无法摇破此地，他摸索着这把伴随他征战天宇的战旗，曾经一幕幕往事浮上心头。热血厮杀、大战天下的种种场面，仿佛还在眼前一般。曾经的洪荒战旗，他已经用不上了，再次握住它时，有的只是无限感慨。忆往昔峥嵘岁月，曾经壮志凌云，曾经战遍天下，曾经威压当世，曾经……有着那么多的曾经，有着那么多的过去，辰南默默回想着。

征战六道，热血激斗，他这一生都在生与死之间徘徊，从神墓中走出，由一个修为平平的青年，快速成长起来。直至可以激战于混沌天宇，这期间的种种历程，无不是面对死亡的考验，面对血与剑的凶险。只是，这么惊心动魄的过去，虽然一一还记在辰南的心间，但是还不是最为深刻的。到头来，直至死亡来临，直至生命无多，他才发现曾经有一个女子，远比那些更为清晰与深刻。

他的生命渐渐消逝而去，才知道过去错过了太多，有着太多的遗憾。在肉体干枯、血脉枯竭、容颜老去、即将消亡时，辰南那如铁石般的心肠竟似有崩裂的感觉，他感觉昏花的双目中有浑浊的泪滴滚落而下。一幕幕浮华，一幕幕平淡，曾经的一切，过眼烟云，在他脑中飞快闪烁而过。辰南已经陷入恍惚的状态，在生命之光飘摇的最后一刹那，他看到了一片祥和的仙境，没有杀戮，没有征战，玉树瑶花铺满大地。他无须再大战了，无须面对死亡的考验，他的灵魂仿佛飘入了那片祥和的圣土，远处有他喜欢的人在等待。

十丈绝域，封天困地！

一晃十年匆匆而过，神风学院内诸多太古神，久久未曾接到辰南的任何消息，已经有了不祥的预感。许多人请战，想攻打混沌一族，但是却被时空大神阻拦了下来，他每天都要静静地望着那悬浮于高天之上的巨大神魔图，那缓缓转动的太极神魔图仿佛蕴含着无尽的希望，令时空大神全部的心思都集中到了那里。

岁月无痕，六十年匆匆而过，依然没有辰南的半点消息，仅仅知道他最后冲入了混沌古地，就此永远消失不见了，再也没有出现。虽然，有些太古神曾经深入混沌劫来几名混沌遗民，但是那些人不知道辰南究竟落在混沌古地何方，更没有人知道辰南最终的下场。不祥的感觉笼罩在每一个与辰南有关的人的心间。梦可儿凭栏而立，静静地望着那湖水中的碧波，出尘的容颜平静无波，没有人知道她在想什么，许久之后只听闻一声叹息，混合着无奈、寂寞、孤独、痛苦……复杂的情绪，让人难明。

　　龙舞直接闭死关，默默等待六十年却没有任何音讯，她开始了最为苛刻的修炼，成则修为大进，败则形神俱灭。她想提升自己的修为境界，这样就能重组成六魂天女或七魂天女，也会令之整体实力大增，现在她需要实力！因为，她想深入混沌古地。许多人都在动作着，都在备战。潜龙、大魔、玄奘、东方凤凰等都已经在奇异的空间中经历了五千年的蜕变出关了。不过，他们并不满足，修炼五千年后，又开始闭关。七十年、八十年……时空大神依然在关注着神魔图。到了现在，辰南的生死似乎已经没有悬念了，不祥的气氛弥漫在与他有关的人的心间，淡淡忧伤的情绪充斥在神风学院内。

　　直至百年后，龙儿带领着空空与依依以及两个惹祸精索索和玄玄冲出了时空炼狱，他们的身上皆披着古老的甲胄，透发着让整片暗黑大陆都颤动的恐怖波动，像是古老的战神归来了一般。龙儿身材高大魁伟，更加沉稳了，其可怕的修为已经不能为外人所揣度。空空与依依也不再青涩，成长为外貌十八岁左右的青春男女，空空带着懒洋洋的笑容，但却像一把出鞘的利剑一般，带给人震慑灵魂的感觉。依依已然是一个大姑娘，清丽容颜倾城倾国，气质飘逸而又空灵，显然修为已经高到了难以想象的境地。

　　至于两个惹祸精索索与玄玄，则七八岁的样子，看起来更加古灵精怪，虽然外表年岁幼小，但是透发出的灵魂波动却强大得无法想象，并不比自己的哥哥与姐姐差，他们似乎也已经完全激发了无限的潜能。时空炼狱被轰碎的出口就在时空大神不远处，浮现在神风学院的上空，五个图腾转世之身破关而出，让整片暗黑大陆所有天阶高手都惊恐，更是惊动了天外混沌中的某些洪荒巨擘。

这还没有完，最后又从时空炼狱中走出一个身披黄金战甲的英伟青年高手，他透发出的气势竟然不弱于天龙皇转世之身的龙儿。他战意高昂，气势惊天。毫无疑问，他就是号称资质超绝，引得黑手广元都要嫉妒，而要去灭杀的大德大威天龙，也就是龙宝宝！懒散的龙宝宝在炼狱中被逼不断杀戮自保，在里面九死一生之下，他终于让曾经沉睡的战魂完全复苏了！他乃是龙族中的天才，号称唯一可能与天龙皇并驾齐驱的存在，他在炼狱中几次突破原有境界。不过，尽管盖世潜力全部被激发了出来，但是他已经不是原来的大德大威天龙了，曾经的记忆随风而散，他现在只是龙宝宝。

受这几大强者恐怖气势的压迫，神风学院深处一个巨大的紫金色光茧开始慢慢龟裂，紫金神龙竟然要蜕变而出。它被辰南交给太古诸神照应，原以为它几年时间就可以觉醒，但是一等就是百年，紫金神龙才破茧而出。光茧崩碎的刹那，紫金神龙已经完全大变样了，因为它褪去了龙鳞、龙爪、龙角，它完全蜕下了龙族血脉，它超脱于过去，紫风的潜力被挖掘出来的同时，再次晋升进入全新的领域。太古神们惊呼，紫风不愧为太古神中的杰出人物，沉寂无尽岁月后一朝爆发！

龙儿五个兄弟姐妹快速冲向神风学院深处，去寻找澹台璇与梦可儿。片刻后五道强大无匹的灵魂波动爆发而出，五个孩子全部冲天而起，向着天外混沌杀去。"等等我！"已经是一个英姿勃发青年的龙宝宝喊道，化成一片金光冲入天外混沌。"发生了什么，我也去看看！"紫金神龙也冲天而起。

"父亲不会真的……"在茫茫混沌中，龙儿有些忧虑。"放心吧大哥，父亲肯定不会有事的！"空空虽然总是喜欢嬉皮笑脸，但唯独面对这位兄长不敢胡闹。

"是呀，是呀，老爹命那么硬，不可能挂掉的，我们肯定能将他救出来。虽然他对我们那么凶，想将我们圈在笼子里养大，但是毕竟是我们可恶的老爹呀，我们会救他出来的。"索索与玄玄这两个古灵精怪的小家伙口无遮拦，嘻嘻笑着，连龙儿都拿他们两个没办法。"嗓声，前方有一座混沌大陆！"清丽无双的依依提醒道，同时敲了两个小鬼的头两记道，"不许你们乱说。"

龙儿点了点头，道："唔，我知道谁在这里，我曾经与他打过架，当年还被他追杀过呢。今天，我们给这个幽罗王一个惊喜！"前方的混沌大陆中，幽罗王忽然间心神不宁，一步跨入了高空中。

"这个家伙发现我们了。"龙儿皱眉。玄玄拍着小胸脯道："老哥看我们的！"他与索索一起向前飞去，而龙儿等人则留在后方。"那啥啥，前方那个人，你是幽罗小子吗？"玄玄稚嫩的童音传来。"喂，你真是小幽罗吗？"索索也天真地问道。幽罗王有吐血的冲动，两个小毛头居然敢这样称呼他，实在让他忍无可忍。玄玄道："幽罗小子我们来杀你了。"

"就凭你们这两个小不点？"幽罗王不是没有看出这两个小家伙不同寻常，但绝对没有将他们列为危险人物，他大部分注意力都集中在了后方龙儿那模糊的身影上。"对，我们要打败你。"说罢，两个惹祸精一副人畜无害的样子冲了过去。幽罗王大喝："我不管你们是否为孩童，照杀不误！"他尽全力向着两个孩子的脑门抓去，巨大的手爪笼罩而下。他怕有变故发生，所以没有保留。但是，他还是低估了玄玄与索索。

"老哥老姐快来！"索索与玄玄竟然生生将幽罗王的双手锁住了，幽罗王直到这时才大惊失色，两个小家伙强得让他心惊，他一时间竟然无法摆脱。龙儿、空空、依依刹那间赶到，强大的灵魂波动让幽罗王脸色骤变，尤其是当看到龙儿的真容时，立时惊呼："图腾至尊！"幽罗王非常果断，没有任何犹豫，生生震碎了自己的两条手臂，向着混沌深处逃去。不是他太过胆小，而是因为他已经发现龙儿、空空、依依的修为不在他之下，三大高手同上他必死无疑。

"杀！"龙儿当先追去，空空等人紧随在后。今天仿佛是历史的重现，上演了如此惊人相似的一幕，百年前幽罗等五大高手追杀得辰南上天无路入地无门。今日，辰南的五个孩子杀向混沌而来，幽罗王扮演了当年辰南的角色。幽罗王暗暗惊骇，已经完全认出了龙儿，而他旁边的几个少年，灵魂波动似乎同样强大无匹，难道说都是传说中的古老图腾？！

"幽罗王哪里走？"空空化身成一把神剑，直接穿行几重未知空间，出现在了幽罗王的身前，这是不同层次的空间跳跃，实乃禁忌大神通。"幽罗王受死！"依依素手轻扬，无尽璀璨的神叶像是绿色的流星雨一般，向着幽罗王笼罩而去。"幽罗王再与我续当年的一战！"龙儿一拳轰来，没有任何取巧，刚正雄浑，战力无匹！

　　这实在太强势了！三个孩子的修为几乎都是幽罗王这个层次的，这让幽罗王根本不敢停留半步！尽管使出大神通快速逃遁，但是在三个孩子的轰杀下，他依然狼狈不堪，惨不忍睹，险些直接崩碎在无尽神光中。

　　"混沌古地！"幽罗王目前只有这样一个念头，在逃亡的路上将消息传出去，让各路王侯赶往混沌古地，灭杀这几个图腾。但是，他必须能够活着到那里才行！

　　曾经有这样一些"人"，他们诞生于天地初始，天生具有大神通，虽然并不一定具有人类外表，但是具有人心，为后世人类所膜拜，成为所有人类的守护者，被世人尊为图腾。尽管天地毁灭不知道多少次了，每一次的开天辟地都会有新的图腾产生，但是这些图腾往往经不起一次大毁灭，强者历经两三次大毁灭，也终将烟消云散。

　　而在图腾传说中，有几位图腾至尊不断从毁灭中归来，他们天难葬、地难灭，永远地站在人类一方，永远守护着普通人。毫无疑问，龙儿、空空、依依他们就是这几位图腾至尊，经历几次大毁灭时代，他们始终不灭。混沌族虽然号称天地未开就已生的种族，但这也是相对而言。毕竟，经历了多次的大毁灭，重新开天辟地也有数次了，真正与图腾至尊同代的混沌族，恐怕除却混沌王外，真的难以找出一两人了。图腾至尊与混沌族历来敌对，在混沌一族的心中代表着毁灭！

　　幽罗王资质超绝，法力通天，修为已经达到了原始混沌族的境界，虽然现在对上一个龙儿或一个空空还能大战下去，但是对上三个，那唯有逃遁了。从心理上他已经有些怕了，毕竟那是传说中的图腾至尊，虽然看起来像是几个孩子，但是他们的潜力无限，曾经毁灭的混沌族高手也不知道有多少了。幽罗王双目中寒光闪现，决定一定要将几个图腾至尊引入杀局中，在他们还是孩子的时候将其杀死，如果成功，将为混沌族永绝后患。不断佯装受创，幽罗王在混沌古地外不断迂回，已经将消息传到了几位重要人物的耳中。

多目王、御风王、建德王、奎木王、铁真王五大混沌王侯，全部开始了行动，与混沌古地中的混沌子、通天沟通，而后潜入混沌古地，静等几个孩子落网。一个巨大的杀网已经布置完毕，幽罗王可谓忍辱负重，差点被龙儿他们真的打残，他险而又险地退进了混沌古地。恐怖杀场已经展开，幽罗王、多目王、御风王、建德王、奎木王、铁真王、混沌子、通天八大混沌王侯，都是混沌族一方的至尊，集中在了一起，将要灭杀龙儿与依依他们！

虽然时间仓促，但终极杀场已经完全准备就绪了，屠灭图腾至尊的杀局不可避免。依依在悬浮的古大陆的外围，对着龙儿道："大哥，我怎么感觉不对劲呀？"龙儿点头道："我也感觉到了，似乎有些不太妙。"空空道："那我们还要不要冲进去？"

龙儿道："父亲就是进入这里而一去不复返的，我们不进入怎么能够寻到？""可是，这里真的有问题呀。"不得不说图腾至尊的灵觉远超寻常天阶高手，就连小不点玄玄与索索都感觉异常了。

"这样，我们先远程攻击，或者干脆将这个大陆截为两段。"龙儿这样建议，而后率先开始行动起来，划破周围的无尽混沌海，伸手将几颗残留的星辰炼化成泥丸大小，收到了手中。"好玩，好玩！"玄玄与索索高兴地大叫，也开始破碎混沌寻找残留下来的古星空。空空与依依也立时行动起来，开始炼化遗留下来的星辰。最后，龙儿甚至开始炼化混沌，大片的混沌海，被他压缩成一粒滚动的光珠，控在手掌心中。最终，索索与玄玄仅炼化了两三颗星辰而已，从龙儿与空空他们那里死皮赖脸抢去了不少被炼化好的"泥丸"，兴奋地握在了小手中。"开始，开始！"两个小不点兴奋地大叫着。

依依有些担心地道："我们不会误伤到父亲吧？""不会，老爹是蟑螂命，哎呀，别打我，我说的是真的。"玄玄抱着头道，"不然他为什么总是想着将我圈在笼子里养大呀，明明是把我们当成小蟑螂了。我丢！"

"嗖！"第一颗星辰被玄玄打了出去，接着索索不甘示弱，打出了第二颗星辰，星辰撞向了混沌古地的中部地带。龙儿点头道："我们感觉哪里有危险气息就向哪里掷，老爹肯定不会在那些地方。"在隆隆巨响声中，一颗颗星辰被打向混沌古地，幽罗王、混沌子等人暗暗咬牙，心中杀机更盛。

"好呀，好呀！"看着一颗颗星辰撞向混沌古地，两个小不点兴奋地大叫。但是，让人惊异的是混沌古地虽然在颤动，但是众多星辰砸下去后却无法真的将之崩碎，浩瀚无垠的混沌古地仿似被祭炼过的天宝一般牢不可破。最终，随着龙儿那颗混沌海炼化成的珠子打下去，才将混沌古地中部地带崩碎出一片恐怖的区域。幽罗王大骂，他就在附近，混沌珠蕴含的能量险些又让他受到伤害。"奇怪的地方，咱们也砸了几十颗星辰了，居然无法截断这片古地，真是有些邪门！"空空惊异无比。

"这样吧，我先去看看，你们不要跟来。"龙儿怕出现危险，决定自己先行探去。空空道："大哥，我与你一起去吧。"最终空空与龙儿一起向着混沌古地冲去，一进入混沌古地，顿时墨浪翻滚，混沌神光闪耀，幽罗王、建德王、奎木王、铁真王立时将两人包围了，混沌神光与魔云同时浩荡，幽罗王森然冷笑道："与你们的父亲一般死在混沌古地吧！"

"你胡说八道，我父亲怎么可能会死呢！"空空大声反驳。"你不愿相信也无所谓。"幽罗王冷哼，现在四大高手围困两个图腾至尊，他再也不用像先前那般狼狈逃遁了。四大王侯皆全力出手，准备灭杀龙儿与空空，这可是一次难得的机会啊。混沌古地中，立时气浪滔天，能量波动如汪洋浩荡一般。尽管这里限制了强者的力量，但是毕竟有这么多顶峰高手在战斗，依然荡漾出无比恐怖的气息。

"坏了，哥哥他们遇到危险了。"依依叫道，而后转过头来对两个小鬼头道，"你们守在这里，我去相助。"绿色神光一闪，依依进入了混沌古地，而两个小鬼头怎么可能听她的话呢，几乎与依依同时冲入战场。"哈哈，五个人终于都进来了。"混沌子大笑，与通天、御风王、多目王快速围堵了上来，八大混沌高手将五个孩子困在了中央。各种大神通层出不穷，想要将他们炼化。

龙儿怒道："我们的父亲到底在哪里，快说！""到了现在你们还不信辰南已经死去了吗？"幽罗王冷笑，道，"既然如此，不如也送你们去那里，让你们与他同死一地吧。"五个孩子大怒，但却没有反对，他们想去那个地方看一看，辰南进入混沌古地未归，说不定被困在了幽罗王等人说的地方。很快，八大高手围困着龙儿等人，来到了那片荒漠，十方绝域的所在地。

"不要进入那片荒漠！"龙儿敏锐地觉察到了危险。"哈哈，到了这个地方你们还能选择吗？你父亲已死在了这片荒漠下的十方绝域中，而你们注定要走上同样的道路。"幽罗王说不出地快意，终于可以报不久前的郁闷仇恨了。

"老哥，我们战吧！"索索与玄玄撅着小嘴道。"战！"龙儿大喝道，"即便他们人多又如何，他们困不住我们，相信我们自己的实力。""吼！"龙儿化身成一条青色天龙，庞大的躯体在大地上投下大片的阴影。空空则化成了一条巨大的穿天兽，同样如山岳般磅礴，毁灭性的气息震荡十方。依依则化成了参天巨树，仿佛要从大地贯通直入混沌海中。至于两个小不点则没有显化法身，两人透发着无尽的璀璨光芒，打出了最为凌厉的两击。而八大王侯也全部大吼着，打出了最强的一击！

"空空！依依！索索！玄玄！"龙儿大叫。他们五人似乎心意相通一般，快速冲到了一起，竟然搅动起一个巨大的漩涡，都融入了进去。这种默契是在时空炼狱中形成的。在隆隆巨响声中，巨大的漩涡将八大高手的最强一击生生搅动得转变了方向，让那毁灭性的力量全部轰进了荒漠中，同时这也集合了龙儿与空空等人的力量。在震天巨响中，荒漠崩碎了，所有人合在一起的力量，竟然劈开一个封闭的空间，不过十方大小。

"十方绝域！"混沌子与幽罗王等人同时惊呼。十方绝域中，仅仅有一杆残旗，什么也没有留下。"父亲，父亲在哪里？"龙儿大叫。多目王哈哈大笑，森然道："进入十方炼狱，无论是肉体还是灵魂都将彻底毁灭，点滴都不会剩下！"残破的洪荒大旗在十方绝域中寂静不动，而后这么多恐怖高手合力打开的那道缝隙又快速封闭了。

"父亲真的、真的不在了吗？"依依声音有些颤抖。

"哼，辰南当然形神俱灭了！"御风王冷笑道，"就是你们也难逃这个下场！"与此同时混沌子大喝道："空间封锁！隔断时空！"他们深深知道几个孩子的可怕，尤其是深恐空空这个最擅长突破封锁的图腾至尊贯通不同层次的空间逃走。混沌子等人竟然联手隔断时空，将他们困在这里，避免他们进行空间跳跃。

"辰南，你的儿女们也将死在你的葬身之地，哈哈……"几位王侯大笑，将龙儿等人逼入十方绝域将是最好的选择，让威胁混沌一族的图腾至尊永远地消逝。"想对付我们没那么容易！"显然，几个孩子决定死战到底。与此同时，一个声音突兀地响起，竟然突破了隔断的时空，远远地传进场内："想杀我的子孙？先过我这一关！"遥远的天际，一条伟岸的身影当空而立！

"那是爷爷！"空空惊叫起来。"老哥你在胡说什么呢？"玄玄与索索问道。

"我是说那是我们的爷爷！你们都没有看到过爷爷，只有我当年跟随父亲进入过第三界，看到了爷爷魔性一面的无敌风采！"空空显得非常激动，那时他还不过是一个一岁的孩童，当日在第三界，魔性辰战那睥睨八方的姿态深深烙印进他的脑海中，让他至今难以忘怀。

"爷爷……"几个孩子同时大叫，都异常激动，"爷爷，我们的父亲被他们害死了！"天际，那伟岸的身影缓缓飞来，时空并未能将他隔断在外，他平静却有些寒冷的声音传来："那就让他们也去死！"显然辰战动了真怒，不然以他的性格绝不会说这样的话。

幽罗王有些不相信自己的眼睛，他相信即便是魔主再作突破了，也不能如此无视阻挡冲进来啊。眼前这个人竟然如此变态！不错，只能用变态来形容了。在这里幽罗王和混沌子修为最高，但其他人也不会差他们多少，八大高手封锁时空那岂是儿戏。在他们的认知中，似乎没有任何一具肉体可以突破这样的封锁。但是这个英姿勃发、身躯伟岸的青年人做到了，实在太可怕了。

"他是辰战！"多目王惊疑不定地开口道，"我知道他的来历，听说过这个人物，是一个后起的天才，但是没有想到会这般厉害！"他快速将自己所知以精神烙印的方式传给了其他人。

所有人都咬牙，同时感觉不可思议，纷纷议论道："又是辰老魔的后人！"

"辰老魔自己也没有这样的修为吧。"

"他不是图腾至尊转世，感觉不到任何曾经熟悉的气息，这样的人怎么可能达到这等境界呢！"辰战的出场实在太震撼了，以至于这些混沌王侯一时间有些呆呆发愣，同时被镇住了！

伟岸的身影已经来到了眼前，睥睨八方的强者姿态摄人心魄，即便是多目王等人看得也是阵阵心惊。"爷爷……"空空大叫着，第一个向着辰战冲去，在龙儿他们五兄妹当中，他是唯一一个见过辰战的人。龙儿、依依、玄玄、索索也一起向前冲去，就要冲破八大王侯的封锁。混沌子、幽罗王八人立时醒过神来，出手阻挡空空他们，即便辰战厉害，即便他突破了时空封锁，但是几人还是不相信他远远超越了众人，决不能让几个孩子与他会合。

今日，无论如何也不能让空空等人逃离这片荒漠，逼图腾至尊进入十方绝域是他们最大的图谋，如果成功的话，混沌一族从此无忧。辰战飞临到了近前，对着几个孩子，道："你们都过来，我看谁人敢阻？！"多目王不信邪，即便辰战突破了隔断的时空，也只当他有破除封印的能力，并不相信他的修为真的达到了无法仰望到的境界。

"挡我者死！"辰战乱发飞扬，直冲而过，与多目王交手的刹那，一道神光扫过，瞬间笼罩了多目王，一声大叫传出，多目王消失不见。混沌子与幽罗王眼睛差点瞪出来，这简直有些不可思议，一个照面，仅仅一个照面，多目王似乎就彻底灰飞烟灭了！

"爷爷！"索索与玄玄两个小鬼头，双眼立刻冒出了小星星，简直崇拜得要死，这个第一次相见的爷爷实在太强势了。空空也是目瞪口呆，他不是不知道辰战强，但是这样强得太变态了吧，他感觉有些不可思议。龙儿与依依也是吃惊地睁大了眼睛，一切都是如此让人震惊。"还不快过来。"辰战对着几人喊道。

御风王眼睛都红了，他与多目王交情甚好，大喝道："哪里走！"对着辰战就是一记轰杀。但是，毁灭性的气息在辰战身前消失得无影无踪，辰战双目中透发出两道绚烂的神光，刹那间将御风王笼罩了，一声大叫传出，御风王消失在光幕中。即便修为达到了混沌子、幽罗王这等境界，也有了遍体生寒的感觉，这简直无法战胜啊，这是一个人能够达到的境界吗？这简直就是天道啊！辰战向前缓慢飞来，剩余的六大王侯向后退去，奎木王略有犹豫，动作稍微慢了一些，结果辰战一声冷哼，右手抬起一道光幕席卷而来，奎木王一声大叫，消失在炽烈的光芒中。

"有这么猛的爷爷，以后我们还怕什么！"玄玄与索索兴奋得小脸通红，不过一想到辰南死在十方绝域，立刻又黯然了下来道，"可惜，老爹被他们害死了。"混沌子与幽罗王实在太震惊了，辰战的出现，完全打乱了现在的修炼体系，这种"强"已经无法想象，他们这种级数的高手，任谁也不可能在一招间打个灰飞烟灭啊！强势的辰战让剩余的五大王侯只能快速退后，而且急忙收回了隔断时空的力量，毕竟眼下唯有自身强大才能自保，因为眼前这个辰战可怕得近乎变态。

龙儿等人简直不能用崇拜来形容眼前的感受了，辰战抬手间让三大王侯灰飞烟灭，这超出了他们的想象，传说中的爷爷果真是绝代天骄！无人能阻，他们快速冲到了辰战的身前。

"爷爷！""爷爷！"玄玄与索索张开小手，一起扑向了辰战，但结果却从辰战的身体中直接穿了过去。"啊，爷爷……"两个小家伙惊呼。辰战变色，低喝了一声："走！"他整个人的身体迅速虚淡了，化成了一片绚烂的光幕，将五个孩子包裹住，超越光速冲出了这片区域，而后又快速冲出了混沌古地。

"上当了！"混沌子大叫。"追！"幽罗王也气得大吼。其他几位混沌王侯似乎也如梦方醒，全都冲天而起，向着辰战他们逃离的方向追去。与此同时，这片区域的空间崩碎了，本已经"灰飞烟灭"的多目王奋力冲了出来，恼怒地大吼着："该死的，这个家伙把我传送到了未知的空间，更是将时间变得错乱了。"另一边，御风王也出现了，大喝着："上当了，他并不是真的能够抬手间让我们灰飞烟灭，我太大意了，竟然被他传到了过去的混乱时空。"

紧接着奎木王也出现了，他同样被辰战打入了混乱的时空中，暂时被困在那里。"我就知道，怎么可能有人强大到这种地步呢！"混沌子一边追赶，一边怒吼着，他似乎忘记了刚才被镇住的情景。"不过，这个家伙真是好手段，竟然可以给我们所有人都造成错觉。"幽罗王感叹道。铁真王道："那是因为他的出场太震撼了，竟然穿透了隔断的时空，我们先入为主以为他太强大了。"到了这个时候，八大王侯都醒悟了过来。

"对啊，他为什么能够突破隔断的时空呢？除非是超越我们的力量，或者是来自天道的最高法则。"

"刚才你们都看到了，他的身体是虚幻的，那似乎是纯粹的灵识。"

"难道他是从天道回来的，借助了天道的力量冲进了隔断的时空？"

"是这样，以前听说过这样的先例，这是自天道投下的灵识印记！"

"看来他们真的对上天道了，那些人似乎已经舍弃了肉体，化成了类似天道的法则生命体。"

"天道是什么，谁能说得清，但是他一定是从天道回来的。"八大王侯一番推测，已经知道了到底是怎么回事。只是待到此时似乎已经晚了，已经无法追上辰战等人。

"吼——"前方传来震天的龙啸声。一头金光璀璨的天龙，舞动着庞大的龙躯，在混沌中崩碎无尽混沌海，正是龙宝宝。而在龙宝宝不远处，站着一个身穿紫色战甲的青年，蒙蒙紫色雾气在缭绕，正是蜕变后的紫金神龙。而在他们的后方，则是持着生死盘的守墓老人，以及风华绝代的萱萱，还有法力通天的时空大神，六魂天女的气息似乎也在接近。辰战已经将五个孩子带到此地停下了身形。

混沌子、幽罗王知道大势已去，对方的这些人加在一起，完全可以对抗他们。多目王大喝："辰战，我要与你决战！"就这样退走的话，他实在心有不甘，咽不下这口气，八大王侯居然都被辰战耍了。"好啊。"辰战一步跨出，喝道，"万古皆空！"刺目的光芒铺天盖地向前笼罩而去。尽管多目王奋力冲击，但到底还是被削中了，他大叫了一声退出去千百丈远。御风王问道："多目你没事吧？"

"好厉害，我被削去了三千年的修为！"多目王咬牙切齿，三千年对于他这样的老古董来说不算什么，但是如果反复来上几下，他也要晕头。打完这一法则，辰战伟岸的身影立刻虚淡了一些，旁边的五个孩子惊叫："爷爷你怎么了……"辰战退到了他们的身边，道："我没事，我在这个世界不能待太长时间，马上就要消散了。"

时空大神一步迈了过来，对辰战道："你们已经舍弃肉体，进入天道了吗？"辰战道："还没有，只等身后事了。"时空大神点头道："我明白了，我天天在观看神魔图啊，到底要等待几时呢？"

"当我们在九天扫平一切障碍，当你们在这片破碎的空间，扫除一切隐患……不行，我没有时间了，我必须要回去了。"辰战转过身来，面对着五个孩子道，"心有多大，世界有多大，天地万物尽在我们心中，世界因为我们存在而存在，挖掘出你们心中的力量。"说完这些话，辰战就更加虚淡了。龙儿道："爷爷，我们的父亲他被害死了……"

辰战身形一滞，道："我只感应到了你们险遭不测，才尽最大的努力显化出来，你们去找人王，让她打开十方绝域看个究竟。"这时，旁边的时空大神惊道："现在就要请出人王？她完全恢复了吗，还有如果她出现，混沌王肯定也要出现了。"辰战点头道："是时候彻底了断了，到时九天上的人会回来的！"最后，辰战伟岸的身形彻底虚淡化，化成一片朦胧的光辉，且传出一道清冷的声音："亘古匆匆！"在刹那间，幽罗王、混沌子等八大高手纷纷怒喝，他们竟然在同一时间被削掉一千年的修为，辰战彻底地消失不见了。

守墓老人很惊异，对时空大神道："你和一个晚辈这样说话……""他是一个变数！"时空大神似乎心有所感，这让随后赶来的一些天阶高手皆吃惊不已。因为已经不是第一个人这样说了，不少天阶高手是从第三界逃出来的，当初在那如牢笼般的灰色世界中，大凶人玄黄也是这样说的。变数，到底是怎样的一个变数呢？！其余人不得而知。

浩瀚的波动不断自暗黑大陆那个方向传来，六魂天女也飞来了。这么多强者聚在一起，幽罗王等人怎能再追，早已在第一时间退走了。今日，混沌子等人被辰战神念惊扰欺骗，实在有些憋屈，但是一切都已经追悔莫及，白白错过了大好机会。能量波动剧烈翻涌，后方又有大批高手赶到，竟然不下百人！这里面有原暗黑大陆的天阶高手，更有原来在混沌中修炼的洪荒高手，时空大神回归后，这些人被召唤，大部分都聚到了神风学院。

"干脆一口气直接杀到混沌古地算了！"君王黑起手持绝望魔刀，杀气凛然。这百年来他已经完全突破了当年的巅峰境界，功力更上一层楼。现在，众人的压力太大了，每一个人都不得不逼迫自己突破，不少人都是选择了不突破就死亡的禁忌之法。因为，所有人都知道在未来的大战中，唯有功力高绝才能够活下去，如果还在原地踏步的话，就一定是第一批死去的人。任谁都知道，将来这里绝大多数人都将死去，所有人都知道将来的大战将是有史以来最为惨烈的！

"现在杀过去……"时空大神也很意动，但是终究还是忍住了，道，"混沌一族可不仅是这八大王侯这么简单啊，我们对付这八人是足够了，但是要做到万无一失还略有不足呀。"

"将人王请出来吧！"守墓老人这个时候说话了。将人王请出来，辰战临去前也曾这样说过，但是人王若动，消失已久的混沌王可能也会出现。

"将人王请出来！"

"一定要将人王请出来！"

辰南的五个孩子同时这样大叫，现在没有人敢忽视他们，除却索索与玄玄两个祸害还小之外，龙儿与依依他们都已经逐渐步入鼎盛阶段，是太古神一方最为强大的一批战力之一。"难道真的要大决战了吗？"时空大神自语。

"怕什么，方才辰战不是说了吗？走上通天之路的那些家伙会回来的，早点解决身后这些隐患，我们才能一起冲向天道。"黑起是强硬的主战派。"唔，要冷静。"时空大神道，"应该先把七绝天女的最后一魂找出来。或者，等辰家的老魔王复出，再或者等神魔图中的辰家八魂恢复。这样，我们的实力会大增。"

众人对辰家八魂的法则了解并不多，但是对于七绝天女还有辰家老魔王的强势还是深知的，两人都没有达到巅峰状态，就已经能够对决混沌王侯了。如果让他们达到最鼎盛的状态，那么有可能抵住从未出面的混沌王也说不定。毕竟，这两人都是与人王差不多一个时期的人物，就是比不上人王，恐怕也差不了多少。

"不行，不能等了，我父亲在十方绝域中，根本耗不起，既然我爷爷说我们可以去找人王，那么我们先告辞了。"龙儿等五个孩子坚决反对，说完就要离去。而这个时候，六魂天女也道："我支持请出人王。第七魂不是想找到就能找到的，如今我们六魂都已经再次精进，百年闭关苦修，已经不是原来的六魂。"

　　强大的六魂天女都这样说了，再加上那些主战派一致要求，时空大神点了点头，道："好吧，可以请出人王，不过先要看她恢复到什么程度了。且我们要做好最坏的打算，人王出手的话，混沌王十有八九也会雷霆出击，到时候不知道要死多少人呢。"最终，守墓老人与五个孩子一起进入了古天路去请人王。而时空大神则赶往辰家的月亮，想要看看辰老魔王到底恢复得怎样了。至于七绝天女的第七魂依然毫无影迹，似乎根本无法寻觅到。不过，时空大神还是派人去寻了，因为他们太需要强大的七绝天女了！

　　古天路中已经大变样，空空、索索、玄玄、守墓老人都来过这里，再次进入这里时以为走错了地方。曾经的骸骨地现在充满了勃勃生机，绿色植被郁郁葱葱，将曾经荒凉可怕的死地变成一片绿海。不过细看可以明显发觉，在那绿油油的藤蔓下，有不少的白骨被覆盖着，表面的葱绿是难以真正掩饰住这片死域的。但能够让绝地中出现生机，足以看出人王法力通天。暗黑大峡谷前，一片绿光闪闪的园林出现在那里，仙气氤氲，人王就静静盘坐在一片竹屋前，绝美的容颜古井无波，没有任何情绪波动，她闭着美目，说不出地安宁。额头上一点不灭灵光中透发出如水波一般的光芒，将全身都笼罩在了里面。

　　"姑姑……"龙儿惊讶无比，他还不知道雨馨与人王的关系。空空知道是怎么回事，但依然与依依同时甜甜地叫道："姑姑……"他们一起拜了下去。"啥啥？"索索与玄玄同时瞪大了眼睛，而后咕哝道："老祖宗是盖世魔王，爷爷是绝代天骄，姑姑是人王，以后谁还敢惹我们！"守墓老人打出一道精神烙印，向人王直接传递了消息。现在，眼前的人可不是当初的那个水晶骷髅了，守墓老人也不得不郑重起来。

　　过了一会儿，人王睁开了双眼，美眸中并无刺目的神光射出，非常平和，她轻启红唇，道："我知道了，你们先去吧，我随后就到。"

这是从水晶骷髅蜕变以来，人王第一次开口说话，一面残破大旗自她身后慢慢浮现而出，笼罩着朦胧的星辉。她用手一点，半面残破的洪荒大旗飞到了龙儿的手中，道："你们将这杆大旗立于混沌中，上面有我的精神烙印，我想看看混沌王是否回归了。"龙儿恭敬地接过大旗，玄玄与索索则嘀嘀咕咕地道："人王姑姑，虽然我们不是第一次见面，那啥，你还没给过我们礼物呢。"

守墓老人瞪眼，现在人王可不是水晶骷髅了，无形之中透发的威压那不是虚假的，虽然看起来祥和无比，但绝不容冒犯。空空与依依急忙将两个惹祸精拽到了身后。不过，人王并没有动怒，平静的神态中反而漾起一丝笑容，右手微抬，一根玉指轻轻向前点去。

"那啥啥，我们不要了！"两个小惹祸精似乎感觉情况不妙，扭头就跑。不过两道光束还是打进了他们的体内，顿时让他们的身体像是着火了一般，透发出炽烈的光芒。"我只能为你们做这些，让你们的潜能早些爆发出来。"人王说完这些，又转过头来对龙儿、空空、依依道，"你们很强大，我已经不能为你们做什么，以后你们的道路只能靠你们自己。"

守墓老人与五个孩子离开了古天路，立即将那杆洪荒大旗插入了天外混沌中，这半面残破的大旗始一进入混沌便无限扩张起来。旗杆变得简直像通天支柱一般，旗面更像是广阔的山川一般，不断招展，猎猎作响，一股威压直直穿透混沌深处。并没有毁灭性的气息，混沌海也没有崩溃，但是遥远的混沌古地中，几大王侯都齐齐变色。

"人王……"

"竟然是人王！"

"她怎么又出现了？！"

时空大神已经从辰家月亮之上回到了神风学院，感受着洪荒大旗上人王透发出的气息，他叹道："虽然还没有复原，但想来也足够强了吧。"而就在这个时候，一股无比奇异的波动传荡开来，不仅在混沌海中荡漾，还在暗黑大陆中传动，让所有人都感觉到了。

"这是……"守墓老人惊道，"错乱的时间信息！"他转头看向时空大神道："这是怎么回事，你精通时间法则，快探探发生了什么？"

哪里用他提醒，时空大神早已闭上了双目，静静感受着这错乱的时间力量。"自遥远的太古传来的！"时空大神霍地睁开了双眼，透发出两道刺目的光芒，显然他的心神受到了震动。

"大毁灭后，过去的一切都已经被隔断了，你还能探知过去？"守墓老人问道。"可以，但却非常困难。"时空大神望着无尽的虚空，双目变得空洞无比，仿佛已经穿越回古老的过去，他仿佛在注视着一个人！

"你看到了什么？"守墓老人惊讶地问道。"我看到了隔断的太古！"时空大神此话一出，神风学院所有天阶高手心中都涌起滔天骇浪。"你竟然看到了隔断的太古？！"守墓老人吃惊不已，要知道一股莫大的力量生生截断了那段历史，阻断了人们去探查事情真相的时间通路。"我虽然看到了那隔断的太古，但是仍然不能够探入进去。"时空大神的双目空洞无比，他仿佛正注视着那数十万年前的古老的战场。不过，他依然在努力，隔断的太古中透发出异样的波动，跨越时空传来，这实在太异常了，必须要弄明白发生了什么。

神风学院不少人都知道了这则消息，众多洪荒强者来到了学院后面的竹林中，都围着时空大神静等结果。要知道时空大神在时空方面绝对是权威，除了他之外恐怕没有人能够穿越进封锁的太古。经过大破灭后，不要说穿越回太古，就是穿越回完好的大六道，几乎都不可能，唯有少数几人能够做到。时空大神空洞的双眼，映射出一片苍凉的大陆，不过仅能看到模糊的影迹，因为它被封印的力量隔断了！这便是隔断的太古，时空大神以他鬼神莫测的力量，将之再现于诸多洪荒强者面前，让他们能够亲眼看到。遥远的古大陆，透发着岁月的沧桑感，没有人能够穿越回去，没有人能够进入那片曾经的古战场，只能远远地注视。

"轰！"一股至强至大的力量忽然爆发开来，那隔断的太古大陆周围的封印力量，像是沸腾的开水一般剧烈跳动起来，无比刺目的光芒耀得人睁不开双眼。时空大神闷哼一声，双目在刹那间闭合，空洞的双眼流下两行血迹，一切场景全都消失不见。

"时空，你没事吧？"守墓老人问道。其他人也感觉到了事态的严重，那隔断的太古竟然发生了剧变，且让时空大神受到了伤害，可想而知在那遥远的时空中，到底有多么凶险。"我没事，轻伤而已，那不是专门针对我的。不过，那里的力量好强大！"说到这里，时空大神再次张开了双眼，空洞无比的双目中又浮现出了遥远的太古大陆。在刺目的光芒中，那些封印的力量正在溃散，隔断的太古似乎要与历史贯通起来了！所有人都吃惊无比，封锁了数十万年的太古大陆，竟然要贯通了，究竟是什么原因呢？

不过也仅仅是"将要"而已，封印的力量并没有彻底溃散，只是比以前松动了不少。时空大神大喝道："让我来看看封困的太古大陆中到底有什么，时空再逆转！"时空大神的神识仿佛穿越进了隔断的太古中，他似乎进入了那片太古大陆。"噗！"时空大神吐了一口鲜血，显然他太吃力了。"时空，不要勉强，那些都是已经发生过的事情，没有必要全部弄个明白。"守墓老人怕时空大神有闪失，劝解道，"其实，你不必细探我也差不多能够猜测出发生了什么。"不仅时空大神，现场所有人都望向了守墓老人。

守墓老人道："当年，我错过了那一场旷世大战，结果所有人死的死，消失的消失。我便竭尽所能，穿越回过去，由于我离那个年代太近了，几乎紧邻着，封印的力量还没有完全加固。我自毁半身修为，冒死破开一道缝隙，大概看到了一些影迹，他们在灭杀几条战魂，有那对父子以及人王，至于还有没有其他人，我不能探知。我想冲进去，但是强大的力量将我推拒了出来。"

"是独孤败天父子与人王？！"众人惊呼。"是这样……"旁边的第一魔女萱萱双目含泪道，"当年，败天他们父子断后，结果败天的尸体被打了出来，而他的魂魄与小败都没有再出现。"提起当年惨烈的一战，所有人都有心惊肉跳的感觉。

"那又是谁在灭杀他们呢？我记得那时天道也遭重创，天道突破他们父子的封困后，在灭杀逃亡的众神后不久就归还九天之上了。"一名洪荒强者问道。"我没有看清。"守墓老人摇了摇头。时空大神露出思索的神态，道："应该是他们在出手，天道之下第一天！"

"是他？！"一直默默无声的黑起突然间咬牙切齿地道，"当年，我们灭了苍天，结果就是被那第一天封印了！如果不是当初我们灭杀完苍天，又接连经历了几场大战，且帮助那些太古神威逼黄天就范，耗费了太多的元气，那个家伙不可能封印我们！"黑起的话语揭开了当年的一些秘密，现场唯有参与那一战的人才知道。

守墓老人叹道："与天相谋等于与虎谋皮，你们当初太不果断了，最终黄天还是反水，让后来的太古神大费周章。""可恨啊！"黑起怨气冲天，道，"我们差一点被封死，魔主那个王八蛋最后没死，还阳后不但不救我们，最后还劝我们解脱而去，这么多年我们活得太痛苦了，可恶啊！""魔主让你们解脱而去？"其他洪荒强者皆是不解。时空大神咳嗽了一声，道："有些事情现在还不能说，不过有一天会有惊喜出现的！"

"哼！"黑起冷哼，险些发作，道，"不用说我也已经猜测到了！那两个王八蛋，比魔主还狠，还混蛋，还可恶！什么都没说，就直接让松赞德布他们'解脱'了，甚至想让我也'解脱'而去，太古七君王如今已经七去四了。"许多人都大惑不解，他们知道黑起说的解脱是"死"的意思，魔主他们怎么可能对付自己人呢？黑起说的那两个混蛋该不会是那对父子吧？！他们不是被封困在太古了吗？难道后来冲了出来？

谜，一切都是谜！不过一切都将揭开了，黑起似乎不想隐瞒什么，都将说出来。"黑起你的话太多了！"时空大神打断了他的话语，似乎不想他泄露天机。"我恨！"黑起似乎真的很愤怒，道，"好吧，既然现在不能说，那我暂时忍下！"看到周围所有人都一副迫切的神色，黑起道："不是我不想说，是时空这老混蛋不让我说。你们只要知道，解脱不等于灰飞烟灭就行了。""住嘴！"时空大神喝断了黑起的话语。

这个时候所有人都震惊到了极点，如果这是真的话，有人可是布下了一张天大的网啊！一切都是他们在背后推动，许多死去的人可能是被己方的人杀死的！人们不经意间想起了刚刚离去的辰战的话语，他要龙儿、空空等人挖掘心中的力量，而辰战与时空大神的对话，也明白无误地提到了，最后进入天道似乎将要舍弃曾经的一切，其中就包括肉体！

一盘错综复杂的乱局！一盘博弈天道的乱棋！不可避免地，人们在这盘棋局中看到了一个明显的棋子，那就是辰南，许多事情都是他这个小卒子一步步拱出来的！辰南到底是什么人，和黑起口中的那两个混蛋有关系吗？而那两个混蛋是否就是那对父子呢？显然，时空大神已经猜测出了隐情，他不想过早泄露机密。而这个时候，他再次用那双空洞的双目凝视太古，一切都再次浮现而出。

封印的力量渐渐虚淡，时空大神道："我还是亲自看个通透吧。我看到了！我看到了！"他激动得大叫了起来，众人也从他空洞的双目中看出一些模糊的影像。

"在那遥远的过去，他们生生开辟出一条永恒之路，逃出了封锁！隔断的太古，没有封死他们！"看得出时空大神非常激动。

"永恒之路？！"不少人感觉异常耳熟，有些太古神终于想起来了，他们曾经进入过古天路，在那里不就有一条永恒之路吗？"人王就在古天路中，理应如此啊！"许多人恍然大悟。萱萱更是激动得流下了高兴的泪水，微笑着流泪道："他们父子没死，他们都还活着！"

"轰隆隆……"虽然隔着无尽的岁月，但是那被隔断的太古依然跨越时空传来阵阵隆隆之响。封印的力量终于彻底地溃散了，几条沉睡的人影从那隔断的太古中冲出。黑起愤怒地大叫："果然是他，天道之下第一天——青天！"

"还有混沌王！"不知道何时，辰家老魔王的幻象出现在了时空大神的前方，正在看着自时空大神那空洞的双目中透发出的光幕。"混沌王？！"所有人都震惊无比，传说中的混沌王在隔断的太古中，竟然与青天一起参与了灭杀那对父子的行动，似乎还有几道人影，不过他们的速度太快了，都无法看清容貌。就是青天与混沌王，也是与他们有着莫大仇怨的生死对头认出来的。

"当年，我就是被青天与混沌王杀死的！"辰家老魔王的话语说不出地森然，饱含着无尽的仇恨。众人都非常吃惊，这个老魔王当年以一己之力击杀了幽冥天，魔威可谓震荡六界，尽管他在太古一战前就已经陨落了，但是依然被后世之人所熟记威名。许多人都在猜测，当年他到底是如何死去的，今日终于得知真相。混沌王那是人王的生死对头，青天是天道之下第一天，死在任何一人的手中老魔王都不算窝

316

囊，更不要说那两人同时出手了。

守墓老人大笑："哈哈，他们沉睡了这么多年，隔断了太古与后世的联系，以为能够彻底将几条战魂封死在固定的时空中，结果从沉睡中醒来发现一切都是一场空，哈哈……我想他们肯定气爆了吧！"

时空大神却脸色沉重无比，道："他们能够安然地活在过去的时空中，足可以看出他们的强大与可怕，现在他们恐怕将要沿着历史长河而下，将要回归现实世界了！我们准备战斗吧！""来吧，我正等着他们呢！"辰家老魔王的虚影淡去了，月亮之上发出了震天的魔啸声，直接穿透进天外混沌中。守墓老人道："一切都是因为人王烙印，那杆立于天外混沌中的洪荒大旗直接将讯息穿透进了隔断的太古，混沌王等人才重回现实世界中。"

神风学院内所有强者皆震动，消息快速传了下去，无论是在暗黑大陆的高手，还是在天外混沌中修炼的洪荒强者，都接到了命令准备大战！时空大神依然在关注着沿着历史长河而下的几大高手，这些人实在太可怕了，居然一直将自己锁定在过去，不用活在现实世界中。他们的速度简直太快了，正在飞速地接近现实世界！不过，正在这个时候，神风学院所有的强者都感觉到了一股莫大的威压铺天盖地而下，不知道源于何方，不知道源于哪里。紧接着，这股浩瀚的波动快速消失，竟然逆着历史长河穿越而上！

"啊——"众人惊呼，他们通过时空大神那能够看破历史长空的双眼，看到了那股浩瀚的力量正在迎击飞快顺流而下的混沌王等人。"哈哈，真是报应啊！"守墓老人大笑道，"有人想截断历史，封印他们于古代中！正是以其人之道还治其人之身啊！""那是……"不少洪荒强者惊呼。

魔主的身影与神魔陵园中神秘青年的身影并排而立，截断了历史长河！与此同时，古天路被撕裂了，人王飞了出来，进入了混沌海中，洪荒大旗迎风招展，哗啦啦作响飞到了她的身边。时空大神大喝："杀，所有人随人王杀向混沌古地！"

"杀——""杀啊——"所有人都呐喊，冲天而起！

突如其来的大战，一切都发生得太突然了，混沌王与青天竟然自那遥远的太古沿着时间长河而下！魔主与神魔陵园的神秘青年逆流而上拦住了他们，而人王也出动了！诸神与混沌遗民的全面战斗开始了！

"杀！""杀啊！"……所有人都向着混沌海深处冲去，时空大神对着守墓老人道："你去混沌古地，我要穿越时空，去相助魔主他们，在历史的长河中，他们太人单势孤了！"

守墓老人道："好，快去吧，但一定要活着回来！"众多洪荒强者已经飞向天外混沌，龙儿、空空、依依、玄玄、索索那绝对是最先冲起来的，他们早就盼望着人王出动了，要仰仗人王破开十方绝域！六魂天女紧随其后，浩瀚波动传向混沌海！诸神浩浩荡荡，冲杀而去。

神风学院还留下了一些人，黑起手持绝望魔刀，浑身都在颤抖，静静等待青天等人冲杀出来，他的目标只是青天。

独孤家月亮之上的诸神，全都飞了下来围在萱萱的身边，他们联手遥望历史长河，关注着那个与魔主并排而立的神秘青年，脸上都露出了喜极而泣的笑容。"败天，他是败天的残魂，他还活着！"经过独孤败天妻女的确认，神秘青年的身份终于被揭晓。

"他是独孤败天那个混蛋？"黑起露出不可思议的神色，道，"他是那个混蛋，这怎么可能呢？我曾经意外感受到了那父子二人，比他强大得多啊！""你才是混蛋呢！"独孤小月对黑起怒目而视。萱萱与月神制止了独孤小月，惊疑不定地问道："黑起你但说无妨，你看到了他们父子，你究竟知道了怎样的秘密？"

此刻，君王黑起魔气滔天，不过此时却露出了迷惑的神色，道："难道有两个独孤败天不成？独孤败天那混蛋曾经进入过我的梦中，似乎比这神秘青年要强大得多，他曾经告诉过我不要为死去的兄弟担心。这个混蛋怎么回事？"萱萱与明月对视，而后萱萱像是恍然大悟一般，道："我明白了，败天一定冒死进行了灵魂蜕变！"

"轰隆隆……"自那遥远的历史长河中，透发出阵阵异样的波动，时空大神已经融入进去，与魔主还有独孤败天并排站在一起，挡住了混沌王与青天以及后方的几道魂影。

"独孤败天，你居然逃出了太古，想不到你的命这么大，不过现在的你太虚弱了，你挡在这里有用吗？"混沌王周身神光闪耀，整个人都被厚重的混沌甲胄保护着，看不到其容貌，只能看出他是一个身材异常魁伟的强者，他喝道："还有你们，魔主、时空你们妄想挡我们六人吗？哼，这天下间，还没有这样三个高手！"现实世界中，辰家月亮之上乌云弥漫，魔气滔天，最后一声狂啸中，辰家老魔王的灵魂冲入新凝练出的身体，而后打破时空隧道，冲向了历史长河中。

"混沌王，青天，辰某人来了！"辰家老魔王搅动着无尽的风云，也冲到了对峙的众人面前。"你这老魔还真是命大啊！"混沌王周身神光闪耀，冷漠无比地道，"当年可以杀你，如今还一样可以杀你。""少废话，战过一场再说！"辰家老魔王就要冲上前去。

混沌王终于变色，道："我们是在错乱的时空中，被困在这里也就罢了，如果真的交手的话谁也活不成，这等于在改变历史走向！"他身旁的青天乃是朦胧的一道青光，看不出是人还是兽，抑或是其他生命体，这个时候终于开口说话了，道："我想你们将我们截断在此，并不是想动手大战吧，在这里我们根本无法生死对决，你们在拖延时间！"一直未说话的魔主终于开口了，道："不错，如果你们硬闯，大不了我们同归于尽！现在，就是要借你们点时间！"混沌王脸色骤变，厉喝道："你们在打我的十方绝域的主意？该死！"

独孤败天残魂冷笑道："史上曾经有些强大至极的混沌强者，走入了十方绝域中想要再做突破，混沌王你好狠的心啊，你为了得到他们的力量，留下这样一个大陷阱，连混沌族当年的第二强者都被你蒙骗了！"

"你们该死！你们想打那些力量的主意？！"混沌王浑身的甲胄爆发出刺目的光芒，愤怒到了极点，狂吼道，"你们算得真准啊，现在那些力量已经被炼化得差不多了，竟然在这个时候动手！"他回头对青天，还有后方的四道人影喊道："我们冲过去，一定要冲过去！"六人已经不顾一切了，甚至想与魔主等人同归于尽。

魔主、独孤败天残魂、时空、辰祖可不想这样死去，现在他们的主要任务就是拖延时间。不得已，他们布下重重光幕阻挡着众人前进。混沌王等人则猛力推进！众人没有生死相搏，但这样做也异常危险了，总的来说他们在向着现实世界逼近。魔主、独孤败天四人挡不住六人的合力冲击。

"你们重伤的重伤，残魂的残魂，如何能够挡我们！"青天无情地打击道，想要让他们知难而退。魔主等人都不说话，只管尽力抵挡。此刻，现实世界中，遥远的混沌海深处，人王一杆大旗扫灭一切阻挡，后方跟着龙儿五兄妹，再后面是六魂天女、守墓老人以及众多的洪荒强者。人王在这一刻冷漠无情，没有任何的情绪波动，冲杀上来的混沌遗民在她眼中仿佛蝼蚁一般，洪荒古旗一展，数十名混沌强者灰飞烟灭了。不过到了最后，她的眼中终于还是露出了不忍之色，在打碎一片大陆之后，只用洪荒残旗将冲上来的十几人的修为废掉，任他们自生自灭而去。

后方的守墓老人自语道："人王太仁慈了，现在已经不是你死就是我亡的时刻了，不应该这样，听时空大神说当年你就是因此而吃了大亏呀。"虽然是在自语，其实是在提醒人王。

"我知道该怎样做！"人王绝美的容颜，依然没有任何情感波动，带领众人一路杀向混沌古地。沿途中，虽有人不断抵挡，不过她已经不似开始那般粉碎一切阻挡了，全都是废掉那些人的修为，就此冲过。终于来到了混沌地，飘浮的古老大陆上空，早就有不少混沌强者等在这里。混沌子、幽罗王、多目王、铁真王等八大高手不仅一个不少，此外在他们那一列中还多了四大高手，这样混沌子他们这一代的王侯全部到齐了！

在十二王侯的身后，还有大批的混沌强者。如果太古神这一方，没有人王压阵的话，实力根本无法与对方相比。因为达到十二王侯那个级数的高手真的不多，其中包括龙儿、空空、依依、六魂天女。玄玄与索索两个小不点，虽然潜力无穷，修为提升得非常快，但是两个人加在一起勉强可以抵住一个混沌王侯。至于太古神与洪荒强者当中仅有三人达到了混沌王侯那个级数。这个时候，魔师、无名神魔还有大魔走到了一起，施展开魔主传下的功法，三人爆发出炽烈的光芒合在了一起，顶得上一名混沌王侯了。

守墓老人摇头叹气道："唉，真是要命呀，逼我老人家卖命！"他将生死盘拿了出来，叹道："咱们也合一吧！"在刹那间，生死盘爆发出生死两种气息，让整片混沌海都剧烈涌动起来，生死盘融入了守墓老人的身体，或者也可以说守墓老人融入了生死盘中。光芒不断闪现，最后一个年轻英俊的守墓老人立身在虚空中，透发出的气势绝不差于混沌王侯。

索索与玄玄大眼瞪得溜圆，同时开口道："你这到处惹祸的坏蛋老头，为什么每次都能弄出花样呢？把那轮盘借给我们玩玩如何？"这两个小东西出生的第一天就在混沌海中遇到了守墓老人坑太上的事情，后来更是见到老头用辰祖压太上，早已经将守墓老人定位为超级坏蛋。守墓老人道："这可不能借给你们，这乃是我老人家的本命体！"

人王意外地回过头来道："你的本体是生死盘？真是个老古董啊！""哇，你真是老妖怪呀！"玄玄与索索惊呼。"你们两个如果还有记忆的话也不比我年轻。"守墓老人咕哝道，"唉，其实我的记忆也都没了。"他可不想与这两个小祸害纠缠。

现在，两方人马明面上的实力已经相近，如果算上人王的话，明显占据了上风。这个时候，人王蛾眉微皱，道："没有时间了，杀！"她展开洪荒大旗就冲了上去。"人王，没有想到你居然又重新来到了这个世上！"混沌子咬牙切齿，与其余一众混沌王侯一起向着人王围攻而去。不过，六魂天女、龙儿等人不可能让他们一起围杀人王，守墓老人等一起冲了上去，大战混沌王侯。不然，即便人王法力无边，但是在元气没有完全复原的情况下被他们围住，恐怕也只有饮恨收场的份。

"你们拖住他们，现在没有时间了，我必须要赶到十方绝域！不要放任何人过来！"人王说完这些话，大旗横扫，瞬间将混沌子与多目王扫飞，直接从他们留下的空隙间穿过，进入了混沌古地，直接杀向十方绝域。历史长河中，混沌王与青天等六大高手势不可当，推拒着魔主、独孤败天他们，生生逼近现实世界，最后狂啸震天，终于彻底地回归了现实世界，浩瀚的波动险些让暗黑大陆崩碎！

他们就要冲向混沌海，但是独孤败天等人全部上前，拦住了他们。"就凭你们伤的伤残的残，还想拦截我们？如果不是赶时间，我们现在就杀死你们。"混沌王没有任何停留，直接向前冲去，想轰飞四人。"哼，现在没有必要隐瞒了！"魔主在刹那间爆发出无与伦比的强大力量，直接生生接下了混沌王的一击。

"你已经超越当年的境界了！"旁边的青天大感意外。"曾经的力量，我都已经馈赠给了我的弟子，这是新生的力量！"魔主白发如雪，面容英俊冷酷无比，在这一刻英气逼人。混沌王冷笑："就凭你一个人超越了巅峰之境，就以为能够挡住我们吗？"

就在这个时候，独孤败天脸上的迷雾散尽了，终于露出了英姿勃发的真容，他淡淡地笑着："这么多年过去了，每个人的修为都不可能停滞不前！混沌王你以为你真的天下无敌吗？""你连身体都没有，如何与我一战？"混沌王并不在意。而就在这个时候，浩瀚波动传来，一道光影一闪，一具肉体不知道何时已经与独孤败天合一，透发出的波动令天外混沌不断崩碎，而暗黑大陆却安然无损，这股气势太强大了！他的真身竟然是原来人间界祖脉中的那截残躯，不过此刻已经完好无损了，同时残躯中的魂力也与他合在了一起！

"即便这样，你也不是我的对手！"混沌王与独孤败天可谓宿敌，上一次大战就与独孤败天父子二人征战不休。"如果再加一魂呢！"独孤败天冷喝。这个时候，一道魂影自远空那巨大的神魔图中冲出，直冲而下没入了他的体内，狂猛浩瀚的波动简直要粉碎这个世界。独孤败天与魔主并排站在一起，冷冷地扫视着前方六人。辰祖与时空大神也走上前来。

"你们四人想要战我们六人还是不行，没时间与你们耽搁了！"混沌王冷喝，就要再次开始冲击。正在这个时候，在神风学院的萱萱与月神等人，再也忍不住全部冲杀向这里，而黑起更是彻底地狂暴了，红着眼睛杀向青天而来。不过他们都被一个巨大的神魔图阻挡住了，那是时空大神自通天之路带回来的神魔图，这是连接九天与现实世界的桥梁。神魔图缓缓转动，悬浮在独孤败天与魔主等人的头顶上空，里面爆发出无比强大的能量波动。

"还不行吗？我也自九天归来了！"一堆骸骨从神魔图中稀里哗啦落下，借道而归，慢吞吞地开始组成一具骷髅，这具骷髅非常有性格，那真是一根骨头接着一根慢慢拼装起来的，最后无头的骨架上那对骨臂抱住自己的头骨，稳稳地安了上去才正式漫步而来。一片重叠的空间早已先笼罩而下，挡住了混沌王等人的去路。

"鬼主是你，居然还没死！"青天冷喝，显然很吃惊。鬼主道："本来已经死了，但是又被吵醒了，所以我又活过来了。"与鬼主同时自神魔图中出来的那片重叠的空间显现出一大片一望无际的森林，竟然是永恒的森林，那是小六道的所在地。独孤败天、魔主、时空大神、鬼主同时发力，小六道像是磅礴的海洋一般，笼罩而下，将混沌王与青天他们困在了里面。

鬼主笑道："实在不行的话，把小战子也叫来。"而被困入小六道的一刹那，混沌王在这个现实世界中心生感应，脸色骤变，忍不住破口大骂："他妈的，十方绝域还没被攻破呢，里面怎么已经有一个人了，怎么没有被炼化？！"

小六道笼罩十方，将混沌王与青天等人全部围困在当中，而独孤败天、鬼主、时空大神、魔主正好是当年的四位道主，数十万年后重掌六道重叠的空间，威势更胜从前。到了现在，已经不是拖延时间的问题了，魔主与独孤败天等人明显是想重创混沌王等人，为以后的灭杀打下"良好基础"。并不是他们不想立刻灭杀这六人，实在是青天等人太强大了，不可能一战令他们灰飞烟灭。而此刻混沌古地中，大战正是激烈无比。

人王已经出现在十方绝域前，展开的半面洪荒大旗像是一条奔腾咆哮的大河在空中翻滚一般，旗面猎猎作响，她思索着如何破开十方绝域。高天上，守墓老人融合生死盘后，整个人生猛得"一塌糊涂"，简直就像是有了真正的不死之躯一般，他大战幽罗王，招招都是舍生忘死的拼命打法。幽罗王狂霸的攻击轰击在他的身上，皆被生死二气完全化解，让守墓老人立于先天不败之地。他不仅与幽罗王狂战不停，而且还不时地出手袭杀附近的混沌王侯。

正如现在，守墓老人打出一记光化的生死盘，将幽罗王生生砸飞出去后，化成一片炽烈的光焰，扑向了正在与依依大战的多目王，险些将多目王半边身子轰碎。而后，他躲开多目王的攻击，再次杀向幽罗王时，不忘记在中途狠狠给御风王来一记死亡魔光。

龙儿化成了天龙之躯大战混沌子，青色的庞大天龙体魄横贯混沌中，崩碎一切阻挡，与混沌子杀得难解难分。空空与依依等人也是各自抵住一名混沌王侯，激烈大战。五个孩子当中，要数索索与玄玄的战斗最为特殊，两个小家伙实力确实大幅度提升了，已经不能将他们当作孩子视之。铁真王郁闷无比，竟然被两个孩子乱七八糟的招式生生给拖住了，他堂堂一个混沌王侯居然与两个小家伙交战，实在是比较窝火。尽管知道他们是图腾至尊转世，但毕竟是还远远没有成长起来的小豆丁，这让铁真王感觉颜面无光。

六魂天女的强势那是毋庸置疑的，将奎木王杀得即将溃败。而最让人跌破眼镜的是，当年那个贪吃的龙宝宝如今强大得简直离谱，谁也没有想到他竟然能够抵挡住一个混沌王侯！东方的天龙身，西方的天龙翼，在混沌古地上空搅动起漫天能量狂暴，简直勇不可当！完全由龙身蜕变成人身的紫金神龙，也展现出了超凡的修为，他也抵住了一名混沌族王侯！这在太古神的意料中，毕竟当年的紫风虽然痞气十足，但实力那是毋庸置疑的。

"轰隆隆！"正在这个时候，十方绝域传来阵阵隆隆之响，人王以半面残旗竟然撕裂开一道缝隙，将要破碎十方绝域！混沌子不相信百年过去后，辰南还能够从那里活着出来，不怕别人前去营救。但是，他看到这么多人如此郑重其事地前来攻打十方绝域，本能地猜测到有隐情，他觉得不能让太古神一方如意！

而与此同时，一股精神波动跨越时空传来，印入到每一位混沌强者的脑海中。"我是混沌王，所有人拼死阻止人王破开十方绝域！"混沌王虽然暂时被困在小六道中，但是神识依然穿透而出，更是破开万重混沌海，直达混沌古地。混沌子激动得险些大叫出来，多年没有混沌王的消息，突然听到他的声音，他的情绪激动到了极点。而幽罗王等人心中更是大定，有混沌王在，谁人能战败混沌族？即便人王来了也不用怕了。

"所有人都退到十方绝域，快去阻止人王！"十二位混沌王侯，齐声大喝，率先向下冲去。修为到了他们这般境地，从这里到混沌古地中的十方绝域简直就是眨眼间的事情。十二位混沌王侯联手向下打出浩瀚波动，完全不顾忌后方追来的龙儿等人，他们宁愿自己遭受重创，也想要让人王饮恨收场！

"人王快退！"守墓老人以神识波动代替吼喝。众多混沌王侯如此舍生忘死地拼命，超出了他的预料。如果人王真被他们击中，那么可能真的要危险了。六魂天女、龙儿、紫金神龙等皆异常焦急，因为他们发现人王以一杆洪荒大旗，生生在十方绝域那里劈开一道缝隙，大旗的前端已经探了进去，而人王浑身神光耀眼，她一动不动地定在原地，似乎根本无法移动分毫。十二大混沌王侯凝聚在一起的力量形成一道堪比山岳般粗细的巨大光柱，直直轰向下方纤弱的人王！

"轰隆隆！"在刺目的光芒中，所有人都惊呆了，人王竟然一动也未动，生生承受了这一击！守墓老人的脸色在刹那间难看到了极点，人王这个超级主力如果这样死去，真是太不值了！

"姑姑！"龙儿与空空他们，还是习惯称呼人王为姑姑，毕竟她有着雨馨的容貌，甚至灵魂。五个孩子以及追来的太古神同时对十二王侯出手，同样狠狠地击中了他们，不过许多混沌遗民就在王侯的左右，冒死帮助他们抵挡了大部分的力量。

地面荒漠中，十方绝域前，朦胧的星光在闪烁，人王并没有栽倒，她虽然在大口吐血，但是所有的力量像是海纳百川一般，涌进了笼罩在她身体外的星空中。那是一片朦胧的世界，是人王开拓出来的空间，将无尽的力量全部地吸收，成功导向半面洪荒大旗。

"咔嚓！"在崩碎的声响中，洪荒大旗将十方绝域崩开了一道巨大的缝隙！一股莫大的力量翻涌而出，拉扯着人王，似乎想要将她吞噬进十方绝域中。但是，人王双脚像是生根了一般，牢牢地定在了地上，十方绝域竟然无法吞没她。高天之上，混沌子、幽罗王等人皆大惊失色，要知道十方绝域吞噬一切，只要接近那里没有人能够幸免，当年混沌族的至强者不少人都陨落在此。

十方绝域碎裂的声响越来越大了！而这个时候，守墓老人、六魂天女、龙儿、依依、龙宝宝等全都护在了人王的左右，防止混沌子与幽罗王等人再次偷袭。遥远的暗黑大陆中，被困在小六道中的混沌王一声大叫，像是失落到了极点。"人王，又是你！"混沌王精神波动穿越时空，透发进所有混沌遗民的耳中："不惜代价，阻止他们破开十方绝域!"

十方绝域前，顿时杀声震天，所有混沌遗民悍不畏死，全都向前冲去。很快，这片区域鲜血染红了大地，不光混沌族死伤惨重，就是太古神一方，实力稍弱的天阶高手也陨落了不少。战争就是如此残酷，没有流血，没有死亡，那不叫战争。但是，一切都是不可阻挡的，人王绝美的容颜没有任何情绪波动，她忽然间猛力一抖洪荒大旗，在刹那间掀开了十方绝域，巨大的吸引力向她笼罩而去。最终，洪荒大旗被拉扯了进去，可以看到十方绝域内也有半面残破的大旗，两面残旗相遇到一起，忽然爆发出夺目的光芒。

十方绝域内一阵剧烈摇动，仿佛要崩碎一般，无尽的混沌神光透发而出，向着两面残破的大旗涌动而去。残旗竟然发生了奇异的变化，居然黏在了一起，而后绚烂的光芒直冲云霄，无尽神光凝聚在这里，残破的大旗融合了，天宇混沌间更是有许多刺目的光芒向着混沌古地激射而来，重组在洪荒大旗之上。那是当年古旗崩碎后的残片，现在全部汇聚而来！

洪荒大旗借助十方绝域中蕴含的庞大能量彻底重组了，十方绝域锻造出一杆新的洪荒大旗！沧桑久远的气息自洪荒古旗透发而出，它随风而荡，让所有关注者都有心悸的感觉！要知道当年人王用它可是生生摇碎了大半的星空啊！如今洪荒大旗重现于世，掌控在人王的手中，对于混沌族来说，简直就是灭顶之灾。小六道中，混沌王的脸色也是变了又变，咬牙切齿地道："到底还是让你打开了，只是十方绝域中封困的人呢，怎么不见了，难道还有转机不成？"不过容不得他多想了，魔主、独孤败天等人在小六道中发动了攻击。此刻，他们身处在小六道中的神魔陵园中，下方雪枫树郁郁葱葱，无尽的神魔墓碑像是石林一般，密密麻麻看不到尽头，一座座古老的坟墓埋葬着数不清的神魔。

"拜将台来！"魔主、独孤败天、辰祖、鬼主、时空大神全部飞身到了方圆百丈的拜将台上，悬浮在那片神魔陵园的上空，大喝："众神归位！"在刹那间，凄厉的吼啸声穿破小六道，传进暗黑大陆，又冲入天外混沌中。所有的墓碑都在剧烈地摇动，所有的坟墓都在龟裂。

最后，无尽的神魔尸骸全部自坟墓中爬了出来，无头的恶魔，断臂的神祇，一排排、一列列，一望无际，嘶吼声震耳欲聋。成片的墓碑不断崩裂，所有的坟墓都粉碎了。

"亿万生灵为兵，百万神魔为将，杀！"与此同时，小六道中的血海，也在刹那间涌起滔天大浪，无尽血色染红了高天，血海中那无尽沉沉浮浮的白骨，全部挣扎起来，似乎有莫名的力量点燃了他们那寂灭的灵魂。血海剧烈翻涌，无数的骸骨全部冲出了海面，远远望去，在凄艳的血海中，突然出现无尽白茫茫的色彩，最后血海竟然涌上了高天，灌入了神魔陵园。无尽的白骨与众神的尸体一起向着混沌王、青天等人杀去。

恶鬼咆哮，神魔怒吼，无尽的生灵怨魂在小六道中搅动起漫天的风云！这可不是万年前的神魔尸体，这里的尸骸存了无尽悠久的岁月，比之东方的神魔陵园要久远太多了。

"独孤败天！魔主！你们以为凭借这些死灵，就能够灭杀我们，你们太过天真了吧？！"青天冷笑。魔主道："神魔的力量也许无法伤害到你们，但是众生的怨念却不是你们能够承受的！"而此刻，十方绝域再次发生了惊变，存在千古的绝域竟然慢慢虚淡化，而后渐渐消失在了原地，与此同时辰南的身影显现了出来。

"不可能！"高天之上的混沌子不敢置信地大叫道。"怎么会这样！"幽罗王也失声惊叫。十二位混沌王侯全都有些不相信眼前的事实。这里的变化，完全都被法力通天的混沌王感应到了，他出离了愤怒，直接骂出了一句与他身份极不相符的话："他妈的！"

威压六界、宇内难逢抗手的混沌王，此刻气得暴跳如雷。那君临天下、唯我独尊的气质，已经完全地大变样，他像是一个暴怒的凡夫俗子一般大骂着。"人王又坏我大事！还有那个混蛋小子，是哪里冒出来的，怎么会出现在十方绝域中？！"混沌王完全狂暴了，刺目的混沌神光，在刹那间横扫小六道，那席卷上高天的血海直接被蒸干了一半的血水，血雾在刹那间弥漫小六界，到处都是凄艳的红，再没有其他色彩。血雾甚至直接冲出，将外界整片永恒的森林都笼罩了，更是向着暗黑大陆冲去，刺鼻的血腥味让人欲呕。

无尽的白骨在舞动，神魔的尸体在咆哮，小六道彻底狂乱，不死不休的大战展开了！遥远的混沌古地，十方绝域消失的刹那，先是短暂的死寂，但刹那间便人声沸腾。混沌子与幽罗王等人震惊到了极点，那真是问天一百遍都觉得难以相信。而太古神一方与辰南有关系的人，莫不是欣喜到了极点，与混沌一族可谓冰火两重天。

　　"父亲……"龙儿、空空、依依、玄玄、索索五个孩子都一起向前冲去。不过，漫天神光照耀，洪荒大旗哗啦啦作响，人王手掌古旗拦住了他们，道："不要过去，十方绝域附近依然很危险！"

　　"十方绝域明明消失了呀？"依依不解地问道。"不，还没有消失，或者说你们的父亲与十方绝域融合在了一起！"人王摇头，似乎也有些不解。

　　"啊，怎么会这样？"空空惊异无比。"这下老爹变成怪物了！以前总想着将我们圈在笼子里养大，现在他自己真的变成大笼子了，不会想将我们圈在里面吧？！"索索与玄玄两人咬着耳朵，小声嘀咕着，他们对辰南的话耿耿于怀，一直都记在心里，故意小小地打击了辰南一把。此刻，辰南无比迷茫，仿佛不知道发生了什么，百年对他来说仿似南柯一梦。他以为自己已经死了，但是现在眼前竟然出现这么多熟悉的面孔，如梦似幻。

　　"龙儿……"辰南呼唤着自己的长子。"父亲！"龙儿应声，情绪很激动。"空空、依依……"辰南又呼唤这两个孩子。龙儿道："父亲，是我们，我们请人王终于将你救出来了！"

　　辰南转头望向人王，颤声道："人王你，是雨馨吗？""应该是吧！"人王虽然话语平静，神色淡然，但是辰南却从她的双眼中发现了一丝波澜。

　　"偏心！"索索与玄玄同时嘟嘴道，"老爹你从小就虐待我们，现在我们来救你，你唤完龙儿，又呼空空，然后又叫依依，怎么偏偏漏掉我们呢？"辰南笑了，这不是梦境，他真的从十方绝域中脱困了。他伸开手掌，肌肤并不褶皱，摸索发梢，光可鉴人，感受着自己充满活力的肉体，他终于确信自己并没有衰老至死。

　　"你们两个过来！"辰南向着索索与玄玄招手。"干吗？！想教训我们？没门，偏不过去！"索索与玄玄准备开溜。但是，辰南自己都不知道为什么，随着他伸手的刹那，一股无法想象的恐怖波动澎湃而出，莫大的力量笼罩了毫无防备的索索与玄玄，拉扯着他们快速向辰南冲去。"哎呀，快跑！"两个小不点惊得大叫。但是他们却难以挣开，即将冲到辰南近前。人王在这个时候动了，洪荒大旗再次抖动，在刹那间将索索挑飞了出去。不过，已经冲到辰南身前的玄玄却一下子消失了，而后他的声音从辰南的身体里发出。

"臭老爹你想把我圈在笼子里养大呀？快放我出来！可恶，居然将我关在暗无天日的小黑屋，老爹你再不放我出来，你儿子我可要非法越狱了！"紧接着传来"砰砰"的响声，玄玄似乎在撞击着什么。辰南愕然，远处无论是太古神还是混沌一族，也都无比惊讶，不知道发生了什么。龙儿等人就要过去，人王拦住他们道："都不要过去，你父亲的身体真的与十方绝域融合了，十方绝域已经成了他身体的一部分。"

"啊，臭老爹你竟然把我关在十方绝域了？！老爹我和你没完，下次澹台妈妈再找你算账的时候，我要火上加油、雪上加霜、落井下石、幸灾乐祸！"

"怎么会这样？"辰南不解，他深深知道十方绝域的可怕，仅仅三天的时间就让他的天阶肉体衰老得不成样子，一身力量都流逝了。他怕玄玄出现意外，急忙尝试，想把玄玄救出来。不过，危险并没有发生，随着他的神识意念而动，玄玄竟然在下一瞬间就出现在了他的身前。辰南再次愕然，神念一动，刚刚逃脱牢笼的玄玄还没有来得及高兴，又被辰南收入了十方绝域中。辰南立时恍然，随后将小不点放了出来。"哇，老爹你太恐怖了！"玄玄一溜烟逃离而去。

辰南依然还如从前一般眼神灿如星辰，他虽然不知道为何挺过了百年而未死，但是已经知道十方绝域为他所用了。看清周围的情况后，他没有任何犹豫，快速向着混沌子与幽罗王冲去，身体中有恐怖的大杀器，此时不用，更待何时？！混沌子活了无尽岁月，什么场面没见过，在第一时间飞遁而去，幽罗王同样快速无比，刹那间飞到了远空。

十二混沌王侯，朝着四面八方冲去，其中多目王稍慢一些，瞬间就被辰南追上，随着一股恐怖的能量波动，一道神光扫中了他的身体，多目王在刹那间消失，而下一时刻则困在十方绝域中。"不，放我出去！"多目王惊恐的叫声传出。辰南在空中留下一道道残影，追逐着剩下的十一名混沌王侯，所有人都像见了鬼一般躲避他。

"不用逃，远程攻击他！"混沌子大叫道，"他只在一定的范围内能发挥出十方绝域的威力！"话虽如此，但是他依然躲得远远的。十一位功力卓绝的混沌王侯在远距离开始狂攻辰南，但是让人惊愕的事情发生了，十方绝域浮现而出，将辰南笼罩在里面，铺天盖地般冲击而来的能量，有大半都被十方绝域吸收了，它像是一个牢不可破的堡垒一般，与辰南仿佛已经血肉相连，载着他快速向着铁真王飞去。铁真王惊得亡魂皆冒，混沌族史上仅次于混沌王的第二高手，都被这恐怖的绝域熔炼了，他哪里敢去以身试险，速度提升到了极限。

辰南在空中突然变线，破碎重重空间，突兀地出现在奎木王不远处，让这位混沌王侯脸色煞白，亡命飞遁而去。这是一个让众多太古神惊愕的画面，辰南仅仅一个人让十一位混沌王侯如避蛇蝎一般，全都远远地躲着他，只在远处发动攻击。"打落下十方绝域，不能让他掌控！"混沌子虽然在大叫，但是几乎没有人敢靠前一步，只能远远地攻杀辰南。"啊，不！"在惊恐的叫声中，铁真王终于还是被辰南所掌控的十方绝域吞没了。战力无匹的混沌王侯们，此刻又是愤怒又是惊惧，空有一身雄霸天下的修为，但是却无法发挥。

"杀！""杀啊！"太古诸神全部动了起来，开始反攻混沌一族。而这个时候，人王忽然蹙眉，对辰南道："不要顾忌这里了，你快去暗黑大陆，进入小六道中，相助魔主与独孤败天对付混沌王等人。这里我来应付。"辰南没有多问，未作片刻耽搁，刹那间飞出了混沌古地，完全超越了光速，在茫茫混沌海中极速前行。

此刻，小六道中的大战早已经到了白热化，六个小世界已经被毁灭七次，也被重组了七次！千古第一魔主，白发如雪，眸若冷电，剑气惊空三万里，魔威盖世！第一禁忌神魔独孤败天，杀气直冲九重天，乱发狂舞，睥睨天下，当真有横扫六合、崩碎八荒之势！传说中的逆乱八式，现在完全可以改名为逆乱十三式，或许更多式！因为，当他威压九重天的第十三式打出时，还没有完结的迹象！鬼主沟通九幽十地，毁灭煞气直冲霄汉。时空大神，打乱时空，贯穿古今。辰家老魔王气吞山河，魔气震荡九重天。

"凶石何在？归来！"青天与混沌王同时大喝。当辰南自天外混沌出现时，正好看到无尽的光雨在暗黑大陆中凝聚，竟然融合成一面巨大的凶石。这令他不禁愕然，那不是镇魔石吗？怎么又突然显现了呢？那曾经的指骨不会也出现吧？镇魔石竟然重现于世，这的确是让人震惊的事情，尤其是曾经有些了解、得知一些隐情的人更是目瞪口呆。暗黑大陆上有些天阶高手，并没有去天外混沌参战，他们抬头仰望着那横空而过的巨大的石碑，口中不知道喃喃着什么。

"当初，镇魔石明明粉碎了，怎么会这样呢?！"辰南快速冲了过去，跟着那从十丈变为百丈，最后又化成千丈的巨大石碑。他们似光影一般穿空而行，终于发现了前方天空中一片无尽的森林，茂密的原始老林出现在空中极其神异，但是辰南并不奇怪，这就是他曾经去过的永恒的森林，这里面是一片片重叠的空间，是传说中的小六道。

同时，有一面巨大的神魔图悬浮在那里，正在缓慢地旋转着，阻挡着黑起与萱萱等人进入。不过，神魔图并未阻挡住镇魔石，更没有去拦截辰南。"呼！"炽烈的光芒一阵爆闪，镇魔石已经冲了进去，辰南紧随其后进入，里面无尽的血雾在飘动，前方的血海早已经沸腾了，这片天地中激烈的大战已经到了白热化。辰南冲进来的刹那，正好赶上小六道第九次崩溃，所有的一切在刹那间粉碎了，让辰南以为当日大六道毁灭的景象又重现了。不过，在万物粉碎的瞬间，所有的一切都全部地重新组合完好，显然有人以莫大的法力在掌控着小六道，让这片重叠的空间与拥有永恒不灭体的人一般，不能真的崩溃。

穿越种种阻挡，辰南追逐着镇魔石，终于进入了小六道中的神魔陵园，狂霸的气息顿时迎面扑来，狂暴的能量波动蕴含着无尽毁灭性气息。辰南顿时感觉到身体承受了莫大的压力，如果是一般的天阶高手可能已经在这种能量波动中彻底地形神俱灭了，这片世界实在太恐怖了！而这里还不是正中心的激战地带。辰南向前望去，只见无尽的血海大浪冲到了这里，无尽的白骨在空中乱舞，还有很多的神魔尸骸更是发着惊人的吼啸声，仿佛全部活过来了一般。不过，他们全部都被重重光幕阻挡在了外面，光幕内正是几大高手激战的狂暴之地。镇魔石冲入的刹那，辰南也跟了进去，这是真正的狂暴中心之地，在这里即便辰南的修为也险些身体粉碎，十方绝域像是无底洞一般，将冲过来的所有力量全部吸收。

"你竟然还敢来到这里，毁我十方绝域，我要将你炼化，夺回我的力量！"混沌王何等神通广大，早已发现了辰南在接近，他上来就是无尽的混沌神光，想要将辰南打个灰飞烟灭，而后好夺回原本属于自己的力量。

"混沌王？你老了！"辰南没有过多的话语，但这六个字足以让传说中的混沌王吐血了，十方绝域如归墟之地一般，疯狂吸收一切的力量，本应是毁灭性的攻击，全部被化解了。混沌王周身光芒万丈，真的出离了愤怒，明显感觉到十方绝域已经与辰南融为一体，这是他精心为自己准备的能量宝藏，最后竟然便宜了一个后辈小子，焉能不让他懊恼与狂暴。不过愤怒归愤怒，混沌王并没有失去理智，一击无功之后快速退后，来到了青天他们那里，与青天一起祭炼冲入小六道中的镇魔石，他要用这块凶石砸碎十方绝域，让能量宝藏回归。

这个时候，空间短暂地平静下来。辰南快速来到了魔主与时空大神他们这一方，他惊异地打量着曾经的神秘青年，道："原来你是独孤败天！""是我！"独孤败天很平静。魔主则有些古怪地看着辰南，而后这个铁血魔人竟然嘿嘿笑了起来，让辰南有些摸不着头脑。

"不错！"独孤败天打量着辰南，坚毅的脸上渐渐涌起一丝暖色。"很好！"这是魔主的评价。时空大神也是一脸的喜悦之色，而鬼主则直接拍了拍手道："很好，端掉了混沌王的老窝。"辰家老魔王最是直接与干脆，哈哈大笑道："痛快，哈哈，真是太痛快了！混沌老王八苦心经营无尽岁月，到头来还是走漏风声，被你端掉了老巢，哈哈，巨大的能量宝藏啊，混沌王白白忙活一场，徒给他人做嫁衣！"

"哼！"混沌王愤怒地冷哼，道，"现在说什么都还早，是我的终归还是我的，我会取回来的！"鬼主这具白骨架活动着自己的骨节，无精打采地道："说得对，不是你的你抢也抢不回去。"

"第一凶石在此，我不信砸不开十方绝域！"混沌王冷笑道，"独孤败天你不会忘记了这第一凶石吧？当年它可是镇封了你们父子两人啊！""哼！"独孤败天冷笑道，"我当然记得，那是你与青天等人祭炼的凶石，不过最终又如何呢？我到底还是脱困而出了！"混沌王道："但终究还是融化了你一具身体，如果不是当年我们太大意了，怎么可能会让你的灵识逃脱而去呢？！"

……

辰南从他们后续的话语中，得知了一些不为人知的隐情！

当年，太古一战中独孤败天的尸体被打入时空隧道，灵识却依然在与混沌王等人大战，最后与独孤小败被隔断在太古中后，更是重新凝聚出一具新的肉体。混沌王、青天，还有他们身后的四大高手想要生生困死这对父子于太古中，六人共同祭炼了第一凶石，最后将父子二人镇压了，想要将他们熔炼。但是，独孤败天修为堪称逆天，以粉身碎骨为代价，直接将镇魔石崩出了隔断的太古，与独孤小败冲出封困，而后更是打出一条永恒之路。而那时，混沌王等经过大战后，早已疲累得陷入了沉睡。

现在，辰南终于明白了，镇魔石上的九滴真魔之血竟然是独孤败天的，而那截指骨也是他的！封印指骨的力量毫无疑问是属于混沌王、青天等人的。迷雾吹散，原来竟然有着这么多的隐情。此刻，镇魔石被混沌王、青天等人再次重新祭炼，森光幽然。千丈巨碑，在刹那间化成了万丈，比巨山还要高大，透发出的气势摄人心魄！

独孤败天道："你们还想用它来镇压我吗？那就用我当年的骨与血来了结这段恩怨吧！"永恒的森林外，那缓缓转动的巨大神魔图中迸发出点点光芒冲进了小六道，在隆隆声中一截巨大的指骨在镇魔石前凝聚而成，还有九滴鲜红的血水在旋转！这是独孤败天当年那具身体仅留的残骨与真血！

"杀！"大战再次爆发了，镇魔石集合了青天与混沌王等人的力量，向着前方轰击而来，万丈碑体威势压人。指骨也化成山岳大小，九滴真魔之血则化成了血海，涌动向高天，同时魔主、时空大神、鬼主、辰祖同时出手。而辰南当然不可能会袖手旁观，也展开了最凌厉的攻击！最为激烈的大战爆发了，狂暴能量剧烈涌动。半刻钟后，镇魔石被青天与混沌王等人掌控，躲过一切的能量冲击，直直向着辰南轰去，煞气将要崩碎小六道！显然，混沌王是想破开混沌绝域。

时空大神等人全力救援，但终究还是晚了一步。镇魔石集中六大高手之力，突破一切阻挡，成功偷袭到辰南近前。这可是万丈凶石啊，不过在临近辰南身体的刹那，竟然在快速缩小，前半截竟然消失了。仿佛一大截凶石已经捅入了辰南的身体中。混沌王大喜，大喝道："十方绝域破开吧！"在轰隆隆的声响中，万丈高的镇魔石竟然全部刺入了辰南的身体中，十方绝域仿佛被填充满了，竟然在刹那间发出了崩裂的声响。

鬼主、时空大神、辰祖皆感觉大事不妙，辰南显然遭遇到了莫大的凶险，如今十方绝域与他已经血肉相连，这般破碎可能会导致他的身体毁灭。不过，一切都超乎了众人的想象。十方绝域确实崩碎了，无尽的能量宝藏并没有爆发而出。辰南周围闪烁出一片清辉，他自己的内天地张开了，十方绝域慢慢融入到了里面。

"完美的世界种子！"鬼主大叫道。"哈哈！"辰家老魔王先是吃惊，而后哈哈大笑道，"原来如此，原来如此啊！一粒完美的世界本源种子！"时空大神也惊讶地道："十方绝域完全成了沃土，助完美的世界种子真正地生根发芽！"独孤败天与魔主也同时大笑了起来，他们像是早已知道如此一般。

独孤败天道："混沌王你不会想到吧，我其实一直在等你用镇魔石砸辰南呢，你们六人合一的力量正好破碎十方绝域，让这片沃土滋养那颗完美的世界种子！"魔主同样大笑道："栽下世界种子，栽下希望！"

而此刻的辰南宝相庄严，已经晋升入一种奇妙的境界。如水波的光芒将辰南彻底地笼罩在了里面，他周围如梦似幻，氤氲光雾缓缓浮动，崩碎的十方绝域正如独孤败天与魔主他们所说的那般，已经化成了肥沃的土壤在滋养着辰南的世界种子。所谓的世界种子，就是辰南内天地的本源，早在一万多年以前辰战就已经知道的秘密，辰战曾经帮他抽取出去过，后来又还给了辰南。

本源所在，沙地灿灿生辉，那是当初辰南内天地初开时，就曾出现的一片沙漠。当初的昆仑老妖第一次听到辰南描述时就惊呆了，别人开天地生有一粒实体化的沙尘就已经算是幸运了，而辰南本源世界的种子竟然孕育出一小片沙漠，这是让人震惊到无以复加的事情。黄灿灿的光芒在闪耀，那片本源力量笼罩的沙漠完全神化了，再也不似以前那般平淡无奇，终于显现出了它们与众不同的地方。

亿万黄沙，缓缓腾起，在辰南的内天地中忽然爆发了开来，向着四面八方冲去，每一粒尘沙都像是一道经天而过的彗星一般，划空而过，拉着长长的尾光，璀璨的光芒将天空映衬得一片通明。

亿万道光芒，不断冲天而去，根本无法让人正视，绚烂的光芒彻底将辰南的内天地光质化了。内天地近乎透明，让外面的人完全地感知到了这一切，所有人都吃惊无比。尤其是混沌王与青天，更是早已变了颜色。独孤败天他们的话本已让他们懊恼到了极点，如今亲眼所见，他们直欲发狂。

耀眼的混沌光芒冲天而起，混沌王身化万丈，向着辰南轰杀而去，想要破灭他的肉体与内天地。而青天更是化成无尽青光，彻底笼罩了小六道，想要将辰南崩碎。而他们身后的四大高手，也全都竭尽全力轰杀辰南，四道不同颜色的光芒充斥在天地间。独孤败天、魔主、时空大神等人并不着急，根本都没有上前阻拦他们。

辰家老魔王哈哈大笑道："这个时候，你们还能阻挡吗？一切都已经晚了，十方绝域滋养世界种子，你们的力量只能是沦为有效的养料，世界初开的趋势谁能真的阻挡？！想要灭杀辰南也不是现在，哈哈……"像是印证了老魔王的话一般，六大高手的攻击并没有伤害到辰南，所有的力量都被世界的种子吸收了。

无尽的光华像是奔腾咆哮的大河一般冲进了辰南的内天地，绚烂的光芒如冲入了大海中一般，让大海更加波澜壮阔，却无法冲溃汪洋。这是对"大海"的补充，这是对辰南世界种子的给养，有些趋势是无法阻挡的，开天辟地不可逆！世界的种子发芽生根，没有任何人力可以破坏，这是新生的力量，破除一切阻挡！混沌王与青天等人，虽然深深清楚这一切，但还是想打破传说，想改变这一切！只是，他们终究还是失望了，白白成就了辰南，那些磅礴的力量只是加速了世界种子的生长。

绚烂的光芒自辰南的内天地爆发而出，十方绝域已经彻底地粉碎消融了，成功化在了辰南的内天地中。而那无尽黄沙，仿佛一颗颗星辰一般，冲入内天地八方，笼罩在这方无比神异的小世界中。在外人看来，辰南的内天地中，星光璀璨，生机勃勃，灿灿星辰摇曳而下让人心旌摇曳的光芒。内天地初开时，包含在本源力量中的一粒粒最为原始的沙尘，现在竟然仿佛化成了一颗颗星辰！当然，细看之下，它们依然是尘沙，不过却已经透发出了星辰应有的光芒。此外，辰南的内天地中一片欣欣向荣，无尽的植被繁茂无比，那几股生命源泉像是完全活了一般，汇聚出一道道细小的河道，蜿蜒向这片小世界的各地。无限生机在滋润着整片的世界！

辰南古井无波，无喜无忧，整个人沉浸在这种奇妙的境界中，外物与外力无法伤其身，现在的他处于最本源的力量包裹中。这是一种完全不同于一般修者的蜕变！仰仗世界的种子，他将打破重重壁垒，攀上新的高峰！

混沌王仰天长叹，费心费力经营的十方绝域最后竟然成全了辰南，太多懊恼与悔恨了，现在即便发狂也无用，深沉的他慢慢冷静了下来，森然道："现在我们奈何不了他，等过了这段生机勃勃的原始阶段，一样可以杀死他！人王当年也让世界的种子生根发芽了呢，到头来不也被杀死了吗？如今虽然复活，但她的活性世界却也不似当年了，只能称得上半个世界而已。"

鬼主无精打采地摇头道："混沌王你还真会宽慰自己，不管怎样说，辰南这一次的蜕变，直接让我们这一方多了一个逆天级高手！"一直默默无声的青天冷笑道："不就等于多了一个人王吗？多一个逆天级的高手又能如何，你们加起来的力量还是不够天道灭，甚至根本过不去我们这一关！"

魔主冷笑道："哼，时间如梭，千古匆匆而过，你以为我们都在原地踏步吗？我告诉你，'人'的力量是最为可怕的！因为我们可以不断地打破修炼壁垒，不断地突破原有的境界，这就是天道最为惧怕的。而你们混沌一族，还有所谓的几个天，出生便具有莫大神通，但是到头来也不会精进多少，远远无法和我们的成长速度相比。我们早已不是从前的自己，修为境界如果不足，怎么敢再战天道呢？！"

"是吗，太古一战时，你几乎被我灭掉啊，现在居然这样自负了？"青天有些冷漠地揶揄着。

"你能灭得了我吗？"魔主霸气凛然，眼眸中露出了无比深邃的光芒道，"当年我的修为，还没有前世大魔天王的修为高，那时的我正处在蜕变的关键时刻而已，不想大战爆发了。虽然险些身殒，但是太古一战却也成全了我！万古不生不灭，在生死之间徘徊，让我终于突破了以前无法打破的壁垒。因为万古的压抑，我的突破超越了以往任何一次的蜕变！"

"轰！"无与伦比的强大气息爆发了开来，魔主白发如雪，睥睨八方，唯我独尊的气概一览无余。青天本体不是有形之质，但却化成了人形，如一段青木一般，他脸色铁青，双目透发出的光芒似刀一般迫人，他冷冷地盯着魔主道："逆天级有了一个人王，又多一个你，再加上那个小子借助开辟出世界的力量晋升入逆天初级，你们三个就真的以为可以灭天道了吗？"

旁边不远处，鬼主将自己的头骨摘了下来，正在擦拭，让头骨更加晶莹光亮，他用一双臂骨慢吞吞地将头骨放在了颈项之上，有气无力地说道："不好意思，我也不知道怎么回事，想死也死不了，在走上通天之路的刹那，我也晋升入了逆天级了。"看着他慢吞吞、有气无力、随时会断气的样子，一直很镇静的青天都有一股想掐死他的冲动，这个死骷髅最是会扮猪吃老虎，一如从前那般！

混沌王与他身后的四大高手当真震惊到了极点，才多长时间啊，一下子冒出来两大逆天级高手！他将目光扫向了时空大神，又转向了辰家老魔王，而后又看向了独孤败天。时空大神叹了一口气道："你不用担心，我能活过来已经是奇迹了，看似彻底复原了，但距离我当年的巅峰境界还有段距离呢。"

辰家老魔王森然冷笑道："我虽然曾经被灭掉过，但是幽冥天的庞大灵力补充了我的所需，更为重要的是我的后代都是天才，八魂的法则与灵魂重组过我的身体，让我感悟颇深，当年我就是逆天初级，超越过去，随时可能发生！随时会突破！"至于独孤败天根本没有出声，只是淡淡地笑了笑。

"你也突破入逆天级了？！"青天一直在关注着独孤败天，因为他不会忘记疯狂的父子二人被逼入绝境的话语，如果能够活过来第一个要灭掉的人就是他青天。

"千重劫，百世难，亘古匆匆，弹指间！不死躯，不灭魂，震古烁今，无人敌！待到阴阳逆乱时，以我魔血染青天！"独孤败天冷冷地喝出这些话语，连远处正在进行"开天辟地"的辰南都颤动了一下。不远处，九滴真魔之血与那段不灭的指骨快速冲来，融入了独孤败天的体内，他平静无比地道："青天今日必死！"魔主也冷笑道："混沌王你可以带着你身后的四人撤走，但是今日这个天道之下第一天必死！"

"你们真以为杀得死我吗？"青天冷笑道，"身为第一天，天道不灭，我则不死！"

"轰！"正在这个时候，一杆洪荒大旗破入了小六道中，人王到来！

"青天今日必死！"人王清冷的声音传来。"你灭了我混沌一族？！"混沌王的身躯在颤抖。人王道："未曾灭杀，混沌子、幽罗王、御风王、通天王、奎木王逃走，其他所有人被我削去一身修为后，都留下了性命！""什么？！"混沌王怒吼。

独孤败天冷哼，魔主则冷笑，巨大的神魔图从小六道外冲了进来，缓缓地在众人头顶上方旋转。那是沟通九天的大门，走上通天之路的太古神可以从这里回归，他们仿佛已经听到了脚步声。与此同时，晋升入奇妙状态的辰南也已经渐渐睁开了双眼！

独孤败天与魔主皆扬言，青天必死！而人王以一杆洪荒大旗破入小六道中，同样如是说，三大逆天级高手似乎已经决定了青天的命运。"哈哈！"青天再次以人类的躯体化成了朦胧的青光，大笑着，"你们都想让我死，但我偏偏死不掉！我看你们谁能够杀我？"

正在这个时候，已经睁开双眼的辰南，透发出炫目的光彩，内天地近乎透明，仿佛有宝光正在从里面流溢而出，亿万星辰璀璨夺目，无尽的黄沙似乎全部凝结成了星辰，镶嵌在他的内天地中。没有爆发出冲天的杀气，但是一股淡淡的波动，已经牢牢锁定青天。

"你也认为我必死？"青天转头凝视辰南，森然无比道，"就算你进入逆天级又如何？我在上个神话时代就已经是逆天级高手，没有人能够杀死我，除非天道灭亡！"

"等下试试就知道了。"说罢，辰南又闭上了双眼，虽然世界的种子已经生根发芽，但是他却需要好好体会一番方才的种种感悟。不远处，辰祖最是直接，哈哈大笑道："多说废话干什么，直接灭杀他，逆天级高手难得相聚，就此让他形神俱灭！"人王道："混沌王你如果不想彻底灭族，还是赶紧聚拢你的族人去吧，我已经给你族留下一线生机。"

"就算族人死光又如何？"混沌王似乎丝毫不在意，道，"你们想各个击破是不可能的！"魔主冷笑，而后与独孤败天同时打出一道道玄秘的法印，笼罩在高天之上的巨大神魔图，缓缓转动着，激射一片绚烂的光芒，向着混沌王与他身后的四大高手笼罩而去。无尽的杀意透发而下，那是最强大的第一批太古神的神念，是他们集合在一起的力量，竟然生生将混沌王与四大高手短暂地定住了，同时镇魔石也被席卷了进去！

"该死！"混沌王咆哮不断，想要挣脱出去，但是第一批走上通天之路的人乃是太古神中的最强精英，甚至有些人并不比魔主等人弱上多少，混沌王与四大高手一时间根本无法冲破封锁。"杀！"辰家老魔王最是干脆，直接冲向青天而去，这是与他有着杀身之仇的大敌。

"我能杀你一次，就能杀你第二次！"青天语音森寒，化成刺目的光芒，迎向了辰祖。"咔嚓！"空间崩碎的声响传出。一大片空间先是粉碎，而后剧烈地缩小，彻底被毁灭为一点。"吼——"辰祖大吼，满头黑发狂乱舞动。而青天也同样大叫，化成的青光更加璀璨了，像是天幕一般向着辰祖遮笼而去。

"逆乱阴阳！"魔主终于出手了，上来就是一道法则，抽取空间的力量，让一片虚空缩小归于零点，狂暴地在青天身上爆发开来。在青天无比愤怒的惨叫声中，青光被生生炸开一大片，不过随后又重组了回去，他疯狂地向着魔主扑去，无尽青光遮笼天地间。

"梦幻空花！"身为魔主这个等级的高手，掌控的法则怎么可能限于几种呢？他魔威盖世，通晓多种禁忌灭杀之道。随着他的一声轻喝，空间开始湮灭，"虚"的力量形成无尽黑洞，灭世的气息爆发而出，浩瀚能量波动起来。青天的绚烂神光，在无尽幽暗的黑洞面前，仿佛将要熄灭了一般，变得越来越暗淡。

"轰！"大破灭的气息一瞬间弥漫整片小六道，仅仅在刹那间小六道被毁灭了三次，不过全都在刹那间又重组完好。刺目的光芒剧烈闪现，独孤败天出手，逆乱诀也不知道是第几式，像是震碎了天地一般，让笼罩青天的那片空间急骤地放大，而后剧烈崩碎，最后归于一点，将无尽青光险些彻底粉碎。

"啊——"青天大叫着冲了出来，光芒似乎暗淡了一些，吼道，"好，你们都成为了我的劲敌，这样杀起来才有意思！我是不灭的，你们杀不死我，但我却可以杀死你们！"独孤败天与魔主冷笑，似乎在听笑话一般，显然不曾惧怕。

不远处，鬼主慢吞吞地活动着自己的骨臂，道："既然青天必死，我就看着混沌王了！"鬼主一直站在神魔图下方，虽然一副有气无力的样子，但是双目中的灵魂之火却不断闪烁，他在盯着混沌王，毕竟被困住的五大高手都异常可怕，唯有确保他们不能冲出来，才能彻底灭杀青天。人王手中洪荒大旗猎猎作响，闪烁着星辰的光芒，也抵在了神魔图的下方，关注着混沌王。

"天地寂灭！"陷入苦战的青天一声大喝，无尽青光横扫小六道，简直要将这片重叠的空间彻底地毁灭。独孤败天、魔主、辰祖如今修为难以揣度，三人打出的无尽神魔之光，瞬间与那青光碰撞在了一起，空间发生了湮灭！虽然无声无息，但是令人心悸的气息却在快速地蔓延而出。

独孤败天、魔主、辰祖飞快倒退，比之光电还要迅速千百倍，即便如此他们每人都还是被削去了部分生命元气。当然，相对于他们永生不死的逆天级的生命精元来说，这算不得什么。

"不愧是天道之下第一天！"远处，辰祖擦净嘴角的一丝鲜血，嘿嘿冷笑着，说不出地森然，老魔王找到了当年大战的感觉，体内的魔血渐渐沸腾了。魔主也是冷笑连连，道："青天你很强，但却并未比以前精进多少！"

"相对于我们的不断蜕变，你的少许突破等于在退步！"独孤败天话语很平静。青天道："哼，你们的确是我的劲敌，但是即便你们的战力逆天如何？我的生命与天道的生命相通，只要天道不死，我就不死，你们联手即便力量强盛过我，也无法杀死我，你们如何赢我？只能等我慢慢杀死你们！"这是青天最大的本钱，杀不死的他可以肆无忌惮地轰杀敌人。

　　"如果截断你与天道的联系呢？"冷冷的声音突兀响起，辰南无声无息间出现在青天的背后，眼眸似刀锋一般犀利迫人。"凭你？！一个刚刚晋升入逆天级的后辈小子？"青天虽然话语中充满不屑，但是心中却是一百二十分的小心。辰南道："对，凭我就能杀你！"

　　如水波的光芒一瞬间将青色的光芒全部笼罩了，无尽星光闪耀，辰南的本源世界彻底将青天收了进去。"妙极，这样省了许多手段！"魔主大笑："原本也足以杀你，但是现在更轻松了。"独孤败天也是微笑，当先进入了辰南的本源世界。辰祖哈哈大笑着："青天，今日截断你与天道的联系了，我看你还如何不断复活！"

　　几人先后都进入了辰南的小世界中。在里面，辰南高高立于星空之下，俯视着下方的朦胧青光，无比冷漠地道："我的世界自成一方天宇，天道大世界如何，与我无关，进入我的世界，将完全斩断与外界的一切联系。这里不再是天道的世界，我看你死后还如何能够复活？！"青天神色异常，大喝道："凭你才生长起来的世界种子，如何困得住我？我彻底崩碎它！"

　　"你来试试看！"辰南古井无波，现在他已经完全晋升到了一个新的领域，心境早已与以前大不相同。"杀！"青天大吼，漫天的青光变得异常炽烈，恐怖的波动剧烈震荡。但是，在无数声惊天动地的大响中，辰南的本源世界安然无恙。那璀璨夺目的青光倒像是烟花一般，绚烂过后快速湮灭，似乎遭受了重创。

　　"不可能！"青天大叫道，"你的世界才成形而已，为何牢不可破？"独孤败天、魔主、辰祖都已经进入了这片空间，齐齐冷笑。魔主道："这是一个真正世界本源所在，这可不是单纯的内天地，你以为以你现在的力量毁灭得了一个世界吗？你以为你是天道吗？"无情的话语让青天心中有了惧意，他喝道："人王也是以世界种子成就逆天级修为的，她所掌控的世界还不是半毁了？！"

"那是因为人王直接对抗了天道的力量，你真以为是你与混沌王打碎的吗？"独孤败天的声音冰冷无比，道，"早已说过，今日你必死无疑！"

"杀！""杀！""杀！""杀！"四个杀字，震动天宇，辰南、独孤败天、魔主、辰祖同时出手，这是毁灭性的力量，四大高手能够完全毁灭一个大世界，现在这种可怕的力量全部作用在一个人的身上，如何让青天能够活下去？

现在，他已经被辰南生生截断了与天道的联系，再没有永恒不死的生命了。"啊……"青天大叫着，拼命地挣扎，无尽的青光照亮了整片小世界！只是，与天道失去了联系，他如何能够对抗四位逆天级高手呢？！最终青天饮恨收场，无尽的生命精元崩散了开来，快速冲向辰南本源世界的各处。天上那灿灿生辉的无尽"星辰"，射出一道道"星光"，开始争抢青天崩散开来的浩瀚元气，那些本源黄沙在变化着，如果元气足够，早晚有一天会化为真正的星辰。无尽的元气在汹涌澎湃，魔主、独孤败天、辰祖不可能与辰南争抢。

明显可以看出，魔主与独孤败天他们对于杀死青天，并不吃力！他们真正的实力还没有完全显现。当辰南打开内天地时，一股无比宏大的气息铺天盖地而下。"不好！"魔主一声大喝，魔躯顿时暴涨到三万丈，向着高天击去。辰祖也是一声咆哮，魔吞天地之式打出，浩瀚魔气席卷而上，简直像灭世一般。独孤败天更是一声清啸，身体化成一道神芒，撕裂上了高天无尽远处。辰南则直接封闭了内天地，逆天级的力量在本源世界中炼化千百遍！最终一切归于平静了，辰南叹道："那就是天道的力量吗？他收走了青天的残灵。"

独孤败天与魔主仰望无尽虚空，道："是天道的力量，青天已经等于身死，天道收回的是青天的印记。"辰祖双目幽光森然，道："唔，也不能那样说，看来我们在天道中，可能还会见到青天。"辰南心中凛然，广元、太上、青天在决战中似乎还要显现出人影，不知道那还是不是原来的他们。

"镇魔石，七重地狱，全部归来！"这个时候，被定在神魔图之下的混沌王竟然已经能够动了！他挥动着镇魔石搅动起无尽的风云，若不是神魔图射下的光芒依然还在，以及鬼主与人王在旁盯着他，他似乎已经带着四大高手冲了出来。

　　"轰隆隆！"暗黑大陆在剧烈摇动，仿佛天崩地裂了一般。原人间界十八层地狱所在地，爆发出滔天的凶煞气息。七重地狱自暗黑大陆的地下冲天而上，撞入了小六道中。十八层地狱，原来只有七层是最为可怕的，是混沌王等人布下的，现在被他召唤而来。

　　"七重地狱，我炼化你们七人！"混沌王在这一刻竟然透发出无尽的煞气，混沌神光全部敛去了。辰祖冷笑道："少吹你娘的大气！"混沌王阴森无比地道："这是七位逆天级高手的内天地炼化而成的！我看你们谁人能敌？！"混沌王口中不断发出古老的音节，以秘法祭炼七重地狱！破空而来的阴森地狱，顿时间笼罩无数怨魂，更是有许多古老的咒文浮现而出。这让辰南、人王、独孤败天等人不得不重视。

　　人王轻叹道："混沌王你好重的心机，这七重地狱现在你才展露出来，图谋不小啊，怕不是有取代天道的意图吧？""你们都要去死！"混沌王大喝。

　　七层地狱等于阎罗殿，阴森而又恐怖，本是七位逆天级高手的无形内天地，但却被混沌王炼化成了七座阴殿，它们像是巨大的殿宇叠摞在一起一般，上面雕刻着古老的咒文，连太古神都难以明了何意。七重地狱将混沌王以及四大高手带了出来，让他们脱离了束缚。

　　"混沌王你该死！"一直以来都有气无力的鬼主，此刻再不似方才那般慢吞吞，雪白的骨骼上闪烁着刺目的光芒，显然他已经愤怒到了极点。魔主、独孤败天、时空大神也同样露出悲色，因为那七重地狱中有两层乃是他们的故人的内天地所化。

　　小六道当年有六位道主，太古一战天崩地裂，第三界都近乎彻底毁灭了，六人几乎全军覆没，时空大神、独孤败天等历经千劫万险才复归本源，但是其中两人永远地消逝了。魔主与鬼主虽然知道那两人不可能再现于世了，但是却没有想到他们的内天地都被炼化了。

　　可惜可叹，两位最强道主彻底消逝！说起来他们比魔主等人的身份还要古老得多，他们也不知道转生了多少个神话时代了，早已是逆天级高手，但到头来终究还是在天道面前陨落。混沌王将两位道主的内天地炼化成七重地狱中的两重，如此亵渎独孤败天等人的好友，怎不让他们发怒，鬼主终于出手！

"屠天！"随着一声大喝，鬼主整个人像是气化了一般，化成一团朦胧的白雾，透发出无尽森寒的气息，直接笼罩了混沌王。"吼……"混沌王怒极咆哮，一阵天摇地动般的激烈厮杀，空间在刹那间快速湮灭，刺目的光芒以及剧烈的能量波动，早已超出了波动的极限，小六道连续崩碎七八次，而后重组，不过明显比以前小了很多，因为无尽空间彻底地湮灭了。鬼主倒飞了出去，七重地狱笼罩而下，就想将他吞没，魔主与独孤败天同时出手，炽烈的光芒撕裂天地，将七重地狱撞得偏斜，无尽阴森恐怖的气息擦着鬼主的身体而过，鬼主那雪白的骨骼被生生刮下一层骨粉。这让所有人都变色，鬼主何等的神通广大，在七重地狱的轰杀下，那坚硬的骨骼居然也受损了！

不过，混沌王方才被暴怒下的鬼主袭杀，显然也遭受了不轻的冲击，浑身的古老战甲都崩碎了，露出了他的混沌之体，雄伟挺拔如魔人一般，双目中幽光森森，他不再透发出神光，而是缭绕着阵阵阴森的气息，与七重地狱完全地契合。混沌王对身后的四大高手道："混沌四尊，我们一起杀了他们！"而后他说不出地阴森可怖，面目狰狞，道："你们都要死！镇魔石杀！"镇魔石像一座魔山一般高大，投下大片的阴影，快速向着独孤败天等人砸去。

魔主冷哼道："你太高估你自己了，今天你能否活着离开这里都成问题，拜将台杀！"飘浮在空中的拜将台，爆发出刺目的光芒，在刹那间同样变得巨大无比，快速向着镇魔石冲撞而去。

"轰隆隆！"这等于灭世一般的逆天级大碰撞，镇魔石对拜将台！它们从前就曾经交锋过，现在再次对决！不过，此刻已经被各自的主人再次祭炼过了，力量早已不可同日而语。七重地狱放大到千百倍，如万重巨山压落而下一般，大片的阴影映在这片空间中，向着辰南、魔主、独孤败天罩落而去。

人王出手，一杆洪荒大旗猎猎作响，一片天宇中的大半星空都能够摇碎，可想而知其恐怖威力。大旗旗杆像是通天巨峰一般，高逾万丈，旗面像是一片怒海在奔啸，剧烈地涌动着，席卷了半面天空。大旗"轰"的一声挡住了压落而下的七重地狱，生生将之定在了空中。

"毁灭！"鬼主大喝，立刻扑向混沌王。辰南、独孤败天、辰祖、魔主、时空大神也一起向前杀去。这是一场大混战，毕竟混沌王一方也有五人呢！"七重地狱七重天！"混沌王大喝，双手打出一道道法印，七重地狱快速分开，只有最下一重抵住了洪荒大旗，其他六重向着魔主轰杀而来。这七重地狱本就不是连接在一起的，这无尽岁月以来更是被后人在其间另外创造了几重地狱，被当作十八层地狱来使用。虽然后人创建的那些地狱在六界大破灭时全部崩碎了，但七重地狱分开并不困难，它们之间并没有被炼化在一起。

六重地狱在飞舞，魔主等人除了要大战混沌王与四尊外，还要对抗压落而下的地狱。辰家老魔王大吼："混沌王你镇压不死我们，这虽然是逆天级高手的内天地，但却不是真正能够成长为世界的空间！小心老魔我将他们全部打碎！"话虽然这样说，但是他的压力是巨大的！毕竟他刚刚复原不久，并没有真正超越他所说的境界呢。

魔主一双眼睛，透发出无尽的黑暗雾气，口中一字一顿道："崩——天——裂——地！"万重魔影逆天而上，向着那高高压落下的地狱冲去，竟然生生给顶了起来！"逆乱！"独孤败天的话语很简洁，但是铿锵如刀锋在交击，逆乱十五式瞬间崩裂而出，那撕裂上高空的恐怖的能量与压落下的地狱碰撞在一起后，发出了震耳欲聋的声响，毁灭性的气息瞬间爆发开来。

时空大神并没有他们那样的力量，不过他所掌控的时空法则最为神异，穿越重重空间阻挡，那向他压落下来的地狱始终无法真的将他镇压。辰南则展现出了更为让人吃惊的能力，他竟然没有用无尽逆天级的力量去崩开地狱，反而张开内天地快速将那地狱牵引而来，想要将之吞没！

"轰！"那重地狱与辰南的本源世界凶狠地对撞在了一起，令小六道都猛烈地摇动起来，浩瀚的能量波动像是怒海在翻转一般。辰南的本源世界一阵模糊，而那层地狱却也咯吱咯吱作响起来，仿佛要崩裂一般！混沌王惊怒，亲自向着辰南杀来，奈何被鬼主死死缠住了，平时有气无力的鬼主一旦发怒是极其可怕的，那当真是九幽至尊！煞气冲天，白茫茫的骨海顶住了头顶上空的地狱，他整个人像是疯了一般，狂攻混沌王。

魔主与独孤败天看到辰南似乎想要吞噬地狱，皆大吃一惊，竭尽全力将笼罩在他们头顶的地狱打上高空，人王以洪荒大旗将之再次定住，而后他们狂暴地轰杀混沌四尊，冲破阻挡，来到了辰南的近前，狂猛地轰击那重地狱。三大逆天级高手同时展尽神通，那重地狱再也承受不住浩瀚的力量冲击，竟然崩碎了，而后被辰南的本源世界疯狂吞没进去！本源世界中，灵气冲天，无尽氤氲精气，最后飘散在天地间，大地之上更加生机勃勃，空间无限扩展开去，而天上的黄沙星辰也全部变大了许多。

这是一种新生的力量，辰南如沐浴在朝霞中一般，仿佛有温柔的水波自他头上流动而下，感觉浑身舒坦无比，逆天级的力量得到巩固与壮大。远处，混沌王大惊，一声狂啸之后，剩余六层地狱重新归于一处，集中在一起向着辰南他们砸来。人王飞落而下，与辰南、魔主、独孤败天一起，再次抵住了六重地狱，更是挡住了混沌四尊，辰祖与鬼主则扑向了混沌王。远处，镇魔石与拜将台激烈大碰撞，这片天地间不断地动荡。

"竟然毁我一重地狱，实在该杀！"混沌王在对抗鬼主与辰祖的同时，以莫大的法力操控六重地狱镇压辰南等人。激烈的大战在继续，小六道不断飘摇，而就在这个时候，血海中涌起滔天的大浪，一片残破的宫殿升出海平面，它们不断崩碎，又不断重组，无尽的力量爆发而出，向着宫殿前的一片雕像冲击而去。

最后，在刺目的血光中，所有的雕像都反复地崩碎与重组，最终无尽力量向着其中一个睁开了双目的雕像冲去。"轰隆"一声巨响，那尊雕像冲天而起，所有的石皮全部脱落，从里面走出一个浑身血红的人影，他的双目中透发着无尽的恨意，望着混沌王大吼道："混沌王还我父亲命来。"

"修罗！"魔主与独孤败天等人惊呼，这是掌控血海的那位道主的长子。辰南双目光芒闪动，当初进入血海底部见到过那片宫殿与雕像，但是没有想到那些雕像中竟然藏有活人。"修罗不要莽撞！"独孤败天打出一道神光，将血煞气息冲天的修罗卷到了自己的身旁，他不想让这位故人之子殒命于此，毕竟修罗还没有达到逆天境界。

"杀！"远处太古君王黑起手持绝望魔刀杀来，杀意冲天。同时，守墓老人、萱萱等人也冲了进来，后面还有更多的人。

"独孤败天你个王八蛋果然没死！"黑起怒叫着。"败天……"萱萱满脸泪水。"吼……"天龙咆哮，龙儿、空空、依依、紫金神龙等人，以及众多的天阶高手快速冲来。

"不行，让他们都参与进来，虽然我们的力量会强大，但是定然会伤亡惨重。"独孤败天转身冲着魔主道，"看来需要动用'禁天源界'了！""好吧！"魔主点头。他们同时望向辰南，齐声道："辰南过来，我们联手将禁天源界招来，以你的本源世界为载体，展开'禁天之力'。"辰南不解，望向他们。

魔主道："你会明白的。"魔主与独孤败天同时拉住他一只手，而后猛地撕裂了空间，在下一刻古天路出现在了辰南的眼前，那似无底地狱般的大峡谷被生生抽离了出来，而后融入了辰南的本源世界中。在这一刻，辰南忽然有一种明悟，不用独孤败天他们多说什么，本源世界猛地展开，浩瀚的波动透发而出。与此同时，人王展开洪荒大旗，将鬼主与辰祖卷了回来。恐怖波动爆发而出的刹那，这片空间仿佛变成了古天路的深渊世界，混沌四尊感觉力量飞快地流逝了，震古烁今的修为如今不足三成！

混沌王大惊失色，道："这是！独孤败天你们更狠，抽离了苍天、黄天等人的本源，数个神话时代陨落的所有天的本源！竟然有九重天源！"混沌王吃惊得快说不出话来了，九重天的本源叠加成禁天源界，浩瀚的波动向前汹涌而去。混沌王用六重地狱猛力砸来，想要救出混沌四尊。人王大旗"轰"的一声抵住了六重地狱，而后辰南、独孤败天、魔主、辰祖、鬼主、时空大神、修罗同时出手，在辰南暂时掌控的禁天空间中，他们不受影响，所有的力量轰向混沌四尊与六重地狱。两位混沌尊者当场被打了个形神俱灭，另两人被混沌王生生以大法力卷了出去。

　　"轰隆隆！"洪荒大旗震开了六重地狱，猛力一卷，将其中一重地狱收入大旗中，独孤败天、鬼主等则联手直接轰碎了一重。而辰南则用本源世界再次抢夺一重地狱，混沌王心痛得要死，快速将剩下的三重地狱召唤而回。混沌王一声大喝："我去天道等你们来送死！"他将镇魔石召唤了过来，直接将之粉碎，同时将被打碎的那重地狱的力量召唤而来，用这种近乎毁灭的力量突破了诸强的封锁！

　　辰南、人王、独孤败天、魔主等人在后紧追不舍，在茫茫混沌海中率领大批的太古神与洪荒强者，直接扫灭了混沌一族剩余的力量。混沌古地近乎崩碎了，混沌王在那里将混沌子、幽罗王、奎木王、通天、御风王全部带走，以三重地狱为媒介，打开了通往九重天的道路，就此消失在这片天宇。

第七章

恶道当诛

　　所有人都知道，大战才真正开始！

　　独孤败天、魔主他们看着太古神与天阶高手们，知道其中绝大多数人可能都将死去，他们自己能否活下来也不可预测。而这一次的逆天战，还是他们成功率最大的一次，但也仅仅五成希望而已。

　　"粉碎混沌，重开天地！"魔主大喝。鬼主、辰南、时空大神、独孤败天、辰祖、人王、魔主等人站在一起，全都展开了自己的最强绝学，开始崩碎混沌。与此同时，周围众多的太古神以及天阶强者全部加入了进来，集合了目前暗黑大陆所有强者的力量，开始重新开辟天地。

　　崩裂的声响震耳欲聋，死气沉沉的天宇终于再现生的气息，这是一个新纪元的开始，这是一个千古难忘的日子，被毁灭的六界化成一界重新开辟而出！而就在这个时候，神魔图缓缓飞来，自当中激射下一道璀璨的光芒。乱发飞扬、煞气冲天的绝代君王楚相玉出现，他也加入到了这一行列当中。而后，又陆续有太古神飞落而下，这都是当初走上通天之路的太古强者，大部分人不可能回来了，唯有少部分人可以逆乱天地，重返世间。

　　最后，身姿伟岸的辰战缓缓飞落而下，眸子深邃如海洋，气势重如山岳。不得不说，有些人的风采是与众不同的，即便是在千万人中也能够让人在第一眼发现的出众之姿，毫无疑问，辰战就是这种人。诸强同时出手，混沌海快速崩碎消失，曾经没有坠落的星辰渐渐显现而出，但在浩瀚的天地间，只有点点星芒，多少显得有些冷清。

这个时候，人王出手了。一杆洪荒大旗荡尽残余混沌，美丽冠盖天下的人王神色平静无波，周身闪烁出一道道星辰之光，而后一个朦胧的世界浮现而出，这是她半毁的内天地，但剩余的这些星光全都是真实的！"开！"人王红唇微启，轻喝出这样一个字。伴随着隆隆巨响，她像是披上了一层最为华丽的彩衣一般，无尽星光凝聚在她的身上，内天地中所有的星辰都缩小到了沙尘般大小。

　　人王轻轻挥动手臂，流光溢彩的星辰向着无限天宇冲去，那一颗颗美丽的星辰是真正的星体。划空而过的星光照亮了整片天地，所有的尘沙大小的星辰，在远离这片区域后都在快速放大。在隆隆巨响中，放大成一颗颗巨大的星球按照莫名的轨迹运转着，在这片天地中找到了自己合适的位置，而后缓缓旋转起来。亿万星辰重现在这片天地间，一颗颗星球让天地不再冷清，一切仿佛都回到了从前。不过，这些巨大的星球，相对于原来的星球还是小了很多，还需要无尽岁月的成长，才能够真正如过去那般。

　　暗黑大陆缓缓飘浮而来，它在这片天地中重新找到了自己的位置，不过现在的它不再黑暗了，周围星光无限。待到一切平静下来，独孤败天仰望星空喝道："战死是修者的最终归宿！""修我战剑，杀上九天，洒我热血，一往无前……"太古众神苍凉的战歌响起。在刺目的神光中，众多太古神与洪荒强者飞进了神魔图中。"虽死无悔！"这是所有踏上通天之路的强者的坚强心志，征战天道从此拉开序幕。

　　辰战与辰南对视良久，父子二人没有多说什么，一切尽在不言中，辰战冲上了九天。辰南也想冲天而起，但是却被独孤败天拉住了手臂，魔主与鬼主也原地未动。独孤败天道："混沌一族这一后患除却了，但现在还有一股中间力量，需要我们来解决。也许，不用战斗了，但是走上一遭是无法避免的。"

　　"还有这样一股力量？"辰南不解。"当然，这是一股中间力量，不站在我们这一边，也不站在混沌天道一边。但是，这无尽岁月以来，那个人却在不断地收集战魂的力量。当然，他自以为没有露出马脚，但是早已被我们所关注。"独孤败天望着无尽的星空道，"我知道他在等待机会。"

辰南从大神独孤败天的话语中，得知了一个惊人的消息，有一个人在太古时就开始收集天阶战魂，当然都是被人遗弃的那种，走投无路的恶魂，当中就包括了澹台古圣地中封印的邪祖的战魂。

"嘿，将主意都打到我辰家的头上来了。"辰祖冷笑着。独孤败天道："说来，他与我们的目的也许是相同的。不过，却想等我们与天道两败俱伤之际出手。"诸强大部分人走上了通天之路，部分人进入了暗黑大陆，或许现在该叫光明大陆。现场只留下人王、独孤败天、鬼主、时空大神、辰祖、魔主、辰南这七大高手，以及不远处的龙儿等五个孩子。辰南让几个孩子先返回光明大陆，而后他与魔主等人向着星空最深处进发。

"我感觉到了，一直没有毁落的那片星空就是他的栖身之地。"人王以洪荒大旗直指前方的一片古星空。穿越一片片星空，终于来到了这片空间，未等他们降临，数十颗星辰同时激射出璀璨星光，一个巨人在星海中浮现而出。他非常平静地看着众人道："还是被你们发现了。"所有人都在盯着他，因为没有人知道他的来历，这是一件让人颇为吃惊的事情，在魔主与独孤败天的想象中，这可能是一位故人，但是他们发现错了。

辰南一瞬不瞬地盯着眼前这个矗立在星空中的巨人，他感觉到了熟悉的气息，最后双目中射出两道神光，道："我见过你！"所有人都看向了辰南，不知道他为何这样说。

"当年在天界的澹台圣地我见过一个星空古战魂，他与你的气息一模一样，那是你的化身吧？"辰南很平静。高大的巨人很意外，略微推测一番，便明白了其中的究竟，点头道："原来是这样，那是我当年在天界的投影。""你到底有何来历？"辰祖问道。对方道："我是一条星魂，你们可以叫我星空战魂，我是由无尽星光凝聚而成的生命。"魔主向前迈了一步，强势地道："你有何打算，为何在不断收集天阶战魂！"

"我想自保，当年我见到了你们与天道的战斗，天道之下一切皆为蝼蚁，第四界就那样被天道击毁了，这让我害怕，我想尽可能地强大起来。"星空战魂慢慢缩小，化成常人模样飞到众人身前，道，"我不想与你们战斗，我愿与你们一同征战天道。"随后他转头看向人王道："我很害怕你，当初你与人激战，摇碎半片星空，让我遭受了重创。"星空古战魂似乎没有任何心机，毫不掩饰地表露对人王的一丝惧怕。

鬼主慢吞吞地道："你很强大，已经是逆天级高手。""我也是最近一万年才突破到这种境界的。我知道你们为何而来，好吧，我收集到的战魂全部在此。"星空战魂语毕，无限星空中，传来一阵浩瀚无匹的波动，百余条战魂透发着天崩地裂般的强大气势冲了过来。所有人都微微变色，百余条战魂修为全部在太古神水准。"这是……"时空大神颇为吃惊，因为他在当中看到了许多臭名昭著的人物，不少都是曾经的大恶人，其中竟然还有混沌一族的高手。星空战魂道："我知道他们都是恶魔，所以我在他们最虚弱时出手，没有留情，彻底洗去了他们的灵识记忆，这些人现在都是战斗傀儡，是最凶狂的战斗工具！"

众人点了点头，这毕竟是一大战力，现在所有的后患都解决了。时空大神陪同星空古战魂走向了通天之路。鬼主看着无尽星空道："还不知道能不能活下来，我要去光明大陆看看，就是以后战死也没什么遗憾了。"说罢他快速消失在星空中。魔主对独孤败天道："你也回月亮之上去看看吧，我也去看看我的弟弟与弟子。"两大高手快速离去。辰祖一声长啸，也冲离而去。

现场，只剩下辰南与人王，浩瀚星空，光芒点点，辰南静静地看着眼前的人王，道："雨馨，我知道你已经醒来了，我更知道你的前世人王记忆也苏醒了。我现在只想知道，曾经的雨馨还在吗？曾经的一切，是否随风而散了？"人王望着无尽的星空，眸子像海水一般深邃，绝美的容颜平静得让辰南有些害怕，他怕一切都是梦一场，到头来过往一切如烟而逝。

许久许久之后，绝美的雨馨才转过头来，看着辰南平静地道："你已经有了妻子，也有了孩子，好好地对待他们吧。"

雨馨！人王！她转身离去，在漫漫星空中独自前行，绝世风姿却显得有些孤单，而在转身的刹那，辰南分明看到了一丝落寞。但是，他张了张嘴，还能说什么呢？他还有资格说什么呢？妻子、孩子都已经有了，情何以堪，他如何面对雨馨、面对人王？！辰南感觉心中很痛，想放弃拥有的一切来唤回曾经的雨馨，只是能做到吗？一切都无法再回到从前了。

辰南大步向前冲去，快速追上了雨馨，道："雨馨……"人王停了下来，静静地看着他良久，才道："只要曾经拥有，何必在乎天长地久。"辰南悲戚地道："不！"

雨馨的目光有些恍惚，但很快就恢复了平静，看着远处的星空道："连这个世界都可以毁灭，更遑论其他，没有什么可以长久，让那美好的记忆永远沉淀于我们心中不更好吗？"

"雨馨，我只想回到从前。"即便辰南心坚如铁，但是此刻他也感觉到了眼角有晶莹在滚动。雨馨笑了，像那晶莹剔透的玉花在绽放一般，洁白无瑕，纯真明净，但是辰南却再次从中看到了一丝孤寂。雨馨拉起辰南的手，于伤感中展颜笑道："最后一次漫步吧！"两人在星空下，慢慢前行，于无尽星光中并排而立，一股难言的伤感在飘动。

"雨馨……"

"什么也不要说了。我为人王，你是神墓，王注定亡，墓依然为墓，我们曾经拥有，何必在乎天长地久呢？"

光明大陆，十万大山中的罪恶之城，如今已经等于太古诸神的大本营，有些还没有走上通天之路的强者，都聚集在这里。黑起很郁闷，绝望魔刀杀遍第五界难逢敌手，但是现在他明显感觉到了自己的不足，他是天阶顶峰级的高手，但是与逆天级的辰南相比，还是差了一截。曾经的敌手，如今将他甩在了后面，这让他感觉很憋屈，毕竟当初辰南远不是他的对手。在十万大山间横冲直撞，黑起涌动着滔天的魔气回到了罪恶之城。

"那帮小家伙的造神运动，虽然不是很完美，但还算有些成效，我是不是可以从这方面着手呢？"黑起向着神风学院降落而去。一股强烈的能量波动向他涌动而来，神风学院"造神府"内能量汹涌澎湃，同时传来大笑声："哈哈，混沌一族的肉体果真强悍，现在让'人造神'的体质又大幅度地提升了。"显然，神风学院那些疯子的研究又取得了进展，那次扫灭混沌一族让他们的试验材料提升了数个档次。

"造神府"竟然是在地下，在一个湖泊之下，不过对于黑起来说，根本无任何困难。他似冥魔幽雾一般，进入湖底，冲入石壁之下。

　　"什么人？"地下洞府中几个白发苍苍的老者，一起转过身来望向黑起。"哼！"黑起仅仅报以一声冷哼，他这样的太古强者，对于那些白发苍苍的小老头来说，年龄也不知道大了多少倍，他对于这些后辈冷漠得很。忽明忽暗的灯火映衬下，那石台上的两个人造神睁开了双眼，看到黑起的刹那明显涌现出了敌意，不过紧接着闭上了双目。

　　"咦？"黑起是何等的人物，他从对方的精神波动中，立刻感觉到了滔天的恨意，低低一声轻吼，一个巨大的恶魔头像自他身体冲出，将那两人吞了过来。在一瞬间，黑起就明白了怎么回事，冷笑道："天道之下皆蝼蚁，天阶之下皆粪土。原来你们来自于一个叫杜家玄界的地方，唔，原来是那里，你们是兄妹，曾经共用过一具身体，有意思。嘿，居然想找我们七君王报仇，找死！"说到这里，黑起神色瞬间变冷，一双大手猛地伸出，抓住了具有混沌体的杜灵与杜昊，森然道："虽然你们不过是小虫子，但是我黑起是什么人，从来不会让任何威胁存在于世！"两股血雾爆出，杜家兄妹连惨叫都未来得及发出，便化成了血水，而后形神俱灭。

　　"你、你怎么能这样？！"几个小老头气得大吼。"我黑起是谁？连自己的孩子都生吞过，更何况是微不足道的敌人！"黑起疯狂地大笑着："父母，妻子，子女，都等于被我杀死了！不要怨天怨地，没有人会同情！这个世界本来就是如此残酷！我比他们强大，理所当然杀他们，他们很弱小，可能会博得世人的同情，但是现实是残酷的，在杀与被杀中他们只能是后者！"黑起的强大气势爆发而出，几个白发苍苍的老者皆已经说不出话来了，这是发自灵魂的震慑，让他们感觉到了发自心底最深处的战栗。

　　"哼，以我的身体为'材料'，尽你们所能来改造吧！"黑起冰冷的声音响起。老者惊道："这……""犹豫什么，还不快来！想等我搜索完你们的记忆，而后杀死你们，我自己动手吗？"黑起的话语很森然。面对这样一个霸道的魔王，这些人还能说什么，提起一把锋利的神兵，对着他就砍了下来，结果神兵折断了，黑起却无恙。

"等我放松身体你们再来！"黑起放松了下来，这些老人开始忙碌了起来，从本质上来说这是一群疯子，混沌族的血液，神魔的血雨，常人的血液，他们千百次锤炼，提取出最为有效的精华。但是，现在发觉并不比黑起的血液强大，他们开始提炼黑起的血精。

三天三夜过后，黑起的血精以及混沌族强者的血精，被培养足够后注入黑起的体内，取代了他原来的血液。当黑起再次睁开眼睛时，无奈地叹了一口气，依然是天阶顶峰，修为并没有精进多少。不过，他却受到了启发，肉体的提升已经无效了，唯有神识的强大才算真正强大，他道："你们可以将我的血精为其他修炼者补充，能造出多少'人造神'就尽量造就吧！我将要为我自己进行精神上的改造，去参悟！"

在接下来的日子里，光明大陆所有幸存的修者，都来到了神风学院，进行血脉的升华。一般的修者当然不可能晋升入天阶境界，但是成为普通神族还是可以的，杀入天道需要牺牲，需要炮灰！虽然残忍，但那却是不可或缺的！就这样，神风学院的研究成果面世了，征战天道不可缺少的大军开始出现。月亮之上，辰家老魔王经过再次蜕变之后，果然彻底突破了当年的巅峰状态，成为实力强大的逆天级高手。

辰家四祖与五祖也相继复活了，最为重要的是辰家八魂从神魔图中冲了出来，他们皆具有让人无比艳羡的天赋，都是当年的一代人杰，八人的法则各有各的神妙之处。八人分开，一个人的战力或许并不能够威慑一方，但是八种神妙的法则合在一起，由八人亲自施展，就是辰家老魔王都要退避！

"哈哈……"辰家老魔王大笑道，"我的后代，果然够强！"独孤败天也早已回到月亮之上，这位第一禁忌神魔，神态很从容，享受着难言的天伦之乐，但是他的心却早已冲上了天道。月神、萱萱、独孤小月，甚至消失多年的独孤小萱都跑回来了。独孤败天的九大弟子，也都重现于世，他们或者从神魔图中走出，或者从无尽远的天宇深处归来，他们知道独孤败天需要他们，灭天道需要他们的一分力量。"还差两个人。"独孤小萱小声嘀咕道。

众人知道她说的是独孤败天的两个儿子，长子天魔以及幼子独孤小败，天魔已经走上了通天之路。传说，独孤小败一直与独孤败天在一起，他的修为已经不弱其父，无尽岁月以来都在紧锣密鼓地布置征战天道的后手。只是，除却独孤败天之外，没有人知道他现在哪里。

"好吧，我告诉你们一个秘密！"独孤败天看着身前的亲人道，"当初六界崩碎前，我曾打出过几片青叶示警，而在更早的时期，太古被隔断时，我同样打出过四片青叶，那四字是'众生灭天'，唯有众生合力才可灭天道，这就是为何天道每隔无尽岁月后都要毁灭众生的原因。小败他在汲取众生的力量！"

鬼主飞遍了光明大陆的千山万水，来到了神风学院，此刻面对着灵尸雨馨，感慨万千道："好徒弟呀，你太单纯了，唉，希望你永远这样单纯快乐地活下去。唉，你虽然与人王有着莫大的关系，但是师父我还是会尽可能地保护好你的。"鬼主不断地叹气，与平时的温吞样子一点也不像。灵尸雨馨心思如白纸一般纯洁，天真地笑着，格外灿烂，轻灵地来到鬼主的身旁，聆听着他的教诲。

不远处小晨曦也在甜甜地笑着，在守墓老人的身旁像个快乐的小天使一般，守墓老人摸着胡须，道："比萱萱小时候可乖多了，真是个小精灵呀，如果不是天道无情，天下间谁忍伤你，我老人家与你有缘，尽可能保你平安吧。""老爷爷你真好。"小晨曦虽然不知道以后的天地间有大危难，但还是善良地谢过守墓老人。

此刻，魔主已经重开了死亡绝地，魔师、无名神魔、潜龙都在这片绝谷中。冷酷的魔主此刻似乎也动了感情，银色长发随风而动，如刀锋般的眼眸中露出些许温情，是的，仅仅些许，但也非常难得了。魔主道："今日，与你们一聚，也算彻底了却心愿了，以后无论能否活下去，都没什么遗憾了。"

"大哥！"魔师双目有些湿润了。"父、父亲……"大魔显然还有些不适应这个角色，有些不习惯开口称魔主为父亲，但是感情却是真挚的。

"师父！"无名神魔与潜龙也同样有些哽咽。他们知道魔主的性格，现在看到魔主那原本犀利的目光竟然软化了下来，这让他们感觉到了魔主的软弱，这实在太难得了！千古魔主，君临天下，今日显现出如此感性的一面，已经算是奇迹了。

"大哥……""父亲……""师父……"四人同声而出，道，"我们也要走上通天之路！"魔主看着他们良久，而后忽然叹道："好吧，我们这一脉，注定都是为战而生的！"四人皆用力点头，即便是原本对魔主有成见的潜龙也早已忘记了心中的愤怨。他明显看出来了，魔主的狠与凶完全是从大局出发的，这才是真正君临天下的至尊本色。似乎看出了潜龙的失神，魔主看着他，道："其实，你的前世也是我的子嗣！"

　　潜龙愣住了，身为魔主的子嗣，他与魔主相处过很长一段时间，但却从来没有享受过父亲的关爱，这就是冷酷的魔主啊！很快，魔主眼中的那缕软弱彻底地消失了，他扫过眼前四人，道："既然你们已经决定走上通天之路，那么有些话我要说清，免得到时候你们怪我！最后，为了得到最大的力量，我可能会六亲不认，不仅杀敌、杀亲，甚至要杀己，你们可能会很危险的！"魔主冷冷地盯着他们。

　　"心中无怨！"这是四人的心语。

　　"好吧。"魔主点了点头，道，"我曾经在这里深锁一天，虽然他的本源已经被抽离到禁天源界中去了，但是庞大的灵力还在，现在我来打入你们的体内吧！"

　　遥远的星空中，辰南放声大笑，在人王的注视下独自向着光明大陆飞去。"万载一梦，今朝醒，抛却三千忆海，忘却诸世情仇，从此不回首，仰天长啸，征战天道……"辰南大声地笑着，看似洒脱，但是只有他自己才明白此刻心中的滋味。人王默默地注视着他的背影，似万古石雕一般静立。

　　辰南在光明大陆上一路飞行，看遍千山万水，最终寻到了龙儿他们，五个孩子在对杀，想要彻底激活图腾至尊的潜能，连索索与玄玄都不再调皮了。自内天地中取出天龙皇的骸骨，辰南将之交给了龙儿，这对于龙儿来说无疑能够进一步激发出潜在的力量。

　　辰南道："龙儿与依依当年的至尊本体都已经寻到了，这几日我一定会帮空空、索索、玄玄你们寻到至尊体，即便六界崩碎了，那些至尊体也不会毁灭、的，我要最大限度地提升你们的修为，保护你们不受伤害！"事实上，辰南还未去寻找，魔主与独孤败天已经派人送来了，他们早已寻到图腾至尊体，他们非常看重几个孩子的潜能！

辰南走向了梦可儿的居所，在竹林间两人相对久久未语。很久之后，辰南才道："你一定要活下来。""你也一样！"梦可儿点头轻声回应。转身的刹那，辰南发现了澹台璇，道："澹台，为了玄玄与索索你也要好好保重！"

"我知道，你也保重，你不能死在天道之下，你只能死在我的手中。"虽然很恨，但是澹台璇到底还是不希望辰南死去，她与辰南年少时就已经相知相识，两人间的恩怨情仇很难说清。走出竹海，辰南看到了龙舞，她依然如从前那般清丽，不变的是容貌，变化的或许是心绪吧。

"辰南……"龙舞一声轻唤，勾起辰南的种种回忆，曾经身残功废，是龙舞相守十年，在那雪花纷飞的夜晚给了他太多的感动，让他那本已死寂的心灵，得到了生命温情的浇灌，是龙舞让他活了下去。十年生死两茫茫，龙舞给了他新生的希望，怎可忘却，怎能忘却呢？

"龙舞……"辰南执龙舞之手，冲天而起，来到云海边，对龙舞道，"曾经的一切，我都没有忘记，希望我们都能够安然活下来，请你放心，只要我还活着，就不会让你受到伤害。"龙舞眼睛湿润了，紧紧地抓住了辰南的手臂。就在这个时候，云海深处一个无比熟悉的声音传来："喂，辰南，原来真的是你这个家伙！"

辰南与龙舞扭头观看，只见一张无比灿烂却淫荡的笑脸对着他们。辰南道："南宫吟，你这个淫贼还活着！""呸呸呸，什么话呀，我风流倜傥、绝世潇洒的一代帅男怎么可能死去呢？还记得我和你说过的话吗，打我是打不过你，这辈子不准备和你动手了，但是要比后代多嘛，哇哈哈哈，你肯定比不过我！哎哟……"南宫吟那欠扁的淫荡笑容收敛了，他正在被妻子王琳掐软肉呢，在他们的身后跟着七八个孩子，大到十几岁，小到两三岁，真是一大家子。不远处，南宫仙儿坐在云海中的石桌旁，显然征战天道即将开始了，这一家子在团聚呢。

"这都是我比较小的孩子，我还有一些早已成家了的孩子呢，哇哈哈，大破灭到现在已经过去一千多年了，我现在都已经做祖祖爷爷了。"南宫吟得意地笑着。显然，他们这一家子能够活下来，全仰仗南宫仙儿。辰南很无语，这个家伙也真是太……做祖宗的人了，现在还有两三岁的孩子呢，真是让人晕头！

"辰南我知道你即将走上通天之路了，在走前我们好好聚聚如何？听说玄奘、潜龙他们都没死，叫过来一起吃顿饭，我给你们送送行。我是没能力去征战天道了，只适合在后面给你们摇旗呐喊。这次，非要给玄奘那老光头找个老婆不可，不然不能让他走上通天之路。"南宫吟淫荡风格一如从前。这让辰南不禁感慨万千，纵然修为通天又如何？他相识的朋友中最快乐潇洒的还是这个修为不怎么强的淫贼南宫吟啊。

云雾涌动，彩霞缭绕，在这云海之上，辰南感慨万千，他大笑道："淫贼兄你才是真自在啊，这乃是一种真境界，我比不得你啊。"南宫吟也大笑："早就说了，我打不过你，但是在其他方面你远不如我呀。俺风流倜傥，绝世大帅哥绝对要活得潇洒，绝对要活得逍遥，这天他爱灭不灭，这地他爱碎不碎，只要我曾逍遥自在快乐过就足够了。"虽然，辰南并不认可这种堕落的自我放逐性快乐，但是南宫吟的洒脱逍遥还是让人羡慕的。

"好，将玄奘、潜龙召来，将我们那一代曾经的熟人都聚集而来。"辰南大笑着，有些歇斯底里，心中种种烦闷仿佛都要宣泄出去。

"好，你召唤潜龙与玄奘他们，我也召唤几个朋友。不过，我们都比不得你们啊，我们现在只是普通的仙神，征战六道我们不会再参与了，这天下已经不是我们曾经的天下，现在我们只能为你们在后面摇旗呐喊了。"南宫吟虽然洒脱，但是现在也不禁有了几分失落，也曾经是年青一代的风云人物，但是赶在大时代来临，不要说天上的仙神，就是太古时代的巨魔与古神都跳出来了，像他这样在同代中杰出的人物早已归于凡尘。

浩瀚历史长河中，杰出之辈不计其数，他这样的后辈小子，有几人能够挣脱出来，涌上大浪峰巅，与古神争锋？如果不是有一个好妹妹，他在六界崩碎时就已经身殒了。他现在的这种洒脱，也未尝不是一种无奈的自我放逐，男人有哪一个不想轰轰烈烈一场，生当为人杰，死后为鬼雄，这是所有男人都曾经有过的梦。

青色莲花涌动，宝相庄严的玄奘和尚，从远方破空而来，那神圣不可侵犯的气质，那超凡脱俗的韵味，让人真以为得道圣佛降临。"这血和尚还真能装。"南宫吟嘀咕道。辰南深有同感地点了点头道："要是没见过他曾经津津有味地吃狗肉的样子，还真会被他唬住。"

"嗷呜！"远处，一声长嚎传来，紫金神龙涌动着漫天的紫气，驾着紫云飞来，虽然已经蜕去了天龙身，但是他的习性并没有改变。隔着很远就看到了玄奘，哈哈大笑道："玄奘光头今天我请你吃狗肉，喝烈酒，泡艳妞！""你敢？！"一声清丽的喝声在紫金神龙身边响起，银龙佳丝丽捏住了他的耳朵。

紫金神龙道："嗷呜，放手，再不放手，我天天把老龙坤德灌醉，现在他论功力比不过我，论酒量也是手下败将。"佳丝丽道："你敢，我父亲就是你父亲，你要尊重他。"辰南有些傻眼，紫金神龙到底还是和银龙佳丝丽走到一起了，想必那个老暴君坤德如今只能对紫金神龙干瞪眼没办法了吧。

玄奘和尚在云头上依然是一副宝相庄严之色，笑眯眯地对着紫金神龙道："我佛慈悲，善哉善哉，施主你着相了。""偶米头发！"远处有人回应着玄奘的佛号，道，"和尚你也着相了。"龙吟凤鸣，一条金黄色的天龙与一只七彩凤凰在高天之上追逐着一起飞来，正是龙宝宝与小凤凰。

"哦耶耶，小豆丁居然也长大了，需要美女了。"紫金神龙长嚎，怪笑连连。"龙凤呈祥！"辰南笑了。龙宝宝快速飞来，一个天龙大摆尾，"砰"的一声将紫金神龙抽飞了。虽然已经长大，心智渐渐成熟，但是龙宝宝的神棍本色依然不改，他无比认真地道："神说，泥鳅你将生有九个孩子，所生九子，子子不同，没有一个像你。"

"阿呸！"紫金神龙气得大怒道，"龙生九子，子子不同？少装神棍了！"他不满地嘟囔着："要是真生九个孩子就好了，不过不要紧，俺已经准备了九个孩子的名字，足够用了。狴犴、霸下、蒲牢、螭吻、嘲风、狻猊、囚牛、负屃、睚眦，多好听啊！""要死呀！"佳丝丽使劲掐了紫金神龙一把。

远空人影闪动，一个长髯飘飘的中年人飞来，高大的身影很是魁伟，这是被南宫吟召唤来的，辰南与那人相对好半天才道："混天小魔王久违了。""是啊，好久不见！"混天小魔王感慨万千，曾经与辰南生死相向，两人当年的修为不相上下，而如今一切都已经不似从前，昔日的大敌已经与他不在一个层次。人生际遇，让人感慨。

"嘿嘿，你们两个不要放电，都是男人，不要这么暧昧好不好？"南宫吟哈哈大笑道，"现在，你们已经不可能打起来了，就是想打也不行，混天小魔王项天已经是我的儿女亲家，现在我们大家都是朋友了。"辰南口中的茶水差点喷出去，这两人结成了儿女亲家，还真是世事无常，无法预料啊。

远处，又一条高大的人影飞来，满头白发如雪，浑身的皮肤也晶莹如玉，他与辰南对视良久，才道："人生如梦啊！"

"人生如梦！"辰南看着这个昔日的大敌东方长明，对于眼前之人他有着一份特殊的感觉，因为两人都是沉睡万载之后复活而出的。随后，潜龙与大魔也到了。这些同代的人，现在人生际遇各不相同，在他们的记忆中还有许多人，但是都不可能重现于世了，在六界崩碎的时候太多的生灵永远地死去了。

对酒当歌，人生几何。众人在云头上，把酒言谈当年事，无不一阵唏嘘。今朝一聚，也许将成为永别，众人心情各不相同。这一次聚会，让所有人都心绪百转。最后，当年昆仑玄界的老妖端木赶来了，昆仑四个老妖如今只有他一个活了下来，整片昆仑除却被骨龙与黄蚁救走了部分人外，彻底地毁灭了。

颠倒众生的绝世尤物南宫仙儿提议道："我们这一代的人，男子都快到齐了，女子却还差几人，不如都请来吧。"不久之后，圣洁仙子梦可儿、古灵精怪小公主、天界无情仙子雨馨、灵尸雨馨、战女李若兰、凤凰血脉觉醒后的东方凤凰，甚至还有不算与他们同一时代的澹台璇也都被请来了。辰南一阵沉默，有些人是不可能出现了，精灵圣女凯瑟琳，圣战天使纳兰若水，都在六界崩碎时消逝了，不知道她们的灵识是否散尽了，如果有来生不知道她们能否出现在这个世上。随后，龙儿五兄妹与小晨曦也赶来了，人是越聚越多。最后，一头金翅大鹏鸟展翅飞来，大如山岳般的躯体，让天际的云朵都动荡了起来。

"呔，哪儿来的小鸟，竟然敢到这里来撒野！"紫金神龙痞子气十足地举着酒杯喝道。大鹏道："痞子师伯，是我呀。""是恨天低。"辰南认出了他，这是他曾经的记名弟子，不过最后送给了大鹏神王。"师父。"恨天低化成了人形，跪在辰南身前。辰南道："起来吧，你师父大鹏神王呢？"恨天低道："师父无恙，他在后面与青禅古魔等在叙旧。"

不久之后，青禅古魔、佛祖、金翅大鹏神王都赶到了。曾经的敌人，如今似乎忘记了当年的仇恨，竟然已经相谈在了一起。而后，月亮之上，独孤小萱也飞了下来，这个魔女简直就是个祸害，冲入这里乱起哄，恨不得将所有人都灌醉，更是毫不顾忌地摸了摸玄奘的光头，道："小和尚听说你拜在了老不死的门下，是我娘的师弟？"

"没！"玄奘立刻蹦了起来，开玩笑，面对着这个魔女充大辈，那真是寿星老嫌命长呀，打死也不能承认。"算你识相，嘻嘻！"她笑嘻嘻地又转到了辰南的面前，道，"还记得我最开始托付给你的事情吗？让你寻找大龙刀，你倒好直接给生出来了。"不得不说，这个魔女真是让人头痛，顿时让梦可儿、澹台璇、辰南同时感觉尴尬无比。

"还有你这条臭四脚蛇，当初也托付给你了！"独孤小萱盯着紫金神龙笑嘻嘻地道。老痞子如今修为尽复，且再次做出了突破，想起了当年的往事，当然不会再惧独孤小萱，他是谁？他是著名的紫风老痞子呀，还怕魔女不成！紫金神龙道："咋地，老龙我现在可不惧你了，小魔女当年太古时俺可没少关照你，结果俺落难不记往昔之事后，你居然折磨老龙我，现在想算算账吗？"

"你不是说都已经忘记太古之事了吗？"银龙佳丝丽使劲掐紫金神龙。"哎哟，当然忘记了，不过也有一些印象深刻的事情，比如说这个小魔女简直就是小跟屁虫，在我后面天天晃悠，多少还记得些。"老痞子信口开河。独孤小萱大怒："胡说，你这老流氓，在过去总是来我面前无事献殷勤，现在居然敢胡说八道。早知四脚蛇是你转世，当初你出世的时候，我真该拿你来熬龙汤喝。"

"什么？"银龙佳丝丽手上加劲，痞子龙龇牙咧嘴地怪叫道："不要听这个魔女胡说，我的脑袋又没撞猪身上，怎么会对她献殷勤呢？当初，是老淫虫周伯冲看上了她，天天委托我帮忙而已。哎哟！"一时间，几人间乱糟糟，真是让众人啼笑皆非。

"不要打了，老淫虫周伯冲也在这里！"紫金神龙手忙脚乱中，指向了龙宝宝。"呃！"龙宝宝惊得打了个饱嗝，快速咽下了口中的烤鸡翅膀，气道，"泥鳅在撒谎，我是大德大威宝宝天龙，据我有一次听泥鳅说梦话所知，泥鳅有双重身份，紫风就是老淫虫周伯冲，老淫虫周伯冲就是紫风，也就是现在的泥鳅。""我……"紫金神龙大骂，跳起来就逃。几人混乱吵闹，倒也冲淡了笼罩在众人间的伤感情绪。

到最后，魔女独孤小萱来到龙儿近前，道："当年天龙皇陨落后，身体的部分被人凝练成了神兵，当初大龙刀就落在了我父亲的手中，我想寻到你来寻我父亲，不想我父亲一直都在我身边不远的暗处。"接着，她又转过头来看着辰南，道："当初最开始遇到你时，我在你身上感觉到了我独孤家血脉的点滴气息，初始还以为你是天魔大哥或者小败小弟的后人呢，但是现在我有些不明白了，我父亲与魔主似乎有些看重你。你这家伙到底有着怎样的来历呢？是我小弟，不可能，我没有感觉到他的气息。"

所有人都喝得酩酊大醉，就连索索与玄玄这两个小东西都在偷偷摸摸地喝酒，小脸喝得红扑扑，不断拍着自己的小胸膛，对小晨曦道："小姑姑你看着吧，等我们把天道打趴下，再来找你。""扑通扑通！"两个小酒鬼醉倒在了云朵间。远处，龙舞、梦可儿、天界雨馨、小公主等也都已经喝醉了，都成了醉美人。

征战天道，谁能够活下来？对于每一个人来说，机会都异常渺茫！辰南看着所有醉倒的人，轻叹道："今日一别，不知他朝还能否相见，但不管怎样说，今天已经了却了一桩心愿，希望能够与众位再聚首！"

十日后，巨大的神魔图在光明大陆上空缓慢旋转，征战天道的大军全部开来了，所有将要走上通天之路的人，将要自此踏上征程！人王展动洪荒大旗，带领五色骷髅第一个飞入神魔图中。接着黑起持绝望魔刀，带领他聚集而来的仙神也冲天而起，飞入神魔图。更远处，更多的人在冲来……

月亮之上，战歌高昂，所有辰家子弟，但凡达到仙人境界者，全部飞出了月亮，在辰家老魔王的带领下，在辰家八魂的领导下，浩浩荡荡向着神魔图飞去。经过辰大祸乱之后，辰家老辈人物陨落了很多，但是随着辰家老魔王与辰家八魂的复活，他们的实力还是大增到了顶点。

"天也不过是我手中的兵器而已，天道我同样能够打碎！"辰祖化成了一个青年男子模样，威压天下，站在神魔图前冲着光明大陆吼道，"我辰家血脉定当让天道战栗！"辰家人马冲入了神魔图。十万大山深处，死亡绝地隆隆而响，整片绝谷拔地而起，千古魔主银发狂舞，眸若冷电，势如山岳，带着魔师、大魔、潜龙、无名神魔，裹带着死亡绝地冲入了神魔图中。

天龙咆哮，妖圣骨龙冲天而起，望着不远处的龙儿，他心中涌起一股难言的滋味，他资质远不如天龙皇，但是他绝不会退缩。龙儿似乎心有所感，仿佛忆起了曾经的点滴，向着骨龙点了点头。骨龙眼睛有些湿润，猛力转过头飞入神魔图中。随后妖圣黄蚁率领妖族大军浩浩荡荡进入神魔图。妖族压阵的是太上妖祖金蛹，在辰家月亮之上经过千年蜕变，他终于再做突破，修为晋升入新的领域。人身、蝶翼霞光万道，瑞彩千条，他最后看了一眼光明大陆，冲入神魔图中。

"隆隆"响声传来，高天之上两轮月亮透发着柔和的光芒飞快冲来。独孤败天的九大弟子聚集在一轮月亮之上，独孤败天一家人聚集在另一轮月亮之上，竟然以莫大的法力驱动月亮向神魔图冲去。这表达了他们的决心，破釜沉舟，一往无前！神魔图乃是浩瀚宝图，在刹那间放大千万倍，让两轮月亮顺利通过。随后，铺天盖地的身影冲天而起，这是神风学院的改造成果的体现，这些人注定是炮灰，但却不可缺少，最后他们也许仅仅是强者灵力的有效补充，现实就是如此残酷。

无尽人影冲入了神魔图，邪尊、九头天龙、西土图腾这些昔日有仇怨的人，也全部放下了隔阂，向着神魔图冲去。而后，强大的六魂天女冲天而起，在征战天道之际没有梦可儿、龙舞、小公主等单独的存在，只能是六魂天女这样的强势合体。龙儿、空空、依依、索索、玄玄紧随六魂天女而去。默默注视光明大陆良久，辰南也冲天而起，进入了神魔图，无尽的人影冲上天空，光明大陆几乎连仙神都不存在了。

"龙大爷我沧海一声笑啊，滔滔两岸潮……"紫金神龙冲天而去，银龙佳丝丽不顾他反对，毅然跟进神魔图，在他们的身后老龙坤德一声长叹，与麒麟老友也冲了过去。

东方长明、混天小魔王等人最后也改变了主意，直接冲入神魔图。南宫吟叹道："老子也改变决定了，去尽我一份微不足道的力量吧！"他挥别了身后的妻儿，向着高天上的神魔图冲去。南宫吟道："二十年后，风流倜傥的我依然会再次显化于世间！""我也去！"王琳将幼小的孩子交给了那些已经长大成人的子女，追随着南宫吟一起进入了神魔图。

这一日，被后世称为"无神日"！在这一天，所有的仙神全部离开了家园，全都舍生忘死地走上了通天之路。这是无比悲壮的时刻，没有一个仙神退缩。仙神远远比不上天阶强者，明知必死，也要赴死。

"杀啊——"神魔图通天之路的背后，竟然是一片无比广袤的大地，这是一座飘浮在虚空中的大陆，喊杀声震天。先一步冲入此地的强者们正在与天兽大军对抗。辰南抬头仰望，只见类似的大陆有九层，一层高过一层，这就是传说中的九天啊！

第一重天，浩瀚无边，这是一片暗红色的土地，辰南似乎闻到了先辈们的鲜血味道，这是无数逆天者的鲜血染红的大地。面对突然冲来的天兽大军，所有走上通天之路的修者都有些措手不及，虽然喊杀声震天，但是仙神已经陨落了不少，因为这不是一个层次的战斗。

"退后！"魔主大喝，他将所有死者的灵力都收集了起来，走上通天之路的刹那，任何一点力量都是宝贵的。他驾驭着拜将台，冲天而起，来到了最前方，将所有修者都挡在了后面，眸子中射出两道阴森的冷电，仅仅喝了一个字："杀！"煞气直冲九重天！魔主展现出了他真正的超绝大神通，自太古一战蛰伏至今，他的修为早就突破到了难以想象的境界。十万头天兽在魔主面前发出了最为凄厉的惨叫声，漫天的血光爆发而出，猩红的血水染红了大地。十万头天兽在刹那间崩碎了，连灵魂都没有剩下，全部毁灭！

无尽的灵力浩浩荡荡，像汹涌的大海一般在波动，死亡绝地像一个巨大的漏斗，将这一切灵力全部吸收。后方数十名天阶天兽头领见状，快速后退，想要破入第二重天，但是已经晚了，魔主功参造化，两只巨大的手掌探出，瞬间遮笼了天地。三十几名天阶天兽狂吼着、冲腾着，但是没有一头能够逃脱这双大手，全部被笼罩在里面。

在刺目的血光中，这些天兽被碾成了肉酱，形神俱灭！无尽灵力被死亡绝地吸收。"走，我们的人早在更高的天层上等我们了。"魔主大喝着，第一个冲天而起，向着第二重天飞去。众神浩浩荡荡杀上了第二重天，之所以如此顺利，是因为早有辰战等人在前开路了，而魔主、独孤败天等也是从这里回到光明大陆的，真正恐怖的屠杀者早已被灭了。

第二重天，云雾缥缈，浩瀚不知几十万里。在猛烈的狂风中，所有的云雾都被吹散了，大地传来阵阵颤动，前方一望无际的巨人像是海啸一般冲来，仿佛要天崩地裂了一般，第二重天狂乱摇动。数千仙神向前冲去，想要灭杀这群巨人，但是无尽的神力却难以撼动那些巨人分毫，数百仙神在刹那间被禁锢在空中，而后被撕碎了。人王洪荒大旗一展，将其余的仙神卷了回来，喝道："所有人都不要轻举妄动，这乃是天之守护者族群之一，不是人间界的那些巨人。"

"吼——"巨人们咆哮着，越聚越多，最后竟然有八九万之众，庞大的身体都如山岳一般，一眼望不到尽头，他们目中凶光闪烁，射出的一道道光芒竟然交织成一片巨大的光网，向着仙神笼罩而来。没有人会怀疑光网的威力，因为虚空在光网降落的过程中，已经无声崩碎，而后又湮灭了，这片天地的空间在急骤地缩小！所有仙神都倒吸口凉气，里面最弱的巨人都要强于仙神，当中更不乏天阶境界的强者！

恐怖的波动，浩瀚如天海、似洪宇，让人感觉发自灵魂的战栗。洪荒大旗猎猎作响，猛力挥动而出，那能够湮灭空间的巨大的光网，就这样崩碎了，所有巨人身体都一阵颤抖。但是，那浩瀚而又恐怖的波动却更加剧烈了，所有巨人都望着人王，而后冲天而起，竟然飞了起来，一起攻向了人王。

"毁灭！"人王静立在虚空中，轻轻喝出了这两个字，她如此飘逸出尘、冰肌玉骨、风华绝代的身影，让所有仰望她的仙神都不禁有一股顶礼膜拜的冲动。言即法，行即则，天地法则唯我而定，在这一刻，在人王身上体现得淋漓尽致！这根本不是太上玄功能够比拟的，这是真正的人王禁忌大法。仅仅两个字出口，一切就真的发生了，毁灭一切阻挡！

八九万个巨人，如同白雪在炽烈的阳光暴晒下一般，飞快地消融了，又像是那沙墙瞬间轰然崩溃般覆灭。所有巨人在短短的片刻间都被毁灭了，形神俱灭，只留下无尽的浩瀚的能量被洪荒大旗吸收，再无任何痕迹。仁慈的人王，在这一刻都不再留情，可想而知这场大战接下来会多么残酷，人王不想因为自己的心软而留下任何隐患。

"杀！"众人向着第三重天杀去。辰南走在最后面，不为前方的人担忧，他知道在与辰战等人真正相遇前，众人不会遇到毁灭性的攻击。他飘浮在空中，看着下方的第一重天，整个人的气质在刹那间大变样，神色无比肃穆，大喝道："灭！"无尽神光冲了下去，一刹那将第一重天全部笼罩，而后在隆隆巨响中，那片大陆崩碎了，化为漫天尘沙。地心当中，竟然隐藏着数万的天兽，这一次它们没有逃脱，全部形神俱灭。无尽的灵力向着他倒卷而来，被辰南纳入本源世界中。就这样，修者们连破五重天，终于在第五重天与一代天骄辰战与盖世君王楚相玉等会合了。

下方四重天，全部被辰南崩碎了，没有一条漏网之鱼逃脱，而鬼主、守墓老人后来也参与了进来，将那无尽灵力全部吸收。走上通天之路的所有修者终于会合在了一起，真正的死亡冲杀，真正的征战天道将要开始。

五重天之上，阴云密布，这里煞气森然，地上有许多的骸骨。仔细辨认，当中许多骨架都异常神异，在一片乱石间，辰南发现数十具天使残骨，他们的羽翼最少都在十四对以上，一看便知是西方最强大的古老神灵。他们的骸骨，与现在的天使截然不同，近乎透明，仿佛是由液体凝聚而成的，很显然这已经不是这一个神话时代的骸骨了，是无尽岁月前留下的。

凄惨残碎的骨骼，七零八落地撒满了乱石间，似乎在低吟着那曾经的悲歌，逆天之路，无数强者陨落在九重天间。辰战昂然立于乱石间，与辰南相见后无言地点了点头，辰南目光有些湿润，终于与父亲走到了一起，而且将要一起战斗。龙儿、空空、依依、玄玄、索索都冲了过来，围着辰战亲热地叫着，几个孩子的嘴巴非常甜，尤其是玄玄与索索，一点也不认生，似乎根本不惧怕辰战的无形威压，手忙脚乱间居然爬到了辰战的肩头，毫不客气地坐了上去。

"与你母亲见上一见吧。"辰战展开了内天地，带着辰南与几个孩子步入。"母亲……"在见到辰母的刹那，辰南双目中泪水再也忍不住，不可抑制地滚落了出来，母子连心，分开无尽岁月了，终于再相见。"小南……"辰母样貌没有任何变化，依然是那样美丽端庄，在见到辰南的刹那也是泪眼蒙眬。

"奶奶……"五个孩子快速跑了过来。"好孩子……"辰母抚摸着几个孩子的脸颊，显然非常高兴与激动。辰母道："你们的娘亲在哪里？"辰南道："也来到九重天了。"

"快，将她请进来。"辰母推辰南道。"好吧。"辰南略微犹豫，出了辰战的内天地，将六魂天女请了进来，而后他走向了辰战。"不要多想，我们曾经存在，我们曾经战斗，不管结果如何，我们已经尽力，一切都已经足够了。"辰战看着辰南道。"我知道，我没有任何心理负担。"辰南点头。两人间默默无言，有些话无须多说，有些事无须多讲，到了现在一切都只能以最终一战来解决了。当走出辰战的内天地，他明显感觉到了九重天之上有一股庞大的力量正在复苏，像是一个能够崩碎整片天宇的凶兽一般，给人无比强大的压迫感，让人发自心灵地战栗。

辰南道："那就是天道吗？他毁灭众生，汲取六界的力量，现在觉醒了吗？""没有。"魔主走了过来，同样抬头望天，道，"他一直这样沉睡，但是部分潜意识却时刻在关注着天宇，他将自己当成了大如山岳般的巨猫，将我们当成了微不可见的老鼠。"

"哼，猫戏老鼠吗？"辰南第一次敢离天道如此之近，感觉到了毁灭性的气息。众多仙神都在这第五重天四顾，看着那遍地的前辈遗骸，心中有些凄凉，因为他们知道仙神可能连遗骸都剩不下，彻底地形神俱灭，这无尽白骨最起码也是天阶修炼者留下的。

"大哥！"另一边黑起持着绝望魔刀，来到了君王楚相玉的面前。

"二弟！"君王楚相玉是第一批走上通天之路的人，早已在这里征战多年了。前五重天的恐怖人物都几乎被他们斩灭了。黑起转头望向不远处的独孤败天，怒道："可以让松赞德布他们解脱出来了吧？"君王楚相玉身材与黑起相差不多，他一把拉住了黑起，道："不要多说了，到时我们可能都会如三弟他们那般，舍弃肉体。"

大神独孤败天飞下了月亮，在高天之上喝道："进军第六重天！"喝罢，第一个向天冲去，人王、鬼主、时空大神、星空古战魂、辰战、辰祖、楚相玉等人全部冲天而起。辰南带着五个孩子，在刹那间冲入第六重天。

"嘿嘿！"森然的冷笑传来，第六重天上，混沌王当空而立，冷冷地看着独孤败天等人。独孤败天也注视着他，道："你如此迫不及待吗？我以为要到最后关头，才能够与你对上呢，难道现在就要分生死了吗？"

混沌王道："因为你来了，所以我等不及了，我在天道重新回顾了当年的征战片段，逆天级的父子二人，我小看你们了，现在彻底来个了断吧。"独孤败天大笑道："你是求死吗？没有天道护佑，单凭你如何拦得住我们！"

"与我独战，其他人不得插手，你可敢否？！"混沌王目光阴森，他修为震古烁今，独战天下，真正的近乎无敌手，现在这样拿话语挤对独孤败天，显然是想打击诸神的士气。"我来战你！"辰南排众而出，他并不惧怕混沌王，尤其是他本源世界的种子刚好可以克制混沌王的三重地狱。

混沌王看到辰南后，恨得牙根都痒痒，即便他很克制，还是想发狂，费尽心机祭炼的十方绝域就那样被辰南得去了，实在让他窝火到极点。"先灭杀你又有何妨！"混沌王一步就来到了诸神的近前，似乎丝毫不怕众人围杀他。独孤败天伸手拦住了辰南，道："不必你出手，如他所愿，今日我来灭他！"他神色郑重，在虚空大步向前行去，道："混沌王，希望你不要让我失望！"

"哈哈！"混沌王大笑道，"从来没有人敢以这种口气对我说话呢，天道之下我是无敌的！"不过，说这些话语时，他不禁看了一眼人王，他知道人王无论是在过去还是现在，都是他的劲敌。

"打过一场才知道你到底是不是无敌的！"独孤败天高大的身材，爆发出万丈神光，对着远处的轮回门划动出几道玄妙的法印，恐怖的波动顿时透发而出。悬浮在光明大陆上空的神魔图快速消失了，而后通过轮回门飞了出来，一口血棺从神魔图冲出，万丈血光遮蔽了第六重天，无尽煞气弥漫在高天。这里恐怖的能量波动，震荡十方。

"血肉相还！"随着独孤败天的一声大喝，血棺崩碎了，无尽的血雾弥漫在高天，而后血雨与碎骨等疯狂向着大神独孤败天涌动而去。天雷阵阵，无尽雷声，震耳欲聋，在无尽的电光中，大神独孤败天的躯体在反复地崩碎与重组，最后浑身上下透发出刺目的宝辉，曾经蜕变出去的血肉与灵魂再次被召唤而回，组合成了完美战体！这种威压，不要说后方的仙神已经近乎瘫软了，就是混沌王也不禁吃惊地立起了双眉，惊道："经过三次灵魂蜕变，我感觉到三条战魂融入了你的身体！"

"不错！"独孤败天浓密的黑发无风自动，右手持着神兵"独孤"，喝道："杀你可够？"眸子中的冷电像两道实质化的利剑一般，直欲指入混沌王心海。混沌王手掌轻划，一片朦胧光辉闪现而出，与那两道光剑相交，发出阵阵铿锵之音，他冷声道："还算不错，那就来战一场吧。"

"灭！"独孤败天一声轻喝，整个人化成一道光芒消失了，接着混沌王身前的空间彻底地湮灭了。混沌王一声闷哼，快速冲了出来，身上的甲胄爆碎，他抬手召唤出了仅剩的三重地狱，向着独孤败天镇压而去。一道剑芒冲天而起，独孤败天斩灭时空，手中"独孤"瞬间劈下，在混沌王以及所有人都有些不相信的目光中，瞬间劈断了一重地狱。无尽的灵力汹涌而出，像是发生了海啸一般，独孤败天手中"独孤"像是无底洞一般，开始疯狂吸纳无尽灵力。

混沌王飞退，掌控两重地狱，面色凝重无比，道："我还是小看了你，你已经可以称王了，不弱于当年的人王。""杀你可够？！"独孤败天神色冷峻，早已进入杀意冲天的状态，无尽杀气像是寒风扫落叶一般，如果不是有辰南、魔主等人抵御，许多仙神可能都早已承受不住了。

"你杀不了我！"混沌王身体化成万丈高，他一口吞掉了剩余的两重地狱，向着独孤败天抓去。如山岭般的巨爪已经不是崩碎时空，而是彻底地湮灭时空，所过之处空间急骤缩小。独孤败天手中"独孤"也在刹那间变大千万倍，两大太古之王大战在了一起，第六重天为之不断地崩碎。眼看这片空间是保不住了！漫天的雾气席卷十方，无尽神光在冲击，大片的广袤土地崩碎在无尽虚空中。

"走吧，这里没有天之守护一族存在，已经不可能存在了，都将在二人的大战下毁灭。"魔主说完这些话，第一个向着第七重天冲去。索索小声嘀咕道："白发酷男，难道你不管独孤大大了吗？你不怕他战死在这里？"他眨动着一双大眼，偷偷瞟着魔主。魔主回头看了看下方天崩地裂的大战，道："走上通天之路后，没有人敢肯定自己能够活下去，我们都已经做好了战死的准备。不过独孤败天他不可能死在这里。如果他死在了混沌王的手中，那他就不是真正的独孤败天。"如此话语，透发着蔑视生死的豪情，同时也对独孤败天充满了信心。

"轰隆隆！"下方，第六重天在两个太古之王的激烈大战下，已经彻底崩碎了，两大至尊人物已经杀向了无尽的虚空深处。

"魔主，你我再续当年一战吧！"幽罗王自第七重天飞出。他的身后是混沌子、御风王、通天、奎木王。"你？不配！"魔主毫不留情，冷声道，"当年我战天过后重伤垂死，你都难以奈何我，更遑论如今！去死吧！"魔主的灭世魔手惊天，几乎在刹那间笼罩了第七重天，将幽罗王困在了里面。幽罗王直冲而起，想要破开封锁，但是他像是笼中的鸟儿一般，根本无法冲破封锁。什么叫绝望？现在的幽罗王才叫绝望，怀着凌云壮志杀来，想要徒手灭魔主，但是到头来却悲哀地发觉，根本不是魔主的对手！

"太古时代是我积弱的时代，还远没有前世大魔天王的修为高，那时我重伤之下你都不是我的对手，现在敢与我抗衡？死！"魔主搅动漫天的魔云，汇聚八方煞气，在高天之上布下无尽剑气，千百重魔光横空肆虐，快速将幽罗王洞穿出千万道伤口。

幽罗王直接崩碎了，不过其不灭的神念却没有灭亡，他在远空重组真身，大喝着："九天十地唯我独尊！"他的本命元气所化成的九重天与十层后土，在隆隆巨响声中出现，向着魔主挤压而去，想要将之灭杀。但是，魔主功参造化，修为何等高深，展现出了真正的超绝功力，一声大喝："魔主天下！"他抬掌直接崩碎九天十地！不是一个层次上的修者修为相差得太远了，幽罗王带着不甘的神色，最后看了一眼魔主，大吼了一声，而后再次崩碎，这次是彻底的形神俱灭。死亡绝地飞了过来，将漫天的灵气全部吸收。混沌子、御风王、通天、奎木王已经躲上了八重天，他们震惊地望着下方的魔主，不可抑制地涌起一股惶恐的心绪。

一代人杰辰战冲天而起，伟岸的身影说不出地出众，他像是一道高不可攀的绝峰，对着四大混沌王侯就是一道神光。

"万古皆空！"

"啊——"四大混沌王侯发出惨呼，直接被神光扫落了下来，不过就在这个时候，灵魂印记逃回天道的青天显化而出了，同时显化而出的还有太上！他们二人同时出手，截断了那道神光，总算将四大王侯救了出来。"该死啊……"四大混沌王侯愤怒地吼啸着，一记万古皆空竟然削掉了他们每人五万年的功力，这对于他们来说也是有些难以承受的！真正的辰战，比之当日在混沌古地显化出的虚影强大得太多了。

"诛天！"辰南已经腾空而起，无尽杀意直冲九重天，双手交叉着打出一记最新感悟出的杀式，在刹那间将想要冲下来的太上崩飞了出去。后方喊杀声震天，征战天道的大军汹涌而来，准备冲杀向第八重天。而太上、青天以及黑手广元都再现了，他们想要杀下来。广元与青天他们再现，在众人的意料当中，尽管他们的躯体当初被毁灭了，但是灵识本源并未粉碎，在天道的滋养下已然恢复了。鬼主慢吞吞地走了出来，白骨架闪烁着晶莹的光泽，对着第八重天之上的广元勾了勾手，道："未来的混沌王，我来灭你吧。"

两声冷哼同时传出，分别是广元与混沌子，广元冷哼是显而易见的，混沌子则在恼恨鬼主如此说，毕竟他才是混沌王之子，即便下任混沌王产生，也应该是他才对。鬼主活动着自己的白骨架，道："混沌王与四尊之后，你是唯一一个达到逆天级的高手，混沌一族未来你不是王，谁是王呢？"

"今日要分生死，其他无须多说！"广元显然知道，再纠缠下去没有好处，喝道，"我们也独战一场如何？""好啊。"鬼主点头应道。"那就受死吧！"广元化成一道黑影冲了下来，他在空中一下子消失不见了，唯有漫天的黑雾在翻滚，整个人似乎分解了。鬼主哈哈大笑，道："你我这等修为何必如此呢，我们去虚空大战吧，把这里的战场留给别人。"无尽黑雾在翻涌，像是黑色的海洋在翻腾，在刹那间让第七重天都彻底陷入了黑暗，广元尾随着鬼主冲向虚空深处。

与此同时，辰战也飞了起来，对着高空中的太上道："我来杀你。"眸子深邃如海洋，他虽然说得轻缓，但是杀意已经让众多修者都感觉到了寒冷。太上是一个特殊的存在，在某个时期算是天道的代言人，徘徊在天阶顶峰与逆天初级之间。不过，现如今，在天道中重组躯体后，他毫无疑问是一个逆天级高手了。

"想杀我？你以为你是谁？"太上缓缓飞降了下来，他脸色森然无比。见辰战飞上了高天，辰南冲天而起，喊道："父亲，将他交给我。"而后他对着太上喝道："我来终结你。"辰战冲着辰南摇了摇头，道："不，自现在开始我要大开杀戒！"说这些话语时，他的杀气仿佛化成了有形之质，让第七重天仿佛都难以承受了。

魔主、辰祖等人出手，护住了身后的仙神等。辰战一步上前而去，终于出手了，一道神光破空而去。太上急忙倒退，虽然是逆天级的高手，但是在辰战凌厉一击之下，似乎也有难以撄其锋的感觉。太上脸色骤变，再也不敢小觑辰战，这个后世的高手让他感觉到了巨大的威胁，甚至让他闻到了死亡的味道。

"太上无情！"在刹那间太上身化万丈，向着辰战撕裂而去，浩瀚的能量波动席卷十方，笼罩整片第七重天。

"哼！"辰战仅仅报以一声冷哼，身躯并未如太上那般放大到万丈，他仅仅翻动起左掌，漫天的星光自他手掌间像是水波般流动而出，虽然自他指缝间"流淌"出来时如涓涓细流一般，但是当水波般的光芒流向天空时，却早已如奔腾咆哮的大河，而后更是化成了狂暴涌动的怒海，最后竟然变成了一片星海，繁星点点，璀璨无比！

"这怎么可能？！"太上惊呼出声。高空之上的青天也是失声惊道："不可能！"后方的魔主等人也露出了惊色，似乎没有预料到辰战竟然强绝到如此境地！守墓老人直接不小心揪断了一大把胡子，叫道："一片世界！"时空大神惊疑不定地道："又一片完整的世界！"辰祖震惊过后，多少露出一丝欣慰的神色，毕竟辰战与辰南都是他的后代，他们竟然都有一片完整的世界。凡是天阶高手，此刻都已经有些发木了，辰战的强大出乎了所有人的预料！

光波继续自辰战指尖流淌而出，向着高天席卷而去，浩瀚星光璀璨无比，同时恐怖能量波动也让人异常心悸，辰战布下了星光诛灭阵，漫天的星辰将太上死死困在了那里。"太上忘情！"太上大吼着，在刹那间他的身体分化出千万道虚影，想要冲出这片星域。但是，辰战的右手翻开了，漫天的星斗立刻压落了下来，将太上万重化身险些全部击碎！翻手为云覆手为雨，已经不能形容辰战此刻的强势！

"你这人很可怕！"太上实在后悔曾经说过的话语，这个辰战分明已经可以称王了！太上虽然是逆天级的，但是面对逆天级中的王，还是无法抗衡。他近乎绝望了，不由得望向了魔主，望向了无尽虚空中的鬼主，望向了不远处的辰祖以及人王，这些人难道都可以称王了吗？他不禁打了个寒战。

"太上！"太上自己轻轻念出了这两个字，似灵魂离体了一般整个人变得无比漠然，身心都进入了真正的太上之境。他挥手斩去，想要崩碎无尽星光，但是无法撼动璀璨星空分毫！"亘古匆匆！"如魔咒般的声音在第七重天响起，太上一声惨叫，太上之境立刻崩溃，从方才的状态中跌落了下来。

"亘古匆匆？！"太上怒目圆睁。后方，青天同样震惊到了极点。太古之前似乎有一个狂人，一声亘古匆匆，让多少混沌族高手崩溃啊！如果没有记错的话，施展出亘古匆匆的那个狂人，更是直接向人王借过大旗，粉碎的半片星空有一半是他发狂而崩裂的。至于最后，都说是人王摇碎的并不确切，青天知之甚详，人王也就摇碎了四分之一而已，因为人王的心太软了。

"你是那个狂人？！"太上感觉自己仿佛被扫掉了一条魂魄一般，浑身的力量流逝了少半，他怒目瞪着辰战，似乎想要确定这一切。"我，辰战是也！"辰战如此强势回答，让所有人都惊疑不定，就连魔主都惊异地看着他。"后人难道就不能超越前人吗？我，就是辰战！"说到这里，辰战大喝："万古皆空！"一声喝喊，太上又是一声大叫，被漫天星光定在空中，根本无法逃避，一记传说中的恐怖法则直接打在了他的身上。

"不！"太上惊恐了，仅仅一记法则，削去他近三成的修为，他的身体险些直接崩碎，鲜血已经自毛孔渗出，染红了他的身体。"亘古匆匆！"这像是死亡魔音一般，辰战冰冷地喝道，一道道毁灭性光辉直接洞穿了太上。"啊，不！"太上的肉体彻底崩溃了。

"万古皆空！"他反复喝出法则，太上的修为被削得只剩下了不足两成。"天地寂灭！"辰战冷酷无情的话语响起的同时，太上形神崩碎，一道灵识本源飘飘荡荡，向着天际飞去。当辰战再要出手之际，九天之上一股磅礴的力量，抵住了他的攻杀之势，让他的星域不断退却，太上的灵魂印记回归了天道。

"成为了天道的补充力量，从此失去了自我！"魔主森然地望着高空道。辰战的惊世修为已经镇住了所有人，他绝对不比魔主与独孤败天等人差。

"亘古匆匆？亘古匆匆！"青天喝吼着，道，"我要与你一战。"有些人知道他为何如此暴怒，当年他就是被一记亘古匆匆打得差点形神俱灭，不然也不会隔断太古后就陷入沉睡中。辰战道："我不是他，我只是辰战！"

"不管你是不是他，不管他是否真的形神俱灭无法再现于世了，我都要将你当作他来处理！"青天杀来。"哼！"辰南冷哼，冲天而起，挡在了青天的近前，道："我来杀你！"青天化成了人形，惊怒无比，上一次如果不是辰南的本源世界，他也许不会毁灭呢。他怒道："好啊，既然如此，我就先毁掉你，不要以为有个小世界就天下无敌，本源世界对于逆天级高手，作用并不大！"辰南道："是吗？上一次又是谁在我的小世界中险些形神俱灭呢？"这句话戳到了青天的痛处，他不再说什么，向着辰南飞来，青光像是天之刃一般，撕裂空间杀来。辰南举掌相抵，修为到了现在，所谓的法则与力量都是相通的，口中大喝着："崩碎！"

在一阵刺目的光芒中，辰南的掌心透发出一道道毁灭之光，崩碎了前方的一片青光，不过青天本就是光所化的，他粉碎的刹那就重新组合在了一起，向着辰南杀来。"砰"的一声，直接将辰南震得身体不断倒退。"轰隆隆！"巨大的神魔图旋转而来。辰南眸子深邃如海，看着青天道："如果不是天道护佑你，半刻钟内我让你形神俱灭，即便天道护你，我三个时辰之内，也要让你形神俱灭。"在刺目的光芒中，远处的人王大旗猎猎作响，一个无面人飞了出来，快速向着辰南冲来。

青天似乎预感到了什么，大喝着："灵魂的蜕变，想要重组，没那么容易！"他化成毁灭青光，抢先迎上了无面人，在刹那间将之崩碎了，但是辰南根本不急，冷冷地道："谢谢你帮我打碎。"而后他自己也飞了过去，轻喝道："打碎原本的我，重塑一个新我，但我依然还是我！"一声轻响，辰南的身体也在青光中粉碎了，仿佛连带着小世界也崩碎了，但是就在刹那间光华耀眼，他的躯体在无尽青光中开始重组，像是涅槃重生一般。

"轰隆隆！"飞来的神魔图射出无尽的血光，一口血棺冲出，在空中爆碎，无尽血雾向着辰南涌动而来，与前次独孤败天的灵肉重组一般无二。"好啊！早有准备呀！"青天怒吼，道，"无论你蜕变两次，还是三次，我都不怕。"漫天的血光遮笼了七重天，辰南的躯体与小世界在不断地粉碎与重组，如此循环反复，他的躯体像是经过了千锤百炼一般，透发着一股魔性，但又透发着灿灿神光。最后，强健的体魄宛如涅槃升华了一般，透发着无尽恐怖的力量波动，本源小世界也提升到了极限境界。

"你是独孤小败！"青天惊怒了，神思恍惚的刹那，他看到了辰南的本源，愤怒到了无以复加的地步，独孤败天父子让他深深痛恨。"错，我是辰南！"辰南一步向前迈去，道，"今日你要死！杀！"辰南一拳向前轰去，在刹那间打出一道让青天都要心悸的光芒，青天不得不快速躲避，这是辰南的本源觉醒，这是他无尽力量升华后的境界。逆天级也有高下之分，青天感觉很吃力！

"杀！"辰南一拳向上轰杀而去，青天再次躲避锋芒，这一拳直接打穿了第八重天，而后更是崩穿进第九重天！一拳如此威势，让诸强都失色！"轰隆隆！"无尽毁灭性的气息铺天盖地般笼罩而下，辰南的一拳竟然打上了天道，惊动了沉睡中至高无上的存在。

"又是一个轮回吗？"浩大的声音自那最高处传荡而下。"天道吗？"魔主抬头仰望，道，"你早已不是众生的意志，充满私欲的你该毁灭了！"魔主脚下的拜将台直接向着九重天上撞击而去，不过却在那无尽远处，"轰"的一声崩碎了。

浩大的声音震耳欲聋，像是万座钟塔同时摇颤，无尽威压摄人心魄。拜将台在九重天上崩碎后，射出一片绚烂的光芒横扫八方，而后又重组在一起，飞旋了下来，天道并未阻挡，任它离去。九天之上，再次寂静无声了，仿佛天道再次陷入了沉睡中，但是那恐怖的威压却一直存在，所有人都知道他真正觉醒了，正在冷冷地关注着众人。

无声无息间，辰南周围漫天星光摇曳，像是平静的大海镶嵌着无数璀璨夺目的明珠，这方天空被禁锢了，青天如深陷沼泽地，难以挣脱，他知道如果天道不出手的话，他与辰南将不死不休。辰南并没有急于与青天展开决战，反而转过身躯面向魔主，道："所谓的天道到底是什么？"这也是所有仙神级高手的疑问，其中天阶高手中大多数人也都在关注，仅有限的一些人真正知道所谓的天道到底是什么。

魔主道："你是在问曾经的天道，还是在问现在的天道呢？"辰南道："有什么不同吗？"魔主道："曾经的天道，无欲无求，代表着公正；现在的天道，代表着私欲，杀戮众生，壮大自己，已经是一个有了私欲的庞大生物。"所有人都在聚精会神地听着魔主的述说。

"所谓的天道，他并不是一个单一的生命体，在过去他是众生的思感，是所有活着的人的念力交织在一起形成的浩瀚意念，他是众生的意志！"魔主很激动，声音很高，传遍九重天，他又道，"但是，现在他是怨气的纠集体，众生的意念早已被腐蚀、被粉碎，天道已经不是原来的天道！现在，他不再代表公正，他只是代表着毁灭，代表着私欲。他知道，当他自己虚弱时，众生的意念早晚还会合成新的天道。所以，每当他感觉受到威胁时，定然要灭世，毁灭众生，才能够阻止众生的意念合成新的天道！"

天道！天道！！！直到这时，众人才知道真正的天道是什么，天道代表着众生的意志，最强不过的众生合力！但现在，当众生的意志被天地间邪恶的怨气所腐蚀后，天道已经不再是天道，他只是庞大的、复杂的、恶性的生命体。众生灭天道，天道灭众生，竟然是这样！九天之上寂静无声，天道没有丝毫反应。

　　而就在这个时候，滔天的神焰自无尽虚空中狂涌而来，无头的混沌王喷洒出万丈的血花，向着九天之上冲去，后方大神独孤败天双手血淋淋，右手持着"独孤"，左手抓着一颗巨大的头颅，正是混沌王的！他杀气冲天，一步迈入了第七重天，大喝着："真正的天道已不在，恶天道当灭！"混沌王竟然被斩了！所有人都一阵发呆，而后众多仙神齐声喝喊，独孤败天果然战力逆天。

　　"要你何用？！"浩大的声音再次响起，似乎将那无头的混沌王吞噬了，九重天之上发出一阵可怖的灵魂波动。"不！"混沌子大呼，冲天而起，御风王、奎木王跟随着，一起向九天冲去。"你们也想死吗？"冷漠浩大的声音自高天之上降了下来，让混沌子等人惊得生生止住了身形，天道面前众生如蝼蚁，尽管他们很强，但是面对天道依然如粪土一般不值钱！

　　这个时候，辰南已经与青天大战在了一起，十方绝域困守十方，洪荒大旗粉碎一切，逆乱八式无可阻挡，辰祖魔功毁天灭地。现在，辰南可以随意以能量演化一切，甚至将洪荒大旗都似真似幻地握在了手中，各种绝学更是层出不穷。修为到了这等境界，抬手间皆可撕裂天地，现在只要将本源力量打出去，就是毁灭性的攻击。最后，辰南以无尽星光遮笼七重天，大吼道："既然天道不救你，一切可以结束了。"辰南消失了，他的身体化成了无尽星海，璀璨星光将青天淹没了，到了现在辰南就是天地，天地就是辰南，他们仿佛已经真正地合一了。

　　"想让我死，没那么容易！"青天厉吼，刺目的青光在星海中不断挣扎，在这本源世界中左右冲击，想要崩碎一切逃离出去。但是，显然他低估了辰南的星海，万重神光封锁了一切，青天在慢慢融化，他惊恐地发觉他已经难以保持光质化的躯体了，他正在真正地灰飞烟灭，号称永生不死、天道不灭他就不灭的青天，现在要崩溃了。

　　"不可能！"他急得吼叫着。"这个世界没有什么是不可能的！"辰南手中化出一柄神剑，猛力向前劈去，一剑将青光截为了两段。"想斩断我？！"青天虽然处境堪忧，但还是想笑，他乃是光质化的躯体，怎么可能会被彻底斩断呢？但是紧接着他战栗了，被劈为两片的躯体竟然再也无法聚拢在一起，永远失去了联系。天道似乎在冷眼旁观，对于青天的生死他根本不放在心上。

"六道轮回！"辰南大喝，双手划动，无尽星域都在战栗，星光交织在一起，形成六个黑洞，而后疯狂地将那刺目的青光吞噬了。青天发出最后的哀号，终于灰飞烟灭。

"天道你为何不出手？！"混沌子大叫。"你是在和我说话吗？我赐你死！"一声冷漠的话语之后，一道绚烂的光辉自九天之上降落，笼罩了混沌子。"不！"混沌子惊恐地大叫，"啊——"随之，永远地寂灭了，他彻底地消失了。无尽虚空中，鬼主洁白的骸骨上沾满了血迹，他追逐着号称未来混沌王的广元，快速冲到了这里。广元披头散发，满身都是血迹，一道道裂缝出现在躯体之上，像是瓷器发生了龟裂一般，他一刻也不敢停留，快速向着九天逃去。

"死在这里吧！"大神独孤败天手中"独孤"刹那间劈下，他的速度已经超出了常理，只见空间仿佛被那把"独孤"抽取成一个黑洞，重伤的广元仿佛是自己撞上来的一般，瞬间被劈为了两截。但是残躯是不可能这样被毁灭的，依然向着九天冲去，另一边辰南双手划动，无尽本源之力铺天盖地而来，快速将广元粉碎了。

但是，广元依然未死，一道灵识冲天而去。"归来吧。"浩瀚天道发出了冷漠的声音，而后一股巨大的力量突破众人的阻挡，攫取走了广元的灵魂印记。

"天道你……"御风王、奎木王全都望向了九天，他们想不到天道竟然如此绝情绝性，比之魔主所说还要冷酷，连己方的人都要吞噬。这个时候，混沌双尊从九天之上飞了下来，与御风王和奎木王站在一起，显然他们都心寒了。"是时候了结一切了！"独孤败天挥动"独孤"大喝道，"我等这一天已经很久了。"魔主也同样喝喊："最后了断吧！"

这个时候，神魔图缓缓飞到了第七重天的上空，在刹那间崩碎了上方的第八重天，混沌双尊等人急忙飞向虚空，神魔图铺天盖地般笼罩了下来。随后，无尽远处的轮回门，也就是魔主的神魔图，也飞了过来，自下方崩碎了第七重天，与上方的神魔图相呼应，将所有人护在了里面。辰南身处两大神魔图之间，心有所感，这个时候他觉得两片神魔图并不是简单的能量之图，这是两个世界，两片完整的天地！果然，独孤败天与魔主证实了他的猜想，魔主喝道："这本是我们完美的世界，被我们抽离出来与其他天宝熔炼在了一起，让之成长到如今。"

"是吗，我很想见识见识！"九天之上天道的浩大声音传了下来，依然是无比冷漠，似乎没有什么能够让他的情绪波动起来。"哈哈！"辰祖大笑着，呼道，"好，好！过瘾，我总算看出来了，哈哈，谋划了这么久，这次若不灭天道，实在不公啊！"

星空古战魂惊愕地望着眼前的一切，看到辰战与辰南父子二人的完美天地时就已经震惊了，现在再次看到魔主与独孤败天也有完美世界，而且竟然不惜祭炼成了这般状态，就更加感觉无比吃惊了。辰战、人王、时空大神、守墓老人、楚相玉、鬼主等似乎早有所料，全部做好了战斗的准备。辰南心有所感，仰望神魔图，俯视轮回图，他似乎知道自己即将该做什么了，本源世界慢慢打开，无尽星光洒满天地间。而这个时候魔主、鬼主、独孤败天转过身来，对着无数的仙神一起拜了下去，沉重地道："诸位对不起！"

众人感应到了独孤败天与魔主等人的精神波动，知道该要做什么了，所有人都无所畏惧，响彻云霄的喝喊冲天而起："灭杀恶天道，死又何妨？！"所有人早在走上通天之路时，就已经知道仙神之体必死无疑，他们本就是慷慨赴死。到了现在，所有人都知道需要怎样做了。众多的天阶高手全部拜了下去，对着前方那黑压压的仙神露出了悲恸但却敬佩的神色。

"如我南宫吟灵识不灭，二十年后依然风流倜傥走天下，哈哈……"南宫吟横剑自刎。

"南宫等我！"王琳一声惨呼，追随南宫吟而去。

"辰南，如果有来世，我一定要苦修，与你分个高下。"白发东方长明慨然崩碎了躯体。

"诸位来生再相见，我混天小魔王恶事虽然做了不少，但在大义之前不会退后。"混天小魔王项天果断斩断躯体。

随后，青禅古魔、佛祖、金翅大鹏神王、恨天低、老暴君坤德、神兽麒麟等全部从容而又慨然地赴死了。在这一刻，所有天阶高手都悲恸无比，辰南不可抑制地滚落泪水，曾经的朋友、仇敌们再见了，如果有来生，再相见！

"你们不会白死的！"辰南仰天大吼着，黑色的长发全部倒竖了起来，他的双手在缓慢地划动着，一道道的魂影都被他划入神魔图与轮回图的各个地方。前方那密密麻麻的仙神在不断地倒下，没有人退缩，面对死亡，所有人都如此淡定与从容。看着这一切，辰南直欲仰天长啸，双手的动作越来越快，无尽星光闪耀天地间。

而天道也早已行动了起来，他在不断地轰击神魔图，但是人王、辰战、魔主、独孤败天以及剩下的所有天阶高手都早已做好了准备，支撑起这片天地，让它透发出万丈神光。

"以灵魂呼唤灵魂的觉醒，曾经陨落的亿万生灵啊，你们全都醒来吧！"独孤败天、鬼主、辰战、魔主、人王等仰天呼喊。方才死去的众多仙神的魂魄像是星星之火一般，在刹那间点亮了广袤的"荒原"！滔天的灵魂波动起伏浩荡，神魔图与轮回图组成的空间急骤放大，他们已经演化成了无尽的大天地，方圆不知道有多少万里。

浩瀚的灵魂波动自每一片土地之上荡漾而起！曾经的亿万万灵魂在觉醒！

"吼——"一声天龙吼啸传来，在一处灵魂波动无比密集的地方，一头巨大天龙魂魄冲天而起，在他的身上有一个堪与魔主等人比肩的强大灵魂，发出豪迈悲壮的吼啸："史上最强龙骑士洛嘉德归来了，我等待这一天已经很久了，用我有限的生命参与这最终一战！"浩瀚波动，席卷八方。随后，冲天的大火涌上高天，强大的灵魂波动不断震荡。一个女子显化出魂影，喝道："史上最强火元素神祇露丝雅归来，用我最后有限的生命参与终极一战！"

"史上最强斗神凯撒摩归来！"

……

一声声喝喊，像是黄钟大吕一般，震撼人的心神！魔主、独孤败天、鬼主他们到底做了什么？！现在所有人都知道了，准备了千古的一场大杀局啊，现在终于渐渐浮现出水面。所有能够寻到的最强战魂都在今日重现了！当然，这不是最主要的，最最主要的是，曾经的亿万万生灵魂魄都被他们聚集在神魔图与轮回图中，这才是今日逆天一战的终极力量。

辰南悲恸地将所有仙神的魂魄打入这个世界的各个角落，用他们的灵魂唤醒了曾经沉睡的亿万生灵。

"十方绝杀谷！""六魔锁天图！""七杀罗刹狱！""阴阳弑天轮！"

随着魔主、鬼主、独孤败天等人的喝喊，一座座太古绝杀大阵从这个世界的各个角落如雨后春笋一般疯狂地显现而出。神魔图与轮回图化成的真实大天地，包容一切，最后竟然向着天道吞噬而去。辰南静静地看着一切，立在天地正中央，收起了伤悲，千古大杀局已经显现，真正的战天道开始了！

穿越宇宙洪荒，凝练天地玄黄，纵是摆脱六道轮回，也难逃那天地动荡……

天道之下，众生如蝼蚁一般，没有什么可以阻挡天道灭世。万古长存者虽不存在，但是逆转阴阳的战魂也不断涌现，他们一批接着一批前仆后继，抛头颅、洒热血，百战于天道。如今，千古大杀局已现，也许又是一个轮回，也许将开辟一个新纪元。魔主与独孤败天炼化的世界中，十方绝杀谷、六魔锁天图、七杀罗刹狱、阴阳弑天轮……千万重弑天绝阵浮现而出，这是他们自太古以来就开始布下的。这片世界中，杀气冲天，神光与魔煞同时震荡，而最强大的则是众生的魂魄波动，这里已经化成了一片众生魂力的海洋。

史上最强龙骑士、史上最强元素火神，史上最强斗神……一个个古老传说中的人物都再次降临在这个世上，他们将用最后的时间谱写出一曲悲壮的战歌，表达着他们的不屈。

"第五界太古七君王归来！"随着盖世君王楚相玉与绝代君王黑起的大喝，七君王中已逝的松赞德布等人全部觉醒归来。楚相玉与黑起相互凝视一眼，各自点了点头，楚相玉喝道："我等该舍弃肉身了，太过强大的众生魂力总需要几个人来引导，我七君王愿领军七杀阵！"
盖世君王楚相玉以及手持绝望魔刀的君王黑起，从容而又镇定地崩碎
了肉体，七君王的强大战魂合在一起，这是一股让人战栗的强大力量。
当年他们可以从容灭天，现在他们七人再次相聚，将要征战天道！太
古七君王冲入七杀大阵，那片地域顿时煞气冲天，七道不灭战魂引领
无数魂魄，涌动起滔天的能量大浪！

"辰家八魂在此，我等愿自毁肉体，投身亿万生灵中，引导众生组
成困天锁魔阵！"辰家八位英杰崩碎肉体，冲入亿万生灵之海，入主
困天锁魔阵中。太古七君王、辰家八魂本就是让逆天级高手都要退避
的强大组合，他们亲自入主最强大的几个绝杀阵中，毫无疑问将会使
杀阵的威力增加百倍。

"我星空战魂，愿率领手下的百条恶魂，入主五座绝杀大阵！"星
空古战魂飞了出来，他本就是逆天级高手，且他手下有许多恶魂，控
制五座绝杀阵也是可以的。

"史上最强龙骑士洛嘉德愿入主一座绝阵！"天龙在咆哮，史上最
强龙骑士投身入亿万魂海中。

"史上最强火元素神祇露丝雅愿入主一座绝阵！"

"史上最强斗神凯撒摩愿入主一座绝阵！"

……

曾经的最强战魂们，一往无前地冲向各座绝阵，所有人都知道入
主绝阵，等同将自己推到了最前沿的战斗中去了，生还的希望太渺茫
了，但是面对死亡没有人退缩。最终百座最强杀阵由百余位最强战魂
入主，这方天地间顿时杀气冲天，连天道似乎都退守到了九重天之上，
任这方世界扩展。在这一刻，所有人的血液都已经沸腾了，这一战众
人期待很久了，终于要彻底地了结了。到了现在，辰南能不知道神魔
图中的九道门户到底隐藏了怎样的秘密吗？浩瀚神魔图与轮回图隐藏
着已逝诸神与亿万万生灵的魂魄！

龙儿、空空、依依、玄玄、索索一言不发，全都围在辰南的身边，
冷冷地打量着这一切，几个孩子都知道此刻的危急，也都做好了舍生
赴死的准备。独孤败天、魔主、鬼主、辰祖、辰南、人王、辰战七位

逆天级高手，立在这片世界的正中央，魔主对着辰南点头，道："我曾经收集到几个灵魂片段，由你转交给六魂天女吧。"辰南瞬间明了，那是七绝天女的第七魂！魔主掌控死亡绝地，巨大的魔手轻轻挥动间，几道灵魂片段冲上了高天。

"姐姐的转世身！"远处，六魂天女的口中出现了小公主的声音。

"纳兰若水！"辰南心神一震，感觉到了纳兰若水和楚月的气息。那是四五缕残碎的灵魂片段，那是曾经的七绝天女第七魂分散开来的。难道转世的纳兰与楚月吸纳了游荡在天地间的第七魂，但不幸又粉碎了？那四五缕残碎的灵魂片段快速向着六魂天女冲去，在刺目的神光中，在澎湃的魂力波动中，七绝天女完成了第七次蜕变！毫无疑问，一个强大的逆天级高手诞生了。逆天级高手再添一名！

"新的轮回开始吧。"久违的天道声音自九天之上传了下来。

"轰隆隆！"魔主与独孤败天构建的大世界发生了天崩地裂般的摇颤。天道在转动磨世盘，想要崩碎这个世界！"轰！"无限星空中竟然出现一道道毁灭性的大裂缝，几片星域毁灭了。

"杀！"天地内亿万生灵魂魄齐动，最为强大的力量逆天冲起，将这面星海淹没了，击退了天道的力量。大天地飞快扩展，外面的混沌双尊、御风王、奎木王皆在刹那间被众生合力粉碎了。随后，大世界向着天道扩展而去。

"天道是不灭的！"浩大的声音很冷漠镇静。"十万大阵逆天杀！"独孤败天与魔主同时大喝。这片世界中，十万座绝阵冲天而起，其中最强百余座完全是由那些最强战魂所掌控。

"很好，我已经很久没有感受到这样的威胁了。"天道冷漠的话语依然没有丝毫情绪波动。"轰隆隆！"毁灭性的气息浩荡而下，前方上百座绝阵崩碎了，千万生灵的魂魄粉碎，彻底灰飞烟灭，但是所有人都一往无前，继续向前杀去。十万绝阵对抗天道，亿万生灵的魂力作为终极的力量源泉！

"杀！"魔主等虽然还未曾入主绝阵，但都已经展开了各自的最强攻击！天道已经突破进来了，那是一个巨大的光团，那是无尽怨气侵蚀众生意志后形成的庞大生命体。当然，仅仅突破进来部分而已，他实在太过浩瀚了。即便这样，那毁灭性的气息也不是众人所能够承受的。无数的魂魄灰飞烟灭，这片世界中许多地方都开始崩碎了。大地在沉陷，高天被撕裂。

"杀！"一声声喝喊震破云霄，虽然那万千不屈的魂魄在前仆后继，但是似乎依然无法阻挡磨世盘降下的毁灭攻击。"铮铮"琴音响彻天地，邪尊大喝着："邪恶的我也不惜一死！"他带着一座绝阵，挟万重煞气，弹奏魔琴，冲上了天道。在粉身碎骨前，邪尊大喝道："死亦无憾！"就这样，一代邪人崩碎在了高天。不管他生前有多么邪恶，但是他的死足以掩盖一切了。

"九头天龙来了！"西土九头天龙打出了偷天得来的量天尺，挟绝阵杀进了天道。在崩碎一团天道光芒的刹那，他没有任何意外地崩碎了，漫天的血水洒落而下，龙鳞片片飞舞，庞大的九头天龙躯体灰飞烟灭。

"未够半！差得远！"太古七君王大吼着，挟最强百座绝阵之一的七杀阵冲天而起，这是一次由逆天级高手携带绝杀大阵的大冲锋。天道似乎也感觉到了威胁，磨世盘快速转动，漫天都是刺目的光芒，像是闪电，又像是一重重光幕，向着七杀大阵覆盖而下。

"我楚相玉当年杀黄天如杀走狗，今日纵然杀不死你这天道，也要让你遭受重创！"这是完全赴死般的攻杀。

"我黑起战遍六界，从未服过谁，你纵是天道又如何？我黑起依然杀你！"黑起手中绝望魔刀之魂闪烁着灿灿光芒，直指上方天道。

……

太古七君王自杀式的攻击撕裂了高天之上的巨大光团，在后方无尽魂力的支援下，在魔主、独孤败天等人都全力出手的配合下，他们直接撕裂进了天道，虽然磨世盘降下的毁灭性气息让他们的魂魄都龟裂了，但是他们依然一往无前，冲杀了进去。

"轰隆隆！"天崩地裂，七杀阵果真击伤了天道，让那巨大的光团为之崩碎了一大片。七杀阵崩碎了，千万灵魂粉碎了，七君王只剩下了楚相玉与黑起。

"啊——"盖世君王楚相玉燃烧起自己最后的魂力，再次冲进了天道。陷入绝望之境的黑起，更是与魔刀融合在了一起，整个人化成绝望魔刀，发出了最为悲壮的吼啸，杀进天道。太古七君王威震六界，今日也如此走向了末路，但他们的死是壮烈的，不再像过去那般传的是凶名，这次他们用自己的生命鼓舞了所有活着的修者，这是一种表率的力量！

"辰家八魂来了！"辰家八杰挟绝阵冲天而起。死亡也不能阻挡诸神的决心！辰家八魂打出了自己最强大的法则，由他们亲自施展，也不知道比当年辰南施出时强大了多少倍，堪称逆天！八人合在一起，逆天级高手都要退避。

"寂灭轮回！""绝灭太虚！""三千大世界！""冰封三万里！""魂魄寂灭！""两世为人！""刹那永恒！""寰宇尽灭！"八道终极法则打出，当真有逆转天地之威，八魂的灵魂都熊熊燃烧了起来，他们就这样冲进了天道。

"啊……"天道都难以承受，发出了厉啸。在隆隆巨响声中，天道崩碎一大片，尽管又重组在了一起，但是那片区域的光亮明显地淡了许多。八魂燃烧尽了生命之能，在天道中消散，如此战死让所有人都悲恸与震动。辰祖目蕴热泪，就要冲上去。但是，辰南与辰战比他还要快。"父亲啊！"辰战第一次露出了与往日从容神色大相径庭的悲凄神色。辰南、辰祖跟在他的身后，展开了最强攻击，而魔主、独孤败天等人也杀了上去，十万绝阵在后跟随，杀气让天道都战栗了。

"杀！""虽死无憾，杀！"……这是众生的合力，这是亿万生灵的灵魂在咆哮，这是诸神的不灭意志！天道崩碎了少半，被逼得最终后退，最后将一轮巨大的毁灭轮盘——磨世盘抵在了身前！

磨世盘不断地轰下毁灭性的力量，绝阵在崩碎，生灵们在哀吼，伤亡惨重，千万的灵魂在挣扎，最终众人还是败退了下来。一片愁云惨雾，诸多强者永远地陨落了。辰战、辰南、辰祖被轰了回来，虽然未曾毁灭，但是也遭受了创伤。

"让我们来冲击吧，我们乃是上一个神话时代的人物了，即便觉醒也只有十二个时辰的生命，让我们尽最后一份力量吧！"

"我们来自上一个神话时代，但是我们的目的是相通的，灭恶天道虽死无憾！"

那些从沉睡中觉醒过来的强者，挟持绝阵裹带千万生灵的魂魄，向着高天杀去。

"史上最强龙骑士洛嘉德再战天道而来！"天龙在咆哮，洛嘉德的伟岸身影在燃烧。

"史上最强火元素神祇露丝雅愿入主一座绝阵！"火神在粉碎自己的灵魂，将她变成了最后的力量。

"史上最强斗神凯撒摩愿入主一座绝阵！"最强斗神将自己的灵魂化成了灭天斗气！

还有更多更多的人……

"杀……"

"杀……"

"杀……虽然血已干，但我魂未灭，百战而来，纵死无憾！"

一座座绝杀大阵冲天而起，冲向了天空，杀向了天道，冲过磨世盘封锁的区域，无数的最强战魂用燃烧的生命谱写了最后的悲壮战歌。没有一人退缩！所有人都壮烈地杀进了天道，死，也要豪迈地战死！

"轰轰轰……"

苍穹崩裂，大地沉陷，无尽幽魂在悲恸，似乎在为逝去的强者哭泣，天地间众生魂力在汹涌、在激荡！身可死，魂可灭，战意不可息，以我满腔热血战天道！这是所有强者的心志！无尽的强者陨落了，天道虽然遭受重创，但还是没有伤到根本。

"罢罢罢，我老人家一生无生死之忧，从来未经历过死亡威胁，但是今日要自毁了。"守墓老人走向天空，冲着辰战、魔主、独孤败天、辰南等人喝道，"我将显化出本体生死盘，虽然比不过磨世盘，但终究与它是同一时代的天宝。你们可以合力驱使我的本体，崩碎磨世盘，拔掉天道的这颗毒牙。我……去也！"守墓老人慨然赴死，枯瘦的躯体刹那间放大千万倍，而后一个巨大的轮盘出现在空中，快速地旋转着，向着天道冲去。

"师父！"萱萱泪流满面，语音哽咽，玉手无力地在空中抓着，她肝肠寸断，是守墓老人将她这个孤儿养大的，如今要面对这种生离死别，她虽然难以承受，但却只能眼睁睁地看着，而不能去阻挡。

"身死心不死，我意要杀天！"留下最后的苍老话语，守墓老人撞向了天道磨世盘。辰战、魔主、独孤败天、辰南等全部出手。

"再加上我的洪荒大旗，让磨世盘崩碎吧。"人王祭起了洪荒大旗，猎猎大旗迎风招展，化成千万丈，粉碎一切阻挡，撞向了天道。在刺目的光芒中，在悲壮的喝吼声中，守墓老人化成的生死盘崩碎了，那高悬于天际的磨世盘也崩裂了。而这个时候洪荒大旗冲来了，当年能够摇碎半面星空，其威力之浩大可想而知。在剧烈的大碰撞中，洪荒大旗与磨世盘彻底地崩碎了，浩瀚的能量波动席卷十方！

"啊——"天道咆哮。

"啊——"诸神悲啸，亿万生灵怒吼。

天地大崩裂，这片世界毁得不成样子了，但是天道也遭受重创了，天道那庞大的光团彻底地挤入了这片世界。"好吧，真正的决战来临吧！"独孤败天冷喝。魔主也战意高昂。辰战则低吼道："达到最强吧！"鬼主点头，道："让我们各自的残魂各自归体吧。"

魔主、独孤败天、鬼主、辰战每人都飘出三缕残魂，飞向了其他人的身上。这是独孤败天与辰战当年在神魔陵园尝试的养魂术，以他人魂魄刺激本体魂魄壮大，后来鬼主与魔主也加入了进来。浩瀚的波动爆发而出，毫无疑问，在这一刻，四人达到了逆天级的巅峰境界，堪称王中的王！这是人体能够达到的最高境界了！

"杀！"四人齐声喝喊，共同轰向天道。在震动天地的轰响声中，天道居然被重创得暗淡了下来。"很好，很好！"天道冷漠无情的声音传了下来。

"请人王重塑天地。"魔主与独孤败天同时望向了人王。"应该的！"人王悬浮在空中，展开了自己的世界，所有剩余的星辰全部飞了出去，开始射向这片残破天地的各个角落，无尽的力量修复着这个即将崩碎的世界。虽然辰战、辰南也有完美的世界，但毕竟他们的世界本源才成长起来没有多久，人王的本源世界即便被毁去了一半，且修复过了光明大陆所在的天宇，但是现在也还是其他人所无法比拟的，毕竟她的本源世界成长的时间非常久远了。即将崩碎的天地在刹那间被修复了，天道被困在了这里。

"哈哈……"天道大笑，他是第一次如此开怀畅笑，道，"你们封闭这个世界，我求之不得，不然我如何借你们之手再次蜕变呢。你们毁灭之后，所有的力量都将在封闭的空间转化成无尽的怨气，那将是我最强大的补充之源！"

"希望最后你能够笑得出来。"辰南大喝。而后他与魔主、独孤败天等人将剩余的所有绝杀大阵都组织了起来，开始终极一战。在这一刻，剩余七万绝阵全部冲天而起，杀向了天道。这一次是在星空古战魂、辰祖、时空大神的率领下强攻的，他们的身后是天阶强者与太古神的战魂。

"所有人都去死吧！"天道无情喝喊。

"我来杀你！"辰祖虽然魔性十足，但并不代表他绝情绝性，辰家八魂的陨落，让他着实伤悲，如果不是这八人他不可能回到这个世上，他非常器重这八位子孙。

"星空无限！"星空古战魂在咆哮，逆天级的魂力燃烧了起来。"时空崩碎！"时空大神喝喊。后方无尽魂魄在跟随他们。他们知道即便天道遭受重创了，但是依然难以杀死，他们等于以自己的生命在为后来的修者铺就生之路。

"天道之下皆是蝼蚁！"天道无情冷喝，无尽威压震荡而下，毁灭性的神光笼罩了下方的众人。一座座绝阵在崩碎，一条条战魂在灰飞烟灭，无尽的魂影永远地消逝了。最后除却星空古战魂与辰祖冲入天道，后方大批的追随者连同时空大神都形神俱灭了。

"战！战！战！"辰祖连续喝喊了三声，最终与星空古战魂一起崩碎在天道中，再一次重创了天道。这是何等壮烈，到了现在所有人都已经明白，不断地牺牲己方的最强战魂来重创天道，是唯一灭掉天道的办法！虽然悲恸，但是诸强早已无泪，连血液都快流干了。最终，魔主、独孤败天、鬼主、辰战、完全觉醒的七绝天女全都冲了起来，辰南也想要杀上去，但是众人此时的心意是相通的。

辰战道："辰南你知道该怎么做！""我明白！"辰南收回了迈出的那只脚，无比悲恸地望着众人。

这一次，最强的大冲锋开始了，独孤败天、魔主、辰战、鬼主、七绝天女五位逆天级高手领军！十方绝杀谷、六魔锁天图、阴阳弑天轮等最强杀阵逆天而上！所有的太古神全部跟在了他们的身后。

"修我战剑，杀上九天，洒我热血，一往无前……"苍凉悲壮的古老战歌，响彻天地间，浩大的声音，充满了无尽的沧桑与悲意。明知必死也要赴死，以自己的死来重创天道！

"战死是修者的最终归宿！杀！"诸神杀上了天道！辰南痛苦地闭上了双眼！结果是能够想象的，结局已经注定，这些人都将死！

大神独孤败天带着天魔、月神、萱萱、独孤小萱、独孤小月以及九大弟子冲入了天道，在震耳欲聋的轰响声中，大神独孤败天所有的亲人都陨落了，唯有他自己手持"独孤"苍凉地大笑着，杀进又杀出。

"历千劫万险，纵使魂飞魄散，我灵识依在，战百世轮回，纵使六道无常，我依然永生！天道！天道！天已失道，何需奉天！"大神独孤败天双眼在流血泪，恸哭家人，恸哭弟子，一把"独孤"杀了个七进七出，最终崩碎在天道中。鬼主也是在天道中纵横冲杀，崩碎了自己的骨架。魔主回头看着潜龙、魔师、大魔、无名神魔等人，神色渐渐沉重了下来，最后道："我要变到最强，你们不要怪我！"

"无悔无恨！"四人齐声喝喊。他们知道，魔主疯狂了，为了得到最强力量，他要杀亲、杀己来杀敌！血光崩现，魔主崩碎了自己的肉体，粉碎了大魔、潜龙、魔师、无名神魔等的灵魂，将他们融合进了自己的魂魄中。魔主疯狂了，如此极端的手法，让他变成了疯子，他在刺激自己，他在吼叫着、悲号着、恸哭着，灵魂的容貌在快速地苍老，最后冲进了天道，就此再也没有出来。但是他与独孤败天一样，让天道暗淡了很多。

一代魔主陨落。

"七绝合一，天下无敌！"七绝天女最后回头看了一眼辰南，看了看几个孩子，几滴晶莹的泪珠洒落在空中，而后冲进了天道。

"娘亲……""娘亲呀……""娘亲啊……"几个孩子如杜鹃啼血一般悲呼，闻者都要跟着伤心落泪。辰南眼睁睁地看着七绝天女重创天道后在里面崩碎了。恍惚间他看到了与他爱恨纠缠的梦可儿与澹台璇凄然地冲着他笑了笑，他看到了龙舞落寞的身影在消散，他看到了纳兰若水的身影在变淡，他看到了……一幕幕往事在眼前浮现，心有伤悲，绝望欲死，欲杀向天道，但是辰南最终却只能眼睁睁看着悲剧发生。

"为战而生，为战而亡！"辰战最终也冲进了天道中，崩碎了自己的完美世界，让天道的光芒彻底地暗淡到了最低点。

"结果并不重要，我们曾经存在过，我们曾经战斗过。这一切足够了！"一代天骄辰战重创天道后，与自己心爱的人陨落在天道中。后方的太古诸神悲吼，所有人都冲了上去。

"萱萱，萱萱！"一个疯狂的人影冲进了天道，喝喊着，"我周伯冲来了！"凤鸣响彻天地，东方凤凰与小凤凰的合体崩碎在天道中，龙宝宝化身成万丈天龙之躯，悲啸着追随而去，陨落天道间。紫光冲天，紫金神龙怒吼着，杀了过去，最终在灰飞烟灭前，对着身后的银龙佳丝丽虚弱地道："老婆你看到了，我不是周伯冲啊，我真的没有骗你。"

"我知道，我知道，我一直都知道。"银龙佳丝丽拉着他的手，含笑同死。

太古诸神全部死去了，这个世界的强者都陨落了。最后，人王冲天而起，绝世风姿永远地印了辰南的脑海中，她对着尚存的众生魂魄轻喝着："我为人王，统领众生魂魄，亿万生灵，请追随我，击溃天道吧！"

人王回眸一笑，对着辰南凄然道："如果有来生，再相见！"那清丽的姿容，那忧伤落寞的背影，让辰南双眼模糊了。人王带领着剩余的所有生灵魂魄冲进了天道中。一代红颜天骄就此陨落！那最后一瞥的凄伤，永远地烙印进了辰南的心海。

"死了，所有的人都死了！"辰南悲怆地仰天恸哭。

"父亲！"仅仅剩下五个孩子还围在他的身边。五个孩子近乎崩溃了，他们经历了这么多，诸强一个个陨落，母亲走上了不归路，对他们的打击太大了。

"我的孩子们！"辰南抱住了他们。

"我……还活着……真好……"被人王率领无尽魂魄最后重创后，

天道虽然崩碎了，但是并没有毁灭，他又重新聚集起来了力量。

"但你最终还是要死！"辰南双目已经滴出了血泪。

"就凭你们最后几人？"虽然天道险些毁灭，但是现在如果仅一个逆天级的高手，还是无法真正毁灭他的。

"不是我，是真正的众生合力！"辰南大吼着。

"不可能！"天道冷喝，"人王已经耗尽了最后的众生合力！"

"没有什么不可能，因为我是一个'墓'，一个人体活墓！在我的心海中，在我的本源世界中，积聚了众生的神念！人王耗尽了众生的魂力，但是那亿万生灵的灵识，却始终葬在我的体内，还没有耗尽。"

天道惊怒道："不可能……"

"众生灭天道！"辰南敞开了心海，让本源的力量挟着众生灵识冲出，汪洋般的力量最终吞噬了陷入最为虚弱之境的天道。那是众生的思感，他们粉碎了虚弱天道的怨气，天道彻底地崩碎了。

"一切都已经结束了吗？"辰南茫然地看着这个破碎的世界，心无比空洞。

"我是不灭的！"虚弱的声音再次传出，众生灵识合力都已经崩碎了，天道竟然又一次重组了。

"不可能！"辰南近乎绝望了，牺牲这么大，难道最终还要失败吗？！

"父亲，请继续战斗！"五个孩子同时哭着化成了神兵，道，"我们做父亲的武器，我们是众生膜拜的图腾，在我们的本源中集结了浩瀚的众生念力，崩碎我们，杀灭天道。"辰南仰天狂啸，悲恸无比地点头。

玄武甲光芒璀璨，发出震天的金属颤音，覆盖在了辰南的身上。困天索哗啦啦不断抖动，缠在了辰南手臂之上。后羿弓光芒绚烂，悬浮在辰南的身前。裂空剑撕裂虚空，出现在辰南左手间，大龙刀杀气冲天，出现在辰南右手间。最后，辰南更是感觉到内天地传来阵阵颤动，古盾石敢当自行觉醒了，组成完整的古盾，挡在了辰南的身前。

"杀！"辰南流着血泪，挥动着由自己的孩子化成的神兵，向着天道杀去。

"我是不灭的！"天道在咆哮，但是可以感觉出他在战栗，他在害怕。

"开我后羿弓，杀！"众生念力化成的神箭射入天道，后羿弓崩碎。

"舞我裂空剑！""挥我大龙刀！"裂空剑折，大龙刀断！无尽众生念力冲入天道中，辰南已经被血泪模糊了双眼，他在亲手葬送自己孩子的生命啊！

"困天之索！"困天索哗啦啦作响，崩碎而去，射进天道中，又一个孩子被他亲手葬送了生命。最后辰南直接冲进了天道，古盾崩碎，玄武甲崩裂，他在失去知觉前，更是崩碎了自己的本源世界。即便天道灭掉了，活着对于他来说也将是无限的痛苦，他选择最为惨烈地战死。

天道终于崩碎，彻底地毁灭了。辰南痛苦地发觉，自己并未死，本源世界点点力量在凝聚，慢慢地修复好了，他依然是逆天级的修为，但是即便他强大如天道又如何？现在亲人、朋友，甚至仇敌都没有了，唯有他孤单地活在这片残破的世界，活在这个巨大的墓场里！

"我是墓，最终我依然是墓！"辰南惨笑着，望着这破碎的死亡世界。不过，就在这个时候，自光明大陆涌来一股浩瀚的力量，惊醒了辰南。

"天道，难道他还没死？！"辰南双目中滴出了鲜血。

"我是众生念力合成的新天道。"浩大的声音传来。在刹那间，辰南与新的天道都明白了怎么回事。一阵沉默过后，新天道开口了："我知道我还很虚弱，你完全可以掌控我，自己合为天道，成为主宰者。"辰南道："我知道。"

"如果你放弃这种机会，我可以尝试让曾经陨落的战魂觉醒，时间有限，需要你立刻做出决定，不然即便是最强的战魂，也不可能复活了。"天道浩大的声音响起。合成天道对于他人来说，有着太多的诱惑，那将成为世界唯一的主宰者。但是对于辰南来说，却等于粪土，经历了这么多，还有什么看不透的，即便宇内第一又能怎样？能换回曾经的妻儿吗？能换回曾经的朋友吗？孤独地宇内称尊，还不如去死！

辰南道："我从来没有想到过合成天道，我要你立刻救活他们。"新天道开口："不可能立刻救活，需要漫长的时间，我现在将众生合力洒落向这片残破的世界，凝聚他们粉碎的灵识。"最终，这片残破的世界被炼化了，融入了光明大陆中。

"既然你连天道都不愿做，那么我放心了，为避免恶天道再生，我将'天心印记'打入你的体内。你无法主宰众生，却可崩碎我！"初生的天道最是公正不过，没有任何私欲，将本源"天心印记"打入了辰南的本源世界中。

岁月匆匆。

无尽岁月过去了，光明大陆已经没有神，只有辰南一个逆天级强者。最终，他不想让光明大陆再成为特殊的所在，将之炼化成了一颗水蓝色的星球。但是，几处大格局却没有变化。他自己在独孤地等待，等待着曾经的朋友、亲人再次来到这个世上。直至有一天无神的水蓝色星球出现几股浩大的力量，辰南才惊醒。看着那几条伟岸的身影，辰南向他们一拜到底。

"我独孤败天去也……""我魔主去也……""我鬼主去也……""我辰战去也……"最强四魂最先归来，他们告知辰南将去何方后，分别冲进了星空中。

此后的无尽岁月中，辰南见到了一个又一个的熟人，只是他们已经不再是神，已经融入众生中，仅有极少数人还保留了一些修为。独孤败天、魔主等曾出现过，来接引他们的亲人与朋友。龙生九子传说，让辰南寻到了紫金神龙与佳丝丽。龙凤呈祥，让辰南寻到了龙宝宝与小凤凰。最后，辰南以法力演变一场洪荒神战，将虚假的战斗场景映入众生脑海，激发出了曾经的修者的战意，让许多曾经走上通天之路的修者因这次虚假之战而觉醒。但是，众生醒来后，也因此又多了一分特殊的记忆，导致了后世的神仙传说的流传。

岁月如梭，当辰南听到秦国大将白起坑杀数十万兵士时，他知道黑起归来了，果然最后白起借杀而褪去凡体，回归神境，成为黑起。一个又一个的熟人归来。辰南欣喜，辰南激动。最终天界雨馨、灵尸雨馨、晨曦被辰南寻到了，她们已经化成玉葩，灵识还没有觉醒，辰南小心地将她们收入了内天地。

等了无尽岁月，辰南也没有寻到人王，更没有寻到七绝天女，同样没有寻到自己的孩子，直至有　天他走进雁荡山，远处一条秀丽的身影在花丛中走过，辰南彻底呆住了。随后，他如梦方醒，赶紧追了下去。

前方的女孩停了下来，展现在辰南眼前的是一副绝美的容颜，不沾染丝毫尘世气息，宛若谪落的仙子一般。白衣飘飘，秀发轻扬，一双灵动的美目正在一眨不眨地看着他，无双的容颜上带着一丝不快之色。

"坏人，你为什么总是跟着我。"少女生气的样子很可爱，竟然如同孩童一般嘟起了小嘴。但这并非做作之态，从那清亮的眼神可以看出，这完全出于自然。一个人的双眼是他心灵的窗口，女孩的双眼如清泉一样清澈，如星辰一样明亮，她宛若精灵一般纯洁。辰南感觉自己的双眼有晶莹的泪珠在滚动，一样的场景，一样的话语，他整个人如木雕泥塑一般。

一切仿佛都回到了从前。

"我是辰南，我是辰南！"辰南激动地望着眼前的女子。但是，少女显然将他当作坏人，独自跑开了。直至半个月后，少女才渐渐相信他无害。

"我叫雨馨，在一个雨夜被师父在花丛中捡到……"

听着这熟悉的话语，辰南险些恸哭，不是他脆弱，是这种失而复得的幸福，让他感动。恍惚间，辰南看到鬼主在一座山峰上冲着他点头笑了笑。今世鬼主是人王之师！辰南感觉到了雨馨那沉睡的力量，以及那难以忘怀的本源气息，他确信这是曾经的雨馨，不过她伤得太重了，还需要漫长的时间来觉醒。

少女道："我还有一个姐妹，也是被师父捡到的。"

辰南道："是吗，她叫什么？"

少女认真地道："她叫七绝，你不许笑她。"

辰南呆住了，吃惊地问道："她怎么了？"

少女道："她能分化成七个姐妹。"

不久，辰南寻到了还未觉醒的七绝天女，她同样伤得很重，七女灵识还未觉醒。而在她们居住的古洞，辰南竟然发现了大龙刀、裂空剑、玄武甲、后羿弓、困天索、石敢当！它们都是破碎的，伤得最重！

"我的孩子们！"辰南捧起了这些神兵，将它们植入到了自己的本源世界中。

"父亲，真好……"几个孩子传出了微弱的精神波动。几个粉雕玉琢的孩童幻化而出，自本体解脱了出来，虽然短时间无法复原，但是他们已经觉醒了，不愧是曾经被众生膜拜的图腾，经过辰南本源世界的滋养就立刻复归灵识了。辰南牵着他们的小手走出了内天地。几个粉雕玉琢的孩子立刻被雨馨与七绝溺爱地抱了起来。

"嗷呜，龙大爷一声吼，秦皇汉武都要抖！"

"偶米头发，大德大威宝宝天龙来也。"

随后，小凤凰也飞来了。

看到辰南一家团圆了，紫金神龙愁眉苦脸道："辰南你得将我的九个孩子还有我最最最亲爱的夫人解脱出来，他们已经轮回去了。"

"放心吧，呵呵。"辰南第一次露出了真心笑容。

"偶米头发，辰南你知道吗，玄奘小光头在守墓老人的支持下在西方创立了佛教。"

"最最无耻是南宫吟，在轮回转世呢，竟然号称是江南四大才子之首。"

"走，我们去看看他们。"辰南带着所有人，冲向了中土。

"桃花坞里桃花庵，桃花庵下桃花仙。桃花仙人种桃树，又摘桃花换酒钱。酒醒只在花前坐，酒醉还来花下眠……别人笑我太疯癫，我笑他人看不穿……"

不是那淫贼南宫吟又是谁？

"他百年后我们来接引他。"辰南带着众人飞走。

此后，辰南要做的事情还很多，战天道陨落的诸神都值得敬佩，辰南需要将他们从芸芸众生中寻出。

图书在版编目（CIP）数据

神墓 8：精修典藏版／辰东著． -- 北京：作家出版社
2021.11（2022.8 重印）

（网络文学名作典藏丛书）

ISBN 978-7-5212-1547-2

Ⅰ.①神… Ⅱ.①辰… Ⅲ.①长篇小说－中国－当代
Ⅳ.①I247.5

中国版本图书馆 CIP 数据核字（2021）第 196592 号

神墓 8：精修典藏版

总策划：何 弘 张亚丽
主 编：肖惊鸿
作 者：辰 东
责任编辑：袁艺方 王 烨
装帧设计：天行云翼·宋晓亮
出版发行：作家出版社有限公司
社 址：北京农展馆南里 10 号 邮 编：100125
电话传真：86-10-65067186（发行中心及邮购部）
86-10-65004079（总编室）
E-mail: zuojia@zuojia.net.cn
http://www.zuojiachubanshe.com
印 刷：唐山嘉德印刷有限公司
成品尺寸：152×230
字 数：330 千
印 张：25.25
版 次：2021 年 11 月第 1 版
印 次：2022 年 8 月第 3 次印刷
ISBN 978-7-5212-1547-2
定 价：42.00 元